ZERRISSENE
SEELEN

WEITERE TITEL VON PATRICIA GIBNEY

PATRICIA GIBNEY
ZERRISSENE SEELEN

Übersetzt von Veronika Kallus

bookouture

Die Originalausgabe erschien 2019 unter dem Titel
„Broken Souls"
bei Storyfire Ltd. trading als Bookouture.

Deutsche Erstausgabe herausgegeben von Bookouture, 2022
1. Auflage Januar 2023

Ein Imprint von Storyfire Ltd.
Carmelite House
50 Victoria Embankment
London EC4Y oDZ

www.bookouture.com

ISBN: 978-1-83790-141-8
eBook ISBN: 978-1-83790-140-1

Für Marie Brennan
Für alles

*

Der vierjährige Junge wickelte das Bonbonpapier ab und steckte sich die Süßigkeit in den Mund. Das Toffee blieb an seinen Zähnen kleben. Mit einem Finger versuchte er es zu lösen. Nun klebte das Toffee an seinen Fingern und er begann zu weinen.

Als das Lineal auf seine Fingerknöchel niederfuhr, war er so überrascht, dass er kurz zu weinen aufhörte. Aber als er den brennenden Schmerz auf seiner Hand spürte, schrie er.

»Ich will nach Hause!«

»Sei still. Kein Wort mehr. Du verstörst ja die anderen Kinder. Sieh dich um. Du bist ein böser kleiner Junge, und wenn du nicht zu schreien aufhörst, schicke ich dich vor die Tür in den Regen. Du weißt, dass es da draußen böse Menschen gibt, und dass diese bösen Menschen kommen und unartige kleine Kinder mitnehmen. Willst du, dass das mit dir geschieht?«

Er schniefte seine Tränen weg und biss sich auf die Lippen, wobei er spürte, dass das Toffee immer noch an seinen Schneidezähnen klebte.

»Ich habe dich etwas gefragt. Antworte mir.« Ein weiterer Schlag mit dem Lineal, dieses Mal traf es den Schreibtisch.

»Nein.« Er nickte energisch. Er wollte das Lineal nicht mehr *auf seiner Hand oder sonst irgendwo spüren. Er würde ein guter Junge sein.*

»Wirf das Bonbonpapier in den Mülleimer und schlage dein Buchstabierbuch auf.«

Er hatte keine Ahnung, welches Buch sein Buchstabierbuch war.

»Komm hierher!«

Als er nach vorne ging, versuchte er vergeblich, das Bonbonpapier von seiner Hand zu lösen.

»Es geht nicht ab.« Mit dem Stück Papier, das fest an seinen pochenden Fingern klebte, wandte er sich der Lehrerin zu.

Das Lineal sauste erneut hart und scharf auf seine Hand nieder.

»Setz dich wieder auf deinen Platz.«

Sein erster Tag in der Schule schien sogar noch schlimmer zu werden als das Leben zu Hause. Als er zu seiner Schulbank zurückging, spürte er, wie etwas Warmes an seinem Bein hinunterlief und in seiner weißen Socke versickerte. Das Lineal würde ihn sicher noch viele Male treffen, heute und in den Tagen, die vor ihm lagen. Er hatte nicht die geringste Lust, das jeden Tag über sich ergehen zu lassen. Aber wo konnte er sonst schon hin?

Den ganzen Vormittag saß er da in seinen nassen Hosen; er ging nicht einmal auf den Spielplatz, als die anderen Kinder zur Pause aufstanden. Er blieb an seinem Pult sitzen, öffnete seine Brotdose und aß eine zerquetschte Banane. Die Lehrerin saß an ihrem Tisch am Kopfende des Klassenzimmers und ihre Augen blinzelten bei jeder Bewegung seines Kiefers.

»Komm her«, sagte sie, als die anderen Kinder zurückkamen.

Er blickte ängstlich auf und der Bissen seiner Banane blieb ihm im Halse stecken.

Da er das Holz des Lineals nicht noch einmal spüren wollte, legte er das Obst weg und ging nach vorne. Als er ihr Pult erreichte – er konnte kaum über die Kante sehen – beugte sie sich plötzlich vor und packte ihn an den Haaren. Er schrie auf, als er die lange Klinge einer Schere in ihrer Hand sah.

»Deine Haare sind viel zu lang. Du kannst ja kaum was sehen. Die müssen geschnitten werden.«

Er wollte nein sagen, aber die Worte klebten ihm am Gaumen, so wie vorher das Toffee an seinen Fingern geklebt hatte. Er liebte sein Haar, das ihm bis zu den Schultern reichte. Es erinnerte ihn an das Foto seiner Mutter. Er hatte ihr Haar.

Die Lehrerin fuchtelte mit der Schere vor ihm herum und zerrte dann an seinem Pony. Sie sah ihn triumphierend an, eine Locke seines Haares in der Hand.

»Jetzt kann ich dein hässliches kleines Gesicht sehen.«

Im Stillen wünschte er sich, dass der Tag endlich zu Ende gehen würde.

NOVEMBER

*

Gab es einen guten Tag zum Sterben?

Der Mann glaubte nicht daran, als er seine eigene Frage stumm beantwortete. Der Himmel war graublau. Trüb. Wolken am Horizont kündigten ein wenig Regen an. Ansonsten war der Tag nicht allzu schlimm.

Langsam trat er in den Wald hinein, der die schmale Straße um den See umgab. Er wollte den See sehen, bevor er tat, was er tun musste. Es war schon spät am Abend, und er war sich sicher, dass die Fischer schon weg waren. Nicht, dass es im November noch viele Fische zu fangen gäbe, dachte er trocken.

Der Bewuchs am Waldboden war grün und üppig und roch modrig. Über seinem Kopf ragten die Äste kahl in den winterlichen Himmel. Abgebrochene Zweige und Farn raschelten unter seinen Füßen. War vor kurzem erst jemand genau diesen Weg entlanggegangen? Sein Gehirn war mit so vielen unbeantworteten Fragen vollgestopft, dass es sich wie eine Blase anfühlte, die nur darauf wartete, von einer Nadel zum Platzen gebracht zu werden. Und er wusste, dass es niemanden auf der Welt gab, den das kümmern würde; niemand, dem er wirklich etwas bedeutete. Er war völlig allein. Einsam wie die Äste, mit sich selbst im Reinen. Fast.

Ein knorriger Ast verhedderte sich in seinem Haar, als er weiter in den dichten Wald ging, dorthin wo es dunkel und mehr als nur ein bisschen feucht war. Er hielt inne und lauschte auf die Geräusche von Tieren, die unsichtbar für ihn durch das lange Gras huschten. Ich habe keine Angst mehr, dachte er. Keine Angst vor keinem Lebewesen.

Er ging in die Hocke und bahnte sich quasi kriechend einen Weg durch Dornen und Gestrüpp. Er nahm das Rauschen des Wassers wahr. Das Trompeten der Winterschwäne durchdrang die Luft. Noch einmal hielt er inne und lauschte. Spürte dem Geräusch nach.

Als er eine Lichtung erreichte, fand er den Ursprung des Wassers. Nicht den See, sondern ein Steinhügel, aus dem eine frische Quelle aus einer Felsspalte sprudelte. Er beugte sich vor. Schöpfte etwas Wasser in seinen Mund und genoss den Geschmack. Er fasste einen Entschluss. Er würde sich wehren.

In diesem Moment hörte er ein weiteres Geräusch.

Als er den Kopf drehte, legte sich eine Hand auf seinen Mund und eine andere schloss sich fest um seine Kehle. Sein letzter Gedanke war: Es ist ein guter Tag zum Sterben.

DEZEMBER

EINS

MITTWOCH

Ragmullin im Dezember präsentierte sich als ein schöner Ort. Aus der Ferne jedenfalls.

Lottie starrte aus dem Fenster in den frühmorgendlichen Himmel. Kein Hauch von Blau war zu sehen, nur kontrastloses Grau. Selbst der Schnee sah metallisch aus. Der Schneemann, den ihr Sohn Sean für ihren fünfzehn Monate alten Enkel Louis gebaut hatte, stand wie ein Felsbrocken im Garten.

Es war noch zu früh, um zur Arbeit zu gehen. Sie zwang sich, die Waschmaschine zu beladen und dann den Geschirr-spüler einzuräumen. Sie ging in den Flur und stand lauschend am Fuße der Treppe. Als es oben still blieb, kehrte sie in die Küche zurück und schaltete den Wasserkocher ein.

Im Moment trank sie lieber Tee als Kaffee. Von zu viel Kaffee bekam sie Bauchweh. Während sie darauf wartete, dass das Wasser kochte, legte sie abwesend einen Haufen sauberer Wäsche zusammen und machte drei Stapel – einen für jedes ihrer Kinder. Die Mädchen waren jetzt offiziell erwachsen. Vor ein paar Wochen hatten sie den achtzehnten Geburtstag von Chloe gefeiert. Die Party war von der einundzwanzigjährigen Katie und dem fünfzehnjährigen Sean organisiert worden. Sean war jetzt schon größer als Lottie und hatte die gleichen strahlend blauen Augen wie sein Vater. Für einen Moment glaubte sie sich in die Zeit vor Adams Tod zurückversetzt. Vor fünf Jahren war er gestorben. An Krebs. Zu jung. Zu schnell. Zu schwer zu begreifen.

Zu lange hatte sie getrauert, so lange, bis Mark Boyd ihr einen Heiratsantrag gemacht hatte. Sie hatte eine Weile gezögert, war sich nicht sicher gewesen, was sie tun sollte, aber ihr war klar gewesen, dass sie ihn liebte. In der Nacht von Chloes Party hatte sie zugestimmt, obwohl sie noch die Details klären mussten; ein Datum festlegen, zum Beispiel, oder es den Leuten sagen. Bis jetzt war es ihr Geheimnis. Ihre Entscheidung.

Der Wasserkocher summte. Sie holte sich eine Tasse und schob die letzte Scheibe Brot in den Toaster. ›Brot‹ schrieb sie auf die Einkaufsliste, die am Kühlschrank hing. Hoffentlich würde Katie später noch einkaufen gehen. Eine vage Hoffnung, sagte sie sich und machte lieber schnell noch ein Foto von der Liste, falls sie nach der Arbeit doch selbst gehen musste.

Als das Brot getoastet war, nahm sie die Scheibe heraus und kaute darauf herum. Trocken. Und der Tee schmeckte nach Sägemehl. Scheiß drauf. Sie beschloss, sich unterwegs einen Kaffee bei McDonald's zu holen. Gepfiffen auf das Bauchweh.

Sie zog ihre Jacke an, band sich ihr strähniges Haar zu einem Zopf und schob es unter ihre Kapuze. Als sie das Haus verließ, fragte sie sich, was für eine Laune Boyd heute wohl haben würde.

———

Mark Boyd zog den Knoten seiner Krawatte fest und begutachtete das Ergebnis in seinem kleinen Badezimmerspiegel. Er war von dem Bild, das sich ihm bot, nicht gerade beeindruckt. Sein streng geschnittenes Haar sah inzwischen mehr nach grau als meliert aus, und seine Augen verrieten, dass er gestern Abend einiges getrunken hatte. Eingefallene Wangen betonten seine Backenknochen. In seinem Alter, das wusste er, sollte er eigentlich noch keine schlaffe Haut am Hals haben. Er sollte sich auf sein Fahrrad schwingen und eine Runde drehen. Aber das Wetter war zu kalt und eisig zum Radfahren, dachte er und ignorierte sein zusammenklappbares Turbofahrrad in der Ecke seiner Küchenzeile. Nein, er musste sich um die handfesten Probleme in seinem Leben kümmern. Dafür wollte er sich einen halben Tag freinehmen. Er hoffte, dass Lottie das genehmigen würde, sonst würde er es heimlich machen müssen.

Im Wohnbereich seiner Einzimmerwohnung hörte er seinen Freund Larry Kirby laut schnarchen – sein Oberkörper war längs der Couch ausgestreckt und die Füße lagen auf dem vollgemüllten Couchtisch. Bierdosen und Flaschen verteilten sich auf allen verfügbaren Flächen. Boyd spürte, wie seine Knochen knarzten und seine Haut kribbelte. Er hasste Unordnung. Schnell sammelte er die Dosen und Flaschen auf und steckte sie in einen Sack, um sie zu recyclen.

Kirby regte sich. Er hatte Mühe, sich aufzurichten. »Wo zum Teufel bin ich?« Er blickte sich mit müden Augen um und fuhr sich mit der Hand durch sein zerzaustes Haar. »Oh, Boyd, du bist es. Das war ein ganz schönes Gelage gestern Nacht. Wo ist McKeown?«

Boyd zuckte mit den Schultern und dachte einen Moment lang nach. Sie hatten Sam McKeown, das neueste Mitglied ihres Teams, in *Cafferty's Pub* zurückgelassen, als sie um ... Scheiße, er hatte keine Ahnung, wie spät es gewesen war, als sie gegangen waren.

»Gott weiß, wo der gelandet ist.« Er stellte den Recyclingsack auf den Boden neben seinem Turbobike. »Lust auf einen Kaffee? Im Wäscheschrank liegt ein sauberes Handtuch, falls du duschen willst.« Er fand eine Packung Paracetamol und schluckte zwei Tabletten.

Kirby schnupperte an seinen Achselhöhlen. »Du hast nicht zufällig ein Hemd, das ich anziehen könnte, oder?«

Boyd grinste. Kirby war doppelt so breit wie er. »Was meinst du wohl?«

»Dann nehme ich den Kaffee, danke.«

Während Boyd damit beschäftigt war, Kaffee zu kochen, fragte Kirby: »Geht es dir gut?«

»Abgesehen von dem ausgewachsenen Kater geht es mir richtig gut.«

»Du warst ganz schön emotional gestern Abend. Ziemlich rührselig und deprimiert.«

»So bin ich doch immer, jedenfalls laut dir.« Boyd fragte sich, was er gegen Ende des Abends wohl alles erzählt hatte.

Kirby gähnte laut. »Jedes zweite Wort aus deinem Mund war Lottie dies und Lottie das. Gott, ich weiß nicht, was McKeown von dir gedacht haben muss.«

Boyd brachte zwei Tassen Kaffee in den Wohnbereich und setzte sich Kirby gegenüber. »War ich so schlimm?«

»Schlimmer.«

»Scheiße.«

»Warum heiratest du sie nicht endlich? Sogar ein Blinder kann sehen, dass ihr beide füreinander bestimmt seid.«

Boyd spürte, wie ihm die Röte in die Wangen stieg. Er war überglücklich gewesen, als Lottie eingewilligt hatte, ihn zu heiraten, aber sie hatten beschlossen – nein, dachte er, *sie* hatte beschlossen, es noch niemandem zu sagen, da es etwas zu heikel war, dass sie beide auf demselben Garda-Revier arbeiteten. Aber das war vor allem anderen gewesen. Er sagte: »Ich weiß nicht, was ich tun soll.«

»Ich habe noch einen Verlobungsring, wenn du ihn willst.« Kirby lachte, dann zog er eine Grimasse.

»Ich kann selbst einen kaufen, vielen Dank. Wenn und falls

ich einen brauche.« Boyd schloss die Augen und fuhr sich mit der Hand über die pochende Stirn. Das Paracetamol ließ sich Zeit, um seine Wirkung zu entfalten.

»Ganz wie du willst.« Kirby stellte seine Tasse auf den Tisch. Die Hände zwischen die Knie geklemmt, starrte er mit glasigen Augen vor sich hin. »Ich brauche ihn ja jetzt nicht mehr, jetzt wo Gilly ... du weißt schon ...«

»Ich weiß, es ist verdammt hart. Nimm dir Zeit, um zu trauern.« Boyd dachte an Garda Gilly O'Donoghue, die im Sommer ermordet worden war. Gilly war die erste Frau, in die sich Larry Kirby seit seiner Scheidung Jahre zuvor verliebt hatte.

»Das sagen alle.« Mit knackenden Knien und einem raspelnden Husten, der von zu vielen Zigarren kündete, stand Kirby auf. »Mein Gott, ich stinke. Wir sehen uns nachher im Büro. Wie spät ist es eigentlich?«

»Halb sieben.«

»Ach, um Himmels willen. Warum weckst du mich zu so einer unchristlichen Stunde? Ich habe ja vor der Arbeit noch direkt Zeit für ein Nickerchen. Ich bin dann mal weg. Bis später.«

Als Boyd an seinem Kaffee nippte, entdeckte er eine Whiskeyflasche, die auf dem Boden unter der Couch lag. Er ging auf die Knie und hob sie auf, schüttelte den Kopf und stand auf, um seinen Dyson zu holen.

ZWEI

Die Schweine in den Ställen machten einen geradezu unbarmherzigen Lärm. Der Wind rüttelte wie wild an den Fenstern, da ein weiterer Schneesturm Schneeflocken quer über den Hof peitschte.

Beth Clarke nahm eine Tasse aus dem Schrank und drehte den Wasserhahn auf. Nichts. Sie versuchte es noch einmal. Immer noch nichts.

»Dad!«, rief sie Richtung Wohnzimmer, wo ihr Vater wütend auf die Tasten einer altmodischen Rechenmaschine einhämmerte. »Was ist mit dem Wasser los?«

»Bestimmt sind die Rohre eingefroren.« Seine Stimme ging im Klopfen der Finger auf der Tastatur beinahe unter.

»Und was willst du dagegen unternehmen?« Sie stellte die Tasse in die Spüle und sah nach, ob genug Wasser im Wasserkocher war, damit er sich später einen Tee machen konnte. Wahrscheinlich. Gerade noch so.

»Um Himmels willen«, grummelte er.

Sie drehte sich um und sah ihn in der Tür stehen, in der einen Hand einen Taschenrechner, in der anderen einen Stapel von Blättern, auf denen handgeschriebene Zahlen in krummen Spalten standen. Er trug dieselbe Kleidung wie gestern.

»Warst du die ganze Nacht auf?«

»Ja, leider. Ich bekomme diese Umsatzsteuererklärung einfach nicht hin. Ich vermute, dass du das nicht alles einfach auf deinen Laptop übertragen kannst, oder?« Seine Stimme ging in einem Hustenanfall unter und er krümmte sich keuchend.

»Da vermutest du richtig.« Beth bückte sich, hob ihren Rucksack auf, der unter dem Tisch stand, und hievte ihn auf ihren Rücken. Sie strich ihre schwarze Skinny-Jeans bis zu den Knöcheln glatt und schnürte ihre glänzenden roten Stiefel zu. »Ich gehe jetzt in die Arbeit.«

»Arbeit? Bei diesem Wetter rechnen die doch sicher gar nicht mit dir.«

»Ich muss vor Ort sein, wenn die Weihnachtsbeleuchtung heute Nachmittag eingeschaltet wird. Und vorher muss ich auch noch dem Weihnachtsmarkt in der Stadt einen Besuch abstatten.« Sie verspürte einen Anflug von Begeisterung. Sie liebte es, Beiträge für die Lokalzeitung zu schreiben.

»Bei diesem Wetter ist die Straße unpassierbar. Das sind fast fünfzehn Kilometer.«

»Als ob ich das nicht wüsste«, sagte sie leise.

»Gib mir einen Moment, dann ziehe ich mir einen Mantel an und bringe dich in die Stadt.«

»Ich komme schon klar.« Sie nahm ihre schwarze Daunenjacke von der Stuhllehne und zog sie an, bevor sie merkte, dass sie sie über ihren Rucksack gezogen hatte. »Verdammt.«

Nachdem sie sich sortiert hatte, hörte sie, wie die nackten Füße ihres Vaters in Richtung seines behelfsmäßigen Büros in einer Ecke des Wohnzimmers tappten. Er ist ein hoffnungsloser Fall, dachte sie.

Das hohe Quieken der Schweine begrüßte sie in dem Augenblick, als sie die Hintertür öffnete.

»Vergiss nicht, das Vieh zu füttern!«, rief sie und der Wind verschluckte die Worte beinahe sofort.

Vorsichtig schritt sie über den Hof zu ihrem VW Golf. Hellblau. Ihre Mutter hatte ihn gekauft, kurz bevor sie irgendwohin abgehauen war, wo es nie schneite. Vor fünf Jahren, als Beth gerade neunzehn Jahre alt gewesen war. Sie hielt inne. Sie hatte gehört, dass ihre Mutter nach Ragmullin zurückgekehrt war, aber sie hatte keine Lust, nach ihr zu suchen.

Die Autotür war zugefroren. Sie hauchte auf den Griff, in der Hoffnung, das Schloss aufzutauen. Aber es nützte nichts. Sie würde den letzten Tropfen Wasser aus dem Wasserkocher verwenden müssen. Vielleicht würde es ihren Vater ja dazu motivieren, ein paar Sachen auf dem Hof zu reparieren, wenn er sich nicht einmal eine Tasse Tee machen konnte.

Gott, wie sie es hasste, in einem Dorf wie Ballydoon zu leben. Sie war fest davon überzeugt, dass der Ort am Arsch des absoluten Nirgendwos lag.

Es dauerte ganze sieben Minuten, bis Christy endlich hörte, wie Beth langsam auf der vereisten Straße davonfuhr.

»Dieses Mädchen kommt eindeutig nach ihrer Mutter«, murmelte er vor sich hin und meinte es nicht im positiven Sinn. Seine Frau – oder Ex-Frau, wenn man es genau nahm – hatte von jeher etwas Teuflisches im Blick gehabt und immer das getan, wozu sie gerade Lust gehabt hatte. Er betete zu Gott, dass Beth ihn nicht auch noch verlassen würde.

Ein Blick auf das Umsatzbuch verriet ihm, dass es nicht die geringste Hoffnung gab, die Zahlen auszugleichen. Den Hof am Laufen zu halten, wurde ihm langsam zu viel. Er hatte die Autowerkstatt im Dorf geschlossen, auch wenn er das nicht ganz freiwillig getan hatte. Er verfluchte den Deal, auf den er sich eingelassen hatte, aber es hatte einfach sein müssen. Und trotzdem kam er nicht über die Runden. Er warf die Rechnungen auf den Tisch und ging in die Küche, um sich Frühstück zu machen.

Er schüttelte den Wasserkocher. Leer. Er drehte den Wasserhahn auf. Nichts. Die Rohre waren über Nacht eingefroren.

»Zur Hölle und zurück nochmal!«, fluchte er.

Aus einer Packung Milch aus dem Kühlschrank goss er sich ein Glas ein. Während er die kühle Flüssigkeit schluckte, schaute er durch das Fenster auf den Hof. Die Schweine waren heute Morgen ungewöhnlich laut. Christy Clarke spürte geradezu, wie das Gewicht der Welt auf seinen sechsundfünfzigjährigen Schultern lastete, zog seine Gummistiefel an, nahm seinen Mantel vom Haken an der Hintertür und ging, um die eingefrorenen Rohre in Augenschein zu nehmen.

»Haltet eure verdammten Schnauzen, ihr Arschlöcher!«, schrie er die Schweine an, als er an der Stalltür vorbeiging.

———

Die Treppe machte ihr jedes Mal zu schaffen. Nicht die Anzahl der Stufen, es waren einundzwanzig. Nein, dass sie so eng und die Tritte nicht tief genug waren. Bei jeder zweiten Stufe stieß sie sich die Zehen an, und schon ein paar Mal war sie, völlig nüchtern, die letzten drei Stufen auf Händen und Knien hinaufgestiegen. Heute, da der Aufzug wieder einmal defekt war, ging sie langsam, während sich die Last ihres ganzen Lebens in jeden ihrer Schritte legte.

An ihrer Wohnung angekommen, steckte Cara Dunne den Schlüssel in das Schloss. Drinnen lehnte sie sich erst einmal gegen die Tür und sah zu, wie ihr Atem in der Luft hängen blieb. Sie schlüpfte aus ihren feuchten Schuhen, schüttelte ihren Mantel aus und hängte ihn auf, dann ging sie am Bad vorbei in den offen gestalteten Wohnbereich. Die eine Seite des

Raumes war hell, die andere dunkel, weil es dort kein Fenster gab, nur eine grüne Wand mit einem langweiligen Gemälde.

Als sie ihren Hut auf den Heizkörper legte, stellte sie fest, dass dieser eiskalt war. Verdammt. Sie überprüfte das Thermostat; es war auf die höchste Stufe eingestellt. Irgendetwas funktionierte nicht. Ausgerechnet heute musste das passieren.

Sie setzte sich in ihren Sessel und schaltete ihr Telefon ein, um die Nummer des Hausmeisters zu suchen. Sie konnte sich nicht an seinen Namen erinnern. Mills oder Wills oder so etwas in der Art. Ihr Gehirn war von dem Schmerz, den sie in den letzten Monaten hatte erleiden müssen, ganz abgestumpft. Der tiefste Schmerz, das musste sie zugeben, war in ihrem Herzen, aber er hatte sich wie ein metastasierender Krebs in ihrem Körper eingenistet und plagte sie immer wieder ohne Vorwarnung mit Krämpfen. Sie hatte sich eine Auszeit von der Arbeit genommen. Nächste Woche sollte sie zurückkehren. Aber sie konnte nicht. Noch nicht. Nichts war geklärt. Und er war immer noch da draußen, lachte sich kaputt und erzählte Lügen über sie. Eine erneute Welle von Schmerz schoss durch ihre Brust und sie versuchte, ihre Atmung zu kontrollieren.

Ihr Blick fiel auf den alten braunen Koffer, der auf dem Regal unter dem Fernseher lag. Ein Koffer voll mit den Erinnerungen von jemand anderem. Ein Koffer, der sie überallhin begleitet hatte, seit sie sich auf den Weg nach Dublin gemacht hatte, um Lehrerin zu werden. Ein Koffer, ramponiert und kaputt. So wie sie selbst. Oh Gott, dachte sie, ich bediene wirklich jedes Klischee.

Sie machte sich auf den Weg ins Schlafzimmer, zog ihre feuchte Jeans aus und legte sie auf den Heizkörper. Kalt. Ach ja, der Hausmeister.

Als sie den Schrank öffnete, sah sie das Kleid. Es hing unter durchsichtigem Plastik am Ende der Stange. Es verhöhnte sie. Ein Kleid, das sie nie tragen würde. Warum hatte sie es aufbewahrt? Sie konnte keinen klaren Gedanken mehr fassen. Er hatte ihr auch noch den letzten originellen Gedanken aus dem Hirn gestohlen und sie dann mit einem Lachen sitzengelassen. Sie spürte, wie sich Galle in ihrer Kehle festsetzte, und dachte, sie müsste sich übergeben. Aber sie schluckte sie wieder hinunter, genauso wie sie ihren Stolz herunterschlucken und sich ihren Freunden und Kollegen stellen musste. Eines Tages. Bald. Oder nie?

Sie wischte den Gedanken beiseite und nahm den Bügel mit dem plastiküberzogenen Kleid heraus. Sie würde es ein letztes Mal anprobieren, und es dann auf eBay stellen.

Ein Knarren. Irgendwo in der Wohnung.

Sie hielt inne, wobei das Kleid schwer auf ihrem Arm ruhte. Was hatte sie gehört? Sie lauschte. Nichts. Das mussten die Heizkörper sein.

»Jetzt werde ich wirklich verrückt«, sagte sie laut.

Sie breitete das Kleid auf dem Bett aus und streifte ihr Oberteil ab. Dann öffnete sie den Reißverschluss des Plastiküberzugs und hob das diamantbesetzte Satinkleid heraus. Ihre Augen füllten sich mit Tränen wegen eines Tages, der niemals kommen würde. Sie hielt das Kleid vor sich und schlüpfte hinein. Der kühle Stoff umhüllte ihren Körper wie eine zweite Haut, als sie es vorsichtig bis zu den Schultern hochzog und einatmete, während sie sich streckte, um den seitlichen Reißverschluss zu schließen.

Da war es wieder. Das Knarren. Eine Tür, die sich öffnete.

Sie hatte die Wohnungstür doch abgeschlossen, oder etwa nicht? Abgesehen vom Schlafzimmer war die einzige andere Tür in der offenen Wohnung die zum Badezimmer. Im Spiegel des Kleiderschranks sah sie, wie sie blass wurde und ihr der Mund offenstand; ein Schrei blieb ihr im Halse stecken.

Von dem Kleid, das ihr um die Knöchel hing, behindert, schlich sie ins Wohnzimmer.

»Ist da jemand?«, fragte sie und hoffte inständig, dass ihr niemand antworten würde.

Nichts. Niemand.

Sie schaute in die kleine Küche. Leer. Ein weiteres Knarren, und die Badezimmertür öffnete sich.

Sie presste sich mit dem Rücken gegen den kalten Heizkörper.

Jemand war in ihrer Wohnung.

DREI

Lottie saß vor einem Bildschirm voller Tabellenkalkulationen und wurde langsam wahnsinnig. Die Budgetabrechnung zum Jahresende stand unmittelbar bevor. Sie hatte noch nicht einmal die Beurteilungsbögen für November ausgefüllt. Außerdem hasste sie Zahlen. Sie hasste Berichte, Akten und Computer. Aber sie wusste auch, dass dies ein wesentlicher Bestandteil ihrer Arbeit als Detective Inspector in der Stadt Ragmullin war. Etwas, was ihr ihr amtierender Superintendent David McMahon immer wieder einbläute.

»Konzentration«, sagte sie sich und hoffte, dass ihre eigene Stimme ihr irgendwie Motivation und Überzeugung eintrichtern würde.

»Führst du schon wieder Selbstgespräche?« Detective Sergeant Mark Boyd stand an der Tür zu ihrem winzigen Büro.

»Guten Morgen.« Sie schob die Tastatur von sich weg. »Du siehst aus, als hättest du gestern Abend ein paar Bier getrunken.«

»Du solltest mal Kirby sehen.« Boyd lehnte sich gegen den Türrahmen.

Sie musste zugeben, dass er nicht allzu schlimm aussah,

aber ihr entgingen auch die dunklen Ringe unter seinen Augen nicht. »Was ist denn mit ihm passiert?«

»Nichts, was ein Konterbier nicht wieder heilen könnte.«

Sie schaute über Boyds Schulter hinweg zum Hauptbüro. »Er ist noch nicht da. Er kann doch um diese Zeit noch kein Pub gefunden haben, das schon geöffnet hat?«

Kirbys Schreibtisch quoll über von Papier, Akten und Essensverpackungen, aber von dem Mann selbst keine Spur. Detective Maria Lynch war noch bis mindestens Januar in Elternzeit, weshalb Detective Sam McKeown aus Athlone zu ihnen versetzt worden war. Der große Mann mit dem kahlgeschorenen Kopf saß an seinem Schreibtisch und hämmerte auf die Tastatur ein. Lottie mochte Sam, auch wenn sie bis jetzt noch nicht dazu gekommen war, mehr über ihn herauszufinden. Hoffentlich konnte er Teil des Teams bleiben, wenn Maria an ihren Arbeitsplatz zurückkehrte.

»Ich würde sagen, er ist auf dem Weg«, sagte Boyd. »Er hat meine Wohnung heute Morgen vor mir verlassen.«

»Also *war* es ein großes Besäufnis.« Ein Anflug von Eifersucht schlich sich in Lotties Stimme. Sie hatten sie nicht dazu eingeladen, mit ihnen auszugehen. Aber warum sollten sie auch? Sie war schließlich der Boss, und vielleicht hatten sie sich einfach einen Männerabend machen wollen. Aber es ärgerte sie trotzdem.

»Warum so miesepeterisch?« Boyd verschränkte die Arme und lehnte sich mit einem Fuß an die Wand.

»Das muss daran liegen, dass du hier so tatenlos rumstehst.«

»Ha! Bestimmt, weil wir dich nicht eingeladen haben, mitzukommen, nicht wahr?«

»Nein, natürlich nicht!« Aber sie grinste. Boyd konnte immer ihre Gedanken lesen, und obgleich das verblüffend war, war es auch ein bisschen beunruhigend.

»Wir waren im *Cafferty's*, um Fußball zu schauen, und du

weißt ja, wie das ist: Ein Bier führt zum anderen und dann zu noch einem.«

»Ich erinnere mich gut an die Zeiten«, sagte sie und dachte an die Jahre nach Adams Tod, in denen sie sich in Alkohol ertränkt hatte. Es hatte einige Zeit gedauert, aber jetzt kam sie ohne Alkohol aus. Fast jedenfalls. Sie musste sich nur zusammenreißen. Sich um ihre Familie kümmern und auf sie aufpassen.

»Was liegt heute an?«, fragte er.

»Die Berichte für November sind überfällig.«

»Ich habe meinen schon abgeschickt.« Selbstgefällig verzog er das Gesicht.

»War ja klar ...« Wenn sie nur halb so viel Organisationstalent hätte wie Boyd, wäre sie schon längst Chief Superintendent.

»Soll ich dir helfen?« Er löste die verschränkten Arme und ging auf ihren Schreibtisch zu.

»Nein danke.«

»Ich hab die in null Komma nichts fertig. Lass mich dir helfen.«

»Ich komme schon zurecht, vielen Dank.« Sie wollte nicht so schroff klingen, aber an manchen Tagen konnte sie einfach nicht anders. Sie wollte gerade noch etwas sagen, als das Telefon klingelte.

Nachdem sie das Gespräch beendet hatte, stand sie auf und zog ihre Jacke an.

»Hol deinen Mantel«, sagte sie.

»Wohin gehen wir?«

»Es gab einen weiteren Selbstmord.«

»Warum werden wir dann gebraucht?«

»Das ist der zweite in drei Wochen, Boyd. Vielleicht ist da irgendetwas faul.«

»Irgendetwas ist in deinem bekloppten Kopf faul. Du denkst dir schon Verschwörungstheorien aus.«

»Bemühe dich nicht. Ich nehme McKeown mit.« Sie hob ihre Tasche auf und warf sie sich über die Schulter.

»Okay, okay«, sagte Boyd. »Ich komme mit.«

»Gut. Aber dann lässt du deine klugen Kommentare besser bleiben.«

Sie drängte sich an ihm vorbei und sah das Funkeln in seinen Augen, als ihre Hand seine berührte. Sie hatte es gespürt, und er genauso. Diesen plötzlichen Kitzel der körperlichen Berührung. Egal, dass er flüchtig und zufällig gewesen war. Er war da. Und sie musste zugeben, dass sie ihn sehr gerne mochte.

———

Kirby schob seinen Seesack unter den Schreibtisch und versuchte, sein widerspenstiges Haar mit zitternden Fingern zu glätten. Die Dusche in der Umkleidekabine spuckte nur kaltes Wasser aus, und selbst das hatte nicht viel gegen die Schmerzen in seinem Kopf und die Aufgewühltheit in seinem Inneren ausrichten können. Er schaute zu McKeown, um zu sehen, ob der sein Bauchgrummeln gehört hatte. Aber McKeown hatte den Kopf gesenkt und schien nichts mitbekommen zu haben. Gut so.

Er stützte sich mit einem Fuß auf die Tasche, und als der Schmerz in den anderen Fuß schoss, hoffte er, dass seine Gicht durch den vielen Alkohol am vorigen Abend nicht wieder aufgeflammt war. Die Gicht ging ihm ganz schön auf die Nerven, dachte er; oder besser gesagt, auf seinen Fuß.

»Wo ist die Chefin?« Er wartete, bis McKeown den Kopf hob, um ihn über den Computerbildschirm hinweg anzuschauen. Mein Gott, er sah so frisch aus, und hier saß er, Kirby, als ob er sein Verfallsdatum schon längst überschritten hatte und reif für die Mülltonne war.

»Weg.«

»Das habe ich gemerkt. Wohin?«

»Ich habe was von einem Selbstmord mitbekommen.«

»Hatten Sie nicht vor ein paar Wochen erst mit einem Selbstmord zu tun?« Kirby kniff die Augen zusammen und versuchte, sich an den Fall zu erinnern.

»Hatte ich. Nichts Verdächtiges.«

»Wer ist es diesmal?«

McKeown unterbrach seine Arbeit und stand auf. Er beugte sich über Kirbys Schreibtisch und sagte: »Ich weiß nicht, wer es ist, weil ich nicht informiert worden bin, und zu Ihrer Information, hier stapeln sich die Berichte bis zum Himmel, und ich habe mehr als genug zu tun, ohne mich in Dinge einzumischen, bei denen ich nicht erwünscht bin.«

Er setzte sich wieder hin. Kirby revidierte seine Meinung. Sein Kollege litt genauso wie er selbst an einem ausgewachsenen Kater.

VIER

Die Wohnblocks in Hill Point waren in den Jahren des Celtic Tiger Booms gebaut worden und dieses Projekt war für die Midland-Stadt Ragmullin recht aufregend gewesen. Nach dem Bau des Komplexes war jedoch bald klar geworden, dass Ragmullin auf diesen Schandfleck in der Landschaft gut und gerne hätte verzichten können, obwohl er einer ganzen Menge Wohneinheiten Platz bot. Das einzig Gute daran war, dass es das einzige Hochhaus in der Stadt war. Wenn man die zweitürmige Kathedrale aus den 1930er Jahren nicht mitzählte, die von überall her sichtbar war.

Der gesuchte Wohnblock war leicht zu finden, da zwei Einsatzwagen und ein Krankenwagen davor standen.

Boyd parkte das Auto. Lottie sprang heraus und ging voraus. Drinnen stellte sie fest, dass der Aufzug außer Betrieb war und sie die Betontreppe in den dritten Stock nehmen musste.

In dem schmalen Korridor lehnten zwei nicht mehr benötigte Sanitäter an der Wand, zwischen ihnen eine zusammengeklappte Trage. Ein uniformierter Garda stand vor der Wohnungstür.

»Guten Morgen, Garda Thornton. Bringen Sie mich auf den neuesten Stand«, sagte Lottie, als sie wieder zu Atem gekommen war. Sie zog sich Schutzhandschuhe und Überschuhe an.

»Guten Morgen, Inspector.« Er brauchte seine Notizen nicht zu konsultieren; er war das, was Lottie einen alten Hasen in diesem Job nannte. »Die Nachbarin links hat den Vorfall gemeldet. Ich habe sie in Begleitung eines Beamten zurück in ihre Wohnung geschickt und dann einen kurzen Blick auf die Tote geworfen. Irgendetwas stimmt nicht.«

»Was stimmt nicht?«

»Wenn Sie hineingehen, werden Sie es selbst sehen.«

»Haben Sie die Spurensicherung schon angerufen?«

»Ich habe mir gedacht, dass Sie das zuerst selbst beurteilen sollten. Gott und die Welt ist da jetzt schon durchgetrampelt. Es könnte sich um einen einfachen Selbstmord handeln, aber … ich weiß nicht. Die Verstorbene heißt Cara Dunne. Ihre Leiche ist im Badezimmer.«

»War schon ein Arzt da?«

»War da und ist schon wieder weg.«

»Haben Sie mit ihm gesprochen?«

»Ja. Die Frau ist tot, hat er gesagt.«

Lottie wartete, bis Boyd eintraf. Er war außer Atem, was ungewöhnlich für ihn war, da er ein ausgesprochener Fitnessfreak war. Während er sich Handschuhe anzog, schob sie die Tür nach innen auf. Auf den ersten Blick erkannte sie, dass es sich um eine kleine Wohnung handelte. In dem schmalen Flur hing ein marineblauer Mantel an einem Haken. Sie fuhr mit der Hand über das Kleidungsstück. Es war feucht.

Sie trat ein. Das Unvermeidliche aufschiebend, ging sie erst an dem Badezimmer mit der Leiche vorbei und stand auf einem quadratischen Stück braunem Teppich, das einen offenen Wohnbereich mit einer Küchenzeile auf der rechten Seite markierte. Sie stieß die nächstgelegene Tür auf und spähte hinein. Ein kompaktes Schlafzimmer. Das Bett war ordentlich gemacht. Ein Baumwollnachthemd lag gefaltet auf dem Kopfkissen. Nachttisch und Kleiderschrank. Jalousien verdunkelten das Fenster. Eine Jeans lag über dem Heizkörper. Ein rotes Oberteil sah so aus, als ob es auf das Bett geworfen worden wäre. Ein Kleidersack aus Plastik lag zerknüllt auf dem Boden.

Sie ging zurück Richtung Badezimmer. Die Tür war angelehnt und sie stieß sie mit der Fingerspitze an. Sie schwang nur ein kleines Stück auf. Lottie blinzelte durch den entstandenen Spalt hinein. Eine weiße Keramikwanne mit einem angerosteten Duschkopf. Toilette und Waschbecken. Die cremefarbenen Fliesen auf dem Boden waren nass. Ansonsten schien nichts fehl am Platz zu sein. Nur ... der Geruch. Der säuerliche Geruch von Urin ließ sie zurückschrecken.

»Ich kann die Leiche nicht sehen«, sagte sie.

»Hinter der Tür«, sagte Boyd ihr.

Sie schob sich um die halb geöffnete Tür herum. Trat in den kleinen Raum. Als sie sich umdrehte, blieb sie stehen. Die Hand flog zu ihrem Mund, und sie spürte, wie ihre Knie weich wurden. Ein Keuchen entwich durch ihre Finger. Hinter der Tür hing der Körper einer Frau an einem schwarzen Ledergürtel, der fest um ihren Hals geschlungen war. Ihr Mund war weit aufgerissen, ebenso wie ihre Augen, deren Weiß nadelstichartig mit Blut gefärbt war. Der Hals war an den Stellen aufgeschürft, an denen der Gürtel in ihre Haut geschnitten hatte. Die Arme baumelten an ihren Seiten herunter; ihre Hände waren zu Fäusten geballt. Lottie hatte gesehen, welche unvorstellbaren Dinge der Tod mit dem menschlichen Körper anstellten konnte, aber das hier war geradezu grotesk. Sie musste sich schütteln, um professionell zu bleiben.

Es war nie leicht, das Alter einer toten Person zu schätzen. Für ihr geschultes Auge schien Cara Dunne jedoch Mitte bis Ende dreißig zu sein. Ein Kleid aus weißem Satin, das mit Diamanten besetzt war, die im Licht funkelten, umhüllte die hängende Gestalt wie ein Leichentuch. Es reichte ihr bis zu den Knöcheln, wo nackte Füße hervorlugten. Die Pfütze auf dem Boden verriet, dass Cara Dunne sich in ihrem Todeskampf eingenässt hatte.

Lottie lenkte ihren Blick zurück auf das Kleid. Ein Hochzeitskleid. Neu. Ungetragen. Bis jetzt. Ein Preisschild hing an einem Reißverschluss direkt unter dem Arm des Opfers. Sie wollte das Kleid berühren, die Glätte des Stoffes zwischen ihren Fingern spüren, aber sie bewegte keinen Muskel. Sie konnte nur erahnen, was in diesem kleinen, unscheinbaren Badezimmer mit dem schwarzen Schimmel, der über die Kacheln der Badewanne kroch, geschehen sein könnte.

Der Geruch des Todes war so stark in dem kleinen Raum, dass Lottie ihn auf ihrer Zunge schmecken konnte. Sie studierte das Gesicht von Cara Dunne. Glatte Haut, keine Falten. Weil sie tot war, oder war die Haut der Frau immer so gewesen? Ihr Haar war blond, kurz und glatt. Als Lotties Blick nach oben wanderte, bemerkte sie, dass das andere Ende des Gürtels fest an ein verchromtes Ventil gebunden war, das rechts über der Tür aus der Wand ragte. In der Ecke hinter der Tür lag ein fünfzehn Zentimeter hoher dreibeiniger Schemel umgefallen auf der Seite.

Eine Frage brannte sich Lotties Gehirn: Könnte diese Frau sich selbst erhängt haben? Auf den ersten Blick schien es möglich. War sie sitzen gelassen worden? Oder hatte sie es sich anders überlegt und beschlossen, dass dies der einzige Weg war, einer Hochzeit zu entgehen? Lottie hatte den Verdacht, dass der Eindruck, den das Bild vermitteln sollte, falsch war. Garda Thornton hatte recht. Irgendetwas stimmte nicht.

Es klopfte an der Tür und Boyd fragte: »Kann ich reinkommen?«

»Hier drinnen ist nicht genug Platz. Warte, bis ich rauskomme. Ruf die SpuSi an und frag nach Jim McGlynn.«

Sie zwängte sich zurück in den Flur. Während Boyd telefonierte, sah sie sich noch einmal im Wohnzimmer um, suchte nach etwas Auffälligem, aber sie konnte nichts entdecken, was nicht an seinem Platz zu sein schien. Ein Hut lag auf dem Heizkörper, als wäre er dort zum Trocknen abgelegt worden. Sie hielt ihre Hand an den Heizkörper, stellte fest, dass er kalt war. Ihr fiel auf, wie kalt die Luft überhaupt war. Über die Rückenlehne des Stuhls war eine Wolldecke drapiert, und auf der Sitzfläche fand sie ein Mobiltelefon. Ohne es aufzuheben, drückte sie die Home-Taste. Es war keine PIN erforderlich. Auf dem Bildschirm waren eine App für Kontakte und Symbole für Anrufe und SMS zu sehen. Sonst nichts. Lottie fand das ein wenig merkwürdig. Jeder, den sie kannte, hatte zahlreiche Apps. Sogar ihre Mutter benutzte Gmail auf ihrem Telefon.

Die einzigen anderen Möbel waren ein Fernseher auf einem Tischchen, unter dem ein alter brauner Koffer stand. In der Küchenzeile war alles sauber und aufgeräumt. Kein Geschirr in der Spüle oder auf dem Abtropfbrett. Der Kühlschrank war gut bestückt. Die Milch war noch nicht abgelaufen, ebenso wie die Packung mit den Hühnerfilets.

»Ich kann keinen Abschiedsbrief sehen«, sagte sie. »Ich schaue noch einmal im Schlafzimmer nach.«

Boyd folgte ihr.

Auf dem Nachttisch lag ein schwarzes Buch mit Ledereinband, das wie eine Bibel aussah. Als sie es öffnete, stellte Lottie fest, dass es ein Gebetbuch war. Die Seiten fühlten sich wie Federn an, weich und leicht, und sie spürte, dass es etwas Beruhigendes hatte, sie umzublättern. Sie legte das Buch zurück und öffnete die Schublade. Darin befanden sich ein Fläschchen mit Schlaftabletten und eine Packung Paracetamol. Wenn Cara sich hatte umbringen wollen, warum hatte sie dann nicht die Tabletten genommen? Wäre viel einfacher gewesen.

Sie ging zu dem Kleiderschrank mit der offenen Tür. Der Duft von Lavendel wehte ihr entgegen. Auf einer Stange hingen Jeans, Oberteile und Blusen. Ein Paar schwarze Nike-

Turnschuhe lag auf dem Boden. In der Plastikhülle muss sich das Hochzeitskleid befunden haben, dachte sie.

Boyd kniete sich hin, hob die Bettdecke von dem Stahlrahmenbett und schaute darunter. »Hier drunter ist nichts.«

Zurück im Wohnzimmer öffnete Lottie das Fenster. Sofort war der Raum von lebendigem Lärm erfüllt. Der Kanal unter dem Fenster war zugefroren. Ein Zug fuhr mit lautem Kreischen aus dem Bahnhof. Ein Kanalboot legte an der Brücke an, und irgendwo zu ihrer Rechten ertönte eine Autohupe. Von irgendwo in der Nähe kamen Geräusche einer Baustelle. Sie atmete die Frische des Morgens ein.

»Wenn ich mich umbringen wollte, und wenn ich keine Überdosis nehmen wollte, wäre ich aus dem Fenster gesprungen. Was meinst du?« Sie wandte sich an Boyd.

»Du hast Höhenangst«, sagte er und verschränkte die Arme, »also würdest du das nicht tun.«

»Ich habe keine Höhenangst.«

»Ich habe nur laut gedacht. Ich habe gedacht, dass wir das gerade machen.«

»Diese Wohnung ist im dritten Stock ... Ach, egal.« Sie schloss das Fenster und wandte sich an Boyd. »Hast du McGlynn erreicht?«

»Er ist unterwegs.« Er gähnte und verschränkte die Arme. »Brauchen wir die Rechtsmedizin?«

Lottie dachte einen Moment lang nach. Brauchten sie Jane Dore? Alles deutete auf Selbstmord hin, aber das Fehlen eines Briefes beunruhigte sie, ebenso wie die Abschürfungen an Caras Hals. »Ruf ihren Assistenten an. Wenn wir falsch liegen, nehme ich es auf meine Kappe.«

»Die Tür war nicht beschädigt. Hat sie jemanden reingelassen?«

»Wenn ja, dann kannte sie die Person vielleicht, die sie getötet hat.«

Boyd seufzte. »*Falls* sie getötet worden ist.«

Lottie schüttelte den Kopf und ging an ihm vorbei hinaus. »Ich werde mit der Nachbarin sprechen. Schau, ob du irgendetwas findest, das auf einen verdächtigen Tod hindeutet – und versuch, deinen Kater loszuwerden, der macht dich ziemlich behäbig. Okay?«

Sie ließ ihn mit offenem Mund in der kleinen, engen Wohnung stehen, in der hinter einer Tür eine tote Frau in einem Hochzeitskleid hing.

FÜNF

Im Büro war es so stickig wie immer, aber Beth durfte die Heizung nicht abstellen. Ihr Boss, der Chefredakteur der Nachrichten, Nick Downes, saß mit einem Schal um den Hals und seinem Mantel über den Schultern da. Diesem Mann wurde wohl nie warm, dachte sie.

Für ihren Bericht über die offizielle Eröffnung der Weihnachtsmärkte hatte sie fünf Minuten gebraucht. Sie würde sich etwas einfallen lassen müssen, um die vier Spalten auf der Titelseite zu füllen. Wenn Ryan kein anständiges Foto gemacht hatte, war sie aufgeschmissen. Was sollte sie sonst noch schreiben? Abgelenkt warf sie einen Blick auf ihr Handy. Sie sollte besser daran denken, ein paar Flaschen Wasser mit nach Hause zu nehmen, für den Fall, dass ihr Vater die eingefrorenen Rohre immer noch nicht in Ordnung gebracht hatte.

Als sie sich gerade eine Notiz machen wollte, erschien eine SMS auf ihrem Handy. Sie las sie und sah sich dann nach Ryan um, als der Fotograf gerade zur Tür hereinkam.

»Behalte deinen Mantel gleich an und hol deine Kamera«, sagte sie.

»Warum?«

»Wir haben eine Story.« Sie wandte sich an ihren Redakteur. »Nick, es gab möglicherweise einen Selbstmord. Können wir da mal hin und vielleicht ein paar Fotos machen?«

Nick drehte sich auf seinem Stuhl um, saugte laut am Ende eines Kugelschreibers; die schmalen Lippen wurden von seinem Bart geradezu verschluckt. »Es entspricht nicht gerade dem Geist der Weihnacht, die Privatsphäre der Familie eines Selbstmordopfers zu verletzen, oder?«

Beth stand in der Mitte des überfüllten Büros, ihre Jacke schon halb angezogen, die Tasche zwischen die Beine geklemmt. »Wie bitte?«

»Sie haben mich schon verstanden. Zeigen Sie ein wenig Mitgefühl.«

Warum zum Teufel musste er so darauf herumreiten? »Das ist schon der zweite in drei Wochen. Da könnte etwas faul sein.«

»Der zweite was?«

Das Wort ›streitlustig‹ benutzte sie oft, um ihren Vater zu beschreiben, und nun erhielt ihr Redakteur die gleiche Auszeichnung.

»Der zweite Selbstmord«, erklärte sie.

»Sie haben mit Ihrem Bericht über den vor ein paar Wochen schon genug Aufsehen erregt. Ich hätte das nie genehmigen dürfen«, sagte Nick. »Und wer hat Ihnen überhaupt gesteckt, dass es noch einen gegeben hat?«

Beth zog den Reißverschluss hoch und schaute nicht in seine Richtung. Sie verbiss sich die deftige Antwort, die ihr auf den Lippen lag, während sie über ihre Lage nachdachte. Ihr Vertrag wurde nach jeweils sechs Monaten verlängert. Sie brauchte die Arbeit und konnte es sich nicht leisten, es zu vermasseln, indem sie sich Ärger mit ihrem Chef einfing. Aber sie konnte nicht zugeben, dass sie es durch eine anonyme SMS erfahren hatte.

»Ich habe es auf Twitter gesehen«, log sie.

»Zeigen Sie es mir.«

Sie scrollte durch ihr Handy. »Oh, es ist wohl entfernt worden.«

»Was meinen Sie mit ›entfernt‹?«

Er war echt aus der Steinzeit.

»Manchmal löschen die Twitter-Administratoren unange- messene Inhalte. Sie wissen schon, wenn sich jemand beschwert.«

»Aha! Sehen Sie? Und Sie wollten unangemessene Inhalte auf der Titelseite unserer nächsten Ausgabe verbreiten. Ziehen Sie Ihren Mantel aus und setzen Sie sich hin. Machen Sie den Artikel über die Weihnachtsmärkte fertig. Das ist es, was unsere Leser wollen. Eine Feel-Good-Story auf der Titelseite. Und vergessen Sie nicht, dass Sie später noch über das Anschalten der Weihnachtsbeleuchtung berichten müssen.«

Beth tat, wie ihr gesagt wurde.

»Gehen wir jetzt oder nicht?«, fragte Ryan und schlang sich den Riemen seiner Kameratasche über die Schulter.

»Klappe halten und hinsetzen«, sagten Beth und Nick unisono.

———

Ryan Slevin versuchte, seinen Unmut nicht zu zeigen, schob seine zusammengerollte Jacke unter den Schreibtisch und stupste die Maus an, um seinen Computer zu aktivieren. Nachdem er seine Kamera mit dem Gerät verbunden hatte, wartete er und starrte auf den Bildschirm, während die Fotos, die er auf dem Weihnachtsmarkt gemacht hatte, luden.

Lippenkauend betrachtete er die Bilder und stellte fest, dass er Photoshop würde benutzen müssen, um sie drucktaug- lich zu machen. Die meisten waren voller Schatten und dunkel, aufgenommen unter den Vordächern der entlang der Straße aufgereihten Buden. Er scrollte weiter. Wenigstens hatte er ein paar Aufnahmen, auf denen Kinder zu sehen waren. Mit Kindern drauf verkaufen sich Zeitungen, sagte Nick immer. Ryan hoffte, dass er ihre Namen richtig schreiben konnte. Die meisten von ihnen waren auf dem Weg in die Bibliothek gewesen. Ohne elterliche Erlaubnis war das etwas heikel. Aber ihr Lehrer hatte gesagt, es sei okay, also bitte.

Er nahm einen Schatten über seiner Schulter wahr, während er arbeitete. Dann huschte er über seinen Schreibtisch und verdunkelte den Bildschirm.

»Siehst du dir Kinderpornos an, Ryan?«

Er schaltete automatisch den Bildschirmschoner ein, bevor er zu Beth aufblickte, die mit ihrem breiten Lächeln, den funkelnden Augen und dem langen, glänzend schwarzen Haar dastand.

»Zieh Leine«, sagte er.

»Ich brauche ein ziemlich großes Foto, oder vielleicht vier oder fünf in einer Montage, um vier Spalten auf der Titelseite zu füllen.« Sie setzte sich auf die Kante seines Schreibtisches. Sie war ihm unangenehm nahe.

»Warum?«

»Weil ich verdammt nochmal überhaupt nichts habe, worüber ich schreiben könnte. Und überhaupt, mit Kindern drauf verkaufen sich ...«

»Zeitungen.« Er lachte. »Ich mach das schon.« Als sie zu ihrem Schreibtisch zurückging, fügte er noch hinzu: »Hast du den Artikel schon geschrieben?«

»Was gibt's da denn groß zu schreiben? Ein als Weihnachtsmann verkleideter Kerl, der falsch singt, drückt auf eine Schalterattrappe, damit den Buden das Licht angeht. Morgens früh. Um Himmels willen.«

»Es war irgendwie dunkel.« Er wusste, dass sein Argument nicht besonders stichhaltig war.

»Ein schönes breites Lächeln auf glücklichen Kindergesichtern, Ryan. Das ist alles, was wir brauchen, um den Chef bei Laune zu halten.«

Er erweckte den Bildschirm wieder zum Leben und scrollte noch einmal die Aufnahmen durch. Da sah er es. Auf dem Foto. Er klickte mit der Maus und vergrößerte die Ansicht. Das konnte doch nicht wahr sein. Oder doch?

»Scheiße.«

»Was?«, sagte Beth.

»Nichts.«

»Versau sie nicht.«

»Ich bin schon um einiges länger dabei als du, also gib mir keine Anweisungen.« Er scherzte nur zum Teil, als er seinen Blick wieder auf den Bildschirm richtete.

Während er nervös mit dem Fuß auf den Boden tippte, dachte er über das Foto vor ihm nach, und ein Schauer lief ihm über den Rücken.

SECHS

Die Wohnung von Eve Clarke stand in krassem Gegensatz zu der von Cara Dunne. Satte Primärfarben und helle Möbel verliehen ihr etwas Modernes. Eve schenkte zwei Tassen Kaffee aus einer Karaffe ein. Das aufsteigende Aroma brachte Lottie sofort mit Alkohol und Zigaretten in Verbindung. Sie setzte sich auf einen leuchtend gelben Stuhl mit roten Kissen und nahm die angebotene Tasse entgegen.

»Das mit Cara ist einfach schrecklich«, sagte Eve, als sie sich ihr gegenübersetzte.

Der Kaffee war gut. Lottie spürte, wie er ihre Zehen aufwärmte. Eve starrte sie mit großen Augen durch ihre goldumrandete Brille an. Die schwarze Jeans war gebügelt, ihre weiße Bluse makellos, zwei Knöpfe am Hals waren offen und gewährten einen Blick auf einen faltigen Halbkreis. Sie war spindeldürr, vielleicht Mitte fünfzig. Ihre Hände verrieten sie. Die Haut waren zerfurcht und von Leberflecken übersät.

»Kannten Sie sie gut?«

»Wir haben uns nur gegrüßt.« Eves Gesicht war verschlossen. Keine Spur von Tränen, die sie für ihre tote Nachbarin vergossen hätte.

»Aber Sie hatten den Verdacht, dass ihr etwas zugestoßen sein könnte. Warum?«

»Die Wände in diesen Wohnungen sind hauchdünn. Wenn das Baby meiner Nachbarin auf der anderen Seite weint, kann ich es hören. Das sind die Cullens. Von Cara höre ich nie auch nur einen Pieps. Nicht mal den Fernseher.«

»Was hat Sie dann alarmiert?«

»Laute Stimmen, und dann etwa zehn Minuten lang nichts. Dann fiel die Tür ins Schloss.«

»War es ungewöhnlich, dass sie Besuch hatte?«

»In den letzten Monaten schon, ja.«

»Und Sie sind immer den ganzen Tag zu Hause, jeden Tag?«

Eve errötete. »Früher habe ich gearbeitet, aber dann ging meine Ehe in die Brüche. Ich war für einige Jahre im Ausland. Seit ich wieder in Ragmullin bin, habe ich noch keine Arbeit gefunden.«

»Wie lange wohnen Sie schon hier?« Lottie warf einen Blick in die ordentliche Wohnung.

»Knapp ein Jahr.«

»Und Cara hat die ganze Zeit nebenan gewohnt?«

»Sie war schon da, bevor ich eingezogen bin.«

»Sie leben allein?« Lottie fand, dass die Wohnung nicht den Anschein erweckte, als ob sie überhaupt von jemandem bewohnt wurde. Allerdings widerlegte die verbrauchte Luft dieses Argument.

»Ja.«

»Können Sie mir sagen, wie Cara so war?«

»Inspector, ist das wirklich notwendig? Ich habe nur ihre Leiche gefunden. Ich habe ihr nichts angetan.«

»Am Anfang einer Ermittlung brauche ich alle Informationen, die ich bekommen kann.«

»Ermittlung? Sie glauben also, dass sie ermordet wurde?«

»Das habe ich nicht gesagt. Hatte Cara Familie?«

»Das weiß ich nicht.«

»Okay.« Lottie hatte das Gefühl, dass das Gespräch sie nicht weiterbrachte. Sie stellte ihre Tasse auf den Kaffeetisch. »Waren Sie vor heute Morgen schon einmal in ihrer Wohnung?«

»Noch nie.«

»Wie haben Sie sich dann Zutritt verschafft?«

»Sie hat ein paar Wochen nach meinem Einzug an meiner Tür geklingelt. Fragte mich, ob ich ihren Ersatzschlüssel aufbewahren würde, falls sie sich mal aussperrt. Ich habe eingewilligt. Danach haben wir nur noch auf dem Flur miteinander gesprochen, wenn wir uns zufällig begegnet sind.«

»Lassen Sie mich das nochmal durchgehen. Sie haben Stimmen gehört und das Zuschlagen einer Tür, und dann sind Sie der Sache nachgegangen. Was genau haben Sie gemacht?«

»Ich habe an ihre Tür geklopft. Es kam keine Antwort. Ich dachte, dass sie vielleicht ausgegangen ist. Als ich in meine Wohnung zurückkam, fiel mir ein, dass ich ja zwei verschiedene Stimmen schreien gehört hatte. Das kam mir seltsam vor, denn normalerweise höre ich ja gar nichts.«

»Und dann?«

»Dann holte ich den Ersatzschlüssel und ging wieder zu der Tür. Als ich immer noch keine Antwort bekam, sagte ich mir, dass ich nichts zu verlieren hatte. Ich schloss die Tür auf und rief ihren Namen. Dann sah ich ihren Mantel im Flur hängen. Bei diesem Wetter geht man nicht ohne Mantel aus dem Haus. Ich bemerkte, dass die Badezimmertür leicht geöffnet war. Ich dachte, was, wenn sie in der Dusche gestürzt ist? Also beschloss ich, kurz nachzusehen. Und da ... Sie wissen schon ...« Nach ihrem Monolog stieß sie einen langen Seufzer aus.

Lottie fand, dass das wie einstudiert geklungen hatte. Als hätte Eve die letzte Stunde damit verbracht, die Geschichte vor einem Spiegel zu rezitieren. Aber sie ließ es erst einmal auf sich beruhen. »Was haben Sie als nächstes getan?«

»Ich rannte hierher zurück, nahm mein Telefon und rief den Notruf 999 an.«

»Haben Sie überprüft, ob sie tot war?«

Eves Gesicht verzog sich. »Mir ist eingefallen, dass es im Erdgeschoss eine Arztpraxis gibt. Ich bin die drei Stockwerke hinuntergelaufen und habe den Arzt geholt. Er hat sie untersucht und gesagt, wir sollten auf den Krankenwagen und die Polizei warten.«

Mehr DNA und noch mehr Fingerabdrücke, dachte Lottie. Falls sich das Ganze tatsächlich zu einer Mordermittlung entwickeln sollte.

»Okay«, sagte sie, wobei sie ihre Stimme neutral hielt.

»Habe ich etwas falsch gemacht?«

»Es gibt kein Richtig oder Falsch. Sie haben das Richtige getan, indem Sie den Arzt geholt haben, bevor der Rettungsdienst eintraf.«

Eve atmete aus, und eine Falte erschien auf ihrer Stirn. »Sie sah jedenfalls tot aus. Sie ist tot, oder?«

»Das ist sie.«

»Ach, Gott sei Dank.« Eve errötete. »Ich meine nicht Gott sei Dank, dass sie tot ist, sondern nur, dass ich keine Frau dort hängen gelassen habe, die noch gar nicht tot war.«

»Ich weiß, was Sie meinen.« Lottie stand auf. »Hat Cara gearbeitet?«

»Sie war Lehrerin, soweit ich weiß.«

»An welcher Schule?«

»Ich habe keine Ahnung. Wie ich schon sagte, ich habe sie nicht wirklich gekannt.«

»Noch etwas anderes. Ihr Mantel und ihr Hut waren feucht. Wissen Sie, wo sie heute Morgen gewesen sein könnte?«

»Wahrscheinlich im Gottesdienst. Ich glaube, da war sie jeden Morgen.«

»Sie war religiös?«

Eve stellte ihre Tasse ab und stand auf, um Lottie zur Tür zu führen. »Sie wissen also noch nichts davon, oder?«

»Wovon?«

»Cara war verlobt, aber das letzte, was ich gehört habe, war, dass die Hochzeit abgesagt wurde. Seitdem war sie nicht mehr bei der Arbeit und ist jeden Tag zur Messe gegangen. Ich glaube, sie hat dafür gebetet, dass er zurückkommt.«

»Wer?«

»Ihr Ex-Verlobter.«

»Und wer war das?«

Eve zögerte. »Ich habe keine Ahnung.«

»Sind Sie sich da sicher?«

Die Frau schien sich unwohl zu fühlen, doch sie nickte.

Und Lottie wusste, dass sie log.

————

Draußen auf dem Korridor wurde Lottie schon von einem wütend dreinblickenden Jim McGlynn erwartet.

»Meiner Meinung nach ist es reine Zeitverschwendung, die Spurensicherung zu Selbstmorden zu rufen. Wir haben schon genug zu tun.« Er war angemessen für die anstehende Aufgabe gekleidet. Über seiner Gesichtsmaske bohrte sich der Blick aus einem Paar smaragdgrünen Augen in Lotties.

Sie ignorierte seine Verärgerung und fragte: »Haben Sie sich schon umgesehen?«

»Ich bin gerade erst angekommen. Geben Sie mir doch erstmal die Gelegenheit dazu!«

»Ich möchte den Gürtel sehen, der um ihren Hals liegt, wenn Sie ihn untersucht haben.« Sie trat zur Seite und ließ ihn passieren, als ein anderer Mann die Treppe heraufkam.

Er streckte seine Hand aus. »Sie müssen Detective Inspector Lottie Parker sein.«

»Das bin ich.« Sie schüttelte seine Hand. »Und Sie sind ...?«

»Tim Jones. Assistent der staatlichen Rechtsmedizinerin. Ich glaube, es gibt hier einen verdächtigen Todesfall, den ich mir mal ansehen soll.«

Nachdem sie seinen Ausweis kontrolliert hatte, deutete Lottie auf die offene Wohnungstür. »Cara Dunne. Erhängt mit einem Gürtel, der an einem Ventil über der Badezimmertür befestigt ist. Nachdem ich den Tatort begutachtet habe, bin ich mir nicht sicher, ob sie es selbst getan haben kann. Wir brauchen Ihre Expertenmeinung.«

»Lassen Sie mich ran an sie«, sagte Jones und folgte McGlynn in die Wohnung.

Lottie bemerkte Boyd, der an der Notausgangstür am anderen Ende des Flurs stand. Er zuckte mit den Schultern.

»Etwas unpassend formuliert«, sagte sie und schloss zu ihm auf.

»Nichts, was ich nicht auch schon von dir gehört hätte«, schmunzelte er.

Sie deutete auf die Tür. »Warst du schon da draußen?«

»Ich hab auf dich gewartet.« Er drückte gegen den Stahlriegel und die Tür schwang auf. Betontreppen führten nach oben und nach unten. »Ich neige allerdings dazu, dir zuzustimmen.«

»In welcher Hinsicht?« Lottie folgte ihm die Treppe hinauf.

»Dass der Tod verdächtig aussieht. Wenn man die kleine Statur des Opfers berücksichtigt und die Tatsache, dass der Stuhl sehr niedrig war, passt das nicht zusammen. Ich glaube, jemand hat sie ermordet.« Er schob sich durch eine weitere Tür auf das Dach, wobei er darauf achtete, die Tür einen Spalt offen zu lassen.

Lottie lehnte sich an das eiserne Geländer und ließ ihren Blick über den frostigen Kanal und die Bahngleise schweifen. Ein Zug fuhr in den Bahnhof ein; Nebel senkte sich auf die

Gleise. »Sie war Lehrerin. Wir müssen herausfinden, wo sie unterrichtet hat, mit ihren Kollegen sprechen und ihre Freunde ausfindig machen.«

»Richtig.«

»Ihre Verlobung wurde vor Kurzem gelöst.«

»Interessant. Das lässt die Tatsache, dass sie ein Hochzeitskleid trug, in einem ganz neuen Licht erscheinen.«

»Und bringt den Ex-Verlobten ins Spiel.«

Lottie nahm die Hände vom Geländer, zog die Latexhandschuhe aus und hauchte auf ihre Handflächen, um ihre Finger etwas zu wärmen. Sie bemerkte eine verrostete Stahlleiter, die vom Dach des Gebäudes hinunterführte. Der Schneefall hatte alle Fußspuren, die es vielleicht gegeben hatte, verdeckt.

»Weiß die Nachbarin, wer der Verlobte war?« Boyd steckte die Hände tief in die Taschen, während der Wind ihnen Schnee um die Ohren wirbelte.

»Nein. Sie sagt, sie kannte Cara Dunne nicht sehr gut.«

»Aber sie konnte sich Zugang zur Wohnung verschaffen.«

Lottie seufzte. »Sie hatte einen Ersatzschlüssel für Notfälle. Sie hat nach dem Rechten geschaut, weil sie laute Stimmen gehört hatte. Wir müssen mit dem Arzt aus dem Erdgeschoss sprechen.«

»Das mache ich.«

»Und schau, dass du seine DNA und Fingerabdrücke bekommst, damit wir die ausschließen können.«

»Klar doch«, sagte Boyd.

Sie betrachtete seinen verspannten Kiefer. »Ist alles in Ordnung bei dir?«

»Was meinst du?«

»Du wirkst so distanziert.«

Er lachte. »Ich bin nur müde von letzter Nacht.«

»Gut.« Sie verließ das Dach und ging zurück zu der offenen Tür. »Wenn Cara ermordet worden ist, könnte dieser Notausgang von ihrem Angreifer als Fluchtweg benutzt worden sein.«

»Es gibt keinen Zugang vom Dach zurück in das Gebäude, wenn die Tür nicht offen steht, also ist er entweder durch die Vordertür gekommen oder er wohnt im gleichen Block.«

»Oder jemand hat ihn durch die Fluchttür hereingelassen und sie offen gelassen.«

»Ich werde den Kollegen sagen, dass sie Fingerabdrücke nehmen sollen«, sagte Boyd, »und veranlasse, dass die anderen Nachbarn befragt werden.« Er ging vor ihr her.

Lottie trat aus der kalten Luft in die relative Wärme des Korridors, aber sie konnte nicht verhindern, dass sie eine Gänsehaut bekam. Irgendetwas stimmte nicht mit Boyd, und sie spürte, dass es mehr war als nur eine Katerstimmung.

»Die Leiche kann jetzt in die Leichenhalle gebracht werden.« Tim Jones zog seinen Rechtsmedizineranzug aus und stopfte ihn in eine braune Asservatentüte. Garda Tom Thornton notierte mit einem Edding die Details auf dem Beutel und verschloss ihn.

»Können Sie uns schon etwas sagen, Dr. Jones? Liegt ein Verbrechen vor?«, fragte Lottie, die froh war, über Arbeit und nicht über Gefühle sprechen zu können.

»Es sieht verdächtig aus.«

»Inwiefern?«

»Auf verschiedene Weisen, aber zum einen weiß ich nicht, wie eine Frau von so kleiner Statur den Gürtel so hoch oben an der Wand an dem Ventil festmachen könnte. Selbst auf dem Hocker stehend wäre sie nicht groß genug gewesen, und sie hätte viel mehr Kraft im Oberkörper gebraucht.«

»Sonst noch etwas?«, sagte Lottie.

»Sie hat Abschürfungen am Hals. Ich muss sie auf dem Tisch haben.«

»Zeitpunkt des Todes?« Sie drängte auf mehr Informationen.

»Ich würde meinen, innerhalb der letzten sechs Stunden. Genaueres kann ich im Moment noch nicht sagen.«

»Wird Jane Dore die Obduktion vornehmen?«, fragte Lottie.

»Das wird sie sicher, wenn ich den Tod als verdächtig einstufe.« Jones machte sich auf den Weg zur Treppe.

»Hatte ich nicht Recht?«, sagte Boyd.

»Womit?«

»Dass es unmöglich ist, dass sich diese Frau selbst erhängt hat.«

»Es sind schon seltsamere Dinge passiert.« Aber Lottie stimmte ihm zu. »Ich habe in der Wohnung außer dem Kleid keine weiteren Hochzeitsaccessoires gesehen. Sprich mit dem Arzt, und dann müssen wir mehr über Ms Cara Dunne herausfinden.«

SIEBEN

Fiona Heffernan beendete ihre Runde durch die Station und eilte den langen Korridor hinunter zum Umkleideraum im ältesten Teil der Abtei. Sie spürte, wie sich die Vorfreude langsam steigerte und ihre Angst allmählich etwas verflog. Morgen würde sich ihr Leben für immer verändern. Morgen würde der erste Tag vom Rest ihres Lebens sein. Morgen würde sie frei sein.

Barfuß vollführte sie einen kleinen Tanz auf dem kalten Steinboden, bevor sie ihre marineblaue Baumwollhose auszog und sich das weiße Oberteil über den Kopf streifte. Sie hängte die Hose auf einen Drahtbügel und legte das Oberteil gefaltet auf den Boden des Spinds. Eine Gänsehaut huschte über ihren Körper, und die winzigen dunklen Härchen auf ihren Armen richteten sich auf, als sie nach einem Handtuch griff und über ihre Schulter blickte. Obwohl niemand in der Nähe war, hatte sie das unangenehme Gefühl, beobachtet zu werden. Die Angst kehrte mit voller Wucht zurück, wie ein arktischer Sturm, der über ihre Haut fegte.

Sie hielt sich das flauschige weiße Handtuch vor die Brust, ging um die Reihe der ramponierten Spinde herum und warf einen Blick um die Ecke. Alles leer. Zu ihrer Rechten befanden sich die Duschkabinen. Zwei enge Kabinen mit alten Duschköpfen, aus denen es unaufhörlich tropfte. Sie ging auf Zehenspitzen. Das veränderte Geräusch des tropfenden Wassers aus einem der Duschköpfe ließ sie zusammenzucken. Der Plastikvorhang war längst zerschlissen und das Weiß der Fliesen hatte sich in ein rostiges Ockergelb verwandelt. Sie schob ihre Hand in die Duschkabine und versuchte, den Wasserhahn zu drehen, um das Tropfen zu stoppen. Er ließ sich nicht zudrehen. Sie versuchte das Gleiche in der anderen Duschkabine. Ohne Ergebnis.

In dem Raum war es eiskalt, und Fiona fand, dass es einladendere Dinge im Leben gab als eine kalte Dusche am Ende einer Schicht. Sie beschloss, erst später zu duschen.

Mit einem entschlossenen Ausdruck um die Lippen wollte sie sich gerade wieder anziehen, als sie aus dem Augenwinkel etwas Weißes sah. Sie erstarrte, ihr Körper war in höchster Alarmbereitschaft. Das Handtuch immer noch fest umklammert, um ihre Unterwäsche zu verbergen, lauschte sie.

Da war es wieder. Ein Flattern und ein weißes Aufblitzen auf der rechten Seite, wo ihr Stahlspind in einer Reihe von fünf Schränken stand. Sie zuckte zusammen, als der Wind an dem einzigen Fenster im Raum rüttelte. Die sechs kleinen Milchglasscheiben zitterten in ihren Rahmen und der Schnee wurde vom Wind wie in einem Muster dagegen geschleudert.

Sie hielt den Atem an, versuchte, die modrige Luft nicht einzuatmen, und trat einen Schritt vor. »Hallo? Ist da jemand?«, sagte sie lahm.

Ein weiterer Schritt.

»Hallo? Wer ist denn da? Hallo?«

Sie erreichte das Ende der Schrankreihe und wartete an der Kante des letzten Spinds. Sie hielt den Atem an, die Hände zitterten unkontrolliert, ein Beben durchlief ihren Körper, und sie schob den Kopf um die Seite des schmalen Schranks herum. Es war niemand da.

Sie atmete erleichtert auf.

In diesem Moment spürte sie einen sanften Lufthauch in ihrem Nacken.

————

Als Boyd den Wagen im Stau auf der Brücke im Leerlauf laufen ließ, schaute Lottie aus dem Fenster. Teile der Wasseroberfläche des Kanals waren zugefroren. Moorhühner tauchten ihre Köpfe zwischen das Schilf, schlitterten auf dem Eis und suchten vergeblich nach Nahrung. Sie bemerkte einen altmodischen Kanalkahn, der an einem Stapel Gummireifen am Ufer festgemacht war.

»Glaubst du, darauf wohnt jemand?«, fragte sie.

Boyd paffte an einer E-Zigarette und zuckte mit den Schultern. »Ich habe keine Ahnung. Vielleicht kannst du das ja auch ermitteln.«

»Kein Grund zu klugscheißen. Wir haben so schon genug Arbeit.« Sie richtete ihre Aufmerksamkeit auf einen Mann mit einem Schlafsack um die Schultern, der sich durch den stockenden Verkehr schlängelte. Die ausgeschaltete Weihnachtsbeleuchtung zog sich über die gesamte Breite der Main Street. Der Verkehr begann sich vorwärtszubewegen. Langsam.

»Lust auf eine Portion Pommes?«, sagte Boyd und nickte in Richtung des *Malloca-Cafés*.

»Das ist eine tolle Idee. Schau mal dort, ein Parkplatz. Nein, da drüben.«

Mit einem Grummeln lenkte Boyd den Wagen in die winzige Lücke und stellte den Motor ab.

»Reichlich Essig«, sagte sie.

»Geht klar.« Er stieg aus dem Auto aus und wartete kurz, bevor er die Straße überquerte.

Lottie klopfte gegen das Fenster. »Nimm lieber auch ein paar für Kirby und McKeown mit. Mit Currysoße. Gut gegen Kater.«

Sie lächelte in sich hinein, als Boyd unwirsch vor sich hin brummte und sich seinen Weg durch die stillstehenden Autos bahnte. Sie lehnte ihren Kopf gegen die Scheibe. Die Straße sah so langweilig aus, wenn die Weihnachtsbeleuchtung ausgeschaltet war. Da fiel ihr ein, dass sie eigentlich mit ihrem Enkel später am Nachmittag zur offiziellen Zeremonie – wenn die Lichter zum ersten Mal angeschaltet wurden – gehen sollte. So ein Mist! Der Tag zerrann ihr zwischen den Fingern. Es hatte ewig gedauert, Cara Dunnes Wohnung zu versiegeln und die Kollegen zu organisieren, die von Tür zu Tür gingen. Und dann hatte Boyd den Arzt befragen und seine Fingerabdrücke nehmen müssen, der nur bestätigt hatte, was Eve Clarke schon gesagt hatte. Cara Dunne war tot gewesen, als er sie gesehen hatte, wenn auch noch nicht lange.

Sie schlug sich mit der Hand gegen die Stirn. Caras Obduktion würde wahrscheinlich um fünf Uhr stattfinden, und da musste sie dabei sein. Aber sie wollte auch Zeit mit ihrem Enkel Louis, Katies Sohn, verbringen. Sie saß in der Zwickmühle. Vielleicht könnte Boyd an der Obduktion teilnehmen. Dann erinnerte sie sich daran, dass er um einen freien Nachmittag gebeten hatte. Nun, diese Bitte musste sie ihm abschlagen, jetzt, wo sie es mit einem verdächtigen Todesfall zu tun hatten. Sie fragte sich, warum er den wohl überhaupt brauchte. Er nahm sich selten aus heiterem Himmel Urlaub, aber in letzter Zeit war es ziemlich häufig gewesen.

Gerade als sie sah, wie er sich mit einer großen braunen Tüte in der Hand über die Straße zurückkämpfte, vibrierte das Telefon in ihrer Tasche. Superintendent McMahon. Scheiße, sie hatte den Novemberbericht immer noch nicht fertig.

———

Fiona öffnete die Augen, schüttelte den Kopf und stellte fest, dass es ein Fehler gewesen war, sich zu bewegen. Schmerzen schossen durch ihren Kopf wie ein Meteoritenschauer. Sie blinzelte ein ganzes Kaleidoskop von Sternen weg.

Ihre Hand berührte etwas Weiches, Kaltes. Schnee? Unkontrolliert zitternd stellte sie fest, dass sie flach auf dem Rücken lag. Als sie sich leicht bewegte, rann etwas Nasses über ihr Gesicht. Sie konnte es im Mundwinkel schmecken. Blut.

Sie blinzelte erneut. Unter schweren Augenlidern blickte sie hinauf in den dunklen Himmel, auf dem sich eine Schneewolke abzeichnete. Sie war draußen. Aber wie? Sie erinnerte sich an die Umkleide und an jemanden, der hinter ihr stand. Eine verschwommene Erinnerung versuchte, sich ihr mitzuteilen. Etwas war ihr grob über den Kopf gezogen worden. Weiches Material auf ihrer eisigen Haut. Jemand hatte an ihr gezerrt. Durch die Tür. Die Treppe hinauf. Raus auf das Dach. Das Dach!

Sie versuchte, ihre Hand zu bewegen. Es gelang ihr nicht. Ihre Finger fühlten sich an, als wären sie zu Eis gefroren, und sie fragte sich, warum sie ganz weiß gehüllt war. Schnee? Nein, es fühlte sich schwerer an.

Etwas Schwarzes war neben ihrem Kopf. Es bewegte sich und hinterließ einen Fußabdruck. Ein Stiefel erschien auf der anderen Seite. Behandschuhte Hände packten sie grob unter den Achseln, quetschten ihre Haut. Ihr Körper wurde hochgezogen, bis sie stand. Aber sie stand gar nicht. Sie wurde aufrecht gehalten. In ihrem Kopf pochte ein schrecklicher Schmerz und sie konnte nicht begreifen, was mit ihr geschah. Es gab einen Ort, an dem sie sein sollte, jemanden, den sie anrufen sollte. Aber wo? Und wen?

Sie konnte sehen, wie sich die Landschaft vor ihr ausbreitete. Die Nachmittagssonne neigte sich wie ein Schatten dem Horizont zu, wurde allerdings durch den fallenden Schnee fast völlig verdeckt. Die Bäume wiegten sich im Wind. Und in der

Ferne, ebenfalls fast ganz verborgen vom Schneesturm, standen die Statuen. Fiona wusste jetzt genau, wo sie sich befand, und sie wusste in diesem Augenblick auch, dass ihr Leben mit vierunddreißig Jahren auf dem Erdboden weit unter ihr enden würde.

Sie versuchte, ihre Lippen zu öffnen, ein Wort des Protests zu sprechen, um Gnade zu betteln, denn in diesem Moment der surrealen Klarheit wusste sie, wo sie jetzt gerade eigentlich sein sollte. An den Rand eines Abgrunds gezerrt zu werden, das hatte heute nicht auf ihrer Agenda gestanden. Nein, sie hatte andere Pläne im Kopf gehabt. Und die zerfielen in winzige Staubkörner eines schwarzen Nichts – des Nichts, in das sie unterwegs war. In das Leben im Jenseits.

Sie konnte weder sprechen noch schreien.

Ihr wurde schwarz vor Augen und sie schwankte.

Sie war dem Untergang geweiht.

ACHT

Nachdem sie die Pommes aufgegessen hatten, beauftragte Lottie Kirby und McKeown damit, Hintergrundinformationen über Cara Dunne zu recherchieren, insbesondere, um herauszufinden, wer ihr Verlobter gewesen war, wo er lebte und wo er arbeitete. Sie musste ihn befragen, um ihn aus den Ermittlungen ausschließen zu können – oder auch nicht.

Ihr Bauchgefühl sagte ihr, dass sie es mit einem Mord zu tun hatte, auch wenn sie erst noch auf die Bestätigung durch den Obduktionsbefund warten musste. Der Geruch von Essig hing immer noch an ihren Fingern und stieg ihr in die Nase, obwohl sie sie gewaschen und kräftig mit den Babyfeuchttüchern, die sie in ihrer Handtasche gefunden hatte, abgeschrubbt hatte.

»Kann ich dich kurz sprechen?« Boyd betrat das Büro und schloss die Tür hinter sich.

»Sicher. Setz dich.«

»Die paar freien Stunden, um die ich gebeten habe. Ich muss wirklich um halb fünf gehen. Ist das in Ordnung?«

Sie warf einen Blick auf die Uhr an der Wand. »Herrje, Boyd. Ich möchte, dass du dich mit der SpuSi und der Rechtsmedizin triffst. Solange wir nicht mit Sicherheit wissen, was mit Cara Dunne passiert ist, müssen wir die Sache wie eine laufende Ermittlung behandeln.«

»Das weiß ich alles.« Er setzte sich und stützte sich mit den Ellbogen auf den Schreibtisch, eine Hand unter dem Kinn. »Aber ich muss nach Hause nach Galway fahren. Ich bitte selten um Urlaub, das weißt du, und ...«

»Was ist denn in Galway los? Du warst doch erst letzte Woche auch für einen Tag dort.« Scheiße, dachte sie. Boyds Angelegenheiten gingen nur ihn etwas an, aber sie hatte trotzdem das Gefühl, dass er ein Geheimnis vor ihr hatte. Freunde hatten doch keine Geheimnisse voreinander, oder? Und sie und Boyd waren mehr als Freunde.

»Es geht um meine Mutter«, sagte er und rutschte unruhig auf dem Stuhl hin und her. »Sie hat einen Termin und hat mich gebeten, sie zu begleiten.«

»Kann Grace nicht mit ihr gehen?« Lottie hatte Boyds Schwester kennengelernt und mochte die junge Frau.

»Du weißt, wie Grace ist, also nein, das kann sie nicht.«

Lottie sträubte sich gegen die Zurechtweisung in seinem Ton. Mit einem hörbaren Seufzer sagte sie: »Was ist mit Caras Obduktion?«

»Die ist noch nicht einmal im Terminkalender eingetragen.«

»Woher weißt du das?«

»Weil ich angerufen habe, um es herauszufinden. Tim Jones sagte, es könnte morgen früh werden, bis Jane Dore aus Dublin eintrifft.«

»Alles klar. Ich nehme an, es hat keinen Sinn, dich hier zu behalten, wenn du sowieso nur halbherzig bei der Arbeit bist.«

»Meine Güte, Lottie, nimm es nicht persönlich.« Er stand auf.

»Das mache ich nicht. Ich stehe unter Druck. Die ganze Arbeit, die wir vor uns haben, Boyd, ganz zu schweigen von den

Berichten für November, und du willst dich nach Galway verdrücken. McMahon sitzt mir im Nacken. Oh, lieber Gott, gib mir Kraft.«

»Ich habe dir heute Morgen meine Hilfe angeboten, aber du hast gesagt, dass du alles unter Kontrolle hast.«

Dagegen konnte sie nichts sagen, denn es stimmte. Das hatte sie ihrer eigenen dickköpfigen Sturheit zu verdanken.

Als sie aufblickte, war Boyd ins Hauptbüro zurückgekehrt und schaltete seinen Computer aus, während er seinen Mantel anzog. Sie spürte, wie sich ein tiefes Gefühl der Einsamkeit in ihrer Brust ausbreitete. Er hielt etwas von ihr fern. Was und warum? Sie hatte keine Ahnung.

Dann klingelte ihr Telefon.

———

Trevor Toner betrat das Theater, zog eilig seine Tanzschuhe an und legte sich ein Velourstuch um den Hals. Er blieb stehen und beobachtete einen Moment lang die Bühne. Die Tanzroutine verlief nicht nach Plan.

»Nein, nein, nein«, rief er und ging auf die Bühne zu. »Noch mal von vorne. Fünf, sechs, sieben, acht ...«

Mit einem Blick auf Shelly, seine Assistentin, setzte er sich neben sie und fragte sich, warum er sich überhaupt die Mühe machte. Die Show sollte nächste Woche eröffnen, und die Proben schienen eher Rück- als Fortschritte zu machen. Er wartete, während sich die junge Tanztruppe auf den Neustart vorbereitete, und gab dann ein Zeichen für die Musik. Shelly tippte auf das iPhone, das mit den Lautsprechern verbunden war, und Wham! legte los mit ›Wake Me Up Before You Go-Go‹. Er nahm an, dass seine Schützlinge noch nie etwas von George Michael gehört hatten, geschweige denn von Wham!, aber das sollte sie nicht daran hindern, eine einfache Schrittfolge vorzuführen, auch wenn sie heute scheinbar lahme Beine hatten.

Er sah verzweifelt zu, wie die sechs Teenager und die zwei kleinen Mädchen zum falschen Zeitpunkt sprangen, und vergrub sein Gesicht in dem Handtuch.

»Was ist los?« Shelly rutschte näher an ihn heran.

»Es ist eine Katastrophe«, jammerte Trevor, der die Hysterie nicht aus seiner Stimme heraushalten konnte. »Wir werden nie im Leben rechtzeitig fertig.«

»Wir werden immer rechtzeitig fertig. Was ist mit ›Es wird schon alles gut gehen‹?«

»Ich weiß, ich weiß.« Er wandte sich ihr zu. »Aber sieh sie dir doch an.«

»Mach dir keinen Stress.« Sie löste ihren Pferdeschwanz und ließ ihr Haar locker um die Schultern fallen. »Ich brauche eine Pause und du musst dich beruhigen.« Sie legte eine Hand auf seinen Arm und ließ sie dort verweilen, bevor sie hinzufügte: »Ich hole uns etwas Wasser.«

Ihre Flirtversuche hatten keine Wirkung auf ihn. »Sie hat es immer noch nicht kapiert«, dachte er, als sie aus der Tür schlüpfte.

Er sprang auf die Bühne und sagte: »Das ist das letzte Mal, dass ich mit euch die Schritte durchgehe, okay?« Er gestikulierte wild. »Stellt euch da unten hin, schaut mir zu und lernt. Sonst gehe ich, und diese Show kann kümmerlich verrecken.«

In der Öffentlichkeit die Rolle des Spielverderbers zu spielen, das war für ihn nicht selbstverständlich. Er wusste, dass er wie eine Schaufensterpuppe aussah, als er tief einatmete und darauf wartete, dass der Beat einsetzte und sich die Musik ihren Weg in seine Adern bahnte. Er warf einen Blick auf seine Zehen, um sich zu vergewissern, dass er bereit war. Als er wieder aufblickte, bemerkte er einen Schatten auf dem Balkon. Jemand bewegte sich die erste Reihe entlang, bevor er den Sitz herunterklappte und sich setzte. Vielleicht war es ein Talentscout, dachte Trevor irrationalerweise. Sicherlich nicht in seinem Alter. Sechsunddreißig war zu alt für den Broadway.

Trotzdem wollte er sein Bestes geben. Er musste den Kindern und allen anderen, die zusahen, zeigen, wie man tanzte.

NEUN

Es war unheimlich still. Wie die Ruhe vor einem ausgewachsenen Sturm. Die Fahrt durch das Dorf Ballydoon versetzte Lottie in der Zeit zurück. Eine Straße. Zwei Pubs. Der einzige Laden sah aus, als würde darin alles verkauft werden, von Paletten voller Kohlebriketts bis hin zum Cappuccino zum Mitnehmen. Ein Wegweiser sagte ihr, dass sich links eine Schule befand. Es ging vorbei an der Kirche und einem Friedhof auf der anderen Straßenseite. Eine Grünfläche war leer bis auf eine alte, blau gestrichene Wasserpumpe in der Mitte, die irgendwie fehl am Platz wirkte.

Verschmierte, dreckige Fenster machten deutlich, dass die dahinterliegende Autowerkstatt wohl schon seit einiger Zeit geschlossen war. Die Zapfsäulen waren nicht mehr in Betrieb. Das ganze Dorf schien kurz davor zu sein, tot umzufallen und schrie geradezu nach Erlösung.

Ballydoon Abbey lag am Ende einer von Bäumen gesäumten Straße. Die schneebedeckten Äste hingen tief über die trügerisch glatte Allee.

Lottie blickte zum Dach der Abtei hinauf und bemerkte den Rauch, der über einem der Schornsteine hing. Ihr bisheriger Tag war voller Tod und Tabellenkalkulationen gewesen. Sie war sich nicht sicher, welches davon das schlimmere Übel darstellte. Immerhin war es ihr gelungen, Boyd dazu zu bringen, seine Abreise um etwa eine Stunde zu verschieben, weil sie ihn bei einer ersten Sichtung am Tatort dabeihaben wollte.

An der inneren Absperrung angelangt fiel ihr Blick auf die am Boden liegende Gestalt. Sie sah das lange Kleid, das den Körper bedeckte. Es war heller als der matschige Schnee, auf dem die Frau lag. Es konnte doch nicht noch ein Opfer in einem Hochzeitskleid geben, oder? Scheiße, dachte sie.

Von dort, wo sie stand, sah sie nur sehr wenig Blut. Die junge Frau lag auf dem Bauch, das Gesicht zur Seite gedreht, und Lottie fragte sich, warum die Hirnmasse nicht auf den unberührten Schnee gespritzt war. War sie schon tot gewesen, bevor sie gefallen war?

Während sie ihre Schutzkleidung anzog, blickte sie wieder zu dem Gebäude. Über ihr ragte es drei Stockwerke in die Höhe, obwohl es an anderen Stellen nur zweistöckig war. An der Seite war eine kleine Kapelle angebaut, deren Schieferdach vom frisch gefallenen Schnee bedeckt war, makellos trotz der Spuren von Vögeln, die sich eng an eine Wetterfahne gedrängt hatten. Aus den Fenstern drang Licht, und eine Lampe über einer Türöffnung warf einen gelben Schein auf die makabre Szene darunter. Der deutliche Geruch von gebratenem Essen stieg ihr in die Nase, getragen von einer leichten Brise, und sie fragte sich, ob die Küche wohl in der Nähe lag. Sie hoffte, dass der Essensduft den Todesgeruch abschwächen würde.

Jim McGlynn, der Leiter der Spurensicherung, war vor ihr eingetroffen. Er war damit beschäftigt, seinem Team Befehle zuzurufen, und sein Blick bohrte sich in ihren, als wollte er sie geradezu dazu herausfordern, den Tatort ohne seine Erlaubnis zu betreten.

»Ist es wieder ein Selbstmord, Jim?« Ihr Atem verharrte wie hartnäckiger Nebel in der Luft. Er hatte gut daran getan, so schnell hierher zu kommen, und hoffentlich hatte er ein kompetentes Team in Hill Point zurückgelassen. Sie wusste, wie wichtig die Spurensicherung war, um festzustellen, ob ein Verbrechen begangen worden war, und um Beweise gegen einen Angeklagten zu sammeln. Falls sie überhaupt so weit kamen.

McGlynn sah sie an, als wollte er sagen: ›*Halten Sie mich für einen Zauberer?*‹. Doch er blieb stumm.

Boyd gesellte sich zu ihr, schloss den Reißverschluss seiner weißen Schutzkleidung und betrachtete die Leiche mit zusammengekniffenen Augen. »Trägt sie ein Hochzeitskleid?«

Lottie warf ihm denselben Blick zu, den McGlynn ihr eben zugeworfen hatte. Sie wandte sich an den SpuSi-Teamleiter. »Können Sie sie bitte umdrehen?«

»Detective Inspector Parker, ich versuche hier, meinen Job zu machen.«

»Wenn es Selbstmord war, warum machen Sie dann so eine große Sache daraus?«

McGlynn lehnte sich zurück und untersuchte den nackten Arm des Opfers. »Wenn es Selbstmord war, ist es der dritte Verdachtsfall in drei Wochen und der zweite allein in dieser Gegend.«

»Also *ist* es ein Selbstmord?« Lottie sprang auf seine Aussage an. Sie erinnerte sich an den jüngsten Todesfall im Wald von Lough Doon, weniger als drei Kilometer vom Dorf entfernt.

»Das habe ich nicht gesagt. Und wir beide wissen, dass der Tod von Ms Dunne sehr verdächtig aussah.«

Sie beobachtete, wie McGlynn einen Assistenten anwies, Fotos von der Leiche *in situ* zu machen, und einen anderen, alle vorgenommenen Handlungen und Bewegungen zu filmen.

»Was fotografieren Sie?«, fragte sie.

»Ihre Arme.«

»Das sehe ich, aber ich sehe nicht, warum das relevant ist.«

Ein bitterer Ostwind hob kurz das Kleides des Opfers an, bevor es wieder auf dem Körper zu ruhen kam.

»Es könnte Anzeichen eines Kampfes geben«, murmelte er.

»Und gibt es welche?«

»Sie haben überhaupt keine Geduld.«

»Ich weiß.«

Sie beugte sich weiter herunter. Die Arme der jungen Frau waren ausgestreckt. Die Seide des ärmellosen Hochzeitskleides wogte leicht im Wind. Ihre Beine waren nackt. Keine Schuhe oder Strumpfhose. Ihr tiefschwarzes Haar bildete einen starken Kontrast zu der Seite ihres weißen Gesichts, die zu sehen war.

»Starb sie beim Aufprall oder war sie schon vorher tot?«

McGlynn beugte sich über die Leiche. »Gott gebe mir Geduld mit Ihnen.« Er stieß einen langen Seufzer aus, der vom Wind davongetragen wurde. »Auf den ersten Blick kann man nichts sagen, aber die Rechtsmedizin wird die Todesursache feststellen können. Aber sehen Sie sich das an.«

Lottie beugte sich vor und bemerkte eine große Wunde auf der Stirn. »Pre-Mortem-Trauma?«

McGlynn starrte sie an. »Wenn Sie eine Kopfwunde, die kurz vor dem Tod entstanden ist, so nennen wollen, dann ja.«

»Ist sie gestürzt oder wurde sie von etwas getroffen?«

»Ich bin kein …«

»Zauberer. Okay.« Sie blickte zu der kleinen Menschenmenge hinüber, die sich außerhalb der Absperrung im Schnee versammelt hatte. »Wer hat die Leiche gefunden?«

»Woher soll ich das wissen?« grummelte McGlynn.

Lottie und Boyd machten sich auf den Weg zum Garda Sergeant, der damit beschäftigt war, die Versammlung hinter dem gespannten Tatortabsperrband auf Abstand zu halten. »Wer war als Erster oder Erste am Tatort?«

Er sah in seinem Notizbuch nach. »Ein Krankenpfleger. Alan Hughes.«

»Ein Krankenpfleger?«

»Das ist ein Pflegeheim.«

»Das weiß ich.«

Lottie schaute zurück zu McGlynn, der jetzt unter dem Licht einer eilig aufgestellten Halogenlampe arbeitete. Einige seiner Mitarbeiter versuchten vergeblich, ein Zelt über der Leiche aufzustellen. Es sah eher wie ein Tatort aus. Der zweite Todesfall innerhalb weniger Stunden, beide Frauen in Hochzeitskleidern. Ein zu großer Zufall, dachte Lottie, als sie ihre Augen über die Menschenmenge schweifen ließ. Sie war überrascht, ihren Freund Father Joe Burke inmitten der Menge zu sehen. Was hatte er hier zu suchen? Bevor sie ihn ansprechen konnte, trat ein Mann vor. Sein Haar war unter einer schwarzen Mütze verborgen, ein rauer Bart bedeckte sein Kinn, und soweit sie sehen konnte, waren seine Augen ebenso dunkel wie sein Hut.

»Ich bin Alan Hughes.« Seine Stimme war rau und heiser. »Ich habe sie gefunden.«

»Geht es Ihnen gut?«, fragte Lottie.

»Grippe.« Er nieste in ein Papiertaschentuch.

Lottie wandte sich an ihren uniformierten Kollegen. »Nehmen Sie die Personalien aller auf und notieren Sie alles, was Sie herausfinden können. Wo sie sich aufgehalten haben. Wann sie die tote Frau zuletzt gesehen haben. Sie wissen schon. Und stellen Sie sicher, dass niemand den Tatort kontaminiert. Niemand darf sich entfernen, bis Sie mit allen gesprochen haben. Boyd, du bleibst bei McGlynn und schaust, was du herausfinden kannst. Ich spreche kurz im Auto mit Mr Hughes.«

Sie zog die weiße Schutzkleidung aus, steckte sie in eine ihr dargereichte Papiertüte und tauchte unter dem Absperrband durch. Sie führte Hughes zu dem nicht als solchem gekennzeichneten Polizeiauto. Sie hätte ihn auch in die Abtei bringen können, aber sie dachte, dass er außerhalb des Gotteshauses vielleicht freier reden würde. Manchmal half eine Abgrenzung vom Tatort den Zeugen, sich zu öffnen. Als er auf dem Beifahrersitz Platz genommen hatte, setzte sie sich auf die andere Seite.

Er zitterte sichtlich, als er seinen Hut abnahm. Sein Haar war kurz geschnitten und von grauen Strähnen durchzogen, und seine Hände waren groß; eher wie die eines Bauern als die eines Krankenpflegers, dachte sie. Er drehte sich auf dem Sitz herum, und sie bemerkte ein Glitzern in seinen Augen. Vor Angst oder Traurigkeit? Manchmal fiel es ihr schwer, diese Gefühle zu unterscheiden.

»Mr Hughes ... darf ich Sie Alan nennen?«

»Ja.«

»Alan, erzählen Sie mir alles. Von Anfang an.«

»Was wollen Sie wissen?«

Oh Gott, stöhnte Lottie innerlich. »Wissen Sie, wie die junge Frau heißt?«

»Die tote Frau?«

»Ja.«

»Das ist Fiona Heffernan«, sagte er. »Ich habe mit ihr zusammengearbeitet.«

»Sie ist eine Krankenpflegerin?«

»Sie *war* Krankenpflegerin.«

»Hat sie gekündigt?«

»Nein. Sie hat sich verdammt noch mal vom Dach gestürzt.«

Lottie klopfte mit den Fingerknöcheln gegen das Lenkrad. »Hat Fiona heute gearbeitet?«

»Ja. Sie hatte Schicht war von halb neun bis um drei.«

»Wo hat sie gewohnt?«

»Das weiß ich nicht.«

»War sie aus dem Dorf?«

»Ich weiß es nicht!« Seine Stimme hob sich um eine Oktave und verlor ihr raues, hartes männliches Timbre.

»Haben Sie eine Ahnung, was sie nach ihrer Schicht gemacht hat?«

»Inspector, ich möchte nicht unhöflich sein, aber ich bin gerade erst zur Arbeit gekommen, für die Nachmittagsschicht. Ich habe mein Auto geparkt und war auf dem Weg nach drinnen, als ich sie entdeckt habe. Sie lag da wie ein Schneeengel.« Er unterdrückte ein Schluchzen.

»Das ist eine gute Beschreibung.« Lottie warf einen Blick durch das Fenster über seine Schulter, am Gebäude entlang zum Dach und wieder hinunter zur Leiche. »Haben Sie eine Ahnung, warum Ms Heffernan ein Hochzeitskleid trägt?«

»Nicht wirklich.« Er zuckte mit den Schultern. »Jedenfalls nicht heute.«

Lottie runzelte die Stirn. »Nicht heute? Was meinen Sie damit?«

»Ich werde Ihnen sagen, was ich damit meine. Fiona wollte erst morgen heiraten.«

Nachdem sie veranlasst hatte, dass Alan Hughes ein Abstrich genommen und er aufs Revier gebracht wurde, um seine Fingerabdrücke zu nehmen und eine förmliche Vernehmung zu führen, suchte sie Father Joe auf. Er bibberte trotz seines schweren Parkas, die Kapuze war eng um sein Gesicht gezogen. Sie würde ihn überall erkennen.

»Was führt dich hierher?«, fragte sie.

»Nachmittagsvisite. Die Krankenpflege gehört zu meinen priesterlichen Pflichten.«

»Aber das ist nicht deine Gemeinde«, sagte sie und rieb sich die Hände, um sie warm zu halten.

»Father Curran konnte heute nicht kommen, also hat er mich gefragt. Er ist der ortsansässige Pfarrer.«

»Okay. Wie geht es dir?«

»Mir geht es gut. Ich habe viel zu tun.«

Sie lächelte und erinnerte sich an all das, was er vor zwei Jahren durchgemacht hatte. »Hast du die tote Frau gekannt?«

»Ich habe die Leiche noch nicht gesehen, also könnte ich es nicht auf einen Stapel Bibeln schwören.«

»Ihr Name war Fiona Heffernan. Sie war Krankenpflegerin.« Lottie hätte schwören können, dass sein Gesicht blass wurde. »Du kanntest sie?«

»Fiona? Das ist ja furchtbar. Ich habe sie ein paar Mal bei meinen Besuchen getroffen.« Er blickte zum Dach hinauf und dann auf den Boden hinunter und schüttelte den Kopf.

»Wie oft besuchst du die Kranken hier draußen?«

»Nicht oft. Ich glaube, dies ist mein drittes oder viertes Mal. Ich mache es nur, wenn Father Curran mich bittet, für ihn einzuspringen. Du solltest mal mit ihm reden. Er wohnt im Pfarrhaus neben der Kirche, im Dorf.«

»Werde ich. Danke.« Sie sah, wie Kirby aus seinem Auto ausstieg. »Ich gehe besser rein und beginne mit meinen Ermittlungen. Bis bald.«

Er lächelte; das Lächeln, an das sie sich erinnerte und das seine Augen zum Leuchten brachte. »Lottie?«, sagte er und griff nach ihrem Ärmel, als sie sich abwandte. »Du kannst jederzeit mit mir über alles reden. Das weißt du.«

Sie nickte und zog ihre Kapuze hoch, um die Röte zu verbergen, die sie auf ihren Wangen spürte. Vielleicht sollte sie mit ihm über ihre Verlobung mit Boyd sprechen. Oder vielleicht auch nicht. Eine kirchliche Trauung würde es sowieso nicht geben, da Boyd geschieden war. Sie würde kein weißes Kleid tragen, dachte sie, als sie wegging.

ZEHN

Das Railway Hotel war nicht gerade der Ort, den sich Steve O'Carroll für seine weitere Karriere ausgemalt hatte. Hier zu arbeiten, verursachte ihm einen Komplex von der Größe eines Elefanten, der auf seinen schmalen Schultern saß. Seine Mutter hatte gehofft, dass er etwas anderes erreichen würde. Er hatte am King's Inn in Dublin Jura studiert, sollte Barrister werden, Rechtsanwalt, kein Barista und kein Barkeeper, aber er war durch die Abschlussprüfungen gefallen. Das war nicht seine Schuld gewesen. Keineswegs. Aber den wahren Grund konnte er niemandem erklären. Niemand hätte ihm geglaubt, dass er, Steve O'Carroll, einen Nervenzusammenbruch erlitten hatte. Und jetzt? Jetzt stand er an der Bar im Ragmullins Railway Hotel und gab dem Schwachkopf dahinter Anweisungen.

»Was machst du da? Ich habe dir doch gesagt, dass der Weißwein in den Kühlschrank gehört, nicht der Rotwein. Warum hörst du mir nicht zu? Wie lange arbeitest du schon hier?«

»Zwei Wochen.« Der Barkeeper schielte mit einem Auge, so dass es schien, als würde er ihm ständig zuzwinkern. Was

Steve schon an Zuzwinkern, Zunicken und Anstupsen hatte über sich ergehen lassen müssen, würde für ein Leben lang reichen.

»Wie heißt du noch mal?«

»Benny.«

»Bist du farbenblind, Benny? Wenn du den Unterschied zwischen Rot- und Weißwein nicht erkennen kannst, dann hast du den falschen Beruf. Beeil dich. Wir haben morgen einen Hochzeitsempfang und du musst noch eine ganze Kiste ausladen und die Regale einräumen. In einer Stunde will ich ein vollständiges Bestandsverzeichnis. Verstanden?«

»Verstanden.«

Steve stützte sich mit den Ellbogen auf die Theke und legte den Kopf in die Hände. Das Leben war wirklich keine beschissene Schachtel Pralinen. Ganz zu schweigen von der anderen Schachtel. Aber an die wollte er gar nicht erst denken. Er hatte mit dem Empfang morgen schon genug zu tun. Ein kleiner Empfang zwar, doch seine Ansprüche waren hoch. Er wusste, dass Fünf-Sterne-Bewertungen bei TripAdvisor ihm mehr Kunden bringen würden. Und vielleicht einen Weg heraus aus dieser Scheißstadt eröffnen würden, ein für alle Mal.

Er senkte die Hände und sah zu, wie Benny Flaschen aus der Kiste nahm, um den Kühlschrank damit zu füllen. Es war schwer, jemanden mit Erfahrung zu finden, und Bennys Lebenslauf hatte sich gut gelesen. Vielleicht hätte er sich die Referenzen näher ansehen sollen, bevor er ihn eingestellt hatte.

Als er sich umdrehte, um sich zu vergewissern, dass die weißen Leinentischdecken aus dem Waschsalon geliefert worden waren, sah er einen Garda zur Tür hereinkommen, zusammen mit einem großen Mann, dessen Haar so glatt abrasiert war, dass Steve sich fragte, welche Klinge er wohl benutzt hatte, und auf dessen Kopf sich Schneeflocken niedergelassen hatten. Sein eigenes braunes Haar war im Nacken zu einem ordentlichen Pferdeschwanz zusammengebunden. Er fand, dass ihm das einen Hauch von etwas Geheimnisvollem verlieh. So etwas erwartete man nicht von einem stellvertretenden Hoteldirektor. Selbst wenn es sich nur um das Railway Hotel handelte. Als der Mann sich näherte und seine Jacke auszog, beschloss Steve, dass er, wenn er sich jemals die Haare schneiden sollte, sie ganz abrasierten würde. Ihm gefiel der Look. Fies und fein.

Er lächelte, straffte die Schultern und strich sich über das Revers, in der Hoffnung, dass keine Schuppen darauf zu sehen waren. »Kann ich Ihnen helfen, meine Herren?«

»Ich würde gerne mit Steve O'Carroll sprechen.«

»Steht vor Ihnen.« Er deutete auf einen kleinen Tisch unter dem Fenster, um den vier Stühle standen. »Setzen Sie sich.«

»Wir bleiben lieber stehen, wenn es Ihnen nichts ausmacht.«

Sofort spürte Steve ein nervöses Kribbeln. »Was kann ich für Sie tun?«

Der Glatzkopf überprüfte sein Handy und starrte ihn dann wieder an. »Sie waren verlobt mit Cara Dunne, ist das richtig?«

»Ja, das war ich. Aber das ist jetzt alles vorbei. Gott sei Dank.«

»Warum sagen Sie das?«

Steve gefiel der Ton überhaupt nicht. »Warum sind Sie hier?«, fragte er misstrauisch.

»Es tut mir leid, Ihnen mitteilen zu müssen, dass heute Morgen die Leiche von Cara Dunne in ihrem Haus gefunden worden ist.«

»Cara? Tot?« Steve biss sich auf die Lippe. Er wollte sich hinsetzen, blieb aber stehen. »Wollen Sie mich verarschen?«

»Ich habe nicht die Angewohnheit, Leute, die ich noch nie getroffen habe, zu ›verarschen‹.«

»Aber ... ich verstehe das nicht. Sie ist tot? Wie kann das sein? Was ist passiert?«

»Das kann ich Ihnen im Moment nicht sagen. Aber ich

würde Ihnen gerne ein paar Fragen stellen. Vielleicht sollten wir uns doch hinsetzen.«

———

Während er sich auf den Tisch unter dem Fenster zubewegte, behielt McKeown Steve O'Carroll fest im Blick. O'Carroll wiederum reckte sein Kinn mit einem Hauch von Arroganz nach oben. Er bewegte seinen drahtigen Körper mit einer gewissen Leichtigkeit, das glänzende Haar zu einem Pferdeschwanz gebunden. Der schwarze Anzug, das weiße Hemd und die blaue Krawatte bildeten einen seltsamen Kontrast dazu. Und noch etwas war McKeown aufgefallen. Von dem Moment an, als er ihm die Nachricht vom Tod von Cara Dunne überbracht hatte, hatte O'Carroll kaum eine emotionale Regung gezeigt. Dieses Gespräch würde einiges an Geschick erfordern, und McKeown war zuversichtlich, dass er der richtige Mann für diese Aufgabe war.

Er warf seine nasse Jacke über die Stuhllehne, atmete tief ein und ließ den Atem durch die Nase entweichen. Er hatte in der Schule die Mittagspause abwarten müssen, um endlich mit den Lehrern sprechen zu können, und dann hatten sich nur zwei oder drei von ihnen an den Namen von Cara Dunnes Ex-Verlobtem erinnert. Das sprach nicht gerade für Steve O'Carroll – oder vielleicht hatten sie auch einfach nur unter Schock gestanden.

»Können Sie mir sagen, wo Sie heute Morgen waren? Sagen wir von sieben Uhr früh bis zehn Uhr vormittags?«

»Einen Moment mal. Sie haben mir gerade gesagt, dass Cara gestorben ist. Sie haben mir nicht gesagt, wie oder wann, und dann fragen Sie mich, wo ich gewesen bin?«

»Mr O'Carroll. Steve.« McKeown setzte sich, streckte seine langen Beine zur Seite hin aus und legte die Hände auf den

Tisch. »Erzählen Sie mir, was Sie heute Morgen gemacht haben.«

»Das werde ich, wenn Sie mir sagen, was mit Cara passiert ist.«

»Ihre Leiche wurde heute Morgen in ihrer Wohnung gefunden. Sieht verdächtig aus.«

»Sieht aus oder ist?«

»Ihr Tod scheint Sie nicht besonders schwer zu treffen.« Dieses Katz-und-Maus-Spiel ging McKeown auf den Geist. Er kämpfte gegen den Drang an, O'Carroll am Hemdkragen zu packen und an seinem Pferdeschwanz zu ziehen. Stattdessen verengte er seine Augen zu Schlitzen und funkelte ihn an. Das erfüllte seinen Zweck.

O'Carroll seufzte. »Cara und ich haben uns vor drei Monaten getrennt. Ich kann es Ihnen genauso gut jetzt sagen, denn Sie werden es von ihren Lehrerkollegen sowieso erfahren: Es war nicht einvernehmlich. Ich habe keine Gefühle mehr für sie. Dass sie tot ist, nun ja, das ist traurig. Sie war eine gute Lehrerin. Aber zwischen uns herrschte Funkstille.«

»Warum haben Sie sich getrennt?«

»Das ist meine Sache.«

»Jetzt ist es auch meine.«

»Ich glaube, ich werde meinen Anwalt anrufen.«

»Das erweckt nur den Eindruck, als ob Sie sich wegen etwas schuldig gemacht hätten.«

»Ich habe Jura studiert. Ich kenne meine Rechte. Ich weiß auch, dass ich der Erste bin, dem Sie das gerne anhängen würden.«

»Interessante Wortwahl, Steve.«

»Wie meinen Sie das?«

Er war ein gerissener Kerl, dachte McKeown. »Sie wissen, was mit Cara passiert ist.«

»Ist das eine Frage oder eine Aussage?«

»Eine Aussage.«

»Ich habe keine Ahnung, was mit ihr passiert ist.«

»Dann macht es Ihnen sicher nichts aus, mir zu sagen, wo Sie sich heute Morgen aufgehalten haben.«

O'Carroll stieß einen langen Seufzer aus. »Ich war zu Hause, dann bin ich zur Arbeit.«

»Um wie viel Uhr?«

»Gegen zehn. So wie immer.«

»Ich bin mir sicher, dass wir genau nachprüfen können, wann Sie angekommen sind. Kann jemand bezeugen, wo Sie sich vor diesem Zeitpunkt aufgehalten haben?«

»Nein. Sind wir hier fertig?«

»Nein, sind wir nicht.« McKeown kratzte sich am Kinn und versuchte, sein Gegenüber in den Griff zu bekommen. Eins war sicher. O'Carroll würde einen guten Pokerspieler abgeben. »Wann haben Sie Ms Dunne das letzte Mal gesehen?«

»Sind Sie taub? Wir haben uns getrennt. Ich weiß nicht, wann ich sie zuletzt gesehen habe. Ich rufe jetzt meinen Anwalt an. Wenn Sie nicht hier sind, um mich zu verhaften, möchte ich, dass Sie jetzt gehen.«

»Wir brauchen Ihre Fingerabdrücke und eine DNA-Probe. Zu Eliminierungszwecken.«

»Nachdem ich meinen Anwalt kontaktiert habe.« O'Carroll stand auf und ging hinter die Theke, wo er begann, Flaschen ins Kühlfach zu stopfen.

McKeown nickte seinem Kollegen zu, der an der Tür stehen geblieben war, erhob sich, zog seine Jacke an und öffnete die Tür. Ein eiskalter Luftzug wehte herein. Seine Chefin würde sich sicher für diesen O'Carroll interessieren.

»Ich komme wieder«, sagte er und fühlte sich wie Arnold Schwarzenegger. Wenn er jetzt nur noch den Essiggeruch an seinen Fingern loswerden könnte …

ELF

Nachdem Lottie Kirby auf den neuesten Stand gebracht hatte, suchten sie Boyd und betraten das Gebäude. Sie gingen in Richtung der Umkleidekabine, wo eine Kollegin Fiona nach ihrer Schicht noch gesehen hatte.

Die Spurensicherung war auch dieses Mal wieder schon vor Ort. Sie hatten auf dem Boden eine Stelle mit einem kleinen Blutfleck gefunden. Fionas Kopfwunde, dachte Lottie. Nachdem sie sich kurz umgesehen hatte, wies sie Kirby an, die Spinde und Duschen zu überprüfen, während sie und Boyd die Treppe zum Dach hinaufstiegen. Sie war aus Stein gebaut. Als sie die oberste Stufe erreichten, fühlte sie, wie ihr schwindelig wurde.

»Keine Anzeichen eines Kampfes auf dem Weg hier herauf«, sagte Boyd. »Falls sie überhaupt gegen ihren Willen hier heraufgebracht worden ist.«

Lottie untersuchte die Tür vor ihr und drehte den alten Messingknauf. Ohne den geringsten Widerstand öffnete sich die Tür nach außen. Der Wind schlug ihr ins Gesicht, als sie ins Freie trat. Es dauerte einen Moment, bis sie wieder zu Atem kam. Sie hatte sich Überschuhe und Handschuhe angezogen,

und Boyd, immer noch im Overall, hielt eine braune Papiertüte
für Beweisstücke in der Hand. Nur für den Fall, dass sie etwas
Verdächtiges finden würden. Zwei Kollegen der Spurensicherung waren bereits dabei, Fotos zu machen.

»Keine Fußabdrücke«, stellte Boyd fest.

»Es hat ununterbrochen geschneit«, sagte sie.

Sie gingen vorsichtig über Metallpaletten, die von den
Kollegen ausgelegt worden waren, und erreichten den Bereich,
in dem Fiona wahrscheinlich ihre letzten Schritte gemacht
hatte.

Boyd ging in die Hocke und wischte feuchten Schnee weg.
»Um wie viel Uhr ist die Leiche entdeckt worden?«

»Der Zeuge sagt, es war schon nach drei Uhr, als er sein
Auto abgestellt hat«, sagte sie.

»Das ist über eine Stunde her. Und wie du schon gesagt
hast, es hat die ganze Zeit geschneit.«

Sie warf den SpuSis einen Blick zu. »Irgendwelche
Fußabdrücke?«

Beide schüttelten den Kopf. Der eine sagte: »Wenn es
welche gegeben hat, dann sind sie vom Schnee schon vollkommen getilgt worden.«

Als sie sich an den Rand der Brüstung begab, sah sie, wie
Boyd auf die Uhr schaute. Sie bewegte sich seitwärts, bis sie auf
einer Höhe mit der Szene unter sich war, und schaute sich die
Umgebung an, bevor sie ihren Blick wieder auf den Boden um
sich herum richtete. Hoffentlich würde die Spurensicherung
etwas finden.

»Sind alle Mitarbeiter und Besucher erfasst?«, fragte sie
Boyd.

»Sie werden gerade in der Kantine befragt.« Er bewegte
sich Richtung Tür.

»Und die Patienten?« Gott, er war eine richtige Nervensäge. Alles musste sie ihm aus der Nase ziehen.

»Die meisten sind bettlägerig. Die Gardas kontrollieren

gerade alle Anhand einer Checkliste. Aber ich glaube, dass das alles Zeitverschwendung ist. Es ist offensichtlich, dass sie gesprungen ist.«

»Ich glaube nicht, dass sie das getan hat. Sie wollte morgen heiraten.«

»Damit schließe ich meine Beweisführung ab«, sagte Boyd.

Lottie erschrak über den Sarkasmus, der in seiner Stimme mitschwang. Ihr war so kalt, dass sie nicht in der Lage war, eine gewitzte Antwort zu geben. Stattdessen sagte sie: »Fiona ist die zweite Person, die innerhalb weniger Stunden tot in einem Hochzeitskleid aufgefunden wurde. Da stimmt etwas nicht, Boyd.«

Am Rande ihres Blickfelds, Richtung Horizont, glaubte sie, ein Licht zu sehen, das sich zwischen den Bäumen bewegte. »Was ist mit Angestellten, die draußen arbeiten?«

»Was meinst du?«

Sie hielt ihren Blick starr auf die Bäume gerichtet und ignorierte den Schneesturm, der an ihrer Jacke zerrte. »Gärtner? Bauaufsicht? Ich dachte, ich hätte jemanden gesehen. Zwischen den Bäumen. Was ist da drüben?«

»Da muss ich erst nachsehen.«

»Wenn ich mich recht erinnere, gibt es lebensgroße Statuen, die die Kreuzwegstationen darstellen, und weiter hinten sind Schrebergärten. Am Rande des Waldes fließt ein Fluss durch das Gelände.« Sie erinnerte sich vage, dass ihre Mutter sie als Kind hierher mitgenommen hatte, um in der Kapelle für ihren vermissten Bruder zu beten und Kerzen anzuzünden.

»Woran denkst du, Lottie?«

Sie konnte die Wärme von Boyds Atem auf ihrem Gesicht spüren, während er sprach. »Ich glaube, da draußen ist jemand, der zu uns heraufschaut. Komm.« Sie machte auf dem Absatz kehrt.

Boyd blieb, wo er war. »Bleibst du nicht hier, um dich nach möglichen Beweisen umzusehen?«

»Die Kollegen machen das schon, und der Schnee wird es sowieso konservieren – falls es hier noch etwas gibt. Treib jemanden für mich auf, der die Gegend hier gut kennt.«

»Danach muss ich gehen. Es tut mir leid, aber es ist wirklich sehr wichtig für mich ... für meine Mutter.«

»Dann geh.« Sie wollte mehr sagen, mit ihm reden, herausfinden, was los war, aber jetzt war nicht der richtige Zeitpunkt. Später. Morgen. Ja, auf jeden Fall morgen.

Mit einem letzten Blick auf die Stelle, an der sie das Licht gesehen hatte, eilte Lottie durch die Tür und die Treppe hinunter, wobei sie das Gefühl hatte, dass sich plötzlich ein Schatten über sie gelegt hatte.

Während Boyd uniformierte Beamte organisierte, bevor er sich auf den Weg machte, holte Lottie eine große Taschenlampe aus dem Kofferraum ihres Wagens. Langsam ging sie einen schmalen Fußweg entlang, der eine schneebedeckte Wiese durchschnitt. Ihr Verstand sagte ihr, dass sie ihre Zeit verschwendete, aber ihr Bauchgefühl beharrte darauf, dass Fiona Heffernan keinen Selbstmord begangen hatte. Das Blut auf dem Boden der Umkleide. Das Kleid. Sie hatten zwei tote Frauen in Hochzeitskleidern gefunden, was höchst verdächtig war. Cara und Fiona waren beide ermordet worden. Sie musste es nur noch beweisen.

Lottie erreichte eine Stelle, wo sich der Weg teilte. Sie ging nach links und überquerte eine Steinbrücke, unter der das Wasser regelrecht schäumte und zu schnell floss, um zu gefrieren. Am anderen Ufer bog der Weg nach rechts ab. Sie glaubte, ein Licht zwischen den Bäumen flackern zu sehen. Sie duckte sich und ging weiter, wobei sich Äste in ihrem Haar verfingen und ihre Stiefel in dem tiefen Schnee versanken. Die Taschenlampe warf einen Lichtstrahl voraus, und sie war sicher, dass es außer der Spur, die sie hinterließ, keine weiteren Fußabdrücke gab. Nach einigen Augenblicken fand sie die Quelle des Lichts.

Zwischen den Kreuzwegfiguren ragte ein gekreuzigter Jesus an einem großen Holzkreuz vor ihr auf, das von einem Scheinwerfer auf dem Sockel beleuchtet wurde. Sie trat vor. Das musste das Leuchten sein, das sie gesehen hatte. Andererseits war der Scheinwerfer statisch, und sie war sich sicher, dass sich das Licht bewegt hatte. Der Wind?

Als sie sich umdrehte, um den Rückweg anzutreten, raschelten die Bäume und Schnee prasselte auf sie nieder. Sie zog ihre Kapuze fest und ging einen Weg entlang, den sie noch nicht gegangen war, und als sie nach rechts zur Abtei abbog, folgte ihr Blick der Richtung des Flusses. Wo es eine Lücke zwischen den schneebeladenen Bäumen gab, war das Land flach. Dahinter lagen ein Haus und ein Hof. An der Umzäunung stand ein Mann mit einer Lampe in der Hand. Lottie schwenkte ihre Taschenlampe zum Gruß, obwohl er fünfzig Schritte von ihr entfernt war. Er würdigte sie keines Blickes, sondern machte einen Schritt zurück, drehte sich um und ging davon. Langsame, entschlossene Schritte. Dann war er verschwunden.

Sie fühlte sich, als wäre ihr ein Eiszapfen in den Kragen gerutscht. Sie ging schnell weiter und hoffte, dass McGlynn Neuigkeiten für sie hatte, denn sie wollte auf keinen Fall noch mehr Zeit in diesem Niemandsland verschwenden, wenn sie es wirklich nicht mit einem Mord zu tun hatten.

———

Christy Clarke wischte sich das Wasser aus den Augen, als er vorsichtig zu seinem Haus zurückging. Der Hof glich einer Eisbahn, und seine Gummistiefel taten ihm keinen guten Dienst. Es waren keine emotionalen Tränen, sagte er sich. Das war nur wegen der Kälte.

In der Küche probierte er erneut den Wasserhahn. Die Rohre rumorten. Ein Schwall braunen Wassers spritzte auf die Tassen in der Spüle und auf seine grüne, gewachste Jacke. Er wartete. Schaute aus dem Fenster. Das Wasser tropfte nur noch und hörte dann ganz auf. Er nahm den Schraubenschlüssel aus der Tasche und ging wieder nach draußen.

Die Wasserpumpe befand sich in einer Scheune neben dem Schweinestall. Er hatte bereits den größten Teil des Tages damit verbracht, sie zu reparieren, und er war sich sicher gewesen, dass sie wieder funktionierte, als er fertig gewesen war. Aber das trübe Wassertropfen sagte ihm etwas anderes. Jetzt, mit seinen Händen in den fingerlosen Handschuhen, machte er sich wieder an die Arbeit und hoffte, dass er es diesmal hinbekommen würde.

Ein Auto schlitterte auf den Hof. Er hörte, wie die Tür geöffnet und geschlossen wurde.

»Was machst du denn da drin?«, sagte Beth.

Er drehte sich nicht um. Sie erinnerte ihn zu sehr an ihre Mutter, wenn ihm ihre Stimme in diesem Tonfall durch die Seele schnitt.

»Wonach sieht es denn aus?« Er zog mit dem Schraubenschlüssel eine Schraube fest.

»Hast du die Rohre immer noch nicht repariert? Gott verdammt, Dad, ich wollte mich doch duschen.«

»Sprüh dich doch erst einmal mit diesem schicken Deodorant ein. Ich tue mein Bestes.«

»Super!« Empörung schwang in ihrer Stimme mit. »Ein Kaffee würde mich jetzt aufwärmen. Ich setze Wasser auf.«

»Es gibt kein verdammtes Wasser«, sagte Christy. Er schaute über seine Schulter, aber seine Tochter war bereits ins Haus gestapft.

Der Schraubenschlüssel rutschte ab und grub sich in die Spitze seines Zeigefingers. Er steckte den Finger in den Mund, um den Blutfluss zu stoppen, und fragte sich, wie er die Dinge jemals wieder in Ordnung bringen sollte. Ohne Vorwarnung stieg ein Schluchzer aus seiner Kehle auf, und die Anspannung löste sich in einem Anfall von Zittern. Er lehnte sich an die kalte Betonwand des Pumpenhauses und gab sich den Schluchzern hin, die sich aus seiner Brust lösten.

»Dad!«, rief Beth von der Hintertür aus. »Ich kann keinen Kaffee kochen. Wir haben kein Wasser!«

Christy schniefte die letzten Tränen weg und beugte sich über die Pumpe, ohne seiner Tochter zu antworten. Hier konnte er nichts mehr tun. Das Problem musste irgendwo drinnen liegen.

»Aus dem Weg, Mädchen.« Er öffnete die Schranktür unter dem Waschbecken.

»Ich habe ewig gebraucht, um durch das Dorf zu fahren. Ich konnte nicht einmal anhalten, um Wasser zu kaufen. Was ist in der Abtei los?« Beth wühlte im Brotkasten herum.

»Die bereiten sich wohl auf die Hochzeit morgen vor.«

»Die Hochzeit von Fiona und Ryan? Bestimmt nicht. Die haben doch nur eine kleine Feier. Ich bin nur zum Essen eingeladen, so klein ist sie. Ich bezweifle, dass das so viel Brimborium rechtfertigt. Ich gehe mal rüber und schaue mir das an.« Sie stand mit ihrer leeren Tasse in der einen und einer Scheibe Brot in der anderen Hand da, während ihr Vater am Wasserhahn unter der Spüle herumhandwerkte.

»Verdammt noch mal«, sagte er, als das Wasser plötzlich ungehindert in das Waschbecken floss. »Es war die ganze Zeit das Rohr, das eingefroren war, nicht die Pumpe.«

Beth stellte ihre Tasse auf den Tresen. »Ich trinke einen Tee, wenn ich zurückkomme.«

»Wohin gehst du?«

»Hab ich dir doch gerade gesagt. Zur Abtei, um ein bisschen zu schnüffeln.«

Er sah, wie sie zusammenzuckte und mit den Zähnen

knirschte, bevor er merkte, dass er ihren Arm so fest umklammert hatte, dass seine Finger weiß geworden waren.

»Bleib doch da und trink einen Tee mit mir. Ich bin schon den ganzen Tag allein.«

»Lass meinen Arm los, Dad.« Ein roter Fleck hatte sich auf ihrer totenblassen Haut breit gemacht.

Er ließ seine Hand fallen und machte einen Schritt zurück. »Tut mir leid, Liebling. Ich weiß manchmal gar nicht, wie viel Kraft ich habe.« Er füllte den Kessel auf und machte viel Gewese darum, zwei Tassen zum Tisch zu bringen.

Schließlich lenkte sie ein, hängte ihren Mantel wieder auf und setzte sich hin. »Was ist los? Ist es die Steuererklärung? Ich lege eine Tabelle dafür an.«

Er drehte ihr immer noch den Rücken zu und starrte hinaus auf den Schnee, der in schrägen eisigen Böen über den Hof wehte. Er wünschte sich, sein einziges Kind wäre nicht so neugierig. Das würde sie nur in Schwierigkeiten bringen. Und Christy Clarke kannte sich aus mit Schwierigkeiten.

ZWÖLF

Als er seine Tanznummer beendet hatte, zeigte Trevor mit dem Finger von der Bühne hinunter. »Du, du und du, kommt hier hoch. Schnell.«

Während er darauf wartete, dass die beiden jüngsten Mädchen und einer der Teenager zu ihm auf die Bühne kamen, blickte er nach oben. Die erste Reihe der Gallerie war leer. Er schüttelte das nervöse Gefühl ab, beobachtet worden zu sein. Wahrscheinlich war es Giles gewesen, der Theatermanager, der sich in der Dunkelheit herumtrieb, um das Geschehen oder die jungen Mädchen im Auge zu behalten. Aber Trevor war sich ganz und gar nicht sicher, ob er wirklich ihn gesehen hatte. Die Show war ausverkauft, also brauchte sich Giles keine Sorgen um die Premiere zu machen. Sie konnte ein Flop werden und er würde trotzdem Gewinn machen. Aber wenn das da oben nicht der Manager gewesen war, wer dann?

»Die Probenzeit ist fast vorbei. Was sollen wir denn jetzt noch tun?«

Er wurde von der Stimme einer seiner Schützlinge aus seinem Tagtraum gerissen. Jasmina, Tasmania? Ihr Name war ihm entfallen. Er starrte auf die perfekten Wimpern, den violetten Schatten, der auf ihren Lidern funkelte, und das makellose Make-up. Ein Anflug von Eifersucht durchströmte seine Adern, und seine Finger glitten unwillkürlich über sein Kinn und stießen auf Akne, die wohl vergessen hatte, dass er kein Teenager mehr war.

Eine andere Stimme dröhnte. »Trevor, komm hier runter!«

»Ich hab zu tun, Giles. Ich habe keine Zeit, um ...«

»Jetzt! Es ist wichtig. Draußen.«

Trevor sah, wie Giles schneller als eine Ballerina auf dem Absatz kehrtmachte und zur Tür hinauslief.

»Geh schon«, sagte Shelly. »Ich werde die Schritte mit den Mädchen noch einmal durchgehen. Wir sind für heute sowieso fast fertig.«

»Danke.« Trevor sprang von der Bühne, nahm sein Handtuch und wickelte es um seinen Hals, um den Schweiß aufzusaugen, der sich dort angesammelt hatte.

In der Theaterbar war es gespenstisch still. Der Geruch von abgestandenem Bier haftete wie die abblätternde Farbe an den Wänden. Er machte sich auf den Weg nach draußen zum Raucherbereich. Die schwere Feuertür widerstand erst seinem Druck, bevor sie mit solcher Wucht aufschwang, dass er hinausgeschleudert wurde, wo ein hoher Hocker einen Sturz gerade noch verhinderte.

»Verdammte Scheiße.« Er rieb sich das Knie und sah sich seinem Arbeitgeber gegenüber.

»Setz dich«, sagte Giles und deutete auf den Hocker.

Das Vordach wölbte sich unter dem Gewicht des Schnees, und als ein Schauer seinen Körper durchschüttelte, wurde Trevor klar, dass er seine Strickjacke hätte anziehen sollen, bevor er sich bei den Minusgraden nach draußen wagte. »Ich habe keine Zeit für Spielchen. Was willst du?«

»Setz dich, hab ich gesagt.« Ein dunkler Schatten lag unter Giles Augen, und Trevor tat, wie ihm geheißen.

Als er Platz genommen hatte, knotete er seine Füße um die

Sprosse des Hockers und wartete in der Kälte. Giles ballte die Hände zu Fäusten und biss sich auf die Lippe. Sein Gürtel hatte ein zusätzliches Loch und sein Bauch quoll darüber. Trevor konnte sich nicht zurückhalten und starrte den Manager an, als sich dessen Bauch sichtbar aufblähte und die Anspannung sich klar auf seinem Gesicht abzeichnete. Die dunklen Augen weiteten sich und die schlaffen rosa Lippen öffneten sich.

»Was hast du denn so getrieben?«

Trevors Körper spannte sich an und er verzog verwirrt das Gesicht. »Was meinst du? Ich habe Tag und Nacht geprobt.«

Giles bewegte sich auf seinem Stuhl und keuchte, blieb aber ansonsten stumm.

Trevor fühlte sich etwas mutiger und sagte: »Du solltest mir lieber sagen, was ich deiner Meinung nach falsch gemacht habe, denn diese Spannung bringt mich noch um.«

Der Schlag traf ihn im Nacken. Fast wäre er vom Hocker gefallen. Stattdessen sprang er auf und seine Füße tanzten zu einer leisen Melodie. »Was zum Teufel soll das? Du kannst doch nicht einfach so Leute schlagen. Ich zeige dich wegen Mobbing an!«

Die Hand, die seinen Arm ergriff, war kräftig und der Atem, der ihm ins Gesicht blies, roch nach Minze und einem Hauch heimlich gerauchter Zigaretten. Giles wollte alle glauben machen, dass er nicht rauchte, aber Trevor wusste, dass das nicht stimmte. Trevor wusste eine Menge Dinge über seinen Chef, die nur wenige andere wussten.

»Wegen gar nichts wirst du mich anzeigen!« Giles gab ihm einen Schubs. »Setz dich hin und hör mir zu wie ein braver kleiner Mann.«

Trevor war bereit zu widersprechen und spannte seine Muskeln an, aber er beschloss, die Neugierde siegen zu lassen. Er setzte sich. »Worüber willst du mit mir reden?«

»Ein kleines Vögelchen hat mir etwas gezwitschert ... wie

lautet das Wort, das ich suche?« Giles schien in seinem Kopf ein unsichtbares Wörterbuch zu konsultieren. »Sagen wir, ich habe etwas Schlüpfriges über dich gehört. Wenn du nicht willst, dass jemand anderes davon erfährt, wirst du deinen Mund wegen Du-weißt-schon-was halten.«

»Ich habe keine Ahnung, wovon du sprichst.«

»Das ist gut. Dann kannst du nichts ausplaudern«, lachte Giles.

»Ich habe wirklich keine Ahnung, was du meinst.« Trevor hielt den Atem an, als Giles weiter um ihn herumschlich.

»Du kannst außerhalb der Tanzschule machen, was du willst, aber hier drinnen lässt du deine dreckigen Pfoten von Shelly.«

»Shelly?« Ein ersticktes Lachen entrang sich Trevors Lippen. »Ich glaube, du hast da was ganz schön falsch verstanden.«

»Vielleicht, aber ich weiß Dinge. Ich beobachte dich die ganze Zeit. Auch wenn du nicht weißt, dass ich da bin. Vergiss das nicht.«

»Okay. Kann ich jetzt gehen?« Trevor fragte sich wieder, ob es Giles gewesen war, der ihn vom Balkon aus beobachtet hatte. Wahrscheinlich, obwohl der Mistkerl nie da war, wenn er eigentlich da sein sollte. Man wusste nie, wann er sich an einen heranschleichen würde. Schleimiger Bastard. Trevor bekam eine Gänsehaut.

Nach einer weiteren langsamen Umrundung des Hockers blieb Giles plötzlich stehen. Trevor hielt den Atem an. Ein Schauer kalter Luft lief ihm über den Rücken. Er erspähte eine Elster, die am Rand des Raucherunterstands im Schnee pickte, ihre schwarzen Flügel standen in starkem Kontrast zu ihrer weißen Brust und dem Schnee. Das war kein gutes Zeichen. Ganz und gar nicht gut.

»Ich möchte, dass du etwas für mich tust«, sagte Giles.

Ryan Slevin ließ seine Kameratasche auf den Tisch im Flur fallen.

»Bist du das, Ryan?«, rief seine Schwester aus der Küche, um seine drei jungen Neffen zu übertönen, die sich um irgendetwas stritten. Es roch nach Knoblauch. Viel Knoblauch. Er gab den ganzen Kochsendungen die Schuld. Während ihre Jungs in der Schule waren, verbrachte Zoe die meiste Zeit des Tages vor dem Fernseher und notierte sich exotische Rezepte. Er wusste, dass *Master Chef Australia* ihr Favorit war. Deshalb gab es jeden zweiten Tag Fisch zum Abendessen, abwechselnd mit knusprig gebratenem Schweinebauch. Und natürlich Gewürze. Und Knoblauch. Immer Knoblauch.

Er hängte seinen tropfnassen Mantel an den übervollen Haken, schnürte seine Stiefel auf und schob sie auf den Boden darunter.

»Was hast du heute gekocht?« Er küsste seine Schwester auf die Stirn und bemerkte, dass sie schweißnass war. Die Küche sah aus, als hätten dreißig *Master Chef*-Kandidaten den Tag dort verbracht und versucht, ein Gericht zuzubereiten, das noch nicht erfunden worden war.

»Etwas Neues«, sagte sie. »Fisch in einer Soße aus frischem Knoblauch. Habe ich selbst gemacht. Die Soße, nicht den Fisch.«

»Klingt gut«, log Ryan. »Wo sind die Jungs?«

Zoe deutete mit dem Kinn in Richtung des Tisches. Er hob die Tischdecke an und erblickte seine Neffen, die im Schneidersitz auf dem Boden saßen.

»Was macht ihr drei denn da?«

»Verstecken«, sagte der fünfjährige Tommy.

»Spielen«, fügte der vierjährige Josh hinzu.

»Suchen«, sagte der zweijährige Zack.

»Na, ich hab euch gefunden. Und jetzt ab ins Wohnzimmer. Ich wette, dass gerade *Feuerwehrmann Sam* kommt.«

Die drei krabbelten durch Ryans Beine und endlich wurde es still in der Küche.

»Ich habe deinen Anzug aus der Reinigung geholt«, sagte Zoe. »Er hängt an deinem Kleiderschrank.« Sie blinzelte eine Träne weg. Eine Strähne ihres einst blonden Haares fiel ihr in die Augen, und sie strich sie mit dem Ellbogen weg. Beide Hände waren mit Mehl bedeckt.

»Warum bist du traurig?«, fragte er.

»Ach, das weißt du doch.« Sie wandte sich wieder dem Herd zu. »Morgen ist der glücklichste Tag in deinem Leben. Wie aufregend für dich und Fiona. Aber gleichzeitig muss ich immer wieder an die katastrophale Ehe unserer Eltern denken, und du weißt, dass meine eigene nicht ...« Sie blinzelte wieder. »Wir haben schon einmal darüber gesprochen, aber jetzt glaube ich wirklich, dass Giles eine Affäre hat. Seit Zack geboren wurde, ist er überhaupt nicht mehr zu Hause. Ich nehme ihm nicht ab, dass er rund um die Uhr im Theater gebraucht wird.« Sie wischte sich die mehligen Hände an der Schürze ab und zog die Schultern hoch.

Seine kleine Schwester tat ihm leid, aber Ryan konnte die aufsteigende Wut nicht unterdrücken.

»Zoe, ich habe vor, eine gute Ehe zu führen. Fiona und ich sind älter als du, als du geheiratet hast. Und vernünftiger, hoffe ich.«

»Ich weiß, aber du musst dir bei ihr hundertprozentig sicher sein.«

»Wo kommt das denn jetzt her? So etwas hast du doch noch nie gesagt.«

»Es ist nur ... Fiona ist sehr besitzergreifend und willensstark. Das bist du nicht. Du bist ein richtiger Softie, besonders wenn es um sie geht. Du hast noch nicht einmal ihre Familie kennengelernt.«

»Sie hat eine Schwester in Australien. Da gibt es kein Geheimnis, also hör auf, nach einem zu suchen.«

»Sie spricht nie über ihre Eltern oder das Leben, das sie geführt hat, bevor sie nach Ballydoon gekommen ist. Du musst es zugeben, Ryan, Fiona ist ein bisschen seltsam.«

»Herrgott, Zoe, nur weil sie nicht extrovertiert ist und ...«

»Ich weiß, aber da ist etwas ... Ich kann es nicht genau sagen.«

»Nun, ich heirate sie morgen, also kannst du damit aufhören, dir Ausreden auszudenken, warum du sie nicht magst. Okay?«

Zoe drehte sich um. Er konnte den Hauch eines Lächelns an ihrem Mundwinkel erkennen. »Okay.«

»Ich dusche. Wann ist *das da* denn fertig?«

»*Das da?* Ich muss Ihnen sagen, Ryan Slevin, *das da* ist mein Lieblingsgericht der Woche. Fisch direkt aus dem Meer.«

»Sie haben ihn wohl selbst gefangen, oder?«

»Klugscheißer«, lachte sie. »Ich habe dein gutes Hemd auch gebügelt. Für morgen.«

»Du bist die beste Schwester aller Zeiten.« Er umarmte sie, brachte es aber nicht übers Herz, ihr zu sagen, dass er extra für diesen Anlass ein neues Hemd gekauft hatte.

Als er sich von seiner Schwester löste, hörte Ryan das Klingeln an der Tür. »Erwartest du jemanden?«

»Es könnte Fiona sein.«

»Am Abend vor unserer Hochzeit? Das glaube ich nicht. Ich weiß, wir wollen es ganz zwanglos machen und ohne viel Aufhebens, aber egal, was du von ihr hältst, Fiona ist im Herzen eine Traditionalistin.«

Er ging zur Tür, um zu öffnen.

———

Während sie darauf wartete, dass die Tür geöffnet wurde, schaute sich Lottie auf dem kleinen Anwesen am Rande des Dorfes Ballydoon um. Boyd hatte sich auf den Weg nach Galway gemacht. Sie hoffte, dass er bei dem schlechten Wetter sicher ankommen würde; sie hatte ihm gesagt, dass er ihr eine SMS schicken sollte, wenn er da war.

Die Adresse, die sie für Ryan Slevin hatte, war ein Reihenhaus, das der Familie Bannon gehörte. Sie war informiert worden, dass Zoe Bannon Ryans Schwester war.

Kirby schlenderte den Pfad hinauf, sein rundes Gesicht war von der Anstrengung der paar Schritte ganz rot. »Ich hasse es, wenn ich schlechte Nachrichten überbringen muss«, sagte er.

»Das gehört nun mal zum Job dazu«, erinnerte ihn Lottie.

Lautes Kindergeschrei ertönte, bevor sich die Tür öffnete, gefolgt von einem Schwall stechenden Knoblauchgeruchs.

Sie zeigte dem Mann, der vor ihr stand, ihren Ausweis. »Hallo, sind Sie Ryan Slevin?«

»Das bin ich. Habe ich etwas angestellt, dessen ich mir nicht bewusst bin?« Sein Gesicht erhellte sich mit einem amüsierten Lächeln und sie konnte nicht umhin, einen Mehlfleck auf seiner Wange zu bemerken. Sie musste dem Drang widerstehen, ihren Finger zu befeuchten und ihn wegzuwischen. Trotz seiner Größe, seines Körperbaus und seines Bartes wirkte er wie ein Teenager, obwohl sie vermutete, dass er in den Dreißigern war.

»Dürfen wir reinkommen, bitte?«

»Es muss um etwas Ernstes gehen«, sagte er, aber Lottie hörte den Übermut in seinem Ton. Um seine Beine herum erschienen drei rothaarige Köpfe.

»Wer ist das?«, fragte der größte Junge.

»Still, Tommy. Kommen Sie bitte.«

Eine Frau erschien und band sich eine schmutzige Schürze auf. Sie schob die Kinder aus dem Weg. »Was ist los?«

»Ich bin Detective Inspector Lottie Parker und das ist mein Kollege Detective Larry Kirby.«

Lottie bahnte sich einen Weg um die Kinder und ihre Mutter herum und folgte Ryan in ein Wohnzimmer, das wie ein Spielzimmer aussah.

Überall lagen Spielsachen verstreut, und aus dem Fernseher dudelte ein lauter Zeichentrickfilm. Als die Kinder von ihrer Mutter aus dem Zimmer gescheucht worden waren und sie die Tür hinter sich geschlossen hatte, räumte Ryan die Spielsachen zusammen und legte sie auf einen Haufen neben dem Fernseher, den er ausschaltete.

Er setzte sich in einen abgenutzten Sessel. Lottie hockte auf der Kante der Couch, und Kirby ließ sich neben ihr in die zerschlissenen Kissen fallen.

»Also, was wollen Sie von mir?«, sagte Ryan.

»Ich fürchte, wir haben schlechte Nachrichten, Mr Slevin«, sagte Lottie.

»Nennen Sie mich Ryan. Was für schlechte Nachrichten?« Er rutschte unruhig hin und her, setzte sich auf.

»Sie sind mit Fiona Heffernan verlobt, stimmt das?«

»Fiona? Ja, das stimmt. Ist ihr etwas zugestoßen?«

»Ja, leider.«

»Ein Autounfall? Oh Gott.« Er vergrub den Kopf in seinen Händen. Lottie konnte sein Gesicht nicht mehr sehen. »Fiona hasst es, bei schlechtem Wetter zu fahren. Geht es ihr gut?« Er stand plötzlich auf. »Kann ich sie sehen? Ist sie im Krankenhaus in Ragmullin?«

»Bitte setzen Sie sich, Ryan.« Sie verabscheute diesen Teil ihrer Arbeit. »Die Nachrichten sind sehr schlecht. Wir haben Ms Heffernan heute Nachmittag gefunden. Es tut mir leid, Ihnen sagen zu müssen, dass sie tot ist.«

Ryan saß mit fragenden Augen da. »Was? Wie? Oh mein Gott!«

»Es war kein Autounfall.« Sie bemerkte den veränderten

Ausdruck auf seinem Gesicht. Fragend. Ungläubig. Entsetzt. Er schien ehrlich schockiert zu sein.

»Wie? Was ist passiert? Ich kann es nicht glauben. Wir werden morgen heiraten. Das ist ihre zweite Chance. Um sich ein Leben aufzubauen, mit mir. Oh Gott, nein ...«

Lottie sah sich in dem engen Wohnzimmer um und fragte sich, ob Ryan vorgehabt hatte, hier mit Fiona zu leben, aber es war noch zu früh für solche Fragen. Sie musste nur herausfinden, wo er heute Nachmittag gewesen war.

»Können wir weiter machen? Wollen Sie, dass Ihre Schwester ...«

»Nein. Sagen Sie bitte nichts zu Zoe. Ich sage es ihr, wenn Sie weg sind.«

»Sie sagten, dies sei Fionas zweite Chance. War sie schon einmal verheiratet? Geschieden?«

»Nein, nichts dergleichen. Sie hatte eine Beziehung mit einem verdammten Arschloch. Sie war immer noch mit ihm zusammen, als wir uns kennengelernt haben. Sie war so fertig nach dieser sogenannten Beziehung ... aber wir beide waren gut zusammen.« Er hielt inne, hob seinen Blick zu Lottie. »Sagen Sie mir bitte, was mit ihr passiert ist.«

»Ihre Leiche wurde heute Nachmittag gegen drei Uhr gefunden.« Lottie überlegte, wie sie ihre Worte am besten wählen sollte. »Es sieht so aus, als wäre sie ... vom Dach von Ballydoon Abbey gestürzt.«

»Oh mein Gott. Das ist einfach furchtbar.« Ryan fuhr sich mit der Hand durch die Haare und dann an seinem bärtigen Kinn entlang, bevor er die Ellbogen auf die Knie stützte. »Ich hoffe, sie hat nicht gelitten.«

Was für eine seltsame Aussage, dachte Lottie. Sie bemühte sich verzweifelt, Ryan Slevin zu durchschauen. »Wir werden nach der Obduktion ein besseres Bild davon haben, was passiert ist.«

Ryans Blick erwischte sie unvorbereitet. Er war durchdringend, und jede Spur von Lachen war aus seinen Augen verschwunden. »Sie haben das Dach erwähnt. Was hat sie da oben gemacht?«

»Wir sind noch dabei, die Fakten zu ermitteln.«

»Aber ...« Es war, als ob ihm plötzlich etwas klar geworden wäre, und ein Anflug von Wut ersetzte seine Ungläubigkeit. »Sie glauben, sie ist gesprungen? Nein. Das würde Fiona auf keinen Fall tun. Wir wollten *morgen* heiraten, und sie liebt ihr kleines Mädchen. Was ist mit Lily? Geht es ihr gut? Wer kümmert sich um sie?«

Lottie drehte sich um und blickte Kirby fragend mit gerunzelter Stirn an. Er schüttelte den Kopf und zog die Augenbrauen hoch. Das war das erste Mal, dass sie etwas von einem Kind hörten.

»Fiona hat eine Tochter?«

»Ja. Lily«, wiederholte er.

»Wissen Sie, wo sie ist?«, sagte Lottie eindringlich.

Ryan sprang auf, ballte eine Hand zu einer Faust und schlug sie in die andere. »Wollen Sie mir sagen, dass niemand sie von der Nachmittagsbetreuung nach der Schule abgeholt hat? Sie wird schreckliche Angst haben.« Er zog sein Handy aus der Tasche und scrollte wütend durch seine Nachrichten und Anrufe. »Niemand hat mich angerufen. Vielleicht haben sie versucht, Fiona zu erreichen.«

»Wir haben ihre Handtasche und ihr Telefon aus ihrem Spind genommen. Sie sind als Beweismittel beschlagnahmt«, sagte Kirby.

»Und Sie haben auf ihrem Telefon oder in ihrer Tasche nichts über ihre Tochter gefunden?«, sagte Lottie.

»Nein, ich glaube nicht.« Kirby schaute in sein Notizbuch. »Wie alt ist Lily?« Lottie drehte sich zu Ryan um, während die Angst sich wie ein Band um ihre Lunge legte.

»Sie ist acht. Sie geht in den Hort, wenn Fiona bei der Arbeit ist. Oh Gott, Sie wussten nicht, dass sie ein Kind hat?«

»Wir kümmern uns sofort darum. Wie heißt der Hort?«

»*Kleine Leute*. Er ist in Ragmullin.«

»Kirby, machen Sie mal ein paar Anrufe.«

Als er mit seinem Telefon in den Flur ging, wandte sich Lottie wieder an Ryan. »Mit wem war Fiona in einer Beziehung, bevor sie Sie kennengelernt hat?«

»Colin Kavanagh, und ich würde es nicht als Beziehung bezeichnen. Dieses Wort bedeutet, dass Liebe im Spiel sein muss, und ich glaube nicht, dass diese Emotion

im Wortschatz dieses Mannes vorkommt, geschweige denn in seinem Herzen.«

»Wo wohnt er?«

»In einem großen alten Haus, einer umgebauten Scheune, außerhalb des Dorfes. Unten am See.« Er gab ihr die Adresse.

Lottie fragte sich, ob die Tatsache, dass Fiona in ihrem Hochzeitskleid gestorben war, etwas bedeutete. Hatte Boyd recht gehabt? War es Fionas Art, Ryan zu sagen, dass sie ihn nicht mehr heiraten wollte? Dass Selbstmord besser war als die Aussicht auf ein Leben mit ihm? Nein, das ergab keinen Sinn. Sie hatte es die ganze Zeit über für verdächtig gehalten, und jetzt, da sie erfuhr, dass Fiona die Mutter eines kleinen Mädchens war, erhärtete sich ihre Mordtheorie. Vor allem, da sie auch Cara Dunne tot in einem Hochzeitskleid gefunden hatten. Sie hoffte, dass es Lily gut ging. Wahrscheinlich war sie immer noch in der Nachmittagsbetreuung. Als sie zur Tür schaute, hörte sie Kirby am Telefon sprechen.

Sie wandte sich wieder Ryan zu und sagt: »Es tut mir leid, dass ich Ihnen diese Fragen in dieser schwierigen Zeit stellen muss. Können Sie uns sagen, wo Sie heute Nachmittag waren?«

»Was meinen Sie?«

Warum beantworteten die Leute Fragen immer mit Gegenfragen? »Reine Routine.«

»Aber Sie haben gesagt, dass Fiona gesprungen ist ...«

»Nein, ich habe gesagt, dass es so aussieht, als ob sie gefallen ist. Sie wurde auf dem Boden gefunden. Wir müssen in alle Richtungen ermitteln.«

»Sie könnte gestoßen worden sein, meinen Sie das?« Ohne auf ihre Antwort zu warten, hob er die Hand. »Ich weiß, ich weiß. Sie warten die Obduktion ab. Ich bin in der Zeitungsbranche tätig. Ich verstehe diese Sprache.«

»Wo waren Sie heute Nachmittag?«

Er ließ sich auf dem Stuhl zurücksinken. »Bei der Arbeit. Im Büro der *Tribune*. Ich bin Fotograf bei der Zeitung.«

»Sie waren den ganzen Nachmittag dort?«

»Ja. Nein. Ich kann mich nicht erinnern. Ich weiß nur, dass ich gearbeitet habe. Ich kam direkt von dort nach Hause. Ich wollte mein Abendessen essen und dann eine kurze Rede für morgen schreiben. Aber es gibt kein Morgen mehr, oder?«

Als sein Körper zusammensackte und Schluchzer aus seiner Kehle drangen, ließ Lottie ihm seinen Moment der Trauer. Kirby kehrte zurück und schüttelte den Kopf.

»Das Kind ist nicht mehr bei *Kleine Leute*«, sagte er. »Der Manager hat mir gesagt, dass Lily um drei Uhr einen Kurs in der Tanzschule im Theater von Ragmullin hatte. Ihre Mutter hatte sich darum gekümmert, dass eine Kollegin das Kind dorthin brachte, und sie selbst wollte Lily anschließend abholen.«

»Also wo ist sie?« stöhnte Ryan.

»Ich habe in der Tanzschule angerufen«, fuhr Kirby fort. »Colin Kavanagh ist als Kontaktperson angegeben, falls Fiona nicht da ist, um Lily abzuholen.«

Ryan schoss aus dem Stuhl und sah Kirby an. »Kavanagh ist Lilys Vater. Gott sei Dank, dann ist sie in Sicherheit.«

»Setzen Sie sich, Mr Slevin«, sagte Kirby. Er wandte sich an Lottie. »Niemand im Theater erinnert sich daran, ihn angerufen zu haben, um Lily abzuholen.«

»Wir gehen jetzt«, sagte sie. »Wir müssen bei Mr Kavanagh vorbeischauen.«

Ryans Körper schien sich zu entspannen. »Sagen Sie mir Bescheid, wenn Sie sie gefunden haben. Ich muss wissen, dass es ihr gut geht. Die Jungs haben sie so gern.«

»Und Sie? Haben Sie sie auch gern?« Lottie drängte.

»Natürlich. Als ob sie meine eigene Tochter wäre, verdammt nochmal.«

Als sie Kirby zur Haustür folgte, drehte sich Lottie in dem engen Flur um. »Wo wollten Sie nach der Hochzeit wohnen?«

»Ich habe ein Cottage. Auf der anderen Seite des Dorfes. Ich habe es renoviert. Es war wie unser eigenes kleines Traumhaus, und jetzt sind diese Träume ... zerplatzt.«

»Wir müssen uns dort umsehen.«

Er kramte in seiner Tasche herum, holte einen Schlüsselbund heraus und drehte einen Schlüssel vom Ring ab. »Hier. Nehmen Sie den. Das ist ein Ersatzschlüssel.«

Die Küchentür öffnete sich. Zoe stand da mit einer Million Fragen in ihren Augen. »Was ist los, Ryan?«

»Ich lasse Sie jetzt in Ruhe«, sagte Lottie und zog die Tür hinter sich zu.

Sie setzte sich neben Kirby in den Wagen.

Er fragte: »Wer ist dieser Colin Kavanagh wirklich?«

»Das werden Sie mir nicht glauben ...«

DREIZEHN

Die schmale Straße am Doon Lake war bei dem schlechten Wetter tückisch. Lottie umklammerte den Türgriff, in Angst, dass sie ins Schleudern gerieten. Aber Kirby behielt die Kontrolle über den Wagen.

»Ich kann nicht glauben, dass ein hochrangiger Dubliner Anwalt hier leben soll, wo sich Fuchs und Hase Gute Nacht sagen«, sagte er.

»Na ja, tut er, und sein Ruf ist auch nicht besonders gut.«

Die mit einer Gegensprechanlage ausgestatteten Tore sollten Außenstehende fernhalten. Lottie wies sich aus, und Kirby fuhr den Wagen die gewundene Allee hinauf. In der Dunkelheit konnte sie nicht viel von dem Haus erkennen, bis die Außenbeleuchtung anging und unheimliche Schatten auf das riesige, scheunenartige Gebäude warf.

Die Tür öffnete sich, bevor sie einen Fuß auf die erste von drei Stufen gesetzt hatte. Ein großer Mann stand dort.

»Wo ist meine Tochter? Haben Sie sie gefunden?« Lottie spürte, wie sich etwas in ihrem Unterleib zusammenzog. Sie machte sich Sorgen. Das Kind war nicht hier. »Noch nicht, Mr Kavanagh. Können wir reinkommen?«

Der große, weißhaarige Mann öffnete die Tür weiter und führte Lottie und Kirby in den weitläufigen Flur. Er schloss die Tür und stand mit dem Rücken zu ihr, ohne sie weiter in sein Haus zu bitten.

»Ich habe von Ihren Leuten Anrufe wegen Lily erhalten«, sagte er. »Was hat Fiona mit ihr angestellt?«

»Mr Kavanagh, können wir uns irgendwo hinsetzen?«, sagte Lottie. Als sie ihn so ansah, machte sich Angst in ihrer Magengrube breit. Wenn das kleine Mädchen nicht bei Kavanagh war, wo war sie dann?

»Sie können hier mit mir reden. Ich mag keine Gardaí in meinem Haus.« Seine Augenbrauen zogen sich zu einem Stirnrunzeln zusammen. Sie bemerkte, dass er nicht so alt war, wie sein weißes Haar vermuten ließ. Das Gesicht war lang und kantig. Grüne Augen; Iriden, die aussahen, als wären sie mit Seetangbüscheln gefiedert. Wahrscheinlich Mitte fünfzig; gut um die zwanzig Jahre älter als Fiona, schätzte sie.

»Ich bedaure, Ihnen mitteilen zu müssen, dass Ihre Ex-Partnerin Fiona Heffernan heute Nachmittag tot aufgefunden worden ist.«

»Sie ist tot? Sie machen doch Witze.« Sein Blick wanderte von Lottie zu Kirby. »Machen Sie nicht? Sie *ist* tot?«

»Leider ja.«

»Dann kommen Sie besser rein.«

Er ging vor ihnen in einen dunklen Raum, den Lottie nur als Bibliothek beschreiben konnte, was in dem modernen Gebäude ganz fehl am Platze zu sein schien. Drei Wände waren vom Boden bis zur Decke mit Büchern ausgekleidet, einige in Leder gebunden, wahrscheinlich Erstausgaben. Zwei braune Ledersofas und eine Chaiselongue waren die einzigen Möbel neben den Bücherregalen. Der Kamin war mit Holzscheiten bestückt, und Flammen schlugen hoch. Lottie ging auf das Feuer zu und stellte sich mit dem Rücken dazu, damit die Wärme ihren Körper auftauen konnte.

Als Kavanagh Platz genommen hatte, bedeutete er Lottie, sich ebenfalls zu setzen. »Wenn es für Sie in Ordnung ist, bleibe ich lieber stehen. Fiona wurde heute Nachmittag auf dem Gelände von Ballydoon Abbey tot aufgefunden. Es scheint so, als ob sie vom Dach gefallen sein könnte, aber wir sind ...«

»Gefallen? Was hat sie da oben gemacht? Und Lily? Der Anruf, den ich bekommen habe, betraf meine Tochter.«

»Haben Sie das Kind heute Nachmittag von der Tanzschule abgeholt?«

»Was? Nein, das habe ich nicht. Mich hat niemand angerufen. Mein Gott! Wo ist Lily? Hat Fiona sie abgeholt? Vielleicht vor ihrem ... Unfall.«

»Ich bin mir nicht sicher.« Lottie musste erst noch verdauen, dass das kleine Mädchen höchstwahrscheinlich verschwunden war. Das Grauen, das sie empfunden hatte, als ihre eigenen Töchter vor nur sechs Wochen entführt worden waren, kam wieder hoch und drohte sie zu überwältigen. Aber sie musste professionell bleiben. Es hatte keinen Sinn, Kavanagh ihre eigene Verzweiflung sehen zu lassen. »Ich muss den genauen Ablauf erst noch nachvollziehen. Die Ermittlungen sind noch in vollem Gange.«

»Wollen Sie mir sagen, dass Sie nicht wissen, wo meine Tochter ist?«

Kavanaghs Arroganz schien seine Besorgnis ganz und gar zu verdrängen. Lottie spürte, wie der Ärger an ihren Nerven zerrte. Wenn Boyd hier wäre, würde er Kavanagh vielleicht im Flüsterton ein Arschloch nennen, und im Moment fiel ihr kein besseres Wort für ihn ein.

»Wenn Lily nicht bei Ihnen ist, was glauben Sie, bei wem sie sein könnte?« Lieber Gott, dachte sie, mach, dass es jemanden gibt, der das Kind abgeholt haben könnte.

»Ich weiß, wer. Dieser Bastard Ryan Slevin!« Kavanagh sprang vom Stuhl auf, so wie Ryan es vor nicht einmal zehn Minuten getan hatte. »Wir kommen gerade von Ryan. Lily ist nicht dort.« Aber sie hatte nicht im Haus von Ryans Schwester nachgesehen. Sie hatte logischerweise angenommen, dass das Mädchen bei ihrem Vater war. Scheiße!

Kavanagh sagte: »Was ist mit dem Cottage, in dem er zu leben beabsichtigt? Haben Sie das schon überprüft?«

»Ich habe einen Streifenwagen hingeschickt. Die Sache ist die, dass Sie die einzige andere Kontaktperson für den Hort und die Tanzschule sind. Wo waren Sie den ganzen Nachmittag über?«

»In meinem Büro.«

»Kann das jemand bestätigen?«

»Ich arbeite allein. Meine Sekretärin ist in verlängerter Elternzeit. Ich habe mein Büro verkleinert, so dass ich nur noch an drei Tagen in der Woche Hilfe habe.« Er machte eine Pause, um zu Atem zu kommen, und fuhr fort: »Sie sollten diesen Slevin fragen, wo *er* war.«

»Lassen Sie mich meine Arbeit machen, Mr Kavanagh. Wir wissen noch nicht, was mit Lily passiert ist, aber fällt Ihnen irgendein Grund ein, warum Fiona sich hätte umbringen wollen?«

Kavanagh setzte sich hin, schlug die Beine übereinander und stützte einen Knöchel auf ein Knie. Lottie bemerkte ein deutliches Zittern in seinen Händen.

»Fiona ist ein komplizierter Mensch.« Sein Gesicht errötete, als er sprach. »Man muss sie kennen, um zu verstehen, wie das gemeint ist . Sie liebt ... liebte Lily bedingungslos. Sie liebte auch ihren Job. Ich glaube nicht, dass sie mich jemals wirklich geliebt hat. Vielleicht hat sie deshalb ständig meine Heiratsanträge abgelehnt und verweigert, dass Lily meinen Namen trägt. Ich habe keine Ahnung, was sie jemals in Ryan Slevin gesehen hat.«

»Wann haben Sie sich getrennt?«

»Vor etwa zwei Jahren. Meine Tochter war zu der Zeit sechs Jahre alt. Fiona hatte sich in dem Moment verändert, als das Baby kam. Sie schloss mich oft aus. Ein bisschen kann ich das verstehen. Ich bin zwanzig Jahre älter als sie. Aber ich habe nie verstanden, warum sie sich mit Slevin eingelassen hat.«

»Als sie auszog, wohin ist sie da gegangen?« Lottie war sich sicher, dass in Zoe Bannons Haus nicht genug Platz für Fiona war. Sie musste eine eigene Wohnung gehabt haben.

»Ich habe für sie ein Haus in Ragmullin gemietet. Erstklassig, sehr teuer. Ich wollte, dass Lily sich wohlfühlt. Ich liebe meine Tochter.«

Lottie notierte sich die Adresse und tätigte einen Anruf, um sie überprüfen zu lassen. »Haben Sie viel Kontakt mit Lily?«

»Jedes zweite Wochenende. Sie hat hier ihr eigenes Zimmer.«

»Kann ich es sehen?«

Sein Gesicht rötete sich. »Ich habe meine eigene Tochter nicht entführt, Inspector.«

»Das habe ich auch nicht behauptet.«

»Sie haben es angedeutet.«

Lottie wurde seiner überdrüssig. »Wenn Sie oder Mr Slevin Lily nicht abgeholt haben, wer dann?«

Er legte einen Finger an sein Kinn. »Ich habe keine Ahnung. Aber morgen früh werde ich dieser Tanzschule einen Brief schicken. Es ist ungeheuerlich, dass sie eine Achtjährige aus ihrer Obhut entlassen, ohne die abholende Person ordnungsgemäß zu prüfen.«

»Wann haben Sie das letzte Mal mit Fiona gesprochen?«

»Sonntagabend. Sie kam, um Lily abzuholen, nachdem sie das Wochenende hier verbracht hatte.«

»War noch jemand bei ihr?«

»Sie war allein. Dieser Kerl weiß, dass er nicht vor meiner Tür auftauchen soll.«

»Eine letzte Frage: Können Sie sich vorstellen, warum jemand Fiona etwas hätte antun wollen?«

»Was? Sie war eine Krankenschwester, um Himmels

willen. Alle mochten sie.« Er stand auf und ging zur Tür.

»Finden Sie meine Tochter und bringen Sie sie nach Hause.«

»Das werden wir.«

»Fiona war eine gute Mutter. Ich würde mein Haus darauf verwetten, dass sie sich nicht von irgendeinem Dach gestürzt hat. Entweder sie ist gefallen oder sie wurde gestoßen.«

»Okay. Kann ich jetzt Lilys Zimmer sehen?«

Kavanagh führte sie die gewundene Treppe hinauf in ein loftartiges Mezzanin. Lilys Zimmer war voll mit Kuscheltieren, einem Puppenhaus und jedem Spielzeug, das Lottie sich vorstellen konnte. Das Doppelbett hatte eine *Eiskönigin*-Bettdecke. Darüber hing ein mit Schmetterlingen verzierter Betthimmel.

Sie öffnete Schubladen und den Kleiderschrank und staunte über die vielen Kleidungsstücke. »Sind die alle von Lily?«

»Ich möchte sicherstellen, dass meine Tochter gut versorgt ist.« Kavanagh stand in der Tür, sein Kopf berührte die Holzdecke. »Es geht ihr doch gut, nicht wahr? Bitte sagen Sie mir, dass meinem kleinen Mädchen nichts passiert ist.« Er nahm ein Foto von der Kommode und reichte es ihr mit Tränen in den harten Augen.

Lottie hatte keine Ahnung, wo seine Tochter war, aber ihr Herz schien ihr eine Warnung zuzuraunen, sich nicht von Äußerlichkeiten täuschen zu lassen. Sie blickte auf das lächelnde Gesicht des jungen Mädchens auf dem Bild. Langes blondes Haar umrahmte ihr elfenhaftes Gesicht. Sommersprossen zierten ihre Nase, und ihr Lächeln war ansteckend. Zwei Haarspangen hielten ihr Haar von ihren blauen Augen fern. Das kleine Mädchen wirkte sehr vertraut. Du bist ja bescheuert, dachte Lottie. Sie hatte weder Lily noch Fiona vor dem heutigen Tag jemals zu Gesicht bekommen.

»Kann ich mir das ausleihen?«

»Natürlich.«

Im angrenzenden Badezimmer nahm sie eine kleine Zahn-bürste in die Hand. »Die nehme ich für eine DNA-Probe mit.«

Sie spürte, wie sich Kavanaghs Blick in ihren Rücken bohrte, als sie die Zahnbürste in einem durchsichtigen Beweis-mittelbeutel verschloss.

»Sagen Sie mir Bescheid, sobald Sie sie gefunden haben.«

»Das werde ich, versprochen«, antwortete sie und dachte daran, wie deplatziert er zwischen den Spielsachen des Kindes aussah.

An der Eingangstür sagte sie: »Danke, Mr Kavanagh. Wir bleiben in Kontakt.«

»Das sollten Sie auch, denn ich kann Ihnen garantieren, dass ich Ihnen auf Schritt und Tritt auf die Finger schauen werde.«

Als Lottie Kirby zum Auto folgte, hatte sie keinen Zweifel an der Aufrichtigkeit von Kavanaghs letzten Worten. Was den Rest betraf – das war eine ganz andere Sache.

———

Beth legte sich auf ihr Bett und stützte die Schachtel auf ihr Knie. Sie nahm die Broschüren heraus und blätterte sie durch. Sonne, Meer und Sand. Das war es, was er ihr verspro-chen hatte. Sie spürte, wie sich ein warmes Gefühl in ihrem Bauch ausbreitete. Sie war verliebt gewesen, obwohl sie wusste, dass er sie nie genauso lieben würde. Und sie hatte ihm ein Versprechen gegeben. Ein Versprechen, niemandem von ihren Plänen zu erzählen. Aber dann war es zu spät gewesen.

Sie legte die Papiere zurück in die Schachtel, schloss den Deckel und schob sie unter ihr Bett. Sie schloss ihr Telefon zum Aufladen an und tippte auf den Bildschirm, dann schaute sie durch ihre Apps und rief Nachrichten auf. Nichts Aufregen-des, außer dem Wetter. Weltuntergangsszenario. Sie loggte sich bei Facebook ein. Ihre Benachrichtigungen leuchteten auf wie ein Weihnachtsbaum. Was zur Hölle?

Sie warf die Beine über die Bettkante, setzte sich auf, hielt das Telefon fest in der Hand und scrollte durch die Nachrichten. Auf dem Gelände von Ballydoon Abbey war eine Leiche gefunden worden. Jemand hatte Fotos und Videos gemacht, aber sie waren alle unscharf. Sie überflog die Kommentare, ihre journalistische Antenne in höchster Alarmbereitschaft ausgefahren. Selbstmord, sagten einige, eine Frau sei vom Dach gesprungen. Wieder andere meinten, man habe sie in einem Hochzeitskleid gefunden. Jemand anderes sagte, das sei früher am Tag gewesen. In Hill Point. Scheiße, das war der Hinweis, den sie bekommen hatte, und dann hatte sich ihr dämlicher Chefredakteur eingemischt und sie daran gehindert, der Sache nachzugehen.

Aber das hier musste sie mit eigenen Augen sehen. Warum sollte sie diese Sensationsmeldung nicht bringen? Wenn sie nicht so einen altmodischen Redakteur hätte, sähe es anders aus. Sie dachte an die überregionalen Zeitungen. An die webbasierten Nachrichtenkanäle. Ihren Blog. Ja, auf diese Weise könnte sie eine große Story bekommen. Sich einen Namen machen. Dann dachte sie an die Geschichte, an der sie heimlich arbeitete. Das machte ihre Entscheidung endgültig.

Sie würde sich an ihrem Vater vorbeischleichen müssen. Sich so oft unerlaubterweise davonstehlen zu müssen wurde ihr langsam unerträglich. Man hatte ihr gesagt, dass es nicht mehr lange dauern würde. Das war es, was man ihr versprochen hatte. Das war es, was sie am Leben gehalten hatte, hier am Arsch von Nirgendwo. Dann hatte sich alles geändert.

Sie ließ das Licht an, steckte ihr Handy ein und schlich sich aus dem Haus.

VIERZEHN

Als sie zum Revier zurückkehrte, gab Lottie eine landesweite Fahndung für die achtjährige Lily Heffernan heraus. Die Direktorin der St. Celia's-Grundschule übermittelte eine Liste von Lehrern, Eltern und Kindern, und Lottie organisierte ein Team, um alle zu kontaktieren.

Sie erkundigte sich beim Hort, aber niemand hatte das Kind gesehen, seit es zu seinem Tanzkurs gebracht worden war. Kirby machte sich auf den Weg zum Theater, um die Situation dort zu überprüfen und eine Liste der Mitarbeiter und Schüler zu erstellen, während Sam McKeown dasselbe im Hort tat. In der Stadt waren bereits Straßensperren errichtet worden, aber sie wusste, dass es zu spät war. Sie hatten das entscheidende Zwei-Stunden-Fenster verpasst, das Experten zufolge im Fall einer Kindesentführung entscheidend ist. Oder war das kleine Mädchen vielleicht einfach weggelaufen und wartete irgendwo auf seine Mutter? Lottie kreuzte instinktiv ihre Finger.

Während sie auf die Rückkehr ihrer Ermittler wartete, aß sie einen Mars-Riegel und trank einen lauwarmen Kaffee, den sie sich aus der Kantine geholt hatte. Sie war überzeugt, dass sie es mit zwei Morden und einem vermissten Kind zu tun hatte.

Ein bitterer Schmerz durchfuhr sie, als sie das Foto von Lily betrachtete und ihr Herz machte einen Satz, als sie daran dachte, wo sie überall sein könnte. Das brachte sie dazu, an ihre eigene Familie zu denken. Sie würde bald nach Hause gehen müssen. Und an Boyd. Er wusste noch nichts von Lily Heffernans Verschwinden.

Sie nahm ihr Handy heraus und rief ihn an. Mailbox. Sie legte auf, ohne eine Nachricht zu hinterlassen. Er hatte genug mit seiner Mutter zu tun. Wenn es tatsächlich seine Mutter war, die er traf. Scheiße, warum hatte sie das gedacht? Sie schüttelte den Kopf, um ihren Verdacht loszuwerden.

Drei Stunden waren seit dem Ende von Lilys Tanzstunde vergangen, das war also die Zeitspanne, die sie den Ermittlungen zugrunde legen mussten. Drei Stunden, seit das kleine Mädchen verschwunden war.

Sie konnte nicht einfach dasitzen und nichts tun. Sie schmiss den halb ausgetrunkenen Kaffeebecher in den Mülleimer, ging zur Tür und beschloss, zu Fuß zum Theater zu gehen, um einen klaren Kopf zu bekommen.

Der Schnee auf dem Bürgersteig begann zu gefrieren. Die Weihnachtsbeleuchtung war eingeschaltet, und die Main Street sah heller aus, als sie sie je gesehen hatte. Jede zweite Glühbirne war blau, und die Stadt wirkte wie ein Winterwunderland. Als sie in die Gaol Street einbog, fielen ihr die vielen Buden auf, die die Straße säumten. Alle waren geschlossen. Die Straße war für den Verkehr gesperrt. Die Lichter im Hort waren noch an, und draußen vor dem Theater am Ende der Straße stand ein großer Weihnachtsbaum, der ausladend hin und her schwankte.

Als Lottie das Theater durch die Glasschiebetüren betrat, kam ihr ein Hitzeschwall entgegen. Sie sah Kirby, der neben einer lebensgroßen Krippe stand. Zwei Männer saßen auf Stühlen. Es sah aus, als würden sie gerade verhört werden.

»Hallo«, sagte sie. »Ich bin Detective Inspector Lottie Parker.«

Sie bemerkte den modrigen Geruch von Feuchtigkeit. Es war ein altes Gebäude, das vor über hundert Jahren an der Stelle des Kerkers von Ragmullin errichtet worden war. Sie erschauderte bei dem Gedanken an die angeblichen Geister, die durch den Leerraum zwischen Dach und Decke wandelten und durch die unterirdischen Kammern schlenderten, wobei ihre Ketten klirrten und sie einen fauligen Gestank hinter sich herzogen. Kirby wandte sich ihr zu. »Ich habe mit Hilfe einiger Kollegen die Durchsuchung des Gebäudes abgeschlossen. Keine Spur von dem Kind. Das ist Giles Bannon, der Leiter der Theater- und Tanzschule.« Er zeigte auf den älteren der beiden Männer.

»Bannon?« Lottie spürte geradezu, wie sich die Räder in ihrem Kopf drehten. »Sind Sie mit Zoe Bannon verwandt?«

»Das ist meine Frau.«

»Ah, okay«, sagte Lottie und dachte bei sich, dass sie darüber hätte informiert werden müssen.

»Was hat Zoe damit zu tun?« Bannon blickte entrüstet auf.

Lottie hielt inne und versuchte, ihre Gedanken zu ordnen. »Sie wissen, dass wir das Verschwinden der achtjährigen Lily Heffernan, Ihrer zukünftigen Stiefnichte, untersuchen?«

»Das weiß ich.«

»Lilys Mutter Fiona sollte morgen Zoes Bruder Ryan heiraten, das wissen Sie auch.«

»Ja, natürlich weiß ich das, verdammt. Dieses ganze Getue, dass es eine kleine Zeremonie werden soll. Und dann lädt man zwanzig oder dreißig Leute, die man nicht einmal kennt, zu einer Party im Railway Hotel ein. Ryan bringt meinen Kopf zum Rauchen.« Er hielt inne und fügte dann hinzu: »Dieser Gentleman hat mich darüber informiert, dass Fiona tot ist. Jetzt wird es wohl doch keine Hochzeit geben.«

Sofort hatte Lottie das Bedürfnis, ihm eine Ohrfeige zu

verpassen. Sie spürte, wie Kirby an ihrem Ärmel zupfte. Irgendwie schaffte sie es, ihr Temperament zu zügeln.

»Ich wollte gerade mit der Befragung beginnen«, sagte Kirby.

»Wir sollten das auf dem Revier machen«, sagte sie zu ihm, weil sie dachte, dass das Giles Bannon ein bisschen weichkochen könnte. Sie nickte in Richtung des anderen Mannes. »Und wer sind Sie?«

Er hob den Kopf, seine Augen tanzten wild umher. Er war entweder high, aufgeregt oder total verängstigt.

»Trevor Toner«, sagte er. »Ich bin Tanzlehrer.«

»Haben Sie heute Lily Unterricht gegeben?«

Er nickte.

»Deutlich, bitte«, sagte Kirby.

»Ja, habe ich. Ich und Shelly. Wir haben für die Show geprobt. Sie wird nächste W-woche aufgeführt und die Kinder sind sch-schlimm.«

»Schlimm?« Lottie war sich nicht sicher, ob sein Stottern angeboren war oder ob er schlicht zu Tode erschrocken war.

»Ich meine, sie sind sch-schlecht. Unvorbereitet.«

»Und wer hat Lily Heffernan nach Unterrichtsschluss abgeholt?«

»Das weiß ich nicht.« Er rieb seine Hände so fieberhaft aneinander, dass Lottie sicher war, Hautschuppen im Halbdunkel abfallen zu sehen. »Die rennen immer gleich zur T-Tür. Manchmal machen sie sich nicht einmal die Mühe, ihre Tanzschuhe auszuziehen.«

Giles Bannon stand auf. So sehr sie sich auch bemühte, Lottie konnte seine Figur nicht mit Zoes schlanker Statur in Einklang bringen. Er war übergewichtig und roch nach Schweiß. War es das, was sie vernommen hatte, als sie das Gebäude betreten hatte? Vielleicht gab es ja doch keine Geister.

»Müssen die Schüler an- und abgemeldet werden?«, fragte sie.

»Ja. Normalerweise schon«, sagte Bannon. »Aber um diese Jahreszeit ist alles etwas ad hoc – besonders wenn eine Show so kurz bevorsteht.« Er ging zur Glastür und schien auf den schiefen Weihnachtsbaum hinauszublicken.

»Ad hoc? Wie meinen Sie das?« Lottie stellte sich neben ihn. Sie konnte es nicht leiden, mit jemandem zu reden, der ihr den Rücken zukehrte.

»Alles muss immer schnell gehen. Die Kinder sind den ganzen Tag in der Schule und dann in der Tanzstunde, also wollen sie schnell nach Hause.« Er drehte sich um, wandte Lottie wiederum den Rücken zu. Das ärgerte sie noch mehr.

»Wollen Sie mir sagen, dass Sie nicht dokumentiert haben, dass jemand Lily abgeholt hat?«

»Genau das will ich damit sagen, ja.«

Trevor Toner stand auf, blickte zu Bannon und dann wieder zu Lottie. »Normalerweise helfe ich Shelly dabei, die Kinder an- und abzumelden. Aber heute war ich ein bisschen spät dran.«

»Shelly wer?«

»Shelly Forde.«

»Wo ist die jetzt?«

»Nach Hause gegangen«, warf Bannon ein. »Wie alle anderen auch. Und ich muss auch los.«

»Kann ich das Anmelderegister sehen?« Sie würde ihn so lange hierbehalten, wie sie konnte. Bannon drehte sich um und ging durch das Foyer, die Stahlkappen seiner Schuhe klackten auf den verschmutzten Fliesen. Von der Rezeption nahm er einen Ringordner und brachte ihn Lottie.

Sie überflog die unlesbaren Unterschriften. »Das nehme ich mit.«

»Nehmen Sie mit, was Sie wollen. Das Kind ist nicht hier.«

Bannon hatte seine Wachposition an der Tür wiederaufgenommen.

Lottie richtete ihre Aufmerksamkeit auf Trevor Toner. »Wie war Lily heute drauf?«

Er zuckte mit den Schultern. »Ich habe nicht viel von ihr mitbekommen. Alle hatten zu wenig geprobt, also ist sie nicht großartig aufgefallen oder so.«

»Kennen Sie sie gut?«

Das ohnehin schon blasse Gesicht des Mannes wurde aschfahl. »Was? Nein. Nicht so. Oh Gott, Sie glauben doch nicht, dass ich ihr etwas angetan habe, oder? Ich würde nie ein Kind verletzen.«

Ein Grunzen von Giles Bannon alarmierte Lottie. Sie spürte, wie sich die Härchen auf ihren Armen aufstellten. »Haben Sie etwas hinzuzufügen, Mr Bannon?«

Er wirbelte herum, sein Gesicht war purpurrot. »Ich möchte, dass Sie jetzt gehen.«

»Das wird weder jetzt noch in nächster Zeit geschehen.« Sie drehte sich zu Kirby um. »Sie begleiten die beiden aufs Revier, um ihre Aussagen aufzunehmen. Ein forensisches Team ist auf dem Weg. Das gesamte Gebäude darf nicht betreten werden.«

»Für wie lange?«, fragte Bannon.

»Solange, wie ich es sage.« Sie seufzte laut.

Genau in diesem Moment kam McKeown an, der Bannon an Größe und Masse noch überragte und diesen einen Schritt zurückweichen ließ.

»Befragen Sie sie getrennt«, sagte sie. »Und suchen Sie Shelly Forde. Wenn ich zurückkomme, will ich alle drei in Vernehmungsräumen haben.«

Während Trevor Toner noch mehr in sich zusammenzusacken schien, genoss Giles Bannon die Herausforderung offenbar. Und dann sprach er die vier Worte, die Lottie absolut hasste.

»Ich will meinen Anwalt.«

Polizisten hatten das Gebäude abgeriegelt, und ein Team durchsuchte zum zweiten Mal Reihe für Reihe den Zuschauerraum. Lottie bezweifelte, dass sich das kleine Mädchen irgendwo im Theater versteckte oder versteckt wurde. Es war wahrscheinlicher, dass sie sich verlaufen hatte oder entführt worden war. Sie hatte angeordnet, dass die Überwachungsvideos aus dem Empfangsbereich des Theaters sichergestellt wurden, und da es außerhalb des Gebäudes keine gab, überprüften die Beamten die umliegenden Geschäfte. Die Chancen, etwas auf den Überwachungskameras zu finden, waren gering, vor allem, weil die Gaol Street an diesem Nachmittag wegen der Märkte voll gewesen war und die Straße für den Verkehr gesperrt war. Sie würde sich auf Zeugenaussagen verlassen müssen, und sie wusste, wie unzuverlässig diese waren.

Als sie sich an der Absperrung abmeldete, war Lottie sicher, dass die Spurensicherung nicht vor dem nächsten Morgen eintreffen würde. Sie waren ohnehin schon überlastet wegen der beiden Tatorte der potenziellen Morde an Cara Dunne und Fiona Heffernan.

Auf dem Weg zurück zur Dienststelle, wo die Straße unter den gelben Straßenlaternen sepiafarben und an einigen Stellen von den glitzernden Strängen über dem Kopf blau gefärbt war, überkam sie eine tiefe Trauer. Wo war Lily Heffernan?

Sie kam am Gerichtsgebäude vorbei, das abgesperrt war, weil die Renovierungsarbeiten seit dem Tod einiger Arbeiter bei einem absurden Kranunfall ins Stocken geraten waren.

Das hatte die Stadt in einen Schleier der Trauer gehüllt, und erst mit der festlichen Stimmung war wieder etwas Normalität eingekehrt. Doch jetzt, mit zwei Morden und einem vermissten Kind, kehrte eine gewisse Niedergeschlagenheit zurück.

Kopfschüttelnd setzte Lottie ihren Weg fort. Ihre nächste Aufgabe war es, den amtierenden Superintendent David McMahon zu informieren. Das war eine Aussicht, die ihr gar nicht gefiel. Danach würde sie nach Hause zu ihrer eigenen Familie fahren. Sie musste sie in den Arm nehmen und selber in den Arm genommen werden.

Kirby und McKeown sahen beide aus, als könnten sie eine Woche im Bett gebrauchen. Lottie nahm an, dass sie das gleiche düstere Bild abgab. Bevor sie jedoch irgendetwas anderes tat, musste sie sich anhören, was Bannon und Toner selbst zu sagen hatten.

»Wir mussten sie gehen lassen«, sagte Kirby. »Sie kommen morgen früh zurück, um ihre offiziellen Aussagen zu machen.«

»Warum in aller Welt haben Sie sie gehen lassen?«

»Ein Anwalt ist gekommen«, sagte McKeown. »Bannon hat nur gelächelt. Wie zwei Schweine haben sie sich gesuhlt.«

»Hören Sie auf. Davon kriege ich Kopfschmerzen.« Die hatte sie eigentlich schon.

»In aller Fairness«, sagte McKeown, »war es sein gutes Recht, einen Anwalt einzuschalten.«

»Recht?« Lottie wurde wütend. »Ein achtjähriges Mädchen wird vermisst, und ihre Mutter liegt auf einer Bahre in der Leichenhalle.«

»Tut mir leid, Boss, aber so, wie ich das sehe ...«

»Hat schon jemand den Superintendent informiert?« Sie war nicht in der Stimmung für einen Vortrag. Sie wollte Fakten.

»Er nimmt heute an einem Weihnachtsessen in Dublin Castle teil«, sagte Kirby, als er sich setzte, wobei Luft aus seinem Stuhl entwich. »Er geht nicht an sein Telefon.«

»Alle Lehrer, Schüler und Eltern sind kontaktiert worden,

ohne Ergebnis«, sagte McKeown. »Wir haben Lilys Foto in Umlauf gebracht und die Fahndung veranlasst, und das Nachtteam ist auch schon informiert.«

»Im Moment können wir nicht viel mehr tun«, sagte Lottie. »Gehen Sie nach Hause. Morgen früh um sechs Uhr rücken Sie wieder an. Der diensthabende Kollege kann uns kontaktieren, wenn es irgendwelche Entwicklungen gibt.«

»Wenn Sie es so machen wollen«, sagte McKeown.

»Gibt es etwas Neues über Cara Dunne? Hat schon jemand mit ihren Freunden oder Arbeitskollegen gesprochen?«

»Ich habe mit ihrem Ex-Verlobten, Steve O'Carroll, gesprochen. Er ist der stellvertretende Manager im Railway Hotel.«

Kirby sagte: »Laut Bannon ist das das Hotel, in dem Fiona Heffernans Hochzeitsfeier hätte stattfinden sollen.«

»Was hatte O'Carroll zu seiner Verteidigung zu sagen?«, fragte Lottie.

»Nicht viel«, sagte McKeown. »Ich habe ihn überprüft. Er hat vier Jahre lang Jura studiert und wollte Anwalt werden. Er ist bei der Abschlussprüfung spektakulär gescheitert und durfte nie praktizieren. Jetzt lebt er in Ragmullin. Er weigerte sich, irgendwelche Fragen zu beantworten. Ich hatte das Gefühl, dass er die Trennung von Cara nicht sonderlich bedauert.«

»Okay, danke. Sobald die Obduktion bestätigt, dass Cara Dunne ermordet wurde, will ich ihn hier haben.«

»Klar, Boss«, sagte McKeown. »Wenn Sie mich fragen, hat er sich sehr seltsam verhalten.«

»Dass er sich seltsam verhält, heißt nicht, dass er sich etwas zuschulden hat kommen lassen.«

»Trotzdem schien er nicht allzu bestürzt über ihren Tod zu sein.«

»Wir werden uns morgen mit ihm treffen. Sie beide haben jetzt dienstfrei.« Während McKeown seinen Mantel holte und ging, wandte sie sich an Kirby. »Der Gürtel, mit dem Cara

Dunne erhängt wurde. Gibt es etwas Neues von der Spurensicherung?«

»Da war ich dran«, sagte er, »bevor das mit Fiona und Lily passiert ist.«

»Morgen früh will ich als Erstes einen Bericht dazu auf meinem Schreibtisch haben.«

»Sicher«, murmelte Kirby.

Sie schaltete das Licht in ihrem Büro aus, schloss die Tür und überließ Kirby dem, was er gerade tat. Ihre Beine fühlten sich wie Blei an, als sie die Treppe hinunterging. Eine heiße Dusche würde ihr guttun. Und dann würde sie ihre Füße für den Abend hochlegen. Sie versuchte erneut, Boyd anzurufen. Er nahm immer noch nicht ab. Was war nur los mit ihm?

FÜNFZEHN

Als er den schmalen Fußweg an der breiten Straße, der einzigen Straße in Ballydoon, entlangging, war er sich des Bösen, das ihn begleitete, durchaus bewusst. Er ging langsamer als sonst. Eine Schwere, eine finstere Last, hatte sich auf seine Schultern gelegt, ihn umhüllt wie ein Leichentuch einen Toten. Als er die Brücke überquerte, hörte er das Rauschen des Flusses. An der Böschung türmte sich Schnee auf, und das Schilf neigte seine Köpfe zum düsteren Gruß. Er lenkte seine Schritte auf das Gelände der Abtei und hob sein Gesicht zum schwarzen Himmel. Kein Mond. Die wallenden Wolken der Nacht verdeckten ihn gänzlich.

Vor sich sah er einen leichten Schimmer. Zwei Polizeiautos. Einen weißen Lieferwagen. Und das Zelt. Hatten sie ihre Leiche immer noch nicht abtransportiert? Sicherlich sollte sie jetzt bereits nackt in einer Leichenhalle liegen, aufgeschlitzt von der Brust bis zum Schambein. Ihre Eingeweide sollten schon lange entnommen sein. Gewogen und beschriftet und in Plastiksäcken versiegelt, um wieder in die leere Hülle zurückzukehren, aus der sie gekommen waren. Und ihr Haar. Oh, ihr Haar ...

Er duckte sich unter einem Baum hindurch und ging einen der vielen Wege entlang, die er so gut kannte. Die Hände waren nun fest zu Fäusten geballt und steckten tief in seinen Taschen. Wenn sich ihm jemand näherte, würde er ihm eine reinhauen. Und auf die Konsequenzen scheißen.

Hier lag weniger Schnee. Der von Bäumen geschützte Weg führte zurück über den Fluss und um die Statuen herum. Er blieb am Zaun stehen. Was die Polizei hinter ihm machte, hätte genauso gut in einem anderen Land vonstattengehen können. Sie hatten keine Ahnung, was hier wirklich vor sich ging. Wo die wahren Anhaltspunkte lagen. Der wahre Grund.

Er beobachtete das Bauernhaus. In der Dunkelheit konnte er nicht viel vom Hof sehen, nur das Licht, das aus den Fenstern drang. Er wusste, was dort drin war. Er wusste, wer dort drin war.

Er kicherte vor sich hin, ein breites Lächeln durchzog sein Gesicht, bevor er den Weg fortsetzte. Seine Hände waren jetzt viel entspannter. Er hatte keine Angst, entdeckt zu werden. Nicht dort, wo er hinging. Keiner würde ihn finden. Niemals. Niemals. Nein.

SECHZEHN

Der Tag war unerträglich lang gewesen. Lottie spürte wie jede einzelne Minute an den Muskeln ihrer Beine zerrte. Sie musste sich setzen. Sich hinlegen. Ausruhen. Aber ihre zweite Aufgabe begann gerade erst. Ihre Familie. Nicht, dass das Arbeit wäre, aber es blieb trotzdem keine Zeit für Muße. Sie wünschte sich, nur eine Sekunde lang, jemanden, der sich zu ihr setzte, damit sie ihre Sorgen und Ängste abladen konnte. Und sie fragte sich, wie sie die Nacht überstehen sollte, wenn die Last des Verschwindens der kleinen Lily Heffernan wie ein Betonblock auf ihr lastete.

Sie hörte gedämpfte Stimmen, als sie ihre Jacke an das Geländer hängte. Sie spitzte ihre Ohren, um die Treppe hinaufzulauschen. Doch da war nichts zu hören. Das Gemurmel kam aus dem Wohnzimmer. Sie öffnete die Tür und steckte ihren Kopf hinein.

»Leo?« Sie spürte, wie ihr ein Schauer über den Rücken lief.

Nach McMahon war Leo Belfield die letzte Person, mit der sie heute Abend sprechen wollte. Ihr Halbbruder, den ihr ein komplizierter Stammbaum beschert hatte, ein Captain beim

NYPD. Seit er seine wahre Familie entdeckt hatte, reiste er regelmäßig nach Irland. Bei ihrem letzten Fall war er verletzt worden, und Rose, Lotties Mutter, hatte die Aufgabe übernommen, ihn gesund zu pflegen. Was machte er hier zu dieser späten Stunde?

»Hallo, Lottie.« Er stand von der Couch auf, auf der er mit ihren Töchtern gesessen hatte. Von dem kleinen Louis war nichts zu sehen, und auch nicht von Sean. Ersterer war höchstwahrscheinlich schon im Bett und letzterer vermutlich in seinem Zimmer, wo er Playstation spielte. Der Gedanke, dass ihr Sohn vielleicht gerade seine Hausaufgaben machte, lag fern. »Kann ich kurz in der Küche mit dir sprechen?«

»In *meiner* Küche«, sagte Lottie leise, während sie den Weg wies. Obwohl es nicht wirklich ihre Küche war, dachte sie. Sie war nur Mieterin in diesem Haus.

Sie war froh, als sie sah, dass der Raum aufgeräumt worden war. Die Wäsche war weggeräumt worden und ein Kochtopf stand auf dem Herd. Sogar der Fußboden sah aus, als hätte ein Besen darüber gekehrt. Rose war da gewesen.

Leo zog einen Stuhl heran und setzte sich. Lottie blieb stehen. Sie würde lieber auf ihn herabsehen. Sie hörte Schritte, die die Treppe hinunterpolterten. Louis weinte. Eine Tür öffnete sich.

»Sean!«, schrie Katie. »Du bist so ein Trottel. »Du hast Louis aufgeweckt. Dafür fängst du eine!«

»Mir doch egal«, antwortete Sean.

Lottie eilte in den Flur. »Was ist hier draußen los?«

»Dieser Trottel hat Louis aufgeweckt«, sagte Katie und verschwand die Treppe hinauf. Sean durchsuchte den Stapel von Mänteln auf dem Geländer. »Wo willst du hin?« Lottie klammerte sich fester an die Küchentür.

»Raus.«

»Wohin?«

»Irgendwohin, nur weg von hier.« Er nahm eine Jacke vom Stapel und öffnete die Eingangstür.

»Es ist schon spät, Sean.«

Er drehte sich auf der Treppe um. »Das ist mir egal. Ich brauche Luft. Dieses Haus erdrückt mich.«

»Aber nicht zu lange.« Lottie fühlte sich machtlos, nicht in der Lage ihn davon abzuhalten, in die Nacht hinauszugehen.

»Alles in Ordnung?«, fragte Leo.

Als sie in die Küche zurückkehrte, sah sie ihn achselzuckend an und hob den Deckel des Topfes an. Hühnereintopf. Sie schaltete die Herdplatte ein. »Was willst du, Leo?«

Er zog einen Stuhl heran. »Kannst du dich für dieses Gespräch bitte setzen?«

»Das klingt ernst.« Sie nahm Platz.

Mit auf dem Tisch verschränkten Hände schaute er sie aus Augen an, die Kopien ihrer eigenen waren. Smaragdgrün. »Ich weiß, dass du wegen des Nachlasses von Kitty Belfield mit Anwälten zu tun hattest.«

»Und?« Lottie hielt Kitty Belfield für ihre Großmutter. »Du weißt, dass ich einen Anspruch auf das Farranstown-Anwesen habe?«

»Ja, das weiß ich.«

»Nach der Episode mit meiner Zwillingsschwester Bernie dachte ich, dass ich nichts mit unserem Erbe zu tun haben wollte.«

»Um ehrlich zu sein, Leo, du hast es auch nicht nötig. Alexis hat dir viel Geld hinterlassen, oder etwa nicht?«

Sie hatte nicht so zickig klingen wollen, aber sie wusste, dass ihre Worte genauso rübergekommen waren. Alexis hatte sich als Leos Mutter ausgegeben, nachdem sie Irland verlassen hatte, als er noch ein Baby gewesen war. Sie war die Halbschwester ihrer Mutter, Carrie King. Es war eine lange Geschichte.

»Stimmt«, sagte er. »Sie hat mir ein Grundstück in New York hinterlassen. Ihre Firma muss ich erst noch abwickeln.«

»Warum interessierst du dich dann für Farranstown?« Lottie konnte nicht verhindern, dass sich ihre Stimme überschlug.

»Hörst du mir zu? Rechtlich gesehen habe ich einen Anspruch auf das Anwesen.«

»Ach so.«

»Es gibt überhaupt keinen Grund, dein irisches Temperament in Rage zu versetzen. Ich habe das alles mit Rose besprochen. Sie stimmt mir zu.«

Lottie schob den Stuhl mit ihren Beinen zurück, stand auf und schüttelte den Kopf. »Ich hätte wissen müssen, dass meine Mutter irgendwie ihre Finger im Spiel hat.«

»Ich bin hier, weil ich dir helfen möchte, wenn du mir nur zuhören würdest.«

»Ich hatte einen verdammt langen Tag. Komm auf den Punkt.«

»Lottie, ich will dich auszahlen.«

»Du willst was?« Sie spürte, wie sich ihr Kiefer entspannte. Damit hatte sie nicht gerechnet.

»Ich möchte dich auszahlen. Ich kümmere mich um die rechtlichen Dinge. Den Nachlass und so weiter.«

»Aber warum?« Sie setzte sich wieder hin.

»Weil ich dir gerne helfen würde. Du brauchst keinen Ballast wie Farranstown House. Wenn die rechtlichen Fragen geklärt sind, möchte ich es verkaufen. Es ist gutes Bauland, das sich bis zum See erstreckt.«

Vielleicht war jetzt nicht der richtige Zeitpunkt, um ihm zu sagen, dass er es schwer haben würde, eine Baugenehmigung für ein Bauvorhaben an den Ufern des Lough Cullion, der Quelle der Wasserversorgung von Ragmullin, zu erhalten.

Er fuhr fort und gestikulierte, seine Begeisterung stieg sichtlich. »Ich werde es schätzen lassen und zahle dir deinen Anteil.

Danach brauchst du dir darum keine Gedanken mehr zu machen.«

»Es könnte Jahre dauern, bis die Sache geklärt ist.«

»Das macht mir nichts aus. Ich kann dich aus dem Nachlass von Alexis auszahlen. Ich muss zurück nach New York, will wieder arbeiten. Ich habe im Moment genug von Irland, um ehrlich zu sein.«

»Ich kann es dir nicht verdenken.« Lottie spürte, wie der Beginn eines Lächelns ihr Gesicht erhellte. Vielleicht war es gar nicht so schlecht, einen Halbbruder zu haben.

»Es gibt allerdings eine Bedingung.« Seine grünen Augen verdunkelten sich zu einem Veronesegrün.

Ihr Körper sackte zusammen und sie richtete ihren Rücken auf. Er war ein Arschloch. Erst baute er sie auf, nur um sie dann zu enttäuschen.

»Und welche?«

»Ich möchte, dass du rechtlich bindende Dokumente unterschreibst. Und wenn alles geschätzt ist, zahle ich dir die Hälfte.«

»Verpiss dich.« Sie krempelte ihre Ärmel hoch, stand auf und ging zum Herd.

»Ich meine es ernst, Lottie. Dieses Anwesen könnte fünf, vielleicht zehn Millionen Euro wert sein.«

Sie fand einen Holzlöffel und rührte den Eintopf um. Hielt ihm den Rücken zugewandt. Millionen? Oh Gott. Sie hatte bei Farranstown nie an Geld gedacht, nur als ein Ärgernis, auf das sie gut verzichten konnte.

»Was sagst du dazu?«, beharrte er.

»Ich weiß es nicht. Das kommt so plötzlich.« Sie rührte weiter, und das Huhn zerfiel in der Soße in faserige Stücke.

»Überlege es dir. Du bekommst die Hälfte im Voraus und wirst mit Farranstown nichts mehr zu tun haben. Der Erlös wird dir helfen, ein eigenes Haus zu finden.«

»Ich mag dieses Haus sehr«, sagte sie.

»Aber es gehört dir nicht, oder? Du stehst in der Schuld von Tom Rickard.«

»Das ist meine Sache, Leo.« Aber er hatte Recht. Rickard war der Großvater von Baby Louis, und er war so freundlich gewesen, ihr das Haus quasi mietfrei zu überlassen. Sie wusste, dass dies seine Art war, Louis im Auge zu behalten. Ihre Augen brannten vor Müdigkeit und die Lider fühlten sich wie Sandpapier an.

»Was ist, wenn die Erbschaft gar nicht zustande kommt?«, fragte sie. »Vielleicht hat noch jemand anderes Anspruch auf das Haus.«

»Darum kümmere ich mich. Wenn ich die Formulare aufsetze, unterschreibst du sie dann?«

Es schien eine so belanglose Angelegenheit zu sein. Nur ihre Unterschrift. Nichts zu befürchten. Aber Lottie konnte sich des Gefühls nicht erwehren, dass es vielleicht, nur vielleicht, der größte Fehler ihres bisherigen Lebens sein könnte.

SIEBZEHN

Es war schon spät, als Boyd in seine Wohnung zurückkehrte. Für die Fahrt nach Westen hatte er zweieinhalb Stunden gebraucht, der Verkehr in Galway war grauenhaft gewesen. Aber immerhin hatte er es in eineinhalb Stunden zurück nach Hause geschafft.

Er schlüpfte aus seiner Jacke, dann aus seinen Schuhen und holte sich eine Dose Bier aus dem Kühlschrank. Er hatte eigentlich Lust auf etwas Stärkeres, aber Kirby hatte gestern Abend die Flasche Whiskey vernichtet.

Während er in der Stille seines eigenen Reiches an seinem Bier nippte, dachte er über den Abend nach, den er gerade verbracht hatte, und hoffte, dass Lottie nicht zu neugierig sein würde, wenn er in ein paar Tagen schon wieder weg musste. Zur Not würde er einfach ein Pokerface aufsetzen und lügen.

Er atmete ein paar Mal tief durch, lehnte sich auf der Couch zurück, schloss die Augen und überlegte, was er jetzt tun sollte. Da klingelte es an der Tür und er richtete sich wieder auf. Es war spät. Lottie? Nein. Nicht um diese Zeit.

Er öffnete die Tür.

»Sean? Was machst du denn hier? Weißt du, wie spät es

ist?« »Kann ich ein bisschen mit dir fernsehen?« Der Teenager stand auf der Treppe und gab ein trostloses Bild ab, während hinter ihm der Schnee in dichten Bahnen fiel.

»Komm rein.«

Sean warf seine Jacke über die Rückenlehne eines Stuhls. Boyd hob sie auf und hängte sie in den Flur. Als er in das Wohnzimmer zurückkehrte, war der Fernseher an und Sean kauerte in der Ecke der Couch.

»Wo warst du denn? Deine Jacke ist ganz nass.«

»Die gehört Chloe, also wen interessiert's? Ich bin nur durch die Straßen gelaufen.«

»Willst du darüber reden, Kumpel?« Boyd nahm sein Bier, aber setzte sich nicht.

»Ich will nur meine Ruhe haben.« Sean sah zu ihm auf, seine blauen Augen feucht wie der Ozean. »Es macht dir doch nichts aus, oder?«

»Solange deine Mutter damit einverstanden ist, nicht.«

»Ihr ist das egal.«

Oh nein, dachte Boyd. Er war in den letzten Jahren zu einer Vertrauensperson für Sean geworden, und er vermutete, dass der Junge ihn als Ersatzvaterfigur betrachtete. Aber heute Abend hatte er wirklich einfach nur für sich sein wollen. Es gab zu viele Dinge, über die er nachdenken musste. Und einem Teenager zuzuhören, der seinen Frust ablud und über seine Mutter schimpfte, stand definitiv nicht auf seiner Tagesordnung.

»Ich muss ihr eine SMS schreiben. Damit sie weiß, dass du hier bist.«

»Meinetwegen.«

»Wir schauen uns eine Folge von irgendwas an und dann geht's ab nach Hause.« Boyd nahm Sean die Fernbedienung aus der Hand und schaltete den Bildschirm auf Pause.

»Du bist schlimmer als sie, weißt du das?«, murmelte Sean.

Boyd wartete auf die Schimpftirade, aber zwischen ihnen

herrschte Schweigen. Er gab nach. Er setzte sich hin und stellte den Ton wieder an. Dann schickte er eine kurze SMS an Lottie, um sie wissen zu lassen, dass ihr Sohn bei ihm war.

»Bekomme ich ein Heineken?« Sean versuchte sein Glück.

»Nein, bekommst du nicht. Willst du, dass deine Mutter mir bei lebendigem Leib die Haut abzieht, wenn sie mit dir fertig ist?« Boyd lachte.

Sean lachte auch.

———

Beim Klappern der Fenster stellten sich ihm die Haare auf den Handrücken auf. Father Michael Curran erhob sich von seinem Stuhl und ging, um den schweren goldenen Raffhalter der Vorhänge zu lösen. Als Pfarrer von Ballydoon hatte er die letzten fünf Jahre in dem alten Pfarrhaus gelebt und in jedem dieser Winter hatten die alten Schiebefenster ständig geklappert und geknarrt. Bis heute Abend hatte es ihn nie gestört. Aber es geht ja gar nicht um die Fenster, dachte er, *in ihm selbst* knarrte es. Wegen der gedämpften Beleuchtung im Zimmer konnte er draußen kaum etwas sehen. Dunkel und stürmisch. Er lehnte sich näher an die Scheibe und versuchte, durch sein eigenes ausgezerrtes Spiegelbild hindurchzusehen. Plötzlich krachte ein Ast gegen die Scheibe. Er sprang nach hinten und stieß mit den Beinen gegen den Stuhl, und als er auf den Sitz plumpste, schrie er vor Schmerz auf.

Er musste ins Bett. Die Nacht brach herein und es war schon fünfzehn Minuten nach seiner üblichen Schlafenszeit. Routine hatte ihn bisher ganz gut durch sein Leben gebracht. Er wollte sich nicht eingestehen, dass sie inzwischen zu so etwas wie Besessenheit geworden war.

Er klappte die Autobiografie zu, in der er gelesen hatte, stand auf, löste den anderen Raffhalter und wollte die Vorhänge vor das Fenster ziehen.

Aus den Tiefen seiner Kehle entrang sich ein erstickter Schrei. Sein Blut gefror. Er trat wieder einen Schritt zurück, gegen die Stuhlbeine.

Ein Gesicht, flach gegen das nasse Glas gepresst.

Der Priester zuckte zurück, die Hände zitterten, die Knie waren weich. Die Hausschuhe rutschen von seinen Füßen und er verdrehte sich das Fußgelenk. Kein körperlicher Schmerz, nur ein Ziehen in der Magengegend. Er schaute wieder hinaus. Das Gesicht war verschwunden. Schatten sprangen herum wie wild tanzende Skelette. Äste klatschten gegen das Fenster und klangen wie knackende Knochen in sich biegenden Fingern.

Ein Klopfen. Scharf und eindringlich.

Er drehte sich um. Sein Herz klopfte so laut in seiner Brust, dass es in seinen Ohren widerhallte. Er hatte keine Ahnung, ob das anhaltende Klopfen von der Fensterscheibe oder von der Tür kam. Verwirrt blinzelte er schnell und schaute wieder zum Fenster. Kein Gesicht. Hatte er es sich eingebildet?

Tritte.

Schritte.

Auf dem gefliesten Flur vor der Wohnzimmertür. Tapp-tapp-tapp. Unheilvoller als das Klopfen am Fenster. Der Pfarrer fragte sich, ob er die Tür unverschlossen gelassen hatte. Nein, das hätte er nicht getan. Er war ein Gewohnheitstier. Er schloss die Türen immer ab.

Noch ein Tapp-Tapp.

Aber Father Curran war sich sicher, dass das Geräusch seiner Einbildung entsprang, obwohl er sich geschworen hatte, niemals der dunklen Seite nachzugeben.

Und dann hörte er den erstickten Schrei der Schwäne.

―――――

Ihr war warm, und gleichzeitig war ihr kalt. Die Decken waren haarig und sie wünschte sich ihre eigene Fleecedecke.

Es war dunkel, aber das machte Lily nichts aus. Sie mochte die Dunkelheit. Ihre Mummy hatte ihr gesagt, dass Feen immer nur im Dunkeln auftauchen. Sie waren ihre Freunde, die Feen.

Aber sie wusste nicht, warum sie nicht zu Hause in ihrem eigenen Bett lag. Das war nicht in Ordnung. Ihre Mummy brachte sie immer ins Bett. Außer in den Nächten, in denen sie bei ihrem Daddy war. Seine Haare machten ihr irgendwie Angst. Einmal hatte er sogar versucht, *ihr* die Haare zu schneiden, aber sie hatte so laut geschrien, dass er die Schere wieder weggelegt hatte. Aber er war ihr Daddy und sie liebte ihn.

Ihr *Paw Patrol*-Kuscheltier. Das war es, was sie wollte. Oder Peppa Pig. Sogar ihr Winnie-the-Pooh wäre gut. Sie wusste, dass sie zu alt für Teddys war, das sagten alle ihre Freunde, aber sie konnte ohne sie nicht schlafen. Wenn sie weinte und schrie, würde vielleicht jemand ihre Mummy holen, und ihre Mummy würde ihr den Teddy bringen. Hatte sie etwas falsch gemacht? War das der Grund?

Sie war in den Wagen gestiegen. Sie saß brav auf dem Rücksitz, während der Sicherheitsgurt über ihre Brust gelegt wurde. Es gab keine Sitzerhöhung für sie, aber sie hatte nichts gesagt, ihren Mund gehalten. Sie hatte nicht einmal geweint. Nicht ein kleines bisschen. Wenn sie das doch alles brav getan hatte, warum war sie dann jetzt hier allein?

Vielleicht sollte sie einfach versuchen, mit der haarigen Decke einzuschlafen und so zu tun, als wäre sie ihr Teddy. Und am Morgen würde ihre Mummy sie aufwecken und ihr sagen, dass alles nur ein böser Traum gewesen war.

———

Das Kind lag schlafend da. Es atmete ein und aus. So ruhig und unwissend der qualvollen Welt gegenüber, die sie bewohnte. Die Decke unter ihrem Ellbogen war wie ein Kuschelkissen zusammengerollt. Er wollte eine Hand ausstrecken und ihr das schöne lange Haar aus dem engelsgleichen Gesicht streichen. Aber das könnte sie aufwecken. Und ein schlafendes Kind war leichter zu handhaben als ein schreiendes Gör.

Sein Atem ging im Gleichklang mit dem ihren.

Er hatte seine Hand tief in die Tasche gesteckt. Da drin war sie sicher.

Ein. Aus. Ihr Atem.

Wie lange noch? fragte er sich.

Wie lange würde ihr in dieser von Erwachsenen geschaffenen, für Kinder unmenschlichen Welt noch bleiben?

Er ballte seine Finger zu einer Faust, die fest in seiner Tasche steckte.

Das war keine Entscheidung, die er treffen musste. Wer leben sollte und wer sterben. Sie kam von einer Autorität, die in der Nahrungskette höher oben stand als er.

Und trotzdem sah er ihr zu.

Ihrem Atmen.

Ein.

Aus.

———

Die anderen Jungen beschimpften ihn. Sie schlichen sich an ihn heran, zogen an seinem kurzen, dichten Haar, lachten und rannten davon. Niemand blieb lange genug da, um zu hören, was er vielleicht zu sagen hatte.

Er musste die Haare kurz geschnitten lassen. Auf keinen Fall würde ihm das jemals wieder ein Lehrer antun. Auf gar keinen Fall.

Er kickte eine Dose über den Spielplatz und hörte, wie sie in einen Gully ratterte. Er nahm einen Stock und stocherte damit nach der Dose, die daraufhin wieder aus ihrem sicheren Hafen herausflog und auf dem Beton landete.

»*Junge! Das ist Vandalismus. Wenn du nicht damit aufhörst, wirst du noch zu einem Kriminellen.*«

Er drehte sich um und sah den Mann auf sich zueilen, dessen Mantel um ihn herum flatterte und flappte wie ein schmutziges Laken auf einer Wäscheleine. Wie die Laken, in denen er zu Hause schlafen musste. Verfärbt und stinkend.

Er hätte nie gedacht, dass er seine alte Schule vermissen würde, aber als er sechs Jahre alt war, musste er auf eine reine Jungenschule wechseln. Das war nicht fair. Er hatte gerne mit den Mädchen gespielt. Normalerweise brachen sie schon in Tränen aus, wenn er sich ihnen näherte, noch bevor er sie auch nur gezwickt hatte. Wahrscheinlich war das, was er da gemacht hatte, nicht wirklich ein Spiel gewesen.

Sein Arm wurde so fest gepackt, dass er den Stock fallen ließ. Finger umfassten sein Kinn wie Zangen und drehten sein Gesicht mit einer scharfen Bewegung nach oben. Der Atem des Mannes roch abgestanden und beißend. Der Junge würgte, obwohl er versuchte, keine Gefühle zu zeigen. Sobald man weinte oder wimmerte, wussten sie, dass sie einen geknackt hatten, und es wurde schwieriger, die Qualen zu überstehen. Und wenn man daheim von seinem Fehlverhalten erfuhr, würde sein Hintern sich in eine windelweich geprügelte Ansammlung von Blasen und Brandmalen verwandeln, und seine Arme in einen Flickenteppich aus gelben und violetten Blutergüssen. Und das alles nur, weil er zu schwach war. Aber nicht heute. Haargesicht konnte sich verpissen.

Der Junge tat etwas, was er vorher noch nie getan hatte.

Er lachte hysterisch.

Während er darauf wartete, dass bei ihm zuhause angerufen wurde, freute er sich, dass seine Haare geschnitten worden waren. Wenigstens diese Demütigung würde er nicht nochmal ertragen müssen.

ACHTZEHN

DONNERSTAG

Lottie wachte mit pulsierenden Schmerzen hinter den Augen auf. Ihre Träume waren voller schrecklicher Bilder gewesen, von denen sie wusste, dass sie sie verfolgen würden, bis die Fälle abgeschlossen waren.

Unter der Dusche entspannte sie sich auch nicht wirklich. Wenn Cara und Fiona ermordet worden waren, war es sehr wahrscheinlich, dass sie durch die Hand desselben Täters gestorben waren. Und daher war es umso wahrscheinlicher, dass sich Lily Heffernan in den Fängen eben dieses Mörders befand. Sie fröstelte bei diesem Gedanken und versuchte, ihn mit warmem Wasser wegzuwaschen.

Die Erinnerung an die Gebeine ihres Bruders Eddie, die in einem namenlosen Grab gefunden worden waren, explodierte geradezu in ihrem Kopf. Nein, denk nicht daran, ermahnte sie sich. Lily war ganz bestimmt in Sicherheit. Das war der Gedanke, an den sie sich klammern musste, während sie sich abtrocknete und die kleinen Fussel des Handtuchs ignorierte, die an den Haaren auf ihren Armen klebenblieben.

Hatte jemand Cara Dunne getötet und war dann nach

Ballydoon gefahren, um Fiona Heffernan zu töten, bevor dieselbe Person nach Ragmullin zurückgefahren war, um das kleine Mädchen zu entführen? Wie war das überhaupt möglich? Es war möglich, räumte sie ein. Bei den Morden war nur wenig Blut im Spiel gewesen, es waren keine Messer oder Pistolen verwendet worden. Der Mörder wäre nicht beschmutzt gewesen und daher frei, sich ungehindert unter die Leute zu mischen, Auto zu fahren und Lily zu entführen.

Lottie zog sich eine schwarze Jeans und ein weißes, langärmeliges Shirt an und brach zur Arbeit auf, ohne vorher zu frühstücken.

Sie kam vor ihrem Team auf dem Revier an, aber der Wagen des amtierenden Superintendent McMahon stand bereits auf dem Parkplatz. Sie atmete den Duft von frischem Kaffee ein und eilte den Korridor entlang. Sie musste das gestrige Geschehen noch mal durchgehen, bevor sie an den Obduktionen teilnahm. Doch zuerst musste sie sich über den Stand der Ermittlungen zu Lilys Verschwinden informieren.

Die schlechte Laune, mit der sie aufgewacht war, wurde eher schlimmer als besser. Normalerweise wirkte die Arbeit wie Balsam auf den Ärger, den sie zu Hause hatte. Aber Sean wurde immer unerträglicher. Sie war aufgeblieben, bis er nach drei Uhr morgens endlich zur Tür hereingekommen war. Okay, Boyd hatte sie wissen lassen, dass er bei ihm war, aber trotzdem war ihr Sohn derzeit einfach grundlos schwierig. Sie schüttelte den Kopf und versuchte, das Privatleben zu vergessen und sich auf die Arbeit zu konzentrieren.

Trotz der beiden Todesfälle galt ihre Hauptsorge dem vermissten Kind, Lily Heffernan. Sie überprüfte die Nachrichten, aber es gab keine Meldungen über das kleine Mädchen. Sie musste Trevor Toner und Giles Bannon von der Tanzschule befragen und die Aussagen der Eltern, Kinder und Lehrer lesen. Es gab so viel zu tun. Es sah nach einer Entführung aus. Wenn die Mutter des Kindes Selbstmord begangen hatte, hatte sie dann Vorkehrungen für ihre Tochter getroffen? Jemand, der sich um sie kümmerte, jemand, der sie abholte? Hätte sie keine Anweisungen bei Ryan Slevin oder Colin Kavanagh hinterlassen? Nicht, wenn sie Grund hatte, ihnen zu misstrauen, dachte Lottie. Nicht, wenn einer von ihnen sie ermordet hätte. Nicht, wenn jemand anderes sie ermordet hätte.

Sie schlug die Beine übereinander und lehnte sich im Stuhl zurück, als sich erneut ein Gefühl der Angst in ihrer Brust festsetzte. Sie fürchtete um das Kind.

Als sie aufblickte, stand McMahon in der Tür. Er hatte die Angewohnheit, aus dem Nichts aufzutauchen wie geruchloses Gas. Sein Erscheinen kündigte normalerweise Ärger an.

»Guten Morgen, Sir.«

»Erzählen Sie mir von diesem vermissten Kind.« Er richtete den Kragen seines Hemdes und öffnete seine Anzugjacke. Eine doppelreihige Weste kam darunter zum Vorschein.

»Lily Heffernan wird seit gestern Nachmittag um vier Uhr vermisst und wurde zuletzt bei ihren Tanzproben im Theater von Ragmullin gesehen. Wir tun alles, um sie ausfindig zu machen.«

McMahon setzte sich und breitete seine Arme über den Schreibtisch aus. Einen Moment lang dachte sie, er würde nach ihren Händen greifen, doch stattdessen schlug er beide Fäuste lautstark auf die Holzoberfläche. Seine Stimme verriet mehr als nur einen Hauch von Wut, und als er sprach, war das Timbre tief und doch bedrohlich.

»Ich will mir diesen Scheiß nicht anhören, Inspector. Ich will verdammt nochmal nicht, aus dem verdammten Radio auf dem Weg zur Arbeit erfahren, dass Kinder vermisst werden. Ich will nicht, dass mich *Morning Ireland* über Dinge in Kenntnis setzt, die ich aus erster Hand wissen sollte. Verstehen Sie, was ich sage?« Er hob die Hände und strich sich schwarze Strähnen aus den Augen.

Anstatt in ihrem Stuhl zu versinken, rollte Lottie ihre Schultern nach hinten und war bereit, den Kampf aufzunehmen.

Er sprach immer noch, sein Tonfall war jetzt eine Oktave höher. »Ich erwarte von meiner Stellvertreterin, dass sie mich über alle wichtigen Angelegenheiten auf dem Laufenden hält. Angelegenheiten, die um sieben Uhr morgens in den verdammten nationalen Nachrichten erscheinen, während ich einen beschissenen dünnen Latte aus einem Pappbecher schlürfe. Haben Sie mich verstanden? Ich will nicht zum ersten Mal etwas darüber hören, wenn ein Radiomoderator es durch mein Auto brüllt.«

Mein Gott, er wiederholte sich so oft, dass ihr der Kopf noch mehr wehtat. »Ich habe gestern Abend versucht, Sie zu erreichen, Sir. Aber leider waren Sie in Dublin bei Ihrem schicken Dinner und ...«

»Nein!« Er hielt einen Finger hoch. »Kommen Sie mir verdammt nochmal nicht so. Ich kann Ihren Ungehorsam nicht ertragen. Sie sind *so* kurz davor, aus dieser Tür zu fliegen. Haben Sie mich verstanden?«

»Ja, Sir.« Wenn sie alle ›So‹s zusammenzählen würde, käme sie auf eine Meile, dachte sie.

»Dann bringen Sie mich auf den neuesten Stand.« Er verschränkte die Arme und schniefte seinen höhnischen Tonfall weg.

»Nun, es ist so ...« Sie kämpfte gegen den Drang an, die gleiche Haltung wie er einzunehmen. »Wir ermitteln in zwei Todesfällen. Der eine war eine Lehrerin namens Cara Dunne. Sie wurde erhängt in ihrem Badezimmer aufgefunden, trug ein Hochzeitskleid. Es wurde kein Abschiedsbrief gefunden. Ich bin sicher, dass sie ermordet wurde. Wir sammeln derzeit Informationen, und ich werde in Kürze ihrer Obduktion beiwohnen. Gestern Nachmittag wurde dann die Leiche von Fiona Heffernan auf dem Gelände von Ballydoon Abbey entdeckt.«

»Ballydoon?«

»Das ist ein Dorf, weniger als fünfzehn Kilometer von Ragmullin entfernt, und ...«

»Ich weiß, wo Ballydoon liegt, verdammt nochmal. Fahren Sie fort.«

»Die Abtei ist ein Pflegeheim. Fiona war dort Krankenschwester.«

»Kommen Sie zur Sache.«

»Ihr Tod wird bis zum Abschluss der Obduktion als ungeklärt behandelt. Sie könnte vom Dach gesprungen sein oder – und das halte ich für wahrscheinlicher – sie könnte gestoßen worden sein. Wir haben keinen Abschiedsbrief gefunden und sie hatte eine Wunde am Kopf. Wir haben Blut auf dem Boden der Umkleidekabine gefunden. Die Tatsache, dass sie ein Hochzeitskleid trug, genau wie Cara Dunne, lässt ihren Tod höchst verdächtig erscheinen.«

»Richtig. Das kleine Mädchen. Erzählen Sie mir von ihr.«

Sie konnte sehen, dass es ihm schwerfiel, sein Temperament zu zügeln. Sie hoffte, dass sie sich nicht in der Geschossbahn befand, wenn er explodierte.

»Niemand am Tatort hat uns gegenüber etwas über Fionas Tochter erwähnt. Das einzig Interessante, was ich dort gehört habe, war, dass Fiona am nächsten Tag heiraten sollte. Heute, um genau zu sein. Detective Kirby und ich haben ihren Verlobten, Ryan Slevin, besucht, der uns über die Existenz von Lily informiert hat. Sie ist acht Jahre alt und wurde, wie gesagt, zuletzt in einer örtlichen Tanzschule gesehen.«

»Und Sie haben es versäumt, mich über diese Entwicklung zu informieren?«

»Sir, wir haben es versucht. Sie sind nicht an Ihr Telefon gegangen.«

»Jemand hätte eine Nachricht für mich hinterlassen können.«

Lottie zuckte mit den Schultern. Sie hatte keine Ahnung, ob jemand eine Nachricht hinterlassen hatte oder nicht.

»Weiter«, sagte er und blies seine Wangen auf, die nun so rot waren, dass sie das Gefühl hatte, er könnte innerlich verbluten.

»Ich habe mich mit Fionas Ex-Partner, Colin Kavanagh, getroffen. Er ist der Vater des Kindes. Er behauptete, er wisse nicht mehr als Ryan Slevin über den Verbleib des Kindes. Zu diesem Zeitpunkt habe ich die Fahndung ausgelöst. Es scheint eine gewisse Feindseligkeit zwischen Slevin und Kavanagh zu geben.«

»Warten Sie einen Moment. Sagten Sie Colin Kavanagh? Der Anwalt?«

»Ja, Sir.«

»Ach, verdammt noch mal. Er wird über uns herfallen wie Termiten über morsches Holz.«

»Kennen Sie ihn, Sir?«

McMahon nickte und biss sich auf die Innenseite seiner Wange. Es dauerte einige Augenblicke, bis er wieder sprach. »Kavanagh hat im Dubliner Strafgericht gearbeitet, als ich im Büro für Drogen- und organisierte Kriminalität war. Der gerissenste Kerl, auf den man treffen kann.«

»Warum sagen Sie das?«

»Er ist Strafverteidiger für einige der berüchtigtsten Kriminellen der Stadt.« Er kniff die Augen zusammen und zupfte an seinen Strähnen, die Röte wich ein wenig zurück. »Ich dachte, er hätte sich zur Ruhe gesetzt.«

»Nun, er hat sich nach Ragmullin zurückgezogen, oder besser gesagt, in die Nähe davon. Er betreibt ein kleines Büro mit ein paar Kunden, soweit ich das beurteilen kann. Klingt etwas zwielichtig für mich.«

»Man arbeitet nicht fünfundzwanzig Jahre lang mit dem Abschaum der Welt, ohne dass etwas von diesem Abschaum an einem haften bleibt«, sagte McMahon. »Ich würde mein Auto darauf verwetten, dass das Verschwinden seiner Tochter etwas mit seinen früheren Geschäften zu tun hat.«

»Vielleicht hat seine Vergangenheit auch etwas mit dem Tod von Fiona Heffernan zu tun.«

»Sie glauben also nicht, dass es sich um Selbstmord handelt?«

»Die Todesursache ist derzeit ungeklärt. Ich treffe mich mit der staatlichen Rechtsmedizinerin, sobald ich weg kann. Ich werde Sie über alle Entwicklungen auf dem Laufenden halten.«

McMahon stand auf. »Erzählen Sie mir noch einmal von dem Todesfall am Morgen.«

»Cara Dunne. Anfang dreißig. Lehrerin. Wurde von einer Nachbarin erhängt in ihrem Badezimmer aufgefunden. Ms Dunne hatte vor kurzem ihre Verlobung mit dem stellvertretenden Manager des Railway Hotels, Steve O'Carroll, gelöst.«

McMahon ging zur Tür. Er sprach über seine Schulter. »Ich übernehme eine aktive Rolle im Fall des vermissten Kindes. Ich will über alles Bescheid wissen, was Sie herausfinden. Lassen Sie Sam McKeown das übernehmen. Er scheint der Einzige hier zu sein, der einen ordentlichen Job machen kann. Und halten Sie mich nach den Obduktionen auf dem Laufenden, sonst habe ich jemand anderen auf Ihrem Stuhl sitzen, bevor Sie *das interessiert mich einen Scheiß* sagen können.«

»Aber, Sir ...«

»Kein Aber. Und ich mache alle Pressekonferenzen. Vergessen Sie nicht, dass ich hier der Chef bin.«

»Klar, Sir.« Und fügte leise »Arschloch« hinzu, als er ging.

Sie hatte das Gefühl, dass der Tag, den sie in ihrem Kopf so perfekt geplant hatte, nun in Scherben lag. Ein Strafverteidiger für Verbrecherbanden? Colin Kavanagh war plötzlich mehr als nur ein leidender Vater. Er war jetzt eine Person von besonderem Interesse. Wenn Fiona ermordet worden war, war Kavanagh definitiv im Kreis der Verdächtigen. Aber welche Verbindung bestand zwischen ihm und Cara Dunne? Und wo war sein kleines Mädchen?

NEUNZEHN

Ryan Slevin wurde von einem seiner Neffen geweckt, der die Badezimmertür zuschlug, gefolgt von Zoes lauter Stimme, die ihm aus der Küche befahl, leise zu sein.

Heute hätte sein Hochzeitstag sein sollen. Er hatte den Tag frei und nun hatte er nichts zu tun. Seine Fiona war weg. Und wie es schien, war auch Lily weg. Er hob seinen Laptop vom Boden auf und überprüfte die Arbeit, die er letzte Nacht im Vollrausch erledigt hatte. Dann öffnete er die Datei mit dem Titel ›Mein Hochzeitstag‹.

Seine Liebe zu Fiona würde nie in der Öffentlichkeit bestätigt werden. Kein Stück Papier, um der Welt ihre Einheit zu verkünden. Nichts. Es war alles weg. Und in diesem Moment fühlte Ryan, so seltsam es auch schien, eine Welle der Erleichterung. Er würde ganz allein in das Haus einziehen. Zum ersten Mal in seinem Leben sein eigener Herr sein.

Während er sich anzog, dachte er daran, wie leer sein Leben ohne Fiona sein würde. Ja, er hatte sie geliebt, es geliebt, mit ihr zusammen zu sein, aber der Sex war nur so lala gewesen, und Lily konnte manchmal ein richtiges kleines Biest sein. Er betrachtete sein Spiegelbild im Kleiderschrankspiegel, dann öffnete er die schmale Tür, um ein sauberes Hemd zu finden. Dort hing auf einem Bügel sein weißes Hemd, das Zoe frisch gebügelt hatte. Er versuchte, das Zittern zu unterdrücken, das seine Brust zum Beben brachte. Fiona war weg. Es würde heute keine Hochzeit geben. Niemals. Jedenfalls nicht mit Fiona.

Er schloss die Schranktür, setzte sich wieder aufs Bett und warf einen Blick auf den Laptop. Er wollte ihn gerade herunterfahren, als er bemerkte, dass er eine E-Mail erhalten hatte. Sie stammte von niemandem, den er kannte, aber sie war auch nicht im Spam-Ordner gelandet. Er setzte den Laptop auf seine Knie ab und klickte auf das E-Mail-Symbol. Während er las, begannen seine Zähne zu klappern, und das hatte nichts mit der Kälte im Raum zu tun.

Er klappte den Laptop zu und fragte sich, wie zum Teufel er mit diesem Shitstorm fertig werden sollte.

———

Ein Frösteln lag in der Morgenluft und der Schnee türmte sich hoch auf dem Boden, aber die Wetter-App auf ihrem Handy versprach Regen für den Nachmittag. Wenigstens sollte sie dann ungehindert zur Arbeit und wieder zurück fahren können.

Am Waschbecken lauschte Beth den laut grunzenden Schweinen. Als das Morgenlicht hinter den Schuppen im Hof aufging, dachte sie an den letzten Abend, als sie an der Absperrung der Polizei gestanden und das Treiben aus der Ferne beobachtet hatte. Die einzige Information, die sie erhalten hatte, war, dass eine Frau tot aufgefunden worden war, bekleidet mit einem Hochzeitskleid. Niemand konnte bestätigen, ob es sich um Mord oder Selbstmord handelte. Irgendwann hatte sie aufgegeben. Als sie die Straße nach Hause zurückgegangen war, hatte ein Auto neben ihr angehalten und der Krankenpfleger, Alan Hughes, hatte ihr Rede und Antwort gestanden.

Die arme Fiona. Armer Ryan. Das Gute an der ganzen Sache war, dass sie nächste Woche einen Artikel in der *Tribune* haben würde. Wenn ihr Chefredakteur es erlaubte. Sie seufzte. Bis dahin war die Geschichte schon ein alter Hut.

Während sie zwei Scheiben Brot in den Toaster schob, fiel ihr auf, dass sie ihren Vater noch nicht gehört hatte. Normalerweise war er um diese Zeit im Wohnzimmer und kämpfte mit der Steuererklärung oder schimpfte über seinen Anwalt oder Buchhalter. Immer gab es Stress mit Christy Clarke. Sie lächelte über das kleine Rotkehlchen mit seiner leuchtenden Brust, das auf dem verschneiten Fenstersims hockte. Ihre Mutter hatte immer gesagt, ein Rotkehlchen sei ein Zeichen dafür, dass jemand sterben würde.

Sie setzte sich an den Tisch und scrollte durch die Nachrichten auf ihrem Handy. Verdammt! Wie hatte sie das gestern Abend nur übersehen können? Ein Kind wurde in Ragmullin vermisst. Sie dachte an Lily, Ryans zukünftige Stieftochter. Sicherlich nicht sie. Heiliger Strohsack.

»Dad! Dad! Hast du heute Morgen die Nachrichten gehört?« Sie sprang auf, rannte ins Wohnzimmer und fuchtelte mit ihrem Handy in der Luft herum.

Der Raum war leer. Papier lag auf dem Boden verstreut. Die Gardinen wehten sanft in der Brise, die durch den Spalt am unteren Ende des Fensters ins Zimmer strömte.

»Dad?«

Sie polterte die Holztreppe hinauf. Vielleicht schlief er noch. Auf der obersten Stufe hielt sie inne. Sie drückte die Hand, die das Telefon hielt, an ihre Brust. Das Rotkehlchen!

»Lieber Gott im Himmel, wenn du wirklich da oben bist, dann lass meinen Daddy nicht tot sein. Bitte.«

Sie klopfte vorsichtig an seine Tür. Keine Antwort. Sie drehte den alten schwarzen Knauf und schob die Tür nach innen.

Ihr Vater war nicht in seinem Schlafzimmer. Sie schaute in jedem Raum des Hauses nach. Er war nirgends zu finden. Sie suchte nach seiner Jacke und bemerkte, dass die, die er normalerweise trug, immer noch an der Innenseite der Tür hing. Aber seine Gummistiefel waren nicht in der Stiefelkammer. Sie warf sich ihre eigene Jacke über die Schultern und rannte auf den Hof hinaus. Rüber zum Schweinestall.

»Dad! Wo bist du?«

Keine Antwort, nur das Grunzen der Tiere.

Verzweifelt sah sie sich um, zog ihr Handy aus ihrer Jeanstasche und tippte mit eiskalten Fingern die Nummer ihres Vaters ein. Es klingelte. Sie wählte die Nummer erneut. Sie hielt das Gerät von ihrem Ohr weg und lauschte aufmerksam. Kein Klingelgeräusch war auf dem Hof zu hören. Sie rannte zurück ins Haus. Wählte erneut. Keine Vibration, kein Klingelton. Nichts.

Mit nervöser Energie lief sie erneut von Zimmer zu Zimmer. Er war definitiv nicht im Haus. Könnte er ins Dorf gegangen sein? Zu seiner Werkstatt? Er hatte sie vor etwa einem Jahr geschlossen. Sie suchte vorsichtshalber nach der Nummer und rief auch dort an. Nichts.

Was sollte sie jetzt tun? Die Gardaí anrufen? War das eine Überreaktion? Sie war völlig irrational. Sein Auto war weg. Vielleicht war er zum Laden gefahren, um die Morgenzeitung zu holen.

Sie versuchte, sich an die Ereignisse der letzten Nacht zu erinnern, nachdem sie aus der Abtei zurückgekehrt war. Der Ausdruck auf seinem Gesicht, als sie ihm den Klatsch erzählt hatte, den sie gehört hatte. Dass Fiona Heffernan höchstwahrscheinlich Selbstmord begangen hatte. Die zukünftige Ehefrau ihres Kollegen Ryan Slevin. Was hatte ihr Vater gesagt? *Das hat er verdient, der Bastard.* Warum hatte er das gesagt? Er hatte sie mit offenem Mund in der Küche sitzen lassen und die Tür zuge-schlagen, als er ins Wohnzimmer gegangen war.

Jetzt saß sie genau an der gleichen Stelle und hatte die Lippen fest aufeinandergepresst. Sie hatte keine Ahnung, was sie tun sollte, außer ihn weiter anzurufen und ihm Nachrichten zu schreiben, seine üblichen Aufenthaltsorte abzuchecken und dann zur Arbeit zu fahren.

ZWANZIG

Die Leichenhalle, im Volksmund auch Totenhaus genannt, gehörte zum Tullamore Hospital und war so kalt und wenig einladend wie immer. Nachdem sie angemessen eingekleidet war, betrat Lottie den Sezierraum. Jane Dore, die staatliche Rechtsmedizinerin, nickte ihrem Assistenten über ihren Mundschutz hinweg zu, und Tim Jones begann damit, die entnommenen Organe zum Wiegen und Analysieren einzutüten.

»Tut mir leid, dass ich zu spät bin«, sagte Lottie.

»Schon in Ordnung. Ich habe ein bisschen früher mit Cara Dunne angefangen. Die zweite Leiche muss ich mir erst noch anschauen ...« Jane sah sich die Seiten auf ihrem Klemmbrett an. »Fiona Heffernan.«

Als sie neben der kaum eins fünfzig großen Rechtsmedizinerin stand, fühlte sich Lottie wie eine Riesin. »Was können Sie mir über Caras Tod sagen?«

»Sie hat das schönste Paar Hände, das ich je an einer Leiche gesehen habe«, sagte Tim Jones.

»Was?« Lottie starrte ihn an.

»Nicht, dass das jetzt, wo sie tot ist, einen Unterschied machen würde.«

Sie sah Jane an, deren Augen sich zu einem finsteren Blick verdunkelt hatten.

Die Rechtsmedizinerin wies ihr den Weg zur Tür. »Kommen Sie in mein Büro.«

Lottie folgte ihr. Das Büro war eine Kammer neben dem Hauptsezierraum, alles war makellos und strahlend hell. Schreibtisch und Aktenschrank aus Edelstahl. Sie wartete, während Jane auf ihrem Computer herumtippte und der Drucker Blätter ausspuckte.

»Cara Dunne war schon ganz schön besonders«, sagte Jane.

Lottie lehnte sich gegen den Schrank und sah zu, wie Jane die Seiten zu einem ordentlichen Bündel stapelte.

»Was meinen Sie? Hat sie sich umgebracht?«

»Nein, das hat sie nicht. In den letzten Sekunden ihres Lebens kämpfte sie tapfer und wütend. Ihre Hände, ihre Nägel und ihr Hals tragen die Spuren eines trotzigen Kampfes.«

Lottie atmete ein wenig erleichtert aus. Ihr Instinkt war richtig gewesen. »Haben wir DNA? Fingerabdrücke?«

Jane schüttelte den Kopf. »Ich habe es überprüft, und ich würde sagen, dass der Angreifer Handschuhe getragen hat und gut geschützt war. Aber ich habe einen Abstrich von ihren Nägeln gemacht. Hoffentlich finden wir etwas.«

»Aber Sie haben doch gesagt ...«

»Darf ich es Ihnen erklären?«

»Fahren Sie fort.« Lottie verschränkte die Arme und wartete. Es juckte sie in den Fingern, die Mordermittlung richtig in Gang zu bringen.

»Einfach ausgedrückt war es Tod durch Ersticken. Die Ligatur führte dazu, dass ihr Hals zusammengedrückt wurde und sie langsam erstickte.«

»Sie wurde erdrosselt?«

»Das Opfer wurde aufgeknüpft und solange aufgehängt, bis sie starb. Sie wurde ermordet. Ich habe die technischen Daten in meinem Bericht vermerkt.«

»Sie haben erwähnt, dass sie sich gewehrt hat. Wie konnte ihr jemand den Gürtel um ihren Hals legen und sie auf einen Hocker stellen?«

»Ich stelle, wie Sie wissen, normalerweise keine Mutma-ßungen an. Aber ich kann mir vorstellen, dass sie schlichtweg überrumpelt wurde.« Jane hob eine Augenbraue.

»Vielleicht hatte der Angreifer den Gürtel bereits zu einer Schlinge gebunden«, sagte Lottie. »Das Badezimmer, in dem sie gefunden wurde, war klein und kompakt. Es wäre ein Leichtes für jemanden gewesen, der größer und stärker war, sie dort zu überwältigen.«

»Möglicherweise«, sagte die Rechtsmedizinerin.

»Aber das ergibt keinen Sinn. Sie muss ihn doch gekannt haben.«

»Das ist Ihr ...«

»Mein Job. Ich weiß.« Lottie wollte sich den Spruch der Rechtsmedizinerin nicht anhören. Sie wollte einfach nur etwas, mit dem sie weiterarbeiten konnte. »Und der einzige forensi-sche Hinweis auf den Täter, den Sie haben, ist das, was unter Caras Nägeln sein könnte?«

Jane ganzer Körper versteifte sich. »Ich habe Haare und Fasern aufgesammelt. Vielleicht stammen sie von dem Angrei-fer, vielleicht auch nicht. Die Ergebnisse werden einige Zeit in Anspruch nehmen. Und bevor Sie fragen: Sie wurde nicht sexuell missbraucht.«

»Okay.« Lottie überlegte: Warum sollte jemand dieser Lehrerin, die gerade von der Morgenmesse zurückgekommen war, etwas zuleide tun? Sie lebte allein. Tat niemandem etwas. Oder etwa doch? Sie würde sich durch Caras Freundeskreis und ihre Besitztümer arbeiten müssen, in der Hoffnung, etwas zu finden, das sie in die richtige Richtung führte. Im Moment war ihr wichtigster Anhaltspunkt ihr Ex-Verlobter, Steve O'Carroll.

Jane sagte: »Ich würde zuerst herausfinden, ob der Gürtel

ihr gehört. Er sieht aus wie der Gürtel eines Mannes. Wenn es nicht ihrer ist, hat er ihn mitgebracht. Vorsätzlicher Mord. Er wusste, was er tat. Ich habe ihn zur weiteren forensischen Analyse geschickt. Ich habe etwas in das Leder geritzt gesehen. Es könnten Initialen gewesen sein. Möglicherweise BD oder wahrscheinlicher BB. Ich habe die Spurensicherung gebeten, herauszufinden, was es damit auf sich hat.«

»Danke Jane. Das ist gut.« Lottie kratzte sich am Kopf. »Es gibt keine Anzeichen für einen Kampf in ihrer Wohnung. Kein Schaden am Schloss. Sie hat ihn reingelassen. Sie kannte ihn.« Sie sah zu der Rechtsmedizinerin auf. »Ich nehme an, es war ein Mann. Was denken Sie?«

»Definitiv jemand mit viel Kraft im Oberkörper. Größer als sie. Sie ist ein Meter siebzig groß.«

»Danke, Jane.« Als sie sich zum Gehen wandte, fragte Lottie: »Und was ist mit Fiona?«

»Tim hat sie bereits vorbereitet und wartet nur auf mich. Wenn Sie warten wollen …«

»Ich gehe besser zurück aufs Revier, um Aufgaben zu verteilen und ein komplettes Einsatzteam zu organisieren, das den Mord an Cara untersucht. Hatten Sie schon Gelegenheit, einen Blick auf Fionas Leiche zu werfen?«

»Versuchen Sie es nicht so, Lottie. Ich sage Ihnen Bescheid, wenn ich fertig bin.«

»Nicht einmal mit den Augen gestreift?«

Jane seufzte, tippte auf die Maus und las etwas auf dem Computerbildschirm. »Die Wunde auf ihrer Stirn. Das ist es, was die Sache verdächtig erscheinen lässt. Meiner Meinung nach ist das passiert, bevor sie auf dem Boden aufschlug. Es war etwas Blut auf dem Kleid. Keine Tropfen, also muss es übertragen worden sein, als das Kleid über ihren Kopf gezogen wurde. Als wir ihr das Kleid vom Körper schnitten, bemerkte ich Blutergüsse an der Brachialseite, der Unterseite ihres Oberarmknochens.«

»An ihrem Oberarm?«

Jane nickte zustimmend. »Die Blutergüsse könnten in keinem Zusammenhang stehen, aber ich werde nach der Obduktion wissen, wie kurz vor dem Tod sie entstanden sind. Ich werde meinen vorläufigen Bericht per E-Mail schicken, sobald ich ihn fertiggestellt habe.«

»Ihr Tod ist also verdächtig?«

Jane bejahte dies mit einem schnellen Hochziehen ihrer straff gezupften Augenbrauen und einem zierlichen Nicken.

Als Lottie kurz darauf den kalten, sterilen Korridor zurückging, hörte sie, wie ihr Name gerufen wurde. Sie drehte sich um. Der Assistent stand an der Tür zum Sezierraum.

»Tim?«, sagte sie. »Wollten Sie mich sprechen?«

»Ich möchte mich für mein gestriges Verhalten in der Wohnung von Cara Dunne entschuldigen. Meine Bemerkungen waren völlig unangebracht.«

»Entschuldigung angenommen.« Lottie machte Anstalten zu gehen. Er blieb an der Tür stehen. Jane kam aus ihrem Büro und schaute von einem zum anderen. Tim ging wieder hinein.

Auf dem Weg zu ihrem Auto wurde Lottie das Gefühl nicht los, dass Tim Jones noch etwas hatte sagen wollen, bevor Janes Erscheinen ihn davon abgehalten hatte. Auf dem Weg zurück nach Ragmullin grübelte ihr Ermittlerinnenhirn darüber nach, aber als sie auf dem Revier ankam, wollte sie nur noch den Mord an Cara Dunne aufklären. Und den an Fiona Heffernan, denn sie konnte an Janes Verhalten und ihren Worten ablesen, dass der Tod auch als Mord eingestuft werden würde. Und natürlich musste sie Lily finden.

Als sie vorsichtig den vereisten Fußweg vor dem Revier entlangging, wurde Lottie plötzlich ein Mikrofon direkt unter die Nase gehalten.

»Detective Inspector Parker. Einen Moment, bitte? Cynthia Rhodes, nationales Fernsehen.«

Als ob Lottie die bebrillte Reporterin mit den Locken und der schwarzen Lederjacke, die ihr Markenzeichen war, nicht erkennen würde.

»Ms Rhodes«, sagte sie knapp und versuchte, Cynthia auszuweichen. Das Mikrofon folgte ihr.

Cynthia sagte: »Können Sie uns sagen, was Sie tun, um Lily Heffernan zu finden?«

Lottie blieb stehen. »Wie Sie sich vorstellen können, hat dieses vermisste Kind für uns im Moment höchste Priorität. Wir tun alles, was wir können, um Lilys sichere Rückkehr zu ihrer Familie zu gewährleisten.«

»Glauben Sie, dass der Mörder von Lilys Mutter, Fiona Heffernan, das kleine Mädchen entführt hat?«

Wo kam das so plötzlich her? Lottie selbst hatte noch nicht einmal eine Bestätigung erhalten, dass Fiona ermordet worden war. »Ich werde keine Spekulationen darüber anstellen, was passiert sein könnte und was nicht.« Scheiße, sie musste etwas Professionelles sagen, sonst würde sie der Drang, Cynthia zu ohrfeigen, übermannen. »Ich möchte die Öffentlichkeit bitten, wachsam zu sein und nach Lily Ausschau zu halten und unsere Hotline anzurufen, wenn jemand Hinweise geben kann.«

»Ich bin sicher, dass Sie das Trauma, das Lilys Vater, Colin Kavanagh, durchmacht, verstehen können, da Ihre eigenen Töchter ebenfalls vor kurzem entführt wurden. Können Sie uns sagen, was Sie persönlich tun, um sie zu finden?«

Lottie stellte es die Haare auf. »Der amtierende Superintendent David McMahon wird später eine Pressekonferenz geben. Vielleicht können Sie Ihre Fragen an ihn richten.« Sie wollte sich umdrehen, aber sie wurde am Ärmel gezerrt und zurück vor die Kamera gezogen.

»Warum sprechen Sie nicht mit den Medien? Wurden Sie degradiert?«

Degradiert? Ha. Das war ein Scherz. »Wie Sie wissen, haben wir es mit dem verdächtigen Tod zweier junger Frauen zu tun. Ich bin die leitende Ermittlungsbeamtin für alle Fälle. Ich danke Ihnen für den Moment.«

»Zwei Morde also?«

Scheiße und doppelte Scheiße. »Verdächtige Todesfälle, sagte ich. Sie müssen sich die Ohren ausputzen.«

Jetzt hast du es geschafft, Parker. Lottie seufzte, löste ihren Ärmel aus Cynthias Hand und flüchtete, eine Reihe von Fragen ignorierend, nach drinnen. Jetzt musste sie nur noch ihren Chef für den Rest des Tages meiden. McMahon würde nicht erfreut sein.

EINUNDZWANZIG

Nach dem Ende der Morgenmesse machte sich Father Curran auf den Weg zu der Hütte hinter seinem Haus. Er hatte kein Auge zugetan und dem Rütteln und Heulen des Windes gelauscht. Das alles war sicher nur ein Hirngespinst gewesen. Das Gesicht da am Fenster zu sehen, das in der Dunkelheit lauerte, hatte Albträume in ihm wachgerufen. Deshalb hatte er auch nicht schlafen können. Hatte er es wirklich gesehen?

Er zog seinen Pullover, seinen weißen Halskragen, sein Hemd und seine Hose aus. Aus einer Sporttasche holte er Shorts und Unterhemd. Als er bereit war, trat er auf das Laufband. Ins Schwitzen zu kommen war eine Möglichkeit, seine Dämonen zu vertreiben. Nicht, dass er glaubte, seine Dämonen seien von der übernatürlichen Sorte. Nein, seine waren aus Fleisch und Blut und hatten ihn sein ganzes Leben lang verfolgt.

Als ihm Schweißperlen auf die Stirn traten und an der Nase herunterliefen, erhöhte er das Tempo. Laufen, laufen, laufen. Schneller, schneller, schneller.

Ein Schatten kroch wie ein Spinnennetz durch den Türspalt und wurde immer größer. Father Curran verringerte das Tempo der Maschine und verlangsamte seinen Lauf zu einem Gang. Als er jemanden hinter sich spürte, drehte er sich so schnell herum, dass er stolperte und zu Boden fiel. Auf Händen und Knien tastete er den Bereich hinter sich ab. Nichts. Niemand. Er richtete seinen Blick wieder auf die Tür. Sie war noch immer fast geschlossen. Sie hatte sich nicht bewegt. Oder doch?

Er zog sich auf die Knie und hielt sich ruhig, bis sich seine Atmung wieder normalisiert hatte. Als er aufstand und zum Laufband zurückging, öffnete sich die Tür weit.

»Was machen Sie hier?«, fragte er.

»Entschuldigen Sie die Störung, Michael.«

»Bitte sprechen Sie mich nicht so vertraut an, Father Burke. Ich habe Ihnen schon einmal gesagt, Sie sollen mich mit Father Curran anreden. Respektieren Sie die Amtswürde.«

Sein Morgen war völlig ruiniert. Er schaltete die Maschine aus und holte ein Handtuch aus der Tasche, wobei er spürte, wie jedes einzelne seiner siebzig Jahre an den Muskeln seiner Beine zerrte. Er trocknete sich eilig das Gesicht ab und stellte fest, dass er nur eine kurze Hose und ein Unterhemd anhatte. Father Joe Burke war jünger als er – Anfang vierzig, schätzte er – und es gefiel ihm gar nicht, dass er ihn ohne seine klerikale Kleidung gesehen hatte. »Was wollen Sie?«

»Ähm, ich wollte Ihnen sagen, dass der Bischof mich gebeten hat, Sie zu informieren, äh ...«

»Um Himmels willen, Mann, spucken Sie's aus!« Er mochte Father Burke nicht. Er war kein echter Priester. Es gab Gerüchte, dass er sich in einer Gemeinde in Wexford oder so mit Frauen vergnügt hatte, bevor er nach Ragmullin gekommen war. Dann hatte er ein Sabbatical genommen. Wenn die Gerüchteküche in der Kirche stimmte, war er außerdem der uneheliche Sohn einer unverheirateten Mutter. Father Curran konnte sich das spöttische Grunzen nicht verkneifen, das seinen Lippen entwich.

»Es geht um Cara Dunne. Sie ist tot.«

Father Curran musterte den jüngeren Priester und achtete auf Anzeichen einer Lüge. »Cara? Wirklich? Warum hat man Sie geschickt, um mir das zu sagen?«

»Keine Ahnung. Vielleicht, weil Sie früher im Vorstand der Schule waren, an der sie unterrichtet hat.« Father Burke setzte sich auf eine Holzbank.

»Ich habe nichts mehr mit der Schule zu tun, und ich habe Sie nicht aufgefordert, sich zu setzen.« Father Curran schnalzte das Handtuch gegen die Bank und der jüngere Mann sprang auf. Er hätte schwören können, dass er leise »Bastard« gesagt hatte. Nun, er wusste, wer der Bastard in diesem Raum war.

»Entschuldigung. Ich gehe ja schon. Ich mache nur, was der Bischof mir aufgetragen hat«, sagte Father Burke.

Father Curran folgte ihm zur Tür. »Gehen Sie schon. Ich kann es nicht leiden, gestört zu werden.«

»Wollen Sie wissen, wie sie gestorben ist?«

»Ich nehme an, Sie werden es mir sagen.«

»Die Berichte sprechen von Selbstmord.«

Als die Tür zugefallen war, merkte Father Curran, dass er den Atem angehalten hatte und ließ die Luft aus seinem Körper entweichen.

Als er das Laufband wieder einschaltete, fühlten sich seine Füße leichter an und er lief schneller.

ZWEIUNDZWANZIG

In der Einsatzzentrale warf Lottie ihre feuchte Jacke über einen lauwarmen Heizkörper. Sie verdrängte die Begegnung mit Cynthia Rhodes und verbannte sie in die Tiefen ihres Unterbewusstseins, wohin sie sich in nächster Zeit nicht wagen würde.

Als sie vor den versammelten Detectives und Uniformierten stand, hörte sie ihren Stimmen zu, die sich murmelnd unterhielten. Das Geräusch wurde allmählich leiser. Alle blickten erwartungsvoll auf.

»Zunächst einmal«, sie knetete ihre Hände, um das Blut zirkulieren zu lassen, »habe ich mich mit der Rechtsmedizinerin getroffen. Sie hat die Obduktion von Cara Dunne abgeschlossen, und ihrem Befund zufolge haben wir es mit Mord zu tun.« Sie zeigte auf das Foto der jungen Frau, das an die Tafel gepinnt war, dann nahm sie einen Marker und schrieb das Wort ›Mord‹ und das gestrige Datum darunter. Im Laufe der Ermittlungen würde sich die Tafel mit Verdächtigen, Zeitleisten, Karten und Beweisen füllen. Hoffte sie jedenfalls.

»Wir müssen uns ein Bild von Cara machen. Alles, was wir herausfinden können.«

»Ich habe bereits ihren Ex-Verlobten befragt«, sagte Sam

McKeown. »Mit einigen Lehrern an Caras Schule habe ich auch gesprochen. Sie hat in Ragmullin unterrichtet. Im Kloster zur Barmherzigkeit. Ich werde den Rest der Liste noch heute Morgen durchgehen.«

Lottie tippte sich mit einem Stift auf die Stirn. »Der Verlobte?«

»Ein schmieriger Kerl namens Steve O'Carroll. Er ist Assistent Manager im Railway Hotel.«

»Hat er erklärt, wo er gestern Morgen war?«

»Er sagte, dass er zu Hause war, bevor er um zehn Uhr zur Arbeit gekommen ist. Und dann hat er das vermaledeite A-Wort ausgesprochen.«

»Er hat nach seinem Anwalt gefragt.« Lottie spürte, wie ihr die Hitze in die Wangen schoss. Wenn sie die nur in ihre Finger umleiten könnte.

»Ich habe ihn auch gefragt, warum die Verlobung gelöst worden ist.«

»Und?«

McKeown strich sich mit der Hand über seinen rasierten Kopf. Hoffte er, dass ihm dadurch ein Licht aufgehen würde? fragte sich Lottie.

»Er ist etwas verschlossen, wie zu erwarten war. Aber er zeigte sehr wenig Emotionen, als ich ihn über Caras Tod informiert habe. Er sagte, sie hätten sich vor drei Monaten getrennt, wollte aber nicht sagen, warum.«

»Ich will ihn hier haben, mit oder ohne Anwalt. Nehmen Sie Fingerabdrücke und eine DNA-Probe. Verstanden?«

»Ja, Boss.« McKeown tippte auf sein iPad.

»Cara hat nicht an der Schule unterrichtet, die Lily Heffernan besucht hat, oder?« Lottie überprüfte ihre Notizen.

»Nein. Lily ist auf die St. Celia's Grundschule gegangen. Oh, und eine von ihren Kolleginnen hat gesagt, dass Cara die letzten drei Monate krankgeschrieben war.«

»Warum?«

»Stress.«

»Wann sagten Sie, ist ihre Verlobung geplatzt?«

»Vor drei Monaten.«

»Es war also nicht arbeitsbedingter Stress, der sie von der Schule ferngehalten hat. Hängen Sie ein Foto von O'Carroll an die Tafel, damit wir ihn alle sehen können.«

McKeown scrollte durch die Hotel-Website und tippte auf ein Bild. Der Drucker im hinteren Teil des Raums surrte. Er nahm das Blatt und heftete es an die Tafel. Lottie starrte auf O'Carrols glattes Kinn und das zurückgekämmte Haar.

»Wie alt ist er?«

»Siebenunddreißig.«

»Der Typ sieht seltsam aus«, sagte Kirby.

»Nicht halb so komisch, wie Sie heute Morgen ausgesehen haben«, murmelte McKeown.

»Danke, Sie Witzbold.« Lottie studierte O'Carrolls Foto und fand seine dunklen Augen ein wenig beunruhigend. »Wie ich schon sagte, bringen Sie ihn zu einer offiziellen Befragung her. Und ich will wissen, ob er irgendeine Verbindung zu Lily oder Fiona Heffernan hatte.«

»Klar, Boss.« Kirby antwortete für sie alle und stieß einen Stapel Papiere um, der vom Tisch auf den Boden fiel. »Entschuldigung. Ich habe nur etwas zum Schreiben gesucht.«

»Okay.« Lottie fühlte eine Welle der Verzweiflung für ihren Detective. Er schien immer weiter in die Tiefen der Unfähigkeit abzutauchen. Sie lenkte den Blick wieder auf Cara. »Wenn O'Carroll ein Alibi hat, ist der Mord an Cara vielleicht das Werk eines ehemaligen Schülers, der einen Groll hegt oder so etwas. Aber das ist wie eine Nadel im sprichwörtlichen Heuhaufen. Sprechen Sie mit jedem, der sie kannte. Ich muss ihre Sachen durchsuchen. Zum Beispiel diesen Koffer.«

»Wenn die Spurensicherung damit fertig sind, bringe ich ihn her«, sagte Boyd.

Sie blickte in seine müden Augen. Er wirkte erschöpft. Sein

Hemdkragen war schief und seine Krawatte unordentlich geknotet. Das sah überhaupt nicht nach Boyd aus. Sie fragte sich, ob Sean gestern Abend etwas gesagt hatte, was er nicht hätte sagen sollen. Sie war immer noch wütend auf ihren Sohn. Er hatte kein Recht gehabt, dort zu sein. Er hätte ihr sagen sollen, wohin er ging. Sie würde ein ernstes Wörtchen mit ihm reden müssen. Später.

»Okay, danke, Boyd.« Sie versuchte, ihre Gedanken zu einem kohärenten Faden zusammenzufügen und fuhr fort.

»Laut der Rechtsmedizinerin wurde Cara Dunne durch den Gürtel um ihren Hals erdrosselt, nachdem sie aufgehängt worden war. Es scheint der schwarze Ledergürtel eines Mannes zu sein. Finden Sie heraus, ob er diesem Steve O'Carroll gehört. Jane sagte auch, dass Buchstaben hineingeritzt sind. Sie denkt, es könnte BB oder BD heißen. Finden Sie heraus, ob das jemandem etwas sagt.

Jane meint ebenfalls, dass das Opfer sich stark gewehrt hat. Haare und Fasern wurden an das Labor geschickt. Kein sexueller Übergriff. Cara war ein Meter siebzig groß. Ihr Angreifer muss größer und kräftiger gewesen sein. Es gab keine Anzeichen für einen Einbruch oder Unordnung in der Wohnung, und es gibt keine funktionierenden Überwachungskameras in oder um das Gebäude. Die Nachbarin Eve Clarke sagt, sie habe einige Minuten, bevor sie sich Zutritt verschafft hat, um nach Cara zu sehen, laute Stimmen gehört.«

»Ihr Mörder muss jemand sein, den sie kannte.« Wieder Kirby.

Lottie neigte den Kopf zur Seite. »Nicht unbedingt. Sie war Lehrerin. Wahrscheinlich vertrauensvoll und großzügig mit ihrer Zeit. Vielleicht war sie einfach die Art von Mensch, die einen Fremden in ihre Wohnung ließ.«

»Also war sie eine Prostituierte?«, sagte McKeown. Leises Gekicher wanderte durch den Raum.

»Das ist nicht einmal im Entferntesten lustig.« Lottie richtete sich auf und verlangte Aufmerksamkeit. »Wir wissen so gut wie gar nichts über diese Frau. Wer sind ihre Familie, ihre Freunde? Sie kommen besser mit Informationen zu mir zurück. Und zwar jede Menge, und das bis zum Ende des Tages.«

»Ja, Chef«, sagte McKeown.

»Und die Nachbarin. Eve Clarke. Sie muss offiziell befragt werden.«

»Steht der Tod der Lehrerin in Verbindung mit dem der Krankenschwester in der Abbey?«, sagte Boyd. »Beide trugen Hochzeitskleider.«

»Die Rechtsmedizinerin hatte mit der Obduktion von Fiona Heffernan noch nicht begonnen, als ich gegangen bin. Sie ist der Meinung, dass der Tod verdächtig wirkt, wegen der Wunde am Kopf. Sie vermutet, dass sie vor dem Tod entstanden ist. Außerdem hatte Fiona starke Blutergüsse an ihren Oberarmen. Wir werden nichts Genaueres wissen, bis ich den vorläufigen Bericht erhalte. Wir haben keinen Abschiedsbrief gefunden und ihre kleine Tochter wird vermisst. Zwei Opfer in Hochzeitskleidern könnten auf denselben Mörder hindeuten, und wenn Sie eine weitere Verbindung zwischen den beiden finden, möchte ich das als Erste erfahren.«

»Alles klar, Chef.« Ein kollektives Gemurmel ging durch den Raum.

»Vielleicht war es ein Selbstmordpakt«, sagte McKeown.

Lottie ignorierte seine Bemerkung.

»Fiona Heffernan war vierunddreißig Jahre alt und sollte heute um drei Uhr in der Kirche von Ballydoon ihren Verlobten Ryan Slevin heiraten. Lily, ihre achtjährige Tochter, ist neben ihrem Ex-Partner Colin Kavanagh ihre einzige unmittelbare Verwandte, die in Irland lebt. Sie hat eine verheiratete Schwester in Australien.« Lottie dachte an den eiligen Anruf gestern Abend. Fionas Schwester hatte ihr mitgeteilt, dass sie beschlossen hatte, nicht zur Hochzeit anzureisen. Sie hatte kleine Kinder und es war zu teuer. »Ich glaube, Fiona wurde ermordet, und dieselbe Person, die das getan hat, könnte Lily haben.«

Kirby unterbrach die Stille. »Es gibt einen landesweiten Suchaufruf für das kleine Mädchen. Es gehen viele Anrufe ein, aber noch war keine heiße Spur dabei. Die Befragungen in der St. Celia's Grundschule laufen. Uniformierte Kollegen setzen sich nochmal mit allen Eltern, mit denen wir gestern gesprochen haben, in Verbindung. Bislang gibt es keinerlei Hinweise darauf, was mit Lily passiert sein könnte.«

»Okay. Haben Sie in der Umkleidekabine der Abtei etwas gefunden?«

»Nur ein Handtuch auf dem Boden und ihre Kleidung im Spind. Die Spurensicherung hat ihre Handtasche und ihr Telefon. Ich werde sehen, wann wir das abholen können.«

»Lieber früher als später. McKeown, Sie halten Superintendent McMahon über Lilys Fall auf dem Laufenden, und wir müssen das Personal der Tanzschule offiziell befragen, in der sie zuletzt gesehen wurde.« Sie warf einen Blick auf ihre Notizen. »Trevor Toner, Giles Bannon und Shelly Forde. Lilys Verschwinden steht höchstwahrscheinlich im Zusammenhang mit dem, was mit ihrer Mutter geschehen ist. Das kleine Mädchen muss gefunden werden. Lebendig.« Sie machte eine Pause, um Luft zu holen, und fügte dann hinzu: »Noch Fragen?«

»Was ist mit den Medien?«, sagte Boyd.

»Die Pressestelle und unser Super werden das erledigen.« Sie war sicher, dass McMahon die Vorstellungen vor der Kamera genießen würde. Sie war froh, dass sie sich da raushalten konnte.

»Zusammenfassend lässt sich sagen, dass wir zwei tote Frauen haben. Ich möchte, dass ihre Bewegungen in den Stunden und Minuten vor ihrem Tod nachgezeichnet werden. Dann gehen Sie in der Zeit rückwärts, Tag für Tag. Finden Sie Zeugen. Jemanden, der irgendwas oder irgendwen Verdächtiges oder Ungewöhnliches gesehen hat. Ich muss wissen, was diese Frauen zum Frühstück, Mittag und Abend gegessen haben und mit wem. Und finden Sie heraus, was auf ihren Handys und Laptops los ist. Finden Sie heraus, ob es eine Verbindung zwischen den Opfern gibt. Verstanden?«

Ein zustimmendes Gemurmel ertönte, während Stühle über den Boden geschoben wurden. Uniformierte Gardaí und Kriminalbeamte machten sich zum Aufbruch bereit.

»Wir werden später am Nachmittag ein weiteres Treffen einberufen. Ich will Steve O'Carroll, Haus-zu-Haus-Berichte, Überwachungskameras und alles, was Sie mir sonst noch bringen können.« Sie gab den Versuch auf, irgendeine Form von Disziplin aufrechtzuerhalten, während sich das Einsatzzimmer leerte. Ihr Team war klein, aber es war gut. Sie machten so etwas nicht zum ersten Mal. Sie wussten, was sie zu tun hatten.

———

Eve Clarke stand schon vor dem Regal und starrte auf die Reihe der Milchkartons, bevor sie überhaupt bemerkte, dass sie ihre Wohnung verlassen hatte. Mit ausgestreckter Hand hielt sie inne und sah an sich hinab. Unter ihrem Mantel sah sie den Stoff ihres Pyjamas hervorlugen und ihre Füße steckten nur in ihren UGG-Pantoffeln. Sie war zehn Minuten lang auf den verschneiten und matschigen Gehwegen gelaufen. Was hatte sie sich nur dabei gedacht? Oder besser gesagt, nicht gedacht.

Sie schnappte sich den nächstbesten Karton und bahnte sich ihren Weg durch die Gänge bis zur Kasse und schaute sich nicht einmal um, um zu sehen, ob jemand sie bemerkte. Das wäre ihr einfach zu peinlich. Mit gesenktem Kopf überreichte sie die Milch. Als sie ihre Hand in die Tasche steckte, um nach Bargeld zu suchen, war sie leer. Sie probierte die andere Tasche. Auch leer. Verdammt.

»Tut mir leid, ich hatte es so eilig, dass ich meine Handtasche zu Hause vergessen habe.«

Ohne der Kassiererin zuzuhören, flüchtete sie aus dem Laden. Der Schneeregen legte sich wie ein beißend kaltes Tuch auf ihren unbedeckten Kopf. So etwas war ihr noch nie passiert. Das musste die Anspannung sein, weil sie gestern Cara gefunden hatte, dachte sie und versuchte, sich damit zu trösten. Aber sie fühlte sich nicht getröstet. Ein nervöses Kribbeln begann an ihrer Schädelbasis und breitete sich über ihre Kopfhaut bis hinunter zur Stirn aus. Als sie Hill Point erreichte, hatte sie starke Kopfschmerzen und war bis auf die Haut durchnässt.

»Das hat ja nicht lange gedauert.«

Eve sah auf und erblickte einen Polizisten, der neben dem Tatortband an der Treppe zu ihrem Wohnblock stand. Hatte sie mit ihm gesprochen, als sie vorhin gegangen war? Sie konnte sich nicht erinnern.

»Bin ohne meine Handtasche los.« Sie drängte sich an ihm vorbei.

»Gut, dass ich mich an Sie erinnere.«

»Warum das denn?«

»Kein Zutritt ohne Ausweis. Wir sind davon in Kenntnis gesetzt worden, dass wir es mit einem Mord zu tun haben.«

»Was?«

»Das da oben ist ein Tatort. Ihre Nachbarin. Es sieht so aus, als hätte sie nicht Selbstmord begangen. Sie wurde ermordet. Noch dazu eine Lehrerin. Wer hätte das gedacht?«

Ja, wer? Eve schlang ihren Mantel eng um ihren Körper und eilte in das Gebäude. Das Ganze entwickelte sich zum Worst-Case-Szenario. Wie sollte sie Normalität beibehalten, wenn so viele Wachen, Detectives und Typen in weißen Anzügen in der Nähe waren?

Sie musste ihren Kopf wieder klar bekommen. Richtig klar. Sie hatte zu viel zu verlieren.

DREIUNDZWANZIG

Kirby teilte Lottie mit, dass Trevor Toner zu seiner offiziellen Vernehmung eingetroffen war. Ohne einen Anwalt. Bei dieser Information zog sie die Augenbrauen hoch.

»Vernehmungsraum Eins?«

»Ja«, sagte Kirby. »Ich sitze Ihnen bei.«

Toner schien noch nervöser zu sein als am Abend zuvor, aber er hatte geduscht und saubere Kleidung angezogen. Sein Haarschopf war gekämmt, die Wangen glatt rasiert. Lottie fand, dass er wie ein Mittdreißiger aussah, dessen Mutter immer noch einen weißen Leinenstreifen mit seinem Namen drauf an die Innenseite seines Pullovers nähte. Er trug eine Jeans, die mindestens eine Nummer zu groß für ihn war, ein kariertes Baumwollhemd, bis zum Hals zugeknöpft, und einen Kapuzenpullover mit dem Logo des irischen Fußballverbandes.

»Spielen Sie Fußball?«, fragte sie, um ihm die Befangenheit zu nehmen.

»Was? Oh, wegen dem hier? Nein. Das habe ich es aus dem Oxfam Shop in der Stadt. Für einen Fünfer.«

»Cool«, sagte Kirby. »Wir nehmen das Gespräch auf – ist das okay für Sie?«

Trevor nickte. Lottie bemerkte, dass er die Hände ineinander verknotete, als Kirby die Vorstellungen für die Tonaufnahme machte.

»Wie lange sind Sie schon Tanzlehrer?«, fragte sie.

»Fünf Jahre.«

»Ich sehe, dass Sie sechsunddreißig sind. Was haben Sie vor dem Tanzen gemacht?«

»Ich war schon immer Tänzer. Ich meine, es ist fünf Jahre her, dass ich die Tanzschule eröffnet habe.«

»Lily Heffernan. Wie lange war sie schon eine Schülerin von Ihnen?«

Er fuhr sich mit dem Finger über das Kinn, und Lottie bemerkte das Zittern in seiner Hand. »Ich bin mir nicht sicher. Vielleicht zehn Monate oder so. Sie ist in der Show, die nächste Woche beginnt.«

»Erzählen Sie mir von gestern.«

»Da gibt es nicht viel zu erzählen. Wir haben auf der Hauptbühne des Theaters geprobt. Sie waren so schlecht.« Er schüttelte den Kopf. »Nach all der harten Arbeit war das für mich kaum zu ertragen. Shelly hat sie eine Zeit lang übernommen.«

»Haben die Mädchen Sie so sehr geärgert, dass Sie es vielleicht an Lily ausgelassen haben?«

Seine Augen wurden rund wie Murmeln. Sein Mund formte ein perfektes O. »Nein. Wie meinen Sie das? Oh Gott. Ich habe sie nie auch nur angefasst. Sie müssen mir das glauben.«

»Irgendjemand hat das aber getan, denn sie ist verschwunden. Ist Ihnen gestern etwas Ungewöhnliches aufgefallen? An Lily oder jemand anderem?«

»Nein. Warten Sie mal. Ich dachte ... Ich habe bemerkt ... Ach, das hat nichts zu bedeuten.«

»Was haben Sie bemerkt?« Lottie beugte sich vor und stützte ihre Hände auf den Tisch.

»Als ich auf der Bühne stand und die Nummer nochmal vorführte, dachte ich, ich hätte jemanden gesehen, der vom Balkon aus zuschaute. Aber vielleicht war es nur das Licht, das mich geblendet hat.«

»Haben Sie nachgeforscht?«

»Nein. Ich hatte es bis jetzt gerade völlig vergessen.«

Lottie durchbohrte ihn mit ihrem Blick. »Sind Sie sich da sicher?«

Er senkte den Kopf. »Ja.«

Sie beschloss, die Taktik zu ändern. »Giles Bannon. Wie ist es, für ihn zu arbeiten?«

»Giles?« Die Augen huschten von Lottie zu Kirby und wieder zurück.

»Ja. Giles. Der Theatermanager.«

»Er ist ... naja, er ist ganz in Ordnung, irgendwie.«

»Sie scheinen sich nicht recht sicher zu sein.« Sie lehnte sich zurück und verschränkte die Arme.

»Er ist in Ordnung.« Er tippte mit einem Finger auf den Tisch.

»Ein strenger Vorgesetzter?«

»Reden Sie selbst mit ihm«, sagte Trevor nun etwas selbstsicherer.

»Das habe ich vor.«

»Haben Sie schon mit Shelly gesprochen?«, fragte er.

»Sie steht auch auf meiner Liste. Warum?«

»Sie könnte mehr wissen als ich.«

»Über Giles als Chef oder über Lily Heffernan?«

Er kratzte sich an der rasierten Seite seines Kopfes über seinem rechten Ohr. »Sie versuchen mich absichtlich durcheinanderzubringen.«

»Sie bringen sich selbst durcheinander«, konterte Lottie.

»Sie – Shelly – war dabei, als die Kinder gegangen sind.«

»Wo waren Sie da?«

»Ich kann mich an nichts erinnern, das Lily betrifft.«

»Sie haben nicht gesehen, wer sie abgeholt hat?«

»Nein.«

»Niemand hat sie abgemeldet.« Sie hatte auf der Liste nachgesehen. »Ist das ungewöhnlich?«

»Normalerweise ist da ein wahnsinniger Ansturm. Nicht jeder unterschreibt im Buch.«

»Eine schlechte Gepflogenheit«, sagte Lottie. »Erzählen Sie mir von Shelly Forde.«

»Was soll ich über sie sagen?« Er zappelte auf dem Aluminiumstuhl herum.

»Wie ist sie so? Zuverlässig? Eine gute Mitarbeiterin?«

»Shelly ist eine brillante Tänzerin. Sie kommt nie zu spät zum Unterricht und hilft mir oft. Seien Sie nett zu ihr.«

»Warum?«

»Sie ist ... ein nettes Mädchen ... eine gute Tänzerin. Ich mag sie.«

»Ist sie Ihre Freundin?«

»Machen Sie Witze?« Zum ersten Mal, seit Lottie den Raum betreten hatte, hellte sich seine Stimmung auf. »Shelly ist wie eine Schwester für mich. Die Schwester, die ich nie hatte.«

»Sind Sie aus der Gegend, Trevor?«

»Ja ... ursprünglich schon.«

»Sie wohnen in einem Einzimmerappartement in der Main Street.«

»Ja und? Ich bin ja kein Kind mehr.«

»Streit mit Ihren Eltern?«

»Ich brauche einfach meine eigenen vier Wände.« Er senkte den Blick und zupfte an seinen Fingernägeln.

»Haben Sie eine Freundin oder einen Freund?«

Er hob den Kopf und straffte die Schultern. »Das ist eine sehr persönliche Frage und ich glaube nicht, dass es Sie etwas angeht.«

»Trevor. Ein achtjähriges Kind ist verschwunden. Sie wurde zuletzt in Ihrem Tanzkurs gesehen, also lassen Sie mich entscheiden, was mich etwas angeht und was nicht.« Sie beobachtete, wie er ihre Worte verdaute. Er blieb stumm. Sie würde auf andere Weise zu ihm durchdringen müssen. »Lilys Mutter wurde gestern tot aufgefunden.«

»Was? Oh Gott, das ist eine Katastrophe.«

»Was genau?«

»Ich meine ... Fiona war nett. Sie wissen schon.«

»Nein, das weiß ich nicht. Erzählen Sie es mir.«

»Ich habe sie nur ein paar Mal getroffen. Sie war freundlich, aber sie wirkte traurig. Das ist so furchtbar.«

»Traurig? Wie?«

»Ich kann es nicht erklären. Ich kann nicht glauben, dass das alles mit mir passiert.«

»Mit Ihnen passiert gar nichts, Trevor. Jedenfalls noch nicht.«

»Sie wissen, was ich meine. Ich verstehe nicht, was hier vor sich geht. Kann ich jetzt gehen?«

»Sie können gehen, aber wenn Ihnen etwas einfällt, das bei der Suche nach dem kleinen Mädchen helfen könnte, melden Sie sich sofort bei mir. Verlassen Sie nicht die Stadt. Und wir brauchen eine DNA-Probe und Ihre Fingerabdrücke.«

»Ich glaube, dafür brauche ich meinen Anwalt.«

Lottie stöhnte.

Als Trevor gegangen war, wandte sie sich an Kirby. »Was hältst du von ihm?«

»Nicht besonders viel.«

Was verschweigen Sie mir, Trevor?, fragte sich Lottie. Denn sie war sich sicher, dass er etwas verheimlicht hatte. Das taten sie immer. Sie glaubte, dass die Aussage *sparsam mit der Wahrheit umgehen* sowohl auf Zeugen als auch auf Verdächtige zutraf. Aber sie hatte keine Beweise, die sie ihm vorhalten konnte. Sie blätterte in der Akte. Laut Shelly Forde, mit der Kirby gestern Abend gesprochen hatte, hatte Trevor das

Theater nach den Proben nicht verlassen. Aber was war mit Giles Bannon?

———

Er stand vor dem Oxfam Shop und starrte durch das Fenster hinein. Drinnen war es dunkel. Er konnte nicht sehen, was auf den Stangen hing und welche Schätze er vielleicht dort finden könnte. Seine Hände waren eiskalt. Er steckte sie in die Taschen seines Kapuzenpullis und ging die Gaol Street hinunter.

Er versuchte, die Verkäufer zu ignorieren, die die Läden der Holzbuden öffneten, und warf beim Gehen nur einen müßigen Blick darauf. Glänzende Kugeln, handbemalt. Heiligenstatuen, geschnitzt aus Mooreiche. Er konnte sich vorstellen, wie ein kleines Mädchen von all den Farben und dem Glitzer fasziniert sein konnte.

Noch immer überwältigt von seinem Gespräch auf der Polizeiwache, überquerte er zitternd die Straße bei *Cafferty's*. An dem Verkaufsstand vor dem Pub blieb er stehen und starrte. Puppen. Winzige Dinger. Manche sahen aus wie Voodoo-Puppen. Er erschauderte. Zum Glück hingen sie nur hinten an Haken in einem schiefen Regal. Vorne gab es richtige Puppen mit rosa Bändern und Rüschenkleidern an ihren ausgestopften Körpern. Er fragte sich, ob dieser Stand vielleicht ein besonderes Wunder für Lily bereitgehalten hatte. Wenn sie auf der Straße auf ihre Mutter gewartet hätte, wäre sie dann hierher gelockt worden, genauso wie er sich angezogen gefühlt hatte?

Er hob gerade den Kopf von der Auslage, als ein Mann aus dem hinteren Teil des Ladens kam, die Arme voll mit weiteren Puppen. Trevor wandte sich schnell ab und eilte über die Straße zum Theater.

———

Bevor Lottie Shelly Forde offiziell befragen konnte, kündigte Superintendent McMahon an, dass er das Gespräch selbst zusammen mit Sam McKeown führen würde.

»Ich bin sicher, Sie haben genug mit den Fällen der beiden toten Frauen zu tun«, sagte er.

»Aber Sir ...«

»Nichts aber. Kommen Sie schon, Sam.« McMahons Stimme hallte noch nach, als sie ins Büro zurückkehrte.

Boyd kam mit dem alten braunen Koffer aus Cara Dunnes Wohnung herein, und Lottie folgte ihm in die Asservatenkammer, wobei sie versuchte, ihre Wut im Zaum zu halten. Als der Koffer auf einem leeren Tisch stand, betrachtete sie ihn erwartungsvoll, in der Hoffnung, dass er ihr einen Hinweis darauf geben könnte, was mit der Lehrerin geschehen war.

»Wurde er schon von der SpuSi untersucht?«

»Ja, und auf Fingerabdrücke überprüft«, sagte Boyd. »Es ist wie die Nadel im Heuhaufen, wenn du mich fragst.«

»Niemand hat dich gefragt, Boyd«, sagte sie.

»Mann, du bist heute Morgen ganz schön kratzbürstig.«

»Ich habe nicht gut geschlafen. Lilys Gesicht hat mich die ganze Nacht verfolgt.« Sie spürte, wie ihr Herz einen Schlag aussetzte, als sie an das kleine Mädchen dachte, das irgendwo allein war und nach seiner Mutter fragte. Sie blickte wieder zu Boyd und sah, wie er sie anstarrte. »Was?«

»Ich dachte, dass vielleicht ich in deinen Träumen spuke.«

»Das wäre dann wohl ein Albtraum.« Sie stupste ihn sanft am Arm an, ließ ihre Hand heruntergleiten und drückte seine. »Ich mache das schon. Hol dir eine Tasse Tee. Du siehst aus, als könntest du etwas zum Aufwärmen gebrauchen.«

»Ich könnte das kommentieren ... aber du weißt sowieso, was ich sagen würde.« Er lächelte und überließ sie dem alten braunen Koffer.

Sie zog sich Handschuhe an und betätigte den ersten Verschluss. Er schnappte auf. Dann der zweite. Sie hob den

Deckel an. Ein Schwarm von Staubmäusen kam ihr entgegen und tanzte in dem Licht, das durch das schmuddelige Fenster fiel. Sie spähte in den Koffer.

Weiße Leinenkleidung. Fein säuberlich gefaltet. Spitze, die für ihr ungeübtes Auge wie handgearbeitet aussah, umgab den Kragen des ersten Stücks. Sie legte es auf den Tisch. Es sah aus wie ein altmodisches Nachthemd, das bis zum Stehkragen zugeknöpft war. Sie klappte es nicht auf. Noch nicht. Sie wollte sehen, was noch in dem Koffer war.

Sie nahm ein weiteres Kleidungsstück heraus. Darunter lag ein drittes. Alle waren ähnlich. War das eine Art Aussteuer? Vielleicht ein Erbstück von Caras Großmutter. Auf dem Boden der Kiste fand sie Unterwäsche. Schlüpfer und gestrickte Strümpfe. Zwei antik aussehende Baumwoll-BHs. Playtex Cross Your Heart-BHs, mit jeweils vier verrosteten Haken auf der Rückseite. Sie sahen aus wie etwas, das ihre Mutter früher einmal getragen hätte. Woher waren sie gekommen? Warum hatte Cara sie bekommen? Fragen, die für die Mordermittlung von Bedeutung sein könnten oder auch nicht.

Als sie nach Luft schnappte, merkte Lottie, dass sie in Erwartung dessen, was sie finden würde, den Atem angehalten hatte. Enttäuschung trübte ihren Blick. Sie hätte wissen sollen, dass sie nichts finden würde, was ihr helfen könnte.

Sie fuhr mit den Fingern über das Futter des Koffers, in der Hoffnung, ein verstecktes Fach zu entdecken, aber da war nichts.

Boyd kam mit zwei Tassen Kaffee zurück. Er reichte ihr eine. »Hast du etwas Interessantes gefunden?«

»Uralte Kleidung, sonst nichts.«

Er stellte seine Tasse ab, zog sich ein Paar Handschuhe an und nahm einen der BHs in die Hand. »Sie muss mal ein paar Körbchengrößen stärker gewesen sein.«

»Zeig mir das noch mal.« Sie schob das Etikett von der

Baumwolle weg und hielt es sich vor die Augen. »Neunzig DD.«

»Und das bedeutet was genau?«

»Boyd, du weißt ganz genau, was das bedeutet.«

Er grinste, dann zog er einen Stuhl heran und setzte sich. »Ich hatte recht?«

»Cara Dunne trug auf keinen Fall jemals neunzig DD.«

»Bringt uns das bei der Suche nach dem Mörder weiter?«

Sie schüttelte langsam den Kopf. »Das ergibt alles keinen Sinn.«

»Leg sie zurück. Schließ den Koffer ab und vergiss es. Lass uns richtige Ermittlungsarbeit machen.«

»Hast du etwas herausgefunden, das ich wissen sollte?« Lottie faltete die Kleidung ordentlich zurück in den Koffer.

»Jane Dore war am Telefon. Sie will, dass du zurück nach Tullamore kommst.«

»Ich war heute Morgen schon dort.« Lottie spürte, wie ihr vor Frustration ganz heiß wurde. »Hat sie gesagt, worum es geht?«

»Nein, aber es klang so, als ob es dringend wäre.«

»Ich rufe sie zuerst an. Ich fahre bei diesem Wetter nicht noch einmal in der Gegend rum, es sei denn, es ist absolut notwendig.«

»Allerdings hat sie Fiona Heffernan und Mord im selben Satz erwähnt.«

»Hol deinen Mantel, Boyd. Du kannst fahren.«

VIERUNDZWANZIG

»Entschuldigen Sie, dass ich Sie hierhergebeten habe, aber ich dachte, Sie möchten das vielleicht selbst sehen.«

Jane redete, während sie um die Leiche herumging. Fiona Heffernan lag auf dem Edelstahltisch, ihr Brustkorb war geöffnet, Haut und Muskeln zurückgeschoben, die Rippen durchgesägt. Tim Jones stand mit dem Rücken zu ihnen und wog im Hintergrund ein Organ ab.

»Ich bin gespannt, was Sie herausgefunden haben.« Lottie setzte sich den Mundschutz auf und begab sich dann zu der Rechtsmedizinerin an den Tisch. Der Geruch des Todes klebte an ihrem Gaumen. Sie würgte und schluckte, dann riss sie sich zusammen und schaute in den Hohlraum.

»Nichts Interessantes hier«, sagte Jane. »Ein ganz normale gesunde vierunddreißigjährige Frau. Hat entbunden. Keine Anzeichen einer Krankheit in ihren Organen. Die Blutproben werden zur Untersuchung geschickt.« Sie hob Fionas Arm und Lottie bemerkte die blauen Flecken, die Jane am Morgen erwähnt hatte.

»Worauf deuten die Blutergüsse hin?«, fragte sie.

»Sie deuten darauf hin, dass jemand mit Händen, die viel größer als ihre sind, ihre beiden Arme fest umklammert hat.«

»Gibt es einen Zusammenhang mit dem Tod von Cara Dunne?« Lottie spürte, wie sich Vorahnung in ihrer Magengrube regte.

»Die Wunde auf ihrer Stirn ist entstanden, bevor sie das Hochzeitskleid angezogen hat. Haben Sie das Dach untersucht?«

»Ja. Dort war nichts. Aber in der Umkleidekabine wurde Blut gefunden. Wir warten noch auf den pathologischen Bericht.« Lottie bemerkte, dass Jane ihre Frage nach einem Zusammenhang zwischen den Todesfällen nicht beantwortet hatte. Aber das war nicht ungewöhnlich für die Rechtsmedizinerin. Sie befasste sich nur mit den vorliegenden Fakten. Sie hatten die Verbindung des Hochzeitskleids, aber sie wollte handfeste Beweise.

Jane sagte: »Wo auch immer sie war, bevor sie das Dach erreicht hat – könnte der ursprüngliche Tatort sein.«

Sie würde selbst in der Umkleide nachsehen müssen, dachte Lottie. »Danke, Jane.«

»Aber dafür habe ich Sie nicht bei diesem schrecklichen Wetter hier rauskommen lassen.«

Sie spürte ein Kribbeln zwischen den Schulterblättern, als sie beobachtete, wie die Rechtsmedizinerin sich an das obere Ende des Tisches begab und sich hinter den Kopf des Opfers stellte.

»Kommen Sie zu mir«, sagte Jane.

»Was soll ich da sehen?« Lottie starrte auf Fiona Heffernans langes dunkles Haar.

Jane breitete es in einem Fächer aus und fragte: »Fällt Ihnen etwas auf?«

Lottie zuckte mit den Schultern. »Ich bin mir nicht sicher, was ich erkennen soll.«

Jane scheitelte das Haar weiter und zeigte auf eine Stelle nahe der rechten Seite des Schädels. »Sehen Sie dort?«

»Ja!« Lottie schaute genauer hin. »Da fehlt ein Büschel Haare. Hat es jemand herausgerissen?«

»Nein.« Jane bewegte ihre Finger näher an die Kopfhaut entlang.

Lottie verstand, was die Rechtsmedizinerin meinte. »Jemand hat ihr eine Haarsträhne abgeschnitten?«

»Genau.«

»Oh mein Gott!« Lottie atmete aus. »Vielleicht war sie das selbst?«

»Das fehlende Wachstum sagt mir, dass das ganz kurz vor dem Tod geschehen ist.«

»Sie hat sich ein Büschel ihrer eigenen Haare abgeschnitten und sich dann vom Dach gestürzt?«

»Haben Sie ein Haarbüschel, wie Sie es nennen, gefunden?«, fragte Jane.

Lottie beäugte Boyd über ihre Maske hinweg. Er lungerte an der Tür herum und hatte sich nicht weiter vorgewagt. Sie fragte sich, warum. Er war normalerweise nicht so zimperlich. »Kannst du das herausfinden?«

Er sagte: »Ich werde bei der Spurensicherung nachfragen, aber ich glaube nicht, dass Haare gefunden wurden.«

»Die Leiche war mit einem Hochzeitskleid und Unterwäsche bekleidet. BH und Schlüpfer«, sagte Jane. Sie ging zu einer Bank und nahm eine kleine Plastiktüte zur Hand. »Das habe ich im BH des Opfers gefunden.«

»Das sieht aus wie Haare«, sagte Lottie und nahm die Tüte. »Menschlich?«

»Ja«, sagte Jane.

»Fionas?«, fragte Lottie, aber sie wusste, dass es nicht zu der Frau auf dem Seziertisch gehörte.

»Es ist blond.«

»Wem gehört es?« Lottie vermutete, dass Jane es wusste, denn ihre Augen funkelten vor Aufregung.

»Ohne eine DNA-Übereinstimmung kann ich nicht sicher sein, und es gibt keine Wurzeln, mit denen ich eine Analyse durchführen könnte ...«

»Aber?«

»Aber für mein Auge sieht es aus wie das Haar von Cara Dunne.«

»Großer Gott. Was zum Teufel? Lottie starrte zu Boyd hinüber, der genauso verblüfft aussah, wie sie sich fühlte.

»Kommen Sie mit mir mit«, sagte Jane. Sie ging zügig in einen Nebenraum und zeigte Lottie die zweite Leiche. Cara, deren Brust ordentlich zugenäht war. Am Kopf der Frau stehend, scheitelte Jane das Haar und hielt den Beweismittelbeutel hoch.

»Damit ich das richtig verstehe.« Lottie spürte, wie ihr der Kopf von dieser neuen Information schwirrte. »Jemand hat ein Stück von Cara Dunnes Haar abgeschnitten, und dasselbe Haar wurde an Fiona Heffernans Leiche gefunden.«

»Scheint so.«

»Und es fehlt ein Stück von Fionas Haar, das Sie noch nicht gefunden haben?«

»Richtig.«

Lotties Gehirn schwirrte vor Verwirrung. »Wir müssen jeden Zentimeter der Abtei noch mal absuchen. Wenn wir dort kein Haar von Fiona finden, könnte es sein, dass noch jemand anderes das Ziel ist, oder ... es gibt bereits irgendwo eine dritte Leiche.«

»Und wenn du eine dritte Leiche hast, dann hast du ...«, begann Boyd.

»Einen Serienmörder.« Lottie drehte sich um und sah ihn an.

»Das ist noch nicht alles«, sagte Jane.

»Scheiße.«

Aus einer Schublade holte die Rechtsmedizinerin einen weiteren kleinen Beutel heraus.

»Noch mehr Haare?« Lottie spürte, wie ihr Kiefer herunterklappte. »Wo kommt das her?« Sie betrachtete das Haar durch das durchsichtige Plastik hindurch. »Es ist nicht blond wie das von Cara oder tiefschwarz wie das von Fiona. Es ist eher ein schmutziges Braun. Das ergibt doch keinen Sinn.«

Jane legte das Muster zurück in die Schublade. »Folgen Sie mir.«

Lottie ging hinter der Rechtsmedizinerin her zu ihrem Büro, Boyd folgte ihnen.

Jane klickte auf den Computer. »Wir hatten kürzlich noch ein Selbstmordopfer. Vor zwei Wochen gefunden. Robert Brady, sechsunddreißig Jahre alt.«

»Draußen am Lough Doon«, erinnerte sich Lottie.

»Ja. Er wurde an einem Baum im Wald aufgehängt gefunden. Er hing dort vielleicht eine Woche. Der behandelnde Arzt kam sofort zu dem Schluss, dass es Selbstmord war, und die Leiche wurde abgenommen und zur Obduktion hierhergebracht. Da kein Verdacht auf ein Verbrechen bestand, war ich nicht beteiligt.«

»Was hat das mit meinen Opfern zu tun?«

»Die Obduktion wurde von meinem Assistenten durchgeführt.«

»Tim Jones?«

»Richtig.«

»Ich weiß nicht, worauf Sie hinauswollen, Jane.«

»Tim hat Selbstmord bestätigt. Schlicht und einfach. Er brachte mir die Akte, um sich zu vergewissern, dass er alles getan hatte, was nötig war. Ich habe sie gelesen und zugestimmt. Nichts Verdächtiges. Das einzig Merkwürdige war die Handvoll brauner Haare, die in der Hosentasche gefunden wurde.«

»Gehörten sie zu dem toten Mann?«

»Ich weiß es nicht. Damals war es nicht verdächtig, und jetzt ist er schon begraben. Aber als ich entdeckte, dass von Cara und Fiona Haarsträhnen abgeschnitten worden waren, erinnerte ich mich an dieses Detail.«

Lottie lehnte sich in ihrem Stuhl zurück und starrte an die rissige Decke. Nach ein paar Sekunden senkte sie den Blick und sah in Janes Augen. »Wurde dem Opfer Haar abgeschnitten?«

»Es wurde nicht im Obduktionsbericht vermerkt.«

»Kann ich den Bericht sehen?«

»Ich schicke ihn Ihnen per E-Mail.«

»Danke.« Sie stand auf und ging zur Tür. »Was glauben Sie, womit wir es hier zu tun haben, Jane?«

»Ich habe nicht die geringste Ahnung.«

FÜNFUNDZWANZIG

Die junge Frau, die auf dem Garda-Revier am Einlass stand, griff nach Lotties Arm, als die gerade den Zugangscode eintippen wollte.

»He, lassen Sie los.« Lottie drehte ihren Arm und machte sich auf einen Angriff gefasst.

»Sie sind Detective Lottie Parker.« Die junge Frau ließ ihre Hand fallen.

»Detective Inspector, wenn Sie es genau wissen müssen.«

»Kann ich Sie kurz sprechen? Nur einen Moment.«

Lottie warf dem wachhabenden Sergeant einen Blick zu, der zuckte mit den Schultern. »Ich bin gerade sehr beschäftigt. Reichen Sie Ihre Beschwerde am Empfang ein.«

»Es geht nicht um eine Beschwerde. Ich habe vorhin versucht, anzurufen.«

Lottie blinzelte die junge Frau an. Sie war in einen grünen Parka gekleidet, deren Fellkapuze auf den schmalen Schultern ruhte. Sie hatte sie schon mal irgendwo gesehen. Vor Kurzem? Sie war sich nicht sicher.

»Sind Sie eine Reporterin?«

»Ja, Beth Clarke. Ich arbeite bei der *Tribune*. Das ist aber nicht der Grund, warum ich hier bin. Ich bitte Sie. Nur eine Minute Ihrer Zeit.«

Lottie kam der Bitte mit einem Achselzucken nach. Sie wies Boyd an, weiterzugehen, während sie eine Tür zu ihrer Rechten öffnete. Ein kleiner Befragungsraum, eher ein Schrank, der hauptsächlich zum Ausfüllen von Formularen diente.

Als sie Platz genommen hatten, wurde der Raum von dem Duft gefüllt, den Beth Clarke an sich trug. Lottie begrüßte die Tatsache, dass er den Geruch des Todes, der seit der Leichenhalle auf ihrer Haut haftete, zersetzte.

»Was kann ich für Sie tun?« Sie studierte die Emotionen, die über das Gesicht der jungen Frau huschten. Das war ein Fehler. Warum hatte sie so eine Schwäche für verzweifelte Menschen? »Beth, ich wäre Ihnen dankbar, wenn Sie mir sagen würden, warum Sie hier sind. Wie ich schon sagte, bin ich sehr beschäftigt.«

»Es geht um meinen V-Vater. Ich k-kann ihn nicht finden.«

Oh, jetzt geht das wieder los, dachte Lottie. Sie wollte die junge Frau schon zurück zum Empfang zurückführen, aber etwas hielt sie auf. Eine Sehnsucht in ihren Augen. Sie waren so dunkel, dass sie fast schwarz waren. Was beunruhigte Beth Clarke wirklich?

»Ihr Vater? Wie heißt er?«

»Christy. Christy Clarke. Er war gestern Abend zu Hause, als ich ins Bett ging ... zumindest glaube ich das. Aber heute Morgen war er nicht da.«

»Und wo wohnen Sie?«

»In Ballydoon. Dad gehört die Schweinefarm in der Doon Road. Kennen Sie die?«

»Liegt das in der Nähe der Abbey?«

»Unsere Farm grenzt direkt an sie an. Es gab eine Menge

Ärger wegen der Abwässer, die in den Fluss gesickert sind, aber mein Vater besteht darauf, dass sie nicht von unserem Hof kommen.«

Lotties neugieriger Verstand wollte nach dem »Ärger« fragen, aber sie musste zum Kern der Sache vordringen. Beth schien jetzt ein wenig entspannter zu sein.

»Wie alt ist Ihr Vater?«

»Er ist ... Ich bin mir nicht sicher. Fünfundfünfzig oder so. Alt jedenfalls ...« Lottie zog eine Grimasse. »Ist Ihre Mutter zu Hause?«

Beths blasse Wangen liefen knallrot an. Sie ließ den Kopf sinken. »Meine Mutter hat uns vor Jahren verlassen. Ich glaube, sie ist mit einem anderen Mann durchgebrannt.«

»Das tut mir leid.«

»Das muss Ihnen nicht leidtun. Ich versuche, nicht an sie zu denken, wenn ich ehrlich bin. Anscheinend ist sie jetzt zurück. Sie lebt in Ragmullin. Aber ich möchte nicht über sie sprechen.«

»Kein Problem.« Lottie verschränkte die Arme. »Haben Sie sich nach Ihrem Vater umgesehen?«

»Er ist weder im Haus noch auf dem Hof. Auch von seinem Auto gibt es keine Spur. Ich habe im Dorf nachgefragt und war sogar in der Werkstatt, die mein Vater früher betrieben hat. Sie ist jetzt geschlossen, aber er ist auch dort nicht.«

»Hören Sie zu, Beth. Ich will nicht herzlos klingen, aber Ihr Vater ist ein Erwachsener und ist wahrscheinlich nur weggegangen, um für ein paar Stunden einen klaren Kopf zu bekommen. Er könnte hier in der Stadt sein, oder er könnte für den Tag nach Dublin gefahren sein. Warum gehen Sie nicht nach Hause und warten auf ihn? Rufen Sie ihn weiter an. Ich bin mir sicher, dass er sich irgendwann bei Ihnen melden wird.«

Beth stand so schnell auf, dass der Tisch in dem engen Raum wackelte. »Sie verstehen das nicht. Er stand in letzter

Zeit unter so viel Druck. Das Finanzamt hat ihn bedrängt. Er bekommt die Bücher nicht hin. Die Schweine sind vernachlässigt. Er vernachlässigt sich selbst. Seit Wochen verlässt er kaum noch das Haus, außer um zum Laden im Dorf zu gehen. Das ist völlig untypisch und ...«

»Es tut mir leid«, Lottie hob ihre Hand, »aber er muss mindestens achtundvierzig Stunden weg sein, bevor wir ihn als vermisst einstufen können. Gehen Sie nach Hause und warten Sie.« Sie wusste, dass es hart klang, aber sie musste sich um Morde kümmern und um ein vermisstes Kind. Sie stand auf und sagte: »Ich hoffe, Sie verstehen das.«

»Ich verstehe das nicht.« Die Spucke der wütenden jungen Frau landete auf Lotties Brust. »Sie suchen aktiv nach dem kleinen Mädchen. Warum können Sie das nicht auch bei meinem Vater tun?«

»Bei Kindern ist das etwas anderes. Sie sind Reporterin. Sie wissen, wie die Dinge laufen. Wenn Sie so besorgt sind, warum stellen Sie sein Foto nicht auf Ihre Facebook-Seite und bitten Ihre Freunde, es zu teilen. Ich bin sicher, jemand wird ihn finden.«

»Danke für gar nichts.«

Die Tür fiel ins Schloss.

Lottie blieb noch einen Moment in dem kleinen Raum stehen, das Geräusch hallte in ihren Ohren nach. Sie wusste, dass sie sich auf den Weg nach oben machen sollte, um Jane Dores Informationen zu verdauen, aber stattdessen rannte sie zur Eingangstür des Reviers. Beth war nirgends mehr zu sehen. Bevor sie wusste, was sie tat, stand sie im Büro der *Tribune* am Schalter.

»Kann ich bitte mit Beth Clarke sprechen?« Sie zeigte ihren Ausweis vor. Die junge Frau blickte hinter sich in das Großraumbüro, wo Akten und Zeitungen bündelweise auf dem Boden verstreut lagen. »Hat jemand Beth gesehen?«

»Ich bin hier.« Beth Clarke kam aus einer Tür mit der Aufschrift ›Toilette‹. »Warum sind Sie mir gefolgt?«

»Ich möchte Sie über Ryan Slevin befragen.« Lottie bemerkte, wie der ältere Mann in der Ecke den Kopf hob.

»Ryan ist nicht da«, sagte Beth. »Seine Verlobte ist gestern gestorben, wie Sie sicher wissen.«

»Können Sie bestätigen, dass er gestern bei der Arbeit war?«

Der ältere Mann stand auf. »Ich bin der leitende Redakteur hier. Nick Downes. Ja, Ryan war gestern hier, obwohl er früher gegangen ist.«

»Wie früh? Warum?«

Downes zuckte mit den Schultern. »Es hatte etwas mit seiner Hochzeit zu tun. Können Sie sich erinnern, wann das war, Beth?«

»Irgendwann am Nachmittag.« Sie zuckte ebenfalls mit den Schultern. »Ich weiß es nicht. Sie sollten ihn selbst fragen.«

»Ist er heute hier?«

»Was denken Sie?«, sagte Beth und ging zu einem Schreibtisch.

»Sagen Sie mir, Beth, war Ryan Ihrer Meinung nach in Fiona verliebt?«

»Das ist eine komische Frage. Er wollte sie doch heiraten, oder etwa nicht?«

»Menschen heiraten aus allen möglichen Gründen, nicht unbedingt aus Liebe.«

»Meine Güte, Sie sind aber eine zynische Frau.«

Lottie reagierte gereizt. »Ich versuche, mir ein Bild von dem Mann zu machen, der im Begriff war, eine junge Frau zu heiraten, die urplötzlich gestorben ist.«

»Sieht für mich so aus, als wollten Sie ihm was anhängen.« Beth saß an ihrem mit Zeitungen vollgestopften Schreibtisch und stützte ihre Füße auf ein Bündel auf dem Boden.

»Beth«, sagte Lottie. Sie wünschte, sie müsste nicht über den Tresen hinweg sprechen, aber niemand schien sie in das

Büro lassen zu wollen. »Es tut mir leid, dass Sie Ihren Vater nicht finden können. Ich weiß, Sie sind wütend auf mich, und ich verstehe das, aber ich kann im Moment nichts tun.«

»Ich werde selbst nach ihm suchen.«

»Er könnte jetzt schon wieder längst zu Hause sein, nach allem, was wir wissen.«

»Er würde mich anrufen, wenn er es wäre. Ich habe genug Nachrichten hinterlassen. Vor Jahren hat mich meine Mutter mitten in der Nacht verlassen. Dad hat gesehen, was das mit mir gemacht hat. Ich glaube nicht eine Sekunde, dass er das Gleiche tun würde.« Beths Augen funkelten, bevor sie sich wieder ihrem Schreibtisch zuwandte und ihren Computer einschaltete.

»Sind Sie irgendwie mit Eve Clarke verwandt?«, fragte Lottie.

»Nie von ihr gehört.«

Hier gab es nichts mehr zu gewinnen. Lottie machte auf dem Absatz kehrt und ging auf die Straße hinaus. Der Gedanke, den sie mit zum Revier nahm, war, dass Beth Clarke etwas verbarg. Entweder deckte sie Ryan Slevin oder sie schwärmte für ihn. So oder so, Lottie würde es herausfinden.

Auf dem Revier wies Boyd Lottie direkt den Weg in den Interviewraum.

»Steve O'Carroll, der Ex-Verlobte von Cara, wartet auf uns.«

»Mit seinem Anwalt?«

»Der ist noch nicht da.«

Boyd stellte sich für die Aufnahme vor und Lottie studierte den Mann, der auf der anderen Seite des Tisches saß. O'Carroll hatte sein Haar zurückgebunden. Sein Anzug war schwarz und sein Hemd weiß, er trug es wie eine Uniform – tadellos gebügelt und makellos. Er war siebenunddreißig, wie aus der Kopie seines Passes hervorging, die vor ihr lag.

»Danke, dass Sie sich zu diesem Gespräch bereit erklärt haben, Mr O'Carroll«, sagte sie.

»Sie brauchen nicht zu glauben, dass ich auf Ihre Freundlichkeit hereinfalle. Ich weiß, wie das läuft.«

»Sind Sie bereit, ohne Ihren Anwalt zu beginnen?« Sie sah, wie er eine Augenbraue hochzog und wusste, dass er vor Neugierde beinahe platzte. Er wollte wissen, was sie wusste. Sie musste aufpassen, dass sie nicht in seine Falle tappte.

»Vorläufig.«

»In Ordnung. Wie viele Jahre arbeiten Sie schon im Railway Hotel?«

»Steht alles hier drin.« Er überreichte seine mitgebrachte Arbeitsbescheinigung und Lottie warf einen Blick darauf.

»Ich danke Ihnen. Sie sind seit acht Jahren dort. Ist es ein guter Arbeitsplatz?«

»Es ist ganz okay.«

»Sie haben als Barkeeper angefangen und sind jetzt stellvertretender Manager. Es gab noch keine freien Stellen als Manager?«

Er wetzte auf dem Stuhl hin und her, aber seine Lippen verzogen sich zu einem Lächeln. »Noch nicht.«

»Haben Sie schon einmal daran gedacht, es bei einem anderen Hotel zu probieren? Einem der großen in Dublin oder drüben in London?«

»Nein.«

»Warum nicht?«

»Ist das relevant?«

»Ich bin nur neugierig.« Sie versuchte, seine Persönlichkeit zu ergründen, und bis jetzt verriet er nichts: die Hände auf dem Schoß unter dem Tisch, finsterer Blick.

»Verschwenden Sie nicht Ihre Zeit mit mir, Inspector. Ich habe nichts mit Caras Tod zu tun.«

»Wie lange kannten Sie Cara Dunne schon?«

»Vielleicht drei Jahre.«

»Sie waren mit ihr verlobt.« Eine Feststellung.

»War ich.«

»Wie lange?«

»Ein Jahr.«

»Und Sie haben sich vor drei Monaten getrennt, ist das richtig?«

»In gewisser Weise, ja.«

»Was ist passiert?«

»Wir waren nicht mehr kompatibel.«

»Wie sind Sie zu diesem Schluss gekommen?«

»Ist das relevant?«, fragte er zum zweiten Mal.

»Antworten Sie mir und ich werde es wissen.«

Mit einem Seufzer richtete er seinen Blick auf einen Punkt über ihrem Kopf und sagte: »Sie hat sich verändert. Wurde besitzergreifend und eine richtige Nervensäge. Hat mich herumkommandiert wegen der Hochzeit und so. Wir haben uns gestritten. Ende der Geschichte.«

»Sie haben es also beendet?«

»Ja.«

»Wie hat Cara das aufgenommen?«

»Nicht gut.«

»In welcher Hinsicht?«

»Soweit ich weiß, hat sie seitdem nicht mehr gearbeitet. Ist so richtig religiös geworden.«

»Und woher wissen Sie das alles? Hatte sie Kontakt zu Ihnen?«

»Sie hat mich nie in Ruhe gelassen. Keinen einzigen Tag lang. Anrufe. Textnachrichten.«

»Hat sie Sie bei der Arbeit belästigt?«

Er fuhr sich mit der Hand über Mund und Nase und schniefte, dann legte er die Hand wieder unter den Tisch. »Nein. Sie hat nie im Hotel angerufen. Sie hatte es für unseren

Empfang gebucht. Ich habe sie gebeten, langsamer zu machen.
Aber nein. Sie fuhr mit Volldampf voraus, wie ein führerloser
Zug.«

»Ist Ihnen das alles zu viel geworden?«

»Ja.«

»Warum haben Sie ihr überhaupt einen Heiratsantrag
gemacht?«

Ein leichtes Grinsen umspielte seine Lippen. »Ich bin in
die Sache einfach hineingetappt, oder? Ein paar Drinks eines
schönen Abends, und sie sagte, wie schön es wäre, einen Ring
am Finger zu haben. Ich dachte, ich sei verliebt und stimmte ihr
zu. Falsch gedacht. Sie konzentrierte sich auf diese verrückte
Hochzeit, sparte wie verrückt, wollte nicht einmal mehr mit mir
etwas trinken gehen. Wenn ich ehrlich bin, wurde sie zu einer
langweiligen Kuh.«

Lottie erschrak über seine Wortwahl, ließ es aber dabei
bewenden. »Sie kannten sie doch sicher schon vorher gut
genug?«

»Offensichtlich nicht.«

»Cara war Ihnen ein Dorn im Auge. Sie haben etwas
dagegen unternommen und ...«

»Moment mal.« Er schlug auf den Tisch. »Das habe ich nie
gesagt. Ziehen Sie keine falschen Schlüsse.«

Es war die erste echte Emotion, die Lottie bei ihm gesehen
hatte. Bestürzung oder Angst?

Sie holte eine Kopie seiner Stechuhrzeiten aus dem Hotel
hervor. »Sie haben gestern Morgen um zehn Uhr eingestempelt.
Wo waren Sie davor?«

»Zu Hause.«

»Um wie viel Uhr sind Sie aufgestanden?«

»Herrgott, ich weiß es nicht. So wie immer. Um acht Uhr.«

»Und was haben Sie von acht Uhr morgens bis zehn Uhr
gemacht?«

»Ich habe mir einen runtergeholt, bin unter die Dusche

gesprungen. Dann habe ich mich angezogen. Habe mein Frühstück gemacht und es gegessen. Dann habe ich das Geschirr
abgewaschen und bin zur Arbeit gegangen.«

»Sind Sie mit dem Auto zur Arbeit gefahren oder zu Fuß
gegangen?« Sie wusste, dass er am Rande der Stadt wohnte. Ein
leichter Spaziergang von zehn Minuten, aber angesichts des
schlechten Wetters wohl eher fünfzehn.

»Ich bin gefahren. Ich habe einen eigenen Parkplatz auf
dem Hof.«

»Gibt es eine Videoüberwachung auf dem Hof?«

»Nein. Der ist privat. Nur fürs Personal.«

»Gibt es bei Ihrem Haus irgendwo Kameras?«

»Was soll das? Warum sollte ich zu Hause welche brauchen?« Sein Gesicht verdüsterte sich. »Wenn ich gedacht hätte,
dass ich ein Alibi brauche, hätte ich dafür gesorgt, dass jemand
über Nacht bleibt.«

»Ich brauche die gesamte Videoüberwachung des Hotels.«

»Warum?«

»Um zu beweisen, dass Sie dann dort waren, wo Sie sagen.«

»Besorgen Sie sich einen Durchsuchungsbefehl.«

Er war selbstgefällig. Zu selbstgefällig. Er hatte auf Alles
eine Antwort, und er ging ihr langsam auf die Nerven.
»Besitzen Sie einen schwarzen Ledergürtel?«

»Ich besitze vielleicht fünf oder sechs. Warum?«

»Ich muss sie mir ansehen. Hat einer von ihnen die
Aufschrift BB oder BD?«

»Nicht, dass ich wüsste.«

»Sind Sie damit einverstanden, dass wir eine DNA-Probe
von Ihnen nehmen? Zu Eliminierungszwecken.«

»Nein, bin ich nicht.«

»Warum nicht?«

»Ich bin in den letzten Jahren in Caras Wohnung ein und
aus gegangen. Ich bin sicher, dass meine DNA dort überall zu
finden ist, und Sie werden versuchen, mir ihren Tod anzuhän-

gen, wenn Sie nur ein Haar oder einen Fingerabdruck von mir finden. Ich habe nichts Falsches getan. Jetzt warte ich auf meinen Anwalt.« Er verschränkte die Arme und schloss den Mund.

Schicht im Schacht, dachte Lottie.

SECHSUNDZWANZIG

Lottie war wieder in Cara Dunnes Wohnung und suchte nach Haaren.

Wenn der Selbstmord von vor drei Wochen verdächtig war und ihre Theorie eines Serienmörders stimmte, dann musste die Haarlocke dieses Opfers hier irgendwo sein.

»Das ist lächerlich«, sagte Boyd.

»Es kann nicht schaden, wenn wir uns umsehen. Du nimmst das Wohnzimmer.«

Die Spurensicherung arbeitete im Badezimmer weiter. Sie ging in das Schlafzimmer. Im Overall fuhr sie mit Handschuhen über jede Oberfläche, schaute in jede Schublade und wühlte durch alle Kleidungsstücke. Nichts. Sie kniete sich an den Rand des Bettes und untersuchte jede Decke, jedes Laken, das sie umschlug. Immer noch nichts.

»Das ist wie die Suche nach der Nadel im Heuhaufen«, rief Boyd aus dem anderen Zimmer.

Sie ignorierte ihn. Suchte weiter. Vorsichtig nahm sie Caras Nachthemd unter dem Kopfkissen hervor und fuhr mit den Fingern durch die Falten.

»Boyd!«

»Was?«

»Ich habe etwas.«

Er stürmte ins Zimmer. »Aber nicht viel, oder?«

»Boyd, es ist eine Haarsträhne. Cara hatte blondes Haar, und ...«

»Fiona Heffernan hatte langes schwarzes Haar. Welche Farbe hat das hier? Rötlich?«

»Könnte hellbraun mit einem Hauch von Rot sein. Schwer zu sagen.« Aber sie glaubte, dass Boyd recht hatte: Es war rötlich.

»Wem zum Teufel gehört es?«

»Es könnte von dem Selbstmordopfer stammen, das Jane erwähnt hat. Oder es könnte von jemand ganz anderem sein.« Sie steckte die Haarlocke in einen Beweismittelbeutel.

»Lottie?«

Sie sah auf. Boyds Gesicht war blasser und eingefallener als sonst. Seine Augen waren wässrig. Hatte er gestern Abend wieder getrunken? Sie wollte seine Hand halten und ihm sagen, er solle sich keine Sorgen machen.

»Was?«, fragte sie.

»Könnte es zu dem kleinen Mädchen gehören?«

»Oh Scheiße.« Grauen schnürte ihre Kehle wie mit kalten Fingern zu. Ihr war schlecht. »Nein. Das kann nicht sein. Cara wurde ermordet, bevor Lily verschwand.«

»Gott sei Dank.«

»Und Lily hat blondes Haar.« Lottie stand vom Bett auf. »Hast du etwas gefunden?«

»Jede Menge Staub.«

»Das ergibt keinen Sinn.«

»Sie war keine gute Hausfrau.«

»Nicht, Boyd. Jetzt ist nicht die Zeit für Scherze.«

»Ich habe nicht gescherzt. Ich würde an Asthma erkranken, wenn ich hier wohnen würde.«

Sie warf einen letzten Blick in das Schlafzimmer und ging zurück in den Wohnbereich. Sie hoffte, dass die Kollegen der Spurensicherung bei den Proben, die sie im Badezimmer gesammelt hatten, etwas Brauchbares fanden. »Lass uns das auf dem Revier registrieren.« Sie fingerte an der Tüte mit dem Fundstück herum. »Herrgott, Boyd, wir müssen endlich das kleine Mädchen finden.«

Sie schob die Arme aus dem weißen Anzug, griff nach ihrer Jacke und war schon im Korridor, bevor Boyd auch nur seinen Reißverschluss geöffnet hatte.

Die Nachbarin spähte durch ihre leicht geöffnete Tür.

»Eve?« Lottie nickte zur Begrüßung. »Kann ich Sie kurz sprechen?«

»Tut mir leid. Ich fühle mich nicht sehr gut. Ein andermal?«

»Jetzt gerade wäre ein sehr guter Zeitpunkt für mich.«

»Ich wollte mich gerade hinlegen.«

»Nur auf ein kurzes Wort.«

Die Frau wollte die Tür schließen, aber Lottie hielt ihre Hand dazwischen und hoffte, dass sie ihr nicht die Finger einklemmen würde. Das tat sie nicht. Lottie schaute über ihre Schulter, aber es gab noch kein Zeichen von Boyd. Sie folgte Eve Clarke in die Wohnung.

Das Wohnzimmer, das gestern noch so poliert und hell gewirkt hatte, schien mit einem düsteren Farbton überzogen worden zu sein. Kleidung lag auf den Stuhllehnen verstreut, und die Jalousien hatten sich auf halber Strecke verhakt. Lottie konnte in die Küchenzeile sehen, wo das Geschirr wahllos herumlag, als hätte es jemand auf der Suche nach etwas aus den Schränken genommen und vergessen, es wieder an seinen Platz zu stellen.

»Es tut mir leid, dass ich Sie stören muss«, sagte sie, nahm eine Zeitschrift von einem Stuhl und setzte sich.

Eve gab ein langes, genervtes Gähnen von sich und lehnte sich mit verschränkten Armen gegen die Fensterbank. Sie trug immer noch ihren Pyjama. Ihre Füße waren nackt und schmutzig.

»Was wollen Sie wissen? Ich bin erschöpft von dem Lärm von nebenan. Wann sind die endlich weg?«

»Sobald sie fertig sind. Wollen Sie sich nicht setzen?«

»Nein, hier ist genau richtig.«

»Eve, ich muss wissen, wo Sie sich gestern Morgen aufgehalten haben.«

»Ich war hier, allein. Das habe ich Ihnen doch schon gesagt.«

»Kann das noch jemand bestätigen?«

Eve breitete ihre Arme aus und beugte sich zu ihr. »Nein.«

Lottie hörte das Zähneknirschen der Frau und sah, wie ihre Augen durch den Raum huschten, als erwartete sie, dass jemand aus einem Schrank sprang. Was war hier los? Sie war sich sicher, dass sie Alkohol roch, und Eve sah mit ihren wässrigen Augen aus wie jemand, der mehr intus hatte, als er vertragen konnte.

»Sind Sie sicher?«

»Ich war hier. Alleine. Um Himmels willen, was soll das alles?«

Sie erinnerte Lottie an ihre Tochter Chloe, wenn diese sich wie ein bockiges Kind benahm. Lottie stand auf und sah Eve an.

»Ich werde Ihnen sagen, was das alles soll. Ihre Nachbarin wurde gestern Morgen brutal ermordet. Sie haben die Wohnung betreten und die Leiche gefunden. Sie haben noch nicht eingewilligt, dass Ihre DNA und Fingerabdrücke genommen werden. Wenn Sie nicht zustimmen, werde ich Sie wegen Behinderung der Justiz verhaften und einen Gerichtsbeschluss erwirken, um Ihre Wohnung auseinander zu nehmen. Das soll das alles.«

»Okay, okay.« Eve fuchtelte mit den Händen in der Luft herum. »Kein Grund, sich vor Aufregung in die Hosen zu machen ...« Sie hörte auf zu gestikulieren. »Sind Sie sicher, dass sie ermordet wurde?«

»Ja.« Lottie verschränkte ihre Arme und lehnte sich gegen die Wand.

Eve schluckte laut. »Ich habe nichts zu verbergen. Ich schätze nur meine Privatsphäre. Ich mag es nicht, wenn Polizisten herumschnüffeln, wissen Sie ...« Ihre Stimme verstummte, sie wandte den Blick ab und fummelte an der Schnur des Rollos herum. Es klatschte plötzlich auf die Fensterbank, und sie sprang zurück, als ob sie gebissen worden wäre. »Verdammte nutzlose Dinger.«

»Hat Ihnen etwas Angst gemacht, Eve?«

»Nebenan wurde eine Frau ermordet, und Sie fragen, ob ich Angst habe? Ich habe Angst. Hier ist es nicht sicher. Ich dachte, sie hätte sich das Leben genommen. Ich habe nicht eine Sekunde lang gedacht, dass es anders sein könnte.«

»Es sollte wie Selbstmord aussehen.«

»Das ist grausam.«

»Setzen Sie sich, Eve. Wir müssen richtig reden.« Lottie verlor langsam die Geduld. Sie versuchte, ihre Stimme zu beherrschen, obwohl sie die Frau eigentlich anschreien wollte.

Als ob sie Lotties unterdrückte Wut spürte, setzte sich Eve an den Tisch.

Lottie tat es ihr gleich. »Hören Sie mir zu. Wir können das hier oder auf dem Revier machen. Was ist Ihnen lieber?«

»Ich habe nichts zu verbergen.« Immer noch keine Antwort auf die Frage.

Lottie seufzte. »Können Sie den gestrigen Morgen noch einmal von Anfang an durchgehen?«

»Ich bin gegen halb neun aufgestanden. Ging in den Laden, um Kippen zu holen. Kam zurück. Habe ferngesehen. Dann hörte ich die Stimmen.«

»Haben Sie Cara vorher gesehen oder gehört?«

»Nein. Aber ich weiß, dass sie jeden Morgen zur Messe geht und mindestens einmal in der Woche eine alte Freundin im Altersheim besucht.«

»Was für eine Freundin? Welches Pflegeheim?«

»Schwester Augusta, glaube ich, heißt sie. Sie lebt in Ballydoon Abbey.«

»Wirklich?« Lottie spürte, wie sich ihre Augenbrauen hoben. »Warum haben Sie mir das gestern nicht gesagt?«

»Sie haben nicht danach gefragt, oder?«

»Okay. Haben Sie einen Partner? Jemand, der für Sie bürgen kann?«

»Ich habe niemanden. Ich habe meinen Mann vor Jahren verlassen. Christy hat alles und jeden über mich gestellt und ich hatte genug davon.«

»Christy?« Bevor Lottie noch etwas fragen konnte, wurde sie durch ein Klopfen an der Tür unterbrochen. Sie sah zu Eve hinüber, die langsam aufstand.

Boyd stand da. Das Gesicht gerötet, die Hände zitterig, als er Lottie hinauswinkte.

»Was soll die Aufregung?«, sagte sie, als er sie am Ellbogen packte und sie den Korridor hinunterzog, weg von einer erschrockenen Eve.

»Komm schon, wir müssen gehen.«

Er ging weiter. Sie löste sich von ihm. »Immer mit der Ruhe.

Ich war mitten in einer Vernehmung.«

»Die kannst du später auf dem Revier fortsetzen. Es ist wichtig.«

»Boyd, wenn du es mir nicht sagst, rühre ich mich keinen Zentimeter von der Stelle.«

»Wir haben noch einen.«

»Noch einen was? Um Himmels willen ...« Sie folgte ihm. »Sag es mir, Boyd.«

»Ein weiterer Mord, der wie ein Selbstmord aussieht«, sagte er über seine Schulter, während er die Treppe hinunterging, zwei Stufen auf einmal nehmend.

SIEBENUNDZWANZIG

Als sie wieder auf dem Revier ankamen, hätte Lottie am liebsten rote Flammen durch ihre Nasenlöcher auf Boyd gespien.

»Es tut mir leid«, sagte er. »Ich dachte nur, es sei wichtig, es uns sofort anzuschauen. McKeown hat darauf bestanden, dass wir das augenblicklich lesen.«

Lottie ließ sich hinter ihren Schreibtisch fallen und nahm den Obduktionsbericht zur Hand, den Jane Dore geschickt hatte.

»Robert Brady. Sechsunddreißig Jahre alt«, las sie laut vor, während Boyd auf dem Stuhl vor ihr saß.

»Weiter.«

»Ich brauche kein Publikum. Warum holst du dir nicht was zu essen? Du siehst aus wie der aufgewärmte Tod.«

»Mein Gott, Lottie, du bist nicht meine Mutter.«

»Wie geht es deiner Mutter?«

»Gut.« Er brummte und schob den Stuhl zurück. »Ich habe die Haarlocke zur Analyse ins Labor geschickt.«

»Welche Haare?«

»Die Haare, die du in Cara Dunnes Wohnung gefunden hast.«

»Sag mir Bescheid, wenn es den Bericht dazu gibt.« Aber sie wusste, dass die pathologische Analyse Wochen dauern konnte. Sie wusste auch, dass die Probe für eine DNA-Bestimmung unbrauchbar war, aber vielleicht konnte es mit der Strähne, die an Robert Bradys Leiche gefunden worden war, in Verbindung gebracht werden. Sie musste es so oder so wissen, und wenn sie Jane nicht dazu bringen konnte, ihr einen Gefallen zu tun, würde es Wochen dauern, bis sie ein Ergebnis hatte.

Sie las weiter laut vor, obwohl Boyd ins Hauptbüro zurückgekehrt war.

»Knapp eins sechzig groß. Siebzig Kilo.« Das kam ihr sehr leicht vor. »Hey, Boyd, was wiegst du?«

»Etwa achtzig Kilo. Warum?«

»Ich frage mich nur. Du bist etwa eins achtzig groß, dieser Typ war knapp eins sechzig.« Sie las den Rest schweigend. »Mein Gott, Boyd«, rief sie aus.

»Was jetzt?« Er stand von seinem Schreibtisch auf und schlenderte zurück in ihr Büro.

»Dieser Robert Brady. Er hatte schulterlanges rötliches Haar.«

»Genau solches, wie wir bei Cara gefunden haben.«

»Wir brauchen die vergleichende Analyse sofort. Sag Jane, sie soll um Eile bitten.«

»Du bittest sie, Gefallen einzufordern?«

»Ja, das tue ich.«

Während Boyd Telefonate führte, las Lottie den Rest des Berichts. Es gab keine weiteren großen Enthüllungen. Der stellvertretende Rechtsmediziner, Tim Jones, hatte den Tod als Selbstmord eingestuft, weil die Halsschlagadern gequetscht worden waren. Er erwähnte Blutergüsse am Hals und an den Fingern, aber die Verwesung hatte weitere Untersuchungen ausgeschlossen. McKeown hatte Recht gehabt, sie von Eve Clarke zurückzurufen. Das war ein zu großer Zufall. Sobald die Haaranalyse abgeschlossen war, war sie sich sicher, dass es sich vielleicht um den ersten von drei Morden handeln würde.

Genau das sagte sie zu Boyd.

»Dein Chef wird nicht glücklich sein«, sagte er.

»Er ist auch dein Chef.«

»Ich weiß, aber noch ein Mord wird seine Quote runterziehen.

»Dann sollten wir uns besser beeilen, bevor er es herausfindet, nicht wahr?«

Boyd schrammte mit seinem Schuh über den Boden. »Du vergisst die Sache mit den Brautkleidern.«

»Robert Brady hatte wohl kaum vor, ein Hochzeitskleid zu tragen ...« Sie blätterte erneut in dem Bericht. »Er trug eine schwarze Hose und ein weißes Hemd.«

»Teil eines Hochzeitsanzugs?«

»Ich weiß nicht, was ich davon halten soll.«

Aber irgendetwas nagte in ihrem Gehirn. Es könnte sein, dass Brady nicht das erste Opfer gewesen war. Woher stammte das Haar, das an seiner Leiche gefunden worden war? Und die Tatsache, dass Fiona eine Haarlocke fehlte, überzeugte sie, dass sie bald eine weitere Leiche finden würden. Doch nicht, wenn sie den Mörder zuerst erwischte. Sie stand auf und streckte sich.

Die große Frage war: Wie passte die kleine Lily in all das hinein? Lottie grub ihre Fingernägel in die Handflächen und suchte dann nach Neuigkeiten über das Kind. Lily war überall in den Nachrichten und auf den sozialen Medien präsent, aber niemand wusste, wo sie war. McMahon hatte die Sache im Griff, was konnte sie also noch tun? Sie beschloss, dem nachzugehen, was Caras Nachbarin Eve Clarke gesagt hatte.

ACHTUNDZWANZIG

Bei Tageslicht sah der Ort ganz anders aus. Das Absperrband säuselte im Wind eine einsame Melodie vor sich hin, und der uniformierte Garda glich einer gefrorenen Statue.

Lottie zeigte ihren Ausweis vor und trat durch den Haupteingang des Klosters. Boyd blieb draußen stehen, um ein paar Züge von seiner E-Zigarette zu nehmen. Sie wusste nicht, wie lange diese Marotte noch anhalten würde.

Die Abtei erinnerte sie an ein altes Klosterschulgebäude. Lange gefliese Gänge, hohe Decken und schmale gewölbte Buntglasfenster, die das Tageslicht dämpften und ein buntes Farbspiel auf den Boden warfen.

Um sicherzugehen, dass sie nichts übersehen hatten, machte sie sich auf den Weg zur Umkleide und warf einen Blick zurück, um zu sehen, ob Boyd schon auf dem Weg war. Keinerlei Anzeichen von ihm. Sie war sich sicher, dass die E-Zigarette nur Show war und dass er sich eine echte Zigarette angezündet hatte, sobald sie drinnen verschwunden war.

Die Spurensicherung hatte Blutproben vom Boden genommen. Der Zugang zu Fionas Spind war immer noch mit einem Band abgesperrt und trug die Reste von schwarzem Fingerabdruckstaub. Sie hoffte, dass der Mörder Spuren hinterlassen hatte. Etwas, das ihr einen Hinweis auf seine Identität geben würde. Sie hob das Absperrband an und tauchte darunter durch.

Die Spindtür stand offen. Fionas Uniform war zur Analyse weggebracht worden. Ebenso wie ihre Kleidung. Lottie erinnerte sich an ein Hemd, einen Pullover und eine Jeans, die gefaltet auf einem Regal gelegen hatten. Auf dem Boden des Spinds stand ein Paar robuster Stiefel, perfekt für Spaziergänge im Schnee. Aber Fiona würde nie wieder irgendwo spazieren gehen. Eine Felljacke mit Kapuze und einem Primark-Etikett lag zusammengeknüllt auf den Stiefeln. In den Taschen befanden sich Münzen, Kassenbons und Taschentücher. Sie fragte sich, warum Kirby oder die Kollegen der Spurensicherung die Bons nicht eingepackt hatten. Sie tat es jetzt und schimpfte innerlich über die Schlampigkeit der anderen. Ein kurzer Blick zeigte, dass die Quittungen von Tesco stammten, Lebensmittel, datiert auf den Tag vor Fionas Tod. Das erinnerte Lottie daran, dass sie noch nicht selbst in Fionas Wohnung gewesen war, obwohl sie wusste, dass McKeown und Kirby sich gerade dort befanden.

Als sie mit ihren behandschuhten Fingern in alle Ritzen des Spinds fuhr, fand sie nichts. Sie ging auf Hände und Knie und entdeckte ein Stück Papier auf dem Boden unter dem Spind. Sie schob ihre Hand hinein und zog es heraus. Ein Foto von Lily.

»Verdammt noch mal, Kirby.« Sie fluchte laut.

Sie hatte ihm vertraut, geglaubt, dass er seine Arbeit effizient erledigen würde, während sie und Boyd gestern Nachmittag das Dach untersucht hatten, und er hatte dies übersehen. Seine Leistung seit Gillys Tod grenzte an Fahrlässigkeit. Wenn sie von dem Foto gewusst hätte, als sie Fionas Leiche gefunden hatten, wären sie früher auf Lily aufmerksam geworden und hätten vielleicht das Verschwinden des Kindes verhindern können.

Sie betrachtete das Foto. Es war persönlicher als das Foto, das sie für die landesweite Ausschreibung verwendet hatten. Das kleine Mädchen hatte wirklich ein ansteckendes Lächeln. Ihre Augen tanzten im Licht, ihr Haar wehte im Wind. Ein Moment, den ihre Mutter festgehalten hatte, um ihn zu genießen, wenn sie mal nicht bei ihrer Tochter sein konnte. Die Ironie ließ Lottie erschaudern.

Während sie das Foto in eine Asservatenhülle schob, dachte sie wieder an das Hochzeitskleid. Warum hatte Fiona es mit zur Arbeit gebracht? Wollte sie es anprobieren? Dann kam ihr ein Gedanke in den Sinn. War es überhaupt ihr eigenes Kleid? Eilig schickte sie Kirby eine Nachricht, er solle in Fionas Haus nach einem Hochzeitskleid suchen.

Sie ging die Steinstufen hinauf und erreichte das Dach. Die SpuSi hatte das ganze Gelände abgesucht, aber sie wollte sehen, ob es nicht irgendwo auch nur ein einziges von Fionas Haaren gab. Warum waren Haare so wichtig für den Mörder? Warum die Kleider? Kopfschüttelnd stellte sie sich an den Rand des Daches und blickte über die schneebedeckten Gärten hinaus. Ihr Blick fiel auf das Waldstück, in dem sie am Abend zuvor im Dunkeln umhergegangen war. Ihre Haut kribbelte, als sie sich an das Gefühl erinnerte, als ob jemand sie beobachtet hatte, nachdem sie über die lebensgroßen Statuen gestolpert war. Von hier oben konnte Lottie sie nicht sehen, alles war von einer Schicht Schnee bedeckt. Sie schienen zusammen mit dem Mörder mit der Winterlandschaft verschmolzen zu sein. Mit einem letzten Blick auf den Zeltbereich unter ihr kehrte sie nach drinnen zurück.

Als sie immer noch keine Spur von Boyd fand, eilte sie den Hauptkorridor entlang, wo sie in einem Büro eine Krankenschwester fand. Sie bat darum, Schwester Augusta sehen zu dürfen. Nachdem sie den verschlungenen Korridoren gefolgt war und sich mühsam an die Wegbeschreibung gehalten hatte, fand sie die Nonne schließlich.

Das Zimmer war hell und luftig. Blaue und gelbe Tapeten. Sonnenblumen. Das Krankenhausbett hatte eine sichtbare Gummiauflage auf der Matratze. Der Nachttisch war leer. Keine Blumen, kein Wasser, keine Kekse oder Weintrauben.

»Wer ist da?«, krächzte eine Stimme. »Bringen Sie mir Wasser.«

Lottie stellte sich vor und fragte: »Soll ich eine Krankenschwester holen?«

»Die sind nutzlos. Seien Sie ein gutes Mädchen und schenken Sie mir ein Glas ein.«

»Ich sehe mal nach, ob hier etwas drin ist.«

Als Lottie den Nachttisch öffnete, um nachzusehen, griff eine knochige, langfingrige Hand nach ihrer.

»Warum schnüffeln Sie in meinen Schubladen herum?«

»Sie haben mich doch gebeten ...« Sie löste ihre Hand und trat zurück. Das Gesicht der alten Nonne war so weiß wie die Laken, auf denen sie lag. Ihr langes, silbernes Haar war ordentlich gekämmt und in der Mitte gescheitelt; ihr Gesicht war zerklüftet wie von Berggipfeln und Talsohlen; ihr Mund war zahnlos und die Lippen aschfahl. Lottie hatte sich vor ihrem Besuch erkundigt und wusste, dass Schwester Augusta genauso alt war wie ihre Mutter Rose, aber damit endete die Ähnlichkeit auch schon. Der Krebs fraß die Nonne von innen heraus auf, und nach dem, an das sich Lottie von Adams Krankheit erinnerte, glaubte sie nicht, dass sie noch viel Zeit auf Erden hatte.

»Macht es Ihnen etwas aus, wenn ich mich mit Ihnen unterhalte?« Sie zog einen Stuhl mit niedriger Lehne heran und setzte sich neben das Bett.

»Holen Sie mir erst etwas zu trinken.«

»Natürlich.«

Sie fand eine Krankenschwester und kam mit einem Krug Wasser zurück. Sie goss ein und hielt das Glas an die Lippen der Nonne.

»Ich bin keine Invalide«, schnauzte Schwester Augusta, »aber danke.«

Als die Nonne sich wieder beruhigt hatte, sagte Lottie: »Ich würde gerne mit Ihnen über Cara Dunne sprechen.«

»Sie ist nicht gekommen.«

»Wann?«

»Gestern. Sie kommt jede Woche. Für Sie mag ich tot aussehen, aber ich bin es noch nicht. Ich weiß über alles Bescheid, was hier vor sich geht, auch wenn es auf Sie so wirkt, als wäre ich schon auf dem Weg nach drüben.«

»Das habe ich überhaupt nicht gedacht.«

»Ihr Gesichtsausdruck sagt, dass Sie das sehr wohl getan haben. Jemand, der Ihnen nahestand, ist an Krebs gestorben.«

Lottie holte tief Luft. Sie wollte nicht über Adam sprechen. Es war immer noch schmerzhaft. Zu schmerzhaft. Selbst fünf Jahre später. Aber sie ertappte sich dabei, wie sie antwortete: »Mein Mann.«

»Gott sei seiner Seele gnädig. Es ist eine furchtbare Krankheit. Ich bete jede Stunde des Tages, dass Gott mich zu sich nimmt. Dass er mir diese Schmerzen nimmt. Ich glaube, er will, dass ich mein Fegefeuer auf der Erde absitze, damit ich direkt in den Himmel fliegen kann.« Die Nonne lachte halblaut.

»Ich fürchte, ich habe eine schlechte Nachricht«, begann Lottie.

»Cara ist tot, nicht wahr?«

»Ja. Es tut mir leid.«

»Als sie gestern nicht kam, wusste ich, dass etwas passiert war. Und dann sprang die arme Krankenschwester Heffernan vom Dach.«

»Wer hat Ihnen das gesagt?«

»Der andere nette Pfleger. Wie heißt er nochmal?« Ein

spindeldürrer Finger tippte an die Seite ihres Kopfes, und bevor Lottie den Namen nennen konnte, sagte Schwester Augusta: »Pfleger Hughes. Er sagte, ich solle ihn Alan nennen, aber ich bin noch von der alten Schule, wissen Sie.«

Ein rasselnder Husten zerriss die Luft, und Lottie sah sich nach einem Päckchen Taschentücher um, um sie der Nonne zu reichen. Der Raum war karger als eine Zelle.

»Wie ist sie gestorben?«, fragte Schwester Augusta, als ihr Röcheln nachgelassen hatte.

»Leider sah es zuerst so aus, als hätte sie sich umgebracht.«

»Aber jetzt nicht mehr? Ist es das, was Sie mir sagen wollen?«

Lottie schenkte der Nonne ein halbes Lächeln. Schwester Augustas Verstand war immer noch schnell, auch wenn ihr Körper sie im Stich ließ.

»Sie wurde ermordet.«

»Ich verstehe.« Sie nickte ein paar Mal langsam mit dem Kopf.

»Können Sie mir etwas über Cara erzählen, damit ich verstehe kann, warum ihr jemand etwas antun wollte?«

Tiefe Rasselgeräusche begleiteten die Atemzüge der Nonne. Lottie wartete.

»Ich bin mir sicher, dass es viele Leute gibt, die froh sind, dass sie weg ist. Sie hat einigen das Leben zur Hölle gemacht.«

»Inwiefern?«

»Sie hat im Klassenzimmer geherrscht wie eine Diktatorin, jawohl.« Schwester Augusta gackerte, als ob das lustig wäre.

»Oh.«

»Als sie noch ein Kind war, meine ich. Ich weiß nichts darüber, wie sie als Lehrerin war, aber ich würde sagen, sie hat sich nicht sehr verändert.«

»Haben Sie sie unterrichtet?«

»Nein, aber ich habe davon gehört.«

»Dann war sie also ein toughes Kind?«

»Sie konnte sich behaupten.«

»Kennen Sie jemanden, der einen Groll gegen sie hegte und sie getötet haben könnte?«

»Ich weiß es nicht. Aber sie war hart. Das war die alte Art. So ist es jetzt nicht mehr. Cara hat immer gesagt, dass es deshalb heutzutage so viele Straftäter gibt.«

Lottie kratzte sich verwirrt an der Seite ihres Kopfes. »Waren Sie befreundet?«

»Nein.«

»Aber sie hat Sie doch jede Woche besucht, oder?«

»Das klingt vielleicht wie das Geschwätz einer irrationalen alten Nonne, aber ich glaube, sie wollte mir beim Sterben zusehen.«

Lottie starrte auf den Speichel, der sich in einem weißen Streifen am Rande von Schwester Augustas Lippen sammelte. »Das klingt ein bisschen unchristlich.«

»Man muss sie gekannt haben. Sie war versehrt.«

»Inwiefern?«

»Ich kann mich nicht erinnern.«

Lottie begann zu glauben, dass Schwester Augusta dabei war, nicht nur ihr Leben, sondern auch ihren Verstand zu verlieren.

»Wussten Sie, dass sie verlobt war?«

»Jeder wusste das. Sie gab mit dem Diamanten so an, als ob sie ein Geschenk Gottes wäre. Es war, als hätte sie eine große Leistung vollbracht. Wenn sie den Croagh Patrick bestiegen hätte, das wäre eine Leistung gewesen. Sie war ein dummes Mädchen. Hat sich nicht mal in der Liebe gut geschlagen.«

»Sie kannten Steve O'Carroll?«

»Ich habe ihn nie getroffen. So wie Cara über ihn sprach, dachte ich, er sei der größte Fußabtreter, der je erfunden wurde.«

Das passte nicht zu Lotties einziger Erfahrung mit O'Carroll. »Wie war Cara, nachdem sie sich getrennt hatten?«

»Dunkel und gefährlich. Ihre Augen, sie waren wie schwarze Kugeln. Wenn jemand Feuer spucken konnte, dann sie.«

»Ich habe gehört, dass sie sich der Religion zugewandt hat.«

»Sie wandte sich an den Teufel höchstpersönlich.«

In Lotties Schädel herrschte Verwirrung, und sie kratzte sich erneut am Kopf. »Hat ihr jemand gedroht?«

Schwester Augusta schloss die Augen und ließ den Kopf weiter in die Kissen sinken. »Ich weiß es nicht genau. Vor ein paar Wochen kam sie ganz aufgeregt hier an. Ich glaube, sie hatte sonst niemanden, mit dem sie reden konnte. Sie hat alles bei mir abgeladen.«

»Was hat sie gesagt?«

»Irgendetwas über ein Treffen mit jemandem. *Gib acht auf die Vergangenheit*, sagte sie. *Sie holt dich ein.*«

»Glauben Sie, dass es etwas mit ihrer Lehrtätigkeit zu tun gehabt haben könnte?«

»Es war etwas Persönliches.«

»Ihr Ex-Verlobter?«

Schwester Augusta begann unkontrolliert zu husten. Lottie hielt das Glas an ihre Lippen und ließ die Nonne daran nippen, bis ihre Atmung wieder einigermaßen normal war.

»Sprechen Sie mit Father Curran. Er könnte Ihnen helfen.«

»Father Curran?«

»Er lebt im Dorf. Er sollte heute das Sakrament der Ehe für die arme Krankenschwester Heffernan spenden.«

»In Ordnung. Kannte er auch Cara?«

Die Nonne schien einen fernen Blick in ihren Augen zu haben. Sie starrte irgendwohin hinter Lottie. Lottie schaute hinter sich, aber da war nichts.

»Das kleine Mädchen«, sagte Schwester Augusta. »Die Tochter von Schwester Heffernan. Wo ist sie?«

Als ein weiterer Hustenanfall die Nonne schüttelte, fühlte

sich Lottie wie auf einem Riesenrad, so sehr drehte sie sich im Kreis. »Lily ist verschwunden.«

Schwester Augusta nahm ihr unregelmäßiges Atmen wieder auf, sagte aber nichts. Nur ein leichtes Nicken ihres Kopfes zeigte Lottie, dass sie sie gehört hatte.

»Geht es Ihnen gut?« Sie stand auf und suchte nach einer Klingel, um eine Krankenschwester zu rufen.

Da sprach Schwester Augusta. Ihre Stimme war klar, aber schwach. »Es geht nur um das Kind.« Sie schloss die Augen. »Nur um das Kind.«

»Sprechen Sie weiter. Bitte«, sagte Lottie verzweifelt.

Doch die Frau war in einen tiefen Schlaf gefallen.

———

Boyd ging in einem Halbkreis vor dem Haupteingang entlang. Er zündete sich seine zweite Zigarette des Tages an, nachdem er seine E-Zigarette aufgegeben hatte, und beobachtete, wie die Spurensicherung ihre Arbeit beendete. Eine Gruppe von uniformierten Kollegen durchsuchte die Gegend gründlich mit langstieligen Zangen. Boyd fand, dass sie nur ihre Zeit verschwendeten. Sie hatten es mit jemandem zu tun, der akribisch und vorsichtig war. Jemand, der plante.

In seiner Hosentasche vibrierte sein Telefon. Er blickte auf das Display und runzelte die Stirn, als er abnahm.

»Wie geht's, Sean?«, fragte er. »Hat dich deine Mutter gestern Abend bei lebendigem Leib gehäutet?«

»Nein, aber sie ist unausstehlich. Darf ich dich etwas fragen?«

»Schieß los, Kumpel.«

»Kann ich bei dir wohnen? Nur für eine Weile. Ein oder zwei Tage. Das ist alles.«

Boyd nahm einen tiefen Atemzug. Er hatte Lottie einen Heiratsantrag gemacht, und er wusste, dass ihre Kinder ein Teil des Pakets sein würden. Aber er war nicht ihr Vater, und außerdem wollte er ihr wegen ihres Sohnes nicht auf die Füße treten. »Sean, du musst mit deiner Mutter reden. Sag ihr, wie es dir geht. Sie versteht das.«

»Nein, tut sie nicht. Du schon.«

Ein Gedanke kam Boyd in den Sinn. »Sean, solltest du nicht in der Schule sein?«

»Weißt du was? Du bist noch schlimmer als sie. Immer geht es um Schule und Hausaufgaben. Ich muss auch leben, weißt du. Danke für nichts.«

»Sean ... Sean?«

Boyd schaute auf das Telefon. Der Junge hatte aufgelegt. Die Zigarette war ausgegangen. Er zündete sie wieder an. Er sollte reingehen und Lottie helfen. Ihr von Sean erzählen. Aber in seinem Kopf drehte sich alles. Von all dem, an das er denken musste, oder vom Nikotin? Er betrachtete die feuchte Zigarette, die er zwischen seinen langen Fingern hielt. Er nahm einen weiteren Zug und löschte sie, bevor er sie in die Schachtel zurücklegte, um sie später fertig zu rauchen.

NEUNUNDZWANZIG

Father Michael Curran wohnte im Pfarrhaus neben der Kirche, am Eingang des Dorfes. Es war ein altes zweistöckiges Gebäude mit einer Mahagonitür.

Während sie und Boyd darauf warteten, dass jemand auf das Türklingeln reagierte, spähte Lottie um die Seite des Hauses herum. Der Garten war gut gepflegt. In einer Ecke stand ein großer Schuppen.

Die Tür öffnete sich und der Priester ließ sie eintreten. Father Curran war ein vital aussehender Siebzigjähriger. Sein weißer Kragen sah breiter und höher aus als der ihres Freundes Father Joe Burke, und er trug eine wallende, bodenlange schwarze Soutane. Es würde sie nicht wundern, wenn er sich auf Lateinisch unterhalten würde.

Als sie drinnen saßen, fragte er: »Wie kann ich Ihnen helfen?«

»Ich möchte mit Ihnen über Cara Dunne und Fiona Heffernan sprechen.«

Er schenkte ihr ein halbes Lächeln, und sie spürte, wie sich ihr Inneres zusammenzog, als hätte sie gerade saure Milch gekostet.

»Möchten Sie etwas grünen Tee? Und ich habe Vollkornbrot.

Ausgewogene Ernährung hilft, um gesund zu bleiben.«

Sie fragte sich, ob er wohl auch auf Eiweißshakes und solchen Quatsch stand. Sean hatte in letzter Zeit immer wieder solches Zeug erwähnt. »Nein danke, für uns nicht.«

»Hatten Sie denn eine Frage an mich?«

Sie betrachtete den Priester. Er saß aufrecht in einem ledernen Ohrensessel. Das Zimmer war makellos, aber die Möbel rochen muffig und sahen alt aus.

»Soweit ich weiß, sollten Sie heute eine Trauung zwischen Ryan Slevin und Fiona Heffernan durchführen.«

Father Curran nickte. »So traurig. Das Dorf redet darüber, wissen Sie. Fiona war ein liebenswerter Mensch.«

»Kannten Sie sie gut?«

»Nicht wirklich. Ich habe sie zum ersten Mal richtig getroffen, als sie mit Ryan hierherkam, um die Hochzeit vorzubereiten. Eine kleine Zeremonie, sagte sie. Sie hielt nichts davon, ein großes Aufheben zu machen, soweit ich das verstanden habe. Sie sparte ihr Geld lieber, sagte sie. Finanziell gesehen eine kluge junge Frau.«

Lottie fing seine unausgesprochenen Worte auf. »Aber nicht klug in anderer Hinsicht?«

»Sie sind schnell, Inspector.« Er lächelte breit, und sie konnte sein perfektes Gebiss sehen. »Ich bewunderte Fiona dafür, dass sie hart arbeitete und ihre Tochter großzog. Sie wissen, dass sie und Colin nie verheiratet waren?«

»Ja.«

»Die Tatsache bleibt bestehen, dass das Kind außerehelich geboren wurde. Das ist eine Todsünde. Eine Sünde, für die sie nur ungern um Vergebung bat, obwohl ich darauf bestand, dass sie Buße tun sollte.«

Lottie blies einen warmen Atemzug aus, zählte bis drei und straffte die Schultern. »Wenn Sie so gegen ihre Todsünde waren, wie Sie es nennen, warum haben Sie dann überhaupt zugestimmt, die Trauung von Fiona und Ryan durchzuführen?«

Er stieß ein Schnauben aus. »Der Junge hätte etwas aus sich machen können. Und was macht er? Er macht Fotos für die Zeitung. Vergrämt die Leute. Er ist genau wie diese junge Frau, Beth Clarke. Jetzt wo ich daran denke – sie war heute Morgen hier und hat an die Tür gehämmert, um ihren Vater zu suchen.«

»Wissen Sie, wo Christy Clarke ist?«

»Ich weiß es nicht, und ich kann nicht verstehen, wie er es zulassen kann, dass seine Tochter in diesen Gossenjournalismus verwickelt ist.«

Diese Aussage verwirrte Lottie. Sie hatte die *Tribune* nie für etwas anderes gehalten als ein Lokalblatt. Was hatten sie veröffentlicht, um Father Curran so in Rage zu versetzen?

Bevor sie weiter darauf eingehen konnte, fragte Boyd: »Wie gut kennen Sie Ryan Slevin?«

»Er wohnt im Dorf. Seine Schwester Zoe ist eine nette Dame. Verheiratet mit Giles Bannon. Drei hübsche Jungs. Nette Kinder.« Wieder dieses Grinsen.

Lottie konnte nicht verhindern, dass sich ihr der Magen umdrehte. Der alte Priester hatte irgendwie etwas besonders Abstoßendes an sich.

»Und Fiona Heffernan«, sagte sie. »Sie sagen, Sie haben sie nicht wirklich gekannt?«

»Ich habe sie oft in der Abtei gesehen, wenn ich die Kranken besuchte. Sie war dort Krankenschwester.«

»Das weiß ich.«

»Sie lebte früher mit Mr Kavanagh zusammen. Ich weiß nicht, warum er sich dazu entschieden hat, mit ihr in Sünde zu leben. Dann verließ sie ihn.« Father Curran wölbte die Augenbrauen und verzog die Lippen. »Er wohnt unten am Lough Doon. Kennen Sie die Legende von den Kindern von Lir?«

Lottie kannte sie, und sie wollte sie nicht von ihm erzählt bekommen. Sie glaubte, der Priester wolle sie davon abhalten, über Fiona zu sprechen. Dann würde sie eben selbst auch ein wenig ablenken.

»Sagen Sie mir, was Sie über Cara Dunne wissen.«

Das Gesicht blieb hart wie ein Brocken Schmalz. »Es tat mir leid, von ihrem Tod zu hören. Selbstmord. Schockierend. Ich hatte keine Ahnung, dass sie diese eine letzte Sünde begehen könnte.«

»Sie wurde wohl ermordet.«

Der steinerne Gesichtsausdruck des Priesters wandelte sich von Empörung zu Fassungslosigkeit. Er neigte den Kopf erst zur einen, dann zur anderen Seite, als ob er versuchte, sich einen Reim auf das Gehörte zu machen. »Aber man hat mir gesagt ...«

»Man hat Ihnen etwas Falsches gesagt«, sagte Lottie. »Wie gut kannten Sie sie?«

Father Curran sackte in sich zusammen und seine Augen trübten sich. Er hielt sich an den hölzernen Armlehnen des Stuhls fest. »Ich war eine Zeit lang im Vorstand ihrer Schule. Sie war eine gute Lehrerin. Streng, aber gut. Ungewöhnlich für eine so junge Frau. Nachdem ihre Verlobung geplatzt war, suchte sie bei mir Rat und Führung.«

»Und wie haben Sie sie geführt?«, fragte Boyd.

»Ich habe sie zurück in die Arme von Jesus Christus geführt.«

Boyd brummte und Lottie warf ihm einen finsteren Blick zu, aber sie fühlte dasselbe. Mit religiösem Hokuspokus konnte man den Mord an Cara nicht aufklären. Sie sagte: »Ich muss alles wissen, was Sie mir über Cara sagen können.«

Der Priester schien in einer eigenen Welt zu sein, als er sagte: »Letzte Nacht hörte ich die Stimmen, sie schrien und weinten. Das muss ihre Seele auf dem Weg ins Fegefeuer gewesen sein.«

»Gott gebe mir Geduld«, murmelte Lottie. Sie spürte, wie sich Boyds Blicke in sie bohrten. Sie konzentrierte sich weiter auf den Priester. »Was für Stimmen?«

»Die Fenster klapperten und ich hörte Schreie, die im ganzen Haus widerhallten, obwohl ich die einzige Person hier war.«

Lottie verstand das durchaus. Wind und alte Häuser hatten in letzter Zeit so manchen schlummernden Geist heraufbeschworen. »Wie lange kannten Sie Cara schon?«

Er drehte langsam seinen Kopf. Blinzelte. Als käme er aus einem Fugue-Zustand heraus. Als ob er sich fragen würde, warum sie und Boyd überhaupt bei ihm waren. »Sie kam direkt nach dem College in die Schule des Klosters zur Barmherzigkeit. Ich war dort Kaplan und auch im Vorstand.«

»Und Sie haben sich angefreundet?«

»Sie hat mich immer auf dem Laufenden gehalten.«

»Auf dem Laufenden gehalten?«

»Wenn die Jungen sieben Jahre alt werden, wechseln sie in die reine Jungenschule, während die Mädchen in der Klosterschule bleiben. Es war von Vorteil, vor eventuellen Unruhestiftern gewarnt zu sein.«

»Waren Sie auch Kaplan an der Jungenschule?«

»Ich habe sie in Vorbereitung auf die Firmung auf ihre religiösen Kenntnisse geprüft.«

»Das ergibt für mich nicht wirklich Sinn«, warf Boyd ein. »Ob da Unruhestifter dabei sind oder nicht – das ist doch sicherlich die Sache der Lehrer und nicht die eines Priesters, der die Schule vielleicht einmal im Monat besucht.«

»Einmal im Monat?« Father Curran spottete. »Ich war jeden Tag dort. Ich nahm den Katechismusunterricht sehr ernst. Ich musste dafür sorgen, dass die Mitarbeiter das auch tun. Ich habe wöchentlich Prüfungen durchgeführt.«

»Und wenn jemand eine Prüfung nicht bestanden hat, was haben Sie dann getan?« Lottie konnte nicht verhindern, dass ihr die Röte in die Wangen stieg.

»Dann haben sie noch mehr gelernt. Ich habe über vierzig Jahre lang unterrichtet.«

»Sie haben also zur Zeit der Prügelstrafe unterrichtet.«

»Ja. Der Gürtel war ein guter Meister.«

»Und als der Gürtel nicht mehr gebraucht werden durfte, was haben Sie dann getan?«

»Meine Methoden waren alle einwandfrei, Inspector.«

Lottie beschloss, den ausschweifenden Priester wieder auf den rechten Weg zu bringen. »Wann haben Sie Cara das letzte Mal gesehen?«

»Sie hat jede Woche ihre Freundin in der Abtei besucht.«

»Schwester Augusta?«

»Ja.«

»Wie hat sich Schwester Augusta mit Cara angefreundet?«, fragte Boyd.

»Sie sollten sie selbst fragen, wenn Sie ein Wort aus ihr herausbekommen.«

»Ich habe mit Father Joe Burke gesprochen«, sagte Lottie. »Er ist gestern für Sie im Pflegeheim der Abtei eingesprungen. Warum?«

»Ich hatte etwas zu erledigen. Das Amt des Priesters ist eine verantwortungsvolle Aufgabe, die ich sehr ernst nehme.«

»Da weiß ich nicht viel darüber, um ehrlich zu sein«, sagte sie.

»Das dachte ich mir. Wenn Sie mehr auf die Lehren der Kirche hören würden, anstatt Ihre Seele in der Verderbtheit der Gesellschaft zu ertränken, wäre es besser für Sie, meinen Sie nicht?«

Sie wollte ihn anschreien, aber Boyd berührte ihren Arm und hielt sie zurück. Sie holte tief Luft. »Sie wissen nichts über mich. Und ich hoffe, das bleibt auch so.«

Dann lachte er, was sie noch mehr empörte.

»Lily Heffernan«, sagte sie.

»Was ist mit ihr?«

»Wann haben Sie das kleine Mädchen zuletzt gesehen?«

»Was hat sie mit mir zu tun?«

»Sagen Sie es mir.«

Der Priester rieb sich das Kinn. »Ich habe in den Nachrichten gesehen, dass sie vermisst wird.«

»Hat ihre Mutter sie zu einem der Treffen mitgebracht, bei denen es um die Hochzeit ging?«

»Das hat sie. Und ich habe ihr gesagt, dass das Kind ein Schandfleck auf Gottes Liebe ist.«

»Was?« Er ging Lottie so sehr unter die Haut, dass sie sich am liebsten wie verrückt kratzen wollte.

»Wie ich schon sagte, ist ein uneheliches Kind eine Sünde. Ich habe ihr gesagt, dass sie und das Kind dem Satan abschwören müssen, bevor ich die Trauung vollziehen kann und ...«

»Sie haben was?« Lottie sprang auf. Sie hatte gedacht, diese Art von Denkweise sei ausgestorben. Wie sehr sie sich doch geirrt hatte.

»Sie hat dem Satan abgeschworen. Ich war froh, diesen Dienst leisten zu können.«

Lottie schüttelte immer wieder den Kopf. Sie konnte keine Zeit damit verschwenden, ihm zuzuhören.

»Wann haben Sie Lily das letzte Mal gesehen?«, fragte Boyd.

»Ich weiß nicht, ob ich das so genau beantworten kann.«

»Warum nicht?«

»Sie war oft im Dorf. Manchmal spielte sie mit den Bannon-Jungs. Ich weiß also nicht genau, wann ich sie zuletzt gesehen habe.«

»Gestern, vielleicht?«, sagte Lottie.

Der Priester stützte sein Kinn dramatisch auf einen Finger. »Ich kann es nicht mit Sicherheit sagen.«

»Sie weigern sich, mir zu antworten?«

»Ich will damit sagen, dass ich nicht mit Sicherheit sagen kann, wann ich sie zuletzt gesehen habe.«

Lottie machte sich auf den Weg zur Tür.

Boyd sagte: »Ein junger Mann hat sich vor ein paar Wochen im Wald von Doon, am See, das Leben genommen. Kannten Sie Robert Brady?«

Mit der Hand an der Tür beobachtete sie, wie der dramatische Ausdruck von Father Currans Gesicht wich.

»Dieser Name sagt mir nichts.«

Er presste die Lippen zusammen und begleitete sie ohne ein weiteres Wort nach draußen. Er brauchte nichts zu sagen. Sein Gesicht verriet ihr, dass er gelogen hatte.

DREISSIG

Nachdem sie das Dorf hinter sich gelassen hatten, fuhr Boyd sie nach Ragmullin zu Fionas Mietshaus. Es befand sich in einer gehobenen Gegend auf der Dubliner Seite der Stadt. Der in den letzten zehn Jahren errichtete Park war noch unvollendet; Zementblöcke und Sand lagen in einer Ecke, begraben unter einer Schneedecke. Innerhalb der Mauer lag ein erschlaffter gelber Fußball. Hinter dem Grundstück waren Bauarbeiter mit dem Bau weiterer Häuser beschäftigt.

Lottie zog einen forensischen Overall an und ging hinein. McKeown war gerade damit beschäftigt, einen Schrank im Wohnzimmer zu durchsuchen, und Kirby schnüffelte in der Küche herum.

»Haben Sie etwas gefunden?«, fragte sie.

»Es ist sehr leer«, antwortete Kirby. »Jeder könnte hier gelebt haben, und man würde nichts über ihn wissen. Keine Fotos oder Poster. Nicht einmal in Lilys Zimmer. Auch keine persönlichen Gegenstände oder Schmuck.«

»Fiona wollte heiraten und umziehen«, sagte Lottie. »Vielleicht hatte sie ihre Sachen schon in dem Cottage.«

McKeown sah von seiner Arbeit auf, Schweiß glänzte auf

seiner Stirn. »Wir haben das Cottage schon durchsucht. Es gibt dort nichts, was Fiona oder ihrer Tochter gehören könnte. Wir haben nur Männerkleidung und so gefunden.«

»Gibt es eine Spur von ihrem Hochzeitskleid?«

»Das ist oben. Er hängt an der Vorderseite eines fast leeren Schrankes«, sagte Kirby.

»Dann muss das Kleid, in dem sie gefunden wurde, vom Mörder in die Abtei gebracht worden sein. Wie konnte das niemandem auffallen?« Lottie legte sich einen Arm um ihre Taille und stützte den anderen darauf.

»Es könnte im Zimmer eines Patienten oder im Spind eines anderen Mitarbeiters versteckt gewesen sein.«

»Haben Sie das Personal schon überprüft?«

»Ja. Alle haben vom Beginn von Fionas Schicht bis zu ihrem Sturz vom Dach hin ein Alibi«, sagte McKeown.

»Es ist kein gesichertes Gebäude. Jeder hätte hineinspazieren können«, meinte Kirby.

»Mit einem Hochzeitskleid über dem Arm?« McKeown runzelte die Stirn. »Das glaube ich nicht.«

»Ich habe ja nur gemeint«, sagte Kirby.

Jetzt war nicht der richtige Zeitpunkt, um ihn wegen des Fotos unter Fionas Spind zurechtzuweisen, obwohl Lottie es kaum erwarten konnte, mit ihm darüber zu sprechen. Nein, es war wichtiger, das kleine Mädchen unversehrt zu finden. Sie hob ein Bündel Zeitungen von einem Stuhl auf. Fünf Exemplare der Lokalzeitung, der *Tribune*.

»Interessant«, sagte sie und blätterte sie durch.

»Was ist interessant?«

»Das sind ziemlich viele Exemplare.«

»Vielleicht hat sie vergessen, ihre Recycling-Tonne rauszustellen.«

»Sie verstehen nicht, was ich meine, Kirby.«

»Was meinen Sie denn?«

Lottie legte die Zeitung weg. »Ich weiß es nicht.«

Als sie die Treppe hinaufging, gingen ihr die Zeitungen immer noch nicht aus dem Kopf. In dem Zimmer, von dem sie annahm, dass es Fionas Schlafzimmer war, sah sie das cremefarbene Hochzeitskleid an der Garderobe hängen. Es war bodenlang, langärmelig, hatte einen hohen Kragen und Perlenknöpfe am Rücken. Ein ganz anderer Stil als der des Kleides, in dem die Leiche gefunden worden war.

Brautmodengeschäfte mussten überprüft werden; vielleicht konnte man den Kauf irgendwie nachzuvollziehen.

Sie öffnete die Schranktür und fand nur wenig darin vor. Dann ließ sie ihren Blick durch den Raum schweifen. Unpersönlich. Das war das Wort, das ihr in den Sinn kam. Außerdem nackt.

In Lilys Zimmer benutzte sie wieder das gleiche Wort. Ein schlichter rosa Bettbezug und Kissenbezüge. Passende Vorhänge. Ihre Kleider waren fein säuberlich aufgehängt und ihre Schuhe in einer Reihe unter dem Fenster aufgereiht. Es schien nicht genug Kleidung für ein Kind in ihrem Alter zu geben, obwohl es im Haus von Colin Kavanagh reichlich davon gab. McKeown hatte gesagt, dass in dem Cottage nur Männerkleidung war. Wo waren all ihre Sachen? Zwei Bücher auf dem Nachttisch, kein Spielzeug. Lottie spürte, wie ihr Herz schneller schlug, als sie an all die Spielsachen ihres Enkels dachte. Sie hatte sofort Mitleid mit einem Kind, das sie nie kennengelernt hatte. Sie hoffte verzweifelt, dass dem kleinen Mädchen nichts zugestoßen war.

Unten sagte sie Kirby, er solle die Zeitungen einpacken. »Sind Sie fast fertig?«

»Hier gibt es nichts, Boss«, sagte er.

Es war schon spät am Nachmittag, als sich Lottie und das Team im Einsatzraum versammelten. Sie rekapitulierte die letzten rund dreißig Stunden. »Bezüglich Cara Dunne, haben wir irgendetwas von der Forensik, Fingerabdrücke oder DNA?«

»Es ist noch zu früh«, sagte Boyd.

»Bleib da dran.« Sie unterdrückte ein Gähnen. Essen! Sie musste etwas essen, und zwar bald. »Die toxikologischen Berichte über die Leichen von Cara und Fiona stehen ebenfalls noch aus.«

»Wir haben in Fionas Haus nichts gefunden, außer dem Hochzeitskleid.«, sagte Kirby.

»Ja, abgesehen von den Hochzeitskleidern besteht die einzige weitere Verbindung zwischen unseren Opfern darin, dass Fiona Krankenschwester in Ballydoon Abbey war und Cara Dunne dort regelmäßig eine kranke Nonne besucht hat. Wir müssen klären, ob sich die beiden Frauen jemals getroffen oder unterhalten haben. Dann haben wir noch die fehlenden Haarsträhnen von beiden Leichen und die Haarsträhnen, die an oder in den Besitztümern der beiden Frauen gefunden wurden.«

»Erklären Sie mir das bitte«, sagte Kirby.

Lottie zeigte auf die Fotos. »Diese blonde Haarsträhne wurde in der Unterwäsche von Fiona Heffernan gefunden. In ihrem BH, um genau zu sein. Sie wurde zur Analyse eingeschickt, aber für das bloße Auge sieht es aus wie das Haar von Cara. Die Rechtsmedizinerin hat bestätigt, dass ein Teil von Caras Haar an der Kopfhaut abgeschnitten worden ist. Sie hat auch festgestellt, dass Fiona eine Locke langen schwarzen Haares abgeschnitten wurde. Die muss erst noch gefunden werden.«

»Vielleicht beim nächsten Opfer«, sagte McKeown.

Lottie starrte ihn an, um zu sehen, ob er einen Scherz machte, aber sein Gesicht war ernst.

»Es ist wahrscheinlich, dass Robert Brady das erste Opfer war«, sagte Boyd mit Blick auf McKeown.

»Ich komme noch zu Brady«, sagte Lottie und wandte sich

dem Raum zu. »Boyd und ich haben vorhin die Wohnung von Cara durchsucht. Dort haben wir in den Falten ihres Nachthemdes eine Locke rotes Haar gefunden. Es ist möglich, dass sie von Robert Brady stammt.«

»Ich habe an dem Fall gearbeitet«, sagte McKeown. »Alles deutete auf Selbstmord hin.«

»Ich brauche ein neues Paar Augen, das nochmal darauf schaut. Kirby, finden Sie alles über Brady heraus, was Sie können. Wenn er der erste war, der durch die Hand dieses Mörders starb, muss es eine Verbindung zu Cara und Fiona geben.«

»Wir können nicht einmal eine Verbindung zwischen den beiden Frauen finden, abgesehen von der Tatsache, dass sie sich beide die Haare abgeschnitten hatten und in Hochzeitskleider gekleidet waren«, murrte Kirby.

Lottie verschränkte die Arme und lehnte sich gegen die Wand. »Es muss etwas geben, wie unbedeutend es auch sein mag.«

McKeown stand auf und ging zur Tafel. Er stand neben Lottie, die winzigen Stoppeln auf seinem Kopf funkelten im künstlichen Licht. Er lockerte seine Krawatte und zeigte auf ein Foto der Abtei. »Fiona hat dort gearbeitet. Cara hat dort eine Patientin besucht. Wer, haben Sie gesagt, war das nochmal?«

»Schwester Augusta. Ich habe vorhin mit ihr gesprochen.« Lottie streckte ihren Rücken durch. »Schauen Sie mal, ob Sie Brady auch mit der Abtei in Verbindung bringen können.«

»In Ordnung, Boss.« McKeown kehrte an seinen Platz zurück und streckte seine langen Beine in einer Lücke zwischen zwei Tischen aus.

»Die Rechtsmedizin hat ebenfalls bestätigt, dass eine Haarlocke in der Tasche von Robert Brady gefunden wurde«, sagte Lottie. »In Anbetracht der aktuellen Fälle ist es wahrscheinlich, dass er keinen Selbstmord begangen hat.« Sie warf McKeown einen strengen Blick zu. Er blinzelte nicht.

»Wenn wir diesen Gedankengang weiterverfolgen«, sagte er mit leiser Stimme, »könnte es sogar noch vor Robert Brady ein Opfer gegeben haben.«

»Das ist möglich, aber wir haben keine Ahnung, von wem die Haare stammen«, sagte Lottie.

»Das ist richtig«, sagte McKeown und senkte den Kopf. »Ich habe vielleicht etwas übersehen beim Fall Brady, also habe ich schon angefangen, ihn noch einmal zu überarbeiten. Bevor Sie ihn Kirby zugewiesen haben, möchte ich hinzufügen. Ich habe einen Artikel in der *Tribune* gefunden. Die Ausgabe, die in der Woche nach dem Fund der Leiche von Brady erschien, enthält ein Foto des Tatorts. Das Foto wird Ryan Slevin zugeschrieben.«

Boyd richtete sich auf. »Da habt ihr eure Verbindung.«

»Welche Verbindung?«, sagte Kirby, als wäre er eben aus einem Schlummer erwacht.

»Ryan Slevin hat das Foto vom Brady-Tatort gemacht«, sagte Boyd, »und dann wird seine Verlobte ermordet und ihr Kind verschwindet.«

»Das ist genau das, was ich denke«, sagte McKeown.

Boyd warf McKeown einen Blick zu, und Lottie fragte sich, ob es zwischen ihren Detectives eine gewisse Feindseligkeit gab. Sie hatte keine Zeit für Streitereien. Sie wandte ihre Aufmerksamkeit der Tafel zu und fragte: »Haben wir ein Foto von Brady?«

»Ich werde eins bekommen«, sagte McKeown.

»Gibt es Neuigkeiten bei der Suche nach Lily Heffernan?«

»Der Super ist mit Pressemitteilungen und Fernsehaufrufen beschäftigt. Das Kind wurde noch nicht gesichtet, und wir haben im Haus keinerlei Hinweise gefunden. Alle Lehrer, Eltern und Schüler der Schule wurden befragt, ebenso wie alle, die mit dem Hort und der Tanzschule zu tun haben. Bis jetzt nichts.«

Lottie dachte einen Moment lang nach. »Giles Bannon ist

der Leiter der Tanzschule. Er ist mit Zoe, der Schwester von Ryan Slevin, verheiratet. Ryan sollte heute Fiona heiraten.«

»In kleinen Städten und Dörfern ist jeder mit jedem verwandt«, bemerkte Kirby.

»Ich weiß, aber ich möchte, dass Bannon befragt wird.«

»Ich habe ihn heute Morgen befragt«, sagte McKeown, »nach Shelly Forde.«

»Und?«

»Bannon war in seinem Büro und hat E-Mails verschickt, als der Tanzkurs zu Ende war. Wenn wir weiter nachforschen wollen, müssen wir einen Gerichtsbeschluss erwirken, um seinen Computer und sein Telefon zu beschlagnahmen.«

»Aber wo war er, als Fiona ihren Tod fand? Wo war er, als Cara aufgehängt wurde?« Lottie wandte sich der Tafel zu, auf der noch Fotos der Verdächtigen fehlten. »Er ist jetzt eine Person von Interesse in Fionas Tod. Boyd, ruf ihn an. Ich möchte ihn persönlich befragen. Sag ihm, es sei eine Nachuntersuchung zum Fall Lily.«

»Alles klar«, sagte Boyd.

»Und Shelly Forde. Hatte sie etwas Erhellendes zu sagen?«

»Sie hatte nichts Neues hinzuzufügen. Nur das Gleiche über das Chaos beim Abholen. Und dass die Liste nur von einigen Eltern unterschrieben wurde. Sie hat nichts Ungewöhnliches gesehen und sie kann sich nicht daran erinnern, dass Lily das Theater verlassen hat.«

Lottie sagte: »Trevor Toner meinte, er habe während des Unterrichts jemanden im Theater herumlungern sehen. Hat das sonst noch jemand erwähnt?«

»Nein«, sagte McKeown.

»Als ich vorhin mit Schwester Augusta gesprochen habe, sagte sie: ›Es geht nur um das Kind‹. Ich denke, es lohnt sich, das im Kopf zu behalten.«

»Hat das etwas mit Father Curran zu tun?«, sagte Boyd.

»Wer ist Father Curran?« wollte Kirby wissen.

»Er ist der Gemeindepfarrer von Ballydoon. Er sollte die Trauung von Fiona und Ryan vollziehen. Ein Katholik der alten Schule. Aber als ich ihn fragte, ob er Robert Brady kennt, hat er dicht gemacht. Schauen Sie mal, was Sie über ihn herausfinden können.«

Kirby kritzelte etwas auf einen Zettel.

»Ich möchte auch eine Überprüfung des Hintergrunds von Colin Kavanagh«, fügte Lottie hinzu, während sie ihre Akten und Papiere zu einem Bündel zusammenschob. »Und stellen Sie sicher, dass wir eine DNA-Probe von Steve O'Carroll bekommen.«

»Okay, Boss«, sagte Kirby. »Was ist mit dem Hochzeitskleid?«

Lottie nahm sich die Akten zur Brust und dachte einen Moment lang nach.

»McKeown, finden Sie heraus, wo Cara ihr Hochzeitskleid gekauft hat. Prüfen Sie, ob das Kleid, das sie trug, ihres war oder eins, das der Mörder mitgebracht hat. Und finden Sie heraus, wo Fiona ihr Kleid gekauft hat, und verfolgen Sie dann die Spur des Kleides, in dem sie gefunden wurde. Vielleicht wird uns das ja zu ihrem Mörder führen.«

Oder es könnte wie mit Sternen am Himmel sein, dachte sie. Man weiß, dass sie da sind, aber sie bleiben völlig unerreichbar.

EINUNDDREISSIG

Beth parkte ihr Auto vor der Werkstatt, die ihrem Vater über zwanzig Jahre lang gehört hatte. Er hatte sie erst letztes Jahr mit der Begründung geschlossen, dass niemand mehr am Kauf von Gebrauchtwagen interessiert sei. Der Boom war zwar für einige Leute zurück, aber nicht für alle, dachte sie traurig.

Als sie auf den Bürgersteig trat, sah sie zu ihrer Überraschung einen Mann hinter dem Gebäude hervorkommen und auf einen silbernen BMW zusteuern.

Sie hustete laut in ihre Hände und rieb sie aneinander.

»Ganz schön kalt heute«, sagte sie überflüssigerweise.

Der Mann blieb stehen.

Ihr stockte der Atem. Sie hatte keine Ahnung, warum er in der Werkstatt herumschnüffelte.

»Es ist wirklich sehr kalt.« Er entriegelte das Schloss und setzte sich ins Auto.

Sie stellte fest, dass es eine aktuelle Zulassung hatte, rechnete im Kopf nach und schätzte, dass der BMW etwa fünfzigtausend wert war. Wahrscheinlich mehr, wenn er – was anzunehmen war – mit allem möglichen Schnickschnack ausgestattet war.

»Suchen Sie Christy Clarke?« Sie trat näher an die glitzernde Ungeheuerlichkeit deutscher Ingenieurskunst heran.

»Ja, das tue ich. Aber er ist nicht da. Wissen Sie zufällig, wo ich ihn finden könnte?«

Sie wollte gerade sagen, dass sie Christys Tochter war, aber ein ungutes Gefühl in ihrem Bauch hielt sie davon ab. Er wusste bestimmt, wer sie war, aber sie wollte ihm keinen Vorteil verschaffen. Ihre journalistischen Sinne waren in höchster Alarmbereitschaft.

»Kann ich ihm etwas von Ihnen ausrichten?« Sie versuchte, ihn aus der Reserve zu locken.

Er winkte sie ab. »Schon okay. Ich werde ihn selbst aufspüren.«

Als sie ihm beim Wegfahren zusah, fragte sie sich, warum Colin Kavanagh ihren Vater suchte.

Nachdem sie Christys Auto im hinteren Teil der Werkstatt entdeckt hatte, ging Beth hinein und rief: »Dad? Bist du hier drin?«

Ihre Stimme hallte zurück. Sie legte einen Schalter um und die Lichtröhre flackerte ein paar Mal, bevor der Ausstellungs-raum in Helligkeit getaucht wurde.

»Dad?«

Keine Antwort.

Sie ging um Autos herum und fragte sich, warum sie nicht verkauft worden waren, als die Werkstatt geschlossen hatte, oder warum die Bank sie nicht versteigert hatte. Die Tür zum Büro war geschlossen. Sie legte ihre Hand auf die Klinke, aber sie drückte sie nicht herunter. Irgendein inneres Warnsystem läutete in ihrem Kopf und sagte ihr, dass sie umkehren sollte. Wegrennen. Sich verdammt noch mal aus dem Staub zu machen.

Sie legte ihr Ohr an die Tür und lauschte. Stille.

»Dad? Bist du da drin? Ich habe mir große Sorgen um dich gemacht.«

Sie hatte keine Ahnung, warum sie mit einer Holztür sprach. Sie wollte es hinauszögern. Sie war das einzige lebende Wesen hier drin. Wie kam sie jetzt nur auf diesen Gedanken? Aber sie wusste es. Bevor sie die Tür öffnete, wusste sie, dass sich auf der anderen Seite etwas Schreckliches befand.

Sie holte tief Luft, schluckte ihre Angst hinunter und betrat das Büro. Der Schrei halte schon durch den Raum, bevor ihr bewusst war, dass sie ihre Lippen überhaupt geöffnet hatte. Mageninhalt stieg ihr hoch und sie schlug sich die Hand auf den Mund und hielt ihn fest zu, um zu verhindern, dass sie sich übergeben musste. Sie schluckte die gallehaltige Flüssigkeit wieder hinunter und merkte, dass sie wie angewurzelt dastand. Der Drang, zu ihrem Vater zu laufen, war überwältigend, aber sie konnte sich nicht bewegen.

Sie sank auf die Knie und zog ihr Telefon aus der Tasche.

Dann wählte sie 999.

———

Das Werkstatttor wurde von einem uniformierten Beamten bewacht, während sich ein weiterer Garda neben der jungen Frau, die im Streifenwagen saß, auf den Boden kniete. Lottie sprang aus dem Auto, bevor Boyd die Zeit hatte, die Handbremse zu ziehen. Sie rannte zu dem Streifenwagen hinüber.

»Beth«, sagte sie und wandte sich an das weinende Mädchen. »Ich glaube, Sie brauchen einen Arzt. Sie haben einen furchtbaren Schock erlitten.«

Als der Blick aus geröteten Augen sie durchbohrte, drehte sich Lottie um und ging zur Werkstatt.

Der uniformierte Garda trug sie in eine Liste ein.

»Keiner kommt rein, wenn ich es nicht sage«, sagte sie ihm. »Verstanden?«

»Verstanden.«

Die Werkstatt war altmodisch. Hier gab es keine modernen doppelhohen Glaswände mit Kaffeemaschinen und Empfangstresen. Selbst jemandem, der wie sie wenig oder gar nichts über Autos wusste, war klar, dass *Clarke's Garage* nicht mit den glänzenden Ausstellungsräumen in Ragmullin konkurrieren konnte. Ihr fielen jedoch drei Mercedes auf, die an einer Wand aufgereiht waren, und zwei BMWs am anderen Ende. Keine Rostlauben also. Seltsam.

»Was für eine Art Autogeschäft hat Clarke denn betrieben?«, fragte sie Boyd.

»Hochpreisig, wenn man nach denen dort drüben gehen kann.«

»Man sollte meinen, dass er die Autos verkauft hätte, als er die Werkstatt geschlossen hat.«

»Vielleicht hat die Bank die Werkstatt übernommen und alles hiergelassen.« Boyd blickte sich um, seine Augen leuchteten, als er den Kopf neigte, um durch die Scheibe des nächstgelegenen Mercedes zu blicken. »Oder vielleicht war er einfach nur ein ziemlich mieser Geschäftsmann.«

»Vielleicht«, sagte Lottie. »Wo ist die Leiche?«

Boyd wies den Weg zu einer Tür auf der linken Seite. Ein Mann mit einer Arzttasche in der Hand war gerade auf dem Weg nach draußen.

»Ich habe den Tod festgestellt«, sagte er und ging weiter.

»Wer war das?«, sagte Lottie zu dem uniformierten Garda, der an der Bürotür stand.

»Der örtliche Hausarzt. Wir haben ihn angerufen, als die Leiche entdeckt wurde.«

»Und Beth hat sie gefunden?«

»Ja, die junge Frau hat die 999 angerufen. Ich war als Erster vor Ort. Es ging ihr sehr schlecht.«

»Sie war im Büro?«

»Auf den Knien vor der Tür. Armes Ding.«

»Danke«, sagte Lottie und betrat das Büro.

Der Mann, der auf dem Stuhl lag, war definitiv tot. So viel konnte sie allein daraus ableiten, dass das Gesicht fehlte. Blutspritzer sprenkelten die Wand hinter ihm.

»Gewehrschuss?«, sagte sie.

»Neben seiner Hand liegt eine Schrotflinte«, sagte Boyd. »McGlynn ist schon auf dem Weg.«

»Wir sollten uns besser nicht weiter hineinwagen. McGlynn wird mich sonst in der Luft zerreißen.«

»Da hast du recht. Aber hier sind in den letzten Minuten viele Leute durchgelaufen, er hätte gar keinen Grund, sich ausgerechnet mit dir anzulegen.«

Lottie suchte mit dem Blick alles ab, was mit bloßem Auge zu erkennen war. »Ich wäre geneigt, es als Selbstmord abzutun, aber nach den beiden Morden gestern können wir nicht sicher sein, oder?«

Sie dachte daran, wie sie Beth früher am Morgen abgewimmelt hatte, als das Mädchen in Sorge um ihren Vater aufs Revier gekommen war. Schuldgefühle bahnten sich ihren Weg durch ihr Bewusstsein. Verdammt, dachte sie, sie hätte rücksichtsvoller sein müssen. Aber die Ereignisse überschlugen sich, sodass sie Mühe hatte, Schritt zu halten. Es juckte sie in den Fingern, zu der Leiche hinüberzugehen und nachzusehen, ob ihm eine Haarlocke fehlte oder ob er eine bei sich hatte, aber sie wollte den Tatort nicht weiter kontaminieren. »Ist das wirklich Christy Clarke?«, fragte sie.

»Ohne Gesicht könnte es wirklich jeder sein«, schlug Boyd vor und ging wieder hinaus, um mit dem Polizisten an der Tür zu sprechen.

»Boyd!« Es war untypisch für ihn, so unsensibel zu reagieren. Irgendetwas nagte an ihm, und sie wollte, dass er es mit ihr teilte. Könnte es etwas damit zu tun haben, dass Sean vor seiner

Tür aufgetaucht war? Aber jetzt war nicht der richtige Zeit-punkt, um persönliche Probleme zu klären.

Ein geschäftiges Treiben an der Tür veranlasste sie dazu, sich umzudrehen. Zwei Sanitäter mit einer Krankentrage waren eingetroffen. Sie kamen zu spät. Zu spät für das Opfer.

»Wir brauchen eine eindeutige Identifizierung und müssen herausfinden, ob die Waffe ihm gehörte«, sagte sie. Boyd starrte auf das zerfetzte Gesicht des Opfers. Er war totenbleich geworden und schwankte leicht. »Geht es dir gut?«

»Ich muss auf die Toilette«, sagte er.

»In dem Pub auf der anderen Straßenseite sollte es eine geben ...«

Bevor sie ihren Satz beenden konnte, war Boyd zwischen den erschrockenen Sanitätern hindurchgeeilt. Sie beobachtete, wie er über die Straße rannte und durch die Flügeltüren des Pubs stürmte. Sie war hin- und hergerissen, ob sie ihm folgen sollte, um sicherzugehen, dass es ihm gut ging, oder ob sie bei dem Opfer bleiben sollte. Sie musste auf McGlynn warten, aber sie wollte auch nach Boyd sehen.

Sie blieb, wo sie war.

———

Nachdem der Garda alles aufgeschrieben hatte, was sie zu erzählen hatte – es war nicht sehr viel – sagte Beth ihm, dass es ihr besser ging und dass sie zu Zoe Bannons Haus gehen wollte. Nachdem er es mit Inspector Parker besprochen hatte, veran-lasste er, dass ein Kollege sie mit dem Streifenwagen dorthin brachte. Sie musste mit Ryan oder Zoe sprechen. Ein wohlwol-lendes Gesicht würde ihr vielleicht guttun, denn sie konnte jetzt nicht einfach so nach Hause gehen. Noch nicht. Nicht in ein leeres Haus, in dem die unvollendete Arbeit ihres Vaters überall verstreut lag.

Sie läutete an der Tür, als der Streifenwagen wegfuhr. Zoe

öffnete die Tür und hielt ihren jüngsten Sohn auf dem Arm, während ihre beiden anderen Jungen im Flur miteinander kämpften.

»Oh Gott, was ist mit dir passiert, Beth?«

»Darf ich reinkommen?«

»Natürlich. Komm in die Küche. Du siehst furchtbar aus. Hast du die Grippe? Gerade macht eine schreckliche Variante die Runde. Ich nehme an, du hast von der armen Fiona gehört. Ich kann es einfach nicht fassen. Armer Ryan ... ich weiß einfach nicht, was ich zu ihm sagen soll. Oh, tut mir leid, ich plappere hier einfach so vor mich hin. Setz dich hin. Hast du die ganzen Sirenen gehört? Irgendwas muss im Dorf los sein. Hast du etwas mitbekommen? Auf dieser Brücke muss ja früher oder später mal ein Unfall passieren. Glaubst du, es hat einen Unfall gegeben?«

Als Zoe mehrere Schulranzen und Pullover auf den Boden warf, brach Beth in Tränen aus.

»Ach, mein Schatz, was ist denn los?«

»Es geht um Dad. Er ist ... er ist tot. Oh mein Gott, Zoe, ich weiß nicht, was ich tun soll.«

Zoe bekreuzigte sich und Beth zuckte unter Tränen zusammen. Ryans Schwester war für alle wie eine Mutter, und das ließ sie an ihre eigene Mutter denken. Einen Moment lang wünschte sie sich, Eve wäre hier. Doch sie verwarf den Gedanken schnell wieder.

»Ich setze den Kessel auf«, sagte Zoe.

»Ich will nichts. Davon wird mir schlecht. Nach dem, was ich gesehen habe ... Es war furchtbar.«

»Willst du darüber reden?«

»Ich bin mir nicht sicher, ob ich das kann.« Beth zog an einer Ecke des Tischtuchs und wickelte es um ihre Hand. Sie drehte und drehte, so fest, dass sie es fast vom Tisch auf ihren Schoß zog.

»Was ist passiert, Beth? Erzähl es mir.«

»Ist Ryan da?«

»Er ist wahrscheinlich oben im Cottage. Er ist in einem schlimmen Zustand. Und dann wird auch noch Lily vermisst ...«

»Immer noch nicht Neues?«

»Kein Piep, das arme kleine Vögelchen.«

Beth schluckte ein Schluchzen hinunter, das sie zu übermannen drohte. Sie musste reden, denn sie hatte das Gefühl, dass sie sich sonst einfach zusammenrollen und sterben würde.

»Dad hat sich umgebracht.«

»Oh du liebe Mutter Maria im Himmel. Das ist ja furchtbar. Du hast ihn nicht ... du weißt schon ... gefunden, oder?«

Beth nickte. »Er hat sich erschossen. Ins Gesicht. In der Werkstatt. Warum hat er das getan?«

»Ach Süße. Das ist einfach furchtbar.« Zoe ließ sich auf einen Stuhl fallen. »Ich kann mir nicht einmal ansatzweise vorstellen, wie du dich fühlen musst.«

»Versuch es gar nicht erst. Es ist entsetzlich.«

»Meinst du, du solltest ... du weißt schon ... es deiner Mutter sagen? Sie ist in Ragmullin, weißt du.«

Beth spürte, wie ihr die Farbe in die Wangen schoss. »Ich weiß, wo sie ist, und nach allem, was ich außerdem weiß, könnte sie es gewesen sein, die ihn überhaupt erst so weit getrieben habt.«

»Das meinst du nicht so.«

»Doch. Jedes Wort. Sie hat uns verlassen. Ist abgehauen und hat sich ein neues Leben aufgebaut, hat Dad gesagt. Gott weiß, was sie getrieben hat.« Beth konnte das Zittern, das ihren Körper durchzuckte, nicht mehr kontrollieren. Ihre Knie wippten so sehr, dass sie gegen die Unterseite des Tisches stießen.

Zoe stand auf. »Ich mache uns doch Tee.«

Beth nahm ihre Hand und zog Zoe auf ihre Augenhöhe herab. »Hör mir zu. Ich glaube, es könnte eine Menge ans Licht

kommen, wenn die Polizei erst anfängt, Dads Tod zu untersuchen.« Als Zoe sich von ihr löste, fügte Beth hinzu: »Wir dürfen
nicht zulassen, dass jemand etwas über Du-weißt-schon-was
herausfindet.«

»Sei nicht albern. Warum sollte die Polizei das untersuchen, nur weil Christy sich umgebracht hat?«

»Ich weiß von der Arbeit, wie diese Parker ist.«

»Mensch Beth, das ist so ein Schlamassel.«

Beth stand auf, packte Zoe an den Ellbogen und zwang sie,
ihr in die Augen zu sehen. Doch gerade als sie noch etwas sagen
wollte, wurden sie durch das Klingeln der Türglocke unterbrochen.

ZWEIUNDDREISSIG

Mit Boyd an ihrer Seite klingelte Lottie zum zweiten Mal innerhalb weniger Tage an der Tür von Giles und Zoe Bannon. Sie hatte zugestimmt, dass Beth bis zu ihrer offiziellen Befragung hierbleiben durfte. Eigentlich sollte die Befragung später auf dem Revier stattfinden, aber Lottie musste aus erster Hand erfahren, wie sie über die Leiche ihres Vaters gestolpert war, also beschloss sie, früher zuzuschlagen.

Nachdem sie Tee gemacht hatte, ging Zoe zu ihren Kindern ins Wohnzimmer und ließ Lottie, Boyd und Beth in der vollgestopften Küche zurück. Der Knoblauchgeruch war noch genauso stark wie am Abend zuvor.

»Sind Sie sicher, dass es Ihr Vater ist, Beth?«, sagte Lottie und ignorierte die Teekanne und die Tassen, die in der Mitte des Tisches standen.

Die junge Frau schien eine Schulter nach oben zu schieben, als würde sie sagen: »Ich weiß es nicht« oder »Es könnte sein«.

»Bitte reden Sie mit mir.« Lottie bemerkte, dass Beths Augen zwar trocken waren, aber rote Ränder hatten. »Würde es helfen, wenn ich Zoe bitten würde, sich zu uns zu setzen?«

Beth schüttelte den Kopf. »Es ist okay. Ich kann reden.

Nur ... es war ein Schock, wissen Sie. Ihn so zu finden ... meinen Vater ... und er *war* es, da bin ich mir sicher.« Sie schluckte ein lautes Schluchzen hinunter. Es hörte sich eher wie ein Schluckauf an.

»Es ist in Ordnung zu weinen.« Lottie wünschte sich, Boyd würde die junge Frau in ein Gespräch verwickeln. Er war viel besser darin, trauernde Familienmitglieder zu trösten, als sie es war. Aber er schaute auf seine Hände. Sie wollte ihm am liebsten einen Schubs geben, tat es aber nicht.

»Ich möchte nicht weinen«, sagte Beth. »Ich möchte schreien und brüllen. Es ist nicht fair, wissen Sie. Einfach nicht fair.«

Nachdem Lottie ihr einen Moment Zeit gelassen hatte, sich zu sammeln, sagte sie: »Als Sie heute Morgen auf dem Revier waren, dachte ich, dass Sie Ihren Vater etwas voreilig als vermisst gemeldet haben. Es tut mir leid, dass ich zu dem Zeitpunkt nichts tun konnte. Darf ich trotzdem fragen, warum Sie sich sofort solche Sorgen gemacht haben?«

Wieder zuckte Beth mit einer Schulter. Diesmal sprach sie. »Er stand in letzter Zeit so sehr unter Druck. Er war überhaupt nicht mehr er selbst. Erst war er die ganze Zeit mürrisch und wütend, dann wurde er so distanziert. Und in den letzten Tagen benahm er sich so, als ob er vor irgendetwas schreckliche Angst hätte.«

»Schreckliche Angst?«

»Entschuldigung, das hätte ich nicht sagen sollen. Ich weiß nicht, was ich da rede.«

»Wovor hatte Ihr Vater schreckliche Angst? War es irgendetwas, das ihn dazu bringen könnte, sich das Leben zu nehmen?«

Beth wickelte das Tischtuch um ihre Finger. »Müssen wir das jetzt machen?«

Lottie war sich sicher, dass die junge Frau mehr wusste, als sie sagte. »Warum sind Sie in die Werkstatt gegangen?«

»Ich hatte es überall anders schon versucht, nehme ich an. Ich konnte nicht einfach bei der Arbeit bleiben und gar nichts tun.«

»Haben Sie eine Ahnung, wo Ihr Vater den ganzen Tag gewesen sein könnte?«

Mit weit aufgerissenen Augen sagte Beth: »Als ich heute Morgen nachgesehen habe, war er nicht in der Werkstatt, also weiß ich nicht, wo er war. Wenn ich etwas früher gekommen wäre, hätte ich ihn vielleicht retten können.«

»Es ist Sache der Rechtsmedizin, den Todeszeitpunkt zu bestimmen«, sagte Lottie.

»Und seine Todesursache?«, fragte Beth. »Wird der Rechtsmediziner bestätigen, dass er sich selbst getötet hat?«

»Warum sagen Sie das?«

»Ich will nicht glauben, dass er *das* getan hat. Ich habe gehört, wie alle über die arme Fiona gesprochen haben. Es war ekelhaft. Ist Ihnen klar, wie schwer es für mich sein wird, weiter hier zu leben?

»So dürfen Sie nicht denken.«

Beth verschränkte ihre Arme auf dem Tisch und vergrub ihr Gesicht darin. »Sie verstehen das nicht.«

Lottie streckte eine Hand aus und streichelte ihr Haar. »Doch, das tue ich. Sehr sogar.« Sie spürte, wie ihre Stimme ein wenig brach. Ihr eigener Vater hatte sich mit einer Pistole im Mund das Leben genommen, als sie gerade vier Jahre alt gewesen war. Damals hatte sie nur sehr wenig darüber gewusst, aber sie hatte die verheerenden Folgen miterlebt, die die Tat nach sich gezogen hatte.

Beth hob ihren Kopf und schniefte. »Tut mir leid. Ich kann nicht glauben, dass er mich so verletzen würde. Ich hätte nie gedacht, nicht in einer Million Jahren, dass er so etwas tun könnte. Niemals!« Ihre Stimme erhob sich zu einem unnatürlichen Schrei. Lottie berührte ihre Hand. Sie musste die junge Frau dazu bringen, sich zu konzentrieren.

»Atmen Sie ein paar Mal tief durch. Sehen Sie mich an. Besitzt Ihr Vater eine Schrotflinte?«

»Ja.«

»Wo geht er normalerweise tagsüber hin?«

»Ich weiß es nicht. Ich gehe jeden Morgen gegen acht Uhr zur Arbeit. Normalerweise hat er die Schweine dann schon gefüttert. Oh Gott, jetzt muss ich die auch noch füttern. Ich hasse diese dreckigen Mistviecher. Allein ihr Geruch.«

»Denken Sie jetzt nicht an sie. Sie haben mir gerade vom normalen Tagesablauf Ihres Vaters erzählt.«

Nach einem weiteren Schniefen sagte Beth: »Manchmal geht er in den Laden. Er holt Milch und die Zeitung und Brot, wenn wir keins mehr haben. Ich weiß nicht, warum er heute Nachmittag in der Werkstatt war. Sie ist seit über einem Jahr geschlossen.«

»Aber die Autos, die ich da drin gesehen habe, sehen neu aus«, sagte Boyd. Lottie begrüßte seinen Zwischenruf.

Beth fuhr fort. »Ich arbeite unter der Woche jeden Tag in Ragmullin. Manchmal auch am Wochenende. Ich bin rund um die Uhr in Bereitschaft. Das ist lächerlich für eine Lokalzeitung, aber ich mache Podcasts und schreibe auch einen Blog. Manchmal wird mein Zeug von den Online-Nachrichtenseiten aufgegriffen.« Sie hielt inne und schüttelte den Kopf. »Ich weiß ehrlich gesagt nicht, was mein Vater den ganzen Tag macht.«

»Sind Sie sicher, dass sein Auto nicht in der Werkstatt stand, als Sie heute Morgen nachgesehen haben?«, fragte Lottie.

Beth schloss die Augen, als ob sie sich ihre früheren Handlungen vor Augen führen wollte. »Es war nicht da, deshalb bin ich auch nicht reingegangen. Ich bin früher von der Arbeit los und nach Hause, und als er immer noch nicht da war, bin ich zurück zur Werkstatt gefahren, um noch einmal nachzusehen. Da habe ich sein Auto bemerkt, das hinten geparkt war.«

»Haben Sie jemanden gesehen oder mit jemandem gesprochen?«

»Nur Colin Kavanagh. Er ist dort herumgelaufen und hat nach Dad gesucht.«

Lottie hob, an Boyd gewandt, eine Augenbraue. »Lilys Vater?«

»Ja. Er und Dad sind … waren Bekannte. Soweit ich weiß, hat er Dad in geschäftlichen Dingen beraten.« Beth rümpfte die Nase wie ein Kind, das seinen Brokkoli nicht essen wollte.

Lottie brach das Herz für die junge Frau. Beth war nicht viel älter als Katie. Sie spürte, wie sie ein schlechtes Gewissen plagte. Sie hatte sich den ganzen Tag nicht zu Hause gemeldet. So ein Mist. Dann dachte sie über Kavanaghs Verbindung zu Christy Clarke nach. Kavanagh hatte jahrelang mit Fiona Heffernan zusammengelebt und war der Vater ihres Kindes. Sie glaubte nicht an Zufälle, aber sie wusste, dass sie möglich waren, besonders in einem kleinen Dorf. Und Lily war immer noch verschwunden.

»Haben Sie jemals Gerüchte darüber gehört, warum Fiona Colin verlassen hat?«

Beths Augen weiteten sich. War das ein Anflug von Angst gewesen, der sich kurz darin gespiegelt hatte, bevor ein Tränenschleier sie wieder verhüllte? »Ich … ich glaube, Fiona sagte, er sei zu alt für sie.«

»Und Lily? Colin kann nicht glücklich darüber gewesen sein, dass ein anderer Mann seine Tochter großzieht, oder?«

»Ich weiß nicht, was Sie meinen. Ryan liebt Lily, als wäre sie sein eigenes Kind. Und Mr Kavanagh hatte ja Rechte, also konnte es gar keine Probleme geben, oder?«

»Ich weiß es nicht«, sagte Lottie. »Aber wenn Ihnen noch etwas einfällt, sagen Sie mir dann Bescheid?«

»Kann ich jetzt nach Hause gehen? Ich bin fix und fertig.«

»Warum bleiben Sie nicht bei Zoe heute Nacht?«

Beths blaue Augen wurden fast schwarz, als sie antwortete und ihre Stimme schwankte, als könnte sie jeden Moment wieder zu weinen anfangen. »Ich bin nur wegen Ryan mit Zoe

befreundet. Ich arbeite mit ihm zusammen. Ich würde mich
hier nicht ... wohlfühlen. Ich möchte nach Hause gehen.«

»Haben Sie noch andere Familie?«

»Nur Dad. Meine Mutter ist uns fremd geworden.«

»Wer ist Ihre Mutter, Beth?« Lottie wusste, was das
Mädchen sagen würde, auch wenn sie bereits geleugnet hatte,
die Frau zu kennen.

Beth stand auf und ging zum Waschbecken. Sie füllte ein
Glas mit Wasser. Als sie sich umdrehte und das Wasser über
den Rand des Glases schwappte, bemerkte Lottie, wie sehr
Beths Hand zitterte.

»Der Name meiner Mutter ist Eve Clarke. Und ich hasse
jeden Knochen in ihrem Körper.«

DREIUNDDREISSIG

Sie ließen Beth in der Obhut von Zoe Bannon zurück. Doch erst nachdem Boyd seinen Charme hatte spielen lassen und sie davon überzeugt hatte, dass es das Beste wäre, nicht allein zu sein, hatte sie eingewilligt.

»Das ist ein ziemliches Durcheinander«, sagte Boyd, als sie zum Haus von Colin Kavanagh fuhren.

»Warum sagst du das?«, fragte Lottie.

»Zunächst einmal hat Eve Clarke gestern Morgen die Leiche von Cara Dunne entdeckt. Erst sah es wie ein Selbstmord aus, aber jetzt ist es ein vollwertiger Mordfall.«

»Mach weiter, Sherlock.«

»Und heute Nachmittag wird Eves Ex-Mann Christy mit herausgeschossenem Hirn aufgefunden. Sieht auch wie Selbstmord aus.«

»Du glaubst nicht, dass Christy Clarke sich umgebracht hat?«

»Ich weiß nicht, was ich denken soll.«

»In einem Punkt hast du recht«, sagte Lottie und starrte auf den Schnee, der auf die Scheibe rieselte. »Es *ist* ein ziemliches Durcheinander.«

Sie verstummten, während der Wagen über die schmale, matschige Straße rollte. Sie konnte spüren, dass Boyd angespannt war. Am liebsten hätte sie ihren Kopf an seiner Schulter vergraben und Trost in der Nähe seines Körpers gesucht. Er war in letzter Zeit so distanziert, dass sie Angst hatte, ihre Hochzeit könnte vielleicht gar nicht stattfinden.

»Das kriegen wir schon hin«, sagte er. »Mach dir keine Sorgen.«

»Ich mache mir keine Sorgen um den Fall.«

»Warum dann der Blick?«

»Ich mache mir Sorgen um dich.« Sie hätte schwören können, dass sich seine Hände um das Lenkrad verkrampften, als sie sprach. »Was ist los mit dir, Boyd?«

Er drehte seinen Kopf leicht, ohne den Blick von der Straße zu nehmen. »Mir geht's gut, Lottie. Wirklich.«

»Wir werden heiraten, Boyd. Das verspreche ich dir.«

»Du willst ja noch nicht einmal, dass es irgendjemand erfährt.«

»Ich muss mir darüber klar werden, wie sich das auf unsere Arbeitsbeziehung auswirken wird, und dann können wir es meiner Familie sagen und erste Vorbereitungen treffen. Freust du dich für uns?«

Er konzentrierte sich auf die dunkle Straße vor ihm. »Ja.«

Sie glaubte ihm nicht. Er führte etwas im Schilde. Aber im Moment hatte sie mit zwei Morden und einem verdächtigen Selbstmord schon genug zu tun. Ganz zu schweigen von einem kleinen Mädchen, das immer noch vermisst wurde. Sie rief das Revier an und fragte nach Neuigkeiten. Es stellte sich heraus, dass es wenig zu berichten gab. Lily Heffernan blieb immer noch wie vom Erdboden verschluckt. Sie war nicht gesehen worden. Aber Kavanagh hatte ständig angerufen und die Nachrichtenkanäle mit Bitten um die sichere Rückkehr seiner Tochter gefüllt.

Lottie rief zu Hause an. Nur um zu überprüfen, ob es ihrer Familie gut ging. Und da erzählte Katie ihr von ihrem Plan.

»Ich glaub's nicht«, sagte Lottie, als sie aufgelegt hatte.

»Was haben die Parker Kids jetzt wieder vor?« Boyd zwinkerte ihr zu und zog sie damit noch mehr auf.

»Katie will zu Tom Rickard nach New York fliegen. Über Weihnachten, verdammt noch mal.«

»Es könnte ihr doch guttun, mal rauszukommen.«

»Ich dachte, du wärst auf meiner Seite!« Lottie wurde wütend. »Sie will Louis mitnehmen, und weißt du was? Chloe will auch mitkommen.«

»Nun, sie haben in letzter Zeit alle Schreckliches mitgemacht. Gönn ihnen ein bisschen Freiheit.«

Lottie versuchte, sich auf dem Sitz herumzudrehen, wovon sie durch den Gurt über ihrer Brust zurückgehalten wurde. Sie bemühte sich, nicht zu hyperventilieren, und sagte: »Boyd, halt doch mal die Klappe. Was weißt du überhaupt von Kindern?«

»Nichts, Lottie. Gar nichts.«

Sie atmete lang und schwer, während Boyd seine Augen auf die Straße richtete. Die Scheinwerfer ließen die Schneeflocken glitzern und aufstäuben, bevor sie verschwanden, und sie spürte, wie sie in den Sitz sank. Sie musste ein vermisstes Kind finden, und jetzt liefen ihre Kinder auch noch Amok. Das Leben um sie herum schien völlig aus den Fugen zu geraten. Das ist ja nichts Neues, dachte sie.

Boyd ließ den Motor vor dem Haus von Colin Kavanagh im Leerlauf laufen, während Lottie zur Gegensprechanlage ging. Keine Antwort. Sie ging zurück zum Auto und sah sich in der Dunkelheit um.

»Es ist niemand zu Hause«, sagte Boyd, stieg aus und durchsuchte seine Taschen.

»Zünde dir bloß keine Zigarette an«, sagte Lottie. Sie ging zum Kofferraum und holte zwei Taschenlampen heraus.

»Warum nicht?«

»Weil ich jetzt gerade wirklich gern eine hätte. Aber ich will keine. Verstehst du?«

Er machte den Reißverschluss seiner Jacke zu und nickte. »Was machen wir jetzt?«

»Ich hätte nichts dagegen, mich ein wenig umzuschauen.« Sie reichte ihm eine Taschenlampe.

»Das Tor ist verschlossen«, sagte er.

»Das hat mich noch nie aufgehalten.«

Sie begann, an der Hecke, die das Grundstück umgab, entlangzugehen. Aus Erfahrung wusste sie, dass es praktisch unmöglich war, ein Grundstück auf dem Lande völlig zu sichern, es sei denn, man baute eine drei Meter hohe Mauer rundherum. Und das hatte Colin Kavanagh nicht getan.

»Warte auf mich, Lottie. Was glaubst du denn eigentlich, was du da tust?« Boyd holte sie ein.

»Ich suche nach einer Lücke.« Sie leuchtete im Gehen mit der Taschenlampe auf und ab, duckte sich unter überhängenden Ästen und merkte, wie dunkel es ohne den Dunst der Straßenlaternen war, selbst in der Ferne.

»Du bist verrückt.«

»Ich weiß. Du auch. Du folgst mir ja.«

»Ich habe Angst, dass du in einen Kaninchenbau fällst, wie Alice im Wunderland, und für immer verloren bist.«

»Das hättest du wohl gerne.« Sie lächelte in sich hinein, während Boyd hinter ihr Schritt hielt. »Wie auch immer, Alice hat wieder rausgefunden.«

»War mir klar, dass du mir eine neunmalkluge Antwort geben würdest.«

»Stopp. Nimm meine Taschenlampe. Leuchte dorthin.« An einer Stelle, an der die Hecke eine Lücke aufwies, hielt sie inne.

»Das ist lächerlich. Kavanagh ist Anwalt, um Himmels willen.«

»Umso mehr ein Grund.«

Während Boyd die beiden Taschenlampen hielt, betrachtete sie die winzige Lücke. Sie zog Brombeerzweige beiseite und schuf eine Öffnung, die groß genug war, um sich hindurchzuzwängen. Sie hielt die Dornen zurück, indem sie den Ärmel ihrer Jacke zum Schutz über die Hand streifte, und hörte Boyd grummeln und brummen, als er sich ihr anschloss.

»Das ist absolut illegal«, sagte er und richtete sich auf.

Abgestorbene Blätter klebten in seinem Haar und Lottie zupfte sie heraus.

Sie schob ihren Arm um seine Taille und lehnte sich an ihn.

»Nicht jetzt, Lottie.« Er zog sich von ihr zurück, als ob sie ihn mit kochendem Wasser verbrüht hätte.

»Ich werde aus dir einfach nicht schlau«, sagte sie und spürte, wie sich ein Splitter der Ablehnung in ihre Brust bohrte.

»Da sind wir schon zwei. Komm mit.«

Sie bahnten sich schleichend ihren Weg und kamen an den Rand einer großen Wiese, oder was sie jedenfalls dafür hielten. Die Taschenlampen wiesen ihnen den Weg, während sie vorwärts schlichen.

»Ich sehe sein Auto nicht«, sagte Lottie, immer noch irritiert von Boyds Abweisung.

»Er könnte in der Garage stehen.«

»Halte den Lichtstrahl niedrig. Du willst doch nicht die Hunde aufwecken.«

»Hunde?«, fragte Boyd. »Du hast nicht erwähnt, dass er Hunde hat.«

»Ich weiß nicht, ob er welche hat oder nicht. Sei einfach vorsichtig.«

»Erinnere mich noch einmal daran, warum wir das hier gerade tun?«

Sie hielt inne und sagte: »Kavanagh hat ständig auf dem

Revier angerufen und verlangt, dass wir Lily finden, und doch wurde er von Beth in der Werkstatt ihres Vaters gesehen, kurz bevor Christys Leiche gefunden wurde. Ich will nur sehen, ob er zu Hause ist oder nicht.«

»Er hat uns das Tor nicht geöffnet. Das sagt mir, dass er nicht zu Hause ist.«

»Aber vielleicht ist er es doch.«

»Oder vielleicht ist er auf der Suche nach Lily.«

»Oder er gibt vor, den Tod eines Freundes zu betrauern, während er herauszufinden versucht, wie er die Schuld von sich ablenken kann.«

»Glaubst du, dass Kavanagh Christy Clarke umgebracht hat?«

»Ich werde mich mit Spekulationen zurückhalten, bis die Obduktion abgeschlossen ist und die Spurensicherung ihre Arbeit erledigt hat.«

»Wir brechen also schlichtweg aus einer deiner Launen heraus hier ein?«

»So ungefähr.«

Sie erreichten das Haus. Es tauchte genauso abweisend wie gestern in der Dunkelheit auf, als sie mit Kirby hier gewesen war.

»Meinst du, ich sollte an der Tür klingeln?«

»Lottie, es brennt kein einziges Licht im ganzen Haus. Er ist nicht da. Komm, es ist Zeit, dass wir nach Hause gehen.«

»Gib mir eine Minute. Sie leuchtete mit der Taschenlampe auf einen gepflasterten Weg und folgte dem Lichtstrahl entlang der Seite des Hauses. Sie setzte einen Fuß auf das Pflaster an der Rückseite des Hauses und plötzlich lösten Bewegungsmelder an der Rückwand angebrachte Lichter aus.

»Scheiße!« Sie sprang rückwärts gegen Boyd, der vor ihr zurückwich.

»Großer Gott, du hast mich zu Tode erschreckt«, keuchte er. »Jetzt hast du es geschafft.«

»Das habe ich tatsächlich, oder?« Sie trat weiter vor und lauschte. »Wenigstens wurde kein Alarm ausgelöst.«

»Wäre ein bisschen nutzlos, hier mitten im Nirgendwo.« Boyd steckte seine überflüssige Taschenlampe ein. »Hast du überhaupt eine Ahnung, wonach du eigentlich suchst?«

»Nicht wirklich.«

Als sie durch die Fenster hineinschaute, sah sie kein Lebenszeichen. Sie versuchte, den Riegel der Hintertür zu öffnen. Verschlossen. Sie ging weiter. Immer noch nichts. Als sie sich gerade auf den weitläufigen, von Hecken umgebenen Rasen begeben wollte, gingen plötzlich alle Lichter im Haus an.

Colin Kavanagh stand an seiner Hintertür.

Lottie ging auf Kavanagh zu, straffte die Schultern, Boyd an ihrer Seite.

»Können wir uns kurz unterhalten?«, sagte sie.

»Ich rufe Ihren Superintendent an«, sagte Kavanagh, wobei ihm vor Wut die Spucke aus dem Mund schoss.

»Amtierender Superintendent«, sagte Lottie.

»Ich rufe den Garda Commissioner an. Der Justizminister oder wen auch immer ich erreiche, wird von Ihrem unbefugten Eindringen erfahren. Dafür werden Sie verhaftet.«

»Es tut mir leid.« Aber es tat ihr nicht leid. »Als Sie nicht auf der Gegensprechanlage geantwortet haben, dachten wir, dass Ihnen etwas Schreckliches zugestoßen sein könnte, also haben wir uns entschlossen, die Gegend zu durchsuchen, um zu sehen, ob es einen anderen Zugang gibt. Wussten Sie, dass es eine Lücke in Ihren Verteidigungsanlagen gibt?«

»Glauben Sie, ich kann ein A nicht von einem O unterscheiden?«

»Nein, Sir«, warf Boyd ein. Lottie fing seinen Blick auf und drehte ihren Kopf. »Es tut uns leid, dass wir Sie gestört haben. Wir werden uns jetzt wieder auf den Weg machen.«

Sie baute sich vor Kavanagh auf. »Warum haben Sie uns nicht reingelassen?«

»Ich bin gerade erst nach Hause gekommen.«

»Ach, und wo sind Sie gewesen?«

»Das geht Sie einen Scheißdreck an. Und jetzt hauen Sie ab, sonst rufe ich als Erstes Ihren Superintendent an.«

»Amtierender Superintendent«, erinnerte ihn Lottie erneut.

»Ich füge zu meiner Meinung über Sie noch Arroganz und Ignoranz hinzu.« Kavanaghs Augen flackerten im Licht der Hintertür. Der ganze Bereich war beleuchtet wie ein Weihnachtsbaum, und Lottie fand, dass er wie der Weihnachtsmann aussah. Ihm fehlte nur noch der Bart.

»Können Sie mir sagen, wo Sie heute Nachmittag waren?«

»Ihnen gegenüber werde ich das nicht tun.«

»Wann haben Sie Christy Clarke zuletzt gesehen?«

»Er war heute Morgen hier, wenn Sie es unbedingt wissen müssen.«

»Warum war er hier?«

»Er kam auf einen Plausch vorbei.«

»Oh. Und worum ging es bei dem Gespräch?«

»Inspector Parker, das hat nichts mit Ihnen zu tun. Es wäre besser für Sie, meine Tochter zu finden.«

»Warum waren Sie heute in *Clarke's Garage*?«

»Kein Kommentar.« Er trat näher, und Lottie konnte einen süßlichen, würzigen Geruch an seinem Körper riechen. »Sagen Sie mir, was genau unternehmen Sie, um meine Tochter zu finden?«

»Wir haben ein ganzes Team, das daran arbeitet, sie zu finden. Was mich daran erinnert, dass ich einen detaillierten Bericht brauche, wo Sie gestern den ganzen Tag über waren und was Sie gemacht haben.«

Er richtete seinen Rücken auf und überragte sie. »Was werfen Sie mir vor?«

Lottie ließ sich nicht so leicht einschüchtern. »Ich stelle sachdienliche Fragen, wie Sie als Anwalt sicher zustimmen würden. Was bewahren Sie in der Scheune dort drüben auf?« Sie deutete auf einen schuppenartigen Bau unter den Bäumen am Ende des Rasens.

»Wenn Sie Ihren Job machen würden, wüssten Sie, dass Ihre Leute bereits mein Eigentum durchsucht haben. Gehen Sie. Sofort.«

»Ich bin sicher, Sie wissen es schon, aber Christy Clarke wurde heute Nachmittag tot aufgefunden. Ich wäre Ihnen dankbar, wenn Sie morgen früh zu einer offiziellen Befragung aufs Revier kommen könnten. Sie brauchen keinen Anwalt mitzubringen. Ich bin sicher, Sie können sich selbst vertreten.«

Damit packte sie Boyd am Ärmel und lenkte ihn um die Hauswand herum auf die Kiesstraße.

»Jetzt ist sein Auto da«, sagte Boyd. »Er hat die Wahrheit gesagt, dass er nicht da war.«

Lottie setzte sich im Schnellschritt in Bewegung. »Mal sehen, was wir morgen aus ihm herausholen können.«

»Dazu wirst du keine Chance haben. McMahon wird dir das Fell über die Ohren ziehen.«

»Ich würde wirklich gerne wissen, wo er war, bevor er nach Hause gekommen ist«, sagte sie und schnallte sich an, als sich das Tor langsam schloss, sie im Auto saßen und das Haus von Colin Kavanagh wieder in Dunkelheit getaucht wurde.

VIERUNDDREISSIG

Als sie auf das Revier zurückkehrten, herrschte in der Einsatzzentrale Hochbetrieb.

»Warum hängen alle an den Telefonen?«, fragte Lottie.

»Kavanagh hat gerade eine Belohnung von zwanzigtausend Euro für Informationen über Lily ausgesetzt«, sagte Kirby.

»Scheiße. Jetzt kriechen alle Spinner und Verrückten da draußen aus ihren Löchern.«

Sie schüttelte ihren Mantel ab und ging zum anderen Ende des Raums, wobei sie mit jedem Schritt ihre Wut in den Boden stampfte. Sie hatte keine Ahnung, wie sie die Pläne ihrer Töchter, über Weihnachten wegzufahren, durchkreuzen sollte. Wenn sie weiterarbeitete, konnte sie sich vielleicht so weit beruhigen, dass sie ein halbwegs anständiges Gespräch mit den Mädchen führen konnte, wenn sie nach Hause kam.

Sie betrachtete die Tafeln mit den Fotos der Opfer und fragte sich, ob auch das Bild von Christy Clarke dazukommen würde. Das Gefühl, dass Clarke nicht durch seine eigene Hand gestorben war, steckte wie ein Dorn in ihrer Brust. Oder wenn doch, hatte ihn jemand gezwungen, erpresst oder bedroht, sich umzubringen? Auf der zweiten Tafel war das Foto von Lily Heffernan.

Sie blickte in den Raum.

»Hört zu, Leute. Kommen Sie schon«, beschwichtigte sie. »Es ist schon spät, und ich muss nach Hause, und ich bin sicher, Sie alle auch. Als Erstes möchte ich Sie über den kürzlichen Tod von Christy Clarke im Dorf Ballydoon in Kenntnis setzen.« Sie informierte die Anwesenden so gut sie konnte, und nachdem sie festgestellt hatte, dass Lily noch immer nicht gesichtet worden war, fuhr sie fort: »Wie weit sind wir mit den Ermittlungen zum Tod von Cara Dunne?«

Die Tür war offengelassen worden, damit die Luft zirkulieren konnte, und sie bemerkte McMahon, der an der Tür lehnte und die Arme fest auf seiner Brust verschränkt hatte. Seine Augen sprühten Feuer. Verdammt!

Kirby sagte: »Wir haben uns einen Überblick über Caras bisheriges Arbeitsleben verschafft. Eine sehr einfache Geschichte, wenn Sie meine Meinung hören wollen. Als sie das College beendete, hat sie in der Grundschule des Klosters *Zur Barmherzigkeit* angefangen, wo sie zehn Jahre lang unterrichtete. Ihre Kollegen sagen, sie sei eine harte, aber faire Lehrerin gewesen. Sogar die Eltern der Kinder mochten sie.«

»Sie müssen etwas über ihr Leben herausfinden, bevor sie aufs College gegangen ist.«

»Ja, Boss.«

»Irgendetwas in Bezug auf Steve O'Carroll?«

»Laut Caras Kolleginnen war er ein netter Kerl. Ihre Worte, nicht meine. Eine hat gesagt, dass Cara so verliebt war, dass sie ihre Freunde vernachlässigte, und dass sie völlig am Boden zerstört war, als er Schluss gemacht hat.«

»O'Carroll hat gesagt, dass sie ihn belästigt hat. Gibt es dazu Aussagen?«

Kirby schüttelte den Kopf. »Nein. Die anderen Dinge

wussten wir bereits. Sie fand zur Religion. Ging täglich zur Messe. Besuchte wöchentlich das Pflegeheim der Abtei.«

»Sonst noch etwas?« Lottie ballte ihre Hände zu Fäusten. Das brachte sie nicht weiter. »Wurde Father Curran erwähnt?«

»Geben Sie mir einen Augenblick.« Kirby leckte sich über den Finger und blätterte in den Papieren auf seinem Knie.

»Warum benutzen Sie kein iPad?« McKeown grinste. »Sie könnten sich Notizen auf Ihrem Telefon machen und sie dann synchronisieren ...«

»Hier ist es«, sagte Kirby und hielt eine zerknitterte Seite hoch. »Father Michael Curran. Er hat ihr ein Empfehlungsschreiben für die Stelle an der Schule gegeben.«

»Er muss sie oder ihre Familie gekannt haben«, sagte Lottie.

»Soll ich ihn dazu befragen?«

»Überlassen Sie das mir.« Lottie konzentrierte sich weiter auf ihr Team und vermied es, McMahon in die Augen zu schauen. Sie dachte über ihr Gespräch mit dem Priester nach, und beschloss, es zu versuchen. Sie sah Kirby an. »Gibt es irgendeinen Hinweis auf eine Verbindung zwischen dem Priester und Robert Brady?«

»Bis jetzt nicht.« Seine Wangen röteten sich, und Lottie vermutete, dass er noch nicht viel in die Richtung nachgeforscht hatte. Er sagte: »Ich habe gerade erst angefangen, um ehrlich zu sein.«

Sie blickte unter ihren Wimpern hervor zum hinteren Teil des Raumes. McMahon war immer noch da. Sie wollte Colin Kavanagh nicht erwähnen, weil sie ahnte, dass er der Grund für das Abwarten ihres Chefs war.

»Gibt es noch etwas über den Tod von Fiona Heffernan zu berichten?«, fragte sie und stocherte weiter im dichten Nebel dieser Ermittlung herum.

McKeown sagte: »Es fällt mir schwer, die Spur der Hochzeitskleider nachzuverfolgen.«

»So viel zu Ihrem schicken iPad.« Biest war heute ihr

zweiter Vorname. »Hatte ich nicht um eine minutengenaue Aufzeichnung der Bewegungen der einzelnen Opfer gebeten?« Leere Blicke trafen sie. Sie war dabei, die Kontrolle über ihr Team zu verlieren. »Morgen, Leute, will ich die Berichte auf meinem Schreibtisch haben.«

»Jawohl, Boss.«

»Es gibt jemanden, der zukünftige oder ehemalige zukünftige Bräute tötet, und wenn die Medien das erst einmal in ihre Finger bekommen, werden wir Schlagzeilen haben, die Ragmullin das Fürchten lehren.« Sie warf einen Blick auf das Foto auf der zweiten Tafel. »Fionas Tochter, Lily. Was wird unternommen, um sie zu finden?«

»Ich habe uniformierte Kollegen und Kolleginnen beauftragt, alle Überwachungsvideos zu durchsuchen, die wir in der Gegend gefunden haben«, sagte McKeown. »Und ich habe einen Aufruf für die Aufnahmen der Dashcams für die relevante Zeit am Mittwoch gestellt. Außerdem hat Colin Kavanagh einen Fernsehaufruf organisiert, also ...«

»Inspector Parker. In mein Büro.«

Lottie erhaschte einen Blick auf McMahons Rücken, als er mit einem Schwung auf dem Absatz seines polierten Schuhs kehrtmachte. Irgendwann würde das Unwetter über sie hereinbrechen, sie konnte sich ihm genauso gut jetzt stellen.

»In Ordnung. Morgen früh um sieben Uhr wieder hier.« Sie packte ihre Sachen zusammen und hob ihre Tasche vom Boden auf.

»Möchtest du, dass ich mitkomme?«, fragte Boyd, als sie an ihm vorbeirauschte. »Zur moralischen Unterstützung?«

»Danke, aber ich denke, dass es im Moment reicht, wenn einer von uns beiden in Schwierigkeiten gerät.«

Lottie warf ihre Tasche auf den Boden und lehnte sich an die Wand. In McMahons Büro gab es nur einen Stuhl. Seinen eigenen. Sie nahm an, dass er sich auf die Art mächtig fühlte und gerne die Leute verunsicherte. Na ja, scheiß auf ihn. Sie drückte die Akten an ihre Brust und wartete. Er marschierte um den Schreibtisch herum und setzte sich, wobei das Lederpolster zischend unter ihm nachgab. Er fuhr sich mit der Hand über seine kohlschwarzen Strähnen, als wischte er sich den Schweiß von der Stirn, dann sah er zu ihr auf.

»Colin Kavanagh«, sagte er. Seine Stimme war ruhig. Zu ruhig.

»Sir. Was ist mit ihm?«

»Was haben Sie mit ihm gemacht?«

»Gar nichts.«

»Sie müssen etwas getan haben, denn er hat mich angerufen.«

»Scheiße.«

»Genau. Scheiße.«

»Es tut mir leid, Sir.«

»Erklären Sie es mir.«

»Nun, es ist so. Ich wollte mit ihm über den Tod von Christy Clarke sprechen, dessen Leiche in Ballydoon gefunden worden ist, mit seinem Gehirn an der Wand dahinter.«

»Hören Sie auf mit der Melodramatik.«

Plötzlich wünschte sie sich doch, sie hätte einen Platz zum Sitzen. Die Akten in ihren Armen wogen eine Tonne. »Eine Zeugin hat Kavanagh in *Clarke's Garage* herumschnüffeln sehen. Ich wollte ihn befragen. Darüber, und über Fiona und Lily.«

»Und Sie haben beschlossen, einfach so auf Kavanaghs Grundstück *herumzuschnüffeln*, während er nicht da war, stimmt das?«

»Ja, Sir. Ich meine, nein, Sir. Ich hatte keine Ahnung, ob er da war oder nicht.«

Er lächelte, seine Zähne schimmerten im künstlichen Licht. »Gute Arbeit.«

Hatte sie ihn falsch verstanden? »Gute Arbeit?«

»Ich meine das sarkastisch, Inspector. Seine Tochter ist verschwunden und Sie rütteln an seinem Käfig. Haben Sie keinen Verstand?« Er hob eine Hand. »Nein, antworten Sie nicht darauf.«

Sie stieß einen erstickten Seufzer aus. »Sonst noch etwas, Sir?«

McMahons höhnisches Lächeln verschwand. »Kavanagh hat eine Belohnung ausgesetzt, und das sagt der Öffentlichkeit, dass wir inkompetent sind. Der Commissioner sitzt mir bereits im Nacken.«

»Lily ist unsere Top-Priorität, aber ich untersuche auch zwei – möglicherweise drei – Morde.« Das Knurren ihres Magens füllte die Stille im Raum. Sie musste weg von hier.

»Das ist nicht der springende Punkt. Wenn Sie der Aufgabe nicht gewachsen sind, kann ich jemand anderen damit betrauen.«

Sie holte tief Luft und ging zu seinem Schreibtisch. »Nein, ich mach das schon. Ich habe gerade nur erklärt, womit wir es zu tun haben. Und wegen Kavanaghs Belohnung laufen die Telefone heiß, was weitere Ressourcen bindet.«

»Halten Sie Kavanagh bei Laune.« Er fuhr sich mit langen Fingern durchs Haar und biss sich auf die Lippe. »Können Sie das tun?«

»Ich werde es versuchen, Sir.«

»Und finden Sie seine Tochter.«

»Ja, Sir.« Sie wandte sich zum Gehen, dann fragte sie auf gut Glück: »Wegen Cynthia Rhodes. Wurde ihr Bericht schon ausgestrahlt?«

»Welcher Bericht?«

»Ach, nichts. Sie muss das Interview gelöscht haben.« Erleichterung strömte durch Lotties Adern.

»Sie hat es nicht gelöscht. Es war eine absolute Schweinerei, wenn Sie es genau wissen wollen.«

Sie stöhnte. »Tut mir leid.«

»Ich habe schon genug um die Ohren, auch ohne diese verdammte Cynthia Rhodes. Sie wissen wirklich, wie Sie mich auf die Palme bringen können.«

»Genau.«

Sie stürmte aus seinem Büro, bevor er die Gelegenheit hatte, zu erklären, auf welche Palme genau sie ihn treiben würde.

––––––

Als Beth das Haus betrat, fiel ihr sofort die Stille auf. Es war mehr als nur die Abwesenheit von Geräuschen. Es war, als wäre alles verstummt, und was zurückgeblieben war, war ein leeres Loch. Sie warf ihre Schlüssel auf den Tisch und zog ihren Mantel aus, denn ihr wurde plötzlich bewusst, dass sie von nun an immer von dieser Stille begrüßt werden würde.

Sie stand mitten in der Küche und sah sich um. Selbst wenn ihr Vater draußen auf dem Hof gewesen war, hatte immer irgendwie Treiben geherrscht. Schritte. Der Wasserkocher. Das Telefon. Husten und Rufe. Und jetzt? Nur ein großes leeres Nichts.

Ohne einen Muskel zu bewegen, hörte sie aufmerksam hin. Die Schweine quiekten. Es hatte wieder angefangen zu schneien. Schneeflocken wehten stark gegen die Fensterscheibe. Aber trotz des Quiekens und des Schneesturms, der draußen tobte, war die Luft irgendwie still.

Sie wandte sich vom Fenster ab und betrachtete ihre Umgebung. Immerhin gab es ein paar Geräusche. Der Kühlschrank summte und der Gefrierschrank surrte. Sie wollte das Radio einschalten, hielt aber inne, die Hand erhoben. Normalerweise war es ihr Vater, der Radio hörte, während sie die Nachrichten auf ihrem Handy verfolgte.

Sie ließ sich auf einen Stuhl fallen, biss sich auf die Lippe und unterdrückte ein Schluchzen in ihrer Kehle. Sie würde stark sein müssen. Er würde das von ihr erwarten. Aber warum hatte er sich das angetan? *Ihr* das angetan. Hatte er herausgefunden, was sie vor ihm verborgen hatte?«

Sie sprang vom Stuhl auf und eilte ins Wohnzimmer. Es war wie immer unordentlich. Eine einzelne Träne kullerte über ihre Wange, entlang ihrer Nase. Am Schreibtisch nahm sie ein mit Zahlen vollgekritzeltes Blatt in die Hand. Ihr armer Vater und seine Mehrwertsteuerrückzahlung. Warum hatte sie ihm nicht geholfen?

»Es tut mir leid, Daddy«, sagte sie zu dem chaotischen Zimmer, das sich jetzt trotz der Unordnung kahl und leer anfühlte. »Ich war keine gute Tochter.«

Sie schaltete das Licht aus, schloss die Tür und ging die Treppe hinauf, um zu duschen. Sie hoffte inständig, dass das Wasser etwas von ihrem Kummer abwaschen würde.

FÜNFUNDDREISSIG

Nachdem sie die Aufgaben für die Nachtschicht verteilt hatte, ging Lottie nach Hause, um ihre eigenen Angelegenheiten zu regeln.

Ihre Mutter empfing sie an der Tür. »Ich habe einen Auflauf vorbeigebracht. Ich weiß, wie du bist, wenn du mitten in einem Fall steckst.«

»Danke. Darf ich dich was fragen?«

»Sicher.«

»Hast du Leo davon überzeugt, mich aus Farranstown House auszukaufen?«

»Du bist neugieriger als dir guttut, junge Dame. Aber eines sage ich dir. Einem geschenkten Gaul schaut man nicht ins Maul. Ruh dich etwas aus. Du siehst aus wie das Wrack der *Hesperus*.«

Lottie schüttelte den Kopf, während sie darüber nachdachte, dass ihre Mutter immer einen Spruch auf den Lippen hatte, und beobachtete Rose, die langsam zu ihrem Auto ging. Sie ging immer gebückter. Die einst aufrechte und starke Rose Fitzpatrick alterte schnell. Aber Lottie hatte wenig Mitleid, denn in diesem Moment fühlte sie sich älter als ihre eigene Mutter.

Sie ließ ihren Mantel auf die anderen, die am Geländer hingen, fallen. Der Duft, der aus der Küche kam, stieg ihr in die Nase. Sie hatte einen Bärenhunger. Doch zuerst schaute sie nach ihren Kindern. Alle schienen in guter Form zu sein und begrüßten sie mit stummem Nicken. Ein Bild ohne Ton, wie Adam zu sagen gepflegt hatte. Sie warteten darauf, zu sehen, wie es um ihre eigene Form bestellt war. Nicht gut, übermittelte sie leise.

Katie folgte ihr in die Küche. Als sie den Herd einschaltete, um den Auflauf wieder aufzuwärmen, hörte Lottie, wie sie einen Stuhl vom Tisch wegzog. Die Stuhlbeine quietschten auf dem gefliesten Boden.

»Wo ist mein süßer kleiner Mann?«

»Louis ist schon im Bett.« Katie setzte sich. »Mam, können wir kurz reden?«

»Klar.«

Offensichtlich war die Übermittlung bei ihrer älteren Tochter nicht angekommen. Lottie tat es ihr gleich und setzte sich. Sie machte sich auf einen Streit gefasst.

Katie legte ihre Hände auf den Tisch. »Wie ich dir am Telefon schon gesagt habe, Mam, möchte ich Louis mitnehmen, damit er seinen Großvater Tom zu Weihnachten besuchen kann. Ich glaube, es wäre gut, wenn Chloe auch mitkäme. Tom sagt, dass New York um diese Jahreszeit einfach toll ist.«

Lottie rümpfte die Nase. »Ich nehme an, Tom Rickard zahlt dafür?«

Es gefiel ihr nicht, dass Tom Katies Reisen finanzierte, aber Louis war sein Enkel und sie konnte ihm den Zugang nicht verwehren. Sie spürte ein Kribbeln wie von tausend Ameisen unter ihrer Haut. Kaufte er ihr die Familie vor der Nase weg? War Leo dabei, dasselbe zu tun?

»Ich wusste, dass du als Erstes über das verdammte Geld reden würdest«, blaffte Katie.

Lottie hob die Hände und versuchte ein schiefes Lächeln.

»Das mache ich immer, oder?«

»Tust du.«

»Davon abgesehen bin ich mir nicht sicher, ob es gut ist, über Weihnachten weg zu sein. Oma wird euch vermissen. Und was ist mit Sean?« *Sie* würde sie vermissen.

»Wir haben Sean gefragt«, sagte Katie schnell. »Er sagt, er will nicht mit.«

»Bist du sicher, dass ihr ihn gefragt habt?«

Katie neigte den Kopf. Lottie war sich nicht sicher, was das bedeutete.

»Er wird sich über die Feiertage wie ein Grizzlybär benehmen, wenn nur ich da bin.«

»Du denkst wieder nur an dich.«

»Ich denke an deinen Bruder. Seine Launen sind so schon düster genug, ohne dass das auch noch dazu kommen muss.«

»Okay.« Katie zählte an ihren Fingern ab. »Erstens, lass das Geld beiseite. Zweitens, lass Sean aus dem Spiel. Drittens, wir wollen das machen. Ich glaube, es wäre toll für Louis.«

»Es ist kalt in New York.«

»Hier ist es auch kalt.«

»Ich werde euch vermissen, wenn ihr nicht da seid.« Da, sie hatte es gesagt.

Katie streckte die Hand aus und nahm Lotties in ihre. »Nein, das wirst du nicht. Du steckst gerade mitten in einem Fall. Und du weißt, wie du bei einer Mordermittlung bist.«

»Was meinst du?«

»Du vergisst uns völlig. Du verlierst dich in deinem Job. Du bist sowieso nie hier. Du hörst uns nicht zu.« Katie zog ihre Hand zurück. »Und du ... du entschwebst in eine andere Welt.«

»Nein, das tue ich nicht.« Lottie verschränkte ihre eigenen Hände ineinander.

»Tust du wohl. Wenn du große Fälle hast, bist du gestresst. Die ganze verdammte Zeit. Du wirst gar nicht merken, ob wir da sind oder nicht. Mam, ich bitte dich nicht um Erlaubnis. Ich und Chloe sind erwachsen und außerdem ... Tom hat die Tickets schon gebucht.«

Lottie spürte, wie ihr die Kinnlade herunterfiel. »Das hast du schon einmal gemacht. Das hat mir das Herz gebrochen, Katie.«

»Ach, sei doch realistisch, Mam. Nicht einmal Boyd kann dir das Herz brechen. Warum beeilst du dich nicht und heiratest ihn endlich? Worauf wartest du noch? Uns macht es nichts aus, wenn es das ist, was dich aufhält. Sean liebt ihn. Ich weiß, dass du ihn auch liebst.«

Lottie spürte, wie ihre Wangen rot wurden. Ihre eigene Tochter wusste mehr über sie als sie selbst. Schuldgefühle legten sich wie ein Schatten auf sie, und in diesem Moment dachte sie, dass sie diesen Schatten niemals wieder abschütteln können würde. »Ich habe als Mutter versagt«, flüsterte sie.

»Mam! Hör auf, dich selbst zu bemitleiden.« Katie stand auf. »Es riecht verbrannt. Hast du den Herd angelassen?«

»Oh Scheiße.« Lottie sprang auf, um ihn auszuschalten.

»Übrigens, Onkel Leo war vorhin hier.«

Sie drehte sich um und starrte ihre Tochter an. »Onkel?«

»Nun, das ist er doch, oder?«

Das Wort blieb Lottie im Hals stecken und rief Bilder hervor, die sie im Laufe ihrer Arbeit gesehen hatte. Grausamkeiten, die von sogenannten Onkeln an wehrlosen Kindern verübt wurden. Sie spürte, dass ihre Gedanken irrational waren, aber im Grunde wusste sie nur sehr wenig über ihren Halbbruder.

»Nenn ihn nicht so«, sagte sie. »Bitte, Katie. Und nimm dich in seiner Nähe in Acht.«

»Was zum Teufel ...«

»Katie! Sei einfach vorsichtig. Er darf das Haus nicht mehr

betreten, wenn ich nicht zu Hause bin. Hast du das verstanden?«

»Oma war dabei. Verdammt noch mal, Mama, du bist so eine Nervensäge.«

»Es reicht mir. Ich muss etwas essen.«

»Immer dasselbe. Jedes Mal, wenn ich eine vernünftige Unterhaltung mit dir führen will, geht es immer nur um dich. Um dich. Um dich. Um dich.«

»Katie!«

Die junge Frau war schon halb aus der Tür. Über die Schulter sagte sie: »Und zu deiner Information, *Onkel* Leo hat den gleichen Flug gebucht wie wir.«

Die Tür knallte zu. Lottie ließ sich gegen den Herd sinken. Sie riss ihre Hand von der Hitze weg und beobachtete, wie sich ihre Fingerspitzen röteten. Sie sollte kaltes Wasser aus dem Hahn über sie laufen lassen, aber sie starrte nur und wartete darauf, dass sich die Blasen bildeten. Sie hatte es schließlich verdient.

Während ihr die Tränen in die Augen stachen, fragte sie sich, wie sie all das Unrecht, das sie ihrer Familie im Laufe der Jahre angetan hatte, wiedergutmachen sollte. Irgendwie hatte sie das Gefühl, es könnte bereits zu spät sein.

———

Das Team der Nachtschicht war mit der Aktualisierung von Akten und PULSE, der nationalen Datenbank der Garda, beschäftigt. Kirby saß an seinem Schreibtisch vor einer McDonald's-Tüte. Er kippte die Pommes frites auf ein Blatt Kopierpapier auf seinem Schreibtisch und versuchte, eine Tüte Ketchup mit den Zähnen aufzureißen. Es riss, und Ketchup spritzte ihm ins Gesicht und auf die Haare.

»Herrgott nochmal«, fluchte er in den leeren Raum.

Er kippte die Pommes beiseite, zerknüllte die Seite und

wischte sich damit das Gesicht ab. Am liebsten hätte er alles in den Mülleimer geworfen, aber er war am Verhungern. Er verschlang die Chicken Nuggets, stopfte sich die Pommes in den Mund und schluckte den Kaffee hinunter, der nun kalt war.

Laut rülpsend bündelte er die Verpackungen in der Schachtel und warf sie in den Mülleimer. Auf seinem Schreibtisch breitete er eine Kopie des Artikels von Beth Clarke aus, der in der Woche nach dem Tod von Robert Brady in der *Tribune* erschienen war.

Wenn es sich bei Bradys Tod nicht um Selbstmord gehandelt hatte, hatte er eine Vorahnung, dass es hier vielleicht einen Hinweis geben könnte.

Beim Lesen konnte er nicht umhin, die Technik der jungen Journalistin im Umgang mit dem heiklen Thema zu bewundern.

Robert Brady war vierunddreißig Jahre alt gewesen, unverheiratet, ein arbeitsloser Bauarbeiter. Er hatte sein ganzes Leben in Ragmullin verbracht. Nachbarn hatten Beth Clarke erzählt, dass sie ihn liebevoll ›Bob der Baumeister‹ genannt hatten, dass er sich aber stark verändert hatte, nachdem sein Arbeitgeber vor einem Jahr pleite gegangen war und die Angestellten entlassen worden waren. Brady hatte Mühe gehabt, einen neuen Job zu finden. Da er nur Gelegenheitsjobs bekam, hatte er außerdem Probleme gehabt, seine Hypothek zu bezahlen. Er hatte sein Haus an die Bank verloren. Ums Überleben gekämpft.

Kirby hatte seinen Namen in PULSE eingegeben. Eine Ordnungswidrigkeit tauchte auf. Trunkenheit und ordnungswidriges Verhalten. Brady hatte sich praktisch aus allem Ärger herausgehalten. Guter Junge, dachte Kirby und fühlte sich dem toten Mann sehr verbunden.

Er kehrte wieder zu dem Artikel zurück und bemerkte den Namen der Person, die die Leiche im Wald gefunden hatte.

Colin Kavanagh. Er las weiter. Zwei Männer, die auf der Suche nach Tannenbäumen für Weihnachten gewesen waren, hatten die Leiche gefunden, aber da sie im Wald keinen Telefonempfang hatten, waren sie zu Kavanaghs Haus gelaufen, um Alarm zu schlagen. Kavanagh, der Dorn im Auge seiner Chefin. Das würde ihr einen Knochen zum Kauen geben.

Kirby schob seinen Stuhl zurück, schaltete den Computer aus und zog seinen Mantel an. Zeit, nach Hause zu gehen. In der Mitte des Büros hielt er inne. Vielleicht würde er im *Cafferty's* vorbeischauen, um die Langeweile einer weiteren einsamen Nacht zu vertreiben.

Er verließ das Revier und machte sich auf den Weg durch den Schnee. Ja, dachte er, ein paar heiße irische Whiskeys wären jetzt genau das Richtige.

SECHSUNDDREISSIG

Beth duschte und zog sich eine saubere schwarze Jeans, ein T-Shirt und einen Strickpullover an. Sie fühlte sich völlig leer, als hätte jemand seine Hand in ihre Brust gesteckt und ihr das Herz herausgerissen. Langsam ging sie die Treppe hinunter und schnappte sich ihre Jacke vom Geländer.

Sie knipste das Licht im Flur aus. Als sie am Wohnzimmer vorbeiging, bemerkte sie, dass das Licht dort an war. Ein Schatten bewegte sich. Sie schrie auf und schlug sich die Hand vor die Brust.

»Was zum Teufel machen Sie hier?«

Colin Kavanagh hob den Kopf. Er saß auf Christys Stuhl. Der Papierkram, der vor zwanzig Minuten noch überall verstreut gewesen war, lag jetzt in ordentlichen Stapeln auf dem Schreibtisch.

»Ah, Beth. Hallo.«

»Ich habe Ihnen eine Frage gestellt. Warum sind Sie hier und durchsuchen die Papiere meines Vaters?« Sie betrat den Raum und schaute sich um, um festzustellen, ob noch jemand ihre Wohnung betreten hatte. »Wie sind Sie hereingekommen?«

»Die Hintertür war nicht abgeschlossen. Du solltest vorsichtiger sein, jetzt wo du allein lebst.«

»Das Blut in den Adern meines Vaters ist noch nicht kalt, und Sie platzen hier rein und predigen mir. Sie sind ja wohl das Allerletzte.«

»So spricht man nicht mit älteren Herrschaften. Hat Christy dir keine Manieren beigebracht?« Er deutete auf einen Stuhl vor dem Tisch. »Warum setzt du dich nicht?«

»Warum hauen Sie nicht ab?« Beth spürte, wie ihr vor Wut flammendheiß wurde. »Das ist unbefugtes Betreten.«

Sie sah zu, wie Kavanagh die letzten Seiten aufräumte, bevor er sich im Stuhl ihres Vaters zurücklehnte. Er verschränkte die Hände hinter seinem Kopf. »Unbefugtes Betreten? Nun, Beth, mein Schätzchen, da irrst du dich.«

Hatte sie ihn falsch verstanden? Blind vor Wut war sie sich nur in einem Punkt sicher: Sie wollte Kavanagh aus dem Haus haben.

»Ich fordere Sie ein letztes Mal auf: Verschwinden Sie. Sonst rufe ich die Polizei.«

»Das solltest du lieber nicht tun. Du würdest dich nur lächerlich machen.«

»Wovon reden Sie?« Sie wollte sich nicht geschlagen geben, aber das Trauma der letzten Stunden bäumte sich regelrecht in ihrem Körper auf und sie sank auf den Stuhl. Kavanaghs weißes Haar glänzte wie ein Heiligenschein im Lichtschimmer der Lampe. Schatten spielten auf seinem länglichen Gesicht. Beth spürte, wie ihr ein Schauer über den Rücken lief, und ihr ganzer Körper bebte.

»Ich werde Ihnen sagen, wovon ich spreche.« Er löste seine Hände und sein Körper schien sich wie eine Schlange zu krümmen, als er nach vorne griff und ein Blatt Papier aufhob. »Lies das. Es ist ein Rechtsdokument. Es besagt, dass ich der Eigentümer des Hauses und des Geschäfts deines verstorbenen Vaters bin. Dem Ganzen. Mit allem Drum und

Dran und dem ganzen dampfenden Schweinedreck obendrauf.«

Beths Hände gefroren auf ihrem Schoß zu zwei steinharten Eisklumpen. Das konnte nicht wahr sein. »Was sagen Sie da?«

»Dein Vater hat mir alles überschrieben. Hat er dir das nicht gesagt?«

»Wann? Und warum? Das verstehe ich nicht.«

»Als deine Mutter ihn verließ, hielt Christy es für die beste Lösung, um zu verhindern, dass sie ihre schmutzigen, betrügerischen Pfoten an alles legt, was auch nur im Entferntesten mit ihm zu tun hat.«

»Das glaube ich keine Minute. Meine Mutter war nie auf etwas aus. Sie hatte auch gar kein Recht dazu. Sie war ja diejenige, die gegangen ist.«

»Ich nehme an, du hast dich nie gefragt, warum sie mit einem anderen Mann durchgebrannt ist?«

»Das hat mich damals nicht interessiert, und es interessiert mich auch jetzt nicht. Ich kann nicht glauben, dass Dad so einen krummen Plan ganz alleine ausgeheckt hat. Was haben Sie ihm versprochen?« Beth gelang es nicht, ein Gefühl der Wut zu unterdrücken. Sie kannte Leute wie Colin Kavanagh. Der Ausdruck Dreckskerl fiel gewöhnlich im gleichen Satz wie sein Name. Jetzt war sie überzeugt, dass er ihren Vater um sein Lebenswerk betrogen und ihr Erbe gestohlen hatte.

»Ich habe ihm einen Ausweg angeboten«, sagte Kavanagh süffisant. Er lehnte sich zurück, diesmal mit aufrechter Wirbelsäule. Noch bedrohlicher, dachte Beth.

Sie konnte es nicht länger ertragen. Sie sprang auf. »Fick dich. Für Sie war er vielleicht ein Leichtgewicht, ein menschliches Wesen, das es kaum verdient hat, diesen Namen zu tragen, aber er war mein Vater! Er war der einzige Mensch auf der Welt, der mich geliebt hat. Ich sage Ihnen, das lasse ich Ihnen nicht durchgehen.« Sie hielt inne, ihr Atem stockte, ihre Knie zitterten vor Erschöpfung. »Ich werde Sie jagen.«

Sein schallendes Gelächter erfüllte den Raum. Sie stemmte sich dagegen an, körperlich zusammenzuzucken. Sie musste stark wirken, obwohl es sich anfühlte, als ob ihr Inneres gerade in Millionen Stücke zerbrach.

»Du bist so lustig«, sagte er. »Du solltest auf die Bühne gehen. Vielleicht hat Giles Bannon eine Rolle für dich in einer seiner armseligen Shows.«

Wie konnte er sich so über sie lustig machen? Wie konnte er ihren Vater derart ausnehmen? In diesem Augenblick hasste Beth Colin Kavanagh mehr, als sie ihrem Herzen je zugetraut hätte. Fiona hatte Recht damit gehabt, ihn zu verlassen.

Sie legte los. »Ihre Tochter ist verschwunden. Sie sollten sich mehr Sorgen um sie machen als um mich. Gott weiß, welcher kranke Wichser sich gerade an ihr vergreift.« Sie fühlte sich sofort schrecklich, als sie die Worte ausgesprochen hatte, aber sie erhielt die Reaktion, die sie sich gewünscht hatte.

Kavanagh klopfte auf den Schreibtisch. »Was weißt du über Lily? Hast du ihr etwas angetan?« Plötzlich wich die Härte aus seinen Augen. Sie wurden wässrig, und seine Hände zitterten. »Ich muss sie finden. Sie ist meine Tochter und ich liebe sie, so wie dein Vater dich geliebt hat, auch wenn es so aussieht, als ob er es nicht getan hätte. Das musst du verstehen. Sag es mir, wenn du weißt, wo sie ist.«

Beth konnte das Lächeln nicht unterdrücken, das sich wie eine warme Brise auf ihrem Gesicht ausbreitete. Kavanaghs Gesicht verriet ihr, dass sie ihn verunsichert hatte, wenn auch nur für einen kurzen Moment.

Er stand auf. Sie verlor ihr Lächeln, als er um den Tisch trat und sie überragte.

»Drohe mir nicht, Beth Clarke. Nicht, wenn es um meine Tochter geht. Niemals. Lass das lieber.«

Ryan Slevin war erstaunt, dass die Spurensicherung sein Haus in einem überraschend guten Zustand hinterlassen hatte.

Es war das Haus seiner und Zoes Eltern gewesen. Als Zoe Giles heiratete, war sie in sein Haus im Dorf gezogen. Sie war so nett gewesen, ihn in den letzten sechs Monaten bei sich wohnen zu lassen, während er jeden Abend und jedes Wochenende arbeitete und das Haus umbaute. Für Fiona und Lily.

Er stand am Küchenfenster und blickte hinaus in die Dunkelheit. Er konnte hier nicht länger bleiben. So sehr er das Cottage auch liebte, war es jetzt das Wichtigste, von Ballydoon und Ragmullin wegzukommen. Dezember war kein guter Monat für Immobiliengeschäfte, aber er hoffte, dass sich das Cottage schnell verkaufen lassen würde.

Er wandte der Nacht den Rücken zu, öffnete einen Schrank, nahm seine Ersatzkamera heraus und überprüfte, ob die Gardaí die SD-Karte beschlagnahmt hatte. Sie war noch da. Wahrscheinlich suchten sie nach Beweisen dafür, dass in dem Haus ein Verbrechen begangen worden war. Aber sie würden keine finden, denn Fiona war in der Abtei umgekommen. So viel war klar.

Das Krächzen der Krähen drang durch den Schornstein. Er mochte keine Vögel. Es war in Ordnung, sie aus der Ferne zu fotografieren, aber der Gedanke, dass sie den breiten Schornstein hinunterflogen und in seinem Wohnraum landeten, ließ die Härchen auf seinen Armen in die Höhe schießen.

Er würde eine Haube auf den Schornstein setzen müssen, wenn er hier doch für längere Zeit leben sollte. Er steckte die SD-Karte ein, schob die Kamera zurück ins Regal und schloss die Schranktür. Er stand ganz still, als er ein lautes Klopfen an der Tür hörte.

»Ryan? Bist du da drin? Lass mich rein. Bitte.«

»Beth?« Er öffnete die Tür.

Sie stürzte hinein, ihr Gesicht voller Tränen, und warf sich in seine Arme. »Oh Ryan. Hilf mir.«

»Ist jemand hinter dir her?« Er blickte über ihren Kopf hinweg in die Nacht. Es war dunkel, bis auf das Licht, das aus der Tiefe seines Cottages drang.

»Zoe hat mir gesagt, dass du hier sein würdest. Ich habe geduscht und dann ... war er da. Er ist so ein furchtbarer Mensch.«

Er befreite sich aus ihrer Umklammerung, führte sie in die Küche und setzte sich neben sie.

Sie schien sich schnell wieder zu fassen und blinzelte gegen die Tränen an. »Erst Fiona und jetzt mein Dad. Warum, Ryan? Warum?«

»Ich habe keine Ahnung, wovon du sprichst. Fang am Anfang an.«

»Ich bin früher von der Arbeit los. Ich musste nach meinem Vater suchen. Ich dachte, er wäre verschwunden, weißt du.« Sie hielt inne und holte Luft. Er wusste nichts, aber er nickte, damit sie fortfuhr. »Ich konnte ihn nirgends finden. Ich war sogar bei der Polizei. Aber diese Detective hat gesagt, dass ich achtundvierzig Stunden oder so warten muss. Ich habe das ganze Dorf abgesucht. Keiner konnte sich erinnern, ihn gesehen zu haben. Und dann ... dann habe ich sein Auto gesehen, hinter der Werkstatt ...« Sie begann wieder zu weinen.

»Welche Werkstatt?«

»Dads alte Werkstatt. Ich hatte den Ersatzschlüssel und bin reingegangen. Oh Ryan. Er ... er hat sich umgebracht.«

»Dein Vater?«

Sie nickte und schluchzte hysterisch. »Warum sollte er so etwas tun?«

Er schüttelte den Kopf. Woher sollte er das wissen? Christy Clarke hatte ihn nie besonders gemocht. »Vielleicht war er verschuldet oder so.«

»Das habe ich auch gedacht. Und dann, gerade eben, war er in meinem Haus.«

»Wer?« Ryan kratzte sich am Kopf. »Dein Vater?«

»Nein, nein. Colin Kavanagh.«

Er spürte, wie seine Haut kribbelte, legte sanft einen Finger unter Beths Kinn und hob ihren Kopf an, damit er ihr in die Augen sehen konnte. »Dieser Mistkerl Kavanagh war in deinem Haus? Was wollte er?«

»Er saß am Tisch meines Vaters, an seinem Schreibtisch, und ging seinen Papierkram durch«, schluchzte sie.

»Was für eine Frechheit von dem Schwein.«

»Er hat gesagt, dass Dad ihm alles überschrieben hat. Den Hof. Das Haus. Alles. Und mir rein gar nichts vermacht hat. Was soll ich nur tun?«

»Moment mal kurz.« Ryan versuchte, logisch zu denken. »War Kavanagh der Anwalt deines Vaters?«

Sie zuckte mit den Schultern. »Er muss es wohl gewesen sein, nehme ich an. Ich habe mich nie mit diesem ganzen Kram beschäftigt.«

»Mein Gott, Beth, das ist eine verdammt ernste Sache.«

»Ich weiß.«

Er wollte ihr einen Drink anbieten, aber er hatte keinen Alkohol im Haus. Vielleicht Tee? Aber Beth sah aus, als würde Tee ihr auch nicht mehr helfen.

»Willst du auf einen Drink ins Dorf gehen? Du könntest sicher einen gebrauchen. Ich weiß jedenfalls, dass ich das könnte.«

»Vielleicht.« Sie lehnte sich an ihn und er umarmte sie. »Oh Ryan, ich weiß nicht, was ich tun soll.«

»Ich schon.«

SIEBENUNDDREISSIG

Im örtlichen Pub herrschte reges Treiben, denn dort fand ein Pubquiz des Fußballvereins statt. Lottie roch Bauernhof und gebratenes Essen, obwohl sie hoffte, dass die beiden Gerüche nicht aus der gleichen Quelle stammten. Es war laut und stickig, die Einrichtung nüchtern und doch altmodisch. Der Barmann hatte mit dem Gedränge und mit den Rufen nach mehr Bier, Schnaps und Kurzen ziemlich zu kämpfen.

Nach ihrem kleinen Ausraster mit Katie hatte sie den Auflauf stehen gelassen, Boyd angerufen und ihn dazu überredet, durch den Schnee zu *Brennan's Pub* in Ballydoon zu fahren, nur um zu sehen, ob sie vielleicht etwas mehr über den Tod von Fiona Heffernan in Erfahrung bringen könnten. Das hatte sie ihm jedenfalls gesagt, obwohl ihr Katies Worte immer noch in den Ohren gehallt hatten. Sie fragte sich, wie Boyd sich wohl in ihrer verrückten Familie zurechtfinden würde. Wahrscheinlich ganz leicht.

Er genoss gerade sein zweites Pint, und sie hatte das Gefühl, dass sie platzen würde, wenn sie noch ein Mineralwasser trank. Sie wollte unbedingt ein Glas Wein. Ein großes Glas, kein winzig kleines. Voll bis zum Rand, so dass sie sich hinunterbeugen und ihre Lippen an den Rand legen musste. Erst nippen, dann einen göttlichen, großen Schluck nehmen. Das Bild war so lebendig in ihrem Kopf, dass sie die Trauben schon im Mund schmeckte. Sie stellte sich einen Ort vor, an den sie nach ein oder zwei Flaschen schweben konnte. Ins Vergessen. Ein Punkt in der Unendlichkeit, an dem sich all ihre Sorgen in Nichts auflösten. Nach dem Streit mit Katie und der Verbrennung an ihren Fingern hatte sie gewusst, dass es nur eine Person gab, die sie davon abhalten konnte, die Flasche Kochwein, die sie im hinteren Teil des Schranks aufbewahrte, zu trinken.

»Worüber denkst du nach?«, sagte Boyd und nippte an seinem Drink.

»Das willst du nicht wissen«, murmelte sie und der Geruch von Alkohol umhüllte sie.

»So schmutzig, was?«, grinste er.

Sie schlug ihm auf den Arm und ihre Stimmung hellte sich auf. Ein winziges bisschen. Boyd hatte dabei irgendwie das Glas fallen lassen. Sie hatte ihn doch gar nicht so fest geschlagen, oder? Überall auf dem Boden flogen Glassplitter herum. Das Bier sickerte in die alten, vernarbten Dielen, und die Leute versuchten, aus dem Weg zu gehen, tanzten kleine Tänzchen.

»Es tut mir leid«, sagte Boyd und sprang auf. »Es tut mir so leid.«

»Alles in Ordnung«, sagte Lottie. »Setz dich hin. Stell dich doch nicht so an. Hier ist der Barmann ja schon.«

Boyd setzte sich, und sie starrte ihn an, als ein junger Mann mit Mopp und Besen in der Hand erschien. Der Boden war schnell gereinigt und das Glas aufgefegt. In den wenigen Minuten, die es dauerte, saß Boyd wie eine Statue auf dem niedrigen dreibeinigen Hocker, die Knie fast am Kinn, während er sich nach vorne beugte. Sie bemerkte, wie eingefallen seine Wangen waren. Ihr Herz sank und landete irgendwo in der Magengrube.

»Boyd?« Ihre Stimme wurde von dem Lärm übertönt. Eine Pause im Pubquiz. Sie beugte sich zu ihm hin und sagte viel lauter: »Was ist los?«

Anstatt näher zu kommen und etwas zu sagen, schien er sich noch weiter zurückzuziehen. »Ich habe ein Glas zerbrochen. Ich hole mir einen neuen Drink, wenn an der Bar nicht mehr so viel los ist.«

»Ich rede nicht von deinem blöden Drink. Was ist los mit dir?« Es tat ihr fast leid, dass sie die Frage gestellt hatte. Sie war sich nicht sicher, ob sie die Antwort wissen wollte, denn irgendwo in ihrer Seele spürte sie, dass Boyd keine guten Nachrichten für sie haben würde. Sie waren verlobt, auch wenn er ihr noch keinen Ring angesteckt hatte. War es eine andere Frau? Nein, nicht jetzt, wo sie ihm gerade erst ihr Herz anvertraut hatte. Sie spürte, wie ihr der Atem in der Kehle stockte.

»Mir? Moi?« Er lächelte mit gespielter Ungläubigkeit. »Ich bin fit wie ein Turnschuh. Oder ein Schneestiefel. Oder was auch immer dem Wetter draußen im Moment entspricht.«

»Ganz sicher?«

Er neigte den Kopf und drückte ihr einen schnellen Kuss auf die Wange. »Mir geht's super. Ehrlich. Ich hole mir jetzt noch ein Pint.«

Er stand auf und drängte sich an die Bar.

Sie war sich nicht sicher, ob sie ihm auch nur ein Wort glaubte. Sie hätte nachhaken sollen. Wie die Polizistin, die sie war, hätte sie nach der Wahrheit suchen müssen, aber kurz nachdem Boyd aufgestanden war, öffnete sich die Tür und Ryan Slevin kam herein, gefolgt von Beth Clarke.

Wie gebannt beobachtete Lottie, wie die beiden nach einem Sitzplatz suchten. Da sie keinen finden konnten, lehnte sich Beth gegen eine freie Wand und Ryan ging zur Bar. Jemand stand auf, zog seinen Mantel an und verließ das Lokal. Beth setzte sich auf den freien Stuhl, direkt in Lotties Blickfeld.

Als Boyd mit leicht geröteten Wangen zurückkam, sagte sie: »Hast du Ryan Slevin an der Bar gesehen?«

»Nein. Ist er hier?«

»Ja. Mit Beth Clarke.«

»Das ist kein Verbrechen.«

»Ich weiß, aber ...«

»Sie arbeiten zusammen«, fuhr er fort. »Oder etwa nicht?«

»Doch.«

»Und beide haben in den letzten ein oder zwei Tagen einen geliebten Menschen verloren, was ist also so schlimm daran?«

»Ich habe doch gar nicht gesagt, dass es eine große Sache ist.« Sie verschränkte die Arme. »Herrgott, Boyd, manchmal bist du echt unmöglich.«

»Ich? Du bist diejenige, die ein großes Theater darum macht, dass zwei trauernde Menschen zusammen etwas trinken gehen.«

»Pst. Vielleicht kann ich hören, was sie sagen.«

»Bist du verrückt?«, sagte Boyd. »Hier ist es lauter als auf einem Schulhof während der Pause. Genieß deinen Drink und entspann dich.«

»Ich würde, wenn ich einen Drink hätte.«

»Oh Scheiße. Ich habe vergessen, dir auch was zu holen.«

»Ich meine einen Drink mit Alkohol drin. Vorzugsweise hundertprozentig.« Sie wollte jetzt wirklich einen. Denn plötzlich schien ihr alles ein wenig zu viel zu werden, und sie wollte eine Stunde erleben, an die sie sich später nicht mehr erinnern würde. Eine Stunde. Oder wenigstens eine halbe Stunde. Damit würde sie sich schon zufriedengeben. Ja. Ganz bestimmt.

»Mach es nicht«, sagte Boyd mit sanfter, aber ernster Stimme. »Nicht jetzt. Nicht später. Du machst das so gut.«

»Ja, *Rose*.«

»Du machst mir Angst, Lottie.« Er klang ganz und gar nicht überzeugt von dem halben Lächeln, das sie ihm zuwarf.

»Es war nur so ein Gedanke. Du weißt schon, einer dieser irrationalen Gedanken, die mir ab und zu durch den Kopf gehen.«

»Das weiß ich nur zu gut.« Boyd lachte und ging, um ihr eine weitere Flasche Wasser zu kaufen.

Sein Lachen tröstete sie ein wenig. Vielleicht versteckte er doch nicht irgendwo im Westen eine Frau vor ihr. Er kam mit dem Getränk zurück, und sie behielt das Paar bei der Tür im Auge. Sie nippte an dem Wasser und stellte sich vor, es sei ein Glas trockener Weißwein.

»Sie scheinen sich sehr nahe zu stehen«, sagte sie.

»Wer?«

»Ryan und Beth.«

»Hör auf zu starren.«

»Sie hat gerade ihre Hand auf sein Knie gelegt, und er hat seine Hand auf ihre gelegt. Er hat nicht versucht, sie wegzuschieben.«

»Ich würde deine auch nicht wegschieben, wenn du sie auf mein Knie legen würdest.«

»Halt die Klappe, Boyd. Ich versuche zuzuhören.«

»Du bist verrückt.«

»Das hast du schon so oft gesagt.»

»Und ich dachte, du hörst mir nie zu«, sagte er.

»Doch, das tue ich. Manchmal.« Sie starrte weiter auf Ryan und Beth. »Ich frage mich, ob wir irgendwie näher an sie herankommen können.«

»Lottie, ich trinke dieses Pint aus, du fährst mich nach Hause und dann kümmerst du dich um Katie und Chloe. Vergiss die Arbeit. Für den Moment.«

»Aber das könnte wichtig sein.«

Die Tür des Pubs öffnete sich, und Colin Kavanagh trat ein, wobei er seinen weißen Haarschopf beugte, damit er den Türsturz nicht streifte.

In Windeseile war Ryan auf den Beinen. Bevor irgendjemand reagieren konnte, schlug und trat er auf den Anwalt ein, und aus seinem Mund floss ein Schwall von Beschimpfungen. Lottie richtete ihren Blick auf Beth. Das Mädchen war wie erstarrt. Im nächsten Augenblick war Boyd auf den Beinen und versuchte, die beiden Männer zu trennen.

Lottie bahnte sich einen Weg durch die Menge und fragte sich, wie Boyd es gelungen war, so schnell zu ihnen zu gelangen. Kavanagh wurde von Boyd zurückgehalten, während Ryan Slevin immer noch auf ihn einschimpfte. Lottie packte ihn am Arm. Das hielt ihn aber nicht davon ab, weiterzuschreien.

»Sie sind ein diebischer Bastard, Kavanagh. Ein Taugenichts und ein Betrüger. Kein Wunder, dass Fiona Sie nicht ausstehen konnte. Sie sind ein verdammtes Arschloch. Sie ...«

»Jetzt reicht es. Ryan, setzen Sie sich hin. Auf der Stelle.« Lottie legte eine Hand auf seinen anderen Arm. Er schüttelte sie ab.

»Verdammte Gardaí. Nie sind sie da, wenn man sie braucht, und dann stecken sie ihre Nasen überall da hinein, wo man sie nicht brauchen kann.« Spucke landete auf Lotties Wange. Sie wischte sie seelenruhig ab und zwang Ryan schließlich, sich auf einen Hocker zu setzen.

»Ich will, dass er verhaftet wird. Er hat mich angegriffen. Ich reiche eine förmliche Beschwerde ein«, schimpfte Kavanagh.

»Halten Sie Ihr Maul«, sagte Boyd.

»Sie haben getrunken«, sagte Kavanagh.

»Ich bin nicht im Dienst, und es geht Sie nichts an.«

»Alles in diesem Dorf geht mich etwas an, denn mir gehört mehr als die Hälfte davon.«

Die Menge um sie herum schwoll an und die Männer begannen wütend zu schreien. Lottie filterte die Worte heraus und konzentrierte sich darauf zu überlegen, wie sie die Situation entschärfen konnte.

»Ich denke, Sie sollten nach Hause gehen, Mr Kavanagh.«

Der große Mann blickte sich um. Er schien die Feindseligkeit in der Bar zu spüren, machte auf dem Absatz kehrt, senkte
den Kopf und verließ die Bar.

»Puh«, keuchte Lottie. »Das war knapp.«

»Was meinst du?«, sagte Boyd.

»Ich dachte, er würde dir eine verpassen.«

»So viel Glück habe ich nicht.«

Sie richtete ihre Aufmerksamkeit auf Ryan. »Noch mehr
solche Geschichten und Sie verbringen die Nacht in einer
Zelle.«

»Kavanagh ist derjenige, der in einer Zelle sitzen sollte.«

»Warum sagen Sie das?«

»Er hat die arme Beth bis aufs Hemd ausgeraubt.«

Beth machte neben Ryan auf sich aufmerksam. »Ich kann
für mich selbst sprechen und für meine eigene Sache kämpfen.
Es gibt keinen Grund, dich wie ein Arschloch aufzuführen,
Ryan.«

»Ach wirklich?« Er sah aus, als würde er gleich weinen.
»Hier ist es mir zu voll. Ich gehe nach Hause.«

»Ich möchte mit Ihnen reden«, sagte Lottie.

Er ignorierte sie. »Kommst du, Beth?«

Beth hob ihre Jacke vom Boden auf. »Sieht so aus.«

Lottie griff nach ihrem Ellbogen. »Ist alles in Ordnung?«

»Wie soll denn alles in Ordnung sein? Mein Vater hat sich
den Kopf mit einer Schrotflinte weggeblasen und dieser Bastard
Kavanagh hat ihm den letzten Penny gestohlen. Nein, bei mir
ist nicht alles in Ordnung.«

»Wovon reden Sie?«

»Fragen Sie Colin Kavanagh.« Beth riss sich von Lottie los
und schob sich an Ryan vorbei. Und bevor Lottie eine weitere
Frage stellen konnte, war Ryan auch schon weg.

Als sich die Menge wieder ihrem Quiz und den Getränken
zuwandte, sagte sie: »Ich glaube, ich habe genug von hier.«

»Dann lass uns gehen«, sagte Boyd.

Draußen hatte es wieder zu schneien begonnen. Von Ryan und Beth war nichts mehr zu sehen. Lottie ging die Straße hinunter zum Auto. Boyd holte sie ein.

»Du bist ungewöhnlich angefressen heute Abend«, sagte er.

»Also, ich finde, du hast dich vorhin ganz schön schnell in den Streit eingemischt. Ich würde sagen, du bist noch angefressener als ich.«

Die Art und Weise, wie Boyd den Kopf hängen ließ, hatte etwas, das ihren Zorn löschte. Sie lehnte sich an ihn und legte ihren Finger unter sein Kinn. Die Sehnsucht, in seinen Armen gehalten zu werden, verdrängte die anderen Gefühle, die um ihre Aufmerksamkeit rangen; sie fühlte sich so einsam, dass es körperlich schmerzte. Sie war die Expertin, wenn es um Einsamkeit ging, und sie glaubte, dass Boyd es auch so empfand. Er wandte sich jedoch von ihr ab und wies ihre Umarmung zurück.

»Was ist los?«, fragte sie.

»Jetzt ist kein guter Zeitpunkt.« Er bewegte den Kopf, als ob sich etwas in seinen Haaren verfangen hätte und er es abzuschütteln versuchte.

»Was meinst du?«

Er schritt einmal am Auto entlang und dann wieder zurück. »Ich habe gerade nicht den Kopf dafür.«

»Aha, ich verstehe.« Aber sie verstand überhaupt nichts. »Ist dein Kopf vielleicht gerade in Galway? Junges Gemüse, das ein Bett für dich warmhält?«

»Hörst du dir eigentlich jemals selbst zu?«

»Und warum verpisst du dich nicht einfach?« Sie schloss das Auto auf und setzte sich hinein.

Als Boyd auf die Beifahrerseite ging, verriegelte sie alle Türen.

»Lottie? Du benimmst dich wie ein Kleinkind. Lass mich rein.«

Sie ließ den Motor an, fuhr aus der Parklücke und schlit-

terte über die Straße. Als sie scharf links abbog, sah sie im Rückspiegel, wie Boyd immer kleiner wurde, die Hände in die
Hüften gestemmt, und seinen Kopf ungläubig schüttelte.

Ja, sie war vielleicht kindisch, aber es fühlte sich gut an.
Sein Flittchen in Galway konnte ihn mit Handkuss haben.
Wenn er Lottie schon einen Verlobungsring geschenkt hätte –
sie hätte ihn glatt aus dem Fenster geworfen.

ACHTUNDDREISSIG

Ihre drei kleinen Jungs waren endlich eingeschlafen. Zoe faltete die gewaschenen und getrockneten Schuluniformen von Tommy und Josh zusammen, Zacks Kleidung war noch in der Waschmaschine. Sie freute sich über die wenigen Augenblicke der Ruhe, die sie hatte. Momente wie diese waren selten in ihrem Leben. Es waren immer Erwachsene oder Kinder um sie herum. Ihre Beine fühlten sich schwer an, als wäre das Blut in ihren Adern wie Blei, das sich um ihre Knöchel legte. Sie hob die drei blauen Regenjacken auf und wollte sie gerade an den Ständer im Flur hängen.

Als sie sich im Spiegel sah, stieß sie einen kleinen Schrei aus. Sie erkannte sich kaum wieder. Wann war das passiert? Das eingefrorene Bild starrte sie an. Ihr Haar war mit grauen Strähnen durchzogen. Natürliches Grau, kein hippes neumodisches Grau, für das Frauen im Friseursalon ein Vermögen bezahlten. Ihre Augen, die denen von Ryan so sehr ähnelten, waren vor Müdigkeit ganz klein und ihre Stirn war von tiefen Furchen gezeichnet. Sie hängte die Jacken der Jungs auf und ging zurück den Flur entlang.

In der Küche öffnete sie eine Packung Kekse und hatte

schon vier oder fünf Stück verschlungen, als die Haustür aufging. Giles war zu Hause. So viel zur Ruhe.

»Ich bin hier drin«, sagte sie und fegte eilig die Krümel vom Tisch in ihre Hand. »Im Topf ist ein Fischeintopf.«

»Schon wieder Fisch?« Er ließ sich auf einen Stuhl fallen und entfaltete eine Zeitung auf dem Tisch.

»Es war noch so viel von gestern übrig, ich wollte es nicht verschwenden. Ich weiß doch, wie sehr du Verschwendung hasst.« Sie schöpfte ein paar Löffel auf einen Teller und schaltete den Herd aus. »Hast du schon die Nachrichten gehört?«

»Ich versuche gerade, sie zu lesen, wenn du nur die Klappe halten würdest.«

Zoe stellte ihm den Teller zu seiner Rechten. Er nahm die Gabel und schob sich einen Bissen in den Mund, während er mit der anderen Hand noch immer die Zeitung festhielt.

»Aua. Das ist ja wahnsinnig heiß«, keuchte er.

»Puste mal drauf«, sagte sie, »so wie es die kleinen Kinder machen.«

Das Rascheln des Papiers, als er zusammenknüllte, knirschte wie Nägel auf einer Kreidetafel.

»Fick dich«, sagte er und warf das Papier auf den Boden.

»Ich habe gerade erst den Boden gefegt.« Sie ließ sich nicht beirren, obwohl sie nur noch nach oben gehen, ins Bett fallen und schlafen wollte.

»Dann feg ihn noch einmal.« Sie bewegte sich nicht.

»Was guckst du so?« Er hielt mit der Gabel auf halbem Weg zum Mund inne, die Soße tropfte auf den Tisch. Seine Lippen waren feucht und schlaff. Während sie abgenommen hatte, schien es, als sei Giles zu einem Ballon aufgebläht. Das musste an der ganzen Butter und Sahne in ihren neuen Rezepten liegen.

»Dich gucke ich an, Giles. Ich gucke dich an. Du denkst vielleicht, du kannst mit Trevor und Shelly in der Tanzschule so umspringen, aber um Himmels willen, ich kann das nicht viel länger ertragen.«

Er stieß den Teller weg, kickte die Zeitung unter den Tisch und zog sie zu sich heran. Der Griff, mit dem er sie festhielt, ließ sie auf die Knie fallen.

»Du tust mir weh«, flüsterte sie.

»Gut. Du weißt, wie wichtig meine Arbeit ist, oder?«

»Natürlich weiß ich das.«

»Ich erwarte, dass du das Haus in Ordnung hältst, während ich weg bin. Ich kann es nicht leiden, in einen Schweinestall zu kommen.«

»Ich tue mein Bestes.« Gott, warum gab er ihr das Gefühl, so wertlos zu sein?

»Nein, das tust du nicht. Ich habe eigentlich gar keine Ahnung, was du den ganzen Tag über machst.«

»Ich kümmere mich um Zack, bringe die Jungs zur Schule und hole sie ab. Giles, bitte, es gibt etwas, worüber ich mit dir reden muss.«

»Feg erst mal den Dreck weg.«

»Hör mir zu. Ich will wieder arbeiten gehen.« Giles hatte auf ihre verlängerte Elternzeit bestanden, und obwohl sie es gehasst hatte, für Colin Kavanagh in seiner Anwaltskanzlei zu arbeiten, gab ihr das immerhin ein gewisses Gefühl der Freiheit.

»Was redest du da? Du kannst nicht einmal einen Tag anständig im Haus arbeiten.«

»Ich werde hier noch wahnsinnig. Wir brauchen das Geld, und ich möchte unbedingt wieder arbeiten.«

»Nein«, knurrte er.

Sie schoss in die Höhe und zog, wie von einem fremden Geist besessen, ihre Hand nach hinten, um ihm eine Ohrfeige zu verpassen. Er erwischte ihr Handgelenk und verdrehte es.

»Ich bekomme im Theater genug Scheiße ab und ich erwarte ein bisschen Respekt, ganz zu schweigen von einem sauberen Haus, wenn ich nach Hause komme.«

»Christy Clarke ist tot«, spuckte sie ihm entgegen.

Sie wartete auf eine Reaktion. Die purpurrote Farbe wich aus seinem Gesicht. Seine Augen traten hervor. Sie konnte das Gelb in den Ecken des Weißen sehen und die Adern, die sich zu den Pupillen schlängelten.

»Das glaube ich dir nicht.«

»Er hat sich seinen verdammten Kopf weggepustet. Weißt du, was das bedeutet?« Aus irgendeinem Grund genoss sie sein Unbehagen, obwohl sie wusste, was der Tod von Christy auch für sie bedeutete.

»Was?«

»Wir sind am Arsch, Giles«, spuckte sie.

»Jesus, Maria und Josef.« Er streckte eine Hand aus, um ihre zu ergreifen, aber sie wich zurück, als hätte er eine ansteckende Krankheit. »Was sollen wir jetzt tun?«

»Ich dachte, da du nach eigener Aussage so eine *wichtige* Person bist, könntest du dir vielleicht etwas einfallen lassen.«

»Du kannst mich mal, Zoe.« Er stürzte aus dem Stuhl. Sie duckte sich hinter ihren Händen, aber er war schon weg. Sie konnte sehen, wie er sich im Flur seinen Mantel schnappte, zur Tür hinausrannte und sie hinter sich zuschlug.

Ein Weinen aus dem Obergeschoss.

»Und du kannst mich mal, Giles«, rief sie ihm nach. »Du hast die Jungs aufgeweckt.«

———

Steve O'Carroll starrte auf das Reservierungsprogramm auf dem Computerbildschirm. Sein Chef würde einen Anfall bekommen, wenn er nächste Woche aus Gran Canaria zurückkehrte – so braungebrannt, wie er es sich aufgrund guter Verkaufszahlen leisten konnte. Nun, er würde sehr enttäuscht sein. Da die Slevin-Heffernan-Hochzeit, so klein sie auch geplant gewesen war, abgesagt worden war, würde es dieses

Jahr kein Weihnachtsgeld geben. Die Anzahlung war zwar gesichert, aber sonst war nichts bezahlt. Weder die Blumen, die Dekoration, die Kellner oder die Köche. Und die Lebensmittel, die schlecht wurden, denn die Kühltruhen waren bis zum Rand gefüllt. Steve hasste es, wenn so etwas passierte, aber hatte er nicht auch seine eigene Hochzeit abgesagt? Das ließ ihn an Cara denken. Er hörte ein unangenehmes Klick-Klack in seinen Ohren und drehte sich im Stuhl um. Das Geräusch stammte von einem Paar Absätze, das über den Boden der leeren Bar lief.

»Bedient in dieser Spelunke eigentlich auch irgendwer?«

Er schaute durch die halb geöffnete Bürotür hinaus. Keine Spur von seinem Barmann hinter dem Tresen. Er schätzte Eve Clarkes Aussehen von seinem Aussichtspunkt aus ein. Sie gehörte zu den Frauen, die sich für ein Geschenk Gottes an die Menschheit hielten, obwohl sie in Wirklichkeit mittleren Alters war, über und über mit Make-up zugekleistert und mit falschen Wimpern dekoriert. Sie versuchte zu angestrengt, jünger auszusehen, als sie war, mutmaßte er.

»Bedienung!«, rief sie, als wäre sie in einem Saloon in der Stadt.

Sie konnte warten.

Er wandte seine Aufmerksamkeit wieder dem Bildschirm zu, fuhr sich mit den Fingern durch den Pferdeschwanz und überlegte, was er nun tun sollte.

———

Eve hatte eigentlich nicht auf einen Drink ausgehen wollen, aber der Gedanke, dass Cara Dunne nebenan ermordet worden war, ließ sie erschaudern. Sie hatte sich das Gesicht zurechtgemacht, dann eine weiße Jeans und eine blaue Bluse angezogen und dabei vergessen, dass sie nicht mehr in Spanien lebte und es draußen null Grad waren.

Sie saß auf dem hohen Hocker und ließ eine Münze auf dem Tresen klimpern. Als Steve O'Carroll schließlich herauskam, um sie zu bedienen, fragte sie: »Wo ist Ihr neuer Barkeeper?«

»Keine Ahnung. Was kann ich Ihnen bringen, Schätzchen?«

»Ich bin nicht Ihr Schätzchen. Gin und Tonic. Hendricks, wenn Sie den haben.«

Sie beobachtete bewundernd, wie er sich bückte, um ein Glas zu nehmen. Als er aufstand, sah sie, wie sich seine Schultermuskeln unter dem eng anliegenden weißen Hemd spannten.

»Heute Abend ist aber nicht viel los«, sagte sie. Smalltalk. Mehr hatte er nicht verdient.

»Nein.«

»Und keine Hochzeitsgäste, um die man sich kümmern könnte, jetzt wo die Heffernan umgebracht worden ist. Das muss schlecht sein fürs Geschäft.«

Er stellte den Gin und eine kleine Flasche Tonic vor sie hin. »Noch irgendetwas?«

»Das mit Cara tut mir leid«, sagte sie und zählte die Münzen aus ihrem Portemonnaie.

»Ja, Pech gehabt.«

»Glauben Sie das?«

»Was meinen Sie?« Seine Augen verengten sich, als er die Münzen nahm.

»Ich meine nur, dass Sie ziemlich lange zusammen waren.«

»So lange auch wieder nicht.« Er wirkte nervös und wedelte mit seinem dummen Ponyschwanz. Für wen hielt er sich eigentlich, dass er in Ragmullin so herumlief?

»Trotzdem müssen Sie am Boden zerstört sein.«

»Bin ich nicht.«

»Das ist ein bisschen hart. Sie war eine gute Frau. Ich war

dankbar, als sie mir von der leerstehenden Wohnung nebenan erzählt hat.«

»Noch zwei Euro.«

»Was?«

Er ließ das Geld in seiner Hand klimpern, bevor er sie zu einer Faust schloss.

»Entschuldigung.« Sie suchte in ihrer Handtasche, weil sie keinen Schein angreifen wollte, und fand ein paar Münzen, die in eine Quittung eingewickelt waren. »Hier, bitte sehr.«

Er legte das Geld in die Kasse und machte sich auf den Weg zurück ins Büro.

Sie sagte: »Es war Mord, wissen Sie.«

»Was war Mord?«

»Der Tod von Cara. Die Gardaí sind überall unterwegs. Man kann sich kaum von der Stelle bewegen, ohne mit einem von ihnen zusammenzustoßen.«

»Wirklich?« Er kam zurück an die Bar.

Jetzt hatte sie seine Aufmerksamkeit. »Oh ja. Sehr grässlich. Ich habe die Leiche gefunden. Schrecklich.«

»*Sie* haben die Leiche gefunden?«

»Das habe ich. Es geht mir immer noch nicht viel besser.«

»Haben sie nach mir gefragt?«

»Wer?«

»Die Gardaí.«

»Ja. Eine weibliche Detective. Lange Beine. Zu dünn, wenn Sie meine Meinung hören wollen. Wahrscheinlich hat sie keine Zeit zum Essen. Kann mich jetzt nicht mehr an ihren Namen erinnern.«

»Das muss diese Parker gewesen sein. Sie ist Detective Inspector.«

»Wenn Sie es sagen.« Eve erinnerte sich kaum an das Gespräch, geschweige denn an den Namen.

»Worüber hat sie mit Ihnen gesprochen?« Er zog noch nervöser an seinem Pferdeschwanz, und Eve bemerkte

Schweiß, der auf seiner Oberlippe perlte. So warm war es hier drin doch gar nicht.

»Das möchten Sie wohl gerne wissen?«

»Möchte ich, ja.«

»Und ich hätte gerne noch einen davon. Auf Kosten des Hauses.«

»Noch einmal Hendricks?« Jetzt schien er unbedingt gefallen zu wollen.

Sie lächelte, mit Zähnen. »Klar doch.«

Als sie den Gin durch den schwarzen Strohhalm, den er in das Glas gesteckt hatte, leerte, dachte sie, dass sie heute Abend vielleicht etwas mehr als nur einen kostenlosen Drink von Steve O'Carroll bekommen würde.

———

Trevor Toner sah zu, wie sich die Nacht dem Ende zuneigte, als er vor der Tür seiner Wohnung stand und einen Joint rauchte. Es war ein komischer Tag gewesen. Nicht lustig komisch, nur seltsam. Wenn er sich nicht aufraffte und die Kurve kriegte, könnte seine Show abgesetzt werden. Sie war sowieso scheiße. Er musste zugeben, dass sein Interesse an der Show zusammen mit der kleinen Lily Heffernan durch die Theatertür hinausspaziert war. Aber er musste die Show hinkriegen. Wenn sie ein Erfolg wurde, würden immer mehr Eltern ihre kleinen Lieblinge in seinen Kursen anmelden, in der Hoffnung, dass er zwei linke Füße in zehn glitzernde Zeherlein verwandeln konnte. Er versprach, sie mit einer Hand zu Stars zu machen, während er mit der anderen Hand ihr Geld einsackte.

Er schaute zu den dunklen Fenstern über seinem Kopf hinauf und zog den Kragen seiner Jacke hoch. Jetzt würde er erst einmal ein Pint trinken gehen.

Er ging die Main Street hinauf, bis er das Railway Hotel erreichte. Er fragte sich, wer wohl heute Abend arbeitete.

Sicherlich nicht Steve. Nicht nach dem Tod von Cara gestern. Andererseits war, so wie er Steve kannte, alles möglich. Er stieß die Tür zur Hotelbar auf und warf einen Blick hinein. Es war nicht allzu viel los hier. Ein Paar am hinteren Ende und ein Mann allein am Tisch am Fenster. Eine Frau am Tresen war in ein Gespräch mit Steve vertieft. Keine Spur von dem neuen Barmann. Als er einen Schritt auf den schwarz gekachelten Boden machte, drehte die Frau ihren Kopf zur Seite.

Trevor wich zurück und war in Sekundenschnelle durch die Tür und wieder auf der Straße, wo er tief durchatmete. Als er die Flucht ergriff, lief ihm kalt den Rücken hinunter.

———

Lily war so müde, obwohl es ihr vorkam, als ob sie stundenlang geschlafen hatte. Sie hatte keine Ahnung, wo sie war, und sie fühlte sich zu schwach, um ihre Beine zu bewegen. Sie hatte den ganzen Tag keinen Ton gehört.

Sie fragte sich, wo ihre Mummy war. Manchmal holte sie sie zu spät ab, aber Lily wartete immer auf sie. Sie war noch nie allein nach Hause gelaufen oder in fremde Autos gestiegen. Nicht bis gestern. Aber es war kein fremdes Auto gewesen. Kein Fremder. Und das war es, was sie am meisten ärgerte. Das war doch nicht fair. Tränen stachen wie Nadeln in ihre Augen. Aber sie war jetzt ein großes Mädchen, und große Mädchen sollten nicht weinen.

Ein flatterndes Geräusch ließ sie den Atem anhalten. Was war das? Ihr Herz hämmerte gegen ihren Brustkorb und ihr Magen knurrte. Sie war hungrig und konnte sich nicht erinnern, wann sie das letzte Mal etwas gegessen hatte. Kein richtiges Essen, wie es ihre Mummy immer kochte. Ein Gefühl von etwas, das sie nicht beschreiben konnte, durchfuhr sie, und sie hatte das schreckliche Gefühl, dass sie ihre Mummy vielleicht nie wieder sehen würde. Nein!

Als sie versuchte, sich aufzusetzen, konnte sie nur einen Arm bewegen. Ihr Kopf tat weh, ihr Haar fühlte sich klebrig an und ihr Mund war trocken. Sie hatte in ihrem ganzen Leben noch nie so viel Angst gehabt. Nicht einmal, als Johnny Burns sie in der Grundschule an den Haaren gezogen und ihr in den Orangensaft gespuckt hatte und ... sie konnte sich nicht erinnern, was Johnny ihr an diesem ersten Schultag noch alles angetan hatte, aber sie wusste, dass ihre Mummy ihr ein neues Kuscheltier kaufen musste, damit sie am nächsten Tag wieder hinging. War es Peppa oder Winnie-the-Pooh gewesen? Sie versuchte, sich daran zu erinnern, welches Spielzeug sie bekommen hatte, weil sie dachte, dass es wichtig war, sich an solche Kleinigkeiten zu merken. Aber sie konnte sich nicht erinnern und das machte sie noch trauriger.

Als sie lauschte, hörte Lily wieder das Geräusch. Wenigstens war es keine Maus, dachte sie. Ihre Mummy hasste Mäuse und hatte einmal geschrien und war auf einen Stuhl gesprungen, als eine aus dem Schrank gelaufen war, den sie gerade geöffnet hatte. Lily fand das so lustig. Aber nicht jetzt. Sie wollte nicht auf einen Stuhl springen müssen. Denn sie konnte sich nicht bewegen.

Das Flattern wurde stärker und kam näher, wie Schritte. Lily schrie auf, als etwas Weiches ihre Stirn berührte.

———

Auf dem Hof stand der Mann so still, wie es die aufkommende Brise erlaubte. Das Quieken der Schweine war ohrenbetäubend. Er hob sein Gesicht zum Himmel und begrüßte die Frische der Schneeflocken, etwas, das seinen Gaumen säuberte. Sein Körper zitterte, als stattdessen Regen ihn in einen feuchten Nebel hüllte.

Ihr Auto war nicht da. Im Haus brannte kein Licht. Wenn die Tiere nicht wären, wäre die Nacht völlig still.

Mit vorsichtigen Schritten ging er auf dem rutschigen Kopf-steinpflaster zum Fenster neben der Hintertür. Er spähte in die Dunkelheit. Nichts. Vielleicht würde er hineingehen und auf ihre Rückkehr warten. Als er auf die Tür zuging, wurde die Dunkelheit durch den Schimmer der Lichter auf der Vorder-seite des Hauses erhellt. Er lauschte. Das Geräusch eines Motors, das Herunterschalten der Gänge, das Kreischen der Bremsen.

Sie war zu Hause.

Er spürte eine Erregung in seiner Leistengegend.

Sie hatte das schönste Haar. Lang und glänzend.

Beth Clarke war genau die, die er jetzt brauchte.

NEUNUNDDREISSIG

Lottie ließ den Wagen vor dem Haus ihrer Mutter im Leerlauf laufen. Das Licht war an. Rose war noch wach. Oder vielleicht war es Leo. Sie musste mit ihm reden. Um herauszufinden, warum er hinter ihrem Rücken mit ihren Töchtern konspirierte. Sie musste etwas tun, um Boyd zu vergessen. Sie schaltete den Motor aus, stieg aus dem Auto und suchte den Schlüssel für die Tür.

Von drinnen hallte Lachen heraus. Verflucht seist du, Leo Belfield, dachte sie. Wie kannst du mit meiner Mutter so gut auskommen, während ich jedes Mal knietief durch ein Schlachtfeld waten muss, um ein normales Gespräch mit ihr zu führen? Sie schüttelte die Gedanken aus ihrem Kopf und stieß die Tür auf.

»Hallo«, sagte sie.

Leo stand auf und zog ihr einen Stuhl heran. Lottie ignorierte ihn und setzte sich auf einen anderen.

»Was führt dich in dieser elenden Nacht nach draußen?«, fragte Rose mit verschränkten Armen, während sie sich auf einen Sessel neben dem Ofen setzte.

Aus einem unerklärlichen Grund spürte Lottie ein beunru-

higendes Ziehen in ihrer Brust. Sie erkannte es als Eifersucht.
Sie war eifersüchtig auf die Freundschaft, die sich zwischen
Rose und Leo entwickelt hatte. Leo, der nicht mit Rose bluts-
verwandt war, aber Lotties Halbbruder war. Das war alles die
Schuld ihres Vaters.

»Nur auf einen Sprung«, log sie. »Wann fliegst du nach
Hause, Leo?«

»In ein paar Tagen.«

»Wirklich?«

»Ja.«

Ihr fiel auf, dass er in den Wochen, die er in Roses Gesell-
schaft verbracht hatte, einen irischen Akzent entwickelt hatte.
Sie fragte sich, welche anderen Angewohnheiten er von ihrer
Mutter übernommen hatte.

»Es ist wunderbar, dass Leo sich bereit erklärt hat, die
Mädchen zu begleiten.« Rose lächelte so strahlend, dass Lottie
glaubte, sie müsse von dem Glänzen der falschen Zähne schier
ohnmächtig werden.

Sie spürte, wie ihr das Blut aus dem Gesicht wich. Das war
alles Roses Werk. Dass die Mädchen über Weihnachten nach
New York fuhren. Es musste so sein. Aber sie wollte ihr nicht
die Genugtuung geben, zuzugeben, dass sie es wusste.

»Gehst du dort gleich wieder zur Arbeit?«, fragte sie Leo.

»Ich nehme mir noch ein oder zwei Monate frei. Mein
Lieutenant ist damit einverstanden.«

»Schön für dich.« Lottie konnte den Sarkasmus schmecken,
der aus ihren Worten tropfte. »Schon Urlaub geplant?«

»Ich werde etwas Zeit damit verbringen, Katie und Chloe
New York von seiner schönsten Seite zu zeigen.«

»Einen Scheiß wirst du!« Lottie schoss aus dem Stuhl.

»Charlotte Fitzpatrick Parker! Pass auf, was du sagst.« Rose
streckte eine Hand aus. »Setz dich.«

»Nein, das werde ich nicht.« Sie beugte sich zu Leo vor.

»Was spielst du hier eigentlich? Du versuchst, dich über meine Mädchen in mein Leben einzumischen, ist es das?«

»Ich habe keine Ahnung, wovon du redest«, sagte Leo.

»Natürlich hast du das. Erst versuchst du, mich mit Farranstown House zu bestechen, und dann planst du hinter meinem Rücken, dass meine Familie zu Weihnachten abhaut. Was für ein Spiel spielst du?«

»Ich weiß ehrlich nicht, wovon du sprichst. Rose hat gemeint, es wäre eine gute Idee.«

Lottie wandte sich an ihre Mutter. »Du bist nie glücklich, wenn du nicht über mein Leben bestimmen kannst. Jetzt hört mal gut zu, ihr beiden. *Ich* bin Katies und Chloes Mutter, und ich sage, ob sie reisen können und mit wem sie reisen können. Nicht ihr.«

»Setz dich hin und beruhige dich.« Rose stand auf und deutete auf den Stuhl.

Lottie schob sich an ihr vorbei. »Ich hatte einen beschissenen Tag, und bis jetzt eine beschissene Woche, und ich kann auf Verschwörer, die hinter meinem Rücken konspirieren, gut verzichten.«

Ohne einen Blick zurückzuwerfen, rannte sie aus dem Haus und fragte sich, warum um alles in der Welt alle inklusive ihrer eigenen Mutter gegen sie waren. Der Regen fiel auf ihren Kopf wie ein dunkler, feuchter Schatten. Mit der Hand auf dem Griff der Autotür zitterte sie unkontrolliert. Konnte es noch schlimmer kommen? Sicherlich nicht. Aber andererseits war sie Lottie Parker, und ihr Schutzschild gegen das Böse hatte sich zu einem hauchdünnen Tuch abgenutzt. Als sie nach Hause fuhr, blind vor Tränen der Frustration, sehnte sie sich nach einem freundlichen Arm um ihre Schulter, einem zärtlichen Kuss auf ihre Wange und vielleicht ein paar tröstenden Worten, die ihr ins Ohr geflüstert wurden. Boyd? Nein, diese Brücke hatte sie heute Abend zum Einsturz gebracht.

Sie betrat ihr Haus, das dunkel und still war. Alle schliefen schon. Sie ging zum Küchenschrank und schnappte sich die Weinflasche. Den ganzen Abend hatte sie daran gedacht, sie zu öffnen. Sie zu leeren. Sich in dem beißenden Geruch zu suhlen. Sie wusste, wie er schmeckte. Sie hob die Flasche an ihre Nase. Atmete den scharfen Geruch ein, von dem sie wusste, dass er da war, ohne sie überhaupt öffnen zu müssen. Sie schwankte. Ihre Hände zitterten.

Könnte sie noch mit sich selbst leben, wenn sie sie trinken würde?

Könnte sie all das, was sie sich aufgebaut hatte, in einer Nacht der Schwäche einfach so wieder verlieren?

Und wie sie das verdammt noch mal könnte.

———

Cynthia Rhodes war wie ein Hund mit dem sprichwörtlichen Knochen. Sie hielt eine Flasche Rotwein in der einen Hand und klopfte mit der anderen. Während sie darauf wartete, dass die Tür geöffnet wurde, stampfte sie mit ihrem Stiefel auf den Boden.

»Hallo, mein Hübscher«, sagte sie und schlängelte sich an ihm vorbei. »Lust auf einen Schlummertrunk?« Sie holte einen Korkenzieher aus ihrer Tasche. »Ich bin vorbereitet.«

»Mein Gott, Cynthia, weißt du überhaupt, wie spät es ist?«

»Das habe ich in der Grundschule gelernt, also ja, das weiß ich.«

Sie lächelte, stellte die Flasche auf dem kleinen Couchtisch ab und reichte ihm den Öffner. Sie zog ihre Lederjacke aus, schaute ihm in die Augen und folgte seinem Blick, der über ihre weiße Bluse wanderte. Sie lächelte, als sich sein Mund öffnete. Den roten BH darunter zu tragen, war eine klasse Idee gewesen, auch wenn er ein Klischee bediente, schon zwei Jahre alt war und von Primark stammte.

»Willst du die aufmachen oder als Opfer darbringen?«, fragte sie und deutete auf die Flasche.

»Äh, ähm ...«

»Lass mich das machen«, sagte sie und nahm ihm den Korkenzieher aus der Hand. »Wie wäre es mit etwas schöner Musik? Um uns in Stimmung zu bringen.«

»Ich dachte, du bist nur hier, um etwas herauszufinden«, sagte er und setzte sich auf die Couch.

»Oh ja, das stimmt auch.«

»Ich denke, du solltest damit aufhören, hinter Lottie hinterher zu spionieren. Das lässt die Truppe nicht gut aussehen.«

»Du meinst, *sie* lässt die Truppe nicht gut aussehen, Liebling.«

»Ehrlich gesagt, du solltest am besten nur an den Pressekonferenzen teilnehmen und ihr nicht ständig auf die Pelle rücken.«

Sie mochte seinen Ton nicht. Die Stimmung, die sich aufgebaut hatte, ging verloren. Sie rückte näher an ihn heran und reichte ihm ein Glas.

»Lass uns nicht über Lottie Parker sprechen.«

»Ja, lieber nicht«, sagte er.

Sie nippte an ihrem Getränk und überlegte, wie sie an die gewünschten Informationen kommen könnte.

Aber sie wusste es.

Es wurde eine lange Nacht und sie brachte ihr keine Belohnung ein.

———

Mit der Flasche in der Hand überprüfte Lottie ihr Telefon, als sie von der Küche ins Wohnzimmer ging. Verpasster Anruf. Sie blinzelte darauf. Vielleicht brauchte sie eine Brille. Die konnte sie sich auf keinen Fall leisten. Sie erinnerte sich an das

Gespräch über Farranstown House mit Leo, dem Arschloch, und fragte sich, wie lange es wohl dauern würde, bis das Geld auf ihrem Konto ankam, wenn sie die Papiere unterschreiben würde. Wenn sie unterschrieb.

Das Telefon vibrierte erneut. Sie nahm ab.

»Lottie, es tut mir leid, dass es so spät ist, aber ich wollte mich bei dir melden. Du weißt schon. Um zu sehen, wie du zurechtkommst.«

»Father Joe.« Sie knipste eine Lampe an. »Warum glaubst du, dass ich nicht zurechtkomme?«

»Das habe ich nicht gesagt.« In seiner Stimme lag ein Lächeln. »Ich fand nur, dass du gestern ein bisschen gestresst wirktest. Ich sorge mich um dich ... um dein Wohlbefinden und all das.«

»Und all das.« Sie lachte und setzte sich auf das Sofa. Stellte die Flasche in die Mitte des Couchtisches und starrte sie an.

»Und wie geht es dir?«

»Mir geht es gut.« Mir geht es nicht gut, dachte sie, aber das wollte sie ihm nicht sagen. Er war zu nett. Zu fürsorglich. Ein guter Freund. Sie konnte sich ihm im Moment nicht anvertrauen. Die ungeöffnete Flasche verhöhnte sie.

»Wie geht es Boyd?«

»Warum fragst du nach ihm?« Sie wünschte, sie hätte den Korkenzieher mitgebracht. Sie wünschte, die Flasche hätte einen Schraubverschluss.

»Du hast viele Fragen und keine Antworten.« Seine Stimme war sorglos. Keine Ermahnung.

»Beantworte du mir eine«, sagte sie und zögerte den Drang zu trinken weiter hinaus. Sie zog ihre Beine auf das Sofa hoch und schob ihre Knöchel unter sich.

»Ich werde es versuchen.«

»Was kannst du mir über Father Curran erzählen?«

»Nicht viel«, sagte er ohne Vorrede. »Er ist schon viel länger da als ich.«

»Das habe ich mitbekommen.«

»Er ist ein guter Mann, Lottie.«

»Ich habe nichts anderes behauptet.«

»Allein durch deine Frage hast du angedeutet, dass du ihn nicht besonders magst.« Er hielt inne, und sie wartete in der Stille darauf, dass er fortfuhr. »Er ist gut zu den Kranken. Er besucht die Abtei.«

»Jemand Bestimmtes, den er besucht?«

»Jetzt, wo du es erwähnst. Es gibt da eine Patientin, die immer nach ihm fragt, wenn ich da bin.«

»Schwester Augusta?«

»Ja. Sie ist in seinem Alter, also kannten sie sich vielleicht schon vor ihrem Krankenhausaufenthalt.«

»War er immer in dieser Diözese ansässig? Und weißt du, wo Schwester Augusta herkommt?«

»Lottie, worauf willst du hinaus?«

»Ich weiß es nicht, um ehrlich zu sein.«

»Ich kann mal ein bisschen herumschnüffeln.«

»Danke. Father Joe ...«

»Joe.«

»Joe, denkst du, dass Father Curran etwas mit dem Tod von Cara Dunne oder Fiona Heffernan zu tun haben könnte?«

»Wow, das ist ein großer Sprung. Ich habe ihn über Caras Tod informiert. Der Bischof hatte mich gebeten, das zu tun. Father Curran war früher im Vorstand von Caras Schule.«

»Wie lange ist das her?«

»Ich glaube, er ist vor etwa einem Jahr in den Ruhestand gegangen.«

»Kannst du mehr herausfinden?«, fragte Lottie.

»Ich werde mich ein bisschen umhören.«

»Danke. Kanntest du eigentlich Cara oder Fiona persönlich?«

Es gab eine lange Pause. »Ich treffe viele Leute.«

»Fiona war Krankenschwester in der Abtei. Sicherlich hast du sie hin und wieder dort gesehen?«

»Welchen Unterschied würde das für deine Ermittlung machen?«

Warum war er so ausweichend? Oder war es nur ihr erschöpftes Gehirn, das Dinge sah, die nicht da waren? »Ich dachte, du könntest mir einen Eindruck davon vermitteln, welche Art von Mensch sie war. Ich muss herausfinden, warum sie getötet wurde.«

»Ich werde mir Gedanken machen und mich bei dir melden. Sie war eine gute Krankenschwester und ein netter Mensch. Das weiß ich von den wenigen Malen, die ich sie ... getroffen habe. Bist du dir sicher, dass es dir gut geht?«

»Boyd hat mich gefragt, ob ich ihn heiraten will«, platzte es aus ihr heraus.

»Wow. Kann kaum behaupten, dass ich das nicht kommen gesehen habe.«

»Ich habe letztendlich ja gesagt, aber jetzt ...«

»Jetzt bist du dir nicht mehr sicher?«

»Ich glaube, er hat vielleicht eine andere. Ich weiß nicht, was ich tun soll.«

»Warum sprichst du nicht mit ihm darüber?«

»Das ist nicht so einfach. Was würdest du tun?«

»Ich war noch nie in so einer Situation.«

Sie lauschte der langen Pause, seinem weichen und sanften Atem.

»Hast du jemals gezweifelt, Joe?«

»Ich habe einmal eine Glaubenskrise durchgemacht und musste ein Sabbatical einlegen. Das hat geholfen.«

»Als du das mit deiner Mutter erfahren hast?«

»Schon davor. Vor etwa acht oder neun Jahren. Ich habe eine schwierige Zeit durchgemacht. Ich habe das Priesteramt für ein Jahr verlassen.«

»Was hast du da getan?«, fragte sie. »Dir die Hörner abgestoßen?«

»Ich hatte schon eine gute Zeit. Ich habe ein paar nette Frauen kennengelernt, wenn du es genau wissen willst. Aber ich habe die Kirche vermisst. Ich bin erfrischt zurückgekehrt.«

»Das ist gut.«

»Du machst es dir nie leicht. Sprich mit Boyd. Es macht keinen Sinn, sich fertig zu machen, wenn man nicht das ganze Bild kennt.«

»Danke, Joe.«

»Das war nicht zynisch gemeint.«

»So habe ich es auch nicht verstanden. Ehrlich, ich danke dir. Es tut gut zu reden.«

»Du solltest jetzt schlafen gehen. Ich werde sehen, was ich herausfinden kann.«

»Über Boyd?«

»Nein, über Father Curran«, lachte er.

»Ach ja, richtig. Danke. Gute Nacht, Joe.«

Sie saß mit dem Telefon in der Hand da und dachte über das Gespräch nach, das sie gerade geführt hatte. Aber ihr Verstand war wie ein Haufen verknoteter Fäden. Sie konnte das eine Ende nicht finden, um das andere zu entwirren. Genau wie mein Leben, dachte sie, während ihre Augenlider schwerer wurden.

VIERZIG

Er tigerte in einem engen Radius auf und ab, kalte Luft im Schlepptau. Die Fensterscheiben klapperten, als der Regen gegen sie prasselte. Der Schneesturm hatte sich verzogen, und der Regen schien nicht so schnell nachzulassen. Er griff über die Werkbank und zog den Ständer zu sich heran. Sein Tisch. Seine Arbeitsfläche. Er schmunzelte vor sich hin, während er einen Schluck Kaffee nahm. Er war ausreichend abgekühlt, um seinen empfindlichen Mund nicht zu verbrennen. Als er die Tasse abstellte, dachte er, dass er sich vielleicht eine schicke Kaffeemaschine kaufen sollte. Eine von denen, die kleine Kapseln verwendeten. Daraus roch der Kaffee immer viel besser. Aber er wusste, dass er sich nie eine richtige Maschine würde leisten können. Ein Glas Instantkaffee und ein Wasser-kocher würden genügen müssen. Er streckte die Beine und dehnte die Knöchel. Er musste das Blut freier fließen lassen, bevor er begann. Er hatte mal einen Fitbit gehabt. Das war gut, um über seine Gesundheit und seine Aktivität auf dem Laufenden zu bleiben. Alle jungen Leute heutzutage hatten so ein Ding. Ein Accessoire, genauso wie ihre Handys. Aber er hatte es wieder abgemacht. Er traute keinem Gerät, das seine

Bewegungen überwachen konnte, mit oder ohne seine Zustimmung.

Er ließ sich auf dem Holzstuhl an seiner Werkbank nieder und steckte den Draht in den Ständer mit dem neuesten Exemplar vor sich. Vorsichtig öffnete er den Plastikbeutel und holte die Beute heraus.

Ah, es war genauso schön wie das andere.

Er nahm die Drahtfigur in die Hand und begann mit seiner Arbeit.

———

Es hat mich nie verlassen. Dieser erste Tag in der Schule und was diese Lehrerin mit mir gemacht hat. Und am nächsten Tag, und am nächsten. Es ging immer so weiter.

Der zweite Tag war noch viel schlimmer als der erste. Ich weiß noch, dass es regnete und keines der Kinder in der Mittagspause nach draußen gehen konnte. Ich konnte gerade so die Banane schlucken, das Einzige, was in meiner Lunchbox war. Ich hätte sie gerne mit Orangenlimonade heruntergespült, aber ich hatte keine, und niemand bot mir einen Schluck von seiner an. Ein lautes Schnappen veranlasste mich, zum Kopf des Raumes zu blicken. Dort stand sie und winkte mir mit der Schere zu. Ich schaute mich um, in der Hoffnung, dass sie im Stillen jemand anderen rief. Sie sah mir in die Augen.

»Ja, du. Hier herauf. Sofort!«

Die Geräusche von Mampfen und leisem Geplapper verhallten mit meinen Schritten, als ich mich ihrem Tisch näherte.

Diesmal zog sie mich an ihre Seite und zwang mich, mich dem Raum zuzuwenden.

»Niemand kommt in mein Klassenzimmer mit Läusen in den Haaren. Nissen vermehren sich millionenfach. Ich will nicht übers Wochenende zu Hause sein und mich die ganze Zeit am

Kopf kratzen müssen.« Sie hielt die Schere hoch, der Stahl glitzerte unter der Glühbirne. Ich spürte die Kälte in meinem Nacken, fühlte das Ziehen der Haare auf meiner Kopfhaut. Und ich hörte das Schnipsen, als sie an meinem Haar herumhackte. Ungleichmäßige Stücke fielen auf den Boden, und ich versuchte vergeblich, meine Schreie zu unterdrücken. Die anderen Kinder lachten. Ein einziger lauter Lärm. Ich grub meine Hände in die Hosentaschen, damit sie mir nicht zu den Ohren flogen.

Ich wusste, dass eines Tages jemand dafür bezahlen würde. Die Leute denken, dass kleine Kinder sich nicht an Dinge erinnern, die so weit zurückliegen, aber ich weiß, dass es diese Vorfälle sind, die mich geprägt haben. Ihre Taten haben mich zu dem geformt, was ich heute bin.

Oh, ich habe die Gefühle lange Zeit unterdrückt, aber es war die Demütigung durch einen anderen, die dieses latente Bedürfnis wieder in mir geweckt hat. Das Bedürfnis, Erlösung zu suchen. Die Menschen werden wie Goldfische in einem Glas herumschwimmen und nach der Antwort suchen. Und wenn sie sie finden, kommt die Erkenntnis zu spät. Dann werden sie begreifen, dass sie in einem Becken schwimmen, das zu klein für sie ist. Sie werden wissen, dass ich sie durch das verschmierte Glas beobachten kann. Ich werde die Angel auswerfen und warten. Nicht um sie zu fangen. Oh nein, das wäre zu einfach. Ich habe größere Pläne für sie. Für alle von ihnen.

Sie werden nie wieder ein anderes menschliches Wesen erniedrigen. Sie werden nie wieder ein Gelübde brechen.

Verdammte Goldfische.

EINUNDVIERZIG

FREITAG

Die Nacht fühlte sich an, als ob sie einfach die Fortsetzung eines sehr langen Tages wäre, während Lottie auf den Sonnenaufgang wartete. Die Sonne weigerte sich betulich, aufzugehen. In der Nacht hatte es unaufhörlich geregnet, und alles war nass und immer noch bitterkalt.

Sie saß auf dem feuchten Bordstein und zog die Knie bis zum Kinn an wie ein Kind. Wahrscheinlich bekomme ich eine Grippe, dachte sie, aber darüber würde sie sich Gedanken machen, wenn es soweit war. Wenigstens hatte sie die Episode mit dem Wein überwunden. Sie hatte die Flasche in die hinterste Ecke des Schranks geschoben. Ihr Schlaf war unruhig gewesen, aber sie war nüchtern geblieben. Dank Father Joe.

Ihr Mann Adam lächelte sie von dem eingravierten Bild auf dem Grabstein an. Das Grab sah kahl aus, selbst die Vögel hatten die Äste über ihr verlassen. Sie war gekommen, um in der Stille zu schwelgen. Um der Enge ihres Hauses zu entfliehen. Ihrer Familie. Um sich im Schatten der Bäume zu verstecken. Aber sie hatte vergessen, dass mit der Erweiterung des Friedhofs die meisten Bäume gefällt worden waren. Ohne ihren

Schutz strich der Ostwind über das Feld und blies ihr um die Ohren.

Sie zog ihre Jacke fester um sich und schloss die Augen, weil sie sich an diesem Ort der Toten seltsam wohl fühlte. Es war, als wäre sie aus ihrer eigenen Realität herausgetreten und hätte ein paar Augenblicke in einem anderen Universum existiert. Eines, in dem sie noch mit Adam sprechen und in der Stille ihrer eigenen Gedanken einfach nur dasitzen konnte. Sie hoffte, dass sie das Richtige tat. Weiter machen. Der Nieselregen wurde zu einem Wolkenbruch und ihre Gedanken schweiften von der Vergangenheit ab, denn sie wusste, dass sie in der Gegenwart zu viel zu tun hatte.

Sie stand auf, drückte einen Finger auf ihre Lippen und dann auf das Foto. Sie schlängelte sich zum Tor hinauf, vorbei an dem Grab mit den kleinen Engeln, betrachtete die neuen Gräber mit den Holzkreuzen, die frisch ausgehobenen Lehmhügel, die sich unter dem Niederschlag in Schlamm verwandelten. Die kürzlich Verstorbenen, die ihre trauernden Familien zurückließen.

Oh Gott, Lily, dachte sie, während ihr Herz pochte. Sie musste das kleine Mädchen nach Hause bringen, und zwar nicht in einer weißen Kiste.

Und nachdem sie ihn gestern Abend in Ballydoon im Stich gelassen hatte, musste sie sich Boyd stellen.

»Was machst du da drin, Kirby?« Lottie fuhr sich mit der Hand durch die Haare und ihre Finger verfingen sich in dem feuchten, verfilzten Durcheinander. Sie dachte, dass sie selbst vielleicht sogar noch schlimmer aussah als Kirby. Sie klopfte zweimal gegen das Autofenster, bevor es herunterschwirrte.

»Oh, guten Morgen, Boss«, sagte er. »Tut mir leid, ich muss eingenickt sein.«

»Um diese Zeit am Morgen? Gibt es etwas, das Sie mir

verschweigen?« Sie entdeckte getrocknetes Ketchup in seinem Haar, und der Geruch, der aus dem Auto kam, kündete von ungewaschener Haut.

»Nicht wirklich. Ich komme bald rein. Ich muss nur vorher noch ein paar Dinge erledigen.«

»Was um Himmels willen machen Sie denn hier draußen?« Sie bemerkte, dass der Kofferraum seines Wagens vollgestapelt war. Kissen, eine Bettdecke und etwas, das wie eine Anzugsjacke aussah. Er würde doch wohl nicht in seinem Auto wohnen, oder?«

»Geben Sie mir nur ein paar Minuten.« Er versuchte, seine Krawatte zu richten, und sie bemerkte, dass er immer noch das Hemd von gestern trug.

»Solange es Ihnen gut geht.«

»Ja, mir geht es gut.« Das Fenster rauschte hoch und schloss sich.

Lottie ging weiter. Sie hatte schon genug Probleme, ohne sich in Kirbys häusliche Probleme einzumischen. Aber als sie den Code eintippte, um Zugang zum Büro zu erhalten, wusste sie bereits, dass sie sich einmischen würde. Kirby hatte in den letzten sechs Monaten so viel durchgemacht. Gilly zu verlieren war hart gewesen. Sie wusste, dass Trauer einen auffressen und genauso schnell wieder ausspucken konnte. Er brauchte jemanden, der auf ihn aufpasste. Manchmal genügte ein freundliches Wort. Trotzdem hatte sie das Gefühl, dass Kirby darüber schon hinaus war.

Boyd saß mit gesenktem Kopf an seinem Schreibtisch und las einen Bericht. Sollte sie ihn ignorieren und sich in ihr eigenes Büro zurückziehen? Oder der Bestie direkt entgegentreten?

Er hob den Kopf nicht. Er war also stinksauer.

»Bist du gut nach Hause gekommen?«, konnte sie nicht umhin zu fragen.

»Nicht dank dir.« Sein Kopf blieb gesenkt. »Ich musste ein Taxi rufen und das hat mich ein Vermögen gekostet.«

»Wenn es dich tröstet, es tut mir leid, dass ich dich dort stehengelassen habe.«

»Das sollte es auch.«

»Okay.« Sie zog ihre Jacke aus und hängte sie in ihrem Büro auf. »Ich nehme an, meine Entschuldigung wird nicht angenommen.«

»Nimm doch an, was du willst.«

Sie kehrte zu seinem Schreibtisch zurück und stützte sich mit beiden Händen darauf ab. »Ich war wütend auf dich. Das ist alles. Du hast dich in letzter Zeit so gleichgültig verhalten. Du bist nach Galway abgehauen. Du willst mir nicht sagen, warum. Hast du dort eine Freundin und hast Angst, mich zu verlassen? Was soll ich denn sonst denken?«

Als er zu ihr aufsah, wich sie zurück. Seine sonst so hellen, haselnussbraunen Augen waren trüb und von dunklen Ringen umrandet, sein Gesicht war grau. Hatte auch er in seinem Auto geschlafen? Oder vermisste er seine neue Freundin? Hör auf, Lottie, sagte sie sich.

»Du hast mich an diesem gottverlassenen Ort einfach zurückgelassen, Lottie, also ist es mir wirklich egal, was du denkst.« Er wandte seine Aufmerksamkeit wieder dem zu, das er gerade gelesen hatte.

Sie wollte zurückzicken. Etwas Kluges oder sogar Verletzendes sagen, aber ihre Zunge klebte an ihrem Gaumen, wie immer, wenn sie etwas zu Tode erschreckte. Und in diesem Moment jagte Boyd ihr Angst ein. Sie drehte sich um und marschierte in ihr Büro, schlug die Tür hinter sich zu und ließ sich auf ihren Stuhl fallen. Boyd und Kirby verhielten sich so weit außerhalb der Normalität, dass es wirklich beängstigend war. Irgendetwas war im Gange. Etwas, von dem sie ausgeschlossen war. Und Lottie konnte es ganz und gar nicht leiden, von draußen zuschauen zu müssen.

Ihr Tischtelefon klingelte.

»Ich hoffe, Sie haben einen besseren Morgen als ich, Jane.« Lottie startete ihren Computer.

Die Rechtsmedizinerin dozierte in voller Lautstärke. »Ich habe eine vorläufige Analyse der Haarproben durchgeführt, die an den Leichen gefunden wurden.«

»Was haben Sie gefunden?« Lottie setzte sich aufrechter hin.

»Ich habe keine DNA-Übereinstimmungen oder so etwas. Es ist totes Haar. Aber ich kann Ihnen eines sagen. Die Größe der Proben, die wir haben, stimmt nicht mit der Menge überein, die den Leichen entfernt wurde.«

»Erklären Sie mir das bitte genauer.« Lottie legte ihre Stirn in Falten.

»Es ist offensichtlich, dass von Cara Dunne mehr Haare abgeschnitten wurden, als Sie bei Fiona Heffernan gefunden haben.«

Lottie verdaute diese Information. »Bedeutet das, was ich denke, dass es bedeutet?«

»Wenn Sie das Haar nirgendwo anders gefunden haben, könnte das bedeuten, dass der Mörder Trophäen aufbewahrt.«

»Bastard. Ich meine, danke, Jane. Sonst noch etwas?«

»Das war's fürs Erste.«

Lottie bedankte sich, legte auf und dachte über diese neue Wendung der Ereignisse nach. Es war alles so bizarr.

Bevor sie nachsehen konnte, was der Rest des Teams vorhatte, öffnete Kirby die Tür und schlich wie ein verlegener Schuljunge in ihr Büro.

»Tut mir leid wegen vorhin, Boss.« Sein Gesicht verzog sich zu einem zerknirschten Ausdruck.

»Wohnen Sie in Ihrem Auto?« Lottie hatte genug von dem Herumgeeiere.

Er holte tief Luft und blies dann seine Wangen aus. Es fielen keine Worte mehr.

»Setzen Sie sich«, sagte sie. Er tat es. »Erzählen Sie mir, was hier los ist.«

»Es ist so, Boss ... wissen Sie, nach Gillys Tod ging es eine Zeit lang drunter und drüber. Um die Wahrheit zu sagen, die Dinge waren schon vorher etwas in Schieflage geraten. Ich habe ein paar Zahlungen versäumt. Dann entschied der Vermieter, dass er die Wohnung verkaufen wollte. Ich hatte keine Chance, weil ich die Miete nicht bezahlt hatte. Letzten Montag bin ich auf der Straße gelandet. Oder in meinem Auto, um genau zu sein.«

»Sie hätten uns das doch sagen können. Wir sind Ihre Freunde. Ich bin sicher, dass Sie jemand unterbringen kann, bis Sie etwas gefunden haben. Oder ein Hotel. Haben Sie daran gedacht?«

»Ich wollte nicht bei einem von Ihnen betteln gehen. Außerdem bin ich pleite.«

»Wie können Sie pleite sein? Sie verdienen hier einen anständigen Lohn, und die ganzen Überstunden ... Sie fordern doch Ihre Überstunden ein, oder nicht? Auch wenn ich weiß, dass der Super das verabscheut. Das bringt seine Budgets durcheinander.«

Kirby zuckte mit den Schultern. »Ich hatte keinen klaren Kopf mehr. Sie wissen schon. Ich habe getrunken und ein paar Scheine bei Pferderennen gesetzt. Am Ende des Tages bleibt mir nicht mehr viel übrig.«

»Ab jetzt, Kirby, bekommen Sie Ihren Scheiß auf die Reihe. Ich will keinen meiner Detectives jemals wieder schlafend in seinem Auto vorfinden.« Als sie den verletzten Blick auf seinem Gesicht sah, wusste sie, wie es sich angehört hatte. Ein Vorgesetzter, der sich um das Image der Truppe sorgt.

»Verstehen Sie mich bitte nicht falsch. Ich meine das als Freundin.«

»Danke, Boss.«

»Wenn keiner der anderen Ihnen helfen kann, habe ich nächste Woche vielleicht ein Zimmer frei. Meine Mädchen reden davon, über Weihnachten nach New York zu fahren, und ...«

»Oh Gott, nein, ich kann kein Zimmer bei Ihnen annehmen, auch nicht kurzfristig. Ich werde mit Boyd sprechen. Er hat eine bequeme Couch.«

»Viel Glück dabei«, knurrte Lottie. »Er ist schon die ganze Woche wie ein waidwunder Bär. Was ist los mit ihm?«

Kirby schüttelte den Kopf. »Er ist sehr launisch. Aber er hat sich mir nicht anvertraut. Vielleicht ist etwas mit seiner Mutter oder seiner Schwester los. Er ist viel öfter drüben in Galway als früher. Soll ich ihn danach fragen?«

»Nein.« Aber sie wollte wissen, was in Boyds Leben vor sich ging.

»Ich mag vielleicht wie ein Trottel aussehen, aber ich bin keiner«, sagte Kirby. »Ich werde ihn fragen. Vielleicht bei einem Pint oder einem Kaffee. Ich werde einen Weg finden.«

»Danke. Und das Angebot für ein Zimmer steht. Suchen Sie sich erstmal einen anderen Ort als Ihr Auto, wo Sie schlafen können.«

»Ja. Und danke.« Kirby senkte den Kopf, als hätte man ihm gerade in einer klaustrophobischen Kiste die Beichte abgenommen und er schleunigst an die frische Luft wollte, um Buße zu tun.

Sie hasste es, ihn darauf anzusprechen, aber sie musste es tun. »Kirby, Sie haben in der Umkleidekabine das Foto von Lily übersehen.«

»Ich weiß. Ich weiß. Es tut mir leid. Ich werde ab jetzt doppelt so hart an dem Fall arbeiten. Ich verspreche es.«

»Machen Sie das. Sie können gehen.« Sie wusste nicht,

welche ihrer Emotionen im Moment vorherrschend war. Wut auf Boyd oder Mitleid mit Kirby. Sie kämpfte darum, alles, was in ihrem Kopf vor sich ging, zu entwirren.

Als sie aufblickte, war Kirby mit einem Blatt Papier zurückgekehrt.

»Entschuldigung, Boss.«

»Was gibt's noch?«

Er setzte sich und gab das Blatt weiter. »Gestern Abend, bevor ich gegangen bin, habe ich den Artikel von Beth Clarke über den Selbstmord von Robert Brady in der *Tribune* gelesen.«

»Und?«

»Sie können es selbst lesen. Ich habe ein paar Dinge hervorgehoben, die Sie interessieren könnten.«

»Fassen Sie es zusammen.«

»Nun, Robert Brady war in der Gegend auch als ›Bob der Baumeister‹ bekannt. Er arbeitete für eine Baufirma, bevor sie pleiteging, und erledigte dann auf eigene Rechnung Gelegenheitsarbeiten. Da kam mir der Gedanke ... Cara Dunne.«

»Sie haben eine Verbindung zu Cara gefunden? Was ist es?«

»Der Gürtel, mit dem sie erwürgt wurde. Erinnern Sie sich, dass Initialen in das Leder geritzt waren?«

»Ja.«

»Ich glaube, das könnte BB für Robert Brady sein. Bob Brady. Oder ›Bob der Baumeister‹.«

»Ich weiß, worauf Sie hinauswollen. Lassen Sie den Gürtel mit Bradys DNA und Fingerabdrücken abgleichen, falls diese in den Akten vorhanden sind. Wir müssen seine Wohnung und sein ganzes Hab und Gut durchsuchen.«

»Das ist ein Problem.«

»Warum ist das ein Problem?«

»Brady war irgendwie in einer ähnlichen Lage wie ich. Er hatte sein Haus an die Bank verloren. Lebte einige Monate vor seinem Tod auf der Straße.«

»Können wir herausfinden, *wo* er gewohnt hat?«

»Ich werde sehen, was ich tun kann.«

»Wo sind seine Besitztümer?«

»Ich werde probieren, sie ausfindig zu machen.«

»Tuen Sie das, und versuchen Sie jemanden zu finden, der ihn kannte. Freunde, Familie – irgendjemanden, der sich um ihn oder seine Sachen gekümmert haben könnte.«

»Alles klar.« Kirby stand auf.

»Und rufen Sie in der Leichenhalle an. Finden Sie heraus, was mit Bradys Leiche passiert ist. Und wenn er etwas mit diesem Schlamassel zu tun hat, dann hoffen wir, dass er nicht eingeäschert worden ist.«

»Wird gemacht.«

»Und Kirby?«

»Ja, Boss?«

»Gute Arbeit.«

Als sie allein war, las Lottie den Artikel von Beth Clarke durch. Der Text war liebevoll geschrieben, fast einfühlsam. Kein einziges Wort der Kälte oder des Urteils. Eine Erkenntnis traf sie. Beth Clarke hatte Robert Brady gekannt.

ZWEIUNDVIERZIG

Lottie war mit ihren Gedanken ganz woanders, als sie die morgendliche Teambesprechung leitete. Sie wollte sich schnellstmöglich auf den Weg machen, um mit Beth über Brady zu sprechen. Zunächst musste sie jedoch sicherstellen, dass das Team wusste, was es zu tun hatte.

McKeown war der erste, der ihnen mitteilte, was er Neues herausgefunden hatte. Was sich allerdings nicht wirklich als etwas Neues herausstellte.

»Sie haben mich gebeten, die Onlinebewegungen von Cara Dunne und Fiona Heffernan zu überprüfen. Beide hatten ihre Konten in den sozialen Medien deaktiviert. Cara in den letzten drei Monaten und Fiona vor einem Jahr. Von ihren Mobilfunkanbietern habe ich Auflistungen ihrer Anrufe und Nachrichten erhalten.«

»Und?«

»Die Anruflisten sind etwas dürftig. Der letzte Anruf von Fiona ging an dem Morgen, an dem sie ermordet wurde, an Ryan. Es gibt auch einen Anruf um die Mittagszeit. Eine nicht registrierte Nummer, aber wir versuchen, sie zurückzuverfolgen. Abgesehen davon nichts Ungewöhnliches. Auf Caras

Handy gibt es zahlreiche Anrufe an Steve O'Carroll. Keiner davon scheint angenommen worden zu sein. Keine Nachrichten. Es ist möglich, dass sie oder jemand anderes Inhalte auf dem Telefon gelöscht hat.«

»Irgendetwas online? E-Mails?«

»Ich habe nur eine Krankmeldung, die Cara beim Direktor der Schule eingereicht hat. Nichts bei Fiona.«

»Dann waren sie beide sehr stille Frauen, in der Welt der sozialen Medien jedenfalls.«

»Ich habe mir alle Aussagen von Nachbarn und Freunden durchgelesen. Das Bewegungsprofil der beiden Frauen in den Tagen vor ihrem Tod war ganz normal. Niemand erinnert sich an irgendetwas Ungewöhnliches.«

»Wann hatte Steve O'Carroll zuletzt Kontakt mit Cara?«

»Er sagt, es war vor Wochen. Ich habe niemanden gefunden, der das anzweifelt.«

»Und Fiona? Gab es irgendetwas Ungewöhnliches in ihrer Beziehung zu Ryan oder Colin Kavanagh, das jemandem aufgefallen ist?«

»In der Abtei gibt es einen Pfleger. Der Mann, der ihre Leiche gefunden hat.«

»Alan Hughes«, sagte Lottie.

»Ja, dieser Typ«, sagte McKeown. »Er sagt, Fiona sei in den letzten Wochen ganz durcheinander gewesen. Zuerst führte er es auf die Nervosität vor der Hochzeit zurück, aber nachdem er ihre Leiche gefunden hatte, dachte er wieder darüber nach. Er versuchte sich daran zu erinnern, wann sich ihre Stimmung von der Aufregung über die Hochzeit zu einem, wie er es nannte, ›manischen Verhalten‹ geändert hatte.«

»Konnte er sich festlegen?«

»Er sagt, es sei vor etwa drei Wochen gewesen. Sie wurde bei der Arbeit öfter unruhig. Wollte sich nicht um Schwester Augusta kümmern. Und immer, wenn der Pfarrer seine Runde machte, war Fiona nirgends zu finden.«

»Vor drei Wochen«, sagte Lottie. »Da ist Robert Brady gestorben.«

»Er wurde vor etwas mehr als zwei Wochen gefunden«, sagte Kirby.

»Die Rechtsmedizin sagte, er sei schon eine Woche tot gewesen, bevor seine Leiche entdeckt wurde.« Sie sah sich Bradys Foto auf der Tafel an. »Weil Kirby glaubt, dass es sein Gürtel war, der um Cara Dunnes Hals gefunden wurde, und weil eine Haarlocke an seiner Person gefunden wurde, ist Bradys Tod definitiv verdächtig.«

»Herrgott, Boss, wir haben so schon genug zu tun«, jammerte Sam McKeown.

Lottie ignorierte ihn und dachte an das veränderte Benehmen des Priesters, als sie Bradys Namen erwähnt hatte. »Ich glaube, dass Father Michael Curran ein Bindeglied zwischen diesen Morden sein könnte.«

»Wie das?« McKeown gab nicht so schnell auf.

»Er hat Cara Dunne vor zehn Jahren eine Empfehlung für ihre Stelle gegeben. Er hat sich mit Fiona wegen ihrer Hochzeit getroffen und sah sie auch regelmäßig in der Abtei. Das heißt, bis sie anfing, ihn zu meiden.«

»Vielleicht ging sie ihm aus dem Weg, wegen der Art, auf die er mit ihr als unverheiratete Mutter umging?«, mischte sich Boyd ein.

»Sie war zu diesem Zeitpunkt seit acht Jahren eine unverheiratete Mutter, also bezweifle ich, dass irgendetwas Neues, was der Priester dazu zu sagen hatte, sie derart aufgewühlt hätte.« Lottie schaute zu McKeown. »Wie ist der Stand der Ermittlungen bezüglich Lilys Verschwinden?«

»Die Überwachungskameras haben nichts Ungewöhnliches aufgezeigt. Die Jungs sehen sich jetzt die Aufnahmen der Dashcams an, die nach einem weiteren Aufruf eingereicht worden sind.«

»War die Gaol Street nicht für den Verkehr gesperrt?«, fragte Lottie.

»Ja, aber die Autos konnten immer noch über den Parkplatz neben dem Theater und dann den Hügel hinunter stadtauswärts fahren.«

»Gut, behalten Sie das im Auge.«

»Wird gemacht. Oh, und Colin Kavanagh hat uns im Radio und Fernsehen schlecht gemacht und gleichzeitig für die sichere Rückkehr seiner Tochter geworben. Er hat eine Belohnung ausgesetzt.«

»Das habe ich gehört«, sagte Lottie.

»Wir haben keinerlei Beweise dafür, dass Lily entführt worden ist«, sagte Kirby. »Doch jetzt laufen die Telefonleitungen heiß, weil jeder was gesehen haben will.«

Lottie sagte: »Ich denke, es ist besser, wenn Kavanagh sich über den Äther Luft macht, als dass er an meine Tür klopft.« Aber sie war besorgt. Lily war schon zu lange verschwunden. »Könnte sie in Richtung des Kanals oder des Flusses spaziert sein?«

»Der Kanal ist zugefroren«, sagte McKeown, »Aber wir haben ihn und den Fluss überprüft. Kein Glück.«

»Halten Sie mich über alle Entwicklungen auf dem Laufenden«, sagte Lottie. »Lilys Verschwinden muss mit dem Tod ihrer Mutter zusammenhängen, also müssen wir bei Fionas Mord vorankommen.«

»Ja, Chef«, sagte McKeown.

»Hat jemand noch etwas hinzuzufügen?«

Kopfschütteln und Gemurmel begegneten ihr. »In Ordnung. Ich möchte, dass Colin Kavanagh zu seinem Verhältnis zu Christy Clarke befragt wird. Und ich will, dass der Gürtel zweifelsfrei identifiziert wird. Aber zuerst werde ich mit Beth Clarke sprechen.«

———

Da Boyd immer noch wütend war, machte sich Lottie allein auf den Weg nach Ballydoon. Während der Fahrt spritzte Schneematsch am Straßenrand auf, und der Regen schlug wie Trommelwirbel auf ihre Windschutzscheibe. Die vormals schneebedeckten Äste waren jetzt kahl und schwarz, und die Landschaft war deutlich grauer, als sie die schmale Straße ins Dorf entlangfuhr.

Brennan's Pub hatte seine Türen und Fenster verschlossen. Der Laden an der Ecke war geöffnet, durchsichtiges Plastik schützte Briketts und Gasflaschen. Rund um *Clarke's Garage* hingen noch Absperrbänder und ein völlig durchnässter uniformierter Beamter stand einsam Wache.

Die Rechtsmedizinerin musste ihr erst noch mitteilen, ob es irgendetwas Verdächtiges am Tod von Christy Clarke gab. Sie machte sich eine gedankliche Notiz, dass sie dem nachgehen würde, sobald sie wieder im Büro war, bog vor dem Eingang der Abtei links ab und fuhr zum Bauernhof. Beths blauer VW Golf war mitten auf dem Hof geparkt. Lottie kam dahinter zum Stehen. Regen und Schlamm flossen unter ihren Stiefeln, als sie aus dem Auto stieg, und die Luft roch faulig. Sie hielt einen Moment inne, bis sie die großen Ställe sah und das Quieken der Tiere hörte. Sie fühlte sich sofort an die Zeit vor einem Jahr erinnert, als sie auf einem ähnlichen Hof gestanden hatte, wo ein Mann durch die Schaufeln eines Gülle-Rührwerks zu Tode gekommen war. Sie schüttelte den Schauer ab, der sie durchlief, und näherte sich der Hintertür – der Tür, bei der man es immer unbedingt probieren sollte, wenn man auf dem Land war.

Auch nach einem zweiten Klopfen rührte sich nichts. Als sie sich umschaute, entdeckte Lottie einen ausgetretenen Pfad. Sie ging ihn entlang, bis sie eine Hecke erreichte. Dahinter konnte sie durch die Regenschleier hindurch direkt auf das Dach der Abtei blicken. Und dazwischen lag das Waldstück mit den unheimlich aussehenden weißen Statuen. War dies der Ort, an dem jemand vor ein paar Abenden gestanden hatte, als

Fiona Heffernan tot neben der Abtei auf dem Boden lag? Es schien wahrscheinlich. War es Christy Clarke gewesen, den sie gesehen hatte, oder seine Tochter? Oder vielleicht sogar jemand anderes?

Als Regentropfen ihr ins Gesicht fielen, zog sie die Kapuze ihrer Jacke enger, um sich gegen den scharfen Regen zu schützen, und wandte sich ab.

»Oh mein Gott!«, rief sie aus. »Sie sollten sich nicht so an Leute heranpirschen.«

Die Küche war sauber und aufgeräumt. Lottie hatte Lust auf eine Tasse Tee oder Kaffee, um sich aufzuwärmen, aber Beth bot ihr nichts an. Sie setzten sich einander gegenüber an den großen Holztisch.

»Es tut mir leid, dass ich Sie erschreckt habe, aber Sie haben das Grundstück meines Vaters unerlaubt betreten. Obwohl ich annehme, dass das jetzt so nicht mehr stimmt.«

Beths Augen waren rot umrandet und ihr ebenso rotes Haar war wild und strähnig. Lottie konnte sehen, dass die junge Frau so angespannt war, dass sie jeden Moment entweder zusammenbrechen oder ausflippen konnte. Sie musste dafür zu sorgen, dass sie von Beth die Wahrheit erfuhr. Erfahrung hatte sie gelehrt, dass sich die Wahrheit meist nur auf Umwegen enthüllen ließ, und meistens von Lügen unterdrückt wurde.

»Erklären Sie mir, was Sie meinen«, sagte sie mit einem freundlichen Lächeln.

»Es fällt mir schwer, darüber zu sprechen. Das letztes Bild, das ich für den Rest meines Lebens von meinem Vater vor Augen haben werde, ist eine groteske Maske aus Blut und Fleisch. Das soll doch nicht so sein, oder?«

»Es tut mir leid, dass ausgerechnet Sie ihn finden mussten. Keine Tochter sollte das erleben müssen«, sagte Lottie. »Ich weiß genau, wie Sie sich fühlen.«

»Tun Sie das?« Beth fummelte an einem Krümel auf dem Tisch herum. »Sie müssen in Ihrem Job doch einiges zu sehen bekommen. Ich bin sicher, dass Sie nichts schockiert.«

»Alles schockiert mich. Unmenschlichkeit hat viele Formen, die nicht unbedingt durch sichtbare Gewalt verkörpert werden, aber die Dinge, die ich sehe, härten mich nicht gegen das Trauma ab, das Familien nach einem Todesfall durchmachen müssen.« Sie hielt inne und war überrascht, dass Beth ihr aufmerksam zuhörte. »Was meinten Sie vorhin?«

»Es geht um Colin Kavanagh. Es ist alles seine Schuld. Das ist der Grund, warum Ryan gestern Abend in der Kneipe auf ihn losgegangen ist.«

»Was hat er getan?«

»Ich bin mir nicht sicher. Ich hatte noch keine Zeit, Dads Papiere durchzusehen, aber er war gestern hier, als ich von Zoe nach Hause kam. Er saß da drüben an Dads Schreibtisch.« Sie zeigte auf die Tür, die zum Rest des Hauses führte. »Er hatte die Frechheit zu sagen, dass ihm jetzt unser gesamtes Vermögen gehört, einschließlich dieses Hauses.« Ein Schluchzen entrang sich Beths Kehle und Tränen sammelten sich in ihren Augen.

»Wirklich? Glauben Sie, dass das wahr ist?«

»Es könnte sein. Er war Dads Anwalt, soweit ich weiß, und Dad hat sich in letzter Zeit sehr seltsam verhalten. Ich habe Ihnen das alles gestern erzählt. Jetzt macht es irgendwie Sinn. Ich glaube, er hat alles an Colin Kavanagh überschrieben. Was ich nicht verstehe, ist, warum. Ich glaube nicht, dass es wegen meiner Mutter war, wie Mr Kavanagh gesagt hat.«

»Wegen Ihrer Mutter? Eve Clarke?«

Beth nickte.

»Was hat Mr Kavanagh über sie gesagt?«

Beth ließ den Krümel liegen und drückte sich mit Finger und Daumen auf den Nasenrücken, als ob sie versuchte, sich an die genauen Worte zu erinnern. »Er sagte, dass Dad nicht gewollt hat, dass meine Mutter sein ganzes Geld in ihre

Hände bekommt. Aber Dad hat mir gegenüber niemals etwas in dieser Art angedeutet. Niemals. Deshalb glaube ich das nicht.«

»Überlassen Sie Mr Kavanagh mir, Beth. Ich werde mit ihm reden und wenn ich die Wahrheit herausfinde, werde ich es Ihnen sagen. Kein Grund für Ryan oder irgendjemanden, mit den Fäusten zu reagieren. Okay?«

»Okay.« Beth ließ die Hand von ihrem Gesicht fallen und fummelte erneut an dem Krümel herum, bis er sich zwischen ihren Fingern auflöste. Sie blickte auf, ihre Augen waren voller Trauer und Angst.

Lottie spürte einen Stich in ihrem Herzen. »Gibt es noch etwas, das Sie beschäftigt?«

»Reicht es nicht, dass mein Vater sich umgebracht hat und dass Fiona tot ist? Für beide Todesfälle gibt es keine Erklärung. Ich bin Journalistin, aber ich bin auch die Tochter eines der Opfer und eine Freundin der anderen. Ich will Antworten.«

»Ich habe es Ihnen gerade gesagt, ich werde Sie informieren.«

»Genau. In ungefähr sechs Monaten, wenn es eine Untersuchung gibt.« Beths Lippen kräuselten sich vor Spott.

»Ich warne Sie, Beth, schnüffeln Sie nicht auf eigene Faust herum. Es sind schon zu viele Menschen gestorben, und ein kleines Mädchen ist verschwunden.«

»Die arme Lily. Inspector, glauben Sie, dass die Todesfälle zusammenhängen?«

Lottie antwortete nicht. Sie dachte an die Hochzeitskleider und die Haarsträhnen. Abgesehen davon gab es nichts Konkretes, was die Opfer miteinander in Verbindung bringen konnte. Warum also waren sie alle ins Visier eines Mörders geraten? Sie hatte immer noch keine Bestätigung dafür, dass Christy Clarke die Haare abgeschnitten worden waren. Sie erschauderte bei dem Gedanken, dass die Beweise durch den Schuss verwischt worden sein könnten. Sie brauchte die Ergebnisse der Obduktion. Und sie wurde von der Tatsache verfolgt, dass die achtjährige Lily immer noch vermisst wurde.

Sie saßen wortlos da, der Regen prasselte gegen das Fenster, draußen quiekten die Schweine und die Krähen krächzten laut. War dies der richtige Zeitpunkt, um Robert Brady zur Sprache zu bringen?

Beth sagte: »Ich nehme an, Sie wissen von Robert Brady.«

Glücklicher Zufall, dachte Lottie. »Ja. Er wurde erhängt in dem Wald am See gefunden. Das ist nicht weit von hier, oder?«

»Nicht weit von dort, wo Colin Kavanagh wohnt«, fügte Beth hinzu und verzog die Lippen. »Wissen Sie, dass Robert an der Scheune gearbeitet hat, die Kavanagh gekauft hat?«

»Hat er das?«

»Ja. Und er hat an Ryans Cottage gearbeitet. Dann hat der arme Kerl am Ende in seinem Van leben müssen. Das ist so unfair.«

»Kannten Sie Robert?«, fragte Lottie und dachte daran, dem Team zu sagen, seine genauen Lebensumstände zu überprüfen. Sie betrachtete das Gesicht der jungen Frau eingehend. »Bitte, Beth, ich muss wissen, ob ich mich auch mit seinem Tod befassen soll.«

»Haben Sie nicht schon genug zu ermitteln?« Die gekräuselte Lippe kehrte zurück.

»Ich versuche, Fakten zu schaffen. Ich folge den Beweisen, versuche Hinweise zu finden und das Leben der Opfer unter die Lupe zu nehmen. Das ist Polizeiarbeit.«

»Ein bisschen wie wir Journalisten.« Ein halbes Lächeln, das von Traurigkeit gezeichnet war, erschien auf Beths Gesicht. Die Wirkung erstreckte sich auf ihr ganzes Auftreten und ihre Augen verloren für einen Moment ihre Leere.

»Wenn es irgendetwas gibt, das Sie an Roberts Tod verdächtig finden, dann muss ich das wissen.«

Beth stand auf. »Möchten Sie eine Tasse Tee?«

Das wollte sie, aber nicht jetzt. »Der Tee kann warten.«

Die junge Frau seufzte, setzte sich und fand einen weiteren Krümel, mit dem sie spielen konnte. Lottie zählte still die Sekunden.

Beth stützte sich mit den Ellbogen auf dem Tisch ab, hob eine Schulter an, als ob sie ihren Kopf stützen wollte, und konzentrierte sich auf den Krümel, als sie begann zu sprechen.

»Ich mochte Robert. Er war einer dieser unauffälligen Menschen. Ein bisschen einfältig, so nannte ihn mein Vater. Aber das war er nicht. Nicht wirklich. Er war geschickt mit seinen Händen. Er hat immer an etwas gebastelt. Er war ein großartiger Handwerker. Er war sogar als ›Bob der Baumeister‹ bekannt. Wissen Sie, wie die Zeichentrickfigur? Er ging nirgendwo ohne seinen Werkzeuggürtel hin. Immer hat er sein Werkzeug herumgezeigt. Die Jungs machten sich über ihn lustig, und die Mädchen lachten ihn aus. Ich hatte einfach Mitleid mit ihm.«

»Haben Sie sich mit ihm angefreundet?«

Beth wurde rot. »Ja, in gewisser Weise. Aber er muss eher in Ryans oder Zoes Alter gewesen sein als in meinem.« Sie begann zu weinen.

»Was ist los, Beth?« Lottie streckte die Hand aus und nahm die Hand der jungen Frau in die ihre. »Sie können es mir sagen.«

»Ich bin mir nicht sicher, ob ich das kann.«

»Wenn Sie wollen, dass ich es für mich behalte, werde ich mein Bestes tun. Bis zu dem Zeitpunkt, an dem ich denke, dass es für die anderen Todesfälle von Bedeutung sein könnte. Okay?« Beth schniefte ihre Tränen weg und rieb sich wie ein kleines Kind die Nase am Ende ihres Ärmels. »Die Firma, für die Robert gearbeitet hat, musste dichtmachen, und er hatte seitdem nur noch Gelegenheitsjobs hier und da. Die Bank hat ihm sein Haus weggenommen. Sein Selbstwertgefühl war völlig verschwunden. Können Sie sich vorstellen, was das mit einem Menschen machen kann? Jeden Morgen aufzuwachen und nur einen Lieferwagen zum Leben zu haben, nichts, worauf man sich freuen kann. Und wissen Sie was? Ich habe vielleicht keinen Vater mehr. Kein Zuhause, wenn Kavanagh die Wahrheit sagt.« Sie lächelte reumütig. »Aber wenigstens habe ich noch meinen Job.«

»Und Sie haben Ihre Mutter.«

»Erwähnen Sie diese Frau nicht. Sie hat mich verlassen. Sie ist für mich gestorben, so kitschig das auch klingen mag.«

»Erzählen Sie mir von Robert«, drängte Lottie.

Beth schüttelte den Kopf, aber nach ein paar Sekunden lenkte sie ein. »Ich habe ihn kennengelernt, als er in Ryans Cottage gearbeitet hat. Er war höflich, aber in sich gekehrt. Es kam mir seltsam vor, dass Ryan ihn nicht zu mögen schien. Er zwang ihn dazu, alle Sockelleisten noch einmal zu machen, weil sie angeblich schlampig gearbeitet waren. So was in der Art.«

»Wenn Ryan ihn nicht mochte, warum hat er ihn dann engagiert, um für ihn zu arbeiten?«

»Das lag an Fiona. Sie hat ihn wohl empfohlen.«

»Fiona kannte Robert auch?«

»Das muss sie wohl. Vielleicht lag es an der tollen Arbeit, die er beim Umbau von Kavanaghs Scheune geleistet hatte. Haben Sie das gesehen? Das Haus? Es ist erstaunlich.«

Lottie zog eine Grimasse bei der Erinnerung an den Einbruch. »Ja, ich habe es gesehen. Sie haben mir vor Kurzem gesagt, dass Sie glauben, Fiona hätte Colin Kavanagh verlassen, weil er zu alt für sie war. Gibt es noch einen anderen Grund?« Sie wusste, dass sie mit ihrer Frage eine andere Richtung einschlug, aber sie musste es einfach wissen.

»Vielleicht war Geld nicht alles für sie. Wenn er in der Öffentlichkeit schon so unausstehlich ist, wer weiß, wie er sich hinter verschlossenen Türen verhält.«

»Glauben Sie, Robert könnte Cara Dunne gekannt haben?«, fragte Lottie. Beth öffnete den Mund, um zu sprechen, und schloss ihn dann wieder. »Kommen Sie schon, Beth, helfen Sie mir.«

»Ich weiß nicht, ob er sie kannte oder nicht.«

»Hat er jemals die Initialen BB benutzt?«

Sie zuckte mit den Schultern. »Wie ich schon sagte, manche Leute nannten ihn ›Bob der Baumeister‹.«

»Gibt es noch irgendetwas, dass Sie mir über ihn erzählen können?«

»Wäre er nicht obdachlos gewesen, wäre sein Tod wohl gründlicher untersucht worden. Gefährdete Menschen werden leicht vergessen – von den Behörden und den Leuten im Allgemeinen. Sie sind leicht aus dem Bewusstsein zu tilgen. Ich bin nicht überzeugt, dass Robert ...« Beth hielt inne. »Ich glaube nicht, dass er so weit war ... um sich umzubringen.«

Da war noch etwas anderes. Etwas, das sie zurückhielt.

Lottie versuchte es erneut. »Was verschweigen Sie mir, Beth?«

»Ich habe genug gesagt.« Plötzlich stand sie auf.

»Wann haben Sie zuletzt mit Robert gesprochen?«

»Das ist lange her. Wann wird Dads Leiche zur Beerdigung freigegeben?«

»Ich sehe nach, wenn ich wieder im Büro bin, und sage Ihnen Bescheid.« Lottie starrte sie an. »Wie gut kannten Sie Robert wirklich?«

»Offensichtlich nicht gut genug.«

»Haben Sie eine Ahnung, wo sein Van stehen könnte?«

»Versuchen Sie es auf dem Wohnwagenstellplatz am Lough Doon. An dem Tag, an dem er starb, muss er ja irgendwie dorthin gekommen sein, oder? Können Sie jetzt gehen?«

»Eine letzte Sache noch. Würden Sie die Unterlagen Ihres Vaters durchsehen, um zu sehen, ob das, was Kavanagh gesagt hat, wahr ist?«

»Okay.« Beth hielt die Tür auf und der Regen prasselte herein. »Darf ich Sie etwas fragen?«

»Sicher.« Lottie schloss den Reißverschluss ihrer Jacke.

»Was glauben Sie, ist mit Lily passiert?«

»Das versuche ich herauszufinden.«

»Ich werde sehen, ob ich auch etwas herausfinden kann, das helfen könnte.«

»Beth?«

»Was?«

»Seien Sie vorsichtig.« Lottie trat hinaus in die Fluten.

DREIUNDVIERZIG

Beth stand am Fenster und beobachtete Detective Parker, die in ihrem Auto telefonierte. Wen rief sie an und warum? Hatte Beth etwas gesagt, was sie nicht hätte sagen sollen? Sie ließ das Gespräch noch einmal in ihrem Kopf Revue passieren. Nein, es gab nichts, was etwas verraten hätte. Wenn die Detective die Dinge auf ihre Weise herausfand, hatte Beth nichts zu befürchten. Dann erinnerte sie sich an die Warnung, vorsichtig zu sein. Könnte sie in Gefahr sein?

Sie fröstelte, obwohl es in der Küche warm war. Wie eine Vorahnung liefen ihr eiskalte Schauer die Wirbelsäule hinunter und wirbelten durch ihren Magen. Sie fühlte sich, als hätte sie jemand in ein Fass mit eiskaltem Wasser getaucht. Mit zitternden Händen ließ sie ein Haargummi von ihrem Handgelenk gleiten und warf ihr Haar im Nacken zurück.

Als sie sich vom Fenster abwandte, verpasste sie den Schatten, der in dem Moment daran vorbeihuschte.

Im Wohnzimmer setzte sie sich an den Schreibtisch ihres Vaters und machte sich daran, herauszufinden, was er mit Colin Kavanagh abgemacht hatte. Eine Welle von Energie trieb sie an.

Dies war echte Recherchearbeit, etwas, das sie schon immer hatte tun wollen, wenn auch nicht unter diesen Umständen.

Sie fragte sich flüchtig, wie Lottie Parker bei all dem, was sie zu bewältigen hatte, bei Verstand blieb. Beth wusste, wenn sie an ihrer Stelle wäre, würde sie langsam verrückt werden.

———

Lottie saß im Auto und dachte über ihre nächsten Schritte nach.

Es gab so viele Halbwahrheiten und fast keine Beweise, aber es war genug, um sie davon zu überzeugen, dass vielleicht einige oder alle Todesfälle miteinander in Verbindung standen. Sie musste nur herausfinden, was die Opfer gemeinsam hatten. Sie spürte einen Adrenalinstoß. Die Verbindung würde in Ballydoon zu finden sein. Jeder der Toten – Robert Brady, Cara Dunne, Fiona Heffernan und Christy Clarke – war auf die eine oder andere Weise mit dem Dorf verbunden. Schwester Augusta hatte gesagt, *es ginge nur um das Kind*. Wie passte also das Verschwinden der kleinen Lily Heffernan mit den Todesfällen zusammen?

Lottie hatte das Gefühl, dass sie die Sache völlig falsch anging, aber egal, was sie versuchte, nichts passte richtig. Ein Puzzle, bei dem mehr als nur ein Stückchen blauer Himmel fehlte. Eines wusste sie mit Sicherheit: Beth Clarke hatte Angst vor etwas oder jemandem. Und Lily war immer noch verschwunden.

Sie wünschte, Boyd wäre bei ihr.

Sie nahm ihr Telefon und rief ihn an und war erleichtert, als er zustimmte, zu ihr nach Ballydoon zu kommen. Sie sagte ihm, wo sie sein würde, und fuhr vom Haus der Clarkes los, als der Regen nachließ. Was hatte Beth verschwiegen? Lottie hatte das Gefühl, dass es etwas war, das entscheidend mit den Morden zu tun hatte. Während sie fuhr, rief sie in Jane Dores

Büro an. Es gab immer noch keine Fortschritte bei der Obduktion von Christy Clarke. Es würde noch bis zum Nachmittag dauern, bis Jane dazu kam. Dann rief sie Kirby an. Und er erzählte ihr etwas Neues.

Als sie die schmale Straße hinunterfuhr, hatte sie das Gefühl, dass sie es mit einem großen Topf zu tun hatte, der auf einem Herd stand. Ständig warfen sie neue Dinge in die Suppe und bald, sehr bald, würde alles überkochen. Sie hoffte, dass es dann wenigstens eine endgültige Antwort geben würde, an der sie sich festhalten und mit der sie weiterarbeiten konnte.

———

Beth stand vom Schreibtisch ihres Vaters auf. Sie brauchte erst eine Tasse Kaffee, bevor sie anfangen konnte. Etwas, das sie stimulierte. Sie hatte letzte Nacht mit offenen Augen geschlafen. Die Hintertür hatte geklappert, so als ob jemand versucht hätte, hineinzukommen. Aber sie hatte sie doppelt verriegelt. In solchen Momenten wünschte sie sich, ihr Vater hätte nachgegeben und ihr einen Hund erlaubt. Aber nein, er hatte gesagt, das wäre zu viel Stress, mit dem Vieh auf den benachbarten Feldern.

Sie lauschte den hungrigen Schweinen draußen. So sehr die Vorstellung sie auch entsetzte, sie wusste, dass sie sie füttern musste. Dann würde sie jemanden finden müssen, der sie übernahm oder für sie verkaufte. Oder war das jetzt die Aufgabe von Kavanagh? Sie hatte keine Ahnung.

Ihr Telefon klingelte in ihrer Jeanstasche. Sie schaute darauf. Zoe. Weil sie keine Lust hatte zu reden, ließ sie die Mailbox drangehen. Später, wenn sie sich dazu in der Lage fühlte, würde sie nachfragen, was Zoe wollte. Eine Nachricht tauchte auf dem Bildschirm auf. Wieder Zoe.

Beth öffnete die Nachricht zögernd. Ein Wort.

HILFE.

———

Dass er gestern Abend nicht ins Haus gelangt war, beunruhigte ihn nicht allzu sehr. Es würde ein anderes Mal geben. Er würde sie weiterhin im Auge behalten, ohne dass sie es merkte, so wie er es bei den anderen getan hatte.

Von seinem Aussichtspunkt aus hatte er die langbeinige Detective bewundert, als sie in ihr Auto gestiegen war. Sie hatte schönes Haar, aber sie musste es besser pflegen. Er hatte beobachtet, wie sie wegfuhr, und sich gefragt, wie viele Probleme sie ihm bereiten würde.

Er betastete seine Beute in der Tasche. Das seidige Gefühl des Haares war wie Goldstaub in seinen Händen. Er hatte noch mehr davon, aber der Drang, Beths Haar in seinen Händen zu spüren, wurde zu stark. Als er gerade überlegte, ob er jetzt schon zuschlagen sollte, öffnete sich die Tür, und sie stürzte heraus und sprang in ihr Auto.

Eine weitere verpasste Gelegenheit. Aber es würde noch andere geben. Dessen war er sich vollkommen sicher. Und wenn sich keine ergab, war er durchaus in der Lage, sie zu schaffen.

Er lächelte, als der Rauch aus dem Auspuff aufstieg, als sie den Wagen im Hof wendete und wegfuhr. Oh, schöne junge Beth, du bist genau das Stärkungsmittel, das ich brauche.

Er zog sich in das Unterholz zurück, eins mit der Natur, wo er wusste, dass ihn niemand jemals finden würde.

VIERUNDVIERZIG

Am Zugang zum Seeufer stand Lottie neben ihrem Auto und war froh, dass der Regen aufgehört hatte. Sie neigte den Kopf zur Seite und lauschte dem lauten Gesang der Vögel in den Bäumen. Sie mochte keine Vögel. Weit oben, weit weg von ihr, da gehörten sie hin, aber in ihrer Nähe jagten sie ihr eine Gänsehaut über den Rücken.

Auf dem Wasser sah sie Schwäne schwimmen und dachte, dass das ziemlich ungewöhnlich für Dezember war, sicher war es doch zu kalt für sie. Nach einer Weile wurden das Vogelgezwitscher und das Trompeten der Schwäne vom Geräusch eines Automotors übertönt. Sie wartete, während Boyd auf sie zukam.

»Ich war noch nie an diesem See«, sagte er, knöpfte seinen Mantel zu und schlug den Kragen gegen die kalte Luft hoch.

»Mein Land ist ein weiches Bett aus Quellen und Seen«, sagte sie. »Doon ist der mythische See.«

»Es ist etwas seltsam, hier draußen mitten im Nirgendwo ein Tor zu haben«, sagte er und sah sich um.

»Weiter unten stehen Wohnwagen von Fischern. Wahrscheinlich, um Einbrecher fernzuhalten.«

»Wahrscheinlich.« Boyd lachte zweifelnd. »Nichts hält sie davon ab, um das Tor herum und durch die Büsche zu gehen.«

Lottie lächelte. »Die Wohnwagen wurden überprüft, nicht wahr?«

»Ja. Keine Spur von Lily.«

»Ich möchte, dass das Gelände noch einmal durchsucht wird, und zwar nach dem Van von Robert Brady.«

Nachdem er die Kollegen angerufen hatte, sagte Lottie: »Boyd, darf ich fragen, warum du nach Galway fahren musstest?«

»Ich habe es dir gesagt. Meine Mutter hatte einen Termin in der Klinik. Ich musste sie hinbringen. Kein Grund, so misstrauisch zu sein.«

»Aber deine Mutter kann doch selbst fahren, oder?«

»Hast du mich den ganzen Weg hierherkommen lassen, nur um mich zu verhören?«

Lottie zuckte mit den Schultern. Er war zu ausweichend. Vielleicht würde sie seine Mutter anrufen. Wenn sie Zeit hatte. Im Moment mussten sie sich beide auf die Arbeit konzentrieren. »Ich will sehen, wo Robert Brady gefunden wurde.« Boyd seufzte. »Es ist über zwei Wochen her, dass seine Leiche entdeckt wurde. Die ganze Gegend wurde wahrscheinlich von Krankenwagen und dergleichen platt gemacht, ganz zu schweigen vom Schnee.«

Als sie weitergingen, fragte sie: »Kennst du die Legende dieses Sees?«

»Ich bin sicher, du wirst sie mir erzählen.«

»Die Kinder von Lir«, sagte sie. »Google es, würde Sean sagen.«

»Ich bin mir nicht sicher, ob uns das helfen wird, hier irgendwelche Morde aufzuklären.«

Sie erreichten das Waldgebiet, das Boyd anhand einer auf seinem Handy gespeicherten Zeichnung wiederfand.

»Woher hast du das?«, fragte sie.

»Es war beim Bericht von Robert Brady dabei. Kirby ist ihn durchgegangen. Eine dünne Akte, wie du dir denken kannst.«

»Geöffnet, um sie gleich wieder zu schließen«, sagte sie und wunderte sich über McKeowns ursprüngliche Gründlichkeit. Hatte er Scheiße gebaut?

»Hier durch.« Boyd hielt einen Ast hoch, damit sie sich durch die Lücke ducken konnte.

»Ich habe mir die Fotos in der *Tribune* angeschaut«, sagte sie. »Beth und Ryan waren nahe genug am Tatort.«

»Glaubst du, dass das vielleicht mit dem Tod ihrer Angehörigen zu tun hat?«

»Weil eine Reporterin und ein Fotograf am Tatort eines Selbstmordes waren?« Lottie hob skeptisch die Augenbrauen. »Das bezweifle ich.«

»Vielleicht sollten wir Ryan fragen, ob er noch andere Fotos von dem Tag hat.«

»Einen Versuch wäre es wert«, räumte Lottie ein.

»Wenn wir den Beweisen, dass Brady sich das Leben genommen hat, keinen Glauben schenken wollen.«

»Beweise?«, sagte Lottie. »Solche Fälle kommen selten so weit. Und ich bin mir nicht sicher, ob der stellvertretende Rechtsmediziner, Tim Jones, besonders gute Arbeit geleistet hat.«

»Er hat sich immerhin mit Jane beraten, oder?«

»Ja, aber ich behalte mir ein Urteil im Moment lieber noch vor.« Sie senkte den Kopf unter den Brombeeren und dornigen Ästen und fügte hinzu: »Warum sollte Robert ausgerechnet hierherkommen? Das ergibt keinen Sinn.«

»Das Haus von Colin Kavanagh liegt eine halbe Meile entfernt auf der anderen Seite des Feldes am Rande des Waldes.«

»Und Kavanagh meldete den Fundort der Leiche, nachdem

die Männer, die sie gefunden hatten, an seine Tür geklopft hatten.« Lottie hielt inne. »Kavanaghs Name taucht überall auf, egal, wo ich hinkomme.«

»Überall und nirgends.«

»Was?«

»Ein Zitat aus diesem Film. Du weißt schon, irgendwas mit Affen.«

»Mein Gott, Boyd«, sie stieß ihn mit dem Ellbogen an, »erst waren wir bei verfluchten Schwänen, jetzt sind wir schon bei den Affen gelandet.«

Er lachte. »Das bringt diese verworrenen Fälle auf den Punkt.«

»Und nur zu deiner Information, es war ein Orang-Utan, kein Affe.«

»Noch mehr Verwirrung«, sagte er und packte ihren Arm, als sie fast über eine Wurzel stolperte.

Sie spürte, wie seine Nähe wie eine warme Welle über sie schwappte. »Meine Worte.«

Sie erreichten eine kleine Lichtung, der Boden war weich und aufgeweicht, wahrscheinlich vom Schnee. Das Geräusch von Wasser, das von Farnen und Ästen tropfte, durchdrang die Luft.

Sie fragte: »Ist das die richtige Stelle?«

Er richtete seinen Rücken auf und stellte sich neben sie. »Wie haben sie ihn überhaupt gefunden? Es ist so weit drinnen.«

»Zwei Männer aus der Gegend haben in den Wäldern nach Bäumen gesucht, die sie zu Weihnachten verhökern wollten. Sie fanden mehr, als sie erwartet hatten. Das Haus von Kavanagh lag am nächsten, also schlugen sie bei ihm Alarm.«

»Das ist praktisch«, sagte Boyd.

»Mensch, diese verdammten Vögel sind ganz schön laut, oder?« Sie zog ihre Kapuze hoch, nur für den Fall, dass eines dieser verdammten Viecher beschloss, sich in ihrem Haar einzunisten.

»Hat Beth erwähnt, ob Brady irgendwelche gesundheitlichen Probleme hatte?«

»Nein, aber sie hat definitiv etwas zurückgehalten. Sie hat uns unterstellt, dass wir nicht gründlich genug nachgeforscht haben, weil er obdachlos war.« Lottie nahm die Gerüche des Waldes und die schummrigen Schatten ihrer Umgebung in sich auf und betete, dass die dunklen Wolken den Regen für sich behalten würden, bis sie zum Auto zurückgekehrt waren.

Vor ihr ragte ein großer Baumstamm auf, die Äste ganz knorrig und verdreht. Sie lehnte den Kopf nach hinten und schaute nach oben.

»Wie ist Brady da hochgekommen?«

»Geklettert?«

»Was steht in dem Bericht?«

»Ich kann Kirby anrufen. Er hat die Akte auf seinem Schreibtisch.«

»Du wirst hier keinen Empfang haben. Prüfe es, wenn wir zurückkommen.«

Als sie um den Baum herumging, spürte Lottie, dass sie etwas übersah. Sie starrte durch die kahlen Äste nach oben. Wolken zogen über den Himmel, teilweise verdeckt durch das Blätterdach über ihrem Kopf, und für ein paar Augenblicke schimmerte Licht durch die Lücken. Sie sah zu ihren Füßen hinunter, ließ sich auf die Knie fallen und begann, mit ihren bloßen Händen dicht am Stamm herumzuwühlen.

»Was machst du da?«, fragte Boyd.

»Ich dachte, ich hätte eben etwas gesehen.« Sie wühlte in abgefallenen Zweigen und matschigen Blättern herum. Und dann sah sie, was ihr ins Auge gefallen war. »Hast du Handschuhe dabei?«

Boyd reichte ihr ein Paar aus seiner Tasche. »Was ist das?«

Sie zog sie an und hob ihre Beute vorsichtig hoch.

Als sie sie in die Höhe hielt, glitzerte das Licht auf dem Schmuckstück in ihrer Hand.

»Es ist ein Anhaltspunkt.«

FÜNFUNDVIERZIG

Das Kreuz, das an einer silbernen Kette befestigt war, war etwa fünf Zentimeter lang und hatte auf der Rückseite einen Stempel, der es als Echtsilber kennzeichnete. Lottie steckte es in einen Beweismittelbeutel und legte ihn in den Kofferraum des Autos. Sobald sie die Fotos vom Tatort geprüft hatten, war sie sicher, dass sie bestätigen würden, dass das Schmuckstück beim Auffinden der Leiche noch nicht da gewesen war.

Lottie fuhr in ihrem Auto Boyd hinterher. Als sie in die Einfahrt vor der Kirche biegen wollten, raste gerade ein anderer Wagen heraus und stieß fast mit ihrem zusammen. Sie sah einen Kopf mit weißem Haar. Dieser Mann tauchte überall auf, und wie eine Schnecke hinterließ er überall, wo er gewesen war, eine Spur. Sie fragte sich, was Kavanagh mit Father Curran zu schaffen hatte und warum er so überstürzt aufgebrochen war.

Boyd hatte bereits auf die Türklingel gedrückt, als sie zu ihm auf die Stufe trat.

»War das ...«, fragte er.

»Colin Kavanagh, ja.«

Da ihnen niemand die Tür öffnete, gingen sie an der Seite

des Hauses entlang und kamen zu einem Schuppen. Sie drückten die Tür auf und blieben stehen.

Father Curran saß auf einem Spinning Rad, die Augen geschlossen, den Mund offen, und trat in die Pedale, als hinge sein Leben davon ab. Sein Oberkörper war nackt und er war mit einer Trainingshose und abgenutzten Laufschuhen bekleidet. Es gab auch ein Laufband und auf dem Boden lagen Hanteln.

»Father Curran?«, sagte Lottie.

Seine Beine standen schneller still als sein Mund. Schließlich hörte er auf zu stöhnen. »Heilige Mutter, was machen Sie hier drin?«

»Ich bin zwar eine Mutter, aber das ›heilig‹ würde ich in Frage stellen«, sagte Lottie und versuchte, fröhlich zu klingen. »Können wir uns kurz unterhalten?«

»Nein, Sie …« Seine Worte blieben ihm im Hals stecken, als er um sein Gleichgewicht kämpfte. »Ich brauche einen Augenblick.«

Er stieg vom Fahrrad ab, nahm ein Handtuch von einer Bank hinter sich und fuhr sich damit über den Nacken, bevor er sich den Schweiß aus dem Gesicht wischte.

Man konnte ihm sein Alter jetzt ansehen, dachte sie. Ein alter Mann, der versuchte, sich in Form zu halten. Ein Spaziergang wäre vielleicht besser für ihn als diese ganzen Geräte.

Er richtete seinen Rücken auf und starrte sie an, seine Pupillen waren so dunkel, dass sie das kühle Blau der Iris kaum erkennen konnte.

»Warten Sie hier, während ich ins Haus gehe und mir etwas anziehe«, sagte er.

»Wir kommen mit.« Sie blieb standhaft.

Als ob eine Niederlage zuzugeben für ihn völlig undenkbar wäre, kam er ihr unangenehm nahe, schnell gefolgt von seinem Körpergeruch. Sie roch Weihrauch. Das ist verrückt, dachte sie.

»Was wollen Sie von mir?«, fragte er.

»Warum war Colin Kavanagh gerade eben hier?«

»Colin?« Der Priester wirkte verblüfft. »Es tut mir leid, das ist allein meine Sache.«

»Es ist auch meine Sache, wenn Menschen ermordet wurden und ein kleines Mädchen vermisst wird.«

»So traurig.«

»Was ist so traurig?«

»Dass das kleine Mädchen entführt wurde.«

»Wissen Sie das mit Sicherheit?«

Sein errötetes Gesicht wurde deutlich blasser. »Sie drehen mir das Wort im Mund um. Es ist hier allgemein bekannt, dass sie entführt wurde.«

»Hat Kavanagh Ihnen das gesagt?«

»Was er mir gesagt hat, ist vertraulich. Es war ein Gespräch unter Freunden.«

»Colin Kavanagh ist also ein Freund von Ihnen.«

»Ein Bekannter.« Der Priester ging zur Bank, setzte sich und zog sich einen schwarzen Pullover über den Kopf. Als er aufblickte, wich Lottie vor seinem eisigen Blick beinahe zurück.

»Wie lange kennen Sie ihn schon?«, fragte sie.

»Seit er von Dublin hierhergezogen ist.«

»War Lily dabei, als Fiona ihre Trauung mit Ihnen besprochen hat?«

Er neigte kurz den Kopf. »Ich kann mich nicht erinnern.«

»Können Sie sich an irgendetwas über Robert Brady erinnern?«

Lottie, die den Priester genau beobachtete, bemerkte sofort eine Veränderung in seiner Mimik. Sein Gesicht schien auf einmal jünger und in seinen Augen blitzte ein kleines Schimmern auf. Und dann, im nächsten Augenblick, war es wieder verschwunden. Was hatte sie da gerade gesehen?

»Robert war kein glücklicher Mensch«, sagte Father Curran leise.

»Wie gut kannten Sie ihn?«, fragte Boyd.

»Ich hatte nur mit ihm zu tun, während er hier im Dorf Gelegenheitsarbeiten verrichtete. Er war ein am Boden zerstörter Mann.« Er sah zu Lottie hinüber, als wolle er sie auffordern, ihm zu widersprechen. »Er kam zu mir und suchte Rat.«

»Ich würde sagen, der war gut.« Sie konnte sich nicht zurückhalten.

»Um welchen Rat hat er denn gebeten?«, sagte Boyd.

»Er brauchte eine Richtung in seinem Leben.«

»Und Sie waren genau der Richtige, um ihn die zu weisen, nicht wahr?«, blaffte Lottie. »Haben Sie ihn zur Messe geschickt, so wie Sie es bei Cara gemacht haben?«

Father Curran warf ihr einen harten Blick zu.

»Wann fand dieses Treffen statt?« Wieder Boyd.

»Das muss ungefähr sechs Monate her sein, wenn ich mich recht erinnere. Es ging ihm schlecht. Keine Arbeit, kein Geld. Untröstlich.«

»Und hat er Ihren Rat befolgt?«

»Offensichtlich nicht. Er hat eine Todsünde begangen, als er sich das Leben nahm. Ich bete für seine Seele, jeden Tag.«

»Genug von diesem Blödsinn«, sagte Lottie und ging in der beengenden Hütte auf und ab. »Welchen Rat haben Sie ihm gegeben? Bereue deine Sünden und folge dem Weg des Herrn, vielleicht?«

»So ähnlich.« Das Kinn des Priesters reckte sich vor. Er ließ sich nicht von ihr einschüchtern.

Sie blieb stehen und blickte ihn an. »Sie glauben, dass Robert Brady eine Todsünde begangen hat, aber Sie haben seine Leiche eingefordert und auf dem Friedhof begraben lassen. Das ergibt für mich keinen Sinn.« Kirby hatte sie angerufen und darüber informiert, dass ein Bestattungsunternehmen, das im Auftrag von Father Curran handelte, Bradys Leiche zur Beerdigung gebracht hatte.

»Er ist nicht auf dem Friedhof begraben.« Der Priester drehte das Handtuch zu einem Knoten zusammen.

»Was?«

»Ich habe für seine Seele gebetet, so viel ich konnte, und ihn dann außerhalb der Friedhofsmauern beerdigen lassen. In nicht geweihter Erde. Wie es sein sollte.«

»Ach, um Gottes willen.« Lottie schritt wieder in einem kleinen Kreis umher. Meinte er das ernst?

»Du sollst den Namen des Herrn nicht missbrauchen.«

Sie trat nah an ihn heran und musterte ihn kalt. »Dieser arme Mann hatte niemanden in dieser Welt, und jetzt hat er niemanden in der nächsten.«

»Es steht in der Lehre geschrieben, die ich studiert habe.«

»Wissen Sie nicht, dass sich die Zeiten geändert haben?«

»Ich glaube, was ich glaube.«

Sie atmete ein paar Mal tief durch, um ihre Gedanken zu ordnen. »Wo waren Sie am Tag von Roberts Tod?«

»Wann war das noch mal? Mein Gedächtnis ist nicht mehr das, was es einmal war.«

Als sie versuchte, sich an das genaue Datum zu erinnern, das die Rechtsmedizin ermittelt hatte, klapperte das verzinkte Metalldach über ihrem Kopf auf einmal laut. Ein Picken. Vögel. Verdammte Vögel.

»Seine Leiche wurde vor zwei Wochen gefunden«, sagte Boyd. »Man schätzt, dass er davor vielleicht schon eine Woche tot war.«

»Ich hätte die Morgenmesse gelesen, hier in meinem Fitnessstudio trainiert und dann meine tägliche Visite bei den Kranken in der Abtei gemacht.«

»Waren Sie an dem Ort, an dem Robert umgekommen ist?«

»Dem Ort?«

»Der Wald am Lough Doon.«

Der Priester starrte auf das Dach, wo die Vögel nun noch

intensiver pickten. »Ich muss diese Hütte unbedingt isolieren lassen.«

»Beantworten Sie die Frage, bitte.« Lottie biss die Zähne zusammen.

»Brauche ich meinen Anwalt?«

»Wenn Sie es so wollen, kann ich Sie auf die Wache bringen und vernehmen lassen. Zunächst sechs Stunden, und dann weitere sechs, wenn mein Vorgesetzter das genehmigt. Und das wird er.«

»Das ist doch Superintendent McMahon, oder? Colin hat mir von ihm erzählt.«

»Was?«, sagte Lottie.

»Ihr Superintendent und Mr Kavanagh kennen sich anscheinend schon sehr lange«, sagte Father Curran süffisant.

»Weigern Sie sich, die Frage zu beantworten?«, sagte Lottie. »Haben Sie den Fundort der Leiche von Robert Brady besucht?«, hakte Boyd nach.

»Ja, ich war vor einer Woche dort. Um an dem Ort zu beten, an dem Robert seinen Kampf mit seinem Glauben verloren hat.«

»Haben Sie etwas zurückgelassen?«

»Ich nehme an, Sie meinen das silberne Kreuz mit der Kette am Fuß des Baumes?«

»Ja.«

»Das war schon dort. Also, Inspector, müssen Sie sich jemand anderen suchen.«

So einfach würde sie ihm nicht glauben.

»Sind Sie bereit, uns Ihre Fingerabdrücke und eine Probe Ihrer DNA zu überlassen?«

»Nur wenn Sie einen Durchsuchungsbefehl haben. Haben Sie einen?«

Sie öffnete ihren Mund, um zu widersprechen, schloss ihn aber wieder. »Ich besorge einen. Denken Sie nicht daran, die Stadt zu verlassen.«

»Es ist ein Dorf, keine Stadt, und ich kann nirgendwo anders hin. Guten Tag, Inspector.« Er wandte sich wieder seinem Spinning Rad zu.

Lottie spürte, wie Boyd sie am Ellbogen packte und sie in die feuchte Luft hinausführte. Sie nahm einen willkommenen Atemzug. Es fühlte sich frisch an nach der stickigen Atmosphäre im Schuppen. Sie würde eine Dusche brauchen.

SECHSUNDVIERZIG

Als Beth mit Zoe in dem überfüllten Wohnzimmer saß, verspürte sie den Drang, einige der Spielsachen aufzuräumen. Sie wollte sie alle in einen Korb oder eine Schachtel werfen, die Kommode mit einem Tuch abwischen und die Couch mit Febreze einsprühen. Aber sie saß fest auf der Armlehne eines Stuhls und beobachtete, wie Zoe mit ihren Fingern am Rand des altmodischen Spitzenvorhangs, der sie in ihrer eigenen Welt isolierte, auf und ab fuhr.

»Du musst nach draußen gehen. Geh an die frische Luft, Zoe.«

»Ich muss vor Giles fliehen. Er wird immer schlimmer. Herrschsüchtig und fordernd. Ich habe Angst vor ihm.«

»Kannst du es dir leisten, ihn zu verlassen?«

»Nein.«

»Was wirst du tun?«, fragte Beth.

»Ich brauche deine Hilfe.«

»Ich habe nichts, Zoe. Jetzt, wo Dad tot ist.«

»Wie meinst du das?«

»Colin Kavanagh hat mir gesagt, dass jetzt alles ihm gehört. Ich habe gestern Abend Dads Papiere durchgesehen. Ich muss noch Beweise für das finden, was Kavanagh sagt, aber er hat keinen Grund, das einfach so zu erfinden.«

»Das mit deinem Vater tut mir so leid, Beth, ehrlich. Aber das bringt uns in eine ziemliche schwierige Lage.«

Beth hielt Zoes Blick stand. Sie hatte keine Ahnung, was ihre Freundin meinte. »Wie kann Dads Tod dich in eine schwierige Lage bringen? Das verstehe ich nicht.«

Zoe entfernte sich vom Fenster und stellte sich vor den Kamin. »Ich habe dir das nie erzählt, aber Christy kam vor etwa drei Monaten zu Giles. Er wollte einen Investor. Jemanden, der Geld in die Farm steckt. Du weißt schon, nachdem die Autowerkstatt pleite gegangen war.«

»Sag mir bitte, dass Giles ihm kein Geld gegeben hat ...«

»Er hat ihm fünfzehntausend Euro geliehen. Unsere gesamten Ersparnisse. Er sagte, Christy habe ihm gesagt, er würde es in ein paar Monaten verdoppeln und mit Zinsen zurückgeben. Jetzt ist dein Vater tot. Wie können wir das Geld zurückbekommen?«

Beth stemmte die Hände zwischen die Knie, um das unkontrollierbare Zittern zu verbergen, das sie erfasst hatte. »Wie konntet ihr ihm Geld geben, ohne mir was davon zu sagen?«

»Er hat Giles einen guten Geschäftsvorschlag gemacht. Zumindest glaube ich, dass es ein guter Vorschlag war. Giles kann sehr überzeugend sein, wenn es um Geld geht. Jetzt sind wir pleite.«

Beth stand auf, ihre Gedanken rasten. »Das alles tut mir leid, Zoe, aber ich kann dir nicht helfen. Du musst mit Kavanagh reden.«

Sie hörte, wie eine Tür geöffnet und wieder geschlossen wurde.

»Zoe, wo bist du? Ich brauche eine Tasse Tee.« Die Stimme kam aus der Küche.

»Ich bin gleich da.«

»Kann er sich nicht einmal selbst eine Tasse Tee machen?«,

sagte Beth, als sie hörte, wie Wasser aus einem Wasserhahn in einen Kessel floss.

»Was ist mit den Autos in der Werkstatt?«, sagte Zoe. »All diese Mercedes und BMWs. Kannst du die nicht verkaufen, damit wir unser Geld zurückbekommen?«

Beth konnte sich das Lachen nicht verkneifen, das ihr aus der Kehle brach. »Zoe Bannon, du weißt, dass ich das nicht tun kann. Und du weißt auch, warum. Also versuch es gar nicht erst. Ja?«

»Aber ...«, begann Zoe. Der Rest ihrer Worte wurde von dem eindringlichen Klingeln an der Tür übertönt.

―――――

Bevor sie zurück nach Ragmullin fuhr, beschloss Lottie, Ryan Slevin anzurufen und ihn nach den Fotos zu fragen, die er im Wald gemacht hatte, als Robert Bradys Leiche gefunden worden war.

»Dieser Priester ist ein verlogener Mistkerl«, sagte sie zu Boyd, als sie vor der Tür von Zoe Bannons Haus stand und ihren Finger auf die Klingel drückte.

»Braucht man nicht eine Genehmigung, um eine Leiche irgendwo anders als auf einem Friedhof zu begraben?«, fragte Boyd.

»Ja. Wir können das auf dem Revier weiterverfolgen. Vielleicht bekommen wir dann seine DNA und Fingerabdrücke und vielleicht ein paar Antworten.«

»Glaubst du, dass Father Curran die Kette und das Kreuz unter den Baum gelegt hat?«

»Er sagt, dass er das nicht getan hat«, sagte Lottie, »aber ich glaube ihm kein Wort.«

Die Tür öffnete sich und der Türrahmen füllte sich mit der massigen Form von Giles Bannon.

»Mr Bannon, wir würden gerne mit Ryan sprechen.«

»Er ist nicht da. Versuchen Sie es im Cottage.«

»Können wir reinkommen, bitte?« Sie hielt ihren Fuß bereit, um ihn dazwischen zu stellen, falls er ihr die Tür zuschlagen wollte.

»Ich habe Ihnen schon gesagt, dass er nicht hier ist. Also verpissen Sie sich.«

»Diese Wortwahl ist nicht nötig«, schaltete sich Boyd ein.

»Hören Sie, meine Frau ist ganz verzweifelt wegen Fiona und Lily. Sie kann mir nicht einmal eine Tasse Tee machen. Wurde Lily schon gefunden?«

Ein Gefühl der Schuld drückte auf Lotties Brust. »Wir tun alles, was wir können, um sie zu finden, bevor es zu spät ist.«

Das markante Gesicht verlor etwas von seiner Feindseligkeit. »Sie kommen besser rein.« Bannon ging den Flur entlang.

In der Küche schaltete er den Wasserkocher aus und zog seinen Crombie an. Die Hitze des Ofens war überwältigend, und Lottie fragte sich, wie lange er da in seinem Mantel stehen würde. Sie hatte gute Lust, sich ihres eigenen zu entledigen. Ohne dazu aufgefordert worden zu sein, zog sie sich einen Stuhl heran, setzte sich und deutete Boyd an, es ihr gleich zu tun. Nach einer dreißigsekündigen Wartezeit setzte sich Bannon ebenfalls.

»Ich muss zurück an die Arbeit.«

»Was könnte so wichtig sein, dass Sie mir keine fünf Minuten Ihrer Zeit schenken können?«, sagte Lottie.

»Die alljährliche Tanzshow soll nächste Woche eröffnen. Es gibt Bühnenbilder zu organisieren, Musiker zu bezahlen, Kostüme zu besorgen. Sie glauben gar nicht, wie viel Stress das bedeutet.«

»Sie machen die Aufführung ohne Lily?«, sagte Lottie.

»Ich weiß, es klingt hart, aber die Show muss weitergehen, und sie war nur Teil einer Nummer. Wie lange wollen Sie das Theater noch abriegeln lassen?«

»Solange es nötig ist.«

»In Ordnung. Hoffentlich finden Sie sie bald.«

Lottie hoffte das auch, aber es fiel ihr schwer, Giles Bannon einzuschätzen.

»Kannten Sie Robert Brady?« Sie beobachtete sein Gesicht aufmerksam.

»Ich habe von ihm gehört. Er war ein Gelegenheitsarbeiter, nicht wahr? Er hat sich erhängt.«

»Das wird gerade neu untersucht.«

»Wirklich?« Bannon schob seinen Stuhl nach hinten und stand auf.

»Ja, wirklich«, sagte Lottie.

»Er hat doch an Ryans Cottage gearbeitet?«, sagte Boyd. »Sie können uns doch sicher etwas über ihn erzählen?«

»Sprechen Sie mit Ryan. Ich habe Ihnen nichts zu sagen. Ich muss jetzt gehen. Sagen Sie mir Bescheid, wenn Sie Lily finden. Die arme Kleine.«

Lottie riss ihre Augen weit auf und Boyd zuckte mit den Schultern. Giles Bannon hatte bereits die Haustür geöffnet, um sie hinauszubegleiten.

»Was hat Robert Ihnen angetan?« Lottie war nun neugierig geworden.

»Er hat mir nichts angetan. Ich glaube, er war ein Freund von Fiona. Sprechen Sie mit Ryan, wenn Sie unbedingt müssen.«

Es blieb Ihnen nichts anderes übrig, als zu gehen.

Draußen sagte Lottie: »Das war interessant. Bannon ist die Art von Mann, die mehr über sich selbst erzählt, indem er sehr wenig sagt.«

»Stimmt. Anscheinend kannte er Brady nicht und mochte ihn trotzdem nicht.«

»Sollen wir Ryan ausfindig machen, um zu sehen, ob er Licht ins Dunkel bringen kann?«

»Es hat keinen Sinn, die Treibhausgase in die Höhe zu treiben, indem wir beide fahren, oder?«, sagte Lottie. »Lass dein Auto stehen und komm mit mir mit.«

Als sie sich vom Haus entfernte, behielt sie ein Auge auf den Rückspiegel, um zu sehen, ob Bannon auftauchte. Stattdessen wurde sie mit einer Bewegung des Wohnzimmervorhangs belohnt. Dahinter starrte Zoe sie an, ihr Gesicht war eine Maske des Schreckens, wie Lottie fand.

SIEBENUNDVIERZIG

Lottie wurde klar, dass sie bei all dem, was passiert war, immer noch nicht in Ryans Cottage gewesen war. Mitglieder ihres Teams und die Spurensicherung hatten dort nach Lily gesucht. Sie hatten nichts gefunden, was auf die Ermordung von Fiona oder das Verschwinden von Lily hindeuten könnte.

»Die Haare, Boyd, das ist es, was mich stört.«

»Du könntest einen neuen Schnitt gut gebrauchen.«

Sie lachte, obwohl die Fälle, an denen sie arbeiteten, ungeheuerlich waren. »Du weißt, was ich meine.«

»Ich muss zugeben, dass es ein wenig seltsam ist, denn es führt uns nirgendwo hin.«

»Es beweist, dass mindestens zwei, wenn nicht sogar drei Menschen von derselben Person ermordet worden sind. Eine Haarlocke als Trophäe mitnehmen? Wofür?«

»Ich weiß es nicht«, sagte er. »Gibt es schon irgendetwas Neues von Christy Clarkes Postmortem?«

»Noch nicht. Nach Aussage seiner Tochter stand der Mann unter enormem Druck. Vielleicht war Colin Kavanagh eine Quelle dieses Drucks. Aber wenn es Selbstmord war ... Oh, ich weiß auch nicht, wovon ich rede.«

»Weißt du überhaupt, wohin du fährst?«

Sie blinzelte durch die Windschutzscheibe. Dichter Nebel zog auf, und es kam ihr vor, als würde sie mittenhindurch fahren. »Ich glaube, die nächste links.«

Gras wuchs in der Mitte der Straße und kahle Brombeerzweige wucherten am Rand. Endlich, durch den Nebel hindurch, sah sie die Umrisse eines kleinen, weiß getünchten Hauses, das von Bäumen umgeben war. Ein schwarzes Auto war vor der Tür geparkt. Sie stellte sich dahinter.

Boyd klopfte laut. Keine Reaktion. »Wenn das Ryans Auto ist, wo ist er dann?«

»Schauen wir uns mal hinten um.« Beim Gehen spähte sie durch die Fenster, aber die Vorhänge der beiden vorderen waren zugezogen. Pflastersteine markierten den Weg. Vor der Hintertür befand sich eine quadratische Terrasse mit zwei Mülltonnen und sonst nichts. Sie hob die Deckel an. »Leer.«

»Keine Spur von Slevin«, sagte Boyd und blickte sich um. »Dort oben gibt es einen Weg durch die Bäume.« Er zeigte darauf.

Lotties Blick folgte der Linie seines Fingers. Es war eher zertretenes Gras als ein Weg. Wie das, durch das sie gegangen waren, um Robert Bradys Leiche zu finden. Sie bemerkte Fußabdrücke. »Scheiße.«

»Was?«

»Komm schon.«

»Wohin gehst du jetzt?«

»Ryan suchen, bevor er einen Haarschnitt abbekommt, den er nicht gewollt hat.«

»Du bist verrückt, Frau.«

Sie lief los, rutschend und schlitternd, und hörte Boyd hinter sich keuchen.

»Warte, Lottie! Ich kann nicht mit dir mithalten.«

»Dann bleib beim Haus.«

»Ich kann dich doch nicht alleine losziehen lassen.«

Sie blieb stehen und starrte ihn an. »Was ist los mit dir?«

Er atmete rasend schnell. »Ich rutsche immer wieder ab. Meine Schuhe sind nicht dafür gemacht.«

»Geh zurück und versuche, irgendwie in das Haus zu gelangen. Sieh nach, ob es Anzeichen für eine Auseinandersetzung oder so etwas gibt.«

»So etwas?«

»Ja.«

»Warum glaubst du, dass Ryan hier entlanggekommen sein könnte?«

»Frische Fußabdrücke. Schau. Dort. Sie könnten zu ihm gehören oder von jemand anderem sein.«

»Ich verstehe, was Du meinst. Ich überprüfe das Haus und rufe Verstärkung.«

»Ich gehe noch ein Stückchen weiter. Mach dir keine Sorgen, ich komme schon klar.« Sie grinste. »Aber schön, dass du dir Sorgen machst.«

Er drehte sich um, ohne ihr zu antworten, und ging zurück zum Cottage.

Verdammt, Boyd.

Sie eilte weiter den Weg hinauf. Er wurde mit jedem Schritt steiler. Der Nebel schien sich zu verdichten. Sie konnte kaum mehr als zwei Schritte vor sich sehen. Sollte sie laut rufen? Was, wenn der Mörder sich irgendwo versteckt hatte? Was, wenn sie rief und ihn gerade noch rechtzeitig aufhielt? Was, wenn Ryan der Mörder war? Zu viele Fragen, warnte sie sich selbst.

»Ryan! Ryan! Wo sind Sie?«

Äste klatschten ihr ins Gesicht, als sie ihren Schritt beschleunigte. Ihre Füße verloren in dem sumpfigen Gelände die Bodenhaftung und sie rutschte aus. Als sie wieder aufstand dachte sie: Das ist Wahnsinn. Sie hatte keine Beweise dafür, dass Ryan etwas zugestoßen war. Nach allem, was sie wusste, könnte er im Bett liegen und tief und fest schlafen. Oder ohnmächtig sein. Oder tot. Sie fand ihr Telefon. Ein Balken Empfang. Sie rief Boyd an. »Irgendeine Spur von ihm?«

»Ich habe einen Schlüssel unter einem der Mülleimer gefunden. Er ist nicht drinnen. Komm zurück ...«

Kein Empfang mehr. Sie hatte das Funkgerät im Auto gelassen. Ein Anfängerfehler. Sie rief durch die Bäume: »Ryan? Antworten Sie mir!«

Sie war vielleicht fünf Minuten durch das Unterholz gelaufen, als sie es hörte.

Ein leises Wimmern, so, als würde jemand weinen.

Was zur Hölle?

Sie schlug Äste und Sträucher aus dem Weg, befreite ihr Haar und ihre Kleidung von den Dornen und rannte so schnell sie konnte durch und über den natürlichen Hindernisparcours. Dabei ging es immer weiter nach oben. Der Wald war dichter als der, in dem Robert gefunden worden war, und sie hatte keine Ahnung, wo sie war. Verdammt.

Ihr Atem ging stoßweise, während sie versuchte abzuschätzen, welche Richtung sie einschlagen sollte, und in ihrem Herzen wusste, dass es sinnlos war. Es gab keine Fußspuren mehr, an denen sie sich hätte orientieren können. Die Farne und das Gras reichten ihr bis zu den Knien. Nichts deutete darauf hin, dass es kürzlich zertrampelt worden war. Sie sah sich verzweifelt um. Sie hatte sich komplett verlaufen. Sie lehnte sich an einen verrotteten Baumstamm und versuchte es erneut mit dem Telefon. Mausetot.

Plötzlich hörte sie einen Ast knacken. »Wer ist da?«

Ein weiteres Schnappen und das Geräusch von Schritten.

»Ryan? Sind Sie das?«

Sie entfernte sich von dem Baum und konzentrierte sich auf die Richtung, aus der das Geräusch kam. Es war hinter ihr.

Bevor sie sich umdrehen konnte, spürte sie eine raue Hand über ihrem Mund und eine weitere um ihren Hals. Mit wilden Tritten versuchte sie, sich zu befreien und denjenigen zu verletzen, der sie gepackt hatte. Aber wer auch immer es war, er war stärker als sie. Zu stark.

Schwarze Punkte erschienen in ihrem Blickfeld, als ihr die Luft in der Kehle abgeschnitten wurde. Sie konnte nicht mehr atmen. Sie wehrte sich noch, aber es war zwecklos. Die Punkte wurden runder und größer. Ihre Sicht wurde schwächer und sie sah ihre Kinder und ihren Enkel in der Ferne verschwinden. Und dann glaubte sie, Adam zu sehen, der ihr mit ausgestreckter Hand zuwinkte, kurz bevor die Schwärze sie übermannte und ihr Körper in sich zusammensackte, bis er auf dem Boden der Natur lag.

ACHTUNDVIERZIG

In Ryans Haus öffnete Boyd alle Schränke und Schubladen, wohl wissend, dass bereits alles durchsucht und nichts gefunden worden war. Seine Brust tat weh, weil er Lottie hinterhergerannt war, und er dachte, sein Blutdruck sei in die Höhe geschossen. Seine Kondition war zurzeit definitiv nicht die beste.

Bei seiner Suche stellte er fest, dass in dem Cottage im Grunde nichts Essbares, Lesbares oder Gemütliches zu finden war. Kein Essen. Keine Briefe, Zeitungen oder Bücher. Leere Schränke. Kahle Sessel. Sogar die Betten waren ohne Bettwäsche. Es war, als hätte jemand die Wohnung nackt ausgezogen, in Erwartung von Malern. Ryan hatte ihnen gesagt, dass dies sein Zuhause mit Fiona und der kleinen Lily werden sollte, aber das stimmte nicht. Boyd hatte das Gefühl, als wäre es nie als Zuhause gedacht gewesen. Es war zu ... Wie lautete das Wort, das er suchte? Steril. Ja. Genau das war es.

Er öffnete die Türchen des Nachttischs, den Kleiderschrank, durchwühlte den spärlichen Kühlschrank und den Badezimmerschrank. Alles praktisch leer. Nicht einmal eine abgelaufene Packung Milch oder eine Zahnbürste. Jede Wand war frisch gestrichen, und er konnte sehen, dass sich jemand um die Renovierung der Küche gekümmert hatte. War das die Arbeit von Robert Brady gewesen? Es gab nicht einmal Postwurfsendungen im Haus. Lottie würde es seltsam nennen. Lottie! Er versuchte noch einmal, sie anzurufen. Aber nichts. Er hatte Verstärkung angefordert, sie sollte bald da sein.

Er schaute wieder auf die Uhrzeit auf seinem Handy. Wie lange war es her, dass sie losgerannt war? Zehn, vielleicht fünfzehn Minuten. Er hörte das Dröhnen von Automotoren und öffnete die Haustür, um zu sehen, wie Kirby und McKeown aus einem Auto stiegen, und zwei Uniformierte in einem Streifenwagen mit blinkenden Warnlichtern hinter ihnen parkten.

»Was ist hier los?«, sagte McKeown.

»Inspector Parker ist in den Wald gegangen«, erklärte Boyd.

»Warum haben Sie sie allein gehen lassen?«

»Sie hat mich zurückgeschickt. Ryan Slevin sollte eigentlich hier sein, aber es gibt keine Spur von ihm.«

»Ich denke, wir sollten nach ihr suchen«, sagte Kirby, nahm eine Zigarre heraus und zündete sie an. »Das ist doch kein Tatort hier, oder?«

»Ich weiß nicht, was zum Teufel das hier ist«, sagte Boyd und spürte eine Enge in seiner Brust. Angst um Lottie? »Kannst du Google Maps auf deinem Handy aufrufen?«

»Ich habe nicht einmal einen Balken Empfang, geschweige denn Internet.«

»Wir müssen sehen, wohin der Waldweg führt.«

»Ich habe eine Karte im Auto.« Kirby ging zurück, um sie zu holen.

»Ist Slevin jetzt ein Verdächtiger für den Mord an seiner Verlobten?«, fragte McKeown.

»Ich weiß nur, dass wir nicht wissen, wo er im Moment ist.« Boyd musterte McKeown. »Sind Sie sich sicher, dass Sie den Tod von Robert Brady gründlich untersucht haben?«

McKeown trat einen Schritt vor. »Unterstellen Sie mir, dass ich meine Arbeit nicht richtig mache?«

Boyd konnte buchstäblich sehen, wie Dampf aus den Ohren seines Kollegen aufstieg. »Ich habe nur eine Frage gestellt, kein Grund, sich aufzuregen.«

»Es klang anklagend.«

»Vielleicht haben Sie es so aufgefasst, weil Sie sich etwas zuschulden kommen lassen haben.«

»Oh, verdammt, Boyd, spucken Sie es aus, bevor es Sie auffrisst.«

»Der Selbstmord von Robert Brady könnte vielleicht als verdächtig eingestuft werden, möglicherweise handelt es sich um einen weiteren Mord.«

»Wegen des Haarbüschels in seiner Hosentasche?«

»Wegen des Gürtels.«

»Die DNA-Ergebnisse liegen noch nicht vor. Es ist noch nichts bestätigt worden.«

Boyd tastete in seiner Tasche nach Zigaretten und fand seine E-Zigarette. Verfluchtes Ding. Er nahm trotzdem einen Zug. »Ich habe den starken Verdacht, dass der Gürtel, mit dem Cara aufgehängt wurde, Robert Brady gehörte.«

McKeown sagte nichts, sondern trat von einem Fuß auf den anderen.

Boyd drehte die E-Zigarette zwischen seinen Fingern und versuchte herauszufinden, warum McKeown sich so defensiv verhielt. »Wenn wir feststellen können, dass der Gürtel Brady gehört, beweist das, dass derjenige, der Cara Dunne getötet hat, Zugang zu dem Toten hatte, oder zumindest zu seinen Sachen. Es deutet also darauf hin, dass Mr Brady möglicherweise keinen Selbstmord begangen hat.«

»Der Rechtsmediziner hat sich auf Selbstmord festgelegt. Das war's.«

Er klang wie ein Teenager, dachte Boyd.

Kirby kam durch den Regen zurück. »Ich habe die Karte,

aber sie nützt uns nicht viel.« Er entfaltete sie. »In welche Richtung ist sie gegangen?«

Boyd führte sie an der Seite des Hauses vorbei und zeigte auf den Pfad durch die Bäume. »Ist der auf der Karte verzeichnet?«

»Nein. Aber ein Teil des Waldes erstreckt sich über etwa einen Kilometer in diese Richtung. Es geht einen steilen Hang hinauf, bevor es wieder abfällt.«

»Was ist auf der anderen Seite?«, fragte Boyd.

»Laut der Karte, das Dorf.« Kirby zeigte auf das feuchte Papier in seiner Hand.

»Vielleicht ist sie dorthin gegangen«, sagte McKeown, seine Stimme klang ruhiger. »Haben Sie es auf Slevins Handy versucht?«

»Wie Sie wissen, gibt es hier keinen Empfang.« Boyd wiederholte, was Kirby schon gesagt hatte.

Vor Stolz streckte Kirby seine Brust vor und betrachtete seine Schuhe. »Du bleibst hier, Boyd, falls sie zurückkommt. Wir werden in den Wald gehen.«

»Ich komme mit.« Boyd musste etwas tun, McKeown kratzte an seinen Nerven wie Stahlwolle auf Keramik. »McKeown, lassen Sie die uniformierten Kollegen hier und fahren Sie ins Dorf. Kirby und ich treffen Sie auf der anderen Seite des Waldes.«

»Woher soll ich denn wissen, wo genau das ist?«

»Machen Sie mit Ihrem Handy ein Foto von der Karte. Soweit ich sehen kann, muss es irgendwo in der Nähe der Abtei sein. Und wenn Sie es nicht finden können, machen Sie den Mund auf und fragen Sie jemanden. Auf die altmodische Art.« Boyd wandte sich an Kirby. »Komm schon, lass uns gehen.«

Ohne McKeowns Antwort abzuwarten, verfluchte Boyd seine weichen Schuhe und übernahm die Führung.

Während Kirby hinter ihm her keuchte, erreichte er

mühelos die Stelle, an der er Lottie zurückgelassen hatte. Der Nebel war sehr dicht geworden und machte es schwierig, vorauszusehen. Abgebrochene Äste zeigten ihm ihre Spur. »Hier entlang.«

»Es ist ganz schön finster hier drin, oder?« Kirby stöhnte. »Was denkst du über all diese Morde?«

»Schwer zu sagen, aber ich mag es nicht, dass Colin Kavanagh an jeder Ecke auftaucht.«

»Wo ist er?«

Boyd hielt kurz inne und sagte: »Ich meine damit nicht, dass er *hier* ist.«

Sie gingen weiter, duckten sich und tauchten durch das Unterholz und überhängende Äste.

»Pst!«, sagte Boyd und blieb plötzlich stehen. Kirby prallte gegen seinen Rücken.

»Was? Ich bin in irgendeine Scheiße getreten. Jesus, Boyd, der Gestank.«

»Pst.« Den Finger immer noch an den Lippen und den Kopf zur Seite gelegt, hörte Boyd angestrengt hin.

Aufmerksam geworden flüsterte Kirby: »Es klingt wie ein Vogel oder so etwas.«

Boyd rannte los, ließ jeden Anschein von Protokoll außer Acht und schrie: »Es ist eine Frau, Kirby. Es könnte Lottie sein!«

———

Beth kam zu Hause an und setzte sich an den Schreibtisch ihres Vaters. Sie öffnete eine App auf ihrem Telefon und begann damit, Dokumente zu scannen. Sie wusste, dass ihr Kopf nicht in der Lage war, alles aufzunehmen oder zu erkennen, ob sie über etwas Relevantes stolperte, also scannte sie einfach alles, in der Hoffnung, dass etwas einen Hinweis darauf geben könnte, warum er sich erschossen hatte. Sie spürte, dass die Wahrheit eine Geschichte war, die weit über ihre journalistischen Fähigkeiten hinausging.

Sie hörte ein lautes Klopfen. Jemand war an der Tür.

Wahrscheinlich wieder Detective Parker. Warum konnte sie sie nicht einfach in Ruhe lassen? Vielleicht könnte Beth einen Knochen finden, den sie ihr hinwerfen könnte. Sie gab das Einscannen auf und öffnete die Tür.

Nass und voller Schlamm fiel Ryan fast auf sie drauf.

»Ryan! Du siehst schrecklich aus. Was ist passiert?«

»Ich muss mich einen Moment hinsetzen.«

»Komm rein.« Sie führte ihn zu einem Stuhl. »Ryan, Fiona auf diese Weise zu verlieren war schrecklich, einfach furchtbar, aber du musst auf dich aufpassen. Ich meine es ernst.« Sie streckte eine Hand aus, um seine Wange zu berühren, ein Akt der Zärtlichkeit, des Trostes für einen Freund, aber er wischte sie weg.

»Du solltest nicht an mich denken«, knurrte er. »Du hast auch deinen Vater verloren.«

»Wir sind also im Kummer vereint. Meine Güte, das klingt viel zu poetisch für diese Horrorshow.«

»Du kannst so gut mit Worten umgehen, Beth«, sagte er und ein halbes Lächeln blitze in seinem Mundwinkel auf. »Setz Teewasser auf.«

In seinem Tonfall lag etwas, das ihr einen Schauer über den Rücken jagte. Während sie sich mit dem Wasserhahn und dem Teekessel beschäftigte, fragte sie: »Hast du etwas von den Gardaí gehört?«

Der Stuhl schrammte über den Boden. Plötzlich stand er direkt neben ihr. »Was weißt du?«

Er stand zu nah bei ihr. Viel zu nah. Sie drehte sich um und schob sich um seinen verschwitzten Körper herum, um mit ihrer Hand unsichtbare Krümel vom Tisch zu wischen. Das wird langsam zur nervösen Gewohnheit, dachte sie. »Vorhin war ein Detective hier.«

»Was hast du ihnen gesagt?« Er folgte ihr um den Tisch herum.

Sie blieb einen Schritt vor ihm. »Solltest du nicht eher fragen, wonach sie gefragt haben?«

»Wonach haben sie denn dann gefragt?«

Sie hielt inne, weil es keinen Tisch mehr gab, um den sie kreisen konnte, und sagte: »Sie wollte etwas über Robert wissen.«

»Das ist alles? Nichts über deinen Vater oder Fiona?«

»Meinen Vater und Fiona? Das verstehe ich nicht.«

Der Dreck klebte an seiner Kleidung und Ryan schnaufte und keuchte immer noch, wobei ein angestrengtes Pfeifen tief aus seiner Brust aufstieg. »Über ihren Tod, meine ich.« Er hielt inne. »Scheiße, Beth, warum haben sie nach Robert gefragt?«

Sie zuckte mit den Schultern und wusste nicht, was sie sagen sollte, um ihn zu beschwichtigen.

»Was hast du ihnen gesagt?«, wiederholte er.

Der Teekessel zischte, dann pfiff er und durchbrach die Spannung, die sich wie eine Mauer um sie herum gelegt hatte. Ryan ließ sich auf einen Stuhl fallen und fuhr sich mit schmutzigen Fingern über das Gesicht. Beth holte Tassen aus dem Schrank und Milch aus dem Kühlschrank.

Ein beunruhigendes Gefühl blubberte in ihrer Magengrube wie eine saure Flüssigkeit, als sie bemerkte, wie Ryan sie mit seinen Augen verfolgte, während sie sich in der Küche umher bewegte. Sie füllte die Teekanne und stellte sie auf den Tisch.

»Ryan, du machst mir Angst. Was ist hier los?«

»Das willst du wirklich nicht wissen.« Er hob die Kanne an und goss den Tee ein.

Beth starrte vor sich hin, ohne einen Muskel zu bewegen. Ryan benahm sich nicht wie Ryan. Das war nicht der Mann, den sie kannte. Sie war sicher, dass etwas viel Schlimmeres als Fionas Tod die Ursache für das Gelb in seinen geweiteten Augen und die Blässe seiner Haut war.

Sie konnte sich nur nicht entscheiden, ob von seinem Blick eher Angst oder Bedrohung ausging.

NEUNUNDVIERZIG

Boyd fiel vor dem Baumstamm auf die Knie. »Lottie! Geht es dir gut?«

Dumme Frage. Mit zitternden Händen hob er ihren Kopf an. Sie sackte nach vorne, und er fing sie in seinen Armen auf. Sie saß auf dem nassen Waldboden. Ihr Gesicht war lila. Er legte einen Finger an ein Augenlid, zog es hoch und ließ es wieder zurückfallen. Er tastete ihren Hals nach einem Puls ab. Flache Atemzüge.

»Gott sei Dank«, sagte er. Er zog sie in seine Arme und beschwor sie aufzuwachen, ihre Augen aus eigenem Antrieb zu öffnen. »Komm schon, Lottie, bitte ...«

Sie begann zu husten. Dann schlug sie die Augen auf. »Boyd?«

»Gott sei Dank.«

»Gib ihr etwas Luft zum Atmen.« Kirby legte ihm eine Hand auf die Schulter.

»Es geht mir gut«, flüsterte sie, ihre Stimme war heiser.

»Was zum Teufel ist passiert?«, sagte Boyd, und Wut ersetzte seine Angst. »Wie konntest du nur so dumm sein? Wer hat das getan?«

»Boyd«, sagte Kirby und schob ihn aus dem Weg. »Langsam. Mach ein bisschen Platz.«

Boyd fiel nach hinten.

Lottie schnappte nach Luft. »Er hat versucht, mich aufzuhalten«, sagte sie. »Verdammter Mistkerl.«

»Wer? Wer hat versucht, dich aufzuhalten?«, sagte Boyd und kratzte Dreck von seiner Hose.

»Ich habe nichts gesehen ... Er kam von hinten. Ich habe ein Geräusch gehört, als würde jemand weinen.« In ihren Augen blitzte etwas auf. Zuerst dachte er, es sei Angst, aber als sie sich aufrichtete, wusste er, dass es Wut war.

»Das Arschloch hat versucht, mich aufzuhalten.«

»Warum wollte er dich aufhalten?«

»Weiß nicht. Ich war auf dem Weg dorthin.«

Sie hob langsam ihren Arm und deutete durch eine Lücke in den Bäumen zu ihrer Rechten. Er folgte der Richtung mit seinen Augen und blinzelte durch das dichte Laub, konnte aber nichts sehen. Er ließ Lottie zurück, während Kirby versuchte, ein Signal mit seinem Handy zu bekommen, und ging durch das Dickicht. Ihm war bewusst, dass er damit Spuren ihres Angreifers vernichten könnte, aber er musste sehen, was dahinter lag.

Je höher er kam, desto mehr lichtete sich das Gehölz, und ein Schimmer von schwachem Winterlicht schien durch die Baumstämme. Als er den Gipfel erreichte, keuchte er angesichts der Schönheit der Landschaft, die vor ihm lag, aber er konnte immer noch nicht erkennen, was jemanden veranlasst haben könnte, Lottie anzugreifen.

Als er Schritte hinter sich hörte, drehte er sich um, bereit zum Angriff.

Es war nur Kirby, mit Lottie im Schlepptau.

»Du hättest bleiben sollen, wo du warst, um auf Hilfe zu warten«, sagte Boyd.

»Worauf blickt man direkt von hier?«, fragte sie und ignorierte ihn.

»Die Abtei«, sagte er und blickte auf die rechte Seite des Dorfes.

»Nein. Ich meine in unserer direkten Blickrichtung. Schau mal da.« Sie zeigte darauf. »Was siehst du?«

Er folgte der Linie ihres Fingers und fragte: »*Clarke's Garage?*«

»Genau.«

»Ich verstehe das nicht.« Er wollte sofort bergab gehen, spürte aber ihre Hand an seinem Ärmel, die ihn zurückhielt.

»Warte.« Sie kauerte sich hin und untersuchte den Boden um sie herum. »Da drüben.« Sie ging weiter. »Komm schon.«

Er holte sie ein. Konnte sie nicht einmal auf einen Rat hören? »Lottie, du musst zum Arzt.«

»Ich werde ihn persönlich erwürgen.«

»Den Arzt?« Er versuchte einen Scherz. »Du siehst richtig scheiße aus.«

»Ein Esel sagts dem anderen. Schau, dort.« Sie zeigte unter die Bäume. »Coladosen und Verpackungen. Jemand war definitiv hier.«

»Es sieht aus wie ein Ausguck oder ein Versteck.« Er fragte sich, wie sie es immer noch schaffte, sich zu konzentrieren. Sein eigener Kopf dröhnte.

»Wir brauchen hier oben die Spurensicherung«, sagte sie.

»Wahrscheinlich nur Kinder oder Teenager.« Aber er glaubte das selbst nicht. Er versuchte, sich die Sichtlinie von seinem Standpunkt aus vorzustellen. Direkt hinunter ins Dorf. »Glaubst du wirklich, dass jemand die Werkstatt von Christy Clarke überwacht hat?«

»Tue ich. Lass uns dorthin fahren. Wir müssen Ryan Slevin finden. Kirby, du bleibst hier und bewachst diesen Bereich, bis wir ein Team herschicken können.«

»Ganz allein?« Kirby klang skeptisch.

»Ich denke, es ist jetzt sicher genug«, sagte sie. »Wer auch immer hier war, ist bestimmt schon lange weg.«

»Bist du sicher, dass es dir gut geht, Lottie?«, sagte Boyd. »Du musst zum Arzt. Ich glaube nicht, dass ...«

»Boyd«, sagte sie über ihre Schulter. »Halt einfach die Klappe.«

Er musste über ihren Mumm lächeln. Als sie sich auf den Weg nach unten machten, blieb er direkt hinter ihr, bereit, sie aufzufangen, falls sie zusammenbrach.

———

Lottie konnte ihre Frustration kaum noch unterdrücken. Sie fuhr mit einer Hand an ihrem Hals entlang und durchlebte nochmals den Moment, als sie die Finger berührten, zupackten und immer fester zudrückten. Und dann war da auf einmal nichts mehr gewesen.

Sie traten durch eine Lücke in der Hecke auf die Straße. Eine Reihe von sechs Sozialwohnungen stand vor ihnen und wirkte mitten in dieser Landschaft völlig fehl am Platz. Als sie die Werkstatt erreichten, spürte sie, wie eine Welle der Übelkeit über sie hereinbrach und sie lehnte sich an Boyd.

»Ich denke immer noch, dass du zum Arzt ...«

»Wenn du das Wort Arzt noch einmal aussprichst, werde ich dich erwürgen, Boyd.«

»Ich glaube nicht, dass du die Kraft hast, einen Fuß vor den anderen zu setzen, geschweige denn, mich zu erwürgen.«

Die Werkstatt lag jetzt noch verlassener da als gestern. Die Arbeit der Polizei und der Spurensicherung war beendet, und das Gebäude fristete wieder sein einsames Dasein. Die schmutzigen Fenster. Der Raum drinnen, vollgestellt mit den teuren Autos.

»Ich frage mich, ob beim Überprüfen der Registrierungen irgendetwas herausgekommen ist«, sagte sie und trat hinein.

»Das wollte ich dir schon vorher sagen: McKeown hat herausgefunden, dass die alle innerhalb des letzten Jahres in Dublin als gestohlen gemeldet worden sind.«

»Wirklich? Warum haben sie die Nummernschilder nicht entfernt?«

»Ich nehme an, dass *sie*, wer auch immer *sie* sind, dachten, dass niemand, der bei klarem Verstand ist, am Arsch der Welt nach gestohlenen Mercedes und BMWs suchen würde.«

Sie probierte die Griffe der Autotüren aus und stellte fest, dass sie alle verschlossen waren. »Wo sind die Schlüssel?«

»Vielleicht im Büro«, sagte Boyd und machte sich auf den Weg in den blutbespritzten Raum.

»Ich hoffe, die Obduktion ist bald abgeschlossen. Ich muss wissen, was mit Christy Clarke passiert ist und ob sein Tod mit den anderen zusammenhängt.« Beim Anblick der blutigen Wände hielt sie inne und ihr wurde schlecht bei dem Gedanken, der ihr durch den Kopf ging. »Und die kleine Lily. Ich hoffe bei Gott, dass das Kind unversehrt ist.«

Sie spürte einen Luftzug in ihrem Nacken und wirbelte herum. McKeown marschierte durch den Haupteingang und rieb seine Hände aneinander.

»Herrgott, ist es aber verdammt kalt da draußen.«

»Sie haben sich ganz schön Zeit gelassen«, sagte Boyd.

»Als weitere Uniformierte beim Cottage eingetroffen sind, bin ich Ihrer Spur den Hügel hinauf gefolgt. Kirby ist immer noch dort. Ich hatte zwei Balken auf meinem Telefon und habe die Spurensicherung angerufen. Hab ihnen den Weg zum Aussichtspunkt beschrieben oder was auch immer das dort oben ist. Ich denke, es ist eine Verschwendung unserer und ihrer Zeit. Niemand wird wegen ein paar Chips-Päckchen und einer Cola Light überfallen.«

Lottie spürte, wie sich ihre Wangen vor Wut röteten, und sagte: »Jemand hat mich angegriffen, und ich glaube, das hat wem auch immer genug Zeit verschafft, etwas aus diesem

Versteck zu entfernen. Die SpuSi kann vielleicht herausfinden, was das war, und dann können *wir* vielleicht herausfinden, wer es war und warum derjenige so darauf bedacht waren, es zu verbergen.«

»Klar«, sagte McKeown.

Lottie fand, dass er nicht sehr überzeugt aussah. »Haben Sie ein Problem, Detective?«

»Nein, Chef. Ganz und gar nicht.«

»Wenn wir ins Büro zurückkehren, suchen Sie die Berichte über die gestohlenen Autos heraus. Finden Sie heraus, wo sie gestohlen wurden, und setzen Sie sich mit den örtlichen Polizeidienststellen in Verbindung, um zu sehen, was die herausgefunden haben. Tun Sie Ihr Möglichstes, um zu erfahren, wie und wann diese Autos nach Ballydoon gekommen sind. Verstanden?«

»Verstanden.«

»Und ich will auch eine forensische Analyse der Autos. Ich will wissen, wer sie hierhergefahren hat und wer sich mit ihnen beschäftigt hat. Jetzt fahren Sie mich und Boyd zurück zu seinem Auto. Es steht bei Bannons Haus. Und sorgen Sie dafür, dass meins vom Cottage zurückgefahren wird. Können Sie das tun, ohne viel Aufhebens darum zu machen?«

Sie bereute es sofort, so scharf mit McKeown gesprochen zu haben. Da er das neueste Mitglied ihres Teams war, musste er sich an ihre schwankenden Stimmungen erst noch gewöhnen. Außerdem arbeitete er, wie alle anderen auch, an Lilys Fall. Sie legte eine Hand an ihren Kopf, um das Pochen zu stoppen. Sie drehten sich im Kreis, und sie hatte das Gefühl, sich in einem Labyrinth zu befinden, ohne dass ihr jemand den Weg heraus weisen konnte.

FÜNFZIG

Als Giles Bannon am Theater ankam, nickte er dem Garda zu, der die Tür bewachte, und ging hinein. Verschwendung von Steuergeldern, dachte er. In seinem Büro streifte er seinen Mantel ab und überprüfte, ob seine Schuhe sauber waren. In einer Schublade fand er ein Deodorant und sprühte es großzügig unter seine Arme und durch sein Hemd. Zufrieden ging er zur Probe.

Der Saal war leer bis auf Trevor, der auf der Bühne stand. Bannon hielt seine Augen fest auf ihn gerichtet, während er seine Solotanznummer absolvierte. Sein Körper wirkte geschmeidig und voller Energie. Er fragte sich unwillkürlich, warum Trevor mit seinem Können und seinem Gefühl nicht den großen Durchbruch geschafft hatte. Es ließ sich nicht leugnen, dass er Talent hatte, das weit über dem lag, was Giles je gesehen hatte, sogar besser als die professionellen Gruppen, die hier auftraten. Nein, es gab etwas, das Trevor hier in der Stadt hielt. Giles hatte eine Ahnung, was das sein könnte, er brauchte nur mehr Beweise.

»Gut gemacht.« Er klatschte langsam, als der Tänzer im Scheinwerferlicht blinzelte.

»Was machst du denn hier?« Trevor nahm ein Handtuch von der Seite der Bühne und ging die Stufen hinunter in den Zuschauerraum.

»Ich beobachte dich.«

»Du solltest dich nicht so in den Schatten verstecken. Jemand könnte dich für einen Perversen halten.«

Giles lachte laut auf. »Ach, halt die Klappe. Es gibt nur einen Perversen in diesem Raum und das bin nicht ich.«

»Wovon redest du?« Trevor wollte vorbeigehen, aber Giles packte ihn am Arm und zog ihn zu sich heran. »Nimm deine Hände von mir.«

»Wo ist Lily?«, fragte Giles. »Was hast du mit ihr gemacht, du kranker Wichser?«

Trevors Gesicht erblasste augenblicklich. »Ich habe sie nie auch nur angefasst.«

Giles lächelte. »Komm schon, mir kannst du es doch sagen. Ich werde den Gardaí schon nichts stecken.«

»Da gibt es nichts zu erzählen. Lass mich gehen.«

»Colin Kavanagh hat eine Belohnung ausgesetzt. Ich könnte das Geld gut gebrauchen, also sag es mir.«

»Wenn ich etwas über Lily wüsste, was ich nicht tue, wärst du der Letzte, dem ich es erzählen würde.« Trevor riss seinen Arm los und schritt durch die Doppeltür.

Bevor sie ihm vor der Nase zuschlagen konnten, hielt Giles einen Türflügel auf und sah zu, wie Trevor seine Tasche nahm und zum Ausgang ging.

»Ich werde es herausfinden!«, rief er ihm hinterher. »Und wenn ich das tue, wird es dir leidtun, du Arschloch.«

———

Die Luft war bitterkalt, aber der Duft von Zimt und Tannennadeln folgte Trevor wie eine Rauchfahne. Als er an den Marktständen vorbeiging, sackten seine Schultern unter einer unsichtbaren Last zusammen. Seine Beine bewegten sich automatisch, aber es war, als ob seine Fußsohlen am Boden klebten.

Ohne auf die Gespräche der fröhlichen Weihnachtseinkäufer zu achten, bahnte er sich einen Weg durch die Menge. Die Straße hoch, rechts abbiegen. Weitergehen. Den Kopf gesenkt halten. Die Tasche nicht fallen lassen. Er würde bald da sein. Hoffentlich. Und dann konnte er den Gestank von Giles Bannons Worten wegwaschen. Aber je weiter er ging, desto lauter dröhnten die giftigen Beschimpfungen gegen sein Trommelfell.

Lauter und lauter.

Perverser. Perverser.

Vielleicht war er das. Vielleicht war es das, was seine Gedanken ständig schwer machte.

Er erreichte seine Haustür und kramte in seiner Tasche nach seinem Schlüssel.

Er musste hinein. Sofort! Dort drinnen, in seinem eigenen privaten Refugium, würde er sicher sein.

Drinnen ging er in seinem kleinen Zimmer umher und kratzte sich heftig an den Armen. Die Wohnung war ein einziges Durcheinander. All die Möbel und die Koffer, die sich in der Ecke stapelten. Das Chaos verhöhnte ihn. Er musste das alles bald loswerden, bevor es ihn erdrückte. Aber zuerst, dachte er, musste er trainieren.

Er beendete seine Dehnungen und wölbte seinen Rücken, hob und senkte die Hanteln, bis er nicht mehr konnte. Trotzdem fühlte er sich, als wäre jeder Muskel in seinem Körper angespannt, wie Saiten, die gezupft werden wollten. Er rief Spotify auf seinem Handy auf und tippte auf seine Lieblingsplaylist. Bannon war ein Schwachkopf. Bestimmt war er es gewesen, der die E-Mail geschickt hatte. Was wollte er noch von ihm?

Während die Musik spielte, stand er an dem kleinen rechteckigen Fenster und zog den Vorhang auf. Er blickte direkt auf eine Backsteinmauer. Er sehnte den Tag herbei, an dem er genug Geld gespart haben würde, um entweder eine richtige Wohnung zu mieten oder gar zu kaufen. Man hatte ihm gesagt, dass es bald so weit sein würde. Das war vorher gewesen.

Er wandte sich vom Fenster ab und öffnete den Schrank. Er fand eine Schachtel Weetabix und tat ein paar davon in eine Schüssel. Machte sich jedoch nicht die Mühe, Milch zu holen. Er setzte sich auf den Stuhl, stellte die Schüssel auf sein Knie und kaute die trockenen Cornflakes, als wären es Kekse. Seine Knie zuckten. Nicht einmal die Musik beruhigte ihn.

Er hörte, wie sich irgendwo im Gebäude eine Tür öffnete und wieder schloss. Er spürte, wie sich eine Hand auf seine Schulter legte und Finger sanft seine Nackenmuskeln massierten. Er schloss die Augen und machte seinem Schmerz in einem langen Schrei Luft.

Aber da war keine Hand.

Nur seine Erinnerung an das, was einmal gewesen war.

Er fuhr mit beiden Händen an seinem Hals entlang, um seine Ohren herum und in das Haar auf seinem Kopf. Er zerrte daran und versuchte, die Einsamkeit herauszuziehen, obwohl er wusste, dass er es nicht konnte. Sein Herz war gebrochen, sein Leben in Scherben, und er hatte niemanden, niemanden auf der Welt, mit dem er reden konnte.

Schließlich setzte er sich im Schneidersitz auf den Boden, die Handflächen auf den Knien nach oben gerichtet, und starrte mit den Augen an die rissige Decke.

In seiner eigenen Stille.

Alleine.

———

Lottie stützte den Kopf auf den Schreibtisch, die Hände auf den Knien, und ließ die Kühle des Holzes durch ihre Haut dringen. Das wurde langsam zur Gewohnheit, dachte sie, als ihr langsam die Augenlider zufielen, aber bevor sie einschlafen konnte, schüttelte sie sich. Es gab keine Zeit zum Ausruhen. Lily war irgendwo da draußen. Sie musste das arme kleine Mädchen finden. Außerdem musste sie einen Mörder aufhalten, bevor er erneut tötete.

Ihr E-Mail-Postfach blinkte. Ein Update von Jane Dore, der staatlichen Rechtsmedizinerin. Die verschlüsselte Datei enthielt den vorläufigen Bericht über Christy Clarke.

Sie gab ihr Passwort ein und scrollte nach unten, um die Bestätigung, die sie wollte, zu erhalten.

Keine Schmauchspuren an den Händen des Opfers.

Christy Clarke war ermordet worden.

Aber was hatte er mit dem Tod von Cara und Fiona zu tun? Lottie schüttelte den Kopf und zwang sich, Energie in ihren schwächelnden Körper zu pumpen. Sie las weiter. Sie versuchte, in den unzähligen Wörtern, die auf dem Bildschirm vor ihren Augen auftauchten, etwas zu finden, das mit Clarkes Haaren zu tun hatte. Doch da war nichts.

Sie rief im Leichenschauhaus an.

»Hallo, Jane.«

»Sie haben mich gerade noch erwischt. Ich wollte gerade los.«

»Es geht um Christy Clarke. Haben Sie sein Haar überprüft?«

»Ich habe Ihnen meinen Bericht geschickt.«

»Ich weiß, aber ich sehe inzwischen beinahe doppelt. Können Sie mir es sagen? Jetzt, bitte?«

Sie hörte das Geräusch von einem Schlüsselbund, der auf einen Schreibtisch gelegt wurde, gefolgt vom Tippen auf einer Tastatur.

Jane sagte: »Es ist nicht schlüssig, weil sein Schädel

zertrümmert war. Außerdem hatte er von Anfang an schütteres Haar. Daher kann ich nicht mit Sicherheit sagen, ob etwas davon abgeschnitten wurde oder ob er von derselben Person getötet wurde, die auch die beiden Frauen ermordet hat.«

»Aber sie glauben doch, dass dieselbe Person Fiona und Cara getötet hat?«

»Ich kann nur sagen, dass beiden Frauen ein Teil ihrer Haare entfernt wurde, und bei Fiona Heffernan wurde ein Stück von Cara Dunnes Haar gefunden.«

»Und es ist möglich, dass das Haar, das in Cara Dunnes Besitz gefunden wurde, von Robert Brady stammt. Außerdem haben Sie die Haarlocke, die an seiner Leiche gefunden wurde. Das ist noch nicht geklärt.«

»Ich habe kein Haar von Fiona bei Christy Clarke gefunden.«

»Vielleicht bewahrt der Mörder es für ein anderes Opfer auf.«

Jane sagte: »Es ist auch möglich, dass das Abschneiden der Haare und das Ablegen nicht vom Mörder durchgeführt wurde. Haben Sie das in Betracht gezogen? Es gibt keinen Beweis dafür, dass dies zum Zeitpunkt des Todes geschah.«

Nachdem Lottie den Anruf beendet hatte, dachte sie über das nach, was Jane gesagt hatte. Als sie alles abwog, war sie sich so sicher wie nur möglich, dass sie es mit einem einzigen Mörder zu tun hatte. Aber die Hochzeitskleider? Was hatten sie zu bedeuten? Sie war sich sicher, dass sie kein Zufall waren.

Sie sprang von ihrem Stuhl auf und öffnete die Tür. »McKeown, wissen Sie schon etwas über die Hochzeitskleider?«

»Ich hatte noch keine Gelegenheit, das mit Ihnen zu besprechen.« Er tippte auf den Bildschirm seines iPads. »Das Kleid, das Cara Dunne trug, hat sie vor Ort gekauft, vor sechs Monaten. Die Herkunft des Kleides, das Fiona Heffernan trug, ist noch nicht geklärt.«

»Wo hat Fiona ihr eigenes Hochzeitskleid gekauft?«

»In demselben Laden wie Cara Dunne. *True Brides*, hier in Ragmullin.«

»Und das Personal dort, wurden sie überprüft?«

»Alle haben für die Tatzeiten Alibis.«

»Und sie sind sicher, dass das Kleid, das Fiona trug, nicht in ihrem Laden gekauft wurde?« Sie kreuzte ihre Finger und hoffte auf ein Wunder.

»Sie sind sich sicher.«

»Scheiße.« Sie dachte einen Moment lang nach. »Es war ein neues Kleid, nicht wahr?«

»Es sah so aus.«

»Konnten Ihnen die Angestellten des Ladens etwas darüber sagen? Gibt es einen Hinweis darauf, woher es stammen könnte?«

McKeown wischte mit dem Finger über sein iPad. »Es ist möglich, dass es online gekauft wurde.« Er drehte ihr das Tablet hin.

Sie blinzelte auf das Bild. Sie konnte die Enttäuschung in ihrer Stimme nicht verbergen und sagte: »Das ist nicht das Gleiche.«

»Nein, das ist es nicht, aber es ist das Ähnlichste, das den Angestellten bekannt ist. Sie denken, es könnte eine Sonderanfertigung sein.«

»Verdammt. Wir suchen also eine Schneiderin oder einen Schneider, und auch einen Friseur.« Sie spürte, wie sie in sich zusammenfiel. »Besorgen Sie ein Foto von dem Kleid, in dem Fiona gefunden worden ist. Verbreiten Sie es in den Medien. Irgendjemand muss es erkennen.«

»Wenn es online gekauft wurde, könnte es aus China oder Gott weiß woher kommen.«

»Machen Sie es einfach.«

Er nickte und tat, was sie ihm aufgetragen hatte.

»Ich will, dass das Team in einer Stunde im Besprechungsraum ist, mit umfassenden Informationen über alles, auch über die kleine Lily.« Sie holte ihre Tasche und ihre Jacke.

»Wohin gehst du?«, fragte Boyd.

»Ich brauche eine Dusche und was zu Essen. Ist mein Auto schon zurück?«

»Es steht im Hof. Soll ich dich fahren?« Er stand halb von seinem Stuhl auf.

Sie legte ihm eine Hand auf die Schulter. Er setzte sich wieder hin.

»Nein, es geht mir gut, Boyd. Hilf McKeown bei der Suche nach Lily.«

»Geht klar.«

»Ich bin in einer Stunde wieder zurück.«

Als sie das Büro verließ, den Korridor hinunterging und auf den Hof hinauskam, konnte sie sich eines Gefühls intensiver Einsamkeit nicht erwehren, das sich auf ihre Schultern legte. Würde sie, wie Chloe es ausdrücken würde, jemals wieder ihren Scheiß auf die Reihe kriegen?

Das Haus war unnatürlich still, als Lottie eintrat. In der Küche gab es keinerlei Anzeichen dafür, dass versucht worden war, Abendessen zu machen. Das Frühstücksgeschirr war in der Spüle aufgestapelt. Die Müslischachtel und der Milchkarton standen noch auf dem Tisch.

»Sie lernen es nie«, sagte sie und stellte die Milch zurück in den Kühlschrank. Sie bemerkte, dass Louis' Buggy zusammengeklappt an der Hintertür stand.

»Katie? Chloe?«, rief sie. »Seid ihr hier? Sean?« Nichts.

Sie glaubte, oben ein Geräusch zu hören. Sie flog die Treppe hinauf und blieb vor Seans Zimmer stehen, völlig außer Atem. Er sprach gerade mit jemandem. Sie drückte die Klinke. Seine Tür war verschlossen.

»Sean Parker, mach sofort die Tür auf.«

Seine Schritte stapften über den Boden und die Tür öffnete sich. »Was machst du denn zu Hause?«

»Was machst du da drinnen, hinter einer zugesperrten Tür?«

»Es ist mein Zimmer. Ich kann es abschließen, wann ich will. Was willst du, Mama? Ich bin beschäftigt.«

Über seine Schulter blickte sie ins Zimmer und sah seinen Computermonitor mit einem Bildschirmschoner und seine PlayStation, die mitten in einem FIFA-Spiel pausiert war.

»Ich habe mich gefragt, wo alle geblieben sind.«

»Die Mädchen sind mit Louis in die Stadt gefahren, um Sachen für New York zu besorgen.«

»Aber sein Buggy steht unten«, sagte sie. Welche Sachen könnten sie brauchen? fragte sie sich.

»Sie sind mit Omas Auto gefahren.«

»Wirklich? War Leo dabei?«

»Ich denke schon.«

»War er es oder nicht?«

»Ich weiß es nicht, Mam. Kann ich jetzt weiterspielen?«

»Mit wem spielst du?« Sie machte einen Schritt in seine Höhle. Die Kleidung lag verstreut auf dem Boden und sein Bett war ungemacht. Er könnte wieder einmal ein Fenster öffnen, um ein bisschen frische Luft hereinzulassen.

Er rollte mit den Augen, weil er wusste, dass sie diese Geste hasste. »Als ob dich das überhaupt interessiert.«

Sie ergriff seinen Arm und blickte in seine blauen Augen, die denen seines Vaters so ähnlich waren. »Sean, ich sorge mich wirklich, so sehr, dass es mir das Herz bricht. Hör zu, ich möchte, dass du weißt, dass du mit mir reden kannst. Du musst nicht bei Boyd anrufen und dich bei ihm über mich beschweren.«

»Hat er dir das gesagt?«

»Nein, aber ...«

»Und ich dachte, er mag mich. Ihr seid alle gleich.«

»Wer?«

»Erwachsene. Denkt nur an euch selbst. Und die Mädchen auch. Sie haben mich nicht einmal gefragt, ob ich mit ihnen nach New York kommen möchte.«

»Sie haben gesagt, dass sie dich gefragt haben.« Katie hatte also gelogen, um sie zu beschwichtigen. »Aber du willst nicht mitkommen. Oder doch?« Sie hielt den Atem an. Sie konnte es ihm sowieso nicht erlauben. Er war erst fünfzehn.

»Das eine hat nichts mit dem anderen zu tun. Sie hätten mich wenigstens fragen können. Es ist, als ob ich in diesem Haus unsichtbar wäre.«

Lottie konnte sich das Lachen kaum verkneifen.

»Was ist so lustig?« Sean schaute sie verwirrt an.

»Oh Sean, ich fühle mich ständig unsichtbar.«

»Dann weißt du ja, wie das ist. Kann ich jetzt wieder weiterspielen?«

»Wie war es heute in der Schule?«

»Langweilig.«

Sie wandte sich zum Gehen. »Mach das Fenster auf und bring deine schmutzige Wäsche runter zur Waschmaschine. Ich werde sie waschen, bevor ich wieder zur Arbeit gehe.«

»Musst du wieder weg?« Der große Fünfzehnjährige sah sie an wie der kleine Junge, der er im Herzen noch war.

»Ich leite gerade mehrere Mordermittlungen und ein achtjähriges Mädchen wird vermisst. Also ja, es tut mir leid, aber ich muss nochmal weg.«

»Ich verstehe.«

»Aber ich koche dir etwas, bevor ich gehe.«

»Ist schon gut. Katie hat gesagt, dass sie auf dem Weg nach Hause noch Sachen fürs Abendessen mitnimmt.«

»Großartig.« Lottie zermarterte sich das Hirn, was im Haus war, womit sie für sich selbst etwas zusammenschustern konnte.

»Sieh zu, dass du auch etwas isst«, sagte er.

Sie lächelte und zerzauste sein Haar.

Er riss sich von ihr los. »Mam?«

»Was?«

»Du solltest duschen, bevor du wieder zur Arbeit gehst. Du stinkst.«

Wasser trommelte auf ihren Kopf, während Lottie versuchte, das Bild ihres Halbbruders, der mit ihren Töchtern, ihrem Enkel und ihrer Mutter einkaufen ging, aus ihrem Gehirn zu verdrängen. Ein Halbbruder, der sein ganzes Leben jenseits des Atlantiks verbracht hatte. Sie wusste nicht das Geringste über ihn. Während sie sich das Shampoo ins Haar knetete, beschloss sie, alles über ihn herauszufinden, was sie konnte. Er mischte sich immer mehr in das Leben ihrer Familie ein, und das bereitete ihr Kopfzerbrechen.

Nachdem sie das Shampoo ausgespült hatte, suchte sie nach der Spülung und merkte, dass die Flasche leer war. Typisch. Ihre Haut fühlte sich rau und spröde an. Vom Wind und dem schlechten Wetter? Von der Vernachlässigung? Ihre Finger fuhren über die Furchen, die unbekannte Finger an ihrer Kehle hinterlassen hatten. Jemand hatte versucht, sie zu töten! Sie blieb stehen, die Hände in der Luft, Wasser lief ihr über den Körper. Nein, wenn er sie hätte töten wollen, hätte er es tun können. Er hatte sie nur daran hindern wollen, weiter in den Wald zu gehen. Warum? Hatte er Zeit gebraucht, um etwas zu verstecken? Um etwas verschwinden zu lassen? Etwas von dem Ausguck? Oder hatte er sie nur erschrecken wollen? Sie erschauderte bei der Vorstellung, was hätte passieren können, wenn er sie dauerhaft hätte aufhalten wollen. Ihre Familie, ihre Kinder. Wie würden sie ohne sie zurechtkommen?

Sie sah dabei zu, wie das Wasser klar an ihren Füßen hinunterlief. Dann schaltete sie die Dusche aus und lehnte ihren Kopf gegen die Glasscheibe. Sie hatte kaum Zeit, den Moment der Stille zu genießen, bevor sie hörte, wie sich die

Haustür öffnete und das Lachen ihrer Töchter und die Freudenschreie des kleinen Louis erklangen. Sie lächelte, als sich ihr Herz mit Liebe für ihre Familie füllte.

Dann hörte sie eine männliche Stimme, die ihnen in ihr Haus folgte. Dieser verdammte Leo Belfield. Sie musste unbedingt weitere Nachforschungen über ihn anstellen.

EINUNDFÜNFZIG

Geduscht, aber immer noch nicht erfrischt, zog sich Lottie schnell die sauberste Jeans, die sie auf dem Boden ihres Schlafzimmers finden konnte, und ein langärmeliges T-Shirt an. Katies Idee, etwas zum Abendessen zu besorgen, hatte die schwindelerregenden Ausmaße von chinesischem Lieferservice erreicht. Ein finsterer Blick in Leos Richtung und er hatte die Botschaft verstanden. Sie blieb an der Tür stehen, bis Roses Auto in der Siedlung verschwunden war. Sie stopfte sich ein paar Krabbencracker in den Mund, überließ ihre Kinder ihrem verbotenen Festmahl und machte sich wieder auf den Weg zur Arbeit.

Als sie vor ihrem Team stand, starrte sie auf die Fotografien der Opfer. Und das von Lily, deren lächelndes Gesicht von langem blondem Haar eingerahmt wurde. Schuldgefühle wanden sich durch ihr Gewissen, als sie daran dachte, dass sie bei der Suche nach ihr immer noch keine Fortschritte gemacht hatten.

»Okay«, sagte sie, »zunächst einmal hat Detective McKeown noch keine Hinweise auf die Herkunft des Hochzeitskleides, das bei Fiona gefunden wurde. Sowohl ihr richtiges

Kleid als auch das von Cara Dunne wurden vor Ort gekauft. Er hat ein Bild des anderen Kleides über die Medien verbreiten lassen. Vielleicht führt uns das zu dem Mörder.« Sie holte tief Luft.

»Jetzt zu Christy Clarke. Sechsundfünfzig Jahre alt. Getrennt lebender Vater eines Kindes. Schweinezüchter und Werkstattbesitzer in Ballydoon. Seine Leiche wurde gestern Nachmittag in seiner stillgelegten Werkstatt gefunden. Todesursache: Schusswunde am Kopf. Die vorläufigen Ergebnisse der Obduktion zeigen, dass an den Händen des Opfers keine Schmauchspuren gefunden werden konnten. Es ist daher davon auszugehen, dass Christy Clarke ermordet wurde. Wer wollte seinen Tod und warum? Wenn wir das *Warum* herausfinden können, sollten wir auch das *Wer* beantworten können.«

McKeown stellte eine Frage: »Steht seine Ermordung im Zusammenhang mit den Ermittlungen in den Fällen Dunne und Heffernan?«

»Bislang gibt es keine Anhaltspunkte, die das andeuten. Die Rechtsmedizinerin hat nicht feststellen können, ob ihm Haare entfernt wurden, und es wurden keine Haare von Fiona an seiner Person gefunden.«

»Gibt es Augenzeugen? Hat jemand etwas gehört?«

»Bisher hat sich noch niemand gemeldet, aber Beth Clarke sagt, dass Colin Kavanagh die Werkstatt gerade verlassen hatte, als sie dort ankam. Als ich gestern Abend mit Kavanagh gesprochen habe, weigerte er sich, über seinen Aufenthaltsort Rechenschaft abzulegen, und gab keinen Kommentar zu meinen Fragen ab. Beth sagt, er hat behauptet, dass ihm nun der gesamte Besitz von Christy gehört, einschließlich der Werkstatt.« Sie blätterte in einer Akte. »Wurde er schon offiziell vernommen?«

»Er wartet auf seinen Anwalt«, sagte McKeown und lachte, als es niemand anders tat. »Entschuldigung, schlechter Scherz.«

»Das ist nicht der richtige Zeitpunkt, um herumzualbern.«

Sie blickte ihn finster an. »Sergeant Boyd und ich haben gesehen, wie Kavanagh heute Morgen das Haus des ortsansässigen Priesters verlassen hat. Sicherlich kann jemand seinen Arsch für ein paar Fragen hierher schleifen. Wir müssen ihn ausschließen, wenn er sich nichts zuschulden hat kommen lassen.« Sie glaubte das keine Sekunde lang. Nach dem, was Beth sagte, hatte Kavanagh Christy Clarke geschröpft.

McKeown sagte: »Colin Kavanagh vertrat während seiner Zeit in Dublin einige einflussreiche Mitglieder der führenden Drogenbanden.«

»Ein kriminelles Element könnte in den Tod von Christy verwickelt sein. Haben Sie weitere Informationen zu den gestohlenen Autos, die in der Werkstatt gefunden worden sind?«

»Ich habe die zuständigen Polizeidienststellen in Dublin kontaktiert und warte noch auf Antworten.«

»Bleiben Sie dran«, sagte Lottie. »Die Tatsache, dass Clarke gestohlenes Eigentum auf seinem Grundstück hatte, könnte ein Hinweis darauf sein, warum er getötet wurde.« Während sie sprach, ging ihr durch den Kopf, was Beth über den Anwalt gesagt hatte. »Ich brauche jemanden, der sich Christys Finanzen ansieht und seine Vermögensunterlagen durchsucht. Um herauszufinden, was er auf der Bank hatte, wieviel Schulden er hatte, wem er etwas schuldete und was er besaß.« Herrje, für diese Art von Arbeit fehlte ihr Detective Maria Lynch sehr.

»Ich werde das tun«, bot Boyd an.

»Sehr gut. Danke.« Sie war dankbar, dass er es angeboten hatte. Andernfalls hätte sie es McKeown zuteilen müssen, was ein bisschen unfair war, da er auch an den Aufnahmen der Dashcam im Zusammenhang mit Lilys Fall arbeitete. Die Ressourcen waren bis zum Äußersten ausgereizt. Das ist ja nichts Neues, dachte sie. »War Eve Clarke schon zu ihrer Vernehmung da?«

»Sie ist nicht in ihrer Wohnung«, sagte Kirby.

»Wo zum Teufel ist sie dann?« Lottie ging zwei Schritte und blieb vor der Wand stehen. »Finden Sie sie und bringen Sie sie her.«

Boyd fragte: »Sollten wir nicht auch Clarkes Tochter Beth befragen?«

»Wir haben sie schon befragt.« Lottie grub sich die Nägel in die Handflächen und vertiefte die bereits vorhandenen Furchen, die durch die Frustration über frühere Fälle entstanden waren, wo sie sich ebenfalls im Kreis gedreht hatten.

»Nicht offiziell«, erwiderte Boyd.

»Okay. Bring sie her.« Sie hoffte inständig, dass Beth nicht in den Tod ihres Vaters verwickelt war. Aber zu diesem Zeitpunkt konnte sie rein gar nichts mehr ausschließen.

»Lassen Sie uns nun zu Robert Brady übergehen. Hat die Spurensicherung schon etwas über den Gürtel herausgefunden, mit dem Cara Dunne erwürgt wurde?«

»Wir haben ein Ergebnis«, sagte Kirby. »Die DNA von Robert Brady stimmt mit der DNA an dem Gürtel überein, der in Caras Wohnung gefunden wurde. Außerdem sind seine Fingerabdrücke überall auf dem Gürtel, zusammen mit einigen Teilabdrücken von Cara, aber von niemandem sonst.«

Lottie lobte ihn. »Sehr gut, aber Brady war bereits tot, wie konnte sein Gürtel also für den Mord an Cara verwendet werden?«

»Jemand hat ihn seiner Leiche abgenommen oder aus seinen Besitztümern gestohlen?«, bot Kirby an.

»Haben wir seinen Van schon?«

»Er wurde im hinteren Teil des Wohnwagenparks am Doon Lake gefunden. Vollgestopft mit Werkzeugen und so. Die Spurensicherung durchsucht ihn gerade.«

»Beth erwähnte, dass er darin gewohnt hat.«

»Das ist möglich. Da sind so viele Sachen drin. Ich werde

sehen, ob ich noch etwas mehr über seine Lebensumstände herausfinden kann.«

»Okay. Vielleicht müssen wir auch Bradys Leiche für eine weitere Autopsie exhumieren.«

»Das ist meine Schuld«, sagte McKeown. »Schließlich habe ich Bradys Selbstmord bearbeitet.«

»Sie haben in Ihrem Bericht nichts Verdächtiges hervorgehoben.« Lottie drehte ihren Kopf und starrte ihn an.

»Weil nichts verdächtig war«, sagte er entrüstet.

»Ich beschuldige Sie nicht!« Sie ballte ihre Hände zu Fäusten und versuchte die Verärgerung in ihrer Stimme zu verbergen. »Ich meine ja nur.«

»Bis die Rechtsmedizinerin uns über die Haarlocke informiert hat, die an seinem Körper gefunden wurde – Wochen später, wie ich hinzufügen möchte – war sein Tod ein einfach stinknormaler Selbstmord.«

Sie fragte sich, ob diese lapidare Bemerkung beabsichtigt gewesen war. »Ich weiß, dass Kirby den Fall noch einmal durchgegangen ist, aber ich möchte, dass auch Sie die Akte nochmals mit frischen Augen durchsehen. Sehen Sie nach, wer damals alles befragt wurde, und sprechen Sie noch einmal mit den Personen.«

»Okay.« McKeown fuhr sich mit der Hand über den Kopf. »Ich bin allerdings total erledigt. Der Tag hat nicht genug Stunden.«

Lottie sagte: »Wir sind alle sehr angespannt. Gibt es etwas Neues von Lily Heffernan?«

»Immer noch nichts«, sagte er. »Alle Lehrer, Betreuer, Eltern und Kinder wurden zweimal befragt. Alle Mitarbeiter und Kinder des Horts, die Tanzlehrer und Tänzer ebenfalls. Jedes Unternehmen mit Videoüberwachung wurde überprüft, aber wir haben nichts Verdächtiges gefunden. Die Jungs sehen sich immer noch die Aufnahmen der Dashcams an, aber das Mädchen scheint sich einfach in Luft aufgelöst zu haben.«

»Sprechen Sie noch einmal mit Trevor Toner und Giles Bannon. Und Shelly Forde. Sie müssen einfach etwas gesehen haben.«

»Klar. Das wäre dann das dritte Mal.«

»Das ist mir egal. Stellen Sie weiter Fragen und hören Sie nicht auf zu suchen. Und die anderen Kinder und ihre Eltern, sprechen Sie mit ihnen. Noch einmal.«

»Keiner kann sich an irgendetwas erinnern. An dem Abend herrschte Chaos, mit dem Markt auf der Straße und den Verkehrsumleitungen.«

»Wollen Sie mir sagen, dass ein Auto nicht in die Nähe der Tanzschule gekommen sein kann, um das Kind zu entführen?«

»Nein, will ich nicht, aber wir haben nichts gefunden. Alle Wohnungen und Geschäfte in der Gaol Street wurden überprüft.«

»Was ist mit den Standbetreibern?«

»Niemand hat etwas gesehen.«

»Und das Theater, in dem Lily geprobt hat, ist das noch einmal durchsucht worden?«

»Von oben bis unten.«

Lottie saß auf der Kante eines Tisches und starrte auf die Fotos an der Tafel. »Ein Kind kann doch nicht einfach so verschwinden.«

Aber sie wusste tief in ihrem Herzen, dass das nicht stimmte. Und zum ersten Mal, seit sie entdeckt hatte, dass das kleine Mädchen vermisst wurde, zog sie die Möglichkeit, dass Lily tot sein könnte, in Betracht. Sie bückte sich, um ihre Tasche aufzuheben, und bemerkte, dass ihre Hände weiß waren und zitterten. Es war, als wären ihr Blut zu Eis gefroren.

Boyd stand am Drucker und drückte auf einen Knopf. Eine Warnmeldung blinkte auf.

»Braucht Papier«, sagte Lottie und setzte sich auf den

nächstgelegenen Stuhl. Die Teambesprechung hatte ihr den letzten Rest an Energie geraubt. Sie musste schlafen und etwas Richtiges essen. Bald.

Er öffnete einen neuen Packen und schob Papier in die Maschine. »Die SpuSi hat Lilys Zahnbürste zur DNA-Analyse geschickt.«

»Okay.«

»Um sie in den Akten zu haben, damit wir sie zur Identifizierung verwenden können, falls etwas oder jemand auftaucht.«

Lottie stützte sich auf ihre Ellbogen, um das Zittern zu unterdrücken. Sie mussten Lily finden. Lebendig.

»Die Sache ist die«, sagte Boyd und drückte erneut auf den Druckknopf. »McGlynn hat es im Schnellverfahren durch das System laufen lassen. Er hat Lilys DNA mit Fionas DNA abgeglichen.«

»Und?«

»Es ist eine Übereinstimmung, ja.«

»Aber ...?«

»Aber es hat auch etwas Interessantes über Lilys Vater zutage gefördert.«

»Colin Kavanagh?«, sagte Lottie. »Er sollte im System sein für Eliminierungszwecke aufgrund seiner Arbeit.«

»Das ist er, und Lilys Probe wurde auch mit seinem DNA-Profil abgeglichen.« Boyd winkte mit dem ausgedruckten Blatt Papier. »Colin Kavanagh ist nicht der Vater von Lily.«

»Was zum Teufel? Zeig es mir.« Sie schnappte sich das Blatt und überflog die technischen Daten. »Heilige Scheiße.«

Boyd setzte sich auf die Kante seines Schreibtischs. »Und wer wird es ihm sagen?«

―――――

Er saß da und sah ihr beim Schlafen zu. So engelsgleich. Still. Ganz anders als während des Wutanfalls, den er vor nicht einmal einer Stunde miterlebt hatte. Er rieb sich die Hände und versuchte, einen Ausweg zu finden. Er war in einer Zwickmühle. Was sollte er mit ihr machen, jetzt wo er sie hatte?

Er rückte näher an das Kinderbett heran, löste seine Finger voneinander und verschränkte sie hinter seinem Rücken, während er sich über sie beugte. Er musste den Dunst ihres Atems in der kühlen Luft sehen, ihr leises Atmen hören. Als er das leichte Heben und Senken ihrer flachen Brust beobachtete, war er zufrieden.

Er hatte sie nicht ohrfeigen wollen, sie nicht schlagen, aber sie wollte einfach nicht still sein. Sie schrie nach ihrer Mutter. Er wusste, dass es niemand hören konnte, aber das tat seiner Frustration keinen Abbruch. Er dachte, Kinder sollten unterwürfig sein und bereit, von ihm zu lernen. Sie sollten bereit sein, zur Vernunft zu kommen. Bereit sein, ihm die Führung zu überlassen. Aber Lily war anders. Sie war Fionas Kind. Sie sollte gehorsam und pflichtbewusst sein, nicht respektlos und unhöflich. Sie musste bestraft werden. Aber sollte es durch seine Hand geschehen oder nicht?

Ausatmend drehte er sich um und überließ sie ihren Träumen. Es gab einen Ort, an dem er sein musste.

Er schloss die Tür ab, steckte den Schlüssel ein und machte sich auf den Weg nach draußen.

ZWEIUNDFÜNFZIG

Beth hatte es nicht geschafft, Ryan loszuwerden. Sie hatte sich nicht getraut, unhöflich zu ihm zu sein. Er hatte am Tisch gesessen und seinem Tee beim Kaltwerden zugesehen. Sie hatte ihm Kaffee gemacht und er hatte kurz daran genippt, bevor er zusah, wie auch dieser kalt wurde. Sie hatten ein wenig geredet. Sehr wenig.

Irgendwann sagte sie: »Ryan, ich muss noch einiges organisieren. Du weißt schon, für Dads Beerdigung.«

»Lass dich von mir nicht aufhalten.«

»Warum gehst du nicht nach Hause? Ich bin sicher, Zoe und die Jungs vermissen dich.«

»Zoe ist ohne mich besser dran.«

»Sag doch sowas nicht.«

»Hör zu, Beth, tu, was du tun musst. Ich will nur meine Ruhe und meinen Frieden.«

»Willst du dich duschen oder baden oder so?«

»Schon okay, danke. Aber hier, füg das zu der Geschichte hinzu, die du gerade schreibst.« Er holte eine SD-Karte aus seiner Tasche und legte sie auf den Tisch. »Du kannst sie auf deinen Laptop hochladen und auf einen USB-Stick packen.«

»Die Fotos?«, sagte sie und nahm sie in die Hand.

»Ja.«

Sie saß schweigend da. Sein Kopf senkte sich und er legte ihn auf seine auf dem Tisch verschränkten Arme. Erst als sie ihn leise schnarchen hörte, fühlte sie sich mutig genug, um sich wieder zu bewegen. Aufzustehen. Einen Schritt nach dem anderen aus der Küche herauszumachen.

Leise stieg sie die Treppe hinauf und setzte sich auf ihr Bett, um sich zu fragen, warum Ryan so schmuddelig war. Schlamm und Blätter klebten in seinen Haaren, und Schmutz klebte unter seinen sonst so makellosen Fingernägeln. Bei der Arbeit war er immer ein absoluter Verfechter von Hygiene. War es das, was der Kummer mit einem machte? Sie hoffte es nicht. Der Tod ihres Vaters hatte noch keine Zeit gehabt, sich mit ihr zu versöhnen. Sie bezweifelte, dass er das jemals tun würde.

Hatte sie damals getrauert, als ihre Mutter sie verlassen hatte? Sie erinnerte sich an die letzte Nacht, so deutlich, als würde sie durch Glas schauen. Christy hatte Eve in ihrem Schlafzimmer angebrüllt.

»Verschwinde aus meinem Haus!«

»Du kannst dein verdammtes Haus behalten. Ich werde mir ein größeres und schickeres irgendwo im Sonnenschein suchen, nicht in diesem gottverlassenen, dunklen, feuchten Loch eines Dorfes.«

»Ach, dein schicker Mann ist jetzt Millionär, ja?« Christy lachte manisch.

»Halt die Klappe.« Eve schlug eine Schublade zu und öffnete eine andere.

»Willst du mich dazu zwingen?« Er lehnte sich gegen die Tür, als sie Kleidung in einen alten Koffer mit kaputten Rädern stopfte.

»Es ist unmöglich, mit dir zusammenzuleben, Christy Clarke.«

»Silage stinkt. Gülle stinkt. Das wusstest du, bevor du mich geheiratet hast.«

»Davon rede ich nicht, und das weißt du auch.« Eve setzte sich auf den Koffer, um die Kleidung zusammenzupressen. Ihre Beine waren nackt und ihre Schuhe waren aus weichem Leder. Beth hatte es geliebt, dass ihre Mutter immer so gut gekleidet war, auch wenn Dad sagte, das Geld sei knapp.

»Eve. Es tut mir so leid. Gib mir noch eine Chance. Denk an Beth.«

»Fick dich und sie gleich mit.« Eve sprang auf und verpasste ihm eine schallende Ohrfeige. Christy wankte nicht, und als ob sie begriff, was sie gerade getan hatte, setzte sie sich wieder auf den Koffer, zog die Knie an die Brust und schluchzte. »Oh Gott, das habe ich nicht gewollt. Ich liebe Beth.«

»Eine schöne Art, das zu zeigen.«

»Ich werde zurückkommen, um sie zu holen.«

»Natürlich wirst du das.«

Eve war aufgestanden, hatte sich einen orangefarbenen Kaschmirmantel über die Schultern gelegt und den schweren Koffer hochgehoben. Christy trat zur Seite, um sie vorbeizulassen. Beth kauerte an ihrer Zimmertür und wartete darauf, dass ihr Vater ihre Mutter aufhielt, oder dass ihre Mutter zu ihr kam, um sich wenigstens zu verabschieden. Aber Eve ging die Treppe hinunter und zur Tür hinaus, ohne einen Blick zurückzuwerfen. Und mit dem leisen Klicken der Haustür, die sich hinter ihr schloss, hatte das Haus seine ganze Farbe verloren.

Daran dachte Beth jetzt, als sie Ryans SD-Karte in die Schachtel im Kleiderschrank legte. Seit dem Tag, an dem ihre Mutter sie verlassen hatte, hatte es wenig Farbe in ihrem Leben gegeben. Sie hatte die Scham heruntergeschluckt, sich zusammengerissen, wie ihr Vater ihr geraten hatte. Aber es hatte ihr das Herz in zwei Teile zerrissen.

Sie lehnte sich auf dem Bett zurück und zupfte an einem Plastikknopf am Saum ihrer Bettdecke. Sie öffnete und schloss ihn, öffnete und schloss ihn. Sie warf einen Blick aus dem Fenster. Es regnete jetzt stark. Das Geräusch klang wie das Klimpern von Fingern auf einem verstimmten Klavier. So laut wie ein Lkw-Motor. Es war das Einzige, was sie hören konnte.

Sie kniete sich auf ihr Bett und drückte ihr Gesicht an das kalte Glas. Außer dem Regen herrschte Stille. Kein Geräusch drang von den Schweinen zu ihr herauf. Die Stille war beunruhigend. Irgendetwas stimmte nicht. Stimmte ganz und gar nicht.

Sie sprang aus dem Bett, rannte aus ihrem Zimmer und die Treppe hinunter, vorbei an dem schlafenden Ryan und hinaus in den Hof. Der Regen durchnässte sie in Sekundenschnelle. Sie stürmte in den Schuppen. Er war leer. Nichts. Kein einziges Schwein, kein einziges Ferkel. Sie lief durch das zugeschissene Stroh und schaute in jede Bucht. Alle ohne Leben. Kavanagh hatte bereits damit begonnen, die Farm zu räumen.

Dad wäre durchgedreht. Dann erinnerte sie sich.

Ihr Vater war weg. Alles war weg.

Sie fiel auf die Knie und weinte.

———

Sie wusste nicht, wie lange sie schon auf dem mit Urin und Exkrementen verschmutzten Boden gekniet hatte, als das Geräusch eines Motors sie aus ihrer Trance weckte. Sie verließ den Schuppen und sah sich auf dem Hof um. Ihr Auto war verschwunden.

»Ryan?«

In ihrer regennassen Kleidung stürzte sie unkontrolliert zitternd in die Küche. Keine Spur von ihm.

»Wo bist du?«, rief sie die Treppe hinauf, bevor sie wieder zur Hintertür hinauslief. Er war verschwunden. Aber warum? Wohin? Und er hatte ihr Auto genommen. Verflucht sei er.

»Ryan!« Sie schrie in den drohenden Nachthimmel, während Regenwasser ihr Gesicht und ihren Hals hinunterlief und sich in einer feuchten Lache zwischen ihren Brüsten sammelte. Sie fühlte sich wie ein kleines Kind, ganz allein auf der Welt, ohne irgendwas und ohne irgendwen, der sie tröstete. Sie vermisste ihren Freund. Sie vermisste die kühle Weisheit, mit der er sie aufforderte, ihren Arsch hochzukriegen und die Dinge in Ordnung zu bringen. Colin Kavanagh zur Rede zu stellen und einzufordern, was ihr rechtmäßig zustand.

Sie lächelte durch ihre Tränen hindurch. Auch wenn er nicht mehr da war, hörte sie seine Stimme noch. Er hatte recht. Sie sollte direkt zu Kavanagh gehen und es mit ihm ausmachen.

Sie nahm ihr Handy aus der Jeanstasche, um ihn anzurufen. Es war völlig durchnässt und der Akku alle. Sie würde einfach ihre Jacke holen und laufen müssen. Jetzt, da sie voller neuer Motivation war, würde sie sich durch nichts mehr aufhalten lassen: nicht durch den Regen oder das Fehlen eines Autos, und auch nicht durch die Schwärze der Landschaft.

An der Hintertür hielt sie inne. Jetzt wachsam.

Mit einer Hand an der Stirn schaute sie sich um, bis sie die Lichter der Abtei in der Ferne sah. Ihre Mutter war vor all dem hier weggelaufen. Das würde sie nicht tun.

DREIUNDFÜNFZIG

Die Gardaí machten Colin Kavanagh schließlich in seinem Haus ausfindig. Er willigte ein, mit aufs Revier zu kommen, und wurde in den Vernehmungsraum geführt. Nachdem er sich seines Mantels entledigt hatte, sah er sich nach einem Ort um, an dem er ihn aufhängen konnte.

Lottie schenkte ihm – gezwungenermaßen – ein freundliches Lächeln. »Sie können ihn über die Lehne Ihres Stuhls hängen.«

»Und Flöhe aufsammeln? Nein danke.«

»Geben Sie schon her.« Sie nahm den teuer aussehenden Mantel und drückte ihn einem vorbeieilen Wachmann in die Hand, der sich darum kümmern sollte.

Boyd übernahm die Vorstellung der Anwesenden für das Aufnahmegerät.

»Sie verzichten auf Ihr Recht auf einen Anwalt, ist das richtig?«, sagte Lottie und setzte sich.

»Ich bin Anwalt«, sagte Kavanagh hochmütig. Als ob sie das nicht schon wüsste. »Ich bin freiwillig hier. Machen Sie weiter. Ich habe alle Hände voll damit zu tun, meine Tochter zu finden. Da Sie ja nicht einmal Ihren kleinen Finger dafür zu rühren scheinen.«

»Ich werde in ein paar Minuten zu Lily kommen. Zuerst möchte ich, dass Sie mir sagen, wo sie gestern Nachmittag waren.«

»Sie reden schon wieder von Christy Clarke, oder?«

»Ja.«

»Die Antwort ist immer noch die gleiche. Kein Kommentar.«

»Wir glauben, dass Sie kurz vor dem Fund der Leiche in der Werkstatt von Mr Clarke waren. Was haben Sie dort gemacht?«

»Kein Kommentar.«

»Haben Sie einen Schlüssel zu Mr Clarkes Räumlichkeiten?«

»Kein Kommentar.«

»Warum hat Christy am Tag seiner Ermordung bei Ihnen angerufen?«

»Kein ...« Kavanagh starrte sie an. »Mord?«

»Ja.«

Er erholte sich. »Kein Kommentar.«

»Das ist lächerlich.« Lottie schlug auf den Tisch, obwohl sie sich hatte zusammenreißen wollen, nicht wütend zu werden. »Ich könnte gerade nach Ihrer Tochter suchen, aber stattdessen verschwende ich meine Zeit hier mit Ihnen. Wenn Sie nichts zu verbergen haben, warum sagen Sie mir dann nicht, was Sie in *Clarke's Garage* gemacht haben?«

»Haben Sie Beweise dafür, dass ich in dem Gebäude war?«

Lottie kaute einen Moment lang auf ihrer Wange. Er war so schleimig und glitschig wie der imaginäre Wurm, der in ihrem Bauch krabbelte.

»Sie haben nicht einmal Beweise, dass ich draußen vor dem Gebäude war.«

»Ich habe eine Augenzeugin.«

»Zuverlässig?«

»Ja.«

»Sind Sie sich da sicher?« Er lehnte sich gegen die harte Lehne des Stuhls und streckte die Hände über den Kopf. Lottie roch den holzigen Duft, mit dem er seinen Körper eingesprüht hatte. Er war nicht unangenehm, aber trotzdem drehte sich ihr der Magen um.

»Ich bin mir sicher«, sagte sie.

»Wie geht es Beth? Es muss ein furchtbarer Schock gewesen sein, ihren toten Vater zu finden.«

Sie starrte ihn an. Kavanagh wusste, dass es Beth war, die ihr von seiner Anwesenheit in der Werkstatt erzählt hatte. »Warum haben Sie sie belästigt? In ihrem eigenen Haus!«

»Hat sie das gesagt? Ich habe diese junge Dame nie belästigt. Sie ist genau wie ihre Mutter – labil. Ich würde ihr kein Wort glauben, wenn ich Sie wäre.«

»Labil? Woher wollen Sie wissen, wie es um ihre geistige Gesundheit bestellt ist?«

»Christy hat sich mir anvertraut. Nachdem Eve ihn verlassen hatte – ich weiß, es klingt wie ein Klischee – war er ein gebrochener Mann. Er hat eine Zeit lang viel getrunken, sein Geschäft ging den Bach runter und er vernachlässigte seine Tochter.«

»Was hat das damit zu tun?«

»Christy war im wahrsten Sinne des Wortes pleite. Er hatte keinen einzigen Penny mehr. Er hatte sich links und rechts und oben und unten verschuldet, um die Schweinefarm am Laufen zu halten. Dabei hat er alle seine Freunde verloren. Ich habe ihn immer wieder aus diesem Loch herausgeholt, bis er mir schließlich seinen ganzen wertlosen Besitz überschrieben hat. Eine Sorge weniger, hat er gesagt.«

»Ich kann nicht verstehen, warum Sie ihm überhaupt helfen wollten. Was war er für Sie?«

»Ein Freund. Das war einmal. Dann ...«

»Dann was?«

»Nichts.«

»Warum nimmt man einem sowieso schon verarmten Mann alles weg?«

Kavanagh lachte, sein weißes Haar kräuselte sich auf seinem Kopf wie ein munterer Bach. »Verarmt? Nicht so ganz.«

»Was meinen Sie?«

»Man will ja nicht schlecht über die Toten reden, wie man so schön sagt, aber Christy Clarke hatte mit dem Teufel selbst Geschäfte gemacht. Und Sie wissen ja, wie so was ausgeht. Am Ende verbrennt man sich.«

»Wovon reden Sie?«

»Sie haben die Autos in seiner Werkstatt gesehen. Ich bin sicher, Sie wissen inzwischen, dass sie gestohlenes Eigentum sind.«

»Wollen Sie damit sagen, dass Christy mit Kriminellen zu tun hatte?«

»Ich werde Ihre Intelligenz nicht beleidigen, indem ich so tue, als wäre ich von Ihrer Frage überrascht. Sie wissen es. Ich weiß es. Jeder weiß es.«

»Weiß was?«

»Dass Christy Clarke mit Kriminellen zu tun hatte. Er benutzte seine Werkstart als Versteck, bis die Autos weiterverkauft werden konnten.«

»Haben Sie Beweise dafür?«

»Beweise? Die Autos, Detective. Sie stehen immer noch in diesem staubigen Ausstellungsraum. Sie sind doch nicht blind, oder?«

»Nein, aber es gibt keine Beweise dafür, dass Christy in etwas Illegales verwickelt war.« Lottie lächelte. »Warum haben *Sie* sich mit ihm eingelassen, wenn Sie von diesen angeblichen Aktivitäten wussten?«

»Wie bitte?«

»Sie haben mich schon verstanden.«

»Sie sind ein gewieftes Miststück.« Kavanagh stand auf, sein Stuhl polterte gegen die Wand. Er stützte sich mit beiden Händen auf den Tisch und sah Boyd an, dann Lottie. »Dieses Gespräch ist beendet.«

»Setzen Sie sich, Sir«, sagte Boyd. »Das Gespräch ist beendet, wenn wir es sagen.«

»Ich weigere mich, noch mehr von Ihren Unterstellungen anzuhören.« Er nahm einen tiefen Atemzug. Lottie war sicher, dass er gehen würde, aber er überraschte sie und setzte sich.

»Ich brauche Ihnen nichts zu unterstellen«, sagte sie. »Superintendent David McMahon war in der Abteilung für Drogen und organisierte Kriminalität tätig, bevor er hierherkam. Und lassen Sie mich Ihnen sagen, dass er sehr an diesem Fall interessiert ist.«

Kavanagh zuckte mit den Schultern. »Na und?«

»Warum machen Sie nicht gleich reinen Tisch, bevor Ihre schmutzige Wäsche für alle sichtbar gewaschen wird?«

»Ich habe nichts zu befürchten.« Kavanagh verschränkte trotzig die Arme, aber Lottie glaubte, einen Hauch von Unsicherheit in seinen Augenwinkeln zu erkennen.

»Father Michael Curran«, sagte sie und wechselte die Richtung. »Erzählen Sie mir von ihm.«

»Warum in Gottes Namen ziehen Sie den Pfarrer da mit hinein?« Er breitete die Arme aus und legte die Hände mit den Handflächen nach oben auf den Tisch. »Typisch irischer Cop. Im Zweifelsfall gibt man dem armen Priester die Schuld.«

»Sie haben ihm heute Morgen einen Besuch abgestattet, sind aber sehr schnell wieder gegangen. Warum?«

»Wegen Lily, natürlich. Ich habe ihn gebeten, mein kleines Mädchen in seine Gebete einzuschließen. Ich dachte, ein kleiner göttlicher Eingriff könnte vielleicht helfen.«

»Wie lange kennen Sie Father Curran schon?«

Kavanagh nahm seine Hände vom Tisch und legte sie auf seinen Schoß. »Seit ich in Ballydoon wohne, wahrscheinlich.«

»Neun oder zehn Jahre?«

»Ich denke schon.«

»Erzählen Sie mir von Robert Brady.« Sie wollte ihn weiter mit Namen bombardieren und seine Reaktion beobachten. Zu diesem Zeitpunkt würde alles helfen.

Er sah wirklich verblüfft aus, und sie hoffte, dass ihr Richtungswechsel ihn in die Irre führte.

»Der junge Mann, der an Ihrem Haus gearbeitet hat.«

»Ich kenne ihn nicht.«

»Sie müssen sich an ihn erinnern. Er wurde vor zwei Wochen in der Nähe Ihres Grundstücks an einem Baum hängend gefunden. Die Männer, die ihn entdeckt haben, liefen zu Ihrem Haus und schlugen Alarm. Sie haben den Notdienst gerufen. Und ich glaube, er hat an der Renovierung Ihres Hauses mitgearbeitet.«

»Oh, ich wusste nicht, dass er das war. Ich kann mich ehrlich gesagt nicht wirklich an ihn erinnern.« Kavanagh sah sie unter seinen weißen Augenbrauen hervor an.

Sie starrte ihn an und versuchte, sich eine Meinung zu bilden. Es war an der Zeit, ihre Trumpfkarte zu ziehen und zu sehen, wie sein Schloss in den Wolken einstürzte.

»Was, glauben Sie, ist mit Lily passiert?«

»Ich weiß es nicht. Vielleicht hat irgendein kranker Bastard eine Gelegenheit gesehen, als ihre Mutter nicht gekommen ist, um sie abzuholen.«

»Hm«, sagte Lottie.

»Was meinen Sie damit?«

»Haben Sie sich jemals gefragt, warum Fiona Lily nicht Ihren Nachnamen gegeben hat?«

Kavanagh rutschte auf dem Stuhl hin und her und blickte

auf einen Punkt in der Ecke des Raumes. Sie musste sich zurückhalten, sich nicht umzudrehen und zu schauen, worauf er sich konzentrierte. Wahrscheinlich ein Spinnennetz.

Er sagte: »Fiona war eigenwillig, wenn es um Lily ging. Sie wollte nicht, dass ich viel mit dem Kind zu tun habe. Überfürsorglich. Wollte nicht einmal, dass ich ihr ein iPad oder ein Telefon kaufe. Hatte Angst vor Online-Stalkern. Mein Gott, das Kind ist acht! Fiona hat sie erdrückt.«

»Ich würde das Liebe nennen.«

»Das *würden* Sie wahrscheinlich, aber da war noch etwas anderes. Ich weiß nicht, wie Sie das nennen würden.«

»Besitzergreifend?«

»Vielleicht.«

»Aber sie hat Ihnen Zugang zu Lily gewährt, selbst, nachdem Sie sich getrennt hatten. Warum?«

»Ich war der Vater des Kindes. Ich hatte das Recht dazu.«

»Hatten Sie das?«

»Das Recht? Ja, natürlich. Ich habe unsere rechtliche Vereinbarung überarbeitet. Sie hätte sie am Tag vor ihrer Hochzeit unterschreiben können. Aber sie hat nie ... sie hat nicht ...«

»Sie hat nicht mehr gelebt, um sie zu unterschreiben.«

»Das ist richtig.«

»Jemand hat sie vorher getötet.«

Er starrte sie an. »Ich habe nichts mit Fionas Tod zu tun.«

»Das sagen Sie.«

»Ja.«

Lottie spürte, dass dies der richtige Moment war. »Warum brauchten Sie eine rechtliche Vereinbarung, wenn Fiona sowieso damit einverstanden war, dass Sie Lily sehen?«

»Ich traue Ryan Slevin nicht. Er hätte Fiona gegen mich aufhetzen können, und dann hätte ich jedes Recht verlieren können, Lily zu sehen. Es war eine Zusicherung, meine Tochter in meinem Leben zu behalten.«

»Aber das war sie doch gar nicht, oder?«

»Ach, Herrgott nochmal. Wovon reden Sie denn jetzt schon wieder?« Er zupfte an den Haaren über seinen Ohren, Verzweiflung lag in seinen Worten.

»Lily war nicht Ihre Tochter.« Lottie beugte sich nach vorne. Sie wollte sehen, was Kavanaghs Gesicht ihr mitteilen würde.

»Was?« Er kniff die Augen zusammen und zog die Brauen zusammen. »Was wollen Sie damit sagen?«

»Wir haben Lilys DNA von ihrer Zahnbürste. Die Spurensicherung hat sie durch die Datenbank laufen lassen.«

»Weiter.« Der einzige Muskel, den er bewegte, war sein Mund. Sein Gesichtsausdruck war wie eingefroren.

»Lily ist nicht Ihre Tochter, Mr Kavanagh.«

Lottie lehnte sich in ihrem Stuhl zurück und wartete darauf, dass Kavanagh sich über den Tisch hinweg auf sie stürzte. Stattdessen sackte sein Kopf in die Hände und seine Schultern bebten.

»Geht es Ihnen gut?«, sagte Boyd. »Soll ich Ihnen etwas Wasser oder einen Kaffee holen?«

»Colin?«, sagte Lottie sanft, unsicher, ob sie die richtige Entscheidung getroffen hatte oder nicht. »Wussten Sie davon?«

Er schüttelte den Kopf. Kein Ton war zu hören außer einem gedämpften Schluchzen.

»Hat Fiona Ihnen gegenüber nie etwas erwähnt? Hat sie niemals etwas angedeutet?«

Kavanagh hob den Kopf. »Warum sollte sie mir das sagen? Ich habe sie dafür bezahlt, *unsere* Tochter aufzuziehen.«

»Hätte es für Sie einen Unterschied gemacht, wenn sie es Ihnen gesagt hätte?«

Erneut fanden seine Augen den Punkt an der Wand. Sie dachte, er sei in Trance verfallen, so lange war er still.

Endlich sprach er. »Ich habe es immer vermutet, wissen Sie. Dass sie mir nicht die Wahrheit gesagt hat.«

»Wissen Sie, wer der Vater ist?«

»Ich bin mir nicht sicher, aber ich habe einen Verdacht.«

»Möchten Sie ihn mit mir teilen?«

»Wenn Sie wissen, dass ich nicht Lilys Vater bin, dann wissen Sie sicher auch schon, wer es ist. Wollen Sie es mir nicht sagen?«

»Im Moment nicht.« Sie kannte die Identität des Vaters des Kindes nicht. Sie hatten nur Lilys DNA mit der von Kavanagh und Fiona abgeglichen. Aber sie würde dem nachgehen.

Er stand auf. »Es ändert nichts, wissen Sie.«

»Inwiefern?« Auch Lottie stand auf und hatte plötzlich Mitleid mit dem Mann, der vor ihr stand. Ein Mann, in dessen Herz sie gerade ein Messer gestoßen hatte. Metaphorisch gesprochen.

»Ich liebe Lily immer noch. Ich habe im Fernsehen appelliert und eine Belohnung ausgesetzt. Ich will sie finden. Helfen Sie mir, das zu tun. Bitte.«

»Sie wissen, dass das Aussetzen einer Belohnung uns mehr Schwierigkeiten bringt. Wir tun alles, was wir können. Ich wäre Ihnen dankbar, wenn Sie uns alles sagen könnten, was Sie wissen und uns helfen könnte.«

»Ich weiß nur, dass ich Fiona schon lange vor ihrem Tod verloren habe, aber ich habe nicht vor, Lily zu verlieren.«

»Wir werden weiterreden müssen. Über Christy Clarke.«

»Okay. Aber nicht jetzt.«

»Sicher.« Bisher waren keine Beweise gefunden worden, die ihn mit dem Tod von Christy Clarke in Verbindung gebracht hätten. Mist.

»Noch was. Fiona hatte nur sehr wenige Besitztümer in ihrem Haus. Wissen Sie, wo mehr sein könnten?«

»Möglicherweise in Ryan Slevins verdammtem Cottage.«

»Das war leer.«

»Dann weiß ich es nicht. Sie haben mein Haus gesehen. Lilys Zimmer dort ist randvoll mit Spielzeug und Kleidung für sie, wenn sie bei mir ist. Davon abgesehen habe ich keine Ahnung.«

»Danke, Colin.«

»Ich würde jetzt gerne mit McMahon sprechen.« Kavanagh ging auf die Tür zu.

»Warum?«

»Sie hatten bisher keinerlei Erfolg bei der Suche nach Lily, also werde ich mit einem Mann sprechen, der mehr Macht hat als Sie.«

Boyd schloss die Formalitäten für die Aufnahme ab. Als Kavanagh den Vernehmungsraum verließ, fühlte sich Lottie genauso entkräftet wie er.

»Wir haben bei all dem überhaupt nichts Neues herausgefunden«, sagte sie. »Aber ich fange an zu glauben, dass Kavanagh Christy mit den Kriminellen überhaupt erst bekannt gemacht hat. Warum sollte er ihn sonst auszahlen?«

Boyd erhob sich, legte seine Notizen in eine Mappe und seine Hand auf ihren Arm. »Wir werden Lily finden. Und den Mörder. Ich habe volles Vertrauen in dich und unser Team.«

Sie konnte die Wärme seiner Finger durch den Ärmel ihres Baumwollshirts spüren. Sie lehnte ihren Kopf an seine Schulter und sehnte sich danach, dass er ihre Kopfhaut mit seinen langen, schlanken Fingern kraulte. Dass er ihr beruhigende Worte ins Ohr flüsterte. Aber das war in einem stickigen, erdrückenden Vernehmungsraum nicht möglich. Ein Arm um die Schultern hätte es auch getan, dachte sie, aber Boyd nahm das Tonband in die Hand und schrieb Datum und Uhrzeit darauf, bevor er es versiegelte.

Als sie an der Tür war, fragte er: »Warum hast du es ihm gesagt?«

»Was gesagt?«

»Dass er nicht der Vater von Lily ist.«

»Um herauszufinden, ob er es bereits wusste, und wenn ja, ob er die Identität des Vaters des Mädchens kennt.«

»Ich glaube schon«, sagte Boyd und hielt ihr die Tür auf.

»Ich glaube, dass er weiß, wer es ist. Ruf das Labor an. Sag ihnen, sie sollen Lilys DNA durch das komplette System laufen lassen. Hoffentlich finden wir es heraus, bevor Kavanagh eine Dummheit begeht.«

VIERUNDFÜNFZIG

Während Boyd in die Kantine ging, um frischen Kaffee zu holen, fand Lottie McKeown im Büro.

»Wir haben nichts von Kavanagh erfahren«, sagte sie. »Er behauptet, dass er nicht gewusst hat, dass Lily nicht seine Tochter war.«

»Ihr biologischer Vater könnte sie entführt haben«, sagte McKeown.

»Wir müssen herausfinden, wer das ist. Boyd setzt sich mit dem Labor in Verbindung.«

»Was Christy Clarke betrifft, glaube ich, dass ich einen finanziellen Sumpf aufgedeckt habe«, sagte er.

Lottie rollte einen Stuhl heran und setzte sich. McKeown tippte eifrig auf seiner Tastatur herum. Er hielt inne und zeigte auf den Bildschirm.

»Ich habe mir die Grundbucheinträge angesehen.«

»Ich dachte, Boyd hätte gesagt, er würde das tun.«

»Ich habe ihm angeboten, ihn zu entlasten«, sagte er. Sie sah ihn finster an. Er fügte hinzu: »Gleichzeitig behalte ich alles, was mit Lily zu tun hat, im Auge.«

»Fahren Sie fort.«

»Der größte Teil von Clarkes Eigentum, mit Ausnahme der Werkstatt, ist derzeit auf den Namen von Colin Kavanagh eingetragen. Ich konnte nichts finden, das auf Beths Namen oder den ihrer Mutter Eve Clarke lautet.«

»Okay. Was ist mit den Schweinen?«

»Auf dem Papier steht nichts, aber ich habe gehört, dass der Bestand heute schon in einen anderen Schweinestall gebracht worden ist. Auf Anweisung von Kavanagh.«

»Die Autos in der Werkstatt?«

»Die Konten von Clarke wurden von der Bank und dem Finanzamt freigegeben. Ich habe einen kurzen Blick darauf geworfen. Nirgendwo wird der Verkauf von Autos erwähnt. Die Werkstatt hat jahrelang Verluste gemacht. Aber vor etwa zwei Monaten gab es eine Einzahlung von fünfzehntausend Euro. Das hat allerdings kaum dazu beigetragen, das Loch zu stopfen.«

»Woher kam das?«

»Es war ein Bankscheck. Ich werde mich bei der Bank erkundigen.«

»Angestellte?«

»Nein. Nicht einmal ein Verkäufer oder ein Mechaniker.«

»Es war also eine Fassade für gestohlene Fahrzeuge. Gott weiß, wie wir dem auf den Grund gehen werden.«

»Unser Superintendent hat vielleicht eine Ahnung, was vor sich geht. Ich habe mit ihm gesprochen. Er hat mir sofort den Mund verboten. Ich nehme an, er will nicht, dass es an die Öffentlichkeit kommt.«

»Er wartet auf konkrete Beweise«, sagte Lottie. »Die Kontoauszüge. Hatte Clarke überhaupt Geld?«

»Er steckt bis zum Hals in Schulden. Kredite links, rechts und in der Mitte.«

»Aber er hatte genug, um Schweine zu kaufen und zu verkaufen?«

»In allen Betriebsbüchern sind keine oder nur geringe

Ausgaben für die Schweine verzeichnet. Das lässt mich vermuten, dass er Vorräte und Futtermittel mit Bargeld gekauft hat.«

»Bargeld, das er für die gestohlenen Autos bekam, die in seiner Werkstatt untergebracht waren.«

Sie stand auf und dehnte ihre Muskeln, als Boyd mit zwei Kaffeebechern ankam. Sie nahm einen und nippte daran, und hoffte, dass das Koffein auf der Stelle wirken würde.

»Wir brauchen in diesem Fall die Hilfe des Criminal Assets Bureau, die sind genau für so etwas zuständig«, sagte sie. »Ich werde McMahon fragen, ob er dort einen zuverlässigen Detective kennt. Die Sache muss schnell bearbeitet werden.«

»Viel Glück dabei«, sagte McKeown.

Boyd fragte: »Glaubst du, dass Christy Clarke wegen eines Bandenkriegs getötet wurde?«

Lottie dachte einen Moment lang nach. »Ich weiß es nicht, aber es würde die Sache einfach machen. Ansonsten ist es sehr wahrscheinlich, dass er von der Person getötet wurde, die Cara und Fiona ermordet hat.«

Boyd stellte seinen Kaffee ab und sagte: »Oh, das wollte ich dir noch sagen. Eve Clarke ist wieder in ihrer Wohnung.«

———

Eve Clarke war nicht glücklich darüber, in ihrer eigenen Wohnung zwei Detectives gegenüber zu sitzen. Sie rubbelte an einem unsichtbaren Fleck auf der Armlehne des Stuhls.

»Eve, sehen Sie mich bitte an.«

Detective Inspector Parker sah aus, als könnte sie eine gute Mahlzeit gebrauchen, um Fleisch auf ihre Knochen zu bekommen. Eve konnte sich nicht erinnern, wann sie selbst das letzte Mal eine anständige Mahlzeit zu sich genommen hatte.

»Entschuldigung, ich war mit meinen Gedanken meilenweit weg. Worüber wollten Sie mit mir sprechen?«

»Ihren Ehemann. Christy Clarke.«

»Was ist mit ihm? Ich habe gehört, dass er sich umgebracht hat. Dieser Mann war schon immer ein Feigling.«

»Es wurde inzwischen bestätigt, dass er sich *nicht* das Leben genommen hat«, sagte Lottie gleichmütig. »Ich kannte Christy nicht, aber nach dem, was Beth mir erzählt hat, glaube ich nicht, dass er die Art von Mann war, der seine Tochter ohne Antworten zurücklassen würde.«

Eve blinzelte schnell. »Und was ist mit mir?«

»Sie hatten sich vor langer Zeit zerstritten, nicht wahr?«

»Das gehört nicht hierher. Was wollen Sie von mir?«

»Fällt Ihnen jemand ein, der ihm vielleicht etwas antun wollte?«

»Wahrscheinlich jeder, dem er Geld schuldete.«

»Wer zum Beispiel?«

»Christy schaffte es nicht einmal, zwei passende Socken zu finden, so ungeschickt war er in allem. Das hat ihn nie davon abgehalten zu versuchen, jemand zu sein, der er nicht war. Er spielte immer den großen Zampano bei den wirklich großen Zampanos.«

»Und wer waren diese wirklich großen Zampanos?«

Eve schnaubte. »Colin Kavanagh, mit seinem schicken Auto und seiner umgebauten Scheune, die auf dem Markt eine Million oder mehr einbringen würde. Seine Sorte kennt Leute, die gerne bereit sind, mehr Geld als den Marktwert zu bezahlen.«

»Wirklich?«, sagte Lottie, und Eve vermutete, dass es mit gespielter Überraschung war.

»Ich dachte, er sei ein aufrechter Bürger.«

»Hm.« Eve schnaubte. »Das ist der Eindruck, den er vermittelt. Aber ich weiß, wenn man in ein Bad mit Gülle steigt, bleibt zwangsläufig etwas von der Scheiße hängen. Und er steckt bis zu seinem weißen Kopf darin.«

Sie lehnte sich zurück und beobachtete die Detective aufmerksam. Sie konnte den Blick aus den lebhaften grünen

Augen, der sich in ihre bohrte, nicht deuten. Etwas rollte auf sie zu, und Eve wusste, dass sie darauf nicht vorbereitet war, was auch immer es sein mochte.

»Woher wissen Sie das?« Lottie hielt ihre Augen auf das Gesicht der Frau gegenüber gerichtet und achtete auf Zeichen, die auf Wahrheit oder Lüge hindeuteten.

Eve war damit beschäftigt, sich eine Zigarette anzuzünden, und senkte ihren Blick. »Ich habe mich umgehört, und die Gerüchte wurden mit der Zeit zu Tatsachen.«

»Sie waren aber einige Jahre im Ausland.«

»Ich habe an der Costa del Sol mehr Informationen über kriminelle Aktivitäten erhalten als die Drogenfahndung hier. Merken Sie sich meine Worte: Colin Kavanagh hat Dreck am Stecken.«

»Hat er Ihren Mann getötet?«

»Wenn er es nicht selbst getan hat, bin ich mir sicher, dass er dahintersteckt.«

Lottie dachte, dass Eve wohl doch nicht alles wusste. Zeit, die Bombe platzen zu lassen. »Eve, wir glauben, dass Christy seinen gesamten Besitz innerhalb des letzten Jahres an Colin Kavanagh überschrieben hat.«

»Was?« Die Zigarette klebte an Evas geöffneten Lippen.

»Unsere Ermittlungen haben ergeben, dass sein Land und sein Besitz jetzt Kavanagh gehören. Sie werden jetzt gar nichts erben.«

»Ich wollte nichts von ihm, als ich ihn verließ. Ich will auch jetzt nichts von ihm.« Sie lachte teuflisch. »Ich kann nicht glauben, dass Sie denken, ich hätte ihn umgebracht.«

»Das habe ich nie gesagt.« Lottie starrte sie an. »Was glauben Sie, wer hinter den gestohlenen Luxusautos stecken könnte?«

»Wovon reden Sie?«

»Wir haben eine Reihe von Mercedes und BMWs in Christys Werkstatt gefunden. Wir glauben, dass er für das

Verstecken oder Weiterverkaufen dieser Fahrzeuge bar bezahlt wurde. Es ist möglich, dass dieses Geld zur Finanzierung seines Schweinezuchtbetriebs verwendet wurde.«

»Die beschissenen Schweine. Seine Babys. Ich wollte nicht, dass er in dieses Unternehmen einsteigt. Aber Christy hat mir nie zugehört.«

»Beantworten Sie die Frage, Eve.«

Ein weiterer langer Zug an der Zigarette. Sie blies einen Rauchkreis aus und sagte: »Fragen Sie Colin Kavanagh. Es war seine Idee. Er steckt hinter all dem.«

»Woher wissen Sie so viel über Kavanagh?« Lottie musterte die Frau, die viel älter als ihre um die fünfzig Jahre zu sein schien und deren Augen hinter ihrer Brille ständig blinzelten.

Eve rutschte auf die Kante des Stuhls. »Er war einer der Gründe, warum Christy mich rausgeworfen hat.«

»Was meinen Sie?«

»Ich hatte eine Affäre, eine verhängnisvolle Affäre, mit Colin Kavanagh. Christy fand es heraus, und ich glaube bis heute, dass Colin ihm von uns erzählt hat. Er hat geprahlt oder so.«

»Aber warum sollte Christy in diesem Fall weiterhin mit Kavanagh zusammenarbeiten?«

»Er war leichtgläubig. Er sah mich als diejenige, die Unrecht tat, nehme ich an.«

»Sie sind also allein gegangen? Sie sind nicht mit einem Liebhaber ins Ausland gegangen? Warum haben Sie Beth nicht die Wahrheit gesagt?«

»Weil ich ein genauso großer Feigling bin wie Christy. Wie geht es Beth?«

»Warum kontaktieren Sie sie nicht? Ich bin sicher, sie könnte Mutterliebe in diesem Moment gut brauchen.«

»Meine Auseinandersetzungen mit ihrem Vater waren laut und hässlich«, sagte Eve leise. »Und nachdem ich gegangen war, hörte ich, dass Christy ein anderer Mann geworden ist. Ich habe es versucht, aber Beth hat mir nie verziehen, was ich unserer Familie angetan habe. Ich kann es ihr also nicht verübeln, dass sie mich hasst. Sie ist ohne mich besser dran.«

Lottie sank in ihrem Stuhl zurück. Zum ersten Mal war sie sprachlos.

Es war spät und sie musste nach Hause gehen, aber das Gespräch bestätigte eine Vermutung, die sie bereits gehabt hatte. Colin Kavanagh hatte noch eine Menge Fragen zu beantworten.

FÜNFUNDFÜNFZIG

Colin Kavanagh war nicht zu Hause. Niemand antwortete, als sie an der Gegensprechanlage klingelte. Kein Licht. Beth fragte sich, was sie dazu getrieben hatte, in der Dunkelheit so weit zu Fuß zu gehen. Vielleicht war es der Wahnsinn, von dem man in der Trauer besessen war. Sie hatte von Dingen gehört, die Menschen nach dem Tod eines geliebten Menschen taten. Irrationale Dinge. Als ob ihr Verstand besessen wären und sie keine Kontrolle über ihre Handlungen hätten. War es das, was in ihrem Kopf vor sich ging? Sie hatte keine Ahnung. Und keine Ahnung, was sie jetzt tun sollte, da sie meilenweit von der Zivilisation entfernt war, allein in der Dunkelheit der Nacht.

Robert Brady war ganz in der Nähe ums Leben gekommen, und sie erinnerte sich daran, wie sie davon erfahren hatte. Die SMS. Genau wie die, die neulich auf ihrem Handy gelandet war, als Cara Dunne gestorben war. Sie wusste immer noch nicht, wer ihre Quelle war. Und jetzt, in der angsteinflößenden Dunkelheit, fragte sie sich, ob es nicht bloß jemand war, der ihr eine Nachricht zukommen ließ, sondern jemand, der wollte, dass sie die Folgen der Todesfälle miterlebte. Auf die Leiche ihres Vaters war sie allerdings gestoßen, ohne dass jemand ihr einen Hinweis gegeben hatte.

Sie ging in Richtung des Sees. Den Weg würde sie mit verbundenen Augen finden und so fühlte es sich in diesem Moment auch an. Sie ging am Grasstreifen entlang, um sicherzugehen, dass sie auf der Fahrbahn blieb, und dachte an das, was Zoe ihr über ihren Vater erzählt hatte, der sich Geld von Giles geliehen hatte. Wofür hatte er es gebraucht? Für all die schicken Autos im Ausstellungsraum der Werkstatt? Verrückt, dachte sie, aber sie wusste, dass er in etwas Zwielichtiges verwickelt war. Wenn sie mehr investigative Journalistin und weniger Kleinstadtreporterin gewesen wäre, hätte sie vielleicht viel früher gesehen, was sich direkt vor ihrer Nase abspielte. Sie strich sich das Regenwasser aus den durchnässten Haaren und ging immer weiter, bis sie das lockende Plätschern des Wassers auf den Steinen und Kieseln hören konnte. Als sie um das Tor herum und auf das Ufer zuging, hörte der Regen auf einmal auf, und der Mond glitzerte durch den Dunst der Nacht. Und dann hörte sie, wie ihr Name ausgesprochen wurde.

Wie angewurzelt stand sie da und konnte nicht atmen.

Sie schluckte und wollte sich umdrehen, aber eine Hand legte sich auf ihre Schulter und ließ sie in ihrer Bewegung innehalten. Die Wolken zogen weiter, und erneut wurde Beth in tiefste Dunkelheit gehüllt.

SECHSUNDFÜNFZIG

Lottie sehnte sich nach einem Abend, nur einem Abend, den sie mit einem Glas Wein in der Hand und einem tröstenden Arm um ihre Schultern verbringen könnte. Von einer dieser beiden Sachen, das wusste sie nur zu gut, sollte sie die Finger lassen, aber vielleicht war die andere gar nicht so unerreichbar.

Sie betrachtete die leeren Koffer im Flur und ging ins Wohnzimmer. Das Licht war ausgeschaltet. Ihre Kinder und ihr Enkel waren im Bett. Sie hatte das Zimmer ganz für sich allein. Sie tippte Boyds Nummer auf ihrem Telefon an und hörte, wie es klingelte. Sie hörte, wie die Mailbox ansprang. Sie legte auf, ohne etwas zu sagen.

Wie hatte es so weit kommen können?

Sie hatte ihm die Antwort gegeben, nach der er sich gesehnt hatte, und jetzt ignorierte er sie. Sie wählte seine Nummer erneut. Mit dem gleichen Ergebnis.

»Verdammt noch mal, Boyd.«

Sie wartete zehn Sekunden. Wählte erneut.

»Was zum Teufel, Lottie? Ich habe geschlafen. Was ist los?«

»Ich brauche dich«, sagte sie.

»Ich bin viel zu müde, um zu reden.«

»Wo bist du?«

»Warum willst du das wissen?«

»Ich frag doch nur.«

»Lottie, ich bin fix und fertig. Wir sehen uns morgen, okay?«

»Das muss mir dann wohl reichen.«

»Ja. Gute Nacht, Lottie.«

»Wann fährst du wieder nach Galway, wenn du nicht schon dort bist?«

»Lottie ...«

»Okay«, sagte sie. »Gute Nacht.«

Sie lauschte dem Freizeichen, bevor sie in die Küche ging, wo sie die Weinflasche suchte. Ohne zu zögern, entkorkte sie sie, füllte ein Glas bis zum Rand und stieß mit dem dunklen Küchenfenster an. »Fick dich, Boyd«, sagte sie, und ihr Herz zersprang in tausend winzige Stücke.

Cynthia Rhodes saß auf dem schmalen Sofa, den Laptop auf den Knien, und sah sich online die Abendnachrichten an. Sie ließ die Pressekonferenz, von der sie berichtet hatte, noch einmal Revue passieren und beschloss, dass sie die Nase voll hatte von Ragmullin und seinen Verbrechen, und dass sie Lottie Parker leid war.

Sie schaute auf den Rotwein in ihrem Glas, bevor sie beschloss, dass ein voller Bauch nicht das beste Rezept für eine gute Nachtruhe war. Sie klickte auf Google und tippte dann mit einem Finger den Namen von Colin Kavanagh ein. Sie hatte ihn vorhin gesehen, als er die Polizeiwache verlassen hatte, und ihre misstrauische Ader hatte Lunte gerochen. Zugegeben, seine kleine Tochter war verschwunden, und seine Ex-Partnerin war ermordet worden, aber ein Besuch auf dem Revier zu dieser Stunde erschien ihr doch etwas ungewöhnlich.

Sie überflog eine Liste seiner Fälle vor Gericht. Die Bandenkriminalität war definitiv auf dem Vormarsch, wie die dort verhandelten Fälle bewiesen. In Dublin herrschte Chaos, und auf eine perverse Art und Weise war sie ganz zufrieden, sich für ein paar Monate in Ragmullin aufzuhalten. In einer Hotelsuite zu wohnen war gar nicht so schlimm, und von Zeit zu Zeit gab es ja eine Wohnung, die sie besuchen konnte.

»Kommst du ins Bett?«

Sie drehte ihren Kopf und lächelte. »Erst wenn du mir sagst, warum Colin Kavanagh, der herausragende Anwalt, heute Abend auf dem Revier war.«

Er kam aus dem Zimmer, weiße Boxershorts betonten seine gut trainierten Bauchmuskeln. Sie spürte ein Ziehen in ihrem Unterleib, oder vielleicht war es auch nur der Wein, der ihre Blase zu schnell erreichte. Wie auch immer, sie musste zugeben, dass er ein gutaussehender Mann war, und sie fragte sich, warum Lottie Parker sich nicht auf ihn gestürzt hatte.

»Kavanagh?«, fragte er und stellte sich hinter sie. »Ich habe keine Ahnung.«

»Ich dachte, du wärst Polizist?«

»Das bin ich.« Er zuckte mit den Schultern. »Vielleicht wollte er etwas Neues über das Verschwinden seiner Tochter erfahren.«

»Ich bin mir sicher, dass er weiß, wie man ein Telefon bedient«, sagte sie und lächelte, als seine Finger eine Linie auf ihrem Schlüsselbein nachzeichneten und sein Gesicht sich ihrem Ohr näherte, als er ihr Ohrläppchen suchte.

»Warum recherchierst du online über ihn?«

»Meine Nase juckt.«

»Soll ich sie für dich kratzen?«

»Das schaffe ich ganz gut alleine, danke.« Sie drehte sich auf dem Sofa und klopfte leicht auf den Sitz neben sich. »Verrate mir etwas.«

»Wenn ich kann.« Er setzte sich, legte sein Bein über ihres

und erlaubte ihr, mit einer Hand an der Innenseite seines Ober-
schenkels entlangzufahren. Sie wand sich unter ihrer wach-
senden Lust.

»Erzähle mir von Kavanagh«, sagte sie.

Er nahm ihre Hand von seinem Bein. »Ich weiß nichts über
ihn.«

»Er war einmal der beste Strafverteidiger in Dublin und
stand im Mittelpunkt der Abteilung für Drogen und organisierte Kriminalität. Ich bin mir sicher, dass du das weißt, oder?«

»Ja.«

»Weißt du, was passiert ist?«

»Ich bin müde.« Er stand auf. »Kommst du jetzt ins Bett,
oder was?«

»Oder was«, lachte sie. »Einen Augenblick.«

»Cynthia?«

»Ja?«

»Vergiss Colin Kavanagh. Da gibt es keine Geschichte.
Komm ins Bett.«

Er ging ins Schlafzimmer und ließ die Tür einen Spalt
offen. Er hatte Unrecht; sie war sich sicher, dass es da eine
Geschichte gab. Sie musste nur einen Weg finden, sie
aufzudecken.

———

Die letzte Puppe, die er gemacht hatte, bereitete ihm Sorgen.
Sie sah nicht richtig aus. Er hatte draußen auf der Treppe nachgesehen, aber es waren keine Haare mehr für ihn hingelegt
worden. Schade.

Er öffnete eine Schublade und nahm das Rosshaar heraus.
Er schnitt genug ab, um den Kopf der Puppe neu zu gestalten.
Dann nahm er einen Streifen weißen Stoff und schnitt daraus
die Umrisse eines Miniaturkleides. Er hoffte, dass es so besser
aussehen würde. Er fuhr sich mit der Hand durch sein eigenes

Haar und überlegte, ob er es abschneiden sollte, verwarf diese Idee aber wieder. Er würde sich mit dem begnügen, was er hatte. Er beugte sich über den Tisch und machte sich an die Arbeit.

————

Lily weinte in das raue Kissen. Sie wollte unbedingt zu ihrer Mummy. Ihr Bauch tat weh. Ihr Kopf tat weh und sie vermisste ihre Teddys.

»Mummy?«, rief sie. »Wo bist du?«

Sie hob ihren Kopf aus dem Kissen. Sie konnte Schritte über ihr hören. Vielleicht hätte sie nicht schreien sollen. Vielleicht würde der Mann herunterkommen und sie wieder ohrfeigen, weil sie so laut war. Nein, sie musste leise sein.

Sie steckte sich den Daumen in den Mund, so wie sie es als kleines Kind immer getan hatte, und wickelte ihr langes Haar um die andere Hand, bis sie schließlich einschlief.

————

Er brauchte das Haar. Schönes langes schwarzes Haar.

Er schloss die Augen und hörte das imaginäre Geräusch des Schnippens der Schere. Er spürte die Schnitte an seiner Kopfhaut. Diese Erinnerungen würden nie verblassen. Je älter er wurde, desto klarer wurden die Bilder, desto dringender das Bedürfnis.

Er öffnete die Augen und griff nach der Stahlschere in seiner Tasche.

Doch zuerst wollte er ein wenig spielen.

Was wäre das Leben ohne ein bisschen Spiel?

Langweilig.

SIEBENUNDFÜNFZIG

SAMSTAG

Es war dunkel. Beths Kopf schmerzte, als hätte sie den schlimmsten Kater aller Zeiten. Sie spürte, wie ihr die Haare im Gesicht klebten, und sie war sich bewusst, dass ihr der Schweiß vom Körper tropfte, während sie gleichzeitig zitterte und ihre Zähne vor Kälte klapperten.

Wo war sie?

Sie versuchte, ihre letzten Schritte mit ihrem pochenden Gehirn nachzuvollziehen. Sie versuchte, eine Hand auf die Stelle zu legen, an der der Schmerz am stärksten war, und stellte fest, dass sie sich nicht bewegen konnte.

Was zum Teufel ...? Aber es gab kein Echo ihrer Worte. Sie blieben in ihrem Kopf, weil ihr Mund zugebunden war. Ganz fest. Ihre Hände und Füße auch. So fest gefesselt, dass das Blut nicht mehr durch ihre Adern fließen konnte und ihre Glieder taub waren.

Sie hielt ihre Augen weit offen und versuchte herauszufinden, wo sie sich befand. Ein kleiner Lichtschein reflektierte von einer Wand. Ein Fenster? Sie konnte sich nicht sicher sein.

Sie schnupperte an dem Knebel, der um ihren Mund gebunden war, und ihre Worte in ihrer Kehle stumm bleiben ließ. Was konnte sie riechen? Lack. Und noch etwas anderes. Schweiß. Es war so beißend, dass es sich um männlichen Schweiß handeln musste. Sie war sich ihres eigenen Körpergeruchs bewusst. Aber das hier war anders. Der kam von jemand anderem.

Als sie den Kopf zur Seite drehte, spürte sie das kalte Holz unter ihrer Wange. Ihre Augenlider fielen zu und sie hatte keine Kraft, den Schlaf zu stoppen, der ihr Bewusstsein übermannte. Obwohl sie nichts sehen konnte, spürte sie, wie alles verschwamm und sich ihr Blick in eine tiefere Dunkelheit verlagerte.

———

Er konnte das nicht mehr lange machen. Er hatte keine Ahnung davon, wie man für ein Kind sorgte. Sie wimmerte weiter wie ein krankes Hündchen.

Er nahm sie an der Hand und führte sie in die Küche. »Was möchtest du?«

»Meine Mummy.«

»Zum Essen. Was möchtest du essen?«

»Nichts.«

»Eier?« Er holte eine Packung aus dem Schrank. »Rührei. Kinder lieben Rührei.«

»Ich will meine Mummy.« Lily verschränkte ihre Arme auf dem Tisch und legte ihren Kopf darauf. Ihre kleinen Schultern bebten.

Sie weinte schon wieder.

Vielleicht war es jetzt an der Zeit, sie loszuwerden.

ACHTUNDFÜNFZIG

»Oh mein Gott«, sagte Lottie.

Das Morgenlicht war viel zu hell, als sie ihre Augen öffnete. Sie schirmte sie mit der Rückseite ihres Arms ab und hätte sich dabei fast selbst eine mit dem Ellbogen verpasst. Sie hatte gestern Abend die Vorhänge nicht zugezogen. Verflucht. Als sie sich im Bett umdrehte, sah sie, dass sie vollständig angezogen war, eine leere Flasche auf dem Kissen neben ihr lag und das Zimmer vor ihren Augen verschwamm.

Ihr Magen knurrte und gluckste, er war bis auf den Wein völlig leer. Sie musste pinkeln, aber das Pochen in ihrem Kopf hinderte sie daran, sich zu bewegen.

Es war alles Boyds Schuld, obwohl sie wusste, dass sie sich das selbst zuzuschreiben hatte. In diesem Zustand konnte sie auf keinen Fall zur Arbeit gehen. Sie würde Boyd oder Kirby bitten müssen, sie für ein paar Stunden zu vertreten. Es war Samstag, also war es nicht so schlimm.

Aber das war es doch. Sie hatte drei Morde aufzuklären, und was noch viel wichtiger war, ein achtjähriges Mädchen wurde immer noch vermisst. Das kleine Mädchen mit den langen hellen Haaren und diesen beunruhigenden blauen Augen. Warum kamen die ihr so bekannt vor?

Ihr Kopf pochte weiter, und sie schob die Flasche unter das Kissen. Was man nicht sah und so weiter. Aber die Beweise waren so sichtbar wie das Licht, das durch ihr Fenster fiel.

Die Dusche. Sie musste sich unter den Wasserstrahl schleppen. Das war die einzige Möglichkeit, den dumpfen Schmerz hinter ihren Augen zu überwinden.

Sie konnte sich auf keinen Fall jemandem anvertrauen. Aber Boyd? Er würde es wissen. Er wusste es immer. Andererseits, war es ihm überhaupt noch wichtig? Der Schmerz wanderte in einem Augenblick von ihrem Kopf zu ihrem Herzen, und sie sehnte sich danach, dass er ihren Schmerz linderte. Sie brauchte Boyd. Sie brauchte ihn viel mehr, als er sie brauchte. Und sie fragte sich, ob sie noch Zeit hatte, ihn zu überzeugen.

Sie kämpfte sich durch eine Dusche, zog sich an und fühlte sich etwas besser. Ein paar Tassen Kaffee würden reichen, und sie wäre wieder fit fürs Büro. Louis' glucksendes Lachen hallte aus Katies Zimmer nebenan.

Sie lauschte den Geräuschen ihrer Familie, die das Haus zum Leben erweckten. Das leise Tapsen von Schritten auf der Treppe.

Chloe schrie: »Müsli für alle? Wer als Letzter in der Küche ist, wäscht ab.«

Die Tür von Sean Zimmer öffnete sich. »Du weißt schon, dass heute Samstag ist, oder? Macht nicht so einen Krach.« Die Tür schloss sich wieder. Er war ganz wie sein Vater.

Noch mehr Gelächter, als Katie ihr Zimmer verließ. »Huckepack, Louis?«

»Ja, Mama. Juhu ...«

Lottie lächelte, erfüllt von warmer Liebe für jeden

einzelnen von ihnen. Sie wollte sie umarmen und ihnen sagen, dass sie sie für immer und ewig beschützen würde. Aber sie hatte sie in der Vergangenheit schon so oft im Stich gelassen, dass sie ihr wahrscheinlich nicht glauben würden. Und sie war im Begriff, Katie, Louis und Chloe für die gesamte Weihnachtszeit zu verlieren. Sie biss sich auf die Lippe und unterdrückte ein unwillkürliches Schluchzen. Nein, in ihrem Herzen war kein Platz für Selbstmitleid, nicht nach der letzten Nacht.

Sie gähnte ihre Lethargie weg und zog die Schultern hoch, fand einen Kapuzenpulli am Ende des Bettes und zog ihn an, dann ging sie nach unten, um ihre Familie zu sehen.

———

Das Chaos in der Küche ließ ihr wieder den Kopf schwirren.

»Wir haben mit dem Packen begonnen, aber mit Louis ist das fast unmöglich«, sagte Katie. »Könntest du ihn für eine halbe Stunde nehmen, Mama?«

Lottie stöhnte innerlich auf und versuchte, sich das nicht anmerken zu lassen. »Wie wäre es, wenn du deine Oma fragst?«

»Sie ist mit Leo zu einem dringenden Treffen mit einem Anwalt nach Dublin gefahren.«

»Wirklich? Worum es wohl geht?« Und das an einem Samstag, dachte sie. Es musste um das alte Haus gehen, obwohl sie sich fragte, was Rose damit zu tun hatte. Mit einem Blick auf Katies besorgtes Gesicht sagte sie: »Ein kurzer Spaziergang vor der Arbeit würde mir guttun. Wo ist sein Mantel?«

»Arbeit?«, sagte Chloe. »Es ist Samstag!«

»Du weißt, was im Moment los ist«, sagte Lottie. »Drei Morde und ein vermisstes Kind.« Sie spürte, wie ihr Körper bei dem Gedanken, dass Lily noch nicht gefunden worden war, zitterte. Es sah nicht gut für das kleine Mädchen aus.

»Ach ja«, sagte Chloe und strich sich ihr langes Haar über die Schulter, während sie die Wäsche aus dem Trockner nahm.

»Das macht nichts, Mam«, sagte Katie. »Ich werde Sean bitten, auf Louis aufzupassen.«

»Ich will ihn mitnehmen.« Lottie drehte sich zu Louis um, der auf dem Boden saß und mit einem Löffel auf einen Kochtopf einschlug. »Nun, kleiner Mann, lass uns dich für einen kleinen Spaziergang fertig machen.«

Sie steckte ihren Enkel in seinen Schneeanzug und schnallte ihn in seinen Kinderwagen.

»Pass gut auf ihn auf«, sagte Katie.

»Das werde ich. Habe ich mich nicht um euch drei gekümmert, als ihr klein wart?«

Katie legte einen Finger an ihr Kinn und spielte die Geschockte. »Du hattest Dad, der hat dir geholfen.«

Lottie zuckte zusammen. »Wir kommen schon zurecht, nicht wahr, mein Zwerg?«

»Nana. Nana«, sagte Louis und ein breites Lächeln erhellte sein Gesicht.

»Siehst du«, sagte Lottie. »Er vertraut mir.«

Sie dachte an Lily. Hatte das Kind der falschen Person vertraut?

»Sei einfach vorsichtig«, sagte Katie.

Draußen angekommen, ging Lottie zügig weiter und spürte, wie die kalte Luft ihr Gesicht angriff. Auf dem ganzen Weg in die Stadt hörte sie Louis Aaaahs und Oooohs. Sie konnte sich ein Lächeln nicht verkneifen, das sich auf ihrem ganzen Gesicht ausbreitete. Die Mordermittlungen und Lilys Verschwinden lasteten schwer auf ihren Gedanken, aber mit jedem Schritt fühlte sich ihr Gehirn ein wenig leichter an.

Im Einkaufszentrum herrschte am frühen Morgen reger Betrieb, also ging sie die Main Street hinauf und bog in die Gaol Street ein. Der Weihnachtsmarkt war zu beiden Seiten der schmalen Straße aufgebaut, und die Familien drängten sich um die Stände, an manchen Stellen bis zu drei auf einmal. Sie manövrierte den Kinderwagen vom Gehweg und versuchte, ihren Enkel in der Mitte der Straße zu schieben.

»Entschuldigung«, sagte sie, als die Räder die Knöchel einer säuerlich aussehenden Frau streiften. »Komm, Louis, lass uns schauen, ob wir ein Geschenk für dich finden.«

Der Duft von Schokolade und Marshmallows wehte ihr entgegen, zusammen mit dem Geruch von frisch gebackenem Brot. Handgefertigte Dekorationen funkelten und Glocken erklangen in der sanften Brise. Ihr Herz fühlte sich ein wenig wärmer an. Seit Adam gestorben war, hatte sie Weihnachten gehasst. Aber hier, mit ihrem Enkel, spürte sie, wie ein wenig Glück zurückkehrte. Dann erinnerte sie sich daran, dass Katie ihn ihr nächste Woche wegnehmen würde, und ihre Laune sank.

»Ding, Ding!« Louis gestikulierte mit seinen gestrickten Handschuhen, einem Geschenk seiner Urgroßmutter Rose.

Sie hielt neben der Bude an, schnallte das Kind ab und hob es in ihre Arme. »Welche gefällt dir, Louis?«

Er zeigte auf eine leuchtend rote Keramikglocke, die mit weißen Schneeflocken bedeckt war.

»Handbemalt«, sagte die Verkäuferin.

»Die nehme ich, Jean«, sagte Lottie, die das Namensschild der Frau gelesen hatte und drückte Louis fest an sich. »Die wird schön aussehen am Baum.«

»Er ist ein hübscher kleiner Junge. Ist er Ihr Sohn?«

Lottie lachte. »Mein Enkel.«

»So ein Süßer. Der wird noch einige Herzen brechen. Nicht wahr, Schatz?« Jean wickelte die Glocke in Luftpolsterfolie und schob sie in einen Karton. »Drei Euro, bitte.«

»Danke.« Lottie überreichte die Münzen.

»Einen Moment.« Jean bückte sich und holte unter der Bank einen Schokoladenweihnachtsmann am Stiel hervor. »Meine Freundin Liv macht die leckersten Schokoladenkreationen. Sie sollten sich ihren Stand ansehen.«

»Großartig.« Lottie reichte Louis den Leckerbissen, bevor sie ihn wieder in seinen Buggy schnallte. Er würde eine ziemliche Sauerei machen, aber er war glücklich und das war alles, was zählte.

Während sie sich durch die Menschenmassen schlängelte, dachte sie daran, wie es wohl ausgesehen hatte, als Lily Heffernan aus ihrer Tanzschule verschwand. Die Straße wäre noch voller gewesen als heute Morgen, der Himmel dunkel und das Theater am Ende der Straße mit seinem riesigen Weihnachtsbaum hell beleuchtet. Wäre Lily die Theatertreppe hinuntergegangen, wäre sie sofort von der Menge verschluckt worden. Als sich die Leute um den Kinderwagen drängten, wurde Lottie bewusst, wie leicht ein Kind hier verloren gehen konnte. War es das, was passiert war? Und wenn ja, wo war Lily jetzt? Nein, sie war sicher, dass das Mädchen entführt worden war.

Als sie vor *Cafferty's Pub* anhielt, bemerkte sie eine geschlossene Bude. Als sie zu Louis hinunterschaute, sah sie sein verschmiertes Gesicht, das sie anstrahlte. Sie konnte sich ein Lächeln nicht verkneifen.

»Ich sehe schon, er mag meinen Weihnachtsmann.« Es war die Frau, die Schokolade verkaufte.

»Ja, das tut er«, sagte Lottie. »Kann ich bitte ein halbes Dutzend haben?«

»Aber sicher. Wollen Sie sie in einer Schachtel oder in einer Papiertüte?«

»Papiertüte reicht.« Lottie schaute sich um und sah, dass an allen Ständen ein reges Treiben herrschte, bis auf den, der Liv gegenüber lag. Die Jalousie war heruntergezogen und verriegelt. Verlassen und ausgeräumt.

»Liv, kann ich Sie etwas fragen?«

»Klar. Schießen Sie los.«

»Wie lange ist die Bude schon geschlossen?«

»Lassen Sie mich nachdenken.« Liv kniff die Augen zusammen. »Ich bin sicher, dass sie die meisten Tage offen war.«

»War sie gestern geöffnet?«

»Jetzt, wo Sie es erwähnen, glaube ich nicht, dass sie geöffnet war. Ich glaube, sie wurde am Mittwoch geschlossen.«

»Wann genau?«

»Ich weiß es nicht.«

»Könnte es vielleicht, sagen wir, irgendwann nach vier Uhr gewesen sein?«

Liv neigte den Kopf zur Seite und schüttelte ihn dann. »Ich bin mir wirklich nicht sicher. Die Gardaí haben auch schon Fragen gestellt. Über das kleine Mädchen, das verschwunden ist.« Sie neigte den Kopf in Richtung des Theaters.

»Wer hat an dem Stand gearbeitet?«

Liv zuckte mit den Schultern. »Ich glaube nicht, dass er von hier ist. Ich habe ihn noch nie bei anderen Kunsthandwerkermärkten gesehen.«

»Was hat er verkauft?«

»Da fragen Sie mich was.« Liv zog eine Grimasse.

»Lassen Sie sich Zeit.« Lottie sah Louis an. Sein Gesicht war schokoladenverschmiert, aber er lachte und schüttelte die Schachtel mit dem Glöckchen.

»Puppen. Genau. Das war es. Schrecklich aussehende Dinger. So etwas habe ich einmal im Urlaub gesehen. Wie Voodoo-Puppen. Sie hingen überall in seiner Bude herum. Manche an Schlüsselanhängern. So klein waren die.«

»Und der Mann ... Sie sagten, es war ein Mann, nicht wahr?«

»Stimmt.«

»Wie hat er ausgesehen? Haben Sie mit ihm gesprochen? Haben Sie mitbekommen, wie sich jemand anderes mit ihm unterhalten hat?«

»Sind Sie ein Garda?« Liv sah sich misstrauisch um.

»Detective Inspector Lottie Parker.«

»Ich habe von Ihnen gehört. Geben Sie mir einen Moment.«

Lottie wartete, während Liv einen anderen Kunden bediente. Als sie sich wieder umdrehte, sagte sie: »Soweit ich sehen konnte, sah er ziemlich wettergegerbt aus. Gebräunt. Als hätte er viel Zeit in der Sonne oder im Wind verbracht.«

»Jung oder alt?«

»Ich bin mir nicht sicher. Ich glaube, er hatte eine Mütze über sein Gesicht gezogen und vielleicht einen Schal um den Mund. Es war die ganze Woche schon so kalt.«

»Könnten Sie eine genauere Beschreibung geben? Wenn Sie sich bemühen würden?«

»Es tut mir leid.« Livs braune Augen blitzten mit haselnussbraunen Flecken und erinnerten Lottie an Boyd. »Seit der Markt eröffnet wurde, geht es hier drunter und drüber. Ich bin überrascht, dass ich mich überhaupt an etwas erinnern kann. Ohne die seltsamen Puppen wäre er mir wohl gar nicht aufgefallen.«

»Und ich nehme an, Sie haben das kleine Mädchen nicht gesehen? Lily Heffernan.«

»Nein. Ein Garda hat mir ein Foto von ihr gezeigt, aber ich konnte mich nicht an sie erinnern. An dem Tag, an dem der Markt eröffnet wurde, wimmelte es hier nur so vor Leuten. Heute wird es bestimmt auch noch voller werden.«

Als Liv einen anderen Kunden bedienen wollte, bemerkte Lottie, dass sich eine Schlange gebildet hatte. Sie löste die Bremse des Kinderwagens und schob sich bis zum Ende der Straße durch. Das Theater stand auf der anderen Straßenseite, und draußen hingen Transparente, die auf die Weihnachtsshow der nächsten Woche hinwiesen. *Cinderella*.

Sie kehrte zu *Cafferty's* zurück und dachte daran, dass sie Louis unbedingt nach Hause bringen und dann zur Arbeit musste. Sie musste nachsehen, ob es irgendetwas Neues über

Lilys leiblichen Vater gab, aber vielleicht wusste der Barmann ja etwas über den mysteriösen Standbesitzer.

———

Für einen Samstagmorgen war die Bar schon ziemlich voll, was Lottie überraschte. Sie entdeckte Kirby, der mit einer Zeitung in der Hand und einem riesigen getoasteten Sandwich vor sich am Tresen saß.

»Das riecht gut«, sagte sie.

»Morgen, Chef. Was führt Sie hierher?« Er drehte sich auf seinem großen Hintern auf dem Hocker herum. »Hallo, kleiner Mann. Deine Oma lässt dich aber schon früh ins Pub gehen, nicht wahr?«

»Weniger *Oma* bitte«, sagte Lottie.

»Wollen Sie einen Kaffee?« bot Kirby an.

Sie lehnte sich gegen einen freien Hocker. »Nein danke, ich muss zur Arbeit, genau wie Sie. Ich bin nur mit Louis in die Stadt gegangen, um mir den Markt anzusehen. Um den Mädchen Zeit zum Packen zu geben. Ist Ihnen der geschlossene Stand da draußen aufgefallen?«

»Nein. Ich bin hinten herum gegangen, sonst hätte ich einen Haufen Sachen gekauft, die ich nicht brauche und die ich mir nicht leisten kann.«

»Da draußen ist ein Stand, der geschlossen ist. Die Frau, die den Schokoladenstand gegenüber betreibt, sagt, dass der Besitzer seit zwei oder drei Tagen nicht mehr da gewesen ist.«

»Oh Scheiße. Etwa seit der Zeit, als Lily verschwunden ist?«

»Sie ist sich nicht sicher. Aber sie erinnert sich an ihn wegen der seltsamen kleinen Puppen, die er verkauft hat.«

Darren, der Barmann, der gerade die Gläserspülmaschine belud, hob den Kopf. »Seltsame Puppen?«

»Ja. Wissen Sie etwas über den Mann?«

»Er hat neulich eine Suppe und ein Sandwich gegessen. Seitdem war er nicht mehr hier.«

»An welchem Tag war das?«

»Ich habe keine Ahnung. Es war so viel los wegen des Markts.«

»Hat er etwas gesagt? Hatte er einen Akzent?« Lottie fragte sich, ob sie sich vielleicht nur noch an Strohhalme klammerte.

»Warten Sie einen Moment.« Darren schob den Einsatz hinein und schaltete die Maschine ein, dann suchte er hinter der Kasse etwas und holte schließlich eine braune Papiertüte heraus. Daraus zog er ein kleines Bündel in der Größe eines Schlüssels hervor. »Würde das helfen?«

»Ist das eine von seinen Puppen?«

»Hässliche kleiner Dinger, nicht wahr?«

»Warum haben Sie eine gekauft?«

»Er tat mir leid. Sein Stand war der einzige, an dem niemand etwas kaufte, und er hatte sich hier die Suppe und das Sandwich gekauft. Quid pro quo?«

Lottie starrte die Puppe an. Sie war wirklich hässlich. Die Haare. Sie schüttelte den Kopf. Sie sahen fast echt aus.

»Wer hat das noch angefasst, Darren?«

»Nur ich. Seitdem liegt es hinter der Kasse.«

»Können Sie es bitte wieder in die Tasche stecken?« Sie schaute Kirby an, der mit offenem Mund auf den scheußlich aussehenden Gegenstand gestarrt hatte.

»Klar«, sagte Darren. »Wollen Sie sie haben?«

»Ich will dieses ... Ding wirklich nicht in der Nähe von Louis haben.« Sie wandte sich an Kirby. »Könnten Sie die bitte aufs Revier bringen? Vielleicht hat es gar nichts zu bedeuten, aber vielleicht hat dieser Standbesitzer Lily mitgenommen.«

»Das ist sehr weit hergeholt.«

»Alles ist weit hergeholt, bis man es untersucht. Lassen Sie es fotografieren.« Sie dachte einen Moment lang nach. »Und lassen Sie die Haare analysieren.«

»Welche Haare?« Kirby spähte in die Papiertüte.

Louis fing an zu schreien. »Nana. Nach Hause. Nana. Mama.«

»Die Haare der Puppe. Sehen für mich irgendwie ziemlich echt aus.« Sie schob den Kinderwagen zur Tür. »Heute noch, Kirby.«

»Klar doch.« Er erhob sich, um ihr die Tür aufzuhalten.

»Und schauen Sie mal, was Sie sonst noch über den Standbetreiber herausfinden können. Wenden Sie sich an die Organisatoren des Marktes. Ich komme ins Büro, sobald ich kann.«

»Wird gemacht.«

»Wissen Sie, wo Boyd ist?«

»Ich habe ihn noch nicht gesehen, Boss.« Er zuckte mit den Schultern.

»Vielleicht ist er nach Galway gefahren«, sagte Lottie, die sich plötzlich aufdringlich fühlte. Aber sie wollte ihn doch heiraten, oder? Allerdings nicht, wenn er seine Geheimniskrämerei beibehielt.

»Davon weiß ich nichts«, sagte Kirby und errötete.

Während sie den Kinderwagen im Zickzack durch die Menge zurück über die Straße schob, fragte sich Lottie, warum Kirby mehr über Boyd zu wissen schien, als er zugab und als sie selbst. Das war es, was sie ärgerte. Geheimnisse. Sie hasste Geheimnisse, verdammt noch mal.

NEUNUNDFÜNFZIG

Es dauerte eine weitere Viertelstunde, bis sie Louis sicher zu ihren Töchtern nach Hause gebracht hatte. Laut Chloe war Sean mit seinem Fahrrad und einer Sporttasche auf dem Rücken losgefahren. Zwischen den Zeilen konnte Lottie lesen, dass es einen Streit zwischen den Geschwistern gegeben hatte. Sie würde das später klären müssen. Immer alles später.

Als sie im Büro ankam, war nichts von Boyd zu sehen. Kirby hatte es vor ihr geschafft und war damit beschäftigt, sich mit der Spurensicherung in Verbindung zu setzen, damit die Puppe so schnell wie möglich bearbeitet werden konnte.

Er beendete sein Gespräch und folgte ihr in den Besprechungsraum. »Boss, wir haben Zugang zu Fiona Heffernans Bankkonto. Hören Sie sich das an. Vor etwa zwei Wochen gab es eine Zahlung an Ryanair und eine weitere an eine Online-Hotelbuchungsseite.«

»Flitterwochen?« Lottie fragte sich, wohin Fiona und Ryan wohl unterwegs gewesen waren.

»Das habe ich mir auch gedacht. Ich habe die Inventare ihres Hauses und von Slevins Cottage überprüft. Pässe wurden nicht erwähnt. Ich habe die Liste mit den Gegenständen in ihrer Handtasche, ihrem Spind ... alles doppelt überprüft. Nichts.«

»Nichts?«

»Ich konnte weder Fionas noch Lilys Pass finden.« »Vielleicht hatten sie keine?«

»Ich habe bei der Passbehörde nachgefragt, und sie haben sehr wohl welche.«

»Haben Sie Colin Kavanagh danach gefragt? Die Dokumente könnten bei ihm zu Hause aufbewahrt werden.«

»Ich habe versucht, ihn anzurufen, aber er geht nicht ran.«

Lottie sagte: »Wir müssen mit Ryan Slevin sprechen, um herauszufinden, ob eine Hochzeitsreise geplant war. Aber zuerst brauche ich einen Kaffee. Einen richtigen.«

Sie zog ihren Mantel an, um schnell zu McDonald's zu huschen und einen Kaffee zu trinken, und stieß im Erdgeschoss mit Boyd zusammen.

»Was ist hier los?«, fragte sie.

Boyd hielt Ryan Slevin auf eine Armlänge Abstand. »Er benimmt sich wie ein Arschloch.«

Sie warf ihm einen finsteren Blick zu und sagte zu Ryan: »Sie sind genau der Mann, den ich suche.«

»Gut, denn ich wollte zu Ihnen. Ich möchte, dass Sie eine Fahndung nach Beth rausgeben. Ich kann sie nirgends finden.«

»Beth Clarke?«

»Ja, ich wollte ihr heute Morgen ihr Auto zurückbringen und sie ist nicht zu Hause.«

Lottie wies den Weg zum Vernehmungsraum und führte Ryan hinein. Boyd folgte.

»Warum hatten Sie Beths Auto?«, fragte sie, als sie Platz genommen hatten.

»Lange Geschichte«, sagte Ryan, »aber ich denke, dass ihr etwas zugestoßen sein könnte, bei all dem, was gerade passiert. Wissen Sie, sie war sehr verzweifelt nach dem Tod ihres Vaters.«

»Haben Sie daran gedacht, dass sie vielleicht bei ihrer Mutter sein könnte?«

»Seit Eve sie verlassen hat, hat Beth es nicht einmal ertragen, wenn ihr Name auch nur erwähnt wurde.«

»Haben Sie es bei Ihrer Schwester versucht?«

Er schüttelte den Kopf. »Beth ist nicht dort.«

»Okay, ich werde es weiterverfolgen.« Sie ließ ihre Hände auf dem Schreibtisch ruhen. »Gut, dass Sie hier sind, denn ich muss Ihnen einige Fragen stellen.«

Ryan rutschte auf dem Stuhl hin und her, fuhr sich mit der Hand durch den Bart. Lottie bemerkte den Dreck unter seinen Fingernägeln und sein schmuddeliges Aussehen. Er sah so anders aus als kurz bevor sie ihn über Fionas Tod informiert hatte. Von Trauer gezeichnet, dachte sie. Aber war er ein Mörder?

Sie versuchte, etwas Normalität in die Situation zu bringen, und fragte: »Wohin wollten Sie mit Fiona in die Flitterwochen fahren?«

»Flitterwochen? Wir hatten keine geplant. Wir mussten an Lily denken, und dann waren da noch die ganzen Kosten für die Renovierung des Hauses, und außerdem hat Fiona mir gesagt, dass Lily keinen Reisepass hat.« Er sprach zu schnell. Durcheinander geworfene Worte, die gerade noch einen Sinn ergaben.

»Lily hat einen Reisepass.«

»Das wusste ich nicht.«

»Haben Sie je darüber gesprochen, im Ausland Urlaub zu machen?«

»Nein. Ich glaube nicht, dass Fiona jemals irgendwo anders als in Irland gewesen ist.«

»Wirklich?«

»Fragen Sie Kavanagh, das Arschloch. Er kannte sie länger als ich.«

»Sie sagten mir, dass Sie sich gut mit Lily verstanden haben. Stimmt das?«

»Das stimmt. Meine Schwester hat drei Jungs, ich bin an Kinder gewöhnt und sie sind an mich gewöhnt. Lily ist ein süßes Mädchen.«

»Erzählen Sie mir von Giles Bannon, Ihrem Schwager.«

Ryan rutschte noch ein wenig mehr auf dem Stuhl herum, ein Auge auf die Tür gerichtet. Lottie schien, als wenn er einen Fluchtweg ausfindig zu machen versuchte.

»Was wollen Sie wissen?«

»Hat Giles Lily oft gesehen?«

Ein Anflug von Verwirrung verursachte ein Zittern an einem seiner Augenlider. »Nur wenn Fiona mit ihr vorbeikam. Warum?«

»Und wie hat er sich in der Nähe von Fiona verhalten?«

»Worauf wollen Sie hinaus?« Seine Nasenflügel blähten sich.

»Beantworten Sie die Fragen, Ryan.«

»Bin ich verhaftet, oder was?« Sein Mund bewegte sich heftig, als ob er auf einem Kaugummi kauen würde.

»Nein.« Noch nicht, dachte sie. »Aber ich brauche Ihre Hilfe bei unseren Nachforschungen.«

Ryans Telefon vibrierte irgendwo an ihm. Er tastete seine Jacke ab.

»Lassen Sie das«, sagte Lottie. »Ich habe Sie nach Giles gefragt.«

Er schluckte. »Fiona mochte ihn nicht. Sie war nicht gerne im Haus, wenn er da war. Sie sagte, er sei ihr unheimlich, weil er sie immer anstarrte. Sie wollte auch nicht, dass Lily vorbeikommt, wenn ich es mir recht überlege.«

»Gab es sichtbare Animositäten oder Streitigkeiten?«

»Nein, aber Giles hat sich in den letzten Monaten seltsam verhalten. Meine Schwester ... Zoe dachte, er hätte vielleicht eine Affäre. Er kam oft spät nach Hause.«

»Und war dieser Verdacht begründet?«, sagte Boyd.

Ryan fixierte seinen Blick auf einen Punkt weit über Boyds Kopf. Er kaute auf seiner Unterlippe und erwischte die Bartstoppeln. Ständig zupfte er am Rand eines schmutzigen Nagels herum.

»Ryan? Beantworten Sie die Frage«, forderte Lottie ihn auf.

Er wandte seinen Blick von der Wand ab und sah sie beide an, bevor er seine Antwort an Boyd richtete. »Ich habe mit Beth darüber gesprochen ... Wir kannten die Anzeichen.«

»Welche Anzeichen?«, schaltete sich Lottie ein.

Ryan schluckte erneut, bevor er fortfuhr. »Beth und ich ... vor ungefähr einem Jahr hatten wir eine ... Sache. Sie wissen schon, eine Beziehung.«

»Eine Affäre?«

»Keiner von uns beiden war mit einem anderen verheiratet, also würde ich es nicht als Affäre bezeichnen.«

»Aber Sie waren damals mit Fiona zusammen, nicht wahr?«

»Ja, ja. Eine Affäre also. Sie war kurz. Nichts Spektakuläres. Das passierte einfach durch die Arbeit. Jedenfalls haben wir die Anzeichen erkannt.«

»Welche Anzeichen?« Lottie hatte das Gefühl, mitten in einem Rätsel festzustecken.

»Die Anzeichen, die jemanden verraten, der eine Affäre hat. Giles hat sie alle gezeigt.«

»Erleuchten Sie mich.«

»Er verließ den Raum, wenn er einen Anruf oder eine SMS erhielt. Er behielt sein Telefon immer in der Hand oder in der Tasche und ließ es nie auf dem Tisch liegen, wo Zoe es hätte nehmen können. Jeden Abend spät unterwegs, mit der Arbeit als Ausrede, auch wenn wir wussten, dass das Theater geschlossen war. Zoe war in einem schlimmen Zustand.«

»Haben Sie etwas dagegen unternommen?«

»Es war Beths Idee. Sie hat vorgeschlagen, dass wir ihm nachspionieren.«

»Wie haben Sie das gemacht?«

»Nun, es war auch Roberts Idee.«

»Robert? Robert Brady?« Lottie sah Boyd an, der das Interesse an dem Gespräch verloren zu haben schien. Sie stieß ihn mit ihrem Ellbogen an.

»Ja«, sagte Ryan. »Robert hat an meinem Haus gearbeitet. Er hat uns reden hören. Er sagte, er glaube nicht, dass es eine Affäre sei. Dachte, dass Giles vielleicht in etwas Illegales verwickelt war.«

»Wie ist er zu diesem Schluss gekommen?«

»Robert hatte auch am Haus von Colin Kavanagh gearbeitet. Kavanagh hatte Robert gebeten, ihm eine Hütte auf dem Grundstück zu bauen. Da hat er alle Fenster abgedunkelt und sie verschlossen. Robert war überzeugt davon, dass da etwas faul war.«

»Wie passt Giles da rein?«

»Robert sagte, dass Giles immer in Kavanaghs Haus ein und aus ging, wenn Fiona bei der Arbeit war, und die meisten Gespräche sich um *Clarke's Garage* drehten. Da kam Beth auf die Idee.«

Lottie spürte, wie ihr die Kinnlade herunterfiel. »Der Ausguck auf dem Hügel. Sie und Beth haben ihn benutzt.«

Ryan nickte. »Robert auch. Damals schien es eine gute Idee zu sein. Jetzt erscheint es mir einfach nur noch kindisch. Als ob wir Räuber und Gendarm spielen würden oder so.«

»Haben Sie etwas herausgefunden?«

»Ja. Giles hatte keine Affäre. Aber in der Werkstatt ging definitiv etwas Illegales vor sich. Autos wurden zu jeder Tages- und Nachtzeit reingefahren. Autos wurden herausgefahren. Meistens waren es entweder Giles oder Kavanagh, die die Werkstatttore öffneten.«

»Herrgott«, rief Lottie aus. »Und keiner aus dem Dorf hat etwas bemerkt?«

Ryan lachte. »Sie haben Ballydoon gesehen. Die meiste Zeit mausetot. Wenn im Pub nicht gerade etwas los ist, ist es wie auf einer Beerdigung.«

»Giles und Kavanagh waren also beide in kriminelle Aktivitäten verwickelt. Was haben Sie mit dieser Information gemacht?«

»Ich wollte es melden, aber Beth wollte ihren Vater nicht in Schwierigkeiten bringen. Sie sagte, sie würde einen Artikel schreiben, und wenn die Zeit reif war, wollte sie ihn an den Meistbietenden verkaufen. Aber sie wollte erst sicher sein, dass Christy unschuldig war. Sie glaubte, dass sie ihn abzockten und dass er von ihnen benutzt wurde.«

»Haben Sie Fotos gemacht?«

»Ja. Ich hatte sie auf einer SD-Karte gespeichert. Die habe ich Beth gegeben.«

»Okay. Wir werden Ihren Behauptungen nachgehen und mit Beth sprechen.«

»Dafür müssen Sie sie erst einmal finden. Ich glaube, dass ihr etwas zugestoßen ist.«

»Wie kommen Sie darauf?«

»Vor ein paar Tagen habe ich eine Droh-E-Mail von einer anonymen IP-Adresse bekommen, in der ich dazu aufgefordert wurde, einen Rückzieher zu machen. Jemand wusste, was wir vorhatten. Vielleicht wurde Fiona deshalb umgebracht. Und jetzt kann ich Beth nicht finden.«

»Ryan, sagen Sie mir, warum hatten Sie Beths Auto?« Lottie fragte sich, wie Cara in dieses Szenario passte. Es ergab keinen Sinn.

Ryan fand wieder einmal den Punkt an der Wand. »Mir ist gestern ein kleines Missgeschick passiert. Mein Auto ... Ich konnte nicht mehr zurück zum Haus, um es zu holen. Ich bin in Beths Haus gelandet. Wie ich schon sagte, war sie untröstlich wegen des Tods ihres Vaters. Ich musste von dort weg. Von all dem Kummer. Ich hatte genug von meinem eigenen. Ich habe ihr Auto genommen.«

»Was war das für ein Missgeschick?«

»Es tut mir leid ... ich wollte Ihnen nicht wehtun ...«

»Wovon reden Sie?« Lottie spürte, wie eine Ader in ihrem Hals pochte und ihr Herz schneller schlug.

»Ich bin in den Wald gegangen, weil ich nachsehen musste, ob wir etwas zurückgelassen haben, das uns in Schwierigkeiten bringen könnte. Besonders nachdem Christy ... gestorben war.«

»Weiter«, sagte Lottie und versuchte, ihren Tonfall ebenmäßig zu halten.

»Ich habe Sie dort gesehen. Ich bin in Panik geraten. Ich weiß nicht, was über mich gekommen ist. Ehrlich, ich wollte Ihnen nicht wehtun. Ich wollte nur den Ausguck überprüfen, bevor Sie ihn finden. Es tut mir so leid. Ich ...« Ryan vergrub seinen Kopf in seinen Händen.

Lottie sprang auf, bereit, auf ihn einzuschlagen.

Boyd hielt ihren Arm fest. »Ich kümmere mich darum. Geh schon. Such Giles und Kavanagh. Ich werde ihn wegen dieser Sache verhaften.«

Sie öffnete die Tür. Als sie in den Korridor trat, hörte sie, wie Boyd anhob.

»Ryan Slevin, ich nehme Sie aufgrund eines tätlichen Angriffs auf eine Polizeibeamte fest. Sie brauchen nichts zu sagen, das sie ...«

Der Klang seiner Stimme verstummte, als sie mit der Faust gegen die Tür schlug.

Zurück im Büro versuchte Lottie immer noch, sich zu beruhigen, und sehnte sich nach wie vor nach einem Kaffee, als eine neue Nachricht auf ihrem Handy aufleuchtete.

Father Joe. Sie öffnete sie.

Hatte ein Gespräch mit Schwester Augusta. Interessante Unterhaltung. Sprich nochmal mit ihr.

Sie antwortete: *Ich danke dir.*
Das Telefon pingte fast augenblicklich erneut.

Sie wird auch etwas Licht auf Father Curran werfen. Viel Glück.

McKeown hob den Kopf von seinem iPad. »Ich habe etwas gefunden«, sagte er.

»Lily?«

Er schüttelte den Kopf. »Tut mir leid, nein. Es läuft die landesweite Fahndung, Fernsehaufrufe, Straßensperren, jeder registrierte Pädophile wurde aufgesucht und Häuser durchsucht. Die von Kavanagh ausgelobte Belohnung bereitet uns das übliche Kopfzerbrechen.«

»Oh Gott, ich weiß nicht, was wir noch tun können.« Lottie ließ sich auf einen Stuhl plumpsen. »Hat Kirby Ihnen die Puppe gezeigt?«

»Ja. Gruseliges Ding. Glauben Sie, dass es etwas mit dem Fall zu tun hat?«

»Möglicherweise.«

»Ich habe hier mehr als nur eine Möglichkeit. Es geht um das Hochzeitskleid, das Fiona Heffernan trug.«

»Fahren Sie fort.«

»Erinnern Sie sich daran, dass wir dachten, es könnte eine Sonderanfertigung oder online gekauft worden sein?«

»Ja.«

»Wir haben den Aufruf veröffentlicht, wie Sie gesagt haben, und ich habe einen Anruf von Shelly Forde erhalten. Sie ist die Assistenzlehrerin der Tanzschule.«

»Ich bin ganz Ohr.«

»Shelly hat mir erzählt, dass ein Hochzeitskleid für die Tanzshow Cinderella nächste Woche gekauft worden ist. Sie ist überzeugt, dass es dasselbe ist wie das auf dem Bild, das wir in Umlauf gebracht haben.«

Lottie ging auf die Tür zu. »Worauf warten wir noch? Wir müssen Shelly befragen.«

»Einen Moment mal. Ich habe sie gebeten, nachzusehen, ob das Kleid noch im Theater ist.«

»Und?« Warum in aller Welt zog er das so in die Länge? Das war eine echte Spur.

»Sie hat im Kostümraum nachgesehen. Es ist nicht da. Ich habe sie gefragt, ob sie die Rechnung oder den Beleg finden kann und sie hat mir sofort eine E-Mail mit dieser Nachricht geschickt.«

Er drückte ihr sein iPad in die Hand. Sie sah sich eine Online-Rechnung an. »Tanzschule Ragmullin. Das sagt mir gar nichts.«

McKeown beugte sich vor und wischte das Bild nach links. »Das ist die Quittung. Bezahlt mit Kreditkarte. Sehen Sie den Namen?«

»Der verdammte Giles Bannon!«

»Genau.«

»Wo ist er jetzt?«

»Im Theater. Shelly sagt, dass er einen riesigen Aufstand macht, weil sich die Proben verspäten oder irgend so ein Scheiß.«

»Holen Sie den Wagen. Wir werden ihn dort befragen. Es ist besser, ihm erst gar keine Zeit zu geben, sich eine Lügengeschichte auszudenken, und ich muss sowieso mit ihm über etwas anderes sprechen.« An der Tür drehte sie sich um. »Oh, und drucken Sie das alles aus und bringen Sie es mit.«

»Schon erledigt.« Er faltete die Blätter und steckte sie in seine Tasche.

»Guter Mann.«

Als sie den Korridor entlangging, überkam sie ein vertrautes, warmes Gefühl. Das Gefühl, dass sie spürte, wenn sich alles langsam zusammenfügte. Vielleicht.

SECHZIG

Giles Bannon führte sie in sein Büro. Er weigerte sich allerdings, Platz zu nehmen. Lottie setzte sich nur, um ihn zu ärgern.

»Worum geht es?«, fragte er. »Ich bin beschäftigt. Ich habe nächste Woche eine Show, und dieser Scheißkerl Trevor Toner baut nur Mist. Die Kids sind noch nicht bereit. Außerdem müssen sie auch noch für Lily Heffernan einspringen.« Sein Gesicht entspannte sich. »Ich hoffe, sie wird bald gefunden.«

»Mr Bannon, setzen Sie sich verdammt noch mal hin«, sagte McKeown mit einer so sanften Stimme, dass selbst Lottie erschauderte.

Sie ließ ihren Blick auf Bannon gerichtet. Er zappelte herum, fuhr mit den Fingern seine Krawatte rauf und runter. Stopfte den Saum seines Hemdes in die Hose, wo er während seiner Tirade herausgerutscht war. Schließlich setzte er sich, kaum noch in der Lage, sich in den engen Raum hinter seinem Schreibtisch zu quetschen.

»Brauche ich einen Anwalt?«

»Verdammt noch mal. Nicht schon wieder diese alte Leier!«, rief McKeown.

»Meine Herren.« Lottie blickte von einem zum anderen, und ließ ihren Blick dann auf Bannon ruhen. Er wackelte auf dem Stuhl umher, als ob eine ganze Ameisenkolonie seine Hosenbeine hinaufkrabbeln würde, und verknotete seine Hände, während sein Gesicht ganz rot wurde.

»Mr Bannon, erzählen Sie mir von dem Hochzeitskleid, das Sie gekauft haben.«

»Von was?« Er hob die Augenbrauen wie eine Zeichentrickfigur.

»Ein Hochzeitskleid wurde online für Ihre bevorstehende Show gekauft. Ich würde gerne wissen, wo es ist.«

Er schüttelte den Kopf. »Ich habe keine Ahnung, wovon Sie sprechen.«

»Zeigen Sie es ihm«, wies Lottie McKeown an. Er faltete die beiden Seiten auseinander und legte sie auf den Schreibtisch.

»Das ist Ihre Kreditkarte, nicht wahr?«, sagte sie.

Bannon öffnete sein Brillenetui, aber es war leer. Er blinzelte auf die erste Seite. »Ich kann mich nicht erinnern, so etwas gekauft zu haben. Unsere Kostüme werden im Garderobenraum aufbewahrt. Ich kann Sie in den Keller bringen und es Ihnen zeigen.«

»Ich bin nur an diesem hier interessiert. Laut Shelly wurde es für die Show benötigt.«

»Shelly? Was behauptet diese dumme Göre?«

»Dieses Kleid wurde bei einer Firma in Großbritannien gekauft«, sagte Lottie. »Es wurde nach dem Bild auf ihrer Website angefertigt.«

»Ich habe keine Ahnung, wovon Sie reden. Ich habe kein verdammtes Hochzeitskleid gekauft, ob maßgeschneidert oder nicht. Ich habe einen extrem hektischen Tag vor mir, und ich muss mich auf meine Arbeit konzentrieren ...« Er machte Anstalten aufzustehen, hatte sich aber unwissentlich hinter seinem Schreibtisch selbst eingesperrt.

»Wollen Sie wissen, warum wir uns gerade für dieses Kleid interessieren?«

Er zupfte ziellos an seiner Krawatte herum, als hätte er keinerlei Interesse. »Wahrscheinlich hat es etwas mit Fiona Heffernan und Cara Dunne zu tun, weil sie tot in Hochzeitskleidern aufgefunden wurden. Das ist es! Sie denken, ich habe dieses beschissene Kleid gekauft und sie umgebracht?« Sein Tonfall stieg eine Oktave höher. »Das ist Wahnsinn!«, kreischte er. »Ich weigere mich, noch mehr von Ihren zweideutigen Fragen zu beantworten.« Er kramte auf seinem Schreibtisch herum und suchte nach seinem Telefon.

»In diesem Fall habe ich keine andere Wahl, als Sie aufs Revier zu bringen, wo Sie offiziell zum Mord an Fiona Heffernan befragt werden.«

»Ich ... ich ... das ist absurd. Hören Sie? Es ist *absurd*.« Er griff nach seinem Mobiltelefon und tippte und scrollte wie wild.

»Sie können Ihren Anwalt vom Revier aus anrufen. Kommen Sie.« Lottie spürte einen Anflug von Überlegenheit.

»Habe ich eine Wahl?«

»Ich kann Sie auch wegen Behinderung unserer Ermittlungen verhaften, Ihnen Handschellen anlegen und Sie dann an all den Eltern vorbeimarschieren lassen, die auf ihre Kinder warten.«

Er grunzte, steckte sein Handy in die Tasche, fand dort seine Brille und legte sie in das Etui. »Ich muss Anweisungen für meine ...«

»Hören Sie auf mit dem Quatsch und kommen Sie mit.« McKeown steckte die Seiten zurück in seine Tasche und hielt die Tür auf.

Schließlich gelang es Bannon, seine Masse hinter dem Schreibtisch hervorzubewegen. Während sie ihn zum Auto brachten, sagte McKeown zu Lottie: »Meinen Sie, wir sollten den Kostümraum durchsuchen? Nur für den Fall, dass das Kleid doch noch dort ist?«

»Es ist nicht da, denn wir haben es als Beweismittel beschlagnahmt. Vertrauen Sie mir.«

»Sie sind der Boss«, sagte er.

»Das bin ich wirklich«, sagte sie und fühlte sich zum ersten Mal in dieser Woche gut.

EINUNDSECHZIG

Trotz des Erfolgs des Vormittags ging ihr Father Joes Textnachricht nicht aus dem Kopf. Lottie ließ McKeown zurück, um Bannon Gesellschaft zu leisten, bis sein Anwalt auftauchte. Ein Team wurde zu Bannons Haus geschickt, um nach Beweisen für seine kriminellen Aktivitäten zu suchen. Ryan Slevin saß in einer Zelle. Nachdem sie einen lauwarmen Becher Kantinenkaffee hinuntergekippt hatte, fuhr Lottie mit Boyd zusammen zur Abtei in Ballydoon.

Es gab kaum noch Hinweise darauf, dass hier jemals ein Verbrechen begangen worden war. Ein verirrtes Stück Klebeband hing an einem Busch, wie um ein bisschen Aufmerksamkeit zu erregen. Ein Leben ging so plötzlich verloren und sie wussten immer noch nicht, was auf dem Dach mit Fiona oder mit ihrem kleinen Mädchen geschehen war, nachdem sie aus der Tanzprobe gegangen war.

Auf dem Weg zum Zimmer von Schwester Augusta kreuzten sich die gewundenen Gänge und sie gingen an einer Vielzahl von Türen vorbei.

»Das ist ja das reinste Labyrinth«, schnaufte Boyd, als sie endlich ihr Ziel erreicht hatten.

Lottie ignorierte seine Beschwerde, zog sich einen Stuhl heran und setzte sich neben die schlafende Nonne, die dem Tod noch näher zu sein schien als vor ein paar Tagen. Sie fragte sich, ob sie das letzte Mal die falschen Fragen gestellt hatte, und hoffte, dass es nicht zu spät war, jetzt die richtigen zu stellen.

»Schwester Augusta, ich bin's, Detective Lottie Parker. Wir haben vor ein paar Tagen miteinander gesprochen.«

Die Augen der Nonne öffneten sich, und während Lottie darauf wartete, dass die alte Frau wach wurde, schaute sie sich im Raum um. Im Gegensatz zum vorherigen Mal fand sie die blau-gelbe Tapete jetzt langweilig und altbacken. Aber während beim letzten Mal nichts auf dem Nachttisch gestanden hatte, stand dort jetzt ein Weihnachtsstern, der in Plastikfolie eingewickelt war. Sie kämpfte gegen den Drang an, die schönen roten Blütenblätter zu befreien.

Schwester Augusta sagte: »Er hat mir das gebracht.«

»Wer?«

»Michael. Father Curran. Versucht, mich in meinen letzten Tagen noch weichzuspülen.« Sie fuchtelte mit einer knochigen Hand in der Luft herum. Die Haut in ihrem Gesicht war so durchsichtig wie Papier, ihre Lippen grau.

»Brauchen Sie etwas?« Lottie war sich sicher, dass die Nonne verwirrt war. »Sie hatten Besuch, aber ich glaube, es war ein jüngerer Priester. Father Joe Burke.«

»Ah, jetzt erinnere ich mich. Ein gutaussehender junger Mann.«

»Worüber haben Sie gesprochen?«

»Übers Geschäft. Er würde einen guten Detective abgeben, wenn Sie mal einen brauchen können.«

Lottie lächelte. In diesem Punkt hatte Schwester Augusta recht. »Was können Sie mir über Father Curran erzählen, das uns helfen könnte, die Morde aufzuklären?«

»Sie glauben, dieser alte Furz hat diese Frauen ermordet? Sie müssen genauso blöd sein wie er.«

Lottie lächelte über die Sprache der Nonne. »Das habe ich nicht gesagt. Wir haben jemanden in Gewahrsam, aber wir versuchen immer noch, die Sache ganz aufzuklären.«

»Father Curran hat Cara nichts angetan.«

»Wie können Sie sich da sicher sein?« Lottie spürte ein Kribbeln der Überraschung.

»Er hat sich um sie gekümmert. Als ob sie sein eigenes Kind wäre.«

»Wirklich?« Das passte nicht zu Lotties Eindruck von Father Curran. »War sie seine Tochter?«

»Nein, nichts dergleichen. Er hat mir einen Gefallen getan.«

»Warum brauchten Sie einen Gefallen?« Lottie war genauso verwirrt, wie sie dachte, dass die alte Nonne es war.

»Cara war das Kind meiner Schwester Eileen. Ich habe mein Bestes für sie getan. Ich habe getan, was ich konnte.« Tränen füllten die trockenen Augen. »Es war nie genug. Cara wollte immer mehr im Leben. Sie hatte das Gefühl, dass sie Anspruch auf etwas Besseres hatte, als Ausgleich dafür, dass ihre Mutter bei ihrer Geburt gestorben war.«

»Was ist mit ihrem Vater?«

»Niemals auf der Bildfläche erschienen. Ein One-Night-Stand führte letztendlich zur Geburt von Cara und zum Tod meiner geliebten Schwester.«

»Haben Sie Cara aufgezogen?«

»Nein, ich war ein ganzes Stück älter als Eileen und ich war im Kloster. Ich habe für das Kind getan, was ich konnte.«

»Was haben Sie getan?« Lottie fragte sich, wie eine Nonne in einem Kloster für ein Baby sorgen konnte.

»Ich habe mit dem Bischof gesprochen, das muss jetzt fünfunddreißig Jahre her sein. Das Gesundheitsamt fand eine geeignete Familie, die bereits ein anderes Kind aufgenommen hatte. Einen kleinen Jungen. Vom Alter her kein großer Unterschied zu Cara. Ich bin mir nicht ganz sicher, warum, aber es hat nicht geklappt.«

»Was ist schiefgelaufen?« Sie war überzeugt, dass etwas passiert war, aber hatte es etwas mit Caras Tod zu tun?

»Ich versprach der Familie, dass ich auf Cara schauen würde und dass sie mich anrufen sollten, wenn etwas Ungewöhnliches passiert. Ich habe versucht, in Kontakt zu bleiben, aber sie waren immer ausweichend. Es tut mir leid, das zugeben zu müssen, aber ich habe den Kontakt zu ihnen verloren.«

»Kennen Sie den Familiennamen?«

»Mein Gedächtnis ist nicht mehr das, was es einmal war. Vielleicht Brown oder Black. Jedenfalls hatte er etwas mit einer Farbe zu tun. Alles, woran ich mich erinnere, ist Caras Name. Sie war schon immer ein aufgewühltes Mädchen. Ich glaube, das habe ich Ihnen erzählt. Aber sie war das Kind meiner Schwester, also ...«

Lottie warf einen Blick auf Boyd, dessen Gesicht deutlich grün war. Die Hitze im Raum war überwältigend, und er sah aus, als würde er gleich umkippen. »Setz dich, Boyd.«

»Es ist sehr heiß«, sagte er und setzte sich auf den Rand des Bettes, wobei das Gummilaken unter ihm quietschte.

»Ich hasse die stickige Luft«, sagte Schwester Augusta. »Aber niemand hört mir zu ...«

»Wir haben nicht wirklich viel über Caras Hintergrund herausgefunden, oder?«, fragte Lottie Boyd, um ihn ein bisschen abzulenken.

»Nein«, sagte er, »der war ziemlich undurchdringlich.«

»Ich glaube, sie hat sich immer benachteiligt gefühlt.« Die Stimme von Schwester Augusta war leise und schwach. »Als sie noch ein Baby war, bevor sie zu ihrer Pflegefamilie gebracht worden ist, habe ich ihr ein Geschenk gegeben, das sie durch ihr Leben tragen sollte. Es war das Einzige, was ich besaß. Ein Koffer mit meiner Aussteuer. Den hat mir mein Vater geschenkt, als ich ins Kloster eingetreten bin. Ich dachte, er würde Cara daran erinnern, dass es immer noch einen anderen, guten Weg gibt, wenn alles andere versagt. Cara wurde Lehrerin, sie hat also ihre Berufung gefunden. Allerdings hat es ihr Herz nicht erweicht, wenn man ihren Besuchen bei mir Glauben schenken darf.«

Lottie spürte Boyds Augen auf sich gerichtet. Sie blickte auf. Er schüttelte den Kopf, als wolle er ihr sagen, dass altes Geschwafel Zeitverschwendung sei. Aber die Stimme der Nonne hatte etwas Hypnotisches an sich, und Lottie war sich sicher, dass es noch mehr von den sterbenden Lippen zu erfahren gab.

»Haben Sie Cara noch etwas geschenkt? Vielleicht ein Schmuckstück?«

»Ja, das habe ich. Ein schönes silbernes Kreuz an einer Kette. Es war vom Papst gesegnet.«

»Sie sagten mir neulich, dass Sie dachten, Cara warte nur darauf, dass Sie sterben. Warum war das so?«

»Sie gab mir die Schuld, wissen Sie. Dass ich sie als Kind im Stich gelassen habe. Ich machte den Fehler, einen Zettel in den Koffer zu legen, auf dem ich schwor, immer auf sie aufzupassen. Dann habe ich es nicht getan. Sie hat mir nie verziehen, dass ich diesen Schwur gebrochen habe.«

»Warum war das so wichtig für sie?«

»Sie erzählte mir, dass ihr ganzes Leben von gebrochenen Versprechen geprägt gewesen war. Zuletzt von diesem Steve. Er hat ihr das Herz gebrochen, wie so viele andere in ihrem Leben.«

»Können Sie mir etwas über Father Curran erzählen?«

»Ah, Michael. Er erweckt gern den Eindruck, als sei er ein widerspenstiger alter Knacker. Aber er hat ein weiches Herz. Glauben Sie mir. Er hilft denen, die gebrochen sind, ohne etwas davon öffentlich zu machen. Urteilen Sie nicht zu hart über ihn.«

Lottie dachte, sie würde ihn verurteilen, wie sie wollte.

»Neulich haben Sie gesagt: ›Es geht nur um das Kind.‹ Ich dachte, Sie meinten Lily, aber es ging um Cara, nicht wahr?«

»Gott, nein, dummes Weib. Es war diese andere junge Frau. Hübsche, schwungvolle Locken, die ihr über die Schultern fielen. Und neugierig war sie auch. Ständig stellte sie bohrende Fragen.« Schwester Augustas Kopf sank tiefer in das Kissen und sie begann zu husten.

»Hier, lassen Sie mich Ihnen helfen.« Lottie hob den Kopf der Nonne an und schüttelte die Kissen auf, bevor sie ihr ein Glas Wasser an die ausgetrockneten Lippen hielt. Sie wollte auf keinen Fall gehen, bevor sie nicht einen Namen hatte.

»Mir geht es gut. Machen Sie kein solches Theater.«

»Wer ist das Kind, von dem Sie sprachen?«

»Schönes junges Ding, aber so voller Aufruhr. Ihr Herz war ebenfalls gebrochen worden. Sie ist Cara in vielerlei Hinsicht sehr ähnlich. Beide haben ihre Mütter verloren.«

»Schwester Augusta, von wem sprechen Sie?«

Der Blick der Nonne war durchdringend. »Von Beth Clarke natürlich.«

———

Die Tür öffnete sich und Tageslicht blendete sie. Sie spürte den kalten Luftzug, als er eintrat.

»Ich werde dir den Knebel abnehmen, aber wenn du schreist, schneide ich dir die Kehle durch. Vielleicht schneide ich dir sogar vorher die Zunge heraus.«

Beth nickte schweigend und wartete, während er den Knebel entfernte. In der Dunkelheit konnte sie nichts sehen, und hinter ihren Augenlidern glitzerten noch Sterne vom grellen Licht, das durch die geöffnete Tür gefallen war. Aber sie war sicher, dass er entweder eine Maske trug oder eine Kapuze über sein Gesicht gezogen hatte.

Er sprach immer noch. Er murmelte, als ob er zu sich selbst

sprechen würde. »Du konntest es einfach nicht lassen. Ständig hast du herumgeschnüffelt und deine Nase überall reingesteckt. Ich wollte dir helfen. Ich wollte die Dinge für dich in Ordnung bringen. Und das habe ich getan. Ich bin deinen alten Herrn losgeworden.«

»Du bist was?« Beth erkannte ihre eigene Stimme kaum wieder. Sie war heiser, und ihre Kehle war trocken, aber das war nicht der richtige Zeitpunkt, um um Wasser zu bitten.

»Andererseits habe ich es nicht wirklich für *dich* getan. Ich bin auf einer Mission, verstehst du. Um Dinge in Ordnung zu bringen. Diejenigen zu bestrafen, die die Menschen im Stich lassen. Ich kann Leute nicht ausstehen, die ihre Versprechen brechen. Du wirst mich doch nicht im Stich lassen, oder, liebe kleine Beth?«

Sie hatte keine Ahnung, wovon er sprach, als sie ihre Ohren anspannte, um seine Stimme zu identifizieren. Sie wusste es, irgendwo am Rande des Bewusstseins, aber sie bekam es nicht zu fassen. War das der Mann, der Fiona und Cara und sogar ihren Vater umgebracht hatte? Angst kroch ihre Wirbelsäule hinauf und prickelte in ihrem Nacken. Sie hatte das Gefühl, sich übergeben zu müssen, wenn sie nicht bald etwas zu trinken bekam. Bei diesem Gedanken schnürte sich ihre Kehle zu, und sie schnappte nach Luft.

»Geht es dir gut? Ich habe etwas Wasser.«

Sie hörte, wie er sich bewegte, und spürte seine heiße Haut, als er ihren Kopf anhob und ihr eine Flasche an die Lippen hielt. Sie hoffte, dass sie nicht mit Gift versetzt war. Der Durst überwältigte ihre Angst und sie ließ die lauwarme Flüssigkeit auf ihrer Zunge verweilen, bevor sie einen weiteren Schluck nahm.

»Sag danke«, sagte er.

»Danke.«

Diese Stimme. Sie wusste, dass sie ihn kannte. Es war da. Seine Stimme war mit einem Bild verknüpft, das in ihrem Kopf herumflatterte, wie eine schwer fassbare Motte. Aber ihr Gedächtnis war getrübt durch die Nacht des Terrors, die sie durchgemacht hatte.

»Dein Vater, Christy, war kein netter Mann«, sagte er. »Ohne ihn bist du besser dran. Er wollte deine Mutter nicht zurücknehmen. Er war ein Betrüger und hatte mit schlechten Menschen zu tun. Ich weiß es, weil Robert es mir erzählt hat. Er hat Beweise dafür gesehen, als er an Kavanaghs Haus gearbeitet hat. Genug, um Kavanagh für eine sehr lange Zeit hinter Gitter zu bringen.«

»Beweise?« Sie hatte Robert angefleht, es ihr zu verraten. Die Story ihres Lebens. Aber er hatte gesagt, es gäbe noch jemanden, der von seinen Informationen profitieren könnte, und so musste sie ihre eigenen Nachforschungen anstellen.

»Ja.«

»Hast du Robert auch getötet?«

Es fühlte sich an, als wäre die ganze Luft aus dem Raum gesaugt worden. Sie hörte, wie sich sein Atem beschleunigte und sein Fuß auf den Boden stampfte. In jedem Stampfen klang Wut mit.

»Er hat mir alles genommen.«

»Was hat er genommen?« Wenn sie ihn zum Weiterreden bewegen konnte, würde er vergessen, ihr wehzutun. Vielleicht würde jemand kommen. Sie betete im Stillen.

»Robert hat mein Herz erobert. Ich habe ihn geliebt und er hat mich verarscht. Dich hat er auch verarscht, mein Schatz.«

»Er war mein Freund. Ich verstehe das nicht.« Und sie verstand es wirklich nicht.

»Das sollst du auch nicht. Es ist kompliziert. Aber ich mache das Leben einfacher für uns alle.«

»Was willst du von mir?«

»Deine Story.«

»Meine was?«

»All das Zeug, das du gesammelt hast. Ich weiß, dass du spioniert hast.«

»Ich habe nicht spioniert. Du hast das alles falsch verstanden.«

»Sag mir nicht, dass ich etwas falsch verstanden habe.« Seine Stimme war schärfer, Säure tropfte regelrecht von seiner Zunge. »Ich weiß, dass ich recht habe.«

»Okay«, sagte sie und fragte sich, ob es einen Ausweg aus dieser Situation gab, obwohl sie wusste, dass es aussichtslos war.

Sie hatte die Story nicht mehr.

ZWEIUNDSECHZIG

McKeown stützte beide Hände auf die Stuhllehne, unterdrückte ein Gähnen und beugte sich über die Schulter des jungen Garda. Er konnte nicht glauben, was er da auf dem Bildschirm sah.

»Das ist Lily Heffernan!«, sagte er ungläubig. »Können Sie das einfrieren und an das Nummernschild heranzoomen, Ben?«

»Es ist eine Taxi-Kamera«, sagte Ben. »Keine gute Qualität.«

Während der Polizist auf der Tastatur herumtippte und das Bild auf dem Monitor kurzzeitig verpixelte, nahm McKeown das Bild in die Hand, das von dem Filmmaterial, das sie gerade sahen, ausgedruckt worden war. Lily, mit einem kleinen Rucksack auf dem Rücken, die in die offene Hintertür eines dunkelfarbigen Avensis steigt. Sie wurde weder geschoben noch gezogen. Jemand, den sie kannte, vielleicht? Er betrachtete den großen Mann, der sich auf den Fahrersitz setzte. Wer war das?

Als das herangezoomte Bild klar genug war, um das Nummernschild zu lesen, gab Ben das Kennzeichen in die Datenbank ein und wartete darauf, dass der Name und die Adresse auf dem Bildschirm angezeigt wurden.

»Heilige Scheiße«, sagte McKeown. Als er aus dem Zimmer rannte, fummelte er in seiner Tasche nach seinem Telefon und tippte mit schwitzenden Händen schnell Lotties Nummer ein.

———

Die Gardaí, die das Haus von Bannon durchsuchten, berichteten, dass Beth nicht dort war. Sie war auch nicht in ihrem eigenen Haus, als Lottie und Boyd nach ihrem Besuch bei Schwester Augusta dort vorbeifuhren.

»Sie könnte überall sein«, sagte Boyd.

»Funken Sie jemanden an, der sich mit Eve in Verbindung setzt. Beth könnte in Gefahr sein, auch wenn wir Ryan und Giles vorläufig in Gewahrsam haben. Wenn wir schon in der Gegend sind, sollten wir kurz mit Father Curran sprechen. Vielleicht kann er uns einige Details über Cara geben und uns gleichzeitig in Bezug auf Giles Bannon helfen.«

»Glaubst du, Giles ist unser Mann?«, fragte Boyd, als er vor dem Haus des Priesters anhielt.

»Hast du zu diesem Zeitpunkt eine bessere Idee?«

Er schüttelte den Kopf. »Ich habe nur eine Frage gestellt.«

»Dann stell sie doch einfach nicht.«

»Ich kann mir nicht vorstellen, dass Bannon sich die Mühe macht, eine Frau in ein Hochzeitskleid zu kleiden, bevor er sie vom Dach eines Gebäudes wirft«, sagte Boyd, als er aus dem Auto kletterte. »Was ist sein Motiv? Und warum tötet er auch Cara? Das ergibt keinen Sinn, Lottie.«

Lottie ignorierte ihn und schlug mit der Faust gegen die Haustür, bis diese schließlich geöffnet wurde.

»Was soll die Aufregung?«, sagte Father Curran und trat nach draußen.

Sie musste rückwärtsgehen und stieß mit Boyd zusammen.

»Verdammt noch mal«, murmelte Boyd. »Tut mir leid, Father.«

»Wir müssen mit Ihnen sprechen.« Lottie wollte sich an dem Priester vorbeidrängen. Er blieb an Ort und Stelle stehen. »Ich wollte gerade in meinen Fitnessraum gehen.« Er versuchte ein Lächeln, aber es erstarb auf seinem Gesicht. »Ich nehme an, es ist besser, wenn Sie hereinkommen.«

Er brachte sie in das altmodische Wohnzimmer und stellte sich vor den Kamin, in dem kein Feuer brannte. Lottie blieb ebenfalls stehen, während Boyd in einen Sessel sank.

»Wie kann ich Ihnen helfen?«, sagte Father Curran.

»Bei ein paar Sachen. Was können Sie uns über Giles Bannon sagen?«

Ein Anflug von Verwirrung ließ die Augen des Priesters die Stirn runzeln. »Giles? Warum fragen Sie nach ihm?«

»Er ist eine Person, die im Zusammenhang mit den Morden an Cara Dunne und Fiona Heffernan von Interesse ist. Wir glauben auch, dass er Lily entführt haben könnte.«

»Das ist absurd.«

Lottie erinnerte sich daran, dass Giles vorhin genau die gleichen Worte gesagt hatte. »Wir haben Beweise, die ihn verdächtig machen. Ich frage mich, ob Sie noch etwas hinzufügen können, vielleicht auch über Colin Kavanagh, da er ein Freund von Ihnen zu sein scheint.«

»Stopp. Langsam. Sie springen hier wie wild zwischen verschiedenen Aussagen umher. Erst beschuldigen Sie Giles, und jetzt sprechen Sie über Colin. Entscheiden Sie sich, Frau.«

»Ich habe gesehen, wie Colin Kavanagh neulich in aller Eile Ihr Grundstück verlassen hat. Ich habe eine Zeugenaussage, die Kavanagh, Giles Bannon und Christy Clarke mit kriminellen Aktivitäten in Verbindung bringt. Möchten Sie sich dazu äußern?«

»Was zum ...?«, begann der Priester, dann presste er seine schlaffen Lippen zusammen.

»Also?«, fragte Lottie.

»Ich werde zu Dingen, die mir im Sakrament der Beichte anvertraut wurden, nichts sagen.«

»Kommen Sie mir nicht damit. Ich weiß, dass die drei mit gestohlenen Autos gehandelt haben. Aber das interessiert mich im Moment nicht. Ich will Lily finden, und ich glaube, dass Giles und Colin irgendwie ihre Entführung und vielleicht sogar die Morde organisiert haben. Entweder zusammen oder einer allein.«

Obwohl es in dem Raum kühl war, spürte Lottie, wie ihre Haut vor Hitze kribbelte. Sie öffnete den Reißverschluss ihrer Jacke und krempelte die Ärmel hoch. Sie ging ein paar Schritte herum, fuhr mit der Hand über Oberflächen, und als sie sich umdrehte, saß Father Curran Boyd gegenüber. Ihr Handy vibrierte in ihrer Tasche. Sie ignorierte es.

»Erzählen Sie mir von Cara«, sagte Boyd leise.

»Ein wunderschönes, aber beschädigtes menschliches Wesen. Cara wollte, dass alle sie lieben, aber wie ich ihr zu sagen versuchte, liebt uns nur Jesus am Kreuz bedingungslos. Sie konnte die menschlichen Schwächen nie verstehen.«

»Kannte sie Robert Brady?«

Lottie fragte sich, worauf Boyd hinauswollte.

Der Priester lächelte. »Eine weitere gebrochene Seele. Gleichgesinnte Geister finden sich in dieser Welt immer wieder.«

»Haben Sie die Kette und das Kreuz am Tatort platziert?«

»Nein, aber ich vermute, dass Cara das war. Sie hatte genauso ein Kreuz.«

»Woher kannten sich Cara und Robert?«

»Durch Fiona, nehme ich an.« Der Priester ließ seinen Blick durch den Raum schweifen und vermied es, Lottie anzuschauen.

Sie ging zu ihm und setzte sich neben ihn. »Sie können es uns sagen. Es ist niemand mehr da, der beschützt werden muss.«

»Doch, es ist schon noch jemand da.«

»Wer?«, fragte Lottie. »Beth?«

Der Priester schüttelte langsam den Kopf, beugte sich nach vorne und betrachtete den Boden.

Lotties Telefon klingelte wieder. Sie wollte den Anruf gerade ablehnen, als sie McKeowns Namen las. Sie nahm den Anruf entgegen, hörte aufmerksam zu und legte dann wortlos wieder auf.

»Wo ist Lily?«, fragte sie.

»Ich habe keine Ahnung, wovon Sie reden.« Father Curran sah auf und verschränkte trotzig die Arme.

Die Teile fügten sich langsam zusammen. Die Kontoauszüge. Die fehlenden Pässe. Die kriminellen Aktivitäten von Kavanagh. »Fiona kam zu Ihnen nicht wegen der Hochzeit, sondern um eine Flucht zu planen. Vor wem hatte sie Angst? Giles Bannon? Ryan Slevin? Oder Colin Kavanagh?«

Der Priester seufzte und bekreuzigte sich langsam. »Die armen Mädchen. Beide. Cara und Fiona. Ich wollte nicht glauben, dass er ihnen etwas antun würde.«

»Von wem sprechen Sie? Sagen Sie mir, was passiert ist.« Lottie war froh, dass sie Bannon und Slevin schon auf dem Revier hatte. Jetzt musste sie nur noch Lily finden, dann Kavanagh verhaften, ihn einsperren und den Schlüssel zu seiner Zelle wegwerfen.

Der Priester lehnte sich in seinem unbequem aussehenden Stuhl zurück und verschränkte seine Finger wie zum Gebet. »Alles begann mit Robert. Er war in eine schwierige Lage geraten. Er versuchte, Colin Kavanagh wegen irgendetwas zu erpressen. Colin ließ sich nicht beeindrucken. Dann sprach Robert mit Fiona und Beth Clarke. Sehen Sie, Beths Vater war auch darin verwickelt – aber das wissen Sie ja.«

»In was verwickelt?«

»In die schmutzigen Geschäfte in der Werkstatt. Er

verwahrte gestohlene Autos und Colin fälschte den Papierkram, damit sie nach England verschifft werden konnten. Er hat auch Geld über die Schweinefarm gewaschen.« Father Curran begann zu husten.

»Soll ich Ihnen einen Schluck Wasser holen?«, fragte Lottie mit zusammengebissenen Zähnen.

»Es geht gleich wieder.«

»Glauben Sie, dass Kavanagh Christy Clarke getötet hat?«, fragte sie. »Um ihn zum Schweigen zu bringen?«

»Ich bezweifle es. Christy steckte bis zum Hals in Schulden und hatte zu diesem Zeitpunkt alles an Colin überschrieben, warum also sollte er ihn töten? Das ergibt keinen Sinn.«

»Ich werde sehen, was Kavanagh selbst zu sagen hat. Wenn wir ihn finden. Nächster Anlaufpunkt, Boyd«, sagte sie.

Er nickte, aber sie konnte sehen, dass er ihr nicht wirklich zuhörte.

Er starrte den Priester intensiv an.

»Father Curran«, sagte er, »an dem Tag, an dem wir Kavanagh hier gesehen haben, hat er da nach Lily gesucht? Dachte er, Sie hätten das Kind?«

»So in der Art, ja.«

»Warum sollte er das denken?«

»Er wusste, dass Fiona bei mir gewesen war.«

»Wegen der Hochzeit?«, meldete sich Lottie zu Wort.

»Ja, und wegen anderer Dinge.«

Boyd starrte sie an. Mit leiser, sanfter Stimme sprach er weiter mit dem Priester. »Fiona hat Sie gebeten, ihr bei Vorbereitungen zu helfen, um das Land zu verlassen.«

Father Curran sagte nichts.

»Haben Sie die Pässe und Flugtickets von Fiona und Lily?«

Immer noch keine Antwort.

»Sie hat Sie gebeten, Lily an diesem Tag abzuholen und auf sie aufzupassen, bis sie sie selber holen konnte.«

Große, salzige Tränen flossen eine nach der anderen über das Gesicht des Priesters.

Ein Nicken.

Boyd war auf den Beinen und kniete vor ihm. »Sagen Sie es mir. Ist Lily in Sicherheit?«

Ein weiteres Nicken.

»Ist sie hier?«

Father Curran schluchzte, während sein Kopf auf und ab wippte.

»Sie ist hier!«, sagte Boyd.

Aber Lottie hatte das Nicken des Priesters bereits gedeutet. Sie lief aus dem Zimmer. In die Küche. Keine Menschenseele. Die Treppe hinauf. Sie öffnete Türen und rief Lilys Namen, während sie rannte.

Sie rannte zurück ins Wohnzimmer. »Wo ist sie? Wo haben Sie sie versteckt, Sie verrückter alter Mann?«

Father Curran erhob sich langsam und wischte sich mit seinem Ärmel über Nase und Augen. »Ich konnte Cara nicht helfen, als sie mich darum bat. Ich dachte, ich könnte Fiona helfen. Das ganze Satanszeug, das ich Ihnen erzählt habe, war nur, damit Sie mich in Ruhe lassen. Ich hatte schreckliche Angst, nachdem Fiona gestorben war. Ich wusste nicht, was ich mit dem Kind machen sollte. Ich wusste, Fiona hätte nicht gewollt, dass Colin sie bekommt. Ich habe sie einfach hierbehalten.«

Er ging in den Flur und öffnete eine fast unsichtbare Tür unter der Treppe. Er zog an einer Schnur und eine einzelne Glühbirne leuchtete grell auf.

Lottie schob ihn aus dem Weg und flog die alte Holztreppe hinunter.

»Lily? Liebes, hab keine Angst. Du bist jetzt in Sicherheit.«

Auf der untersten Stufe hielt sie inne. Selbst mit dem Licht war der Raum düster, aber sie konnte die drei Koffer in einer

Ecke ausmachen und die Gestalt eines Kindes, das auf dem Boden saß und die Arme um die Knie geschlungen hatte.

»Lily, ich bin da, ich bringe dich ...« Sie wollte gerade ›nach Hause‹ sagen, aber sie wusste nicht, wo das Kind ab jetzt zu Hause sein würde. »Du bist jetzt in Sicherheit, Liebes.«

Sie hörte ein leises, klägliches Schluchzen.

»Ich will meine Mummy.«

DREIUNDSECHZIG

Kirby konnte seine Wut darüber, wie kläglich Robert Brady im Stich gelassen worden war, nicht abschütteln. Er wusste, dass McKeown derjenige war, der sich schlecht fühlen sollte, weil er den Fall zu schnell abgeschlossen hatte. *Keine weiteren Ermittlungen nötig.* Nun, jetzt waren sie nötig, und Kirby spürte, dass er derjenige war, der sie durchführen sollte. Er las Beth Clarkes Artikel erneut und betrachtete das Foto vom Doon Forest mit dem See im Hintergrund. So nah am Haus von Colin Kavanagh. Der Schauplatz war auch von der Hügelkuppe hinters Ryans Hütte aus, wo sie gestern gewesen waren, deutlich zu erkennen.

Er stopfte sich den letzten Rest eines aufgeweichten Sandwiches in den Mund und ging zu den Zellen. Während er kaute, stellte er fest, dass das Brot schimmlig war. Jetzt war es zu spät. Es war schon in seinem Bauch gelandet.

Der diensthabende Kollege öffnete die Tür und Kirby betrat den kahlen Raum. Das grelle Licht verlieh allem einen blauen Farbton und verwandelte Slevin in seinem Schein in eine schaurige Gestalt. Er blieb auf dem schmalen Bett liegen, ein Bein hing herunter, das andere lag unter seinem Körper.

Kirby gab ihm einen Tritt, damit er sich bewegte, und setzte sich neben ihn.

»Erzählen Sie mir von Robert Brady«, begann er.

»Was soll mit ihm sein?«

»Sie haben ihn wohl nicht ganz so sehr gemocht wie Beth?«

»Er hat ihren Kopf mit Lügen gefüllt. Er hat ihr erzählt, dass er genug Geld besorgen würde, damit sie sich auf einer tropischen Insel verstecken könnten, weit weg von der Schweinejauche, und dabei hatte er nicht einen Euro in der Tasche. Queerer Scheißkerl.«

»Warum sagen Sie das?«

»Über die Insel? Weil es wahr ist. Er hat ihr Broschüren gegeben und ...«

»Warum Sie queer sagen, Arschloch. Meinen Sie damit, dass er seltsam war?« Kirby wusste, wie es war, als seltsam eingestuft zu werden.

»Robert war so schwul wie eine Puderquaste. Nicht, dass ich glaube, dass das irgendetwas mit all dem zu tun hat, nur dass er Beth an der Nase herumgeführt hat. Das arme Mädchen hat alles geglaubt, was er ihr erzählt hat. Er hat sie nur hingehalten, bis er das Geld von Kavanagh bekam. Er wusste, dass sie gut in ihrem Job war, und benutzte sie, damit sie für ihn schnüffelte.«

Kirby verdaute diese Aussage, und das Sandwich ließ seinen Magen protestierend glucksen. »Erzählen Sie mir mehr.«

Ryan seufzte, schlug ein Bein über das andere und umklammerte seinen Knöchel. »Es gibt etwas, das ich Ihnen nicht gesagt habe. Würden Sie mich von der Anklage wegen Körperverletzung freisprechen, wenn ich es tue?«

»Nicht meine Entscheidung. Aber ich werde mit der Chefin reden.« Und fick dich, wenn du glaubst, dass du damit durchkommst. Kirby lächelte vor sich hin.

»In Ordnung.« Ryan schien es zu akzeptieren. »Als Robert an meinem Haus gearbeitet hat, erzählte er mir, dass er diesen Typen kennengelernt hat.«

»Weiter.« Ein saurer Geschmack erreichte Kirbys Mund, und er war sich nicht sicher, ob er von dem Sandwich stammte.

»Er erzählte seinem Freund die Geschichte von Kavanaghs kriminellen Machenschaften und den Papieren, die er gefunden hatte und die bewiesen, dass Kavanagh in Geldwäsche und das Fälschen von Papieren von gestohlenen Autos verwickelt war. Der Freund erpresste daraufhin Kavanagh und ließ sich diese Hütte auf Kavanaghs Grundstück bauen. Sie liegt hinter dem Haus, in der Nähe des Waldes.«

»Ich kann nicht glauben, dass Colin Kavanagh einem solchen Druck nachgeben würde.«

»Niemand kann Kavanagh und seine Beweggründe verstehen. Ich bin sicher, dass er Pläne hatte, sich später selbst des Problems zu entledigen.«

»Wer war der Typ?«

»Ich war auch neugierig, also habe ich ein wenig herumgestöbert. Trevor Toner.«

Kirby setzte sich aufrechter hin, seine Kehle füllte sich mit Galle. »Dieser Angeber von einem Tanzlehrer?«

»Ja, genau der. Er klammerte sich regelrecht an Robert, ganz besitzergreifend und ein bisschen zu bedürftig, wenn Sie mich fragen.«

»Sie haben Beth von ihm erzählt?«

»Ja, das habe ich.«

»Sie wussten, dass er Lilys Tanzlehrer war und haben nie etwas über seine Verbindung zu Robert gesagt. Was für ein Trottel sind Sie eigentlich?«

»Ja, aber Giles hätte in der Tanzschule auch Zugang zu Lily gehabt. Es ist so.« Ryan stand auf und ging in der kleinen Zelle umher, bevor er sich Kirby zuwandte. »Vor ein paar Tagen habe ich etwas auf einem meiner Fotos vom Weihnachtsmarkt gesehen, und das hat mich zum Nachdenken gebracht.«

»Was haben Sie gesehen?«

»Diese merkwürdigen kleinen Voodoo-Puppen-Dinger. An einem Verkaufsstand.«

Kirby verzog das Gesicht zu einem Grinsen. »Die habe ich auch gesehen. Schreckliche kleine Dinger. Wissen Sie etwas über sie?«

»Ich kenne jemanden, der eine an seinem Schlüsselbund hat.«

»Trevor Toner?«, sagte Kirby.

»Ja, und wenn dieses Arschloch Lily etwas angetan hat, bringe ich den Bastard persönlich um.«

McKeown war ein Stein vom Herzen gefallen, als Lottie anrief, um ihm mitzuteilen, dass sie Lily wohlbehalten gefunden hatte. Aber im Laufe des Tages wurde er immer müder und ärgerte sich, dass er immer noch auf Giles Bannon aufpassen musste.

Bannon war ständig am Telefon. Er versuchte, seinen Anwalt zu erreichen, und sein Gesicht wurde mit jedem erfolglosen Versuch röter.

»Hören Sie, Giles, warum beginnen wir nicht endlich mit diesem Gespräch? Dann können Sie nach Hause zu Ihrer Frau und Ihren Kindern gehen. Wie hört sich das an?«

Bannon sagte nichts. Er tippte wieder auf sein Telefon ein.

McKeown lehnte sich an die Wand und verschränkte die Arme. »Was ich nicht verstehe, ist, warum Sie das Kleid auf Rechnung des Theaters gekauft haben. Haben Sie nicht damit gerechnet, dass wir es irgendwann zu Ihnen zurückverfolgen würden?«

Bannon sah auf. »Hören Sie zu: Ich habe das verdammte Kleid nicht gekauft.«

»Die Beweise sagen das Gegenteil.« Bestenfalls fadenscheinig, dachte McKeown.

»Zeigen Sie mir die Rechnung noch einmal.«

McKeown stieß sich mit dem Rücken von der Wand ab und öffnete die Akte auf dem Tisch. Er übergab die Rechnung, die er von seinem iPad ausgedruckt hatte.

Bannon setzte seine Brille auf, seine Lippen bewegten sich beim Lesen. Er hob die Quittung auf. Las auch sie. Hielt inne. Schaute zu McKeown auf.

»Was?«, sagte McKeown und dehnte vor Erschöpfung seine Arme. »Das Kleid wurde zwar auf Rechnung des Theaters gekauft, aber ich habe zwei Firmenkreditkarten. Diese hier ... sehen Sie sich die Nummer an, es ist nicht die, die ich benutze.«

Er nahm seine Brieftasche heraus und zog eine Visa-Karte heraus. McKeown nahm die Karte in die Hand und verglich die Nummer mit der auf der Quittung. Sie waren unterschiedlich.

»Und wo ist die andere Karte?«, fragte er.

»Die habe ich nicht, denn die wird ausschließlich von der Tanzschule benutzt. Vom leitenden Tanzlehrer, um genau zu sein.«

»Scheiße.«

»Glauben Sie mir jetzt?« Bannon lehnte sich triumphierend zurück, aber McKeown war bereits aus der Tür.

Auf dem Korridor traf er Kirby, der aus Richtung der Zellen angekeucht kam.

»Trevor Toner«, sagten beide gleichzeitig.

————

Lily war schon in den Krankenwagen gebracht worden, als Father Curran auf dem Rücksitz eines Streifenwagens abtransportiert wurde.

Lottie und Boyd saßen in *Brennan's Pub*, während die Spurensicherung ihre Arbeit am Haus des Priesters begann. Klatsch und Tratsch flogen in alle Richtungen, als das Dorf die Kneipe zum Leben erweckte. Weil Boyd in der einen Minute grau und in der nächsten grün aussah, hatte sie darauf bestanden, erst eine Kleinigkeit zu essen, bevor sie etwas anderes taten. Sie stürzte sich auf ihre Suppe und ihr Sandwich und bemerkte, dass Boyd seines kaum anrührte.

»Wenigstens ist das Kind unversehrt«, sagte er und rührte mit dem Löffel in der cremigen Suppe.

»Du glaubst nicht, dass er ihr etwas angetan hat?«, fragte sie zwischen zwei Bissen von ihrem Hähnchensandwich.

»Nein, ich glaube eher, dass er dachte, er täte das Richtige, indem er Fiona half, und als sie dann ermordet wurde, wusste er nicht, was er machen sollte.« Boyd legte seinen Löffel ab. »Lily geht es gut, Lottie.«

»Körperlich scheint es ihr gut zu gehen, aber das psychische Trauma wird sie ein Leben lang begleiten. Ich weiß, wie es für Sean war, und sogar für Katie und Chloe. Es wird das Kind ewig heimsuchen.« Lottie schluckte einen Schluchzer hinunter. Ihre eigenen Kinder hatten in den letzten Jahren so viel durchgemacht, und dennoch wischte sie das alles beiseite. Kein Wunder, dass sie bei jeder Gelegenheit vor ihr flohen.

»Hör auf, Lottie«, sagte Boyd.

»Womit?«

»Dich selbst fertig zu machen.«

»Ach, sei leise, Boyd.« Sie lächelte. »Aber warum hat Father Curran gegenüber Colin Kavanagh nicht zugegeben, dass er Lily hatte?«

»Weil er glaubte, dass Fiona Angst vor Kavanagh hatte und Lily nicht in eine Situation bringen wollte, die seiner Meinung nach gefährlich sein könnte.«

»Lily muss erfahren, dass ihre Mutter tot ist.«

»Armes Kind«, sagte Boyd. »Ich sage es nur ungern, aber wir sollten Kavanagh mitteilen, dass sie gefunden worden ist.«

»Obwohl er nicht ihr Vater ist?«

»Ja.«

»Okay. Wir müssen ihn wegen seiner kriminellen Machenschaften verhaften. Ich glaube immer noch, dass er Christy Clarke getötet hat«, sagte Lottie.

»Und wir müssen Beth ausfindig machen.«

Boyd ging, um das Essen zu bezahlen. Lotties Telefon klingelte und sie ging ran.

»Kirby. Was ist los?« Sie hörte aufmerksam zu. »Okay. Das ist großartig. Du und McKeown fahrt zu Toners Wohnung. Wir kommen auch gleich.« Sie legte auf. »Boyd, wir lassen Kavanagh erst mal außen vor. Wir müssen uns auf Trevor Toner konzentrieren.«

»Warum?«

»Weil sowohl Bannon als auch Slevin ihn unabhängig voneinander mit den Morden in Verbindung gebracht haben.«

Sie fasste das Gespräch zusammen, das sie mit Kirby geführt hatte.

»Hör mal, wir sind in Ballydoon«, sagte Boyd. »Wir brauchen nur fünf Minuten, um bei Kavanagh vorbeizuschauen, dann können wir ihn gleich mit zurück nach Ragmullin nehmen. Okay?«

Sie fand nicht, aber sie nickte und sagte: »Okay.«

VIERUNDSECHZIG

Das Tor war nicht verschlossen und von Kavanaghs Auto war nichts zu sehen. Als niemand auf ihr beharrliches Klopfen reagierte, ging Lottie wieder zur Rückseite des Hauses.

»Das sieht nicht aus wie ein Auto, das Kavanagh fahren würde.« Sie zeigte auf einen verbeulten schwarzen Toyota Yaris, der an der Hintertür geparkt war. Sie spähte durch die Fenster. Die Schlüssel stecken im Zündschloss.

Boyd drückte seine Nase an das Glas. »Heilige Scheiße, was ist das da am Schlüsselbund?«

Lottie zog sich Schutzhandschuhe an, öffnete die Tür und zog die Schlüssel heraus. »Das ist so ähnlich wie die Voodoo-Puppen auf dem Markt. Ruf die Zulassungsstelle an. Finde heraus, wem das Auto gehört.«

Aber nach Kirbys Informationen gab es keinen Zweifel mehr daran, wessen Auto es war.

Sie ging über den weitläufigen Rasen und blieb hinter einer Hecke stehen, von wo aus sie einen guten Blick auf die Hütte mit den abgedunkelten Fenstern hatte.

Als Boyd sich näherte, legte sie einen Finger an die Lippen und deutete ihm an, sich neben sie zu kauern.

»Das Auto gehört Trevor Toner«, flüsterte er.

»Ich weiß.«

»Glaubst du, dass er da drin ist?«

»Du gehst hinten herum«, sagte sie. »Sieh nach, ob es noch eine andere Tür gibt. Ich werde hier warten.«

»Ich kenne dich, Lottie. Du wirst durch diese Tür gehen, bevor ich überhaupt ...«

Seine Worte verstummten, als sich die Tür öffnete. Toner kam heraus, hängte ein Vorhängeschloss an einer Kette über den Griff und schloss ab, dann ging er los, wobei er den Schlüssel von einer Hand in die andere gleiten ließ. Sein Gesicht strahlte an diesem dunklen Dezembertag so etwas wie Freude aus.

Lottie hielt den Atem an und wusste, dass Boyd dasselbe tat. Das einzige Geräusch kam von den Schwänen auf dem See. Bevor sie wusste, was sie tat, war sie aufgestanden und stürmte auf den Mann zu.

Die Veränderung in Trevor war augenblicklich. Seine Augen verdunkelten sich wie der Himmel über seinem Kopf, und er ließ den Schlüssel fallen. Das lenkte sie einen Moment lang ab. Er duckte sich unter ihrem ausgestreckten Arm hindurch und rannte los, wobei er nichts als einen Schwall dünner Luft zurückließ.

»Halt!«, rief Lottie und rannte hinter ihm her. »Schau du in der Hütte nach!«, rief sie Boyd zu, als sie über einen Busch sprang und sich auf einem Feld wiederfand.

Trevor war schon auf dem Weg in den Wald. Verdammte Scheiße, dachte Lottie. Wenn er da reinläuft, erwische ich ihn nie. Doch sie folgte ihm trotzdem.

Die Dunkelheit um sie herum wurde dichter. Sie kämpfte gegen Äste und Dornen, trampelte über Farne, Gestrüpp und Gras. Ihr Herz pochte so laut, dass es das ständige Tröpfeln des Wassers von den Bäumen und Farnen übertönte.

Wo zum Teufel war er hin? So schnell konnte er doch nicht verschwunden sein, oder?

Sie schaute auf und erwartete, dass er vom nächsten Baum springen und sie an Ort und Stelle erwürgen würde. Langsam, mahnte sie sich selbst und schaute sich um, um seine Fußspuren auf dem sumpfigen Waldboden zu finden. Ein Vogel krächzte und etwas huschte über ihren Fuß. Sie versuchte, nicht zu schreien, als sie immer tiefer in den Wald eindrang, aus Angst, das Labyrinth könnte sie verschlucken.

Du hast schon Schlimmeres durchgemacht, redete sie sich ein.

Aber sie hatte keine Ahnung, ob er bewaffnet war. Wenn er mit einem Messer zustach, konnte er sie auf der Stelle töten.

Sie dachte an ihre Kinder. An den kleinen Louis mit seinem schokoladenverschmierten Lächeln. Sie dachte sogar an Rose. Was würde ihre Familie ohne sie tun? Überleben, höchstwahrscheinlich. Dann blitzte ein Bild von Boyd vor ihren Augen auf, als sie sich unter einen weiteren Ast duckte. Er würde sie vermissen, aber vielleicht hatte er jetzt jemand anderen. Er hatte sie gebeten, ihn zu heiraten. Sie hatte Ja gesagt, aber jetzt benahm er sich wie ein Arschloch. Sie würde ihn zurückgewinnen. Jawohl!

Das Adrenalin trieb sie schneller durch das Labyrinth. Mit bloßen Händen riss sie Farne und Äste ab, ohne die Schnitte auf ihrer Haut zu spüren.

Ein Aufblitzen von etwas weiter vor ihr erregte ihre Aufmerksamkeit, und ihr Zeh stieß gegen einen knorrigen Ast auf dem Boden. Sie stürzte kopfüber und kam auf einem liegengelassenen Sack mit stinkendem Müll zum Halt. Der faulige Geruch schnürte ihr die Kehle zu und verdrängte den feuchten Waldgeruch.

Wo war er?

Ein Geräusch zu ihrer Rechten. Sie ignorierte den Schmerz, der von ihrem Fuß bis in ihr Bein schoss, und kroch auf Händen und Knien darauf zu. Die Schwäne. Jetzt lauter. Ganz in der Nähe. Es war heller, die Luft leichter. Ein lauter Schrei durchdrang die Luft. Was zum Teufel?

Am Rande des Waldes, mit der Dunkelheit hinter ihr, sah sie ihn. Er stand knietief im türkisfarbenen Wasser des Doon-Sees und schrie in den Himmel.

Sie richtete sich auf und bewegte sich leise vorwärts. Sie versuchte über das plätschernde Wasser und das Dröhnen ihres Herzens hinweg zu hören, was er sagte.

»Komm heraus, Dämonenfrau. Die Unsichtbaren können mich nicht heimsuchen. Die Toten sind tot. Und bald werde ich es auch sein. Komm heraus und stell dich mir.«

»Ich bin hier. Kommen Sie mit mir, Trevor, wir können reden. Wir können das in Ordnung bringen. Es muss nicht noch jemand verletzt werden.«

Sein Lachen zerrte an ihrer Seele. Schrill, wild. Wie ein wildes Tier. Und so sah er auch aus, als der Wind an Kraft gewann und die Wellen um seine Taille schlugen.

»Ich bin derjenige, der verletzt worden ist.« Er bewegte sich rückwärts, tiefer in das Wasser.

»Nicht, Trevor. Kommen Sie zu mir.«

»Ich wurde im Stich gelassen. Ich wurde dem Verfall überlassen, musste mich durchschlagen wie eine Ratte.«

»Wer hat Sie im Stich gelassen?« Bring ihn zum Reden, sagte sie sich.

»Alle. Ich wurde von meiner leiblichen Mutter verlassen und in eine Pflegefamilie gegeben. Meine Pflegemutter hat mich für diese Schlampe Cara verlassen. Hat mich wie Müll entsorgt. Und von jedem Erwachsenen in meinem Leben wurde ich genauso behandelt. Missbraucht von Lehrern, die mich fast skalpiert haben, und einem verrückten Pflegevater, der Puppen gemacht hat. Puppen! Er hat sie in Streifen des Hochzeitskleides seiner Frau gekleidet, und die Haare! Oh Gott, die sahen so echt aus.« Er lachte, ein unnatürliches

Heulen auf seinen blauen Lippen. »Nun ja, ich habe ihm schließlich echte gegeben!«

»Was haben Sie ihm gegeben, Trevor?« Sie versuchte, für jeden Schritt, den er rückwärts in den See machte, einen Schritt vorwärts Richtung Ufer zu machen.

Seine Stimme beruhigte sich und er sah durch sie hindurch. »Ich habe ihn auf dem Markt gesehen, wie er seine verdammte widerliche Ware feilbot. Ich glaube nicht, dass er mich überhaupt erkannt hat, geschweige denn, dass er wusste, dass ich derjenige war, die ihm die Strähnen menschlichen Haares gegeben hat.« Er lachte hysterisch. »Was glauben Sie, warum ich so geworden bin? Können Sie mir das sagen? Ich bin ein Produkt der Menschen, die mich umgeben.«

Lottie war nun ganz nahe am Ufer des Lough Doon. Die Steine und Kieselsteine schickten Schockwellen durch ihren lädierten Fuß. »Ich kann Ihnen helfen.«

»Nein, das können Sie nicht.«

»Warum haben Sie sie getötet? Warum Cara? Warum Fiona?«

Er schwieg einen Moment lang. Dann, seine Stimme schwebte im Wind, sagte er: »Es war Robert. Ich habe ihn aufgenommen, als er nirgendwo hin konnte und dann hat er mich betrogen. Ich liebte ihn und dachte, dass er mich auch liebt. Aber hinter meinem Rücken hat er mich ausgelacht. Er wollte alles, was ich erreicht hatte, mit seinen Intrigen zunichtemachen. Er musste sterben. Dann die anderen, sie machten alles kaputt. Auch sie mussten sterben. Sie haben Herzen gebrochen. Versprechen gesprochen.«

Das Wasser stand ihm bis zur Kehle.

Das Wasser stand ihr bis zu den Knien.

»Sprechen Sie mit mir, Trevor.« Sie watete vorwärts. »Sagen Sie mir, wer Herzen und Versprechen gebrochen hat.«

»Cara hat mich bei meinem Pflegevater zurückgelassen. Sie hat mir das Herz gebrochen. Dann habe ich sie im Railway

Hotel mit Steve gesehen. Sie ignorierte mich, aber ich war ganz zufrieden damit, dass sie glücklich zu sein schienen. Doch sie war ein hinterhältiges Miststück. Sie hat meinem Robert Lügen in den Kopf gesetzt und mit Steve Schluss gemacht.«

»Sie haben das falsch verstanden. Steve hat mit Cara Schluss gemacht.« Lottie rutschte auf den Steinen unter ihren Füßen aus. Sie versuchte stehenzubleiben und hielt ihren Blick weiter auf Trevor gerichtet. Ein Anflug von Unsicherheit war bei ihren Worten in seine Augen getreten.

»Nein. Nein. Sie verstehen das falsch. Er hat mir gesagt, dass sie ihm das Herz gebrochen hat.«

»Er hat gelogen.«

»Sie hat den Tod jedenfalls verdient.«

»Wie sind Sie in ihre Wohnung gekommen?« Bring ihn dazu weiterzureden, sagte Lottie sich wieder, während das kalte Wasser ihre Muskeln betäubte.

»Es war so einfach, hineinzuschlüpfen und dort auf sie zu warten. Eve hat nicht einmal gesehen, wie ich den Schlüssel genommen habe, als ich sie eines Abends nach Hause gebracht habe. Sie war sturzbetrunken. Ich bin rein, während Cara beim verdammten Gottesdienst war. Dann zog sie sich das Hochzeitskleid an, und ich hatte nur noch das Bild vor Augen, wie mein Pflegevater die weiße Seide zerschnitt, die ihm seine Frau hinterlassen hatte. Es fühlte sich so gut an, Roberts Gürtel um Caras Hals zu wickeln.«

»Aber warum Fiona?«, brüllte Lottie über den aufkommenden Wind und den fallenden Regen.

»Sie hatte bei Colin alles, was sie jemals brauchte. Und was hat sie getan? Sie ist mit einem unbedeutenden Fotografen durchgebrannt. Und ich wusste, dass sie vorhatte, ihn auch zu verlassen. Wissen Sie, kleine Kinder reden mit mir.«

»Lily?«

»Ich habe das Kind nicht angerührt, falls Sie das denken. Ich würde nie ein Kind anfassen.«

»Wir haben sie gefunden. Sie ist in Sicherheit.«

»Das freut mich.«

Er hatte seinen Rückzug gestoppt. Das Wasser wirbelte um ihn herum. Lottie machte einen weiteren Schritt, die Kälte sickerte in ihre Knochen, ihre Zähne klapperten.

»Warum musste Fiona das Hochzeitskleid anziehen?«

»Sie verstehen nicht, wie ich mich dabei gefühlt habe, oder? Cara zu sehen, wie sie in ihrem herumtanzt. Ich *musste* es tun. Es war ein Rausch. Ich konnte mich nicht zurückhalten. Nachdem ich Cara getötet hatte, wusste ich, dass ich Fiona auf dieselbe Weise bezahlen lassen musste. Ich holte das Cinderellakleid und fuhr so schnell ich konnte nach Ballydoon. Ich konnte nicht warten, bis der Rausch nachlässt.«

Lottie konnte der Argumentation eines Verrückten nicht folgen, aber sie fragte: »Was hat Christy Clarke je getan, dass Sie ihn umgebracht haben?«

»Er war ein Lügner und Betrüger. Er hat alles verdient, was er bekommen hat. Und Beth auch. Das Beste habe ich mir für den Schluss aufgehoben. Mit ihrem schönen schwarzen Haar und ihrer neugierigen Nase.«

»Aber sie hat nie ein Versprechen oder ein Herz gebrochen.«

»Sie wollte ihre Mutter nicht anerkennen. Eve kam zurück, um sie zu holen, und Beth hat sie ignoriert. Beth brachte Robert auf die Idee, Colins kriminelle Machenschaften zu entlarven, gerade als ich ihn so weit hatte, mir aus der Hand zu fressen. Das konnte ich ihr nicht durchgehen lassen. Es tut mir leid.«

»All die Morde tun Ihnen leid?« Sie war zehn Schritte von ihm entfernt, das Wasser stieg, als der Grund des Sees absackte.

»Es tut mir leid, dass ich ihr nicht alle Haare abschneiden und sie die Demütigung spüren lassen konnte, die ich ertragen musste, und es tut mir leid, dass ich ihr nicht die Kehle aufschlitzen konnte.«

Lottie machte einen weiteren tauben Schritt und kämpfte

gegen die wirbelnde Strömung des Sees an. Schwäne zogen ihre Kreise. Lange Hälse, bereit, zuzuschlagen, zu picken, Beute zu machen.

Egal, was er getan hatte, sie konnte Trevor nicht ertrinken lassen.

Dann war er plötzlich weg.

Dort, wo er eben noch gestanden hatte, wirbelte das Wasser wie ein Schluckloch. Die Schwäne trompeteten, der Wind pfiff und der Regen ergoss sich in dicken Tropfen. Trevor Toner war in den dämonischen Fluten des Lough Doon verschwunden.

———

Beth hatte sich noch nie so sehr gefreut, jemanden zu sehen, wie den Detective, der die Hüttentür öffnete und mit dem Vorhängeschloss in der Hand hereinstürmte.

Schnell löste er die Stricke, mit denen sie gefesselt war. Als die Tür weit geöffnet wurde, konnte sie sehen, dass sie sich in einem Tanzstudio befand. Oder in einer Hütte, die so hergerichtet war, dass sie ein Tanzstudio nachahmte. Ein Handlauf und ein Spiegel auf der einen Seite. Ein Soundsystem auf der anderen. Und ein federnder Boden unter ihren Füßen. Trevor muss einen gewissen Einfluss auf Colin Kavanagh gehabt haben, um ihm das zu entringen, dachte sie. Ein weiterer Baustein für ihre Story. Die Story, von der sie hoffte, dass sie in die richtigen Hände gelangen würde.

»Ich bin Boyd«, sagte er. »Gibt es einen schnellen Weg auf die andere Seite des Waldes?«

»Was meinen Sie?«

»Sie sind von hier. Wo wird er wohl hinlaufen?« Seine Stimme war hoch, ein wenig hysterisch, dachte sie.

»Trevor?« Er nickte.

Dann verstand sie und stand auf. »Hier entlang.«

Zuerst ging sie langsam, aber sie fand Kraft in dem Wissen,

dass sie frei war, draußen an der frischen Luft. Sie begrüßte den einsetzenden Regenschauer.

Der Detective war direkt hinter ihr.

»Ich glaube, ich kenne diesen Weg«, sagte er und keuchte. »Ich bin ihn neulich nachts im Dunkeln mit meiner Chefin gegangen.«

Als sie das Seeufer erreichten, sah sie Detective Parker hüfthoch im See stehen, gerade, als Trevors Kopf weiter draußen im Wasser verschwand.

Bevor sie wusste, wie ihr geschah, hatte Detective Boyd seine Jacke und Schuhe ausgezogen und war in die Tiefe des Sees getaucht. Dann sah sie Lottie Parker untergehen. Blasen schwammen auf der Oberfläche, und dann war nur noch das Aufprallen von Regentropfen auf dem aufgewühlten Wasser zu hören.

Sie sah wie gebannt zu, ihr Schrei blieb ihr vor Schrecken im Hals stecken. Sie würden alle ertrinken. Beth kannte die Strömungen. Sie kannten sie nicht. Beth wusste, was der See anrichten konnte. Sie wussten es nicht.

Ohne an sich selbst zu denken, stürzte sie sich ebenfalls in den See. Das Wasser war dunkel und kalt, aber sie fand treibendes Haar und packte es. Sie zog den Körper dicht an ihre Brust und schoss an die Oberfläche, wobei sie keuchende Atemzüge unterdrückte.

»Alles in Ordnung, keine Panik. Ich habe Sie. Treten Sie Wasser.« Sie zog die Frau an ihre Brust.

Als sie sich dem Ufer zuwandte, sah sie, wie Detective Boyd aus der Tiefe auftauchte, Trevor in seinen Armen.

———

Am steinigen Ufer lag Lottie flach auf dem Rücken und starrte zu den Wolken hinauf, die wie verängstigte Ratten über den Himmel huschten. Sie begrüßte die Frische. Mit drängenden

Atemzügen sog sie die Luft ein. Beth lag zusammengekauert neben ihr, Trevor Toner zu ihren Füßen. Boyd! Wo war Boyd? Sie stützte sich auf ihren Ellbogen und drehte sich auf die Seite. Boyd lag da und rang nach Atem. Sie streckte ihre Hand aus und drückte seine. Er sah sie an und lächelte schwach.

FÜNFUNDSECHZIG

DREI TAGE SPÄTER

Das Boot auf dem Kanal schaukelte leicht in der Morgenbrise.

Er hatte nie etwas anderes gekannt. Er war weder mit eigenen Kindern gesegnet, noch war er dazu verflucht. Seine Frau hatte ihm gesagt, dass Pflegekinder der richtige Weg wären.

Ein Junge und ein Mädchen. Die perfekte Familie.

Nur war sie nicht perfekt gewesen. Sie hatte ihn verlassen und das Mädchen mitgenommen. Irgendwann hatte er gehört, dass seine Frau gestorben war. Er hatte nie erfahren, was aus dem Mädchen geworden war. Wahrscheinlich war sie in eine andere Pflegefamilie gekommen.

Er nahm den Draht und schob den Kopf darauf. Dann holte er die kleine Haarlocke aus dem durchsichtigen Plastikbeutel. Wunderschön. Er stellte keine Fragen. Er erkundigte sich nicht, woher sie stammte.

Wieder schaukelte das Boot, und er lauschte, weil er kurz glaubte, jemand sei auf das Boot getreten, aber alles war still. Das Eis war geschmolzen, aber er war noch nicht ganz weg. Er dachte an seinen Marktstand, den er verlassen hatte, sobald er in diese Augen geblickt hatte. Ein Fremder auf der Straße. Nur hatten sie nicht einem Fremden gehört. Sie hatten seinem Pflegesohn Trevor gehört.

Veranlagung oder Natur. Ah, die Antwort auf diese Frage wusste er nie. Das Einzige, was er mit Sicherheit wusste, war, dass Trevor in seinem jungen Leben viele Lektionen hatte lernen müssen. Ganz schön viele Haare mussten ihm abgeschnitten werden. Für wen hielt er sich eigentlich? Immerzu tanzte er wie eine Schwuchtel. Dummer Junge. Zu seiner Zeit wäre das ganz unerhört gewesen. Musste aus ihm herausgeschnitten werden.

Der Mann schnaubte und hielt mit seiner Arbeit inne. Er war sich sicher, dass es sein Pflegesohn gewesen war, der das Haar draußen auf die Treppe gelegt hatte. War Trevor ihm gefolgt, nachdem er ihn auf dem Markt erkannt hatte? Er zog eine Grimasse. Die ganze Stadt sprach davon, dass Trevor der Mörder war. Dummer Junge. All diese aufgestaute Wut. Der Junge, der versucht hatte, ein Mann zu werden, nur um ein lächerlicher Tänzer zu werden. Er lachte, dann hielt er plötzlich inne. War es seine Schuld, dass Trevor so geworden war, wie er war? Sicherlich nicht. Er war nur ein strenger Vater gewesen. Aber er konnte sich der Tatsache nicht entziehen, dass er einen kaltblütigen Mörder aufgezogen hatte.

Als er die lange schwarze Haarsträhne gegen das Licht hielt, fragte er sich, ob sie von einem der Mordopfer stammte. Vielleicht von Fiona Heffernan.

Er nahm ein Stück Draht in die Hand, das mit einem Streifen vergilbter Seide umwickelt war, und wickelte das Haar um den Kopf.

SECHSUNDSECHZIG

Cynthia Rhodes legte extra Schwung in ihre Schritte, als der diensthabende Sergeant sie zum Büro des amtierenden Superintendent David McMahon führte. Der Umschlag in ihrer Tasche fühlte sich leichter an, nachdem sie das darin befindliche Dokument genau gelesen hatte. Unerwartet war es gewesen. Ein ganz schöner Knüller, aber sie war es ihm schuldig, es ihm zu sagen, bevor sie damit auf Sendung ging.

Er wurde knallrot, als sie das Büro betrat, und wuselte herum, weil es keinen Stuhl gab, auf den er ihr anbieten konnte.

»Keine Sorge, ich stehe.« Sie legte ihm den Umschlag auf den Schreibtisch. »Aber ich glaube, du musst dich setzen, um das zu lesen.«

»Was ist das? Warum bist du hier?« Er ließ sich auf seinen Stuhl plumpsen, seine langen Beine wippten. Sie fragte sich, was er wohl tun würde, wenn sie sich vorbeugen und mit den Fingern über seinen Oberschenkel streichen würde, so wie sie es in der letzten Nacht getan hatte.

»Du wolltest, dass ich Lottie Parker in den Schmutz ziehe, dann hast du deine Meinung geändert. Jetzt weiß ich, warum.«

»Ich habe keine Ahnung, wovon du redest.« Er strich sich

energisch Haarsträhnen aus dem Gesicht bei dem Versuch, sie sich aus den Augen zu halten.

»Du dachtest, wenn ich zu tief in ihr Leben und ihre Arbeit eindringen würde, könnte das ein schlechtes Licht auf dich werfen.«

»Das ist lächerlich. Du hast ihre Familie jedes Mal völlig durcheinandergebracht, wenn du vor ihrer Tür standest. Du hättest in Dublin bleiben sollen, Cynthia.«

»Wenn ich in Dublin geblieben wäre, hätte ich den ganzen Spaß verpasst. Obwohl ich denke, dass ich jetzt unsere gemeinsamen Nächte vermissen werde. Oh, wenn du das gelesen hast, ruf kurz durch mit deinem Kommentar dazu, okay? Er wird heute Abend ausgestrahlt. In den Neun-Uhr-Nachrichten. Und es bringt nichts, wenn du das hier zerstörst. Ich habe das Original.«

»Was ist das?«

»Eine Story. Eine gute Story. Sie wird Beth Clarke zu einer ganz heißen Nummer machen. Vielleicht hilft sie sogar dabei, Ryan Slevin vor dem Gefängnis zu bewahren. Aber bei dir bin ich mir nicht so sicher, David.«

Er stand vom Stuhl auf und stürmte auf sie zu, aber sie ließ sich nicht verunsichern. Was konnte er ihr auf einer Polizeiwache schon antun? Nicht viel, dachte sie. Trotzdem machte sie einen Schritt zurück.

Er hielt inne und hob den Umschlag vom Schreibtisch auf. »Was ist da drin?«

»Du wirst es sehen. Jetzt lasse ich dich in Ruhe, damit du es lesen kannst.«

»Cynthia ...«

»Oh, und wenn Colin Kavanagh aus dem Loch auftaucht, in dem du ihn versteckt hast, sag ihm, dass ich auch gerne einen Kommentar von ihm hätte.«

»Du bist ein echtes Miststück.«

»Aber ich bin nicht kriminell. Hast du deshalb diesen Job

angenommen, David? Um näher am Geschehen zu sein, als Kavanagh aus der Stadt weggezogen ist. Dachtest du, ihr beide könntet unter dem Radar des Büros für Drogen und organisierte Kriminalität operieren? Euer schmutziges Geschäft in ein Dorf verlegen, für das sich niemand interessiert?«

»Ich verstehe es immer noch nicht.«

»Oh, das wirst du.« Sie lächelte. An der Tür drehte sie sich noch einmal um. »Ich schätze, du hast nicht damit gerechnet, dass eine begeisterte junge Reporterin oder ein Serienmörder deine Unternehmungen stören würden. Auch wenn Beth ursprünglich angefangen hat, herumzuschnüffeln, weil sie und Ryan dachten, Zoes Mann hätte eine Affäre. Ich nehme an, sie hat ihre Story Giles Bannon und Robert Brady zu verdanken.

»Warte, Cynthia, du verstehst das völlig falsch. Ich war hier, um Kavanagh eine Falle zu stellen, nicht, um in etwas Kriminelles verwickelt zu werden oder ...«

»Wirklich?« Sie strich sich eine Locke aus der Stirn und rückte sich ihre Brille auf der Nase zurecht. Auch ihr Lächeln verschwand. »Wenn das stimmt, wie kommt es dann, dass meine Quellen mir sagen, dass Kavanagh am Freitagabend ungehindert einen Flug aus Irland heraus nehmen konnte? Er ist jetzt irgendwo an der verdammten Costa del Sol. Oh, und es gibt ein schönes Foto in dem Umschlag. Du und Colin Kavanagh steht vor Christy Clarkes Werkstatt. Es ist mit einem Datum versehen. Vor zwei Monaten.«

Er starrte sie mit offenem Mund an. Der Umschlag fiel ihm aus der Hand.

»Ich warte auf das Statement.« Cynthia verließ den Raum mit noch mehr Schwung in ihren Schritten.

SIEBENUNDSECHZIG

Boyd stand an der Tür zu ihrem Büro.

»Lottie, ich weiß, wir haben Berge von Papierkram zu erledigen, Punkte und Kommas zu setzen, aber ich muss mir den Rest der Woche frei nehmen.«

»Das kannst du vergessen«, sagte sie und versuchte, einen Hauch von Gutmütigkeit in ihre Stimme zu legen, was ihr jedoch nicht gelang. »Kannst du diese Akten so schnell wie möglich für das Gerichtsverfahren fertigstellen?«

»Ich meine es ernst.« Er blieb an der Tür stehen.

»Ich auch. Bitte geh an die Arbeit. Oh, die forensische Analyse der Puppe, die ich vom Barmann im *Cafferty's* bekommen habe, ist zurück. Pferdehaar. Und das Haar, das an Roberts Leiche gefunden wurde, stammt wahrscheinlich von Trevor Toner.«

Sie wollte heute alles so schnell wie möglich erledigen, denn morgen musste sie ihre Mädchen und Louis zum Flughafen bringen. Sie spürte, wie ihr das Herz bei dem Gedanken daran ein wenig brach. Aber im Moment war sie beschäftigt.

»Die Kleidung, die in der Wohnung von Trevor Toner gefunden worden ist, wurde Robert Brady zugeordnet«, sagte

Boyd. »Und die Koffer im Haus von Father Curran gehörten Fiona und Lily.«

»Die arme Fiona. Sie war die Einzige, die verstanden hat, dass Robert ermordet worden war, und sie dachte, es sei durch Kavanaghs Hand geschehen. Deshalb hat sie ihre Flucht geplant, womit sie Trevor in die Quere kam. Wenn sie nur mit jemand anderem als diesem verrückten alten Priester gesprochen hätte. Er hätte uns schon früher alles sagen sollen.« Lottie schüttelte den Kopf. »Übrigens, was ist mit dem Barscheck auf Clarkes Konto?«

»Der kam von Giles Bannon«, sagte Boyd, der noch immer an der Tür verweilte. »Er sagt, dass er Christy nur ausgeholfen hat, aber McKeown gräbt immer noch, um zu beweisen, dass er in kriminelle Machenschaften verwickelt war.«

»Ich denke, Eve hatte Recht, als sie sagte, Christy sei leichtgläubig. Kavanagh und Bannon haben ihn verarscht. Und dann wurde er einfach von einem geschädigten jungen Mann ermordet. Eine solche Verschwendung von Leben.«

»Wie geht es Beth?«

»Gut. Father Joe versucht, sie zur Versöhnung mit ihrer Mutter zu bewegen. Eve jedenfalls möchte das.«

Boyd ging einen Schritt weiter in das Büro hinein. Er stand vor ihrem Schreibtisch, bitterer Ernst stand auf seinem Gesicht geschrieben. »Wir müssen reden, Lottie.«

»Wenn es darum geht, dass Kirby bei dir wohnt, habe ich in ein oder zwei Tagen ein Zimmer frei, wenn die Mädchen weg sind. Da kann er vorläufig bei mir bleiben.«

»Es geht nicht um Kirby«, sagte Boyd. »Ein ernstes Gespräch. Lass uns im Railway Hotel treffen. Sagen wir in einer halben Stunde.«

Er ging, bevor sie Einspruch erheben konnte.

Sie stand auf und schloss die Tür, dann tippte sie ihren Computer wach. Sie starrte auf die DNA-Ergebnisse für Lily. Den Namen des Vaters des Kindes.

Sie musste sich erst einmal einen Reim darauf machen. Sie tätigte einen Anruf. Bestätigte seinen Aufenthaltsort vor neun Jahren und Fionas damaligen Aufenthaltsort. Wexford. Sie versuchte sich zu erinnern, was sie über seinen Aufenthalt dort gelesen hatte. Das war bei einem Fall zwei Jahre zuvor aufgetaucht. Es musste falsch sein. Aber DNA log nicht. Lilys blaue Augen und ihr blondes Haar waren ihr gleich bekannt vorgekommen, und jetzt wusste sie auch, warum.

Sie würde es ihm sagen müssen.

Die Lichterkette, die um das Regal hinter der Bar geschlungen war, schien der einzige Hinweis auf die festliche Jahreszeit zu sein, den Lottie sehen konnte. Boyd saß in der Ecke, als sie ankam, mit zwei Tassen und einer Kanne Kaffee auf dem Tisch. Eve Clarke saß auf einem hohen Hocker und trank etwas, das wie ein Gin Tonic aussah, und unterhielt sich angeregt mit Steve O'Carroll.

»Vielleicht hätten wir ins *Cafferty's* gehen sollen«, sagte sie.

»Warum?«

»Um in die richtige Stimmung zu kommen.«

»Ich habe nicht viel Zeit für so etwas«, sagte Boyd.

»Warum nicht? Früher hast du Weihnachten geliebt, und ich war immer diejenige, die sich selbst bemitleidet hat.«

Er lachte leise, seine hochgezogenen Lippen brachten ein Leuchten in seine Augen, das seit Wochen gefehlt hatte. Es war gut, dass die Ermittlungen abgeschlossen waren, wenn auch mit einer Menge Kollateralschäden. Lottie musterte Eve erneut, die in Schwarz gekleidet war, um den Eindruck zu erwecken, dass sie um ihren Mann trauerte. Sie fragte sich, ob Beth ihrer Mutter jemals verzeihen würde. Aber das war nicht ihr Problem.

Sie goss Kaffee ein und machte es sich auf dem Zweisitzer

bequem, wobei ihr schmerzender Fuß auf einem niedrigen Hocker ruhte. Sie fühlte sich durch Boyds Nähe getröstet.

Jedes Mal, wenn sich die Tür öffnete, drang der Verkehrslärm in die Bar und brachte einen Schwung kalter Luft mit sich. Sie rückte noch näher an ihn heran. Sie widerstand dem Drang, eine Hand auf seinen Arm zu legen, und sagte: »Boyd, erinnerst du dich an die Frage, die du mir vor Wochen gestellt hast?«

Er wandte sich ab und nahm seine Kaffeetasse in die Hand, ohne sie zum Mund zu führen. »Übers Heiraten. Ja. Lottie, ich ...«

»Du hast mir noch keinen Ring gekauft«, sagte sie.

»Was?«

»Boyd. Du weißt, dass ich dich heiraten will. So kitschig das auch klingt, ohne dich bin ich verloren. Ich habe Adam geliebt und vermisse ihn, aber ich muss weitermachen. Ich liebe dich. Die Heirat wird auf der Arbeit Probleme bereiten, aber das können wir überwinden. Und wir müssen uns noch entscheiden, wo wir wohnen wollen. Meine Familie ist in dieses gemietete Haus gequetscht, aber wenn ich das Geld von Leo habe, können wir etwas Größeres kaufen. Für uns alle. Sean wird überglücklich sein. Und die Mädchen auch ...« Sie ließ ihren Redeschwall abreißen.

Boyd hatte sich nicht bewegt. Er hatte sich nicht umgedreht, um sie anzuschauen. Sein Gesicht in der Silhouette war eine starre Studie der Stille.

Stille erfüllte die Leere zwischen ihnen. Sie war so real, dass sie das Gefühl hatte, sie könnte ihre Hand ausstrecken und sie berühren. Es fühlte sich an, als hätte sich eine unsichtbare Wand gebildet, hinter der die üblichen Bargeräusche verschwunden waren.

»Mark? Was ist los?«, fragte sie schließlich. »Hast du es dir anders überlegt?«

Sie lehnte sich zurück und schuf so eine physische Distanz zwischen ihnen. Hatte er seine Liebe zu ihr verloren? Würde sich ihr Verdacht bestätigen? Verdammt, war für eine Scheiße. Sie war eine Närrin. Sie rieb sich mit den Handballen über die Augen und versuchte, die Taubheit in ihrem Herzen zu vertreiben.

»Es tut mir leid«, sagte er.

»Sag verdammt nochmal nicht, dass es dir leid tut!«

Sie schlang die Arme um ihre Taille, damit sie ihm keinen Kinnhaken versetzte, und versuchte, die heiße Flamme des Zorns zu unterdrücken. Diesen Kampf verlor sie schnell.

»Ich bin diejenige, der es leidtut, weil ich mich total zur Närrin gemacht habe«, sagte sie. »Mach nur weiter. Nimm dir eine verdammte Woche frei und besuch deine neue … Frau … Freundin oder was auch immer. Sie kann dich haben. Ich komme auch ohne dich zurecht. Das habe ich seit Adams Tod getan. Ich kann weiter …«

»Lottie! Warum nimmst du immer an, dass sich alles um dich dreht?« Boyds Stimme war nicht mehr sanft. Stattdessen war sie mit etwas gefärbt, das sie nicht genau zuordnen konnte. »Bist du wirklich so verunsichert?«

Um den Drang zu unterdrücken, um sich zu schlagen, presste sie ihre Lippen zusammen. Versuchte, ihre Tränen hinter steinernen Augen zu verbergen. Sie war so dumm gewesen, ihm ihr Herz anzuvertrauen.

Er stellte die Tasse ab, drehte sich um, löste ihre Arme von ihrer Taille und nahm eine ihrer Hände in die seine.

»Ich will dir nicht wehtun, Lottie. Ich weiß, dass du in den letzten Jahren schrecklichen Schmerz und Kummer erlebt hast. Du hattest mit so vielem zu kämpfen. Durch Adams Krankheit, seinen Tod, die Erziehung deiner drei wunderbaren, störrischen Kinder …« Er hielt inne, und sie lächelte, obwohl sie sich selbst nicht traute. »Du hast deine tragische Familiengeschichte aufgedeckt, und du kannst endlich davon profitieren, wenn das mit Leo erst einmal durch ist.«

»Vorausgesetzt, er ändert seine Meinung nicht.«

»Und dann ist da noch Rose. Egal, wie sehr sie dich nervt, ich weiß, dass du dich auf sie verlassen kannst. Sie ist dein Fels in der Brandung, Lottie, lass sie nicht im Stich.«

»Wovon zur Hölle redest du da? Das verstehe ich nicht. Was...«

»Pst. Lass mich auch mal zu Wort kommen.« Er ließ ihre Hand los und nahm einen Schluck kalten Kaffee.

Ihr Puls pochte in ihren Ohren. Sie war sicher, dass Steve und Eve an der Bar es auch hören konnten. Ein Kribbeln der Angst trieb ihr eine Gänsehaut auf die Arme, die ihr wie Pickel vorkam. Ein Vorzeichen für das, was kommen würde?

»Ich bin nicht ehrlich zu dir gewesen«, sagte er.

Jetzt geht's los, dachte sie, und ihre Angst wurde durch eine so starke Wut ersetzt, dass ihre Wangen glühten. Die Geschichte der anderen Frau. Nicht weinen, Lottie. Nicht weinen, verdammt noch mal, ermahnte sie sich selbst. Verdammt! Sie wollte weinen. Weglaufen. Fliehen. Aber Boyd hatte etwas so Trauriges an sich, wie er dasaß und sich an eine Tasse kalten Kaffee klammerte, dass sie sich nicht bewegen konnte.

»Mach schon«, flüsterte sie. »Sag es mir. Ich bin ein großes Mädchen. Ich kann es ertragen. Wie heißt sie?«

Er stellte die Tasse ab und sah sie an. »Du hast das schon einmal durchgemacht und das macht es so schwierig. Lottie, ich liebe dich, das tue ich wirklich, aber ...«

Er hatte Tränen in den Augen. Sie klebten an seinen schönen Wimpern. Sein schmales Gesicht mit der perfekten Kieferpartie zitterte. Sie wagte nicht, den Blick abzuwenden.

»Ich liebe dich«, sagte er wieder, »aber ich kann dir das nicht zumuten. Es ist mein Kampf und ich muss mein Bestes geben, um ihn zu kämpfen. Alleine.«

»Ich verstehe das nicht. Du sprichst in Rätseln. Du klingst wie eine zerkratzte Schallplatte auf einem alten Plattenspieler.« Sie wollte das, was er sagte, auf die leichte Schulter nehmen, denn sie ahnte, dass es etwas so Ernstes war, dass sie es nicht wissen wollte.

Er starrte ihr so intensiv in die Augen, dass sie blinzeln musste und ihre Tränen im Rhythmus der seinen über ihr Gesicht rollten.

»Du musst das verstehen«, sagte er. »Diese Fahrten nach Galway ... Ich habe keine andere Frau. Glaub mir, das würde die Sache so viel einfacher machen.«

»Was dann?« Sie stellte die Frage, obwohl sie nicht sicher war, ob sie die Antwort darauf hören wollte.

Er bewegte seinen Kopf leicht, und sie dachte, er würde ihn auf ihre Schulter legen, aber stattdessen drehte er sich zu ihr um. Er sah ihr in die Augen und sagte ihr, was er ihr sagen wollte.

»Ich war in einer Klinik.«

»Für deine Zwangsstörung?« Sie versuchte, gelassen zu bleiben, denn sie wusste mit jeder Faser ihres Wesens, was er antworten würde.

Und dann sagte er es. »Lottie, ich habe Leukämie.«

ACHTUNDSECHZIG

Lottie stand mit Father Joe an ihrer Seite am Ufer des Lough Doon. Das Wasser kräuselte sich in der eisigen Dezemberbrise. Sie schaute hinaus, so weit ihre Augen reichten. Alles war grau, ein Spiegel des Himmels über ihren Köpfen. Vier Schwäne schwammen dicht am Ufer und riefen einander zu.

»Diese Schwäne sind wie die Kinder von Lir«, sagte sie.

Er lachte. »Wie wer?«

»Es ist ein Volksmärchen. Vier Kinder, die in Schwäne verwandelt und für neunhundert Jahre ausgesetzt wurden und dazu verdammt waren, dreihundert Jahre davon auf dem Lough Doon zu verbringen. Sie hatten nur die Musik als Stimme.«

»Diese Geschichte ist nicht sehr fröhlich.«

»Ich bin am Boden zerstört, Joe«, sagte sie aufrichtig.

»Sag das nicht, Lottie. Du weißt immer noch nicht, wie schlimm es tatsächlich ist. Boyd weiß es auch nicht, nicht, bis er nächste Woche seinen Termin hat. Spring noch nicht von irgendwelchen Brücken.«

Sie lächelte und wickelte ihren Schal fester um ihren Hals. Sie schaute in den Himmel und bat um göttliche Intervention.

Etwas, das ihr den Weg weisen würde. Sie glaubte, irgendwo über den Wolken ein Flugzeug fliegen zu hören. Es brachte ihre Mädchen und ihren Enkel nach Amerika. Ihre Familie. Ihre Verantwortung.

»Ich gehe besser nach Hause zu Sean.«

»Sean wird es gut gehen.«

»Er liebt Boyd. Sie sind seelenverwandt, besonders wenn es um Sport oder Computerspiele geht.« Sie unterdrückte ein Schluchzen. »Ich will Boyd immer noch heiraten.«

»Was sagt er dazu?«

Sie zuckte mit den Schultern. »Er ist nach Hause zu seiner Mutter und seiner Schwester gefahren. Er will nicht, dass ich bei seinem nächsten Termin dabei bin. Joe, was ist, wenn er eine Chemotherapie machen muss? Ich habe gesehen, was das mit Adam gemacht hat. Sie wird ihn umbringen. Es wird mich umbringen.«

»Hör auf«, sagte er, und sie fand, dass er genau wie Boyd klang. »Es wird keinen von euch umbringen. Ihr seid beide starke Menschen. Vertrau auf dich selbst. Du hast es schon einmal durchgestanden. Du wirst es wieder durchstehen.«

»Diesmal ist es anders. Bei Adam wusste ich nicht, was wir durchmachen würden. Es war das Unbekannte. Jetzt weiß ich, wie ... wie schrecklich es ist. Wie kann ich die Kraft aufbringen, Boyd sterben zu sehen?«

Sie spürte, wie sich der Arm des Priesters um ihre Schulter legte und sie an seine Seite zog. »Boyd sieht vielleicht schmächtig und zerbrechlich aus, aber er ist ein Champion. Vertrauen, Lottie, Vertrauen.«

Sie lächelte über seine Beschreibung von Boyd, selbst als sie in die Stille hineinweinte. Sie versuchte, sich durch ihre Tränen hindurch zu konzentrieren, und starrte die Schwäne an, deren Stimmen nun durch das rasende Pochen in ihrer Brust gedämpft wurden. »Oh Gott, ich weiß nicht, was ich tun soll. Ich bin schon so oft gebrochen und verletzt worden.«

»Liebst du ihn wirklich?«

»Ja, auch wenn er mich manchmal ganz schön nervt.«

Father Joe lachte. Aber es war nicht herzhaft. Sie fand, es war ein trauriger Ton.

»Es tut mir leid«, sagte sie. »Ich war so egoistisch. Du musst untröstlich sein wegen Fiona.«

»Das muss dir nicht leid tun. Ich kannte sie nur kurz, vor all den Jahren in Wexford.« Er blickte wehmütig auf das Wasser hinaus. »Danke, dass du mir von Lily erzählt hast. Ich hatte keine Ahnung, dass ich eine Tochter habe. Fiona verschwand einfach nach Dublin und ich kehrte zum Priesteramt zurück nach meinem Sabbatical. Wenn ich es gewusst hätte, wäre ich ein guter Vater gewesen.« Er schluckte einen Schluchzer hinunter.

Lottie legte ihre Hand auf seinen Arm. »Was wirst du mit ihr machen?«

»Ich habe noch keine Ahnung. Ich bin mir nur sicher, dass sie nicht wie die Kinder von Lir im Stich gelassen werden wird.«

»Sie ist vorerst in einer Pflegefamilie untergebracht. Sie ist bei einer guten Familie. Hast du sie gesehen?«

»Nein. Ich weiß nicht, was ich tun soll oder wie ich etwas tun soll. Aber ich kann sie nicht in Pflege aufwachsen lassen, egal wie gut sie ist. Ich habe meine eigene Mutter nie gekannt, und das hat mich immer gequält. Lily ist meine Tochter und ich möchte an ihrem Leben teilhaben.«

»Ich werde dir helfen, so gut ich kann.«

»Und ich werde dir helfen. Komm mit mir. Ich weiß, wo wir jetzt hingehen.«

»Wohin denn?« Sie spürte, wie seine Hand durch ihre Armbeuge glitt. »Nach Hause. Du holst Sean ab und dann fahrt ihr nach Galway, um bei Boyd zu sein.«

Als sie sich vom See entfernten, warf Lottie einen letzten Blick zurück über ihre Schulter.

Die Schwäne entfernten sich vom Ufer und glitten anmutig dahin, eine Spur von Diamanten glitzerte in ihrem Kielwasser, bis das Wasser wieder vollkommen still war.

MEHR VON BOOKOUTURE
DEUTSCHLAND

Für mehr Infos rund um Bookouture Deutschland und unsere
Bücher melde dich für unseren Newsletter an:

www.bookouture.com/bookouture-deutschland-sign-up

Oder folge uns auf Social Media:

 facebook.com/bookouturedeutschland

 twitter.com/bookouturede

 instagram.com/bookouturedeutschland

EIN BRIEF VON PATRICIA

Hallo liebe Leser:innen,

Ich danke euch herzlich, dass ihr meinen siebten Roman, *Zerrissene Seelen*, gelesen habt. Wenn euch das Buch gefallen hat und ihr euch in meine Mailingliste eintragen möchtet, um über meine Neuerscheinungen informiert zu werden, könnt ihr das hier tun:

www.bookouture.com/bookouture-deutschland-sign-up

Ich bin euch so dankbar, dass ihr eure kostbare Zeit mit Lottie Parker, ihrer Familie und ihrem Team geteilt habt. Ich hoffe, ihr habt die Lektüre genossen, und würde mich freuen, wenn ihr Lottie weiter durch die gesamte Krimireihe begleiten würdet. Denjenigen unter euch, die bereits die ersten sechs Lottie-Parker-Bücher gelesen haben – *Die vergessenen Kinder*, *Die geraubten Mädchen*, *Das verlorene Kind*, *Nie in Sicherheit*, *Sag Nichts* und *Tödlicher Verrat* – danke ich für eure Unterstützung und eure Rezensionen.

Ich bitte nur ungern darum, aber es wäre fantastisch, wenn ihr eine Rezension auf Amazon oder LovelyBooks oder sogar auf der Seite, auf der ihr das Buch gekauft habt, veröffentlichen könntet. Das würde mir sehr viel bedeuten. Und ich danke euch für die, die ich bisher erhalten habe.

Ihr könnt mit mir über meine Facebook-Autorenseite und

über Twitter in Kontakt treten. Ich habe auch einen Blog, den ich versuche, aktuell zu halten.

Nochmals vielen Dank, und ich hoffe, dass ihr mich auch beim achten Buch der Reihe begleiten werdet.

Alles Liebe,

Patricia

 facebook.com/trisha460

twitter.com/trisha460

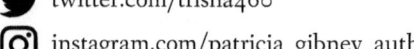 instagram.com/patricia_gibney_author

DANKSAGUNG

Ich kann kaum glauben, dass *Zerrissene Seelen* mein siebtes Buch in der Lottie-Parker-Reihe ist. Ohne die Unterstützung vieler Menschen in meinem Leben hätte ich das alles in zweieinhalb Jahren nicht schaffen können.

Zunächst möchte ich euch, meinen Leser:innen, dafür danken, dass ihr *Zerrissene Seelen* gelesen habt. Und für eure anhaltende Unterstützung für mich und meine Bücher.

Meine Familie steht bei allem, was ich tue, voll und ganz hinter mir, und ich bin so dankbar für ihr Verständnis, dass sie mir die Zeit und den Raum gibt, meinem Traum zu folgen. Aisling, Orla und Cathal bin ich für immer dankbar. Ihr seid wunderbare Menschen, und ich bin so stolz, euch als meine Kinder zu haben. Und ich danke meinen wunderbaren Enkelkindern Daisy und Caitlyn, Shay und Lola dafür, dass sie Sonnenschein in meine Welt bringen. Ihr helft mir, den Boden unter den Füßen zu behalten.

Ich habe die hilfreichste Agentin, die ich mir vorstellen kann. Ger Nichol von The Book Bureau ist eine der besten, und ich bin so dankbar, dass sie sich so für mich einsetzt. Danke an Hannah von The Rights People und auch an Marianne Gunn O'Connor.

Lydia Vassar-Smith ist meine wunderbare, geduldige und einfühlsame Lektorin bei Bookouture. Danke, dass du mir geholfen hast, *Zerrissene Seelen* zum Leben zu erwecken.

Vielen Dank an Kim Nash, Publicity Director bei Bookouture, für all die PR-Arbeit; dafür, dass sie meine Bücher gelesen und mir viel Zuspruch und Unterstützung hat zukommen lassen. Ein besonderer Dank geht auch an Noelle Holten und an diejenigen, die direkt an meinen Büchern arbeiten: Alexandra Holmes, Leodora Darlington, Alex Crow und Jules Macadam (Marketing). Ich bin auch Jane Selley sehr dankbar für ihre hervorragenden Lektoratsfähigkeiten. Vielen Dank an alle bei Sphere, Hachette Irland und Grand Central Publishing, die an meinen Büchern arbeiten.

Michele Moran erweckt die Lottie-Parker-Reihe im Audioformat zum Leben. Vielen Dank an Michele und das Team von The Audiobook Producers.

Die Autorengemeinschaft unterstützt mich und meine Arbeit sehr. Danke an alle, die mir zugehört, mit mir geplaudert und mich beraten haben, vor allem an meine Bookouture-Autorenkolleg:innen. Vielen Dank an alle Buchblogger:innen und Rezensent:innen. Sie tragen wesentlich dazu bei, dass Leser:innen meine Bücher finden. Ein besonderer Dank geht an Sarah Hardy von *By the Letter Book Review*. Ich bin allen Leser:innen, die Rezensionen geschrieben haben, sehr dankbar, denn ihr alle macht einen Unterschied.

Einmal mehr möchte ich die unermüdliche Arbeit der Bibliotheken und ihren Mitarbeitenden, aber auch der Buchhandlungen und der lokalen und nationalen Medien würdigen. Der (bisherige) Höhepunkt meines Jahres 2019 war die Einladung von Ryan Tubridy, zusammen mit Liz Nugent und Jo Spain in der kultigen Freitagabendshow *The Late Late Show* aufzutreten. Vielen Dank, Ryan.

Besonderen Dank an John Quinn für seinen Rat. Ich schreibe Krimis und lasse mich bei Bedarf beraten, aber etwaige Ungenauigkeiten sind mein Fehler. Ich neige dazu, polizeiliche Vorgänge zu fiktionalisieren, um das Tempo und die Handlung zu beschleunigen. Es ist ja schließlich Fiktion!

Ich habe das Glück, gute Freund:innen zu haben, Menschen, die mich verstehen. Antoinette Hegarty, Jo Kelly, Jackie Walsh, Niamh Brennan und Grainne Daly, danke, dass ihr mich auffangt, wenn ich niedergeschlagen bin, und für all eure ermutigenden Worte.

Dieses Jahr feiert meine Mutter ihren achtzigsten Geburtstag, sie und mein Vater waren mein ganzes Leben lang mein Fels in der Brandung. Ich danke euch, Kathleen und William Ward.

Danke an meine Schwiegermutter Lily Gibney und ihre Familie, die seit dem Tag, an dem ich Aidan kennenlernte, zu meinem Leben gehören.

Meine Geschwister sind immer in der Nähe, wir leben alle in derselben Stadt! Es ist toll, sie so nah zu haben, und ich bin dankbar für all ihre Unterstützung für mich, meine Kinder und meine Arbeit. Vielen Dank, Cathy Thornton, Gerry Ward und Marie Brennan. Ich widme *Zerrissene Seelen* meiner Schwester Marie. Sie liest frühe Entwürfe meiner Arbeit und gibt mir unschätzbare Ratschläge. Marie, ich wünsche dir nach sechsunddreißig Jahren als Lehrerin einen schönen Ruhestand. Jetzt hast du mehr Zeit zum Lesen und Reisen.

Und schließlich – ich weiß, ich habe sie bereits erwähnt – sind meine Kinder Aisling, Orla und Cathal drei der stärksten, höflichsten und respektvollsten Menschen, die ich kenne. Als Teenager haben sie ihren Vater Aidan durch eine Krebserkrankung verloren, und sie haben eine ziemlich harte Zeit in ihrem Leben hinter sich. Vielleicht ist das der Grund, warum sie sich zu so fürsorglichen, hilfsbereiten und guten jungen Erwachsenen entwickelt haben. Ich bin so stolz auf euch und dankbar, dass ich euch in meinem Leben habe.

Alle Figuren in meinen Büchern sind fiktiv, ebenso wie die Stadt Ragmullin, aber das wirkliche Leben hat mein Schreiben stark beeinflusst. Ich habe immer in Mullingar, meiner Geburtsstadt, gelebt und bin so dankbar für die Unterstützung, die ich für mich und meine Bücher von allen erhalten habe.

Jetzt mache ich mich daran, das achte Buch der Serie zu schreiben.